Thekla Kraußeneck, geboren 1987, ist gebürtige Berlinerin, heute lebt sie südlich von München. Als freie Journalistin hat sie acht Jahre lang für die Süddeutsche Zeitung geschrieben und nebenbei ein bisschen Ethnologie studiert. Wenn sie nicht gerade an der Tastatur oder in ihrem Stammcafé sitzt, malt, liest oder twittert sie.

CRONOS CUBE

Thekla Kraußeneck

Oetinger Taschenbuch

MIX
Papier aus verantwortungsvollen Quellen
FSC® C014496

1. Auflage 2019
Oetinger Taschenbuch im Verlag Friedrich Oetinger GmbH,
Poppenbütteler Chaussee 53, 22397 Hamburg
Juli 2019

Text: Thekla Kraußeneck
Covergestaltung: Unimak
Druck: GGP Media GmbH, Karl-Marx-Straße 24,
07381 Pößneck Deutschland
ISBN 978-3-8415-0588-0

www.oetinger-taschenbuch.de

Für Rainer

[1]

»Nimm Platz«, sagte Griffin, als Melpo das Teehaus betrat. Sie ließ ihre Schuhe auf der Veranda zurück, raffte den Rock und setzte sich an einen niedrigen Tisch, auf dem eine gusseiserne Teekanne stand. Gespannt, was Griffin von ihr wollte, sah sie sich um.

Sie mochte die Atmosphäre in dem kleinen quadratischen Raum, seine minimalistische Einrichtung (Reisstrohmatten, Papierwände, der Tisch), ganz besonders aber die Aussicht: Durch die geöffneten Panoramatüren blickte sie auf einen See, an dessen Ufer üppige Weiden standen und die purpurroten Zweige im Wasser badeten. Die Dämmerung brach an und die vor der Veranda treibenden Laternen leuchteten geheimnisvoll.

»Danke für die Einladung«, sagte Melpo.

»Nichts zu danken«, erwiderte Griffin mit klapperndem Schnabel; sein Kopf war der eines Adlers, mit orangeroten Augen, die niemals blinzelten. Er stellte eine Trinkschale auf den Tisch und ließ sich Melpo gegenüber nieder, wobei sich der mit psychedelischen Blumen bemalte Kimono um seine Beine spannte. Melpo stellte sich vor, was für ein komisches Paar sie für einen Außenstehenden abgeben mussten. Sie war sich bewusst, dass auch sie auf ihre Weise eigenartig aussah: eine mollige Frau in den Zwanzigern, in einem viktorianischen Kleid, mit hauchzarten Handschuhen aus Spitze und einem winzigen Hut auf den langen Haaren, alles in Schwarz.

»Dies wird keine gewöhnliche Teezeremonie«, sagte Griffin, ohne sich näher zu erklären. Wie so oft wechselte er im nächsten Satz das Thema. »Wie ist es am Flughafen gelaufen? Hattest du … Schwierigkeiten?«

Er meinte ihren Pass.

»Nein, ist alles gut gelaufen«, sagte Melpo, die sich bemühte, genauso gelassen zu wirken wie Griffin, obwohl sie vergangene Nacht kein Auge zugetan hatte. Immer wieder hatte sie sich vorgestellt, wie das Sicherheitspersonal am Flughafen hinter ihr Geheimnis kam. Dreimal wäre sie in den letzten Stunden vor Angst fast gestorben: erst beim Check-in (»Alles in Ordnung, hier ist ihr Ticket«), dann bei der Passkontrolle (»Wir wünschen Ihnen einen schönen Urlaub«) und schließlich beim Einlass ins Flugzeug (»Genießen Sie den Flug, Frau Mottenstein«). Als sie endlich im Flieger saß, brauchte sie noch mindestens eine halbe Stunde, bis sie endlich begriff, was passiert war: dass sie es überlebt und die Polizei ihren falschen Pass geschluckt hatte. Und das, obwohl der Engländer Griffin ihr den denkbar unpassendsten Namen gegeben hatte. Ein anderer Name als Miranda Mottenstein wäre ihr wesentlich lieber gewesen. Aber ohne Griffin hätte sie diese Reise niemals antreten können und so verzichtete sie darauf, ihn darüber aufzuklären, dass gewöhnliche deutsche Bürger nicht Miranda Mottenstein hießen. Wenn auch ihr eigener Vorname, Femke, nicht viel gewöhnlicher war.

»Warum sollte ich mich denn schon im Flieger einloggen?«

Griffin nahm die Teekanne und goss dampfendes Wasser in die Trinkschale. »Wir können es uns nicht leisten, zwei Stunden lang in einem Flugzeug zu sitzen, ohne einen Finger zu rühren. Ich habe dich nach Irland beordert, weil ich einen kleinen Auftrag für dich habe.«

Endlich, dachte sie.

»Du wirst in den nächsten Tagen zwei Jungs im Auge behalten, von denen ich weiß, dass sie bald in Schwierigkeiten geraten werden. Ungewiss, wann es so weit ist, aber mein Gefühl sagt mir, dass der Moment naht.«

Ungenau wie immer.

»Wer sind diese Jungs?«

»Sie heißen Lachlan Abercromby und Zachary Murray.« Den ersten Namen sprach er *Locklin* aus. Melpo hatte noch nie von jemandem gehört, der so hieß. Der Name Abercromby indes kam ihr bekannt vor, als wäre er ihr erst kürzlich schon einmal begegnet.

»Was für Schwierigkeiten?«

»Eine Entführung.«

»Und ich soll sie verhindern?«

»Das würde nichts ändern«, sagte Griffin. »Wir müssen die Dinge nehmen, wie sie kommen, und du wirst dich daran halten. Zuerst wirst du sie nur beobachten, später wirst du den einen oder anderen Fahrdienst übernehmen. Bevor ich es vergesse: Ich habe dir einen Wagen mieten lassen. Du kannst gleich am Flughafen einsteigen.«

Melpo war nicht wohl bei dem Gedanken an eine Fahrt im Linksverkehr – sie hatte ja nicht einmal Übung mit der rechten Seite. Die letzten Monate hatte sie auf Griffins Kosten in einem Viersternehotel in Österreich gewohnt, gar nicht so weit weg von zu Hause. Pool, Massagen, Drinks, hin und wieder mit dem Lift hoch zur Zugspitze; kein schlechtes Leben für eine Schläferin, wie sie fand. Einen Mietwagen hatte sie für diese Zeit nicht gehabt. Vielleicht hatte Griffin befürchtet, dass sie untertauchen könnte. Als hätte sie keine besseren Ideen!

»Du schläfst die erste Nacht in einem Hotel in Howth. Das ist nördlich von Dublin.« Er nannte ihr eine Adresse und wies sie an, sich diese gut einzuprägen. Sie wiederholte den Namen ein paarmal in Gedanken. »Vergiss nicht, dir an der Rezeption einen Adapter für die Steckdose geben zu lassen. Sonst kannst du den Cronos Cube nicht anschließen.«

»Okay.«

»Ich werde dir jetzt Lachlan und Zack zeigen. Es gibt ein paar Dinge, die du über die beiden wissen solltest.« Er zog eine Spielkarte aus dem Kimonogürtel und schnipste mit dem Zeigefinger dagegen. Die Karte flog ihm aus der Hand und verpuffte in eine glitzernde Rauchwolke, aus der ein kleines Stoffsäckchen auf den Tisch fiel. Griffin öffnete es, entnahm ihm eine Prise eines Pulvers und ließ es in die dampfende Trinkschale rieseln. Das Pulver entfaltete sich im heißen Wasser zu einer umherwirbelnden Wolke, die sich verdichtete und dem Getränk die Farbe eines tiefen Gewässers verlieh.

Melpo sah interessiert zu.

»Ich habe diesen Tee programmiert. Er wird es mir ermöglichen, deinen Geist mit dem Überwachungssystem der META zu verbinden. Keine Angst. Es wird nicht wehtun.« Griffin reichte ihr die Schale und Melpo legte sie sich ohne zu zögern an die Lippen. Erst nippte sie vorsichtig, doch als sie merkte, dass das Wasser nur lauwarm war, leerte sie die Schale in einem Zug. Das Getränk schmeckte nach süßem Leitungswasser und ihr wurde schlagartig bewusst, dass sie den Geschmack von chlorfreiem Wasser schon ganz vergessen hatte. An den Orten, an denen sie in den vergangenen Jahren gelebt hatte, war nur mit Chemikalien versetztes Wasser aus den Hähnen geflossen.

»Was passiert jetzt?«, fragte sie und stellte die Schale auf den Tisch. »Werde ich bewusstlos?«

»Schließ die Augen.«

Nur ein violetter Streifen über den schwarzen Baumwipfeln und die Laternen auf dem See spendeten noch Licht, und so sah Melpo nicht einmal mehr den roten Schimmer ihres eigenen Bluts durch die geschlossenen Lider. Deutlich spürte sie Griffins Anwesenheit, und wie so oft fragte sie sich, wie er in Wirklichkeit aussah. Er benutzte offenbar einen Avatar-Hack, anders konnte sie es sich nicht erklären, dass er in Cronos mit einem Adlerkopf erschien. Aber vielleicht hatte er ja tatsächlich nur den Kopf verändert, und nicht den Körper.

Sie nahm ein seltsames Geräusch wahr; es erinnerte sie an den rauen, durchdringenden Ton einer Klangschale. Das Klingeln wurde lauter, schien immer näher zu kommen – dann brach es ab. Stille. Plötzlich: ein Rauschen, wie ein UKW-Radio, das keinen Empfang hat.

Nervös wartete sie ab. Das Rauschen dauerte an und vor

ihren Augen blieb es dunkel. Aus dem Nichts tauchte ein leuchtendes Rechteck auf. Noch war es winzig klein, als sähe sie es durch einen sehr langen Tunnel, doch es kam näher, wurde ständig größer. Melpo hatte den Eindruck, auf einen Fernseher zugeschoben zu werden; je näher das leuchtende Rechteck kam, desto mehr konnte sie erkennen. Das Bild zeigte die geräumige Eingangshalle einer Villa. Sie sah eine geschwungene Holztreppe, eine aufgeräumte Garderobe und eine prunkvolle Kommode. Jetzt war das Rechteck so nah, dass es ihr gesamtes Gesichtsfeld ausfüllte: Bilder an den Wänden, leuchtende Gemälde von Dalí und einem anderen Künstler, den sie nicht benennen konnte, beide in prachtvollen Rahmen. Sie kannte das Werk von Dalí durch ihre Eltern, die Kunsthändler waren: ein Fisch, der einen Tiger ausspie, eine Frau auf einem Felsvorsprung, ein Elefant mit langen, zerbrechlich dünnen Beinen. Der Titel war kompliziert, irgendetwas mit einem Traum, einer Fliege und einem Granatapfel. Das andere Bild war ihr genauso unbekannt wie der Künstler, aber nicht das Motiv, ein Flötenspieler, der Kinder aus einer Stadt führte.

Das rechteckige Bild war jetzt so nah, dass Melpo den Eindruck hatte, die Nase an ein Fenster zu pressen. Sie schwebte über einer menschenleeren Halle.

»Was du siehst, ist die Echtzeitaufnahme einer Mikrokamera, die von der META in Phoenix Manor installiert worden ist«, sagte Griffin. »Die Villa heißt so.«

»Ich vermute, ihre Bewohner wissen nichts davon«, sagte Melpo.

»Stimmt. Und wenn sie es wüssten, hätte die META ein

Problem. Persy Abercromby steht auf zwei verschiedenen Forbes-Listen, sie gehört zu den reichsten und mächtigsten Frauen der Welt. Ihr Vermögen wird auf zweiundvierzig Milliarden Euro geschätzt. Und dann ist da noch ihre Anwältin – ein Monster. Dr. Caolinn Quinn, schon mal gehört? Sie würde die META auseinandernehmen.«

Unwahrscheinlich, fand Melpo. Selbst wenn Persy Abercromby eine Billion auf dem Konto hätte, gegen die META konnte sie nichts ausrichten. Aber sie wollte Griffin nicht vor den Kopf stoßen. »Vielleicht sollte ich ihr einen anonymen Brief schreiben.«

»Nein. Wir mischen uns vorerst nicht in die Entführung ein«, sagte Griffin überraschend scharf.

»Da ist jemand«, sagte Melpo. Zwei junge Männer liefen die Treppe herab, fast noch Teenager. Der eine war genau ihr Typ: groß, gut gebaut und mit karottenroten streichholzkurzen Haaren. Der andere das Gegenteil, lang, klapperdürr und ganz in Schwarz gekleidet, so wie sie. Seine dunklen Haare sahen aus, als hätte er sie seit geraumer Zeit nicht mehr gekämmt. Er hatte ein hübsches Gesicht, nach Melpos Geschmack zu hübsch. Sie zogen sich an der Garderobe Jacken und Schuhe an.

»Der Schwarzhaarige ist Lachlan«, sagte Griffin. »Der mit den roten Haaren heißt Zack.«

»Dachte ich mir, dass der Dünne der mit dem komischen Namen ist.«

Eine Frau im Hosenanzug eilte in die Halle, mit langen schwarzen Haaren und einer selbstbewussten Haltung. Das musste Lachlans Mutter sein. Die Stirn, die Augen, die

Brauen, das Kinn – sie ähnelten sich unglaublich, abgesehen davon, dass Lachlan ein wenig kantiger war.

»Persy Abercromby«, sagte Griffin.

»Bist du sicher, dass du nicht im Kostüm auftreten willst, Lachlan?«, fragte Persy. Ihre Stimme war ohne die geringste Verzerrung zu hören.

»Ja, Mum«, sagte Lachlan tonlos. Anscheinend hatte er dieses Gespräch in letzter Zeit schon häufiger geführt. Zack grinste hinter seinem Rücken.

»Hast du dich mit Kathy abgesprochen? Nicht, dass sie wieder zu spät kommt.«

»Ich hab ihr gesagt, dass ich sie umbringe, wenn sie noch mal zu spät kommt«, sagte Lachlan, als wäre das Problem damit aus der Welt geschafft.

»Ich weiß nicht, du kannst doch nicht in einer Jeans steppen«, sagte seine Mutter zweifelnd.

»Glaub mir, Mum, ich kann das sogar im Pyjama.«

Sie schüttelte den Kopf. »Ich wollte damit nicht sagen, dass …«

»Keine Sorge, Mrs. Abercromby, ich pass schon auf ihn auf«, sagte Zack und reckte den Daumen in die Höhe. Seine Stimme gefiel Melpo.

»Kommt bitte hinterher direkt nach Hause«, sagte Persy.

Sie versprachen es hoch und heilig. Lachlan warf sich einen Rucksack über die Schulter und folgte Zack durch die Haustür.

»Und Überraschung«, sagte Griffin, als zeigte er ihr gerade sein neues Lieblingsspielzeug, »draußen gibt es natürlich auch eine Kamera.«

Bildwechsel: ein großer Garten mit einer Kiesauffahrt und einem mit blühendem Klatschmohn bepflanzten Rondell. Die Jungs sprangen die Stufen hinab, gingen durch den Garten und ein Tor aus schwarzem Eisen, das Lachlan mit einer Fernbedienung öffnete. Die Kamera sprang um, zeigte den zwei oder drei Meter hohen Zaun von außen; er umgab anscheinend das gesamte Grundstück. Die verschlungenen Eisenstreben des Tors formten den Namen ›Phoenix Manor‹.

Melpo bekam kurz das umliegende Gelände zu sehen, eine weitläufige Parkidylle, mit blühenden Sträuchern, gesunden Bäumen, saftigen Wiesen. Auf dem asphaltierten Weg, der vor dem Tor endete, wartete ein dunkelblaues Taxi mit einem langen gelben Balken auf dem Dach, auf dem eine fünfstellige Nummer stand: 80739. Lachlan und Zack stiegen ein. Wieder ein Bildwechsel. Jetzt blickte Melpo vom Rückspiegel auf die hintere Bank und das Heckfenster. Die linke Tür war noch geöffnet, Lachlan und Zack schoben sich auf die Ledersitze. »Temple Bar«, sagte Lachlan knapp. Ohne ein Wort zu verlieren, startete der Fahrer per Knopfdruck den Elektromotor und lenkte den Wagen auf die linke Fahrbahn.

»Der Sohn einer der reichsten Frauen der Welt fährt mit einem Taxi?«, fragte Melpo spöttisch.

»Du wirst nicht mehr überrascht sein, wenn ich dir verraten habe, wer Lachlan ist.«

»Du meinst, abgesehen von dem Sohn einer der reichsten Frauen der Welt?«

»Ja. Außerdem ist es durchaus in seinem Interesse, dass

ihm nicht jeder sofort ansieht, dass seine Familie viel Geld hat. Du kannst dir denken, warum.«

Zack tippte mit dem Daumen auf seinem Handy herum. »Rita«, sagte er an Lachlan gewandt, wie als Antwort auf eine Frage. »Sie schickt mir ständig Fotos von sich. Solche Fotos. Ist doch glasklar, was die von mir will, oder?«

Lachlan linste von der Seite auf das Display. »Oder sie hat nie gelernt, sich richtig anzuziehen.«

Zack grinste. »Hey, Mann, sieh dir das an!«

Lachlan sah gelangweilt aus dem Fenster. »Jedes Mal, wenn du 'ne neue Tussi kennenlernst, reduziert sich dein IQ um die Hälfte«, sagte er wie zu sich selbst.

»Was?«

»Ich sagte, du solltest sie unbedingt flachlegen, Don Juan.«

»Gut erkannt.« Zack steckte sein Handy weg. »Don Wer?«

Melpo hätte gern mehr von der Umgebung gesehen, durch die das Taxi fuhr. Alles, was sie durch das Heckfenster erkannte, waren ein weißes Parktor, das sie nach kurzer Fahrt durchquerten, dann eine arg geflickte Straße mit abgefahrener Markierung und ein anderes Taxi direkt hinter ihnen. Sie sah Lachlan dabei zu, wie er das Handy aus der Hosentasche zog, die Tastensperre löste und den Daumen über das Display huschen ließ. »Willst du wissen, was er da tut?«, fragte Griffin. Er wartete ihre Antwort nicht ab. »Er nimmt gerade das Handy seines Kumpels vom Netz.«

»Ein Hack?«

»Ganz genau.«

»Wegen der Tussi?«

»Er bereitet sich auf etwas vor«, sagte Griffin.

Melpo kannte diesen Unterton. »Und auf was?«

»Das wirst du noch erfahren.«

Also etwas Illegales. »Wow, hätte ich ihm gar nicht zugetraut«, sagte Melpo anerkennend. »Auf mich wirkt er wie ein angepasster, verwöhnter, reicher Pisser.«

Lachlan steckte das Handy wieder ein und warf Zack einen verstohlenen Blick zu. Sie fingen an, sich zu unterhalten, über irgendeinen Film, den sie gesehen hatten. Aurel Aspen. Melpo hatte ihn schon gesehen, er war ziemlich düster; genau nach ihrem Geschmack.

»Du schätzt ihn falsch ein«, sagte Griffin. »Oder besser gesagt: Du schätzt ihn genau so ein, wie du ihn einschätzen sollst. Er passt sich an, weil er seiner Familie und seinem besten Freund keine Probleme machen will. Aber eigentlich denkt er anders. Er ist wie wir.«

Melpo horchte auf. »Sprich weiter.«

»Er ist ungewöhnlich intelligent und hat erstaunliche Fähigkeiten in einem Bereich, der ihm wenige Freunde machen würde, wüsste jemand davon. Er kann hacken wie der Teufel, wie du ja schon weißt. Aber seine Saubermannfassade bröckelt … Er war in letzter Zeit leichtsinnig. Hat eine hübsche Anzahl regierungsfeindlicher Posts im Internet hinterlassen. Pseudonym Orion. Die META hat ihn schon auf ihrer Fahndungsliste.«

»Das ist Orion?«, fragte Melpo wie vor den Kopf gestoßen. Das konnte nicht sein Ernst sein!

»Ja. Ich habe dir vor Kurzem ein paar seiner Texte weitergeleitet, du erinnerst dich.«

»Ich habe sie fast auswendig gelernt«, sagte Melpo aufgeregt und begann inbrünstig zu zitieren: »Europa hat Krebs. Wir haben uns zum Preis unserer Freiheit die Illusion von Sicherheit erkauft, und die Einzigen, denen es nützt, sind jene, die aus unseren Daten Profit schlagen. Indem wir die Überwachung zulassen, ermöglichen wir sie. Indem wir uns selbst zensieren, lassen wir sie zu! Steht auf gegen die Gedankenpolizei! Wir müssen Hammer sein, nicht Amboss, denn wir sind Europas letzte Rettung –«

»Sein populistischster Text«, unterbrach Griffin sie. »Kam nicht sonderlich gut an.«

Melpo räusperte sich. »Ich hätte jedenfalls nie gedacht, dass der Antikapitalist Orion ein Milliardärssohn ist.« Sie musterte den gut aussehenden Rothaarigen. »Was ist mit dem anderen? Ist der auch ein heimlicher Rebell?«

»Nein«, sagte Griffin. »Zack ist genau das, was er zu sein scheint: ein ganz normaler Typ.«

Melpo ließ sich ihre Enttäuschung nicht anmerken. »Was verbindet die beiden dann? Oder gehört er auch zu Lachlans kleinem Theaterstück?«

»Nein, die Sympathie ist echt. Gemeinsame Kindheit. Zacks Vater ist Alkoholiker, seine Mutter ist abgehauen, als er vierzehn war. Bree Murray, geborene Hambleton, ist heute unter keinem dieser Namen mehr aufzuspüren.«

»Wieso ist sie getürmt?«

»Wer weiß? Zack war ein schwieriges Kind; offenbar fühlte sie sich mit ihm einfach überfordert. Alleinerziehend. Bei der Trennung war Zack sieben Jahre alt. Gut möglich, dass sie sich eine bessere Zukunft für ihn gewünscht hat – sie hinterließ damals einen Brief mit der Bitte an Persy Abercromby, Zack bei sich aufzunehmen. Eine naive Frau.«

»Die Abercrombys haben ihn also nicht aufgenommen?«

»Doch. Zack hat zwar noch Familie und hätte wohl problemlos bei seinen Tanten in Waterford und Belfast unterkommen können oder bei seinen Großeltern, aber nach einigem Hin und Her haben sich die Abercrombys dann doch durchgerungen. Lachlan und Zack kennen sich schon seit dem Sandkasten.«

Je mehr Melpo erfuhr, desto sympathischer fand sie den rothaarigen Typen. »Was ist mit Zacks Vater?«

»Owen Murray junior, furchtbarer Kerl. Hat sich das Sorgerecht erstreiten wollen, was wohl bei den Abercrombys den entscheidenden Ausschlag gegeben hat.«

Woher wusste Griffin das alles? Melpo hatte längst aufgehört, solche Fragen zu stellen.

»Er hat also verloren?«

»Du glaubst doch nicht ernsthaft, dass Persy Abercromby so etwas vor Gericht klären muss? Sie hat es auf ihre Art geregelt, persönlich. Und das war Zacks Glück. Fünf Jahre hat er bei den Abercrombys gelebt. Vor Kurzem ist er ausgezogen, um auf eigenen Beinen zu stehen.«

»Er hat in der Villa gelebt und ist freiwillig ausgezogen?«, fragte Melpo beeindruckt.

»Ja.«

»Weiß er von Orions … Aktivitäten?«

»Begrenzt. Zack hat eine ungefähre Vorstellung von Lachlans Fähigkeiten, aber nicht von seinen Zielen. Ihm ist bekannt, dass Lachlan Ahnung von Elektronik hat, und er weiß auch, dass Lachlan programmieren kann – er hat von ihm eine App bekommen, die seine Freundinnen verwaltet. Fand Zack nicht sonderlich lustig.«

»Hat Lachlan auch eine Freundin?«

»Nein. Interessiert?«, fragte Griffin neckisch.

»Der ist so was von nicht mein Typ«, sagte Melpo entschieden, ohne verhindern zu können, dass ihr die Ohren rot anliefen. Sie musste sich eingestehen, dass ihr Lachlan wesentlich attraktiver erschien, seit sie von seiner zweiten Identität wusste. Plötzlich fiel ihr etwas ein. »Sagtest du nicht neulich, du hättest Kontakt zu Orion?«

»Das sagte ich.«

»Und … und du sagst ihm nicht, dass man versuchen wird, ihn zu entführen?« Das kam ihr merkwürdig vor – würde er so etwas auch vor ihr geheim halten?

»Aus verschiedenen Gründen muss ich das.«

»Aber warum?«

Er schwieg eine Weile. Dachte er nach oder ärgerte er sich über ihre Neugierde? »Nun, sagen wir es so«, begann er langsam, »wenn alles gut geht, gewinnen wir einen fähigen Verbündeten. Doch damit das klappen kann, müssen wir den Dingen ihren Lauf lassen. So wenig Intervention wie möglich. Wir beobachten – und wenn es nötig wird, greifen wir ein. Deshalb brauche ich eine zuverlässige Verbündete in Dublin.«

Und sie sollte also diese zuverlässige Verbündete sein. Fast hätte sie sich bei ihm bedankt, so groß war ihr Stolz. »Warum erzählt Lachlan denn Zack nichts von seinen Gedanken?«, fragte sie. »Wenn sie doch offenbar die besten Freunde sind …«

»Das würde er wohl zu gern tun, aber Zack würde das nicht verstehen. Er sieht keinerlei Gefahr in der Überwachung. Er hat Vertrauen in ihren guten Zweck.«

Das Taxi hielt an und Zack öffnete die Tür. Lachlan startete eine Bezahl-App auf seinem Handy und hielt sie gegen das abgenutzte Lesegerät, das ihm der Taxifahrer reichte. Während er auf das Piepsen des Geräts wartete, warf er einen kurzen Blick in die Kamera; sein Blick sagte alles darüber, was er davon hielt, gefilmt zu werden. Melpo hatte das unerwartete Gefühl, direkt von ihm angesehen zu werden: Was für Augen! Wie unglaublich kühl.

Das erlösende Piepsen ertönte. Lachlan setzte ein dünnes Lächeln auf und schob sich aus dem Taxi.

Melpo musste nicht lange warten, Griffin schaltete bereits um auf eine andere Kamera.

Diesmal schlüpfte sie in eine Drohne, die etwa drei Meter über dem Boden durch die Straßen glitt. Zum ersten Mal in ihrem Leben tat sich die Dubliner Pubmeile vor ihr auf. Sie hörte die Musik aus den Lokalen, die Reifen von Autos auf dem Pflaster, die Stimmen der Menschen, die am Straßenrand rauchten, tranken und lachten. Auf allem lag der Glanz eines vergangenen Regenschauers. Lachlan und Zack quetschten sich in ein überfülltes Pub an einer Hausecke.

»Moment mal«, sagte Melpo. »Das Taxi da … das war die ganze Zeit hinter ihnen.«

Am Straßenrand hielt ein schwarzer Wagen, auf dessen Beifahrerseite jemand ausstieg.

»Gut beobachtet«, sagte Griffin (und das Lob löste wie

so oft ein Kribbeln in ihrer Bauchgegend aus). Der Mann mit den langen schwarzen Zottelhaaren und einem dichten Vollbart trug trotz fortgeschrittener Stunde eine Sonnenbrille auf der Adlernase. Sein zerschlissener Mantel wehte über dem nassen Boden um ein Paar verzierter Cowboystiefel, die zu seiner übrigen Erscheinung ganz und gar nicht passten. »Sein Name ist Sylwester Petrovics. Er wird Lachlan entführen. Er und noch so ein Kerl namens Szymon Nowak.«

»Und wir werden es wirklich niemandem sagen?«

»Nein.«

»Geht es ihnen um Geld?« Irgendwie bezweifelte sie das, immerhin sprachen sie hier von Orion.

»Es geht ihnen um die Waffe, über die wir neulich gesprochen haben. Sie wollen Erion.«

»Erion?« Melpo ging ein ganzer Kronleuchter auf. Daher kannte sie den Namen Abercromby. »Verstehe. Lachlan ist Oliver Abercrombys Sohn. Man wird ihn als Druckmittel benutzen, um an Erion heranzukommen, stimmt's?« Sie fühlte wieder diese gewisse Aufregung.

»Richtig. Du kannst die Augen wieder öffnen.«

Das Kamerabild verschwand und Finsternis kehrte ein. Melpo schlug die Augen auf. Ihr war ein wenig schwindelig. Draußen lag Nacht auf dem schwarzen Wasser und die Laternen leuchteten wie kleine Monde. Sie verliehen Griffins orangenen Adleraugen einen gefährlichen Glanz.

»Du bist nicht die erste, die ich mit dieser Aufgabe betraue, Femke«, sagte er, die funkelnden Augen starr auf sie gerichtet. »Dein Vorgänger hat es vorgezogen, vom Plan abzuweichen. Er hat den Abercrombys gegen meinen Willen einen Brief geschickt. Ich gehe davon aus, dass du nicht auf ähnlich dumme Ideen kommst.«

»Natürlich nicht«, sagte Melpo rasch. Sie wagte nicht zu fragen, was mit dem anderen Schläfer passiert war – je weniger sie wusste, desto besser. »Was soll ich tun?«

»Sobald du gelandet bist, holst du deinen Mietwagen ab und fährst ins Hotel. Morgen brichst du auf an die Südwestküste. Ich habe da etwas für dich vorbereiten lassen, das du dir ansehen solltest. Du wirst dort ein, zwei Tage verbringen, um dir ein Bild von der Gegend zu machen, dann kommst du zurück nach Dublin. Alle näheren Anweisungen gebe ich dir, wenn du dich das nächste Mal einloggst. In zwei oder drei Tagen.«

»Okay.«

Griffin verschwendete keine Sekunde. »Du solltest dich jetzt ausloggen. Nach meiner Uhr dürfte das Flugzeug in zwanzig Minuten landen.«

Melpo betrachtete ihn schüchtern. Sie bedauerte es, ihn schon wieder verlassen zu müssen, und versuchte, den Moment hinauszuzögern. »Du weißt, dass ich dir vertraue, Griffin, und du kannst mir auch vertrauen. Aber wann erfahre ich, wie du wirklich aussiehst?«

Sie hatte ihren ganzen Mut zusammengenommen, um ihm diese Frage zu stellen, doch er überging sie. »Du solltest jetzt dein Safeword sagen.«

War ja klar, dachte Melpo enttäuscht. Aber eigentlich hatte sie keine ehrliche Antwort erwartet. Griffin hatte seine Gründe, warum er niemandem sein Gesicht zeigte, und soweit sie das beurteilen konnte, waren das durchaus berechtigte Gründe. »Bis bald, Griffin«, sagte sie.

»Alles Gute, Femke. Ich zähle auf dich.«

»Numinosis«, flüsterte Melpo. Kaum hatte sie das Wort ausgesprochen, tat sich der Boden unter ihr auf und sie fiel in die Dunkelheit. Sie stürzte durch einen Sturm bunter Bilder, die zu schnell wechselten, als dass sie auch nur eines im Kopf behalten konnte. Im nächsten Moment fühlte sie die Lehne des ledernen Flugzeugsitzes in ihrem Rücken. Sie hörte das Dröhnen der Maschine, spürte das nach Kühlflüssigkeit riechende Gebläse der Lüftung auf ihrer Haut und eine leichte Verspannung im Nacken.

Als sie die Augen öffnete, fiel ihr Blick aus dem Fenster auf eine löchrige Wolkendecke, die hin und wieder den Blick auf einen schwarzen Abgrund freigab. Womöglich die Irische See. Mit einem nervösen Flattern im Magen zog sie sich die Stimulanzkappe vom Kopf und schaltete die Konsole aus. Eine grün gekleidete Stewardess erschien.

»Bitte legen Sie den Sicherheitsgurt an, wir landen in wenigen Minuten«, sagte sie mit einem gereizt-höflichen Lächeln. Wahrscheinlich war sie schon nervös geworden, weil sie befürchtet hatte, Melpo könnte nicht rechtzeitig aus Cronos zurückkehren.

»Sorry«, sagte Melpo. Sie stopfte den Cronos Cube und die Stimulanzkappe in den Rucksack und schnallte sich an. Nicht zum ersten Mal fragte sie sich, woher Griffin das Geld nahm, um all die Reisen erster Klasse und die monatelangen Aufenthalte in Viersternehotels zu bezahlen. Sie dachte gekränkt an Griffins Bemerkung, dass sie für diesen Job nur die zweite Wahl gewesen war – hätte der andere Schläfer Griffin nicht hintergangen, wäre sie wohl niemals zum Zug gekommen. Andererseits hatte Griffin schon früher mit ihr über Oliver Abercromby gesprochen, über die Freemind-Sekte und Erion, und das waren Dinge, die wirklich ziemlich geheim waren. Und doch blieb ein ungutes Gefühl. Was war wohl mit dem anderen Schläfer geschehen?

Melpo nahm ein paar große Schlucke Wasser aus einer Flasche, dachte über ihren Auftrag nach und sah aus dem Fenster. Nach zehn oder fünfzehn Minuten tauchten in der Dunkelheit die orangefarbenen Lichter des Festlands auf. Sie blickte entzückt hinab auf das glitzernde Gewebe aus aneinandergeknüpften Sternen, die Straßen, Wohnsiedlungen und die Küste umrissen, und erahnte das schwarze Band eines Flusses zwischen den Lichtern. Irgendwo da unten, dachte sie, sitzen die beiden Jungs jetzt in einem Pub, ohne den blassesten Schimmer davon, dass draußen ein zwielichtiger Kerl steht und sie beobachtet.

Der Gedanke versetzte sie in Erregung.

[2]

»Ich würde sagen, die Wette habe ich gewonnen«, sagte Lachlan und schlug auf dem Barhocker die Beine übereinander. »Es sei denn, Kathy stolpert in der nächsten Minute durch diese Tür … was nicht passieren wird.«

»Abwarten, noch ist es nicht elf«, sagte Zack. »Sie hat noch ein paar Minuten.«

»Jaa, abwarten«, erwiderte Lachlan und warf Zack ein mitleidiges Lächeln zu, das sagte: Zack, du bist ein Idiot, wenn du dir jetzt noch Hoffnungen machst.

Und genau das war der Plan, dachte Zack mit heimlicher Genugtuung. In Wirklichkeit glaubte er nicht eine Sekunde daran, dass Kathy noch auftauchen würde – ganz im Gegenteil, er hatte von Anfang an gewusst, dass er die Wette nicht gewinnen konnte. Nur deshalb war er sie eingegangen.

Kathy hatte es mit der Pünktlichkeit noch nie genau genommen. Sie war selbst zu ihrer eigenen Geburtstagsparty mehrere Stunden zu spät gekommen, hatte einmal ihren Freund einen ganzen Abend lang in einem Restaurant warten lassen und in ihrer Clique war es gang und gäbe, auf Kathys Versprechen »Ich bin um drei da« zu antworten: »Dann bis um vier.«

Unglücklicherweise änderte ihr notorisches Zuspätkommen nichts daran, dass Lachlan tief in seinem Herzen erwartet hatte, dass sie wenigstens heute pünktlich sein würde. Zack hatte sich den Abend schon im Vorfeld lebhaft ausgemalt: Kathy würde nicht auftauchen und Lachlans Stimmungsbarometer auf eiszeitliches Niveau fallen. Eigentlich wäre das kein Drama, denn bemerken würde es ohnehin niemand. Lachlan konnte seine Gefühle so gut verstecken, dass man glauben musste, er habe gar keine. Diese Fassade stoischer Gelassenheit, die zu seinem Gesicht gehörte wie seine Nase oder seine dunkelblauen Augen, war für die meisten Menschen undurchdringlich. Nicht für Zack. Er würde es merken, denn immer, wenn Lachlan wütend war, kam er auf irgendeine total hirnrissige Idee. Nachdem seine Mutter ihm auf diplomatisch-höfliche Weise eröffnet hatte, dass sie ihn rauswerfen, seinen Treuhandfonds kündigen und ihn obendrein enterben würde, wenn er sich nicht an der Wirtschaftsuniversität bewarb, hatte er nur tonlos geantwortet: »Meinetwegen.« Dabei hatten sich seine Augen in Sekundenschnelle wasserhell gefärbt, sodass seine Pupillen deutlich zu sehen gewesen waren. Als sie danach zu zweit in seinem Zimmer gesessen hatten, war Lachlan für mehrere Minuten auffallend ruhig gewesen – bis er plötzlich darüber zu spekulieren begann, wie sich das Handy des Präsidenten hacken ließe. Einfach so. »Vielleicht versuche ich es mal.«

»Vergiss es, das machst du nicht.«

»Warum? Ich glaube, ich könnte es.«

»Sag deiner Mum einfach, dass du keinen Bock auf die Wirtschaftsuni hast.«

»Wieso denkst du, dass das was mit meiner Mum zu tun hat? Das ist eine Sache zwischen mir und Präsident Adams. Sonst nichts.« Zwar hatte Lachlan dann doch davon abgesehen, das Handy des Präsidenten zu hacken, aber schon die Überlegung allein war für Zack ein Schock gewesen. Und er kannte Lachlan lange genug, um zu wissen, wie hoch die Gefahr war, dass Kathy heute Abend der Auslöser für eine weitere Katastrophe sein würde. Lachlan würde mit zusammengebissenen Zähnen alleine steppen – über dem Fenster kündigte ein Banner ihre »Irische Tanzaufführung, 23 Uhr« an –, den restlichen Abend schweigend über einem Energydrink brüten und dann wie aus dem Nichts vorschlagen, eine Überwachungsdrohne abzuschießen. Oder etwas ähnlich Bekloppptes.

Das Einzige, was Lachlans Laune erfahrungsgemäß retten konnte, war die Aussicht auf ein Erfolgserlebnis. Etwa wenn er sagen konnte: »Siehst du, ich hab's doch gesagt, und du hattest unrecht.« Also hatte Zack dieses Erfolgserlebnis eingefädelt und Lachlan in eine Wette dirigiert. Jetzt musste er nur noch absichtlich verlieren, zehn Euro zahlen und Lachlan würde in allerbester Laune seine Tanzaufführung antreten.

Zumindest in der Theorie.

Aber auch in der Praxis lief bisher alles wie geplant.

Lachlan hatte die letzten Minuten damit verbracht, ihm in immer kürzeren Abständen mitzuteilen, wie viel Zeit ihm noch bliebe, bis er um zehn Euro ärmer sein würde. Noch fünf Minuten, Zack. Noch vier. Dreieinhalb. In hundertachtzig Sekunden … »In sechzig Sekunden kann viel passieren«, sagte Zack, der Anspannung vorschützte, indem er mit den Fingerspitzen auf dem Glas herumtrommelte und immer wieder über die Schulter sah.

»Du hast verloren«, sagte Lachlan und hielt ihm die Armbanduhr unter die Nase.

»Um elf habe ich verloren.«

»Fünfzig Sekunden.«

»Vielleicht ist sie ja längst da und findet uns nur nicht«, sagte Zack und drehte der Theke den Rücken zu. Es war warm und stickig im Pub und roch nach altem Bier, dem Schweiß und den Parfüms seiner Gäste. Am Fenster saßen ein Gitarrist und eine Violinistin auf Hockern und spielten einen Touristenhit, das irische Volkslied ›Molly Malone‹. Zack fing die Blicke dreier Mädchen auf, die scheu zu ihm herübersahen, und zwinkerte ihnen zu. Sie erröteten und stießen sich gegenseitig kichernd an.

Es hatte seine Vorteile, besser gebaut zu sein als die meisten Neunzehnjährigen, und kichernde Mädchen gehörten definitiv dazu. Wenn sie ihn sahen, kam es zu einer Kettenreaktion. Zuerst erblickten sie seine karottenroten Haare, die wie ein Signallicht über jede noch so große Menschenmenge hinweg leuchteten; darauf fielen ihnen die Herkulesschultern und die wohlgeformten Oberarme auf, die er sich Blut und Wasser schwitzend in einem kleinen, schäbigen Fitnessstudio in Finglas antrainiert hatte. Und dann starrten sie ihn an, wie gebannt von dieser hellenischen Lichtgestalt, die ihnen so unverhofft erschienen war, und dachten: Was für ein irrer Typ! Zumindest stellte er sich das so vor.

Lachlan fischte mit dem Fuß den Rucksack unter dem Hocker hervor und kramte die lackschwarzen Steppschuhe heraus. »Du kannst mir nichts erzählen. Du hast jeden Menschen registriert, der dieses Pub betreten hat, seit wir hier sitzen«, sagte er, während er sich die Schuhe zuschnürte. »Wenn Kathy hier wäre, wüsstest du es.« Er hielt inne und sah auf die Armbanduhr. »Noch zwanzig Sekunden.«

»Ich geb's zu«, seufzte Zack auf. »Du hattest recht und ich war ein Idiot, das anzuzweifeln.«

»Du siehst es also endlich ein.«

»Ruf sie doch mal an.«

»Hab ich schon x-mal. Sie geht nicht ran. Ich wette mit dir, dass sie sich in Cronos rumtreibt. – Elf Uhr. Du schuldest mir zehn Euro, bar auf die Hand.«

Zack hatte den Schein schon in der hinteren Hosentasche stecken, zog ihn heraus und legte ihn auf Lachlans ausgestreckte Handfläche. Für Lachlan hatten zehn Euro nicht einmal den Wert eines Trinkgelds; Zack hätte sich deswegen ärgern können, doch er wusste, dass es Lachlan ums Prinzip ging. Außerdem wurde Zack oft genug von ihm eingeladen.

Die letzten Takte von Molly Malone verklangen. Applaus. Die Violinistin glitt vom Hocker und neigte sich zum Mikrofon hin: »Gleich gibt es eine irische Tanzaufführung zu sehen, also bitte haltet den Bereich hier frei. Danke für alles und schön, dass ihr heute hier seid. Macht's gut.« Die beiden packten zügig ihre Instrumente ein.

Lachlan rieb mit etwas Spucke einen Fleck vom rechten Steppschuh. »Kathy, Kathy, Kathy.«

»Du kriegst das bestimmt auch allein hin«, sagte Zack, um ihn aufzubauen.

Lachlan schnaubte, als wäre es völlig abwegig, etwas anderes zu denken. »Ich weiß. Ich bin besser als sie. Aber wenn sie dabei ist, starren mich nicht alle an.«

»Keiner starrt dich an, weil sich alle nur für deine Füße interessieren«, sagte Zack.

»Reicht doch.«

Zack zog seufzend sein altes Smartphone mit dem gesprungenen Display und der abgenutzten Schale hervor. »Ich probier's noch mal bei ihr«, sagte er und rief Kathys Nummer auf.

»Was soll das bringen?«, fragte Lachlan.

Aber es sollte ohnehin nicht sein: Als er das Handy ans Ohr legen wollte, hörte er nur ein Piepsen. Auf dem Display stand: »Keine Verbindung zum Mobilfunknetz«. Der Sprung verlief quer durchs letzte Wort.

»Bricht es schon wieder einfach ab?«

»Ja. Mein Handy funktioniert nur, wenn es Lust hat«, sagte Zack. Das war nicht das Einzige, was ihn irritierte. Seit sie vorhin im Taxi gesessen hatten, waren keine Nachrichten mehr bei ihm eingegangen. Dabei stand sein Handy normalerweise keine Minute lang still. Pushnachrichten von ehemaligen Mitschülern, Mädchen, die er im Club kennengelernt hatte, Arbeitskollegen, den Jungs aus dem Fitnessstudio (»Kommst du heute wieder mit?«), den Newsfeeds von Twitter und dem Irish Independent – er trieb den ganzen Tag über in einem nicht abreißenden Strom aus Informationen, doch seit gut zwei Stunden hatte er nicht eine einzige erhalten. Wahrscheinlich wurde das Ding doch langsam alt.

»Dann eben nicht.« Zack steckte das Handy ein und kam nahtlos auf die bevorstehende Show zurück. »Wenn du's nicht magst, warum machst du's dann?«

Er hatte einen wunden Punkt getroffen, das sah er sofort. Lachlans Augen wurden heller.

»Wegen Mum. Sie geht mir jeden Tag mit dieser fixen Idee mit dem Bodyguard auf die Nerven – wir wissen beide, dass es eine fixe Idee ist. Ich muss zusehen, dass ich sie bei Laune halte. Sie will schon die ganze Zeit, dass ich mit Kathy auftrete, weißt du noch?«

»Sie spricht echt immer noch von dem Bodyguard?«

»Und was noch wichtiger ist«, redete Lachlan eindringlich weiter, »wenn ich abends unterwegs bin und unversehrt wieder nach Hause komme, sieht sie, dass es niemanden gibt, der mir was antun will. Dann vergisst sie vielleicht endlich diesen Brief und das mit dem Body … – ooh, hi, Jessica!« Lachlan setzte wie auf Kommando ein breites Lächeln auf, als hinter dem Tresen eine gestresst wirkende Kellnerin auftauchte.

»Es ist kurz nach elf«, sagte sie anklagend.

»Wirklich?« Lachlan sah mit gespieltem Entsetzen auf die Uhr. »Oh verdammt, Jessy, hör mal, Kathy ist noch nicht da, also könnten wir vielleicht …«

»Ich hab die Bude voll, falls du es noch nicht gemerkt hast«, unterbrach ihn Jessica mit einem wütenden Funkeln in den Augen. Sie nahm den Holzbehälter für die Eiswürfel und kippte das Restwasser in die Spüle. »Wenn ihr meine

Gäste enttäuscht, landet das sofort im Internet, und dann war das euer letzter Auftritt hier, versprochen!«

Zack wusste, dass Lachlan das herzlich egal war. Was nicht für Kathy und seine Mum galt.

»Kathy kommt bestimmt gleich«, sagte Lachlan, seine Kapitulation hinauszögernd. Aber Jessica bekam strichgerade Lippen; sie würde nicht mit sich reden lassen. Lachlan schob ihr eine leere Energydrinkdose der Marke Red Rebel hin. »Mach ich's eben allein – aber der nächste geht dafür aufs Haus.«

»Spinner.« Jessica knallte ihm eine frische Dose auf den Tisch. »Du weißt ganz genau, dass deine Getränke alle aufs Haus gehen.« Sie wirbelte in die Küche.

»Viel Spaß«, sagte Zack.

»Ich schätze, Jessy schuldet dir jetzt zehn Euro«, sagte Lachlan und klopfte Zack aufmunternd aufs Bein. »Du hast solche Mühen auf dich genommen, um mich bei Laune zu halten. Und dann passiert *sie*.«

Bevor Zack auch nur einen überraschten Laut von sich geben konnte, begann sich Lachlan einen Weg durch die Menge zu bahnen, hin zu der freien Fläche, die am Fenster als Bühne diente. Hocker, Instrumente, Kabel und Mikrofone waren verschwunden. Lachlan verband sein Handy – ein sündhaft teures Modell mit einer Verschalung aus gebürstetem Titan und einer Display-Abdeckung aus Saphirglas – drahtlos mit den Lautsprechern und wählte ein Lied aus, zu dem er steppen würde. Er verschwendete keine Zeit damit, das Publikum zu begrüßen oder sich vorzustellen. Laute Geigenmusik schepperte aus den Lautsprechern. Lachlan schlug mit der Sohle rhythmisch auf den Holzboden, Kinn oben, Rücken gerade.

Jessica kam mit dem Holzbehälter zurück, der jetzt bis über den Rand mit Eiswürfeln gefüllt war, und platzierte ihn neben der Kasse. Zack bestellte eine Limo. Lachlan hatte also die ganze Zeit Bescheid gewusst … Seine alberne Wette war ihm plötzlich peinlich.

Jessica brachte Zack die Limonade.

»Ich weiß nicht, was er hat«, sagte sie. »Er macht das so super, er könnte groß rauskommen.«

»Er ist eben einer dieser IT-Freaks«, sagte Zack, als wäre damit alles erklärt. »Er denkt die ganze Zeit an irgendwelchen Computerkram. Das sieht man an seiner Stirn.«

»Oder an seinen roten Augen«, sagte Jessy.

Hätte Lachlan ihn nicht hergeschleppt, wäre Zack nicht auf die Idee gekommen, seinen Abend in Temple Bar zu verbringen. Für dasselbe Bier, das nur ein paar Straßen weiter in einem hinter majestätischen Toren und roten Mauern verborgenen Brauereipalast hergestellt wurde, knöpften einem die Wirte hier im Schnitt drei Euro mehr ab als in jeder anderen Kaschemme, die das Pech (oder das Glück) hatte, hinter der unsichtbaren Grenze zu liegen, welche die für zahlungskräftige Gäste aufgehübschte Dublin City vom übrigen, dem echten Dublin trennte. Die mit Leprechaunhüten gekrönten oder mit glitzernden Triskelen geschmückten Touristen, die das distinguierte Klima Temple Bars genauso gern hatten wie Milben eine feuchte, warme Matratze, verstörten Zack jedes Mal aufs Neue. Als jemand, der bis zu seinem vierzehnten Lebensjahr nie ein Restaurant von innen gesehen, löchrige Strümpfe getragen und seinen Haarschnitt von einer wenig talentierten Tante bekommen hatte, vor allem aber als jemand, der sich seinen Lebensunterhalt heute selbst verdiente und Wert auf ein gutes Äußeres legte, ging es ihm nicht in den Kopf, warum jemand Geld dafür ausgab, wie ein Idiot auszusehen.

Er dachte an sein Handy, warf einen routinierten Blick auf das gesprungene Display und öffnete den Chat mit Kathy. Bislang enthielt er nur zwei Zeilen, eine Terminabsprache; für eine gewissenhafte Kontaktpflege gab es keinen Grund, denn Kathy war doppelt so alt wie er. Er schrieb: »Wo steckst du?«, und wartete auf die kleinen Häkchen, die ihm anzeigten, dass seine Nachricht versendet worden war. Vergebens, das Zeichen für intakte Internetverbindungen war durchkreuzt. Rita schickte auch keine Bilder mehr. Schöner Mist, dachte Zack, ein neues Handy würde ein Vermögen kosten. Eigentlich hatte er nicht vorgehabt, seine Ersparnisse dafür auszugeben.

Er lehnte sich an den Tresen und betrachtete die Leute, wobei er das mit Kondenswasser beschlagene Glas in den Fingern drehte. Er sah viele unzufriedene Gesichter und gereckte Hälse; kaum jemand in der Menge konnte Lachlans Füße sehen. Diejenigen, die das Privileg hatten, ganz vorne zu stehen, klatschten stürmisch, als das erste Lied endete und Lachlan zum Handy ging, um das zweite zu starten – nicht ohne einen vernichtenden Blick zur Tür zu werfen. Von Kathy keine Spur. Ein Scheinwerfer mit wechselnden Farben tauchte Lachlan alle paar Sekunden in ein anderes Licht, rot, grün, blau, gelb, violett.

Zack sah ebenfalls zur Tür, als Lachlan in die Mitte zurückkehrte, mit der Hand hinterm Rücken die ersten Takte des Lieds tippte und dann unvermittelt anfing zu steppen, aus dem Stand die Füße nach vorn in die Luft warf und die Fersen aneinanderschlug, sodass es einen Knall gab. Derweil schwang die Tür auf und durch eine Lücke zwischen den Leuten sah Zack einen zotteligen Mann mit einem gewaltigen schwarzen Vollbart hereinstolpern. Regentropfen hingen ihm in den fettigen Locken, die wild in alle Richtungen von seinem Kopf abstanden. Zack betrachtete ihn höchstens zwei Sekunden, um nicht zu offensichtlich zu starren. Im Geist notierte er sich die markantesten Merkmale, den Bart, die ungewaschenen Zotteln, die Sonnenbrille.

Moment … Sonnenbrille?

Er sah wieder zurück, doch der Mann war bereits in der Menge untergetaucht. Warum trägt der eine Sonnenbrille, mitten in der Nacht, fragte sich Zack, wobei er die Menge nach den fettigen Locken absuchte. Vor seinem inneren Auge legte er eine Schublade für den Mann an. Er stellte sich einen Aktenschrank vor, dessen Fächer den Gästen des Pubs zugeteilt waren. In ihnen legte er Informationen über die Menschen ab, die er studierte: Er versuchte ein Gefühl dafür zu entwickeln, wo sich die Menschen aufhielten, beobachtete, was sie tranken, wie sie standen, wie sie sich bewegten, wie sie lachten, ob sie sich unterhielten, mit wem, wie lange, wohin sie dabei schauten.

Seit Zack hier war, hatte er beständig daran gearbeitet, die Fächer zu füllen. Er schloss die Schublade ›Penner mit

Sonnenbrille‹ und fuhr damit fort, die übrigen Schubladen zu prüfen. An einem Tisch in der Ecke saß ein älteres Ehepaar. Die Frau hatte er wegen ihres strengen Gesichts, das seltsam gut mit dem biederen Blümchenkleid und ihrem Bob harmonierte, ›Professorin‹ genannt. Das Paar hatte das Pub vor einer Stunde betreten, mit einer Papiertüte, auf die das Label einer Souvenirkette gedruckt war. Der Mann kam auf drei Guinness, sie auf einen Gin. Die Professorin stand auf, um die Toilette aufzusuchen, ihr zweiter Besuch dort.

Am Fenster: ein attraktives Mädchen. Eines von denen, die ihn vorhin angestarrt hatten. Lange braune Haare. Sonnengelber Rock, dazu eine leichte Bluse, mit bunten Vögelchen bedruckt. Seit zehn Uhr im Pub. Zack ließ den Blick ein wenig länger auf ihren Brüsten ruhen. Ob sie ihm ihre Nummer geben würde? Noch ein weiteres Pint und jemand würde sie nach Hause bringen müssen. Vielleicht er. Vielleicht eine ihrer Freundinnen. Oder der Typ mit den Hasenzähnen, der sie schon den ganzen Abend aus sicherer Distanz angaffte. Sollte das hässliche Entlein das Mädchen ansprechen, wusste er schon, was er tun würde: aufstehen, hingehen und fragen, ob alles in Ordnung wäre. Das Vögelchen würde ihm für die Gelegenheit danken, den ekligen Kerl loszuwerden. Vielleicht verriet sie ihm dann ihre Nummer …

Bis vor einigen Wochen hatte er sich nach dem Verlassen eines Cafés höchstens an die Farbe der Tasse erinnert, aus der er seinen Tee getrunken hatte, aber nicht mehr an die Beschaffenheit der Stühle, die Bilder an den Wänden oder die Tischdekoration. Und jetzt konnte er sogar in einem überfüllten Pub den Überblick behalten, wie er mit einer Spur von Stolz bemerkte. Paddy's Pub hatte derzeit sechsundsiebzig Gäste, inklusive Sonnenbrille. Von der Hälfte wusste er, wie sie aussahen, was sie tranken, wie sie sich verhielten und bei manchen sogar, wie oft sie auf dem Klo gewesen waren. Ich hab's voll drauf, dachte er zufrieden.

Die Leute klatschten und pfiffen, als Lachlan das Ende eines Songs in einem solchen Tempo steppte, dass es sich anhörte, als trommelte er mit Stöcken auf den Boden. Er beendete seinen Auftritt, indem er einmal hart die Ferse auf die Holzdielen schlug. Der Knall verhallte in einer atemlosen Pause, dann brach begeisterter Applaus los. Ohne sich mit Starallüren aufzuhalten, nahm Lachlan sein Handy und tauchte Richtung Bar in die Menge ein. Sein Gesicht glänzte vom Schweiß, Strähnen klebten ihm auf der Stirn und sein Deo duftete ein wenig stärker als vorher. Er schwang sich auf den Hocker und wechselte von den Steppschuhen in die Sneakers. Jessica hatte die Musikanlage angeworfen, aus den Lautsprechern dudelte schon wieder Molly Malone.

»Ich trinke noch was«, sagte Lachlan. »Vielleicht kommt Kathy ja doch noch.«

Zack spürte gleich, dass das nicht der Grund war, nicht mal einer der Gründe. Hatte Lachlan nicht so früh wie möglich wieder abhauen wollen?

»Was macht das Agententagebuch? Sind Kriminelle in der Nähe?«, fragte Lachlan.

Zack verzieh ihm den sarkastischen Unterton, weil er es zu schätzen wusste, dass Lachlan überhaupt fragte. Das gehörte nämlich nicht zu seinen Gewohnheiten. »Dreiundsiebzig Gäste, überwiegend Frauen, viele über sechzig. Ein paar sind gegangen, nachdem du fertig warst.« Er fuhr damit fort, Lachlan detailliert von seinen Beobachtungen zu berichten, obwohl er nicht den Eindruck hatte, dass Lachlan ihm sonderlich aufmerksam zuhörte. Bevor er zu dem Mädchen in der Vögelchenbluse kam, mischte sich Jessica ein.

»Was machst du da, planst du einen Anschlag?« Sie wusch Gläser ab.

Leben kam in Lachlan. »Nein, nein, er macht so was wie ein Agententraining«, sagte er, was ganz bewusst ein bisschen lächerlich klingen sollte.

»Agententraining«, wiederholte Jessica skeptisch.

»Das ist kein Agententraining, nur so eine Art Achtsamkeitsübung«, verteidigte sich Zack.

»So wie bei den Buddhisten?«, fragte Jessica interessiert.

»Buddhisten? Nein, es ist einfach nur –«

»Zack jobbt seit zwei Wochen bei so einer Sicherheitsagentur. Türsteher bei Mister Hero«, sagte Lachlan bedeutungsvoll.

»Wirklich?« Jessica hob die Brauen.

»Jaa, aber das ist nicht so bescheuert, wie es sich anhört, wenn Lachlan es sagt«, erwiderte Zack. »Außerdem sind es schon fast drei Wochen.«

»Es ist eine ausgesprochen verantwortungsvolle Tätigkeit«, sagte Lachlan in übertriebenem Ernst. »All die Raubüberfälle … ganz zu schweigen von denen, die ohne etwas zu kaufen die Toilette benutzen.«

Jessica grinste.

»Ganz egal, was ihr denkt, ohne die Agentur hätte ich nie die Gelegenheit bekommen, auf die Akademie zu kommen. Das ist echt was ganz Großes«, sagte Zack. Er warf einen kurzen Blick über die Schulter zu dem Mädchen in der Vögelchenbluse. Er hätte einiges dafür gegeben, dass sie diesen Teil der Konversation gehört hätte.

»Ja, das stimmt allerdings«, sagte Lachlan, und diesmal war sein Ernst nicht gespielt. Wie immer, wenn das Thema zur Sprache kam, wurden seine Augen verräterisch hell und seine Kommentare spitz. Es störte Zack. Er wusste nur nicht, wie er es ansprechen sollte.

»Was für eine Akademie?«, fragte Jessica neugierig.

»Sie heißt SAP«, sagte Zack.

»Wie der Softwarehersteller«, warf Lachlan ein, als ob Jessica etwas damit anfangen konnte.

Zack spulte eifrig die Erklärung herunter, die er Leuten immer gab, wenn sie nach der SAP fragten. »SAP steht für Schweizer Akademie für Personenschutz und das ist der Name einer Hochschule für Sicherheitsfachkräfte, die hier in Dublin eine Art Schattendasein führt.«

»Uuuh! Müsst ihr da Ninjaklamotten tragen?«

»Batmankostüme«, sagte Lachlan.

»So ein Quatsch«, sagte Zack. »Die SAP ist was Besonderes. Wenn man die schafft, kann man Bodyguard eines Kanzlers werden – oder sogar des Präsidenten!«

»Wer will das schon«, sagte Lachlan.

»Ich, du Trottel. Aber auf die SAP kommt man nur, wenn man eine Prüfung besteht, und zu der Prüfung wird man nur zugelassen, wenn ein Absolvent einen empfiehlt. Und was soll ich sagen – mein Chef ist so ein Absolvent. Er hat jahrelang für die META gearbeitet, bevor er sich mit seiner Agentur selbständig gemacht hat.«

Jessica wirkte milde beeindruckt.

»Und er will dich empfehlen?«

»Jepp«, sagte Zack stolz.

»Also wirst du bald Superagent?«

Zack sank ein wenig zusammen. »Ähm, nein.«

»Oh nein, sie haben dich abgelehnt?«, fragte Jessica mit aufrichtigem Mitleid.

»Zack darf die Prüfung erst mit zwanzig machen«, sagte Lachlan. »Er ist zu jung.«

»Genau, und ich werde erst Anfang November zwanzig, zwei Monate zu spät. Also muss ich mir ein Jahr lang bei Mister Hero die Füße plattstehen.« Schon jetzt, nach drei Wochen, hing ihm der Job zum Hals heraus. Aber das mussten Lachlan und Jessica ja nicht wissen.

»Und nebenbei machst du ein bisschen Agententraining, verstehe«, sagte Jessica beeindruckt. »Also hast du alle Leute hier beobachtet und dir gemerkt, wie sie aussehen und ob sie Rechtshänder sind, so wie Jason Bourne?«

»Na ja, so ungefähr«, sagte Zack, dem zum ersten Mal der Gedanke kam, auf die Hände der Leute zu achten. Wieso war ihm das nicht selber eingefallen?

»Das ist echt cool. Also, du darfst dich jetzt nicht umdrehen«, sagte Jessica. Sie stellte das letzte abgewaschene Glas ab und sah nachdenklich im Raum herum. Zack verstand, dass sie ihn prüfen wollte, und wurde nervös. Hoffentlich wählt sie Vögelchen, dachte er aufgeregt.

»Der Tisch neben den Toiletten.«

»Zwei Frauen, um die dreißig, die eine kurze blonde Haare und weißes Spitzenhemd, kaum Lippen. Die andere dick, mit rot gefärbten Haaren, Pferdeschwanz, schwarzes Hemd«, sagte Zack wie aus der Pistole geschossen.

Lachlan rollte mit den Augen.

»Wow, nicht übel. Welche Schuhe haben sie an?«

Zack starrte Jessica an, als hätte er die Frage nicht verstanden. Die Schuhe … warum war er nie darauf gekommen, sich auch die Schuhe einzuprägen?

»Keine Ahnung«, gab er zu.

»Ha!«, machte Jessica grinsend. »Erwischt. Ernsthaft, diese hässlichen Dinger würde ich am liebsten auch gleich wieder vergessen.« Sie langte mit ihren vom Spülwasser feuchten Fingern nach seiner Hand, um sie zu tätscheln. »Du musst offenbar noch ein bisschen üben.« Sie wandte sich ab, um eine Bestellung aufzunehmen.

Zack drehte sich nach den beiden Frauen um und sah auf ihre Schuhe. Die mit dem Pferdeschwanz trug einfache schwarze Turnschuhe, ›Lippe‹ dagegen hässliche Keilpumps, die über und über mit goldenen Plastikpailletten beklebt waren.

»Nimm's dir nicht zu Herzen«, sagte Lachlan. »Ich meine, wer achtet schon auf die Schuhe?«

»Ich muss auf sie achten«, sagte Zack.

»Musst du nicht.«

»Doch, sonst kann ich's gleich bleiben lassen.«

Lachlan zuckte mit den Achseln und nippte am Red Rebel. »Sei nicht so streng zu dir, Alter.«

Zack, der nicht zugehört hatte, fing an, sich Schuhe anzusehen. Die Männer trugen am liebsten Turnschuhe und die Frauen alle Variationen von Sandaletten und Plateau-Highheels. An einem Paar auffallender Cowboystiefel blieb er eine Sekunde länger hängen: Sie waren mit abgeschmackten Glitzersteinchen verziert, die offenbar Heiligenscheine um Kreuze aus Plastikgold bildeten. In ihnen steckten die Füße des Typen mit der Sonnenbrille. Er hatte einen Platz gefunden, seine Hand lag auf einem Glas mit dunklem Single Malt. Reglos sah er durch das Fenster nach draußen, obwohl er durch die Spiegelung vermutlich gar nichts erkennen konnte.

Zack drehte den Leuten enttäuscht den Rücken zu. Er fühlte sich überfordert.

»Ich muss dir was erzählen«, sagte Lachlan unvermittelt. »Das kann ich nur hier machen. Hier ist es laut genug.«

»Was denn?«

»Ich arbeite da an was. An was Großem. Ich kann draußen nicht darüber reden. Zu riskant.«

»Wieso?«, fragte Zack. Er überlegte, was Lachlan draußen davon abhalten könnte, und dachte mit Unbehagen an die patrouillierenden Drohnen und ihre Smartphones, die sich jederzeit in Wanzen verwandeln ließen. Und dann, mit einem Schaudern, an das Handy des Präsidenten.

»Ich kann's dir nicht mal jetzt genau sagen. Nur so ungefähr. Aber wenn es klappt, wenn ich es schaffe, das zu programmieren … es ist nämlich gar nicht so leicht, vermutlich ist es noch niemandem gelungen, ich kenne jedenfalls keinen –«

»Was redest du da?« Zack hob die Limo zu den Lippen.

»Okay«, sagte Lachlan. Noch ein tiefer Schluck und er näherte sich Zacks Ohr. »Ich bastle an einem Programm, mit dem man Drohnen hacken kann.«

Zack prustete im hohen Bogen Limonade über den Tresen, ausgerechnet in dem Moment, als Jessica zur Trommel mit den Eiswürfeln ging.

»Zack!«, schrie sie auf.

»O verd… – Sorry!«, hustete Zack.

»Du bist so ein Arsch, Zack!«

»Das war keine Absicht –«

»Ich hab nichts zum Wechseln dabei!«

Lachlan drehte sich selbstzufrieden zu seinem Red Rebel hin. Zack wischte sich den Mund mit einer Serviette ab, während Jessica schimpfend in die Küche lief.

»Bist du verrückt?«, zischte Zack.

»Absolut nicht. Es ist möglich«, sagte Lachlan.

»Und ein bisschen gefährlich, oder? Jeder, der auch nur eine kaputte Drohne«, es fiel ihm schwer, das Wort auszusprechen, er sagte es nur mit einer Lippenbewegung, »von der Straße aufhebt, kommt in den Knast! Was meinst du, was passiert, wenn die rauskriegen, was du –«

»Eine ganze Menge Mist«, sagte Lachlan trocken.

»Du spinnst doch. Sag Kathy einfach, dass du es blöd findest, dass sie nicht aufgetaucht –«

»Was hat das mit Kathy zu tun?«, unterbrach Lachlan ihn. »Ich kann dich beruhigen. Weil ich ohne eine Drohne sowieso nicht weiterkomme. Ich müsste so ein Ding aufschrauben und sehen, was drin ist.«

»Das heißt –«

»Das heißt, dass ich eine defekte Drohne aufheben müsste.« Er sagte es so dahin, als redete er von einem Eincentstück. »Und es wäre schon ein großer Zufall, wenn mir so ein Ding ausgerechnet jetzt vor die Füße fiele.«

[3]

Zack und Lachlan schlugen die Kapuzen hoch, als sie raus in den Regen traten. Lachlan wollte ihnen zwei Menüs bei Supermac kaufen und Zack willigte ein, obwohl er den Fettgeruch der Schnellrestaurants längst nicht mehr riechen konnte. Das Mädchen in der Vögelchenbluse stand draußen und rauchte. Als Zack ihren Blick auffing, grinste sie. Es war ein eindeutiges Grinsen. Ein Ruf-mich-an-oder-nimm-mich-jetzt-gleich-Grinsen. Wenn es eine Gelegenheit gegeben hätte, nach ihrer Nummer zu fragen, wäre sie das gewesen – aber er hatte Wichtigeres zu tun. Er musste Lachlan diese Idee ausreden. Er begnügte sich damit, dem Mädchen zuzuzwinkern, und folgte Lachlan in Richtung O'Connell Street, vorbei an Clubs und Pubs, kleinen Oasen der Wärme im Regen, die Musik unter das Prasseln mischten.

»Deine Mum denkt also immer noch über einen Bodyguard für dich nach?«

»Ja, ihr neues Hobby.«

»Hm.«

Vor vier Wochen hatte Mrs. Abercromby per Post einen Brief erhalten: »Seien Sie vorsichtig, jemand hat es auf Ihren Sohn abgesehen. Absender: Anonym.« Mrs. Abercromby ging damit zur Polizei, die den Brief zwar ernst nahm, jedoch unmotiviert erklärte, dass sie nichts tun könne, solange nichts passiert sei. Mrs. Abercromby wurde geraten, es zu machen wie jede andere wohlhabende Frau und sich an eine private Sicherheitsfirma zu wenden. Sie könne auch eine polizeiliche Drohne in Anspruch nehmen, die Lachlan keine Minute lang aus dem Auge lassen würde – die beste Observation, die die Polizei derzeit zu bieten hätte. Aber Lachlan hatte klargestellt, dass er da nicht mitmachen würde, und Mrs. Abercromby hatte das akzeptiert. Als sie wieder zu Hause waren, gab sie sogar zu, dass nicht nur eine Drohne, sondern auch ein Sicherheitsdienst im Haus übertrieben wäre. Ein schwarz gekleideter Mann mit Knopf im Ohr, der ums Haus herumschlich, würde zwangsläufig die Aufmerksamkeit der Parkbesucher auf sich ziehen, und bislang genoss Mrs. Abercromby den Frieden, den es mit sich brachte, dass niemand in der Gegend ihre Identität als Geschäftsführerin von Gallagher Whiskey auch nur erahnte. Sie sagte daher, sie wolle sich von diesem Brief nicht aus dem Konzept bringen lassen, außerdem hätte Lachlan ja Zack und der werde schon auf ihn aufpassen, oder?

Zack nahm die Sache ausgesprochen ernst. Und *wie* er auf Lachlan aufpassen würde. Sie würde sich auf ihn verlassen können. Also warum dachte sie immer noch über einen Bodyguard nach? Vertraute sie ihm doch nicht?

»Ich dachte, das Thema Bodyguard wäre gegessen.«

»Dachte ich auch«, sagte Lachlan.

Zack fuhr sich mit der Zunge über die Lippen. »Andererseits«, zischte er, »würde so ein Bodyguard vielleicht dafür sorgen, dass dir so idiotische Ideen wie die mit der D nicht in den Sinn kommen.« Er mied das Wort ›Drohne‹, weil man sich das Gerücht erzählte, dass es zu den Schlagworten gehörte, nach denen die META in den gesammelten Rohdaten suchte, um Verdächtigen auf die Spur zu kommen. Im Pub hatten sie kaum etwas zu befürchten gehabt; hier draußen aber waren Stimmen meterweit aufzuzeichnen, nicht zuletzt durch das Panoptikum auf ihren eigenen Handys.

»Wenn meine Mum mir mit einem Bodyguard kommt, zieh ich aus, das verspreche ich dir«, sagte Lachlan. »Selbst wenn ich dann in einem Wohnsilo leben muss.«

Zack dachte, dass Lachlan nicht wüsste, was er da sagte, wollte aber keine Diskussion anfangen – zumindest nicht diese Diskussion. »Das, was du vorhast, bringt dich in den Knast«, sagte er gedämpft, nachdem eine Drohne über ihre Köpfe hinweggezischt war. »Stell dir vor, was Mrs. Abercromby sagt, wenn sie kommen, um dich abzuholen und wegzubringen! Sei kein Idiot und mach keinen –«

»Ich bin nicht blöd, Zack, ich werde es natürlich nicht so machen, dass sie mich erwischen.«

»Es ist ganz einfach rauszukriegen, wer die D mitgenommen hat. Das hast du mir selber erklärt.«

»Hab ich das?«

»Du hast ein Handy, ich hab ein Handy, und auf beiden ist dieses Panoptikumding drauf, oder?«

»Ja, in der Firmware. Fest implementiert. Nicht auszuschalten, jedenfalls für die meisten Menschen«, sagte Lachlan lakonisch. »Wenn es jemandem gelingt, gerät er sofort ins Visier der META. Also nicht zu empfehlen.«

Zack wich einer Gruppe Touristen aus, die sturzbetrunken an ihnen vorbeistolperten. »Und wieso willst du es dann trotzdem machen? Die werden sofort wissen, dass du in der Nähe warst, als die Droh –, als sie gestohlen wurde. Oder sie schicken eine andere von denen, um die kaputte zu überwachen. Dann wirst du dabei auch noch gefilmt.«

Lachlan ließ sich von seinen Ausführungen nicht im Geringsten beeindrucken. »Deshalb muss es an einem Ort sein, an dem kaum Pennys unterwegs sind. Und wegen des Handys mach dir keine Sorgen.«

»Pennys?«

»Wenn ich eine gefunden hab, nenne ich sie Penny. Dann muss ich nicht die ganze Zeit darauf achten, dass ich das D-Wort nicht sage.«

Zack zog die Kapuze tiefer ins Gesicht, als sie an einer Menschentraube vorbeikamen, die vor einem Pub rauchte, umschwirrt von Drohnen. Sein Unbehagen wuchs. Die Frisbeescheiben erinnerten ihn daran, welch großen Respekt er vor dem Gesetz hatte. Immer wenn eine Drohne vorbeiflog, fühlte er sich schuldig, obwohl er nichts angestellt hatte. Er konnte es nicht ausstehen, dass sie ihn filmten und die Aufnahmen an Menschen schickten, die er nie in seinem ganzen Leben treffen würde. Was für eine unfaire, einseitige Bekanntschaft. Er war erleichtert, als sie in eine verlassene Gasse einbogen, die Temple Bar mit dem Aston Quay verknüpfte, eine der Hauptstraßen Dublins entlang der Liffey.

Die Gasse stank penetrant nach Urin, doch dafür wurde es wenigstens ruhig; Temple Bar schien kilometerweit hinter ihnen zurückzufallen. Aus der Ziegelsteinmauer ragte ein Rohr, aus dem weißer Wasserdampf wölkte. Die Fenster waren mit Eisenstreben vergittert. In der Ferne jaulte ein Rettungswagen. Zack sah zurück, ohne zu wissen, warum. Das beklemmende Gefühl, das die Drohnen ihm eingepflanzt hatten, ließ sich nicht abschütteln; als stünde er ganz dicht vor einem vorbeirasenden Zug.

»Okay, warte.« Er blieb stehen, weil er es nicht mehr aushielt; er musste mit Lachlan reden.

Lachlan hielt nur widerwillig an. »Was denn?«

»Weißt du, wie egoistisch das von dir ist?«

Lachlan spielte es herunter, natürlich. »Jetzt mach kein Drama draus.«

»Benutz dein Hirn! Was glaubst du, warum es so ein Ding noch nicht gibt?«

»Was?«

Zack senkte die Stimme und hoffte, dass sein Handy ihn dadurch nicht mehr hören konnte. »Na, eine Software, um diese Dinger fernzusteuern.«

»Weil keiner auch nur auf die Idee kommt«, erwiderte Lachlan ungerührt und ohne seine Stimme auch nur im Geringsten zu senken. »Das heißt – sie kommen bestimmt auf die Idee. Aber sie wissen, dass es riskant ist, darüber nachzudenken, also lassen sie es lieber bleiben.«

»Und sie haben recht, weil es zu gefährlich ist!«

Lachlan sah ihn störrisch an. »Du hast es nicht kapiert.«

»Ich kapier das ganz gut. Und du musst mir versprechen, dass du die Sache vergisst«, sagte Zack.

Aber Lachlan schüttelte den Kopf. »Merkst du nicht, wie diese Dinger dein Denken verändern?«

»Der Einzige, der hier nicht mehr klar denken kann, bist du! Ich hab schließlich nicht solche Ideen.«

»Es ist keine fixe Idee«, sagte Lachlan, nicht mehr ganz so ruhig. »Irgendwer muss es einfach tun.«

»Aber warum?«

»Echt jetzt, Zack?« Lachlan sah ihn ungläubig an. »Was glaubst du, wozu die Dinger hier rumfliegen? Vielleicht, um uns zu beschützen? Die klären keine Verbrechen auf, Zack. Die sind nur hier, um uns daran zu erinnern, dass wir besser nicht aus der Reihe tanzen sollten. Sonst würden sie nämlich nicht drei, sondern dreißig Meter über dem Boden fliegen und würden uns kaum auffallen.«

»Du solltest dich mal reden hören, Mann!«

»Und du dich erst. Hast du nicht die Hosen voll, weil du genau davor Angst hast: aufzufallen?«

»Unsinn.«

»Wenn du auffällst, könnten die dir noch in zehn Jahren die Zuverlässigkeit entziehen«, sagte Lachlan. »Und zwar selbst dann, wenn du längst Personenschützer wärst. Aber ohne amtliche Zuverlässigkeit dürftest du keine Waffe tragen, und ohne Waffe wärst du arbeitslos. Und genau deshalb hast du Angst davor, Mist zu bauen.«

»Jetzt warte mal 'ne Sekunde. Du willst also die Welt retten«, erwiderte Zack. »Aber das ist Schwachsinn, und du weißt das. Du bist achtzehn, du kannst gegen die META nichts ausrichten.«

Lachlan sah zur Seite.

Der Uringestank steigerte sich zu einer olfaktorischen Folter und ließ Zack heftig bereuen, sich für das Gespräch keinen besseren Ort ausgesucht zu haben. Er wollte vorschlagen, dass sie weitergingen, als Lachlan tonlos fragte: »Weißt du, warum ich so selten rausgehe?«

Zack fand die Frage irgendwie theatralisch.

»Ich halte sie nicht aus.«

»Was?«

»Diese Scheißdinger«, brach es aus Lachlan heraus. »Fühlst du das nicht? Die verhöhnen uns, Zack! Für die –«

Er unterbrach sich und griff sich an die Nasenwurzel. Zack war nicht bewusst gewesen, wie sehr Lachlan die Überwachungsdrohnen verabscheute. Warum hatten sie noch nie darüber geredet?

»Ich kann mit ihnen nicht weiterleben. Viele können das nicht. Und ich dachte immer, dass du intelligent genug wärst, das auch so zu sehen.«

Zack sah Lachlan verletzt nach, als der sich umdrehte und mit den Händen in den Jackentaschen weiterging. Er folgte ihm widerwillig.

»Was ist in letzter Zeit los mit dir?«

»Mit mir ist alles in Ordnung, wie steht es mit dir?«, antwortete Lachlan unverfroren. Hitze schoss Zack den Kragen hoch, stieg ihm in die Wangen.

»Was ist dein Problem? Die Akademie? Hast du ein Problem damit, dass ich auf die Akademie will?«

Lachlan fuhr herum, den Mund schon geöffnet. Doch ehe er ein Wort sagen konnte, kam ihm lautes Geschrei zuvor: Vom Aston Quay her drängte ein Pulk Jugendlicher in die Gasse, eine Glasflasche zerschmetterte auf dem Pflaster und Scherben schlitterten in alle Richtungen. Zwei Jungs schlugen aufeinander ein, angefeuert vom Geschrei der anderen. Zack und Lachlan starrten zu ihnen hinüber.

»Gehen wir zurück, hab keinen Bock, da mit reingezogen zu werden«, sagte Zack und drehte sich um. Aber Lachlan reagierte nicht. Er sah sich um und eilte hinter eine mannshohe Tonne, die am Eingang einer abzweigenden Gasse stand und so vor Mülltüten überquoll, dass sich ihr Deckel nicht mehr schließen ließ.

Zack kam die Idee, ihn einfach allein zurückzulassen, um ihm eine Lektion zu erteilen, ihm zu zeigen, dass er mit ihm nicht umspringen konnte, wie er wollte … aber dann dachte er an Persy und sein Versprechen.

Zähneknirschend folgte er Lachlan.

»Lass uns einfach gehen, ja?«

Lachlan linste hinter der Mülltonne hervor: Schmerzensschreie; einer der Streithähne hatte den anderen in die Mangel genommen. Zack bekam ein schlechtes Gewissen, er hätte ihm zu Hilfe kommen sollen, ein Blinder sah, wie ungerecht dieser Kampf war – doch nur ein Verrückter hätte sich eingemischt. Prügeleien endeten oft wegen Körperverletzung vor Gericht. Jede Sekunde würde eine Drohne bei den Jungs auftauchen und das Beweismaterial filmen.

Und die Signale ihrer Handys auffangen, wurde es Zack siedeheiß bewusst. Und mit den Signalen ihre ID, ihre Namen, ihre Adressen – sie mussten weg hier.

»Lass uns gehen!«, zischte er Lachlan zu.

»Einen Moment noch.« Lachlan ging in die Knie und fing an, direkt unterhalb der Bordsteinkante einen in Zigarettenstummeln und Regenwasser liegenden Pflasterstein herauszufingern, der im Laufe der Jahre locker geworden war. Was sollte das jetzt werden? Zack sah hektisch hinter der Mülltonne hervor. Er wurde blass, denn es war zu spät: Eine Drohne umkreiste die Jugendlichen, die zu betrunken waren, um Notiz von ihr zu nehmen und abzuhauen.

Er begriff, was Lachlan vorhatte.

»Du Spinner!«, zischte Zack, packte Lachlan am Arm und zog ihn vom Pflasterstein weg.

»Verdammt, das ist die Gelegenheit!«, protestierte Lachlan. Zack hielt ihn fest. Sein Herz raste.

»Was ist mit deinem Handy?«, hielt er dagegen. »Ich habe meins auch dabei. Du bist nicht der Einzige, der in Schwierigkeiten geraten könnte.«

»Sieh sie dir an, Zack, sie beobachtet die Schlägerei, sie hat uns noch nicht mal bemerkt –«

»Die muss uns nicht sehen, die hat unsere Handysignale längst aufgefangen! Die META wird wissen, dass wir hier gewesen sind, wenn sie verschwindet!«

»Nein, Zack. Das wird sie nicht wissen.«

»Was redest du da?«

»Ich habe unsere Handys manipuliert und das Panoptikum ausgeschaltet. Die senden nichts mehr an die META. Weder wo wir sind noch was wir sagen.«

»Was soll das heißen, unsere Handys?«

»Es war nur ein kleiner Hack, nichts Dramatisches. Eine App, mit der ich dich über Bluetooth vom Netz nehmen kann. Deshalb kannst du auch nicht telefonieren.«

Zack stand der Mund offen.

»Ich habe sie auf deinem Handy installiert. Vor drei Tagen. Als wir heute nach Temple Bar gefahren sind, habe ich unsere Handys abgeschaltet, nur für den Fall, dass wir auf eine geeignete Penny stoßen – wie diese hier!«

»Warum weiß ich von all dem nichts?«

»Ich wollte nicht, dass du's zu früh erfährst.«

»Und warum?«

»Weil du natürlich alles unternommen hättest, um mich davon abzuhalten!«

»Und warum hast du es mir dann heute erzählt?«

»Irgendwann musstest du es erfahren, oder?«

Lachlan hob den Pflasterstein auf. Zack war hin- und hergerissen zwischen seiner Wut auf Lachlans Leichtsinn und seiner Ehrfurcht vor so viel Entschlossenheit.

Wiegend hielt Lachlan den Pflasterstein in der Hand, während er zu der Drohne hinüberlinste, die über den betrunkenen Jugendlichen schwebte. Zacks Herz fing an zu hämmern.

Er riss Lachlan den Stein aus der Hand.

»Zack!«

»Ich mach das«, sagte Zack. In ihm brach Panik aus – er musste irre geworden sein. »Du triffst das Teil nie im Leben, geh beiseite!«

Lachlan wich zurück. Die Stimme der Vernunft rief Zack zu, er sollte den Stein in die Mülltonne werfen, Lachlan packen und ihn mit Gewalt von hier wegbringen. Aber sie drang nicht zu ihm durch. Er wollte es nicht wahrhaben, weil es so gefährlich war, so dumm und gefährlich – aber in Wahrheit hasste er die Drohnen genauso sehr wie Lachlan.

Er warf.

Der Stein flog steil durch die Luft und traf die Drohne auf ihrer unteren Kuppel, zerschmetterte das Glas und riss die Kamera aus ihrer Befestigung. Er landete zwischen den Jungs, die vor Schreck auseinanderstoben. Die Drohne taumelte und verlor an Höhe.

Lachlan fummelte den Reißverschluss seiner Jackentasche auf, zog eine winzig klein gefaltete Rettungsdecke hervor und schüttelte sie knisternd auf.

»Such die Kamera!«, rief er Zack zu, zog sich die Jacke aus, sprang aus dem Versteck und warf sie über die Drohne. Zack rannte auf die Jugendlichen zu, die sie mit geröteten Augen anglotzten. Keiner war älter als vierzehn.

»Haut ab!«, brüllte er.

Sie erwachten aus ihrer Erstarrung und flüchteten um die Ecke. Zack fand die Kamera sofort, glaubte aber nicht, dass sie Lachlan noch viel bringen würde, denn sie sah total ramponiert aus. »Ich hab sie!«

Lachlan wickelte die knisternde Rettungsfolie um die Drohne und seine Jacke außenrum. Dumpf drang das Piepen durch die Stoffschichten.

»Kannst du das nicht abstellen?«, fragte Zack.

»Ich bin froh, wenn ich in weniger als einer Stunde herausfinde, wie man das Ding öffnet. Beantwortet das deine Frage? Und jetzt komm!«

Er rannte aus der Gasse, Zack folgte ihm. Es war wie das Ende einer Kette unfassbarer Zufälle, dass ausgerechnet in dieser Sekunde ein Taxi am Straßenrand anhielt. Lachlan schubste ein junges Paar beiseite, das gerade einsteigen wollte, und warf sich auf den Rücksitz. Zack knallte die Tür hinter sich zu. »Chapelizod!«, rief Lachlan.

Der Fahrer fuhr los.

Die sechs oder sieben Minuten Autofahrt nach Chapelizod kamen Zack wie Stunden vor.

»Kannst du das nicht mal abstellen?«, rief der Taxifahrer entnervt über die Schulter, als sie am Heuston-Bahnhof auf einer Brücke die Liffey überquerten.

»Sorry, mein Handy ist im Arsch«, antwortete Lachlan und schüttelte auf Augenhöhe sein Smartphone, als könnte er das Piepen damit zum Verstummen bringen.

»Dann schalt's aus!«, rief der Taxifahrer.

»Ich warte auf 'nen Anruf«, log Lachlan, ohne sich darum zu scheren, dass er sich damit selbst widersprach.

Die Erkenntnis, dass er ein schweres Verbrechen begangen hatte, donnerte über Zack herein. Die Akademie … er hatte die Akademie aufs Spiel gesetzt. Wenn die ihn schnappten, war er vorbestraft, und dann konnte er alles vergessen. Was Lachlan gesagt hatte, stimmte: Ein einziger Fehltritt und man würde ihm noch Jahre später die Zuverlässigkeit entziehen können. Und ohne Waffenschein konnte er seinen Traumjob an den Nagel hängen. Abgesehen davon, dass ihn die SAP mit einer schmutzigen Weste so oder so nicht nehmen würde. Was war er nur für ein dämlicher Idiot! Er hatte völlig die Kontrolle über sich verloren.

Sie fuhren unter der endlosen Mauer des Phoenix Parks entlang. Die Straße gehörte fast ihnen allein, was den Taxifahrer dazu veranlasste, aufs Gas zu treten. Über den Bäumen ragte die leuchtende Spitze des Obelisken auf, der im Phoenix Park stand. In seinem Kopf durchlebte Zack die Szene in der Gasse immer und immer wieder, wie einen schwarz-weißen Stummfilm. In Temple Bar waren ihnen so viele Drohnen entgegengekommen, sicher hatte wenigstens eine von ihnen gefilmt, wie sie in die Gasse abgebogen waren. Würden die Aufnahmen reichen, um sie zu identifizieren? Sie hatten Kapuzen getragen, aber die META konnte Menschen an ihren Gesichtern erkennen. Wenn nur eine Drohne aufgezeichnet hatte, wie sie in die Gasse gegangen waren, würde die META das Panoptikum nicht brauchen, um sie aufzuspüren. Dann wusste sie längst, was passiert war.

Zack fühlte sich wie betäubt, als sie am Chapelizod Gate des Phoenix Parks vorbeikamen. Lachlan ließ den Taxifahrer bis zur Grundschule weiterfahren, von wo aus sie ungefähr zehn Minuten zurücklaufen mussten. Lachlan machte das immer so, es war sicherer; der Fahrer sollte nicht wissen, dass ihr eigentliches Ziel Phoenix Manor war.

Zacks Pulsfrequenz stieg sprunghaft an, als sie das Taxi verließen: Die Gefahr, hier draußen im verschlafenen Chapelizod auf eine Drohne zu stoßen, war zwar gering, aber wissen konnte man es nie genau.

Zack teilte seine Befürchtung mit Lachlan, während sie an einer niedrigen Mauer entlang auf eine Kirche zugingen, die im weichen Licht der Strahler wie eine verlassene Burgruine aussah.

»Penny kann nicht mehr geortet werden«, antwortete Lachlan, der unerklärlich ruhig und gefasst war. »Ich habe sie in eine spezielle Alufolie eingewickelt. Das schirmt das

GPS-Signal ab. Ein Trick, der so alt ist, dass man kaum glauben kann, dass er immer noch funktioniert.«

Zack erinnerte sich an die Rettungsdecke, in die Lachlan die Drohne eingepackt hatte. »Wie lange schleppst du diese Folie schon mit dir herum?«, fragte er.

»Eine Weile«, beschied Lachlan ihn.

Das Piepen war nach Zacks Empfinden in ganz Dublin zu hören. Er zog seine Jacke aus und gab sie Lachlan, damit er sie auch noch um die Drohne wickeln konnte – das hätte ihm schon viel früher einfallen sollen. Allerdings half es nur wenig und das bohrende Piepen begleitete sie weiter die Straße entlang, auf der ihnen glücklicherweise niemand begegnete außer einer Katze, die unter einem Auto hervorhuschte und geräuschlos durch einen Zaun sprang.

Nach der Kirche kamen nur noch ein paar Häuser, danach das Ortsschild von Chapelizod und dann, zur Linken, das gut ausgeleuchtete Parktor, das trotz fortgeschrittener Stunde weit offen stand. Dann folgte ein Fußmarsch durch die idyllische Stille des Phoenix Parks, gut fünf Minuten, die sich ins Endlose dehnten. Die hellen Laternen erschufen finstere Schlagschatten zwischen den Bäumen. Stand dort jemand und beobachtete sie? Ein Anwohner, der mit seinem Hund spazieren ging oder der Parkwächter? Kam ihm das Piepen verdächtig vor, rief er die Polizei? Zack konnte nicht aufhören, sich umzusehen. Lachlan schritt voraus, als hätte er schon wieder vergessen, was er in Händen hielt.

Das St. Mary Hospital, das zweihundertfünfzig Jahre lang tapfer auf der Kuppe des Hangs gestanden hatte, war kurz vor der Weltwirtschaftskrise 2019 von einem Blitz getroffen worden und bis auf die Grundmauern abgebrannt. Da während der Krise niemand auch nur daran hatte denken können, das historische Gebäude wieder aufzubauen, hatte man Persy Abercrombys üppiges Kaufangebot dankend angenommen. Auf der Asche des St. Mary Hospitals hatte sie Phoenix Manor errichtet, ursprünglich als Zweitwohnsitz; inzwischen hielt sie sich jedoch sehr viel häufiger in Dublin auf als in Donegal, auch weil Lachlan hier zur Schule gegangen war.

Zu dem Gelände gehörte ein beträchtlicher Teil des umliegenden Parks, geschützt durch ein ausgeklügeltes Alarmsystem, mindestens zwei Dutzend Kameras und einen zweieinhalb Meter hohen Eisenzaun, von dem aus das Anwesen nur gerade so zu erahnen war. Lachlan gab dem Tor schon von weitem mit der Fernbedienung zu verstehen, dass es sich öffnen sollte. Zwischen den Bäumen knackten Äste; Zack sah alarmiert über die Schulter, doch dann vernahm er nur noch das durchdringende Piepsen der Drohne.

Er fühlte sich ein wenig besser, als sich das Tor hinter ihnen schloss. Es war frisch geölt, denn Lachlans Mutter hasste das Quietschen schlecht gepflegter Scharniere, und so gab es keinen Laut von sich, als sie in den Garten traten. Sie schritten schweigend unter den Apfelbäumen den Kiesweg entlang; stockfinstere Nacht, erst vor dem Haus gab es wieder eine Laterne. Zack sah dem Leuchten sehnsüchtig entgegen. Endlich tauchte Phoenix Manor hinter den Bäumen auf: ein weiß getünchtes Haus mit dunkelblauen Sprossenfenstern, Fassadenstuck und im Jugendstil gestalteten Oberlichtern und Säulen, die den Eingang flankierten. Die überfüllte Stadt wirkte wie Welten entfernt, das Rauschen der Straßen wie eine Halluzination. Im Haus brannte kein Licht.

»Deine Eltern sind schon im Bett?«

»Mum bestimmt, sie fährt morgen nach Donegal. Ich bezweifle aber, dass Dad schon schläft.«

»Sitzt er immer noch jede Nacht im Keller rum?«

»Was sonst.«

Am Hauseingang presste Lachlan den Daumen auf den Scanner der Alarmanlage. Sie betraten die Villa, streiften sich die Schuhe von den Füßen und stiegen zwei Stufen auf einmal nehmend die Treppe hoch. In seinem Zimmer schaltete Lachlan das Licht an, was das übliche Chaos enthüllte, und warf die eingepackte Drohne auf den Schreibtisch, den Zack noch nie so aufgeräumt gesehen hatte. Ein seltsames Holzgerüst war um den Schreibtisch herum aufgebaut. Lachlan zog eine Schublade auf und holte eine größere Ausgabe der Aludecke von vorhin heraus. »Hilf mir mal. Aufpassen, das Ding ist fast so groß wie das ganze Zimmer – hier anfassen – und jetzt über das Gestell drüberziehen – ja, genau so.«

Sie zupften die Folie mühsam über das Holzgestell, bis etwas entstanden war, das Zack an die weißen Zelte erinnerte, die über den Fundorten von Leichen errichtet wurden. Lachlans Schreibtisch mit dem an der Wand befestigten Fünfzig-Zoll-Bildschirm, den drei an Stahlsaiten hängenden Seitenmonitoren und dem in die Holzplatte eingelassenen Navigations- und Tastaturdisplay war vollständig von dem Aluzelt umhüllt. Und mit ihm die Drohne.

»Das Ding wird verhindern, dass Penny an die Zentrale funkt, wenn ich sie auspacke«, erklärte Lachlan unaufgefordert. Zack erschien das unrealistisch; gegen die mächtige Drohne kam ihm Lachlans Zelt wie das Kinder-Tipi vor, in dem sie in der Vorschule gespielt hatten.

»Das ist doch nur Alufolie«, sagte er zweifelnd.

»Eine verstärkte, Hochfrequenzen abschirmende Spezialfolie«, präzisierte Lachlan.

»Ach so.«

Sie sahen sich in die Augen.

»Ich kann einfach nicht verstehen, wieso du das gemacht hast«, sagte Zack.

»Du hast den Stein geworfen«, sagte Lachlan. Seine unterkühlte Art ärgerte Zack.

»Weil du mir keine andere Wahl gelassen hast!«

»Wenn man etwas gegen staatliche Unterdrückung tun will, muss man immer zuerst über seinen eigenen Schatten springen. Das gehört nun mal dazu.«

»Ich habe die Akademie aufs Spiel gesetzt!«, sagte Zack, denn es kam ihm nicht so vor, als wäre Lachlan wirklich bewusst, wie viel er riskiert hatte.

Zu allem Überfluss sagte er nichts dazu. »Ich habe auch Angst vor der META«, behauptete er stattdessen. »Aber wenn wir uns das noch länger gefallen lassen, werden wir immer vor ihr Angst haben. Und die werden ihre Macht weiter ausbauen, bis wir alle einen Chip im Hirn haben.«

Zack war sich nicht ganz sicher, ob er genauso dachte. Denn wer nichts anstellte, dem konnte ja auch nichts passieren. Und das mit dem Chip war mindestens so schwachsinnig wie Lachlans Aluzelt, oder?

»Und jetzt entschuldige mich – ich muss etwas gegen dieses elende Piepsen unternehmen«, sagte Lachlan, fuhr sich durchs zerzauste Haar und verschwand ins Zelt.

Jetzt, da sein Adrenalinpegel langsam wieder sank, spürte Zack seine Erschöpfung. Sollte er nach nebenan in sein altes Zimmer gehen? Er verwarf die Idee, die Vorfreude in ihm ausgelöst hatte; die Haushälterin hatte bestimmt das Bettzeug weggeräumt, damit es keinen Staub fing. Ein merkwürdiges Gefühl, in diesem vertrauten Haus keinen Schlafplatz mehr zu haben. Er sah zu Lachlans Bett und dachte darüber nach, sich hinzulegen, streckte sich dann aber doch auf dem Sofa aus, wozu er erst einen Haufen von Lachlans getragenen Klamotten wegschieben musste. Darunter fand er einen angesengten Fetzen von Lachlans Schuluniform, den dieser offenbar aufgehoben hatte, um sich an den nach eigener Aussage »schönsten Tag seines Lebens« zu erinnern. Sie hatten Ende Mai ihre Abschlussprüfung abgelegt; am letzten Tag hatte sich Lachlan auf dem Schulhof den Pullover über den Kopf gezogen, ein Feuerzeug gezückt, das er irgendwie durch die Sicherheitsschleuse der Schulsecurity bekommen hatte, und den Pullover unter dem Jubeln ihrer Mitschüler in Brand gesteckt. Übrig geblieben war nur dieses Stück mit dem Schulwappen – fast wie geplant.

Zack warf einen Blick aufs Handy. »Darf ich jetzt wieder ins Netz?«, rief er Lachlan zu.

Lachlan kam noch ein wenig zerzauster als zuvor aus dem Zelt und tippte ungeduldig auf Zacks Handy herum. Als er es ihm zurückgab, gingen auf einen Schlag vierundneunzig neue Nachrichten ein.

»Oh, Mann«, murmelte Lachlan augenrollend.

Zack ging unkonzentriert die neuen Nachrichten durch. Der Irish Independent meldete mehrere Verletzte bei einem Bandenkrieg in Kilmainham. Kathy hatte nicht reagiert. Patricia beschwerte sich in fünf ellenlangen Posts über ihren Freund (»Wenn er nach Hause kommt und seine stinkenden Schuhe erst mal voll im …«) – Zack klickte sie weg. Sechzehn Nachrichten waren von Rita, die wissen wollte, ob ihm ihre neue Unterwäsche gefiel. Er tippte sich durch ihre anzüglichen Selfies und fragte sich, womit er ihr das Gefühl gegeben hatte, sich ihm auf diese entwürdigende Weise präsentieren zu müssen. Ihre Vulgarität turnte ihn ab. Er hatte Rita auf Twitter kennengelernt; die nächste App, die er jetzt aufrief, um sich auf den neuesten Stand zu bringen.

Er scrollte durch die Timeline …

Spongi224
@murphycrash @compay34 @Fionavar Schönes Wochenende euch!

Sol Dev
Ich kann nicht genug kriegen von diesen Bodypaintern #sexy

(Ein Foto zeigte drei nackte Frauen, die mit schreiend bunten Landschaften bemalt waren.)

Turbonator
Was haben Veganer und Termiten gemeinsam?
Sie kloppen sich bei McDonalds um die Tischplatte.

Eurotalk
Anfang dieser Woche sind in Ägypten acht Männer wegen eines schwulen Heiratsvideos verhaftet worden #nt #egypt#homosexuality

BreakTruth
4 Jahre seit Ende von #BreakthroughListen, Astrophysiker Albert Bright weiter verschollen: #BT-Sprecher @Arnold_ Albrecht zweifelt offizielle ...

Er behielt nichts von dem im Kopf, was er las, und als er am Ende des ersten Schwalls zwanzig neuer Tweets angekommen war, gab es schon sechsunddreißig neue. Er öffnete das Fenster für einen neuen Tweet, schrieb »Scheißtag« hinein, löschte es wieder und warf das Handy auf den Tisch.

Warum hatte Lachlan noch mal seine Schuluniform verbrannt? Weil er sie hässlich fand, oder? Zack erinnerte sich ungenau daran, dass Lachlan einmal gesagt hatte, er könne es nicht ausstehen, wie alle anderen herumlaufen zu müssen. »Ich bin doch kein Klonkrieger«, hatte er gesagt. Er hasste die Konformität, das Verschwinden in der Masse, das Dasein als Sandkorn, das durchs Leben rieselte. Uniformiert zu sein wie ein Soldat in der staatlichen Schularmee. Irgendwie ergab das alles jetzt einen Sinn – nur welchen? Was genau ging in Lachlan vor? Zack begriff es nicht.

Ein Nachrichtensender im Fernsehen. Offenbar ein Bericht über die jüngste Sitzung der Kanzlerkammer – das politische System war Teil der Abschlussprüfung gewesen. Einfache Fragen. Sie wären vielleicht nicht so einfach gewesen, wäre er nicht wochenlang nachts um halb drei aufgestanden, um zu pauken. Er hatte in dieser Zeit fünf Kilo abgenommen und kaum trainiert. Das holte er jetzt gerade nach; doch wenn er Gewichte stemmte oder auf den Boxsack eindrosch, spukten ihm die Aufgaben immer noch durchs Hirn. Welchen Einfluss hatten die Bürgerkriege in Frankreich und Deutschland auf die Gründung der Europäischen Föderation im Jahr 2022? Erörtern Sie den Umgang mit dem Terroranschlag auf Gundremmingen und seinen Niederschlag in der europäischen Sicherheitsagenda. (Diesen Aufsatz hatte er ziemlich in den Sand gesetzt.) Derzeitiger Präsident der Republik Europa? Edgar Adams, britischer Kanzler. Der Unterschied zwischen Kanzlerkammer und Delegiertenkammer? Die eine bestand aus den Kanzlern der dreiunddreißig Bundesstaaten, die andere aus den regionalen Abgeordneten. Die irische Kanzlerin? Una Kelly … gerade tauchte sie in den Nachrichten auf, klein und rundlich. Sie stand an einem Rednerpult und sprach mit schneidender Stimme in ein winziges Mikrofon. »Ein Staat, der terrorismusfördernde Plattformen wie den Cronos Cube duldet, ist in keiner Weise demokratisch! Irland fordert das Verbot der Spielekonsole.«

Applaus in der Kanzlerkammer.

Zack fand keine Ruhe. Jede Sekunde rechnete er damit, Fotos von ihren Gesichtern auftauchen zu sehen, zur Fahndung ausgeschrieben: »Eine Eilmeldung, die Dubliner Polizei sucht derzeit nach zwei flüchtigen …« – Es machte ihn verrückt; er schaltete um auf eine Dokumentation über Autotuner. (Es ging um einen Hack, mit dem sich vorprogrammierte Geschwindigkeitsbegrenzungen aushebeln ließen. Lachlan hatte ihm schon lang und breit davon erzählt.) Ein Teil von ihm lauschte immer mit halbem Ohr nach draußen. Hatte er gerade Sirenen gehört? Nein, doch nicht hier im Phoenix Park. Selbst wenn sie kamen, um sie zu holen, würden sie keine Sirenen nötig haben. Sein Blick wanderte zum Fenster. Dann wenigstens Blaulicht? Nein, alles schwarz. Weiter als bis zum Zaun würden sie eh nicht kommen.

Lachlan klapperte im Zelt mit Werkzeug herum. Das Piepen tönte in voller Lautstärke durch den Raum. Hoffentlich wachte Mrs. Abercromby nicht auf. Die LED am Smartphone blinkte gelb auf. Eine neue Nachricht …

»Die sind nicht glücklich, solange sie nicht irgendwas verbieten können«, sagte Lachlan durch das Zelt. Offenbar meinte er Kanzlerin Kelly. »Ich verspreche dir, die verbieten Cronos noch. Und dann geht's hier rund.«

Urplötzlich verstummte das Piepen.

Zack, inzwischen so gewöhnt an das Geräusch, glaubte es noch ein paar Sekunden lang zu hören. Er wollte gerade nach dem Handy greifen, als er innehielt.

»Ich wusste es«, sagte Lachlan und kam mit einem etwa bohnengroßen Stück Elektronik aus dem Zelt heraus. Triumphierend zeigte er es Zack, der damit überhaupt nichts anfangen konnte. »Das ist eine versteckte Stromquelle. Hätte ich nur den Akku herausgenommen, hätte Penny weiter Daten an die META gesendet, und irgendwann hätten sie vor unserer Tür gestanden und uns eingesackt.«

Das war etwas, was Zack durchaus verstand. »Das bedeutet, das Ding ist jetzt tot?«

»So ungefähr. Wenn wir in Temple Bar nicht identifiziert wurden, sind wir aus dem Schneider.«

Zack sank in sich zusammen. »Irre«, sagte er, »du weißt, dass ich heute Nacht kein Auge zutun werde?«

Ein Irrtum. Als Lachlan eine Stunde später aus dem Isolationszelt trat, lag Zack mit angewinkelten Beinen zwischen den getragenen Klamotten auf dem Sofa, angeleuchtet von den rasch wechselnden Bildern aus dem Fernseher. Er atmete ruhig, schnarchte ein bisschen, als hätte er niemals eine Drohne gestohlen, niemals das Gesetz gebrochen.

Lachlan schleppte seine Vier-Jahreszeiten-Bettdecke mit dem kuscheligen Flanellüberzug zum Sofa – er hatte heute Nacht ohnehin nicht vor zu schlafen – und breitete sie über Zack aus. Dann griff er zur Fernbedienung, um den Fernseher auszuschalten, hielt jedoch mit dem Daumen über dem roten Knopf inne; Zack war mit den flackernden Bildern eingeschlafen, vielleicht würde er aufwachen, wenn es aufhörte. Also regulierte er nur die Lautstärke ein wenig herunter, um nicht länger von der sinnentleerten Geräuschkulisse gestört zu werden, legte die Fernbedienung auf den Tisch und kehrte nach einem letzten Blick auf Zack ins Zelt zurück.

Er tat es schweren Herzens: Die ganze Nacht hätte Lachlan damit verbringen können, den ahnungslosen Zack bei seinem verdienten Ausflug ins Land der Träume zu beobachten, wo er doch sonst kaum die Möglichkeit hatte, ihn eingehend zu betrachten, den Gladiatorennacken mit den Augen abzutasten, das ziselierte Gesicht zu studieren und sich – mit heißem Nadelstich im Magen – vorzustellen, wonach diese unerreichbaren Lippen schmeckten, an denen schon so viele Lipglossmünder gelutscht hatten. Doch weil sein Pflichtgefühl stärker war, drängte er Zacks Gegenwart so gut es ging an den Rand seines Bewusstseins, verließ die chaotische Welt, deren Mittelpunkt Zachary Murray war, und trat zurück in die aufgeräumte, berechenbare Welt des Zelts, wo er den Mikro-USB-Stick in die Buchse am Tablet steckte und das Betriebssystem bootete: das unersetzliche Tails, eine Linux-Distribution, die ihm einen garantiert verfolgungssicheren Zugang zum Internet gewährte. Zusätzlich war auf dem Tablet ein unverdächtiges, aber nutzloses Windows Genesis installiert, das, sobald er den USB-Stick anschloss, demütig in den Hintergrund trat und den Platz räumte für einen verborgenen Winkel des Internets, in den sich nur absolute Freaks verirrten.

Zum Beispiel Griffin.

Bevor Lachlan den Chat öffnete, spitzte er ein letztes Mal die Ohren, zufrieden, als er an den gedämpften Stimmen aus dem Fernseher vorbei Zacks gemächliches Schnarchen vernahm. So gern er ihn auch hatte, das hier war ungefähr so sehr Zacks Welt, wie die höhere Arithmetik die Welt eines Jungen war, der gerade erst zählen lernte – und vorerst sollte das auch so bleiben.

Griffin war online, wie meistens. Lachlan ließ das Tablet eine Tastatur auf den Tisch projizieren und tippte ihm einen knappen Gruß ins Fenster: »Hi.«

Griffin antwortete prompt, als hätte er den ganzen Tag auf eine Nachricht von ihm gewartet. Lachlan gefiel der Gedanke, obwohl er wusste, dass er illusorisch war, weil Griffin genügend wichtigere Dinge zu tun hatte.

»Hi!«

Lachlan fiel mit der Tür ins Haus. »Du ahnst nicht, was neben mir liegt.« Nervös wartete er die Antwort ab; diesen Moment hatte er so sehr herbeigesehnt.

»Lass mich raten«, ploppten die Buchstaben ins Fenster, weiß auf schwarzem Grund, klassisch, fast schon retro. »Ein Red Rebel. Ein Schokoriegel …«

»Falsch«, antwortete Lachlan ungeduldig. »Sie sieht aus wie ein Ufo. Sie hat zwei Kuppeln.«

Diesmal ließ sich Griffin mit seiner Antwort Zeit – vermutlich, weil er nicht fassen konnte, was Lachlan ihm da schrieb. Lachlan konnte sich ein Grinsen nicht verkneifen. »Richtig erkannt«, schickte er hinterher.

»Du machst Witze«, schrieb Griffin.

»Nein. Es ist eine DX-9821.«

»Eine Hyperion? Sehr witzig!«

Lachlan rief die Tabletkamera auf, machte ein Foto der halb zerlegten Drohne und schickte es an Griffin.

»Beweisfoto.«

Pause. »Nicht übel!« Ein seltenes Kompliment.

»Ich hab dir gesagt, ich mach's.«

»Ich habe nie an dir gezweifelt.«

»Nur ein bisschen.« Griffin hatte ihn tagelang damit aufgezogen, dass ihm der Diebstahl niemals gelingen würde: »Eine Nummer zu groß für dich, Kumpel.« Lachlan bekam sich vor lauter Genugtuung kaum wieder ein.

»Und jetzt?«, fragte Griffin nach einer Weile. Mit etwas Fantasie hörte er sich beeindruckt an.

»Bastle ich die Fernsteuerung.«

»Ich hab's dir gesagt«, textete Griffin. »Du bist zu Höherem bestimmt. Du bist keiner, der nur ein paar Flugblätter verteilt. Du bist ein verdammtes Genie!«

Es war nicht so, dass Lachlan das nicht gerne las. »Ich

weiß«, behauptete er, zögerte und setzte nach: »Was meinst du mit Höherem? Noch höher als das?«

»Viel höher.«

Ein Kribbeln stieg in Lachlan hoch. »Wie hoch?«

Er wartete; diesmal ließ sich Griffin besonders viel Zeit mit seiner Antwort. Als sie endlich einging, sog Lachlan jedes Wort in sich auf.

»Du bist intelligent. Und du bist auf dem richtigen Weg. Du hast die Wahrheit kapiert. Die Rebellion braucht Männer wie dich. Ich brauche Männer wie dich.«

Wie mich, dachte Lachlan ehrfürchtig.

Griffin hatte eine unermessliche Anzahl Verbündeter, die überall lauerten, in kleinen und großen Firmen, in Ämtern, in der Regierung, in Atomkraftwerken, bei GoodEye Systems, ja sogar bei der META. Er versammelte die unterschiedlichsten Talente um sich, Hacker genauso wie Killer: Der noch immer unaufgeklärte Mord an Brendan Blum, einem Aufsichtsratsmitglied von GoodEye Systems, ging zum Beispiel auf sein Konto. Er hatte Blum digital observiert, den Anschlag geplant und dann einen seiner Schläfer aktiviert, der bei dem Spionagesoftwareentwickler gearbeitet hatte. So hatte Griffin es ihm anvertraut, und warum sollte Lachlan ihm nicht glauben? Immerhin hatte ihm Griffin auch die Passwörter von den Servern von GoodEye Systems besorgt, die er gebraucht hatte, um sich Zugang zu Pennys Innenleben zu verschaffen.

»Du hast Talente, die außer dir niemand hat«, setzte Griffin nach, denn offenbar schwieg Lachlan für seinen Geschmack schon etwas zu lange. »Talente, die wir brauchen.

Nutze sie. Nicht, um Flugblätter zu verteilen. Du weißt ganz genau, dass das noch nie etwas gebracht hat …«

»Ich weiß«, schrieb Lachlan, um wenigstens irgendetwas geantwortet zu haben. Was sollte er Griffin sagen? Ein Teil von ihm wollte einschlagen, wollte untertauchen, wollte rebellieren – doch der andere konnte nicht vergessen, wer auf dem Sofa lag. »Das ist nicht so einfach.«

»Warum?«

»Weil ich nicht allein auf der Welt bin.«

»Oh«, kam es von Griffin. »Zack.«

Lachlan ballte die Fäuste; er konnte gut genug zwischen den Zeilen lesen. Griffin belächelte Zack, den er einen naiven Troll nannte, einen angepassten Dressuraffen, der die Welt mit den Augen eines Zwölfjährigen sah. »Er ist auf einem guten Weg«, hackte Lachlan trotzig in die Tastatur. »Heute hat er den Stein geworfen.«

»Den Stein?«

»Auf die Hyperion. Er hasst die Drohnen. Er weiß nur noch nicht, was in ihm steckt. Das heute war ein Anfang. Hab noch etwas Geduld. Ich werde mich dir anschließen. Aber wenn ich es tue, dann wird Zack mit mir gehen.«

Eine Ewigkeit bewegte sich nichts im Chatfenster. Dann schrieb Griffin: »Komm nach Cronos.«

Lachlan hielt sich die Stirn; kein Chat mit Griffin, ohne dass er versuchte, ihn nach Cronos zu zitieren. Wie oft sollte er ihm diese Bitte noch ausschlagen?

»Lass uns von Angesicht zu Angesicht darüber reden. Ich will dich kennenlernen. Treffen wir uns.«

Nichts sehnlicher als das, dachte Lachlan. Er schrieb:

»Gegen ein Treffen hätte ich natürlich nichts …«, zumindest nicht, wenn Griffin ihm garantieren konnte, dass die META davon nichts mitbekam, »… aber nicht in Cronos.«

»Warum nicht?«

Lachlan schnaubte. Griffin kapierte es nicht. »Weil es ein verdammtes Computerspiel ist, Mann!«

»Nein«, kam Griffins Antwort, »es ist nicht nur ein Computerspiel. Du musst es erlebt haben.«

»Nur Loser spielen Cronos. Leute, die im Leben nichts mehr zu erreichen haben.« Er musste sich allerdings eingestehen, dass diese Beschreibung nicht unbedingt auf Griffin passte. Jedenfalls wollte er das nicht glauben.

»Denkst du, die hätten für elf Milliarden US-Dollar das satellitengestützte CronWeb in den Orbit geschossen, wenn es nur ein dummes Spiel wäre?«, setzte Griffin nach. »Die Cron Company hat es damit sogar in euer Guinnessbuch der Rekorde geschafft. Für die größten Geldmengen, die je in ein Spiel investiert wurden.«

Lachlan fragte sich, was er mit ›euer‹ meinte.

»In Cronos ist es sicher. Du wirst sehen.«

»Nein, danke.«

»Weißt du, was ich glaube?«, schrieb Griffin. »Der wahre Grund ist, dass du Angst hast, die Kontrolle zu verlieren. Wie hältst du es eigentlich aus zu schlafen?«

Lachlan war es leid. »Ich will dich treffen«, tippte er, »aber es muss ohne Cronos funktionieren.«

»Das wird es aber nicht. Und irgendwann wird der Tag kommen, an dem du das einsehen musst.«

[4]

Zacks Handy weckte ihn um Viertel nach sechs mit einem ›Sweet Dreams‹-Cover von den Freaking Picks. Der Fernseher lief noch, irgendeine Frühstückssendung. Lachlan lag nicht in seinem Bett, sondern saß im Zelt und huschte mit den Fingern über die digitale Tastatur, angestrahlt von einer kühlen Schreibtischlampe und den vier Bildschirmen, halb begraben unter Schokoriegelpapierchen und Red-Rebel-Dosen. Von seiner Schreibunterlage, die neben dem Tastaturdisplay lag, hatte er das mit mathematischen Formeln und geometrischen Figuren bekritzelte Blatt abgerissen und es hinter sich auf den Boden geworfen, danach war er mit dem Drehsessel ein paarmal drübergerollt, ohne es zu merken. Auf dem neuen Blatt standen schon wieder ein paar hastig hingeworfene Notizen.

»Hast du heute Nacht nicht geschlafen?«

»Nein. Ich bin nicht müde. Gehst du arbeiten?«

»Muss.«

Zack verkniff sich einen Kommentar zu Lachlans Augenringen und ging ins Bad, um sich zu rasieren. Er dachte an das versiffte Gemeinschaftsbad im Wohnsilo, in dem er vor zwei Wochen eine minimalistische Wohnung bezogen hatte, die eigentlich mehr einer Gefängniszelle ähnelte. Die meisten seiner Nachbarn hatten nicht das Glück, sich wie er bei Freunden waschen und verpflegen zu können. Er mochte das Silo nicht, aber es war bezahlbar und brachte ein bisschen Privatsphäre mit sich, auch wenn die ganze Einrichtung nur aus einer fest montierten Pritsche und zwei darunter befindlichen Schubladen bestand. Bevor die beiden Wohnsilos im Stadtteil Kilmainham gebaut worden waren, hatte es in Dublin kaum Hochhäuser gegeben, schon gar nicht in dieser Gegend, wo die Backsteinhäuser selten mehr als zwei Stockwerke besaßen. Früher hatten viele mittelständische Familien in diesen Backsteinhäusern gelebt, doch heute waren die Gärten verwildert, ganze Ladenzeilen geschlossen, die heruntergelassenen Jalousien mit Tags von Gangs beschmiert, die sich in den ausgestorbenen Straßen bekriegten.

Für das erste Wohnsilo am Grattan Crescent waren ein Spielplatz und eine kleine, beschauliche Gartenanlage abgerissen worden. An ihrer Stelle war der dreißig Stockwerke hohe Kasten entstanden, den ein Journalist einmal als »das Gegenteil von Architektur« bezeichnet hatte. Ohne Dach hätte das Silo aus der Vogelperspektive so ausgesehen, als hätte der Architekt einfach ein kariertes Blatt Papier genommen und in jedes Kästchen eine Zelle gezeichnet. Die Brandschutzbedingungen waren eine Katastrophe, Komfort nicht vorhanden, Lebensqualität – nun ja. Ins Wohnsilo zog nur ein, wer selbst die Butter auf dem Toast nicht mehr bezahlen konnte. Es war die Antwort der Regierung auf die grassierende Wohnungsnot gewesen, das Resultat eines lange herbeigesehnten »harten Durchgreifens«, der von vielen geforderte »notwendige Kompromiss« im Kampf um bezahlbaren Wohnraum. Mit anderen Worten: Vergiss den Brandschutz, vergiss die Lebensqualität. Es ist ein Bett! Lachlan hatte bei seinem ersten Besuch entsprechend reagiert. »Dir ist klar, dass du hier nicht wohnen kannst? Mum fällt in Ohnmacht, wenn sie davon hört.«

»Das ist meine erste eigene Wohnung«, hatte Zack sich gerechtfertigt. »Mir gefällt das auch nicht, aber ich hab mir das genau überlegt.«

»Verstehe ich ja. Ich würde auch lieber in einer Abstellkammer leben als im Zimmer neben dir.«

Zack betrachtete sich müde im Badezimmerspiegel. Mit angsteinflößender Klarheit ging ihm die Szene von gestern Nacht durch den Kopf. Er war ein Verbrecher. Hatte die META ihre Handys geortet? Lachlan hatte behauptet, diesbezüglich vorgesorgt zu haben. Aber was war mit den Drohnen in Temple Bar? Hatten die ihre Gesichter identifiziert? Einen Moment lang war Zack von der Vorstellung wie gelähmt. Vielleicht holten die ihn von der Arbeit ab und legten ihn in Handschellen. »Mr. Murray, Sie sind verhaftet.«

Er wusch sich und sagte Lachlan Auf Wiedersehen.

»Schlaf ein bisschen.«

»Mh-hm.«

»Mittagessen um zwölf, okay?«

»Mh-hm … ja …«

Knarrender Stuhl, er sah nicht einmal auf.

In der Halle zog sich Zack die Schuhe an. Persy kam die Treppe herunter, lange schwarze Haare, eleganter Rock mit Seitenschlitz, hochhackige Schuhe, ein Gesicht wie aus Porzellan. Die schönste Frau der Welt, dachte Zack.

»Guten Morgen, Mrs. Abercromby«, stammelte er. Obwohl er sie jetzt schon so lange kannte, sogar unter ihrem Dach gelebt und als Kind in ihren Armen Rotz und Wasser geheult hatte, brachte ihn ihre Anwesenheit ins Stocken.

»Guten Morgen, Zachary. Auf dem Weg zur Arbeit? Ich würde dich ein Stück mitnehmen, aber ich muss leider in die andere Richtung.«

Vor dem Spiegel fummelte sie sich zwei kleine facettierte Diamanten in die Ohrläppchen. Sie sah Lachlan so ähnlich, dachte Zack, ihr feines Profil verstohlen musternd. Oder Lachlan ihr. Er fragte sich, wie sie reagieren würde, wenn sie erführe, woran Lachlan oben arbeitete. Vielleicht würde sie es entdecken, wenn sie sich von ihm verabschiedete. Aber wahrscheinlich würde sie darauf verzichten, weil sie dachte, dass Lachlan ohnehin noch tief und fest schlief. Lachlan verließ sich wohl darauf, vermutete Zack.

»Ist schon okay, Mrs. Abercromby.«

»Die ganze Welt nennt mich Persy, Zachary, selbst Präsident Adams. Nur du nicht.«

»Ja, Mrs. Abercromby. Fahren Sie in die Destillerie?«

»Ein Kunde aus Finnland kommt vorbei, er will uns importieren, aber erst, wenn ich ihm eine Führung durch unsere Destillerie gegeben habe. Ich wollte eh mal wieder nach dem Rechten sehen – Lynch hat wie immer alles unter Kontrolle, aber es kann nicht schaden, meine Angestellten ab und zu daran zu erinnern, wer der wahre Boss ist.«

Zack zögerte, dann gab er sich einen Ruck.

»Mrs. Abercromby … denken Sie immer noch darüber nach, einen Bodyguard für Lachlan einzustellen?«

Sie lächelte. »Ach«, sagte sie. Mehr nicht.

»Fahren Sie vorsichtig«, sagte Zack, als ihm das Schweigen unangenehm wurde.

»Schönen Tag, Zachary.«

Ein feiner Nieselregen fiel, als Zack den Garten durchquerte und zum Eisentor ging, für das er noch eine eigene Fernbedienung besaß. Es war bitterkalt. Er zog hastig den Reißverschluss der Regenjacke zu und schlug die Kapuze hoch, nur um sie in derselben Bewegung wieder herunterzuziehen. Vielleicht suchten die Drohnen nach einer Gestalt seiner Größe, mit Kapuze, in einer schwarzen Regenjacke. Würde er es überhaupt bis in die Innenstadt schaffen? Nervös sah er sich um, als er durchs Tor trat. Alles frei. Aber er wusste, dass es tagsüber im Park von Drohnen wimmelte.

Er lief den Hang hinab und verließ den Park. Nach ein paar Metern stand er am Bushäuschen. Zwei Minuten bis zum nächsten Bus, behauptete die Anzeige.

Ach … Was hatte sie damit gemeint? Er dachte darüber nach, während er die Nachrichten auf seinem Handy abrief. Der Weltrat forderte eine Stellungnahme der Europäischen Republik zur Causa Meti … Die Kanzlerkammer wollte noch im Herbst eine Entscheidung zur Prohibition fällen … Internationale Proteste gegen den Einsatz von Strafgefangenen in Gundremmingen … Weit interessanter fand Zack die lokalen News: Unbekannte Täter hatten Feuerwerkskörper in der Eingangshalle einer Wohnanlage in Kilmainham gezündet. Zack stutzte, als er das las. Der Independent bildete ein Foto vom Wohnsilo ab, in dem er wohnte. Anscheinend hatte die Bande aus Inchicore wieder angegriffen. Sie führten ihren eigenen kleinen Krieg gegen die unerwünschte Nachbarschaft, für die sie wenig schmeichelhafte Namen hatten, wie Wohnsilanten oder Schmarotzer. Zack hielt sich da so gut es ging raus. Aber das mit den Feuerwerkskörpern kam ihm wie eine unheilvolle Zäsur vor; sie hatten es übertrieben. Das würde sicher Konsequenzen haben. Nicht von juristischer Seite natürlich, aber ein Vergeltungsschlag war so gut wie sicher. Und dann würde sich Inchicore wieder rächen, und so weiter. Wie lange würde er da noch sicher wohnen können?

Rita erzählte ihm, sie habe heute Nacht von ihm geträumt und schickte ihm einen Kussmund. Patricia war es völlig egal, dass er nicht geantwortet hatte; sie berichtete, sie habe sich mit ihrem Freund ausgesprochen und es sei wieder alles in Ordnung. Sieben lange Nachrichten mit allen Details des Gesprächs. Keine Nachricht von Kathy.

Zack steckte das Handy weg. Neben dem Bushäuschen und direkt vor dem Chapelizod Gate stand ein Taxi und wartete offenbar auf jemanden. Zacks Magen knurrte. Ganz egal, wie anders die Welt am nächsten Morgen aussehen konnte, das blieb immer gleich: der Hunger. Er freute sich auf seinen ersten Kaffee. *Ach …* War es ein Ich-meine-das-doch-nicht-ernst-Ach gewesen? Oder eher ein War-mir-klar-dass-Lachlan-dir-davon-erzählen-würde-Ach?

Während er wartete, betrachtete er das Taxi aus den Augenwinkeln. Schwarz, mit einem gelben Leuchtbalken auf dem Dach. Lizenznummer 90552. Wartete es auf Persy? Unsinn, dann hätte es oben vor der Villa gewartet. Außerdem fuhr sie natürlich mit dem eigenen Auto. Besser gesagt: Ihr eigenes Auto fuhr *sie*. Persy hatte eines dieser nagelneuen autonomen Serienmodelle von Mercedes.

Ein dunkelhaariger Mann saß am Steuer des Taxis. Durch den Regen konnte Zack ihn nicht richtig erkennen. Er sah auf die Uhr, der Bus würde gleich kommen. Die Fahrertür ging auf und der Mann stieg aus. Er beachtete Zack nicht, ging zum Zaun und pinkelte. Zack drehte ihm angeekelt den Rücken zu. Im Geiste notierte er: lange, fettige Haare, Bart, alter Mantel. Jessica ploppte ihm ins Gedächtnis. Die Schuhe … Flüchtig sah er nach rechts die Straße hoch, als hielte er nach dem Bus Ausschau, und erhaschte dabei einen Blick auf die Stiefel des Mannes. Cowboystiefel, mit Glitzersteinchen bestickt, die Plastikgoldplatten bildeten …

Zack hielt inne. Dafür hatte er schon eine Schublade. Gestern. Stuhl am Fenster. Whiskey, Single Malt – eine ältere Sorte, zu erkennen an der dunkelbraunen Farbe. Ankunft etwa elf Uhr sieben. Sonnenbrille … ja, er trug sie auch jetzt. Etwas Bleiernes sank in Zacks Magengrube. Was hatte das zu bedeuten? War das ein Zufall?

Der Bus erschien rechts der Kirche auf der Chapelizod Road. Im selben Moment schlenderte ein kleiner Mann durch das Parktor zum Taxi. Er sah aus wie einem Gangsterfilm des zwanzigsten Jahrhunderts entsprungen: grauer Fedora nach Art Al Capones, cremefarbener Trenchcoat mit Gürtel, saubere Lederschuhe. Er ging zu dem Taxi, neigte sich vor und klopfte ans Fenster. Mehr bekam Zack nicht mit, denn der Busfahrer erwartete von ihm, dass er sein E-Ticket scannte. Im Bus saßen ein paar verschlafen wirkende Pendler, Musik hörend, in Tablets starrend, auf

Displays tippend. Zack setzte sich in die letzte Reihe und spähte durch das Fenster nach draußen. Der Typ in den Cowboystiefeln und der Mann mit dem Al-Capone-Hut redeten miteinander.

Der Bus trug ihn fort von dieser merkwürdigen Szene.

Zack fuhr kurz zu Hause vorbei (eigentlich nannte er die winzige Zelle ungern so; ein Teil von ihm sah sein Zuhause immer noch in Phoenix Manor) und wechselte seine Kleidung zu einer schwarzen Anzughose mit Bügelfalte, einem hellblauen Hemd mit rot gestreifter Krawatte und guten Schuhen, die er im Licht der grellen Neonlampe nach Flecken untersuchte, bevor er sie anzog. Er klemmte das Namensschild an den Gürtel, das ihn als Mitarbeiter von SecuGuard auswies, einer von hunderten Sicherheitsfirmen in Dublin.

Die Anzahl dieser Firmen nahm enorm ab, seit sich immer mehr Geschäfte auf den Einsatz kleiner Verfolgungsdrohnen verließen. Auch SecuGuard hatte mit Auftragsmangel zu kämpfen, mit der Folge, dass Mr. Maddox, sein Chef, sich kaum genug Personal leisten konnte. Das bedeutete Überstunden für Zack und seine Kollegen. Der Beruf des Sicherheitsfachmanns hatte keine Zukunft, das hatte ihm Persy attestiert, als er ihr von seinen Zielen erzählt hatte; man musste schon zur Elite gehören, zu den perfekt ausgebildeten Männern und Frauen, die mit einem Knopf im Ohr Präsidenten und Promis begleiteten. Die, so hatte Persy gesagt, würden überleben – denn Drohnen konnten weder Terroristen noch Journalisten in ihre Schranken weisen. Aber die Türsteher vor den Boutiquen und Einkaufszentren würden aussterben. Deshalb musste er es auf die SAP schaffen. Wer da seinen Abschluss machte und dann keinen gut bezahlten Job fand, der war entweder dumm, schwerkrank oder tot.

Bevor Zack das Wohnsilo verließ, blieb er vor der Tür seines linken Nachbarn stehen (Nummer 16.34) und lauschte. Es interessierte ihn im Grunde nicht, was die anderen Bewohner des Wohnsilos trieben, zumindest redete er sich das ein. Sein Desinteresse rührte vor allem daher, dass er die wenigsten je zu Gesicht bekommen hatte; den Typen in 16.34 aber hatte er einmal getroffen. Eamon hieß er, ungefähr Mitte zwanzig, abgemagert, träge, seit Monaten arbeitslos. Er bekam von der Sozialkasse den Standardsatz von dreihundert Euro im Monat, was reichte, um die marginale Miete für die Zelle zu bezahlen und den Fraß in der Kantine zu essen.

Zack war inzwischen davon überzeugt, dass Eamon tatsächlich nicht mehr zum Leben brauchte. Er schaute in der Welt, die normale Menschen Realität nannten, nur sporadisch vorbei, um die Grundbedürfnisse seines Körpers zu stillen, damit der ihn nicht eines Tages im Stich ließ. Ansonsten verbrachte er seine ganze Zeit in einer anderen Welt, die für ihn viel realer sein musste als die eigentliche Wirklichkeit. Als er Eamon das erste Mal getroffen hatte, war Zack bestürzt gewesen, denn er hatte ausgesehen wie ein Gespenst, so blass, dass er durchsichtig wirkte, die Haare strähnig, die Lippen blau wie Heidelbeeren. Aber dann hatte er den roten Streifen auf Eamons Stirn gesehen, der daher stammte, dass er stundenlang eine enge Gummikappe trug, und danach war ihm auf einmal alles klar gewesen. Eamon spielte Cronos. Vermutlich taten das die meisten, die im Silo wohnten. Was, wenn die Kanzlerkammer das Spiel verbot? Drehten dann alle durch? Lachlan glaubte, dass es einen Aufstand geben würde.

Zack konnte Menschen nicht begreifen, die sich nicht verwirklichen wollten. Was das anging, konnte er die Bande aus Inchicore zumindest ein bisschen verstehen: Wer aufhörte, sich um eine bessere Zukunft zu bemühen, und antriebslos von der Sozialhilfe lebte, der war zweifellos ein Schmarotzer. Ein Tag ohne einen Gedanken an die Akademie wäre ihm wie ein verlorener Tag vorgekommen. Er war fest entschlossen, zur Elite aufzusteigen. Eines Tages würde er über reiche, bekannte Menschen wie Persy wachen, in einem schwarzen Anzug, mit einem Knopf im Ohr. Still, fast schüchtern, stellte er sich vor, wie sie ihn engagierte.

Er nahm die Tram und war um Viertel vor acht im Mister Hero. Die Luft roch nach Frittierfett und Zack wappnete sich innerlich dafür, diesen Geruch den ganzen Tag ertragen zu müssen. Das Restaurant war vierundzwanzig Stunden geöffnet, an sieben Tagen in der Woche. Eine Reinigungskraft säuberte den Boden mit einer Maschine, die dabei ein lautes, monotones Brummen von sich gab.

»Hi, Phil, war alles ruhig?«

»Wie immer. So ein Penner hat probiert, sich hier unten mit seinem Schlafsack einzunisten. Hab ihn rausgeworfen, auch wenn er mir irgendwie leidtat.«

Zack verstaute seine Jacke im Spind, machte einen Rundgang durch das Fastfoodrestaurant, unterschrieb auf dem Übergabezettel, dass er den Laden sauber übernommen hatte, und stellte sich vor die breite Front aus Glastüren direkt an der Treppe zum Obergeschoss. Die Frühschicht war lässig, keine Junkies, die kamen immer erst nachts. Er steckte die Daumen in die Hosentaschen und gab sich Mühe, friedlich und optimistisch, aber nicht unseriös oder gar harmlos zu wirken. Ob Maddox Eamon engagieren würde, wenn er ihn fragte? Vielleicht brauchte der Kerl einfach nur einen Job, um auf die Beine zu kommen.

Zack gefiel die Idee, sie gab ihm das Gefühl, ein guter Mensch zu sein, doch nach einer Stunde hatte er sie schon wieder vergessen. Er vertrieb sich den Vormittag, indem er sich die Gesichter und Schuhe der Gäste einprägte. Die weißen Autos der Garda, der Polizei, fuhren ständig draußen vorbei. Jedes Mal zogen sich Zacks Eingeweide zusammen. In seinem Kopf spielten sich die wildesten Szenen ab, rasante Verfolgungsjagden durch Einkaufspassagen und mit Taxis, die immer damit endeten, dass sie ihn stellten, ihm Handschellen anlegten und ihn abführten.

Gegen elf wollte ein junger Mann die Treppe hoch. Er hatte nichts gekauft. Zack trat ihm entschieden in den Weg und fragte ihn, wohin er wollte.

»Nur Hände waschen«, nuschelte der Junge.

»Dahinten«, sagte Zack und deutete auf das Waschbecken neben den Kassen. Der Junge bedankte sich, schlurfte hinüber, wusch sich die Hände und verließ den Laden. Im Eingangsbereich ließ er einen Stapel Papiertücher los, die sich auf den Gummimatten verteilten. Zack ließ sich nicht provozieren; er wartete einen ruhigeren Moment ab, bevor er die Tücher aufsammelte und in den Müll warf. Das gehörte nicht zu seinen Aufgaben, brachte aber etwas Abwechslung mit sich und hinterließ einen guten Eindruck.

Halb zwölf: Die ersten Kunden kamen in ihre Mittagspause. Zack sah zehn Zentimeter hohe Keilpumps, kunstseidene Ballerinas in Altrosa, ägyptisch anmutende Sandaletten mit geflochtenen Schnallen, blaue Jeans-Sneakers, Halbschuhe mit auf dem PVC quietschenden Sohlen, pinkfarbene Plateau-Highheels und hellbraune Wildlederstiefel. Sehr häufig Sportschuhe; die einen strahlend weiß wie neu, die anderen schmutzig wie von der Baustelle. Zack behielt auch die Straße vor dem Schnellrestaurant im Blick. Auf dem untersten Sockel der Statue von Daniel O'Connell, der umringt von vier Engeln die Kreuzung und die Brücke vor sich überragte, sammelten sich Menschen; der Platz war ein beliebter Treffpunkt. Rundherum herrschte Parkverbot und der Verkehr war im nervösen Dauerfluss. Busse, Taxis, Polizei, noch mehr Autos, dazwischen heulende Sirenen, Touristentransporte und ein knallgelber Bus, in dem alle Fahrgäste kitschige Wikingerhüte trugen. An den Ampeln immer Menschen auf der Straße, egal ob Rot oder Grün, Hauptsache, man konnte gerade drübergehen, ohne überfahren zu werden.

Kurz vor zwölf rief Zack bei Lachlan an. Es dauerte länger als gewohnt, bis er dranging. Anscheinend hatte er wenigstens daran gedacht, das Handy wieder ans Netz zu hängen.

»Mittagessen? – Oh, das hab ich total … in einer halben

Stunde, okay? Oder wollen wir es heute mal ausfallen lassen? Das ist echt eine heiße Sache, Zack –«

Aber Zack hörte seiner überdrehten Stimme an, dass er auch heute Vormittag kein Auge zugetan hatte. Er fühlte sich dafür verantwortlich, Lachlan eine Weile von der Drohne wegzuholen, und ließ nicht locker.

»Na gut, ich komm mit dem Motorrad – halb eins, ja?«

Erst nachdem er aufgelegt hatte, fiel Zack seine Dummheit auf. Er konnte Lachlan doch unmöglich Motorrad fahren lassen, übermüdet, wie er war. Er wollte das Essen abblasen, aber Lachlan ging nicht mehr dran.

Um fünf vor halb eins verabschiedete sich Zack bei der Schichtleiterin in die Mittagspause. Die Sonne blitzte hinter den Wolken hervor, die Häuser mit ihren Ziegelsteinfassaden und zum Teil leerstehenden Ladenzeilen in freundliches Licht tauchend. Er zog den Reißverschluss zu und lief die O'Connell Street hoch, bog vor der Eason-Filiale links in eine ruhigere Seitenstraße ab und folgte dem Verlauf der Straßenbahnschienen bis zur Lower Liffey Street, wobei er Rita und Patricia belanglose Nachrichten schickte.

Vor der Bagel Bar parkten Taxis in einer langen Schlange. Lachlan traf kurz nach ihm ein, stieg von seiner giftgrünen Elektro-Kawasaki, schob sie auf den Gehsteig und verriegelte sie per Fingerabdruckscan. Zack dachte mit Bedauern und einer Spur von Neid daran, dass sein Fingerabdruck auch gespeichert war, er aber einfach nie dazu kam, die Maschine zu fahren. Lachlan sagte: »Gehen wir rein. Ich muss dir erzählen, was für eine Zicke Penny ist …«

Sie bestellten zwei Bagels, Zack mit Chilischoten, Lachlan

ganz klassisch nur mit Schinken und Käse, für sich orderte Zack dazu Tee. Sie saßen an einem Tisch am Fenster, von wo aus Zack die kleine Kreuzung gut im Blick hatte. Durch die Middle Abbey Street zu seiner Linken rasselte fast minütlich die Straßenbahn, dahinter führte eine Fußgängerpassage zur Einkaufsmeile in der Henry Street. Zack konnte die hohen Schaufensterfassaden der Modegeschäfte sehen.

An der Ecke zu Zacks Rechter befand sich ein Pub, vor dem die Taxis Schlange standen. Eine ältere Frau mit erdbeerrotem Lockenkopf und flachen Leinenschuhen stieg in das Taxi, das ganz vorne stand. Lizenznummer 69475. Das Taxi fuhr los.

»Heute hab ich deine Mum gefragt, ob sie das mit dem Bodyguard noch ernst meint.«

»Und?«

»Sie sagte einfach nur *Ach.*«

Lachlan rümpfte die Nase. *»Ach?«*

»Ja. Sonst nichts.«

Lachlan überlegte anscheinend, ob er sich aufregen sollte, sparte sich jedoch die Nerven.

»Also, wegen Penny …«

»Ja, wegen Penny«, unterbrach Zack ihn. »Kannst du mir mal erklären, was das gestern sollte?«

»Du hast den Stein geworfen«, erinnerte Lachlan ihn.

»Du hast mich ja fast dazu gezwungen.«

»Ich soll dich –«

»Ich will wissen, was plötzlich mit dir los ist. Die Dinger fliegen seit Jahren durch die Straßen – drei, oder? Und jetzt auf einmal kommst du mit so was.«

Lachlan blinzelte. »Ich dachte, du hättest es jetzt doch selbst kapiert, aber anscheinend …«

»Ich kapiere durchaus. Du hast gesagt, du hättest Angst vor der META. Aber warum? Du willst doch nicht noch mehr Dummheiten machen, oder?«

»Alle haben Angst vor der META«, wich Lachlan aus.

»Ich nicht.«

Lachlan belächelte ihn; sein überheblicher Gesichtsausdruck brachte Zack auf die Palme.

»Warum sollte ich Angst vor denen haben? Die META ist zu unserem Schutz da«, blaffte er.

»Halt mal kurz die Klappe.« Lachlan zog das Handy hervor und tippte auf dem Display herum. Als er es wieder wegsteckte, ging Zack auf, was er getan hatte: Er warf einen Blick auf sein eigenes Handy, und tatsächlich, das Symbol für die Internetverbindung war durchkreuzt, wie gestern Nacht. Er kniff die Lippen zusammen; das gefiel ihm nicht.

»Eigentlich habe ich gar nicht so viel Angst vor der META wie vor der Kanzlerkammer«, sagte Lachlan.

Was redete er da? Zack beschlich das Gefühl, ein Kapitel in Lachlans Leben übersprungen zu haben.

»Irland ist vor fünf Jahren zu einem Bundesstaat geworden. Die irische Regierung ist nur noch eine Art Stadtrat – eine Delegiertenkammer«, sagte Lachlan sarkastisch und malte Gänsefüßchen in die Luft, »die auf Europaebene nichts zu melden hat. Das hat nämlich nur die Kanzlerin, und die ist nicht an die Entscheidungen der Delegierten gebunden. Sie kann buchstäblich tun und lassen, was sie will.«

Zack wusste das, weil er es in der Schule gelernt hatte. Vor fünf Jahren, als aus der Föderation eine Republik geworden war, hatte er andere Dinge im Kopf gehabt, seine Mutter zum Beispiel, die über Nacht das Weite gesucht hatte. Als er angefangen hatte zu realisieren, dass es so etwas wie Politik gab, hatte es sich so angefühlt, als hätte der Bundesstaat Irland schon immer existiert. »Ja, und?«

»Weil unsere Abgeordneten nichts zu melden haben, haben wir auch nichts zu melden – wir, das Volk«, sagte Lachlan. »Wir dürfen zwar wählen, aber nur die Abgeordneten unserer regionalen Delegiertenkammer, nicht den Kanzler. Der Kanzler wird von den Abgeordneten bestimmt und nach Brüssel geschickt, wo er es sich mit den zweiunddreißig anderen Kanzlern gemütlich macht. Also wozu wählen wir überhaupt die Delegiertenkammer?«

Zack fand, dass er die letzten Monate wirklich genug von diesem Unsinn gehabt hatte. Es langweilte ihn – musste er jetzt auch noch seine Mittagspause mit Politik füllen? Er zuckte mit den Achseln. Lachlan würde sowieso weiterreden, ohne Rücksicht auf ihn zu nehmen.

»Die Delegiertenkammer entscheidet über Angelegenheiten, die nur den eigenen Bundesstaat betreffen – dass die Parks jetzt abends nicht mehr abgesperrt werden, haben wir zum Beispiel denen zu verdanken, oder auch dass wir weiter Schuluniformen tragen müssen, denn da gibt es keine europaweiten Standards, jeder Staat kann das machen, wie er will. Noch.« Lachlan schnitt eine Grimasse. »Aber wie ist das zum Beispiel mit der Prohibition? Stell dir vor, wir gehen aus und kriegen kein Bier mehr.«

»Das machen die nicht«, sagte Zack abschätzig. »Die sind ja nicht blöd. Jeder trinkt Alkohol.«

»Und das sehen die irischen Abgeordneten genauso«, sagt Lachlan. »Deshalb haben sie letzte Woche nahezu geschlossen dagegen gestimmt. Schau mich nicht so an, ich kann nichts dafür, dass du keine News liest.«

Zack musste sich eingestehen, dass er davon tatsächlich gar nichts mitbekommen hatte.

»Aber wenn sie dagegen gestimmt haben, wo ist dann dein Problem?«, fragte er verunsichert.

»Weil Kanzlerin Kelly eine von denen war, die für ein Verbot gestimmt haben«, sagte Lachlan. »Und sie ist nicht an die Entscheidung der Delegiertenkammer gebunden. Sie ist ein freier Mensch mit einer freien Meinung, und deshalb wird sie Ende Oktober in die Sitzung der Kanzlerkammer gehen und für eine Prohibition stimmen. Dann heißt es: Irland will die Prohibition, obwohl unsere Abgeordneten ganz klar gesagt haben: Nein, wollen wir nicht.«

Lachlan legte eine bedeutungsvolle Pause ein und öffnete sich einen Red Rebel.

»Keine mitgebrachten Getränke hier drin«, sagte die Bedienung, die beißend riechendes Reinigungsmittel auf den Nachbartisch sprühte.

Lachlan verdrehte die Augen »Dann bring mir auch 'nen Tee.«

Zack dachte, dass er die Gelegenheit nutzen könnte, um Lachlans Monolog zu beenden, aber die Sache begann ihn zu interessieren. Er runzelte die Stirn. »Warum haben die dann abgestimmt?«, fragte er zweifelnd.

»Du hast es kapiert«, sagte Lachlan zärtlich. »Willkommen in der Welt der Skeptiker.«

»Nein, ernsthaft«, sagte Zack. »Warum hat die Delegiertenkammer denn dann abgestimmt?«

»Frag sie doch. Weil das demokratisch wirkt?«

Zack konnte sich das alles nicht vorstellen; vielleicht ließ Lachlan etwas Entscheidendes aus oder er hatte etwas missverstanden. »Eigentlich waren wir ja bei deiner Penny und der META«, sagte er unzufrieden.

»Jaa, richtig«, sagte Lachlan, als hätte er das schon wieder vergessen. Die Bedienung stellte ihm eine Kanne Tee mit einem Becher Milch auf den Tisch und kassierte in bar. Lachlan rührte den dampfenden Tee nicht an, genauso wenig wie seinen Bagel. »Warum habe ich vor der Kanzlerkammer mehr Angst als vor der META? Mal überlegen. Ah, ich weiß es wieder: Weil keiner den Haufen kontrolliert.«

»Welchen Haufen?«

»Die Kanzlerkammer. – Meine Güte, Alter, jetzt denk doch mal nach«, fügte Lachlan genervt hinzu. »Dreiunddreißig Demagogen, die an kein demokratisch gewähltes Gremium gebunden sind, aber im stillen Kämmerchen Entscheidungen fällen, die ganz Europa betreffen? Findest du nicht, dass das ein bisschen nach Diktatur klingt?«

»Nein«, sagte Zack perplex. »Es gibt eine Wahl, und eine Wahl ist Bestandteil der Demokratie.«

»Woher wissen wir, dass Kanzlerin Kelly nicht gekauft ist?«, fragte Lachlan. »Nehmen wir das Selbstbestimmungsgesetz für Medikamente, das sie letztes Jahr verabschiedet haben. Alle Medikamente frei verkäuflich, seit Januar. Die Umsatzzahlen der Pharmaindustrie: traumhaft. Die Anzahl der Opfer von Medikamentenmissbrauch: ein wahrer Alptraum – wenn du Statistiken sehen willst …«

Zack dachte an Mitschüler, die sich während der Abschlussprüfungen Ritalin eingeworfen hatten. Ihm war es auch angeboten worden; es lagen sogar Werbeflyer aus.

»Und jetzt erzähl du mir, dass da keine Gelder geflossen sind«, sagte Lachlan. »Von dreiunddreißig Delegiertenkammern hatten nur fünf für das Gesetz gestimmt, alle anderen waren dagegen. In der Kanzlerkammer war das Verhältnis genau umgekehrt: fünf Gegenstimmen, achtundzwanzig Befürworter, zack, beschlossen.«

»Dafür kann jetzt jeder selbst entscheiden, welche Medikamente er sich holt, deshalb heißt es ja auch Selbstbestimmungsgesetz«, sagte Zack.

»Schön. Fantastisch«, sagte Lachlan zynisch. »Genau das haben wir gebraucht. Ritalin bei Tesco.« Er wischte das Thema mit der Hand beiseite. »Zurück zu Penny. Ganz nebenbei, wusstest du, dass Alex Woodburn, der Chef der META, mal im Aufsichtsrat von GoodEye Systems saß?«

»Wem?«

»Das ist die Firma, die diese Dinger baut. Und die auch das Panoptikum entworfen hat, das jetzt Bestandteil aller Smartphones ist. Sein muss. Hat auch die Kanzlerkammer beschlossen, unnötig, das zu erwähnen.«

»Das wird mir grad echt zu kompliziert«, sagte Zack. »Warum weißt du so viel darüber?«

Lachlan sah ihn mitleidig an. »Das ist dir schon zu

kompliziert? Dabei war ich noch bei der Einleitung. Das Kilmainham Gaol, das kennst du ja …«

»Klar.«

Das Kilmainham Gaol war ein altes Gefängnis mit wuchtigen, abweisenden Mauern, das ganz in der Nähe des Wohnsilos stand. Früher eine Touristenattraktion, war es seit einem Erdbeben wegen Einsturzgefahr geschlossen. Gelbe Warnschilder und Elektrozäune sollten Abenteurer davon abhalten, die Ruine zu betreten.

»Das Gefängnis hat einen Vordenker, den jeder kennen sollte: Jeremy Bentham. Das ist der Typ, der das Panoptikum entwickelt hat. Nicht die Software. Ein Panoptikum ist ein Gefängnis, das die totale Überwachung aller Insassen durch eine einzige Person ermöglicht – sozusagen durch das allsehende Auge des Wärters. Stell dir eine runde Halle vor, mit mehreren Stockwerken, die über Treppen miteinander verbunden sind. Ein einziger Mensch hat von der höchsten Brücke aus alle Zellen im Blick. Er sieht alles. Aber das Panoptikum schließt noch mehr ein, die Stille zum Beispiel, in der jedes Wort zu hören ist, selbst das geflüsterte. Und der Spion an der Tür. Wenn man in der Zelle gefangen ist, weiß man nie, ob da nicht gerade jemand hereinsieht.«

»Wie bei der META. Wir sind also alle Gefängnisinsassen. Willst du das damit sagen?«

»Was passiert deiner Meinung nach mit einem Gefangenen, der nie so genau weiß, ob er nicht gerade durch den Spion beobachtet wird?«, erwiderte Lachlan.

»Er stellt nichts an.«

»Bingo. Und jetzt kommt die Eine-Million-Euro-Frage:

Warum heißt die Software auf unseren Smartphones Panoptikum? Und welchen Sinn haben Pennys?«

»Vielleicht ist der Name auch einfach nur Zufall«, sagte Zack. »Und dank der Droh –, der Dinger ist die Kriminalitätsrate stark gesunken, oder?«

»Das erzählen sie uns. Sie erzählen uns aber auch, dass die Wirtschaft floriert und die Arbeitslosenzahlen sinken. Wie viel kommt davon im Wohnsilo an?«

»Gar nichts«, sagte Zack. Das war eine Frage, über die er nicht lange nachdenken musste.

»Die Leute, die jetzt im Wohnsilo leben, sind diejenigen, die unter dem Jahrhundertsturz im Jahr 2019 zuerst und am meisten gelitten haben. Und es sind diejenigen, die sich als letzte davon erholen werden, wenn überhaupt.«

Zack erinnerte sich daran, dass seine Mutter während der Weltwirtschaftskrise ihren Job verloren hatte. Auf einmal war sie jeden Tag zu Hause gewesen; wochenlang hatte es nur Nudeln mit Ketchup gegeben. Die Krise war für sie in jeder Hinsicht ein Jahrhundertsturz gewesen.

»Aber wessen Schuld ist das?«, fragte Zack, den Gedanken an seine Mutter verdrängend.

»Tja, fragen wir doch mal die Kanz –«

»Nein, ich meine, weißt du, wie faul die Leute im Wohnsilo sind? Jeder, der etwas aus sich machen will, schafft es auch. Aber die wollen gar nicht mehr arbeiten.«

»Und das verstehst du nicht?«

Zack lachte ungläubig auf. »Nein?«

Lachlan senkte den Blick auf die Teekanne, als müsste er sich sammeln.

»Okay, lassen wir das«, sagte er leicht gereizt und lehnte sich nach vorn, um mit gedämpfter Stimme weiterzusprechen. »Hast du jetzt verstanden, warum ich das Ding gestern geklaut habe? Warum ich ein Tool entwickeln will, mit dem man es fernsteuern kann?«

Zack sagte nichts; er hatte an irgendeiner Stelle des Monologs den Faden verloren.

Lachlan knackte mit dem rechten Zeigefinger. »Mit dem Wissen im Hinterkopf, dass alles, was du sagst und tust, aufgezeichnet und gespeichert wird – würdest du da jemals das politische System in Frage stellen?«

Zack fiel etwas ein, das er auf Twitter gelesen hatte: Die Anzahl der Demonstrationen hatte sich in den vergangenen Jahren fast halbiert, für die Regierung ein untrügliches Zeichen für die Zufriedenheit ihrer Bürger.

Fuck!, dachte er.

»Stell dir vor, die Engländer hätten 1916 diese Überwachungstechnik gehabt. Oder die Nazis.«

Bevor Zack den Mund aufmachen konnte, setzte Lachlan nach: »Dies ist nicht das Europa, das sich unsere Eltern erträumt haben. Es ist kein freies Europa, sondern eine Diktatur. Und es gibt nur eine Lösung. Wir müssen die Diktatoren stürzen und vor Gericht zerren. Und dazu müssen wir ihr Instrument der Unterdrückung zerstören: die META mit ihrem Panoptikum und all ihren Pennys.«

Lachlan lehnte sich im Kunstledersessel zurück, als hätte er gerade alle Probleme der Welt gelöst.

»Das heißt, du hast noch mehr vor«, sagte Zack, der sich mit großem Unbehagen umsah. Um sie herum saßen überall Menschen. Ob sie jemand belauscht hatte? Die Bedienung vielleicht, die den Tisch geputzt hatte?

Lachlan starrte die leere Tasse an. »Was weiß ich. Aber irgendwas muss ich tun. Indem wir die Überwachung zulassen, ermöglichen wir sie.«

»Wie lange denkst du schon darüber nach?«

»Eine Weile«, sagte Lachlan ungenau.

»Und warum hast du nie was gesagt?«

Lachlan zuckte mit den Achseln. »Na ja, du hast doch anderes im Kopf, oder? Die Akademie …«

Zack merkte, dass die Hälfte seiner Pause schon um war und er noch nicht einen einzigen Bissen von seinem Bagel genommen hatte. Er nahm ihn in die Hand, während ihm langsam aufging, was Lachlan gerade zugegeben hatte: dass er die Akademie zwischen ihnen sah, wie eine Meinungsverschiedenheit oder eine besitzergreifende Freundin. Es machte ihn sauer, aber er wusste nicht, wie er Lachlan darauf ansprechen sollte. Denn da der es ja nicht direkt zugegeben hatte, würde er es zweifellos abstreiten.

»Okay, und jetzt zu Penny«, sagte Lachlan. Er rieb sich die Hände und legte los.

Er habe die Drohne geöffnet; bis dahin kam Zack mit, er war ja dabei gewesen. Dann ging Lachlan in eine Geheimsprache über, redete wie ein Wasserfall von Mainboards, Debug-Anschlüssen, Dekompilieren und Reverse Engineering, einem Pin, der ihm im Wege gestanden habe, und Zweifaktor-Authentifizierungen durch OTP, das auf ABS-Algorithmen basierte, oder AES, irgendwie so etwas. Zack konnte sich nicht konzentrieren; er dachte immer noch über Lachlans Vortrag nach. Er konnte zusehen, wie sich Lachlans Augen nach und nach wieder verdunkelten.

Während Lachlan ihm erklärte, wie kinderleicht elektronische Authentifizierungssysteme zu knacken seien, nahm er seine Tasse und goss unter dem Tisch den Energydrink hinein, verstohlen zur Bedienung linsend. Dann ging es weiter: Hundertachtundzwanzig-Bit-Verschlüsselungen; irgendein Hackerangriff auf den Server von GoodEye Systems, nicht von ihm durchgeführt, aber von anderen, vor nicht allzu langer Zeit; Seeds, Seriennummern, Datenblätter, eine Menge wichtiges Zeug sei dabei gestohlen worden.

Zack horchte auf, als Lachlan sagte, er habe sich schon vor Wochen alles beschafft, was er für die PIN-Abfrage der Drohne brauche. »Ich bin ja nicht blöd, ich wusste, was kommt.«

Zack leerte seine zweite Tasse Tee. Es war wie immer eine echte Lebensaufgabe, den Bagel zu essen, ohne dabei die Hälfte zu verlieren. Lachlan hatte seinen immer noch nicht angerührt. »Iss mal«, sagte Zack.

»Ich esse ja«, sagte Lachlan fahrig und nahm den Bagel in die Hand, ohne abzubeißen. Sein Mund bewegte sich unaufhörlich. Penny habe er also geknackt, jetzt analysiere er die Firmware, während er erforsche, wie die Drohne im Inneren funktioniere, um dann anzufangen, sein Programm zu schreiben, mit dem es möglich sein würde, Drohnen fernzusteuern. Zack fragte sich, was er mit dem fertigen Programm anfangen würde. Es verteilen?

Das Taxi, das dem vordersten nachgerückt war, fuhr ab – Lizenznummer 80257. Kein Fahrgast.

Zack schaltete ab. Hin und wieder trug er ein Hmm oder Aha zu Lachlans Monolog bei.

Die Bagel Bar war heute gut besucht, die Luft summte von den vielen Stimmen. Der dunkle Holzboden vibrierte, wenn draußen eine Straßenbahn vorbeifuhr und laut bimmelte, weil ihr Leute im Weg waren.

Gegenüber lag ein Geschäft mit heruntergelassenen Jalousien, mit Graffiti besprüht. Daneben ein Gamestore, ein Geschäft für Spiele und Konsolen. Die fensterlose Hauswand darüber war komplett bedeckt mit einer digitalen Reklametafel. Ein hastiges Video wurde gezeigt. Eine riesige Stadt aus schwarzen Türmen, die Fenster wie Schachbretter, Stahltrassen hoch in der Luft, ein Gebäude mit einem kreisrunden Eingang, in dem eine Boeing wie eine Fliege ausgesehen hätte. Alle paar Bilder lang wurde ein Schriftzug eingeblendet, der auf den Zuschauer zukam und verblasste.

Ein Traum wird Wirklichkeit, stand da.

Zu sehen war jetzt ein Meer, Küstenklippen, azurblauer Himmel, Stratuswolken. Eine Frau mit schwarzen Locken inmitten roten Lichts, das sie umknisterte wie Strom.

Entdecke dich selbst.

Schnitt: fliegende Schiffe, mystisch leuchtend, glühend, von langen Flügeln getragen und Propellern angetrieben. Dann eine Schar von agilen Robotern mit Gliedmaßen aus chromglänzendem Metall, die mit angeschlagenen Gewehren durch eine Steinwüste stampften.

Finde dein Schicksal.

Ein mächtiger Baum ohne Blätter, dafür über und über bedeckt mit türkisen Schmetterlingen. Der Baum schüttelte sich und die Falter hoben ab, hinterließen ihn nackt und flogen als blaue Wolke in den Himmel.

Es gibt eine Wirklichkeit jenseits der bekannten Welt. Entdecke das Universum neu.

Cronos Cube.

Hier erhältlich.

Zack musste an Eamon denken.

Und an das Panoptikum.

Er hatte Cronos schon immer als eine Art Rückzugsort für Versager empfunden, aber jetzt hatte sich seine Perspektive leicht verschoben. Vielleicht war es weniger ein Spiel für Versager als eine Fluchtmöglichkeit für Menschen, die sich wie Insassen eines Gefängnisses fühlten. Zack betrachtete Lachlan, der immer und immer weiter redete, als versuchte er, verlorene Zeit wettzumachen. Lachlan wäre wohl auch bald ein Kandidat für Cronos geworden, hätte er nicht vergangene Nacht die Initiative ergriffen. Zack beunruhigte die Aussichtslosigkeit der Alternativen. Kampf oder Flucht.

Wieder ein neues Taxi an der Spitze der Autoschlange. Lizenznummer 90552. Der Fahrer pausierte offenbar, denn er las eine Zeitschrift.

Zack hatte den Blick bereits weiterschweifen lassen auf die Schuhe der Passanten, doch jetzt sah er zurück auf die Lizenznummer. Er hatte heute schon so unheimlich viele Taxi-Lizenznummern gesehen, aber diese hier war die erste, die ihm bekannt vorkam. Die Sache mit der Drohne und den Schuhen hatte ihn abgelenkt, sodass er sich keine Mühe gegeben hatte, sich zu merken, wann und wo er sich die Nummern im Geist notiert hatte. Er durchforstete sein Gedächtnis, kam aber nicht darauf und vergaß es wieder. Der Tee wurde bitter. Er fischte den Beutel heraus, warf ihn auf den Teller mit den Krümeln und der zerknüllten Serviette. Lachlan schob ihm seine volle Teekanne hin. Zack fragte sich, ob Mrs. Abercromby ihm heute Morgen Auf Wiedersehen gesagt und dabei das Zelt und die Drohne gesehen hatte. Eher nicht. Dann hätte Lachlan sicher schon etwas gesagt …

Als hätte ihn der Blitz getroffen, fiel es Zack wieder ein. Das Taxi vor dem Haus. Der Typ mit den Stiefeln und der Sonnenbrille. Die Lizenznummer – er sah sie jetzt wieder glasklar vor sich. 90552. Das konnte nicht sein. Zack sah zum Gamestore rüber, dann ließ er den Blick zum Pub wandern, sodass er das Taxi wie zufällig wieder im Blick hatte. Jetzt sah er aus dem Augenwinkel so genau hin, wie er konnte, und prägte sich das Gesicht des Fahrers ein. Das war nicht schwer, denn es hatte etwas Rattenartiges. Es verschwand zum Teil unter der Krempe eines grauen Fedoras, eines Al-Capone-Huts.

Zack atmete tief durch. Nicht in Panik geraten, dachte er. Der Mann observierte sie also. Wen genau? Sicher Lachlan. Vor dem Schnellrestaurant hatte Zack heute Vormittag nichts Auffälliges bemerkt. Außerdem hatte er vor Lachlans Haus gestanden. Was war das, was er am Morgen beobachtet hatte? Die Ablöse? Schichtwechsel? Und gestern, im Pub. Er erinnerte sich daran, dass der Mann in den Stiefeln die Straße draußen betrachtet hatte. Trotz Spiegelung. Er hatte gar nicht die Straße beobachtet … sondern das Pub.

Lachlan.

Ihm musste der Schrecken anzusehen sein, denn Lachlan unterbrach seinen Monolog.

»Was ist los?«

»Nichts, mir ist nur grad eingefallen, dass ich noch was besorgen wollte. Kommst du mit? Nur kurz ins Shoppingcenter in der Henry Street.«

Er musste es wissen. Würde der Kerl ihnen folgen?

»Klar«, sagte Lachlan und trank seine Tasse aus.

Draußen zog ein warmer Wind an ihren Jacken. Zack sah ganz bewusst nicht zum Taxi, um den Mann nicht zu warnen. Er hielt es für besser, ihm nicht zu zeigen, dass er entdeckt worden war.

Sie gingen am Gamestore vorbei in Richtung der vollgestopften Henry Street. Dort gab es irrsinnig viele Straßenkünstler, Menschen, die sich als Bronzefiguren verkleidet ausstellten, Gitarre spielten und selbstgemachten Schmuck anboten. Zack warf beunruhigt Blicke in die Schaufenster. In der Spiegelung war Al Capone nicht zu sehen. Zu viele Leute. Würde er ihnen zu Fuß folgen? Mit dem Auto konnte er das vergessen. Das hier war eine Fußgängerzone.

Sie betraten das Shoppingcenter. Es roch nach einem herben Parfüm, das durch die Lüftung in die Halle geblasen wurde. Discobeats dröhnten aus einem Jeansladen zu ihrer Rechten, die Entspannungsmusik des Beautysalons gegenüber fast übertönend. Summende Stimmen, Schritte, das monotone Brummen der Rolltreppen.

Zack ging zu einer digitalen Infotafel, welche die Geschäfte und ihre Standorte im Einkaufszentrum auflistete. Er tippte darauf herum, als wüsste er ganz genau, was er suchte, aber nicht, wo er hinmusste. Was jetzt? Wäre klug, nach oben zu gehen. Von oben würde er sehen können, wer sich unten aufhielt. Er tippte das erste Stockwerk an und tat so, als müsste er nachdenken.

»Zack, du bist nicht zum ersten Mal hier, also was wird das?«, fragte Lachlan irritiert.

»Komm mit«, sagte Zack.

Sie gingen zur Rolltreppe mitten in der Halle. Ein Brunnen spuckte Wasserstrahlen zwei Stockwerke hoch, Lichter strahlten sie golden an. Lachlan war seltsam still, als sie nach oben fuhren.

Zack wollte hinter sich blicken, um die Lage zu sondieren und Al Capones Hut in der Menge zu suchen, aber die Angst hielt seinen Nacken gepackt. Was, wenn er wirklich da war? Sollten sie die Polizei rufen? Wie sollte er das alles nur Lachlan beibringen?

Seine Knie zitterten, als sie das Ende der Rolltreppe erreichten. Wohin jetzt? Eine Eason-Filiale. Er war fast erleichtert, sie zu sehen; der Buchladen würde ihnen ein Alibi geben. Sie betraten den Laden. Zack ging an den Regalen vorbei, Lachlan folgte ihm wie ein Schatten. An einem Ständer für Notizbücher blieben sie stehen. Zack suchte sich eins aus, ein rotes mit eingeprägtem Markennamen. An der Kasse zog er die Karte aus der hinteren Hosentasche und zahlte. Er gratulierte sich für seine Idee mit dem Notizbuch. Alles sah so aus, als wären sie nur deshalb ins Shoppingcenter gegangen.

Als sie den Buchladen verließen, sah Lachlan Zack mit hochgezogenen Augenbrauen an.

»Ein Notizbuch? Echt, Zack?«, murmelte er.

»Jaa, ich brauch's«, sagte Zack. »Ist nur dieses Agentending, denk dir nichts.«

Er sah sich um. Wenn Al Capone ihnen nach oben gefolgt war, dann ließ er sich zumindest nicht blicken. Jetzt, da sie wieder auf die Rolltreppen zugingen, um nach unten zu fahren, konnte er die Menge im Erdgeschoss beobachten, ohne aufzufallen. Al Capone war nicht zu entdecken.

Dann ... Zack sank das Herz.

Da stand er, mit dem grauen Hut, und tat so, als studierte er die Infotafel.

Sie kehrten zur Bagel Bar zurück. Zack war uneins mit sich; sollte er Lachlan sofort darauf ansprechen? Er sah auf die Uhr. Seine Mittagspause war seit zehn Minuten um. Wenn sich mit Lachlan eine Diskussion entspann, würde er keine Zeit haben, sie auszutragen, und aufgeben müssen. In der Hoffnung, dass Lachlan unterwegs nichts zustoßen würde, ließ er ihn fahren.

Um halb zwei rief Zack ihn auf dem Handy an. Lachlan war gut angekommen.

Es wurde ein endloser Nachmittag. In tausend Varianten malte Zack sich aus, wie er Lachlan von seiner Entdeckung erzählen würde. Was sollte er ihm sagen? »Sorry, schlechte Nachrichten, der Brief war echt. Zwei Typen verfolgen dich.« Und dann?

Sechs Uhr. Paul kam, um ihn abzulösen.

Zack fuhr noch kurz ins Wohnsilo. In der Kantine saßen ein paar Leute, um den günstigen Eintopf zu essen, der heute auf der Karte stand. Zack wusste sehr zu schätzen, dass er immer noch täglich bei den Abercrombys eingeladen war;

der Linoleumgeruch, der klebrige Boden, die Plastiktische und die kalten Leuchtstoffröhren in der Mensa vermittelten ihm ein Gefühl von Trostlosigkeit, ungefähr so stellte er sich eine Gefängniskantine vor. Er nahm den Fahrstuhl in den sechzehnten Stock, ging durch einen langen Flur, in dem die Zugänge zu den schmalen Wohnkabinen dicht an dicht lagen, und öffnete die Kabine 16.35 mit seiner Karte. Er schlüpfte hinein und begann hastig, sich umzuziehen. Die Lüftung funktionierte wie üblich nur schlecht, doch es gab kein Fenster, das er hätte öffnen können. Zack war erleichtert, als er fertig zum Gehen war.

Der Bus hielt zwanzig Minuten später vor dem Chapelizod Gate. Zack fiel sofort auf, dass das Taxi fehlte, und einen wunderbaren Moment lang schien alles nur ein böser Traum gewesen zu sein. Zack durchquerte den Phoenix Park, als er eine Bewegung zwischen den Bäumen bemerkte: Es war der Mann mit den zotteligen Haaren. Er lungerte im Halbschatten vor den Büschen herum und rauchte.

Mrs. Abercromby war anscheinend noch nicht aus Donegal zurück, denn als Zack die Haustür aufschloss, wirkte Phoenix Manor wie ausgestorben. Zack ging hoch in Lachlans Zimmer und warf einen Blick ins Zelt, wo Lachlan ruckartig den Kopf vom Tisch hob, als wäre er eben erst aufgewacht.

»Oh, Shit.« Lachlan rieb sich die Schläfen.

»Kopfweh?«

»Mh-hm.«

»Mann, du siehst echt müde aus«, sagte Zack erschrocken. Die Ränder unter Lachlans Augen leuchteten feuerrot.

Lachlan ging nicht darauf ein. »Ich weiß, wie ich's machen muss, glaube ich. Könnte klappen. Bräuchte ein größeres Zelt, um es auszuprobieren … werde Penny wieder zusammenbauen und sie rumfliegen lassen.«

»Kannst du das Ding mal kurz vergessen?« Zack öffnete das Fenster, denn im Zimmer war die Luft so stickig, dass er kaum atmen konnte. »Ich muss dir was sagen.«

»Hat das was mit heute Nachmittag zu tun?«

Er hatte also etwas bemerkt. »Ja.« Lachlan sah ihn wachsam an. »Da sind zwei Typen, die dich observieren.«

Lachlans Augen hellten sich schlagartig auf. »Observieren?«

Zack erzählte ihm alles, was er schon wusste; er fing an bei Paddy's Pub, wo er den Mann mit den Stiefeln zum ersten Mal bemerkt hatte, und endete mit der Begegnung im Park. Lachlan wurde, wenn das überhaupt möglich war, noch eine Spur blasser um die Nasenspitze.

»Die wissen also von Penny.«

»Nein, die sind nicht von der META«, sagte Zack.

»Und woher weißt du das?«

»Das sind Stümper. Sonst hätte ich sie nie bemerkt.«

Lachlan schluckte. Zack konnte sich vorstellen, was er für einen Schrecken erlitten hatte – wenn die META herausbekam, dass er eine Drohne gestohlen hatte, würde es eine Katastrophe geben, für Lachlan, aber auch für seine Familie und natürlich Gallagher Whiskey. Wieder rieb sich Lachlan über die Stirn, während er sich Zacks Schilderung der beiden Männer anhörte. »Die laufen rum wie Figuren aus Hollywood. Das sind keine Profis. Profis tun alles, um nicht entdeckt zu werden. Setzen sich Perücken auf, kleben sich Bärte an, ziehen sich ein paarmal am Tag um. Aber die zwei sind Idioten. Der eine hat gestern eine Sonnenbrille getragen, mitten in der Nacht! Total auffällig.«

»Sie sind sich ihrer Sache sicher«, schloss Lachlan.

»Ja. Dass sie solche Stümper sind, macht sie auch gefährlich. Unberechenbar. – Willst du dich ein bisschen hinlegen?«

Lachlan hielt sich den Kopf, als wollte er verhindern, dass er platzte. »Und was machst du?«, fragte er.

»Ich seh ein bisschen fern. Wir reden hinterher darüber, okay? Ruh dich endlich aus.«

Lachlan sah erschöpft auf die bekritzelte Schreibtischunterlage. »Ich habe gerade erfahren, dass ich observiert werde, wie soll ich da schlafen?«

»Wir können jetzt sowieso nichts machen. Es hat keinen Sinn, wenn du dir den Kopf zerbrichst, während du kaum geradeaus denken kannst. Schlaf dich aus.«

[5]

Es kam nicht zum Gespräch; Lachlan schlief bis zum nächsten Morgen durch. Gegen zehn schickte er Zack eine Chatnachricht und teilte ihm mit, er werde nicht zum Mittagessen kommen. »Mir ist nicht wohl dabei. Ich bin total paranoid … es macht mich wahnsinnig zu wissen, dass die da draußen sind und auf mich warten …« Zack versicherte ihm, nach Feierabend gleich wieder zu ihm zu fahren – das hieß nach dem Boxtraining, das er auf keinen Fall ausfallen lassen wollte. Dann musste er das Handy wegstecken, weil sich ein dürres Mädchen mit schweren Lidern und Augenringen an ihm vorbeistehlen wollte, die Treppe hoch. Sie hatte nichts gekauft.

»Halt.« Er trat ihr in den Weg. »Wohin willst du?«

»Hast du ’nen Euro?«, fragte sie schleppend.

»Nein, und wenn du nichts kaufen willst, dann raus hier«, sagte Zack streng.

»Nur fünfzig Cent.« Sie hatte entsetzlich schlechte Zähne.

»Nein. Raus.«

Sie schlurfte nach draußen, das Shirt umflatterte ihren dürren Körper. Zack fühlte sich schäbig, so wie er sich immer schäbig fühlte, wenn er einen bettelnden Junkie sah oder einen Obdachlosen, der mit seinem Schlafsack und einer Plastiktüte an einer Hauswand lag.

Der Nachmittag schleppte sich dahin, als wollten höhere Mächte seine Nerven auf die Probe stellen. Lachlan schrieb ihn noch zweimal an (»Mum ist wieder heimgekommen, heute Abend gibt es Fisch, sie hat ihn gerade geordert und fragt, wann du kommst« – »Kathy hat mir endlich geschrieben, sie verspricht mir hoch und heilig, dass sie nie wieder zu spät kommen wird, bla, bla, bla«) und noch ein drittes Mal (»Ich war draußen, das Taxi steht wieder vor dem Tor – glaubst du, die warten darauf, dass ich wegfahre?«).

Es goss in Strömen, als Zack kurz nach acht aus dem Bus stieg. Das Wasser lief an den Fenstern des parkenden Taxis herunter; er ignorierte es, ging durch den Park und schloss kurz darauf das Haus auf, nachdem er seinen Daumen an die Alarmanlage gehalten hatte. Ein süßer Duft nach Vanille kam ihm entgegen wie eine freundliche Umarmung. Persys Buntglaslampen leuchteten, ausgefallene und filigrane Mosaikskulpturen in allen Farben. Aus dem Wohnzimmer wehten die romantischen Klänge eines spanischen Boleros herüber, abgespielt von einem alten Grammophon. Persy hatte eine Schwäche für Antiquitäten, je älter desto besser, doch das Grammophon mochte sie am liebsten; sie fand – und vertrat die Überzeugung in jeder Diskussion mit Lachlan, der auf das feine Klangbild seiner Tesla-Kopfhörer schwor –, dass es Musik nicht nur abspielte, sondern zum Leben erweckte.

Als Zack sich die Schuhe abstreifte, kam Persy in einer flatternden schwarzen Seidentunika aus dem Wohnzimmer, bei jedem Schritt auf und ab wippend im Dreivierteltakt des Boleros. »Hallo, Zachary, wie geht es dir?« Sie erstarrte. »Himmel, was ist mit deinem Gesicht passiert?« Sie meinte den blauen Fleck unter seinem rechten Auge, einen hübschen Bluterguss, der ins Violette tendierte.

»Sparring«, sagte Zack. »Aber keine Sorge, das ist nichts Schlimmes, nur ein bisschen blau.«

»Du boxt immer noch? Das ist ein furchtbarer Sport, Zachary, brutal und niveaulos. Ich kann bis heute nicht verstehen, dass dich die Schule in diesen Kurs gesteckt hat. Ich hätte das einfach nicht zulassen sollen.«

Zack sah das anders, aber es war ihm peinlich, ihr zu widersprechen. »Ich pass schon auf mich auf.«

»Das weiß ich doch. Du bist ja schon ein Mann.« Und sie tätschelte ihm die Wange, die linke, unverletzte. »Ich habe uns übrigens Seeteufel geordert, er müsste bald kommen. – Es ist schön, dass du uns besuchst, Zachary.«

Aber im Grunde tat er das doch jeden Tag. »Ich bin gerne hier. Auch wenn ich ausgezogen bin.«

»Gefällt dir deine neue Wohnung?« Sie wollte ständig herausfinden, wo er jetzt wohnte.

»Sie ist okay«, sagte er mit Gewissensbissen und wechselte das Thema. »Wie war's in Donegal?«

»Unser neuer Kunde hat Manieren. Hat mir einen finnischen Vodka mitgebracht. Sehr mild, aber gut. – Tragisch, dieser Zwischenfall mit unserem Werkschutzleiter, aber das Leben muss weitergehen, nicht wahr?« Er wusste nicht, wovon sie redete, doch ehe er fragen konnte, klingelte es an der Tür. »Ah, der Fisch«, frohlockte Persy.

Sie schickte Zack nach oben, um Lachlan zu holen. Wie erwartet saß er am Schreibtisch und tippte auf der Tastatur herum, neben sich einen Haufen Red-Rebel-Dosen. Als Zack hereinkam, drehte er sich zu ihm um und sah ihn an, als wäre die Misere mit dem Taxi seine Schuld.

»Was ist mit deinem Gesicht?«

»Sparring«, sagte Zack betont gelassen. »Aber keine Sorge, ich hab's dem Arsch gezeigt.«

»Das hoffe ich.«

»Wie geht's deinem Kopf?«

»Er ist noch dran, ich kann aber nicht garantieren, dass ich ihn nicht bald verliere.«

Zack bemerkte, dass Lachlan die Drohne vom Tisch geräumt hatte. Wahrscheinlich hatte er sie versteckt, als Persy nach Hause gekommen war.

»Was wollen die Kerle von mir, Zack?«

»Lass uns das nach dem Essen bereden.«

Der Magen hing ihm in den Knien. Wie es aussah, hatte auch Lachlan den ganzen Tag über wieder nichts anderes zu sich genommen als Energydrinks.

»Ich will wissen, wer Mum diesen Brief geschickt hat«, murmelte Lachlan, als sie die Treppe hinunterstiegen.

In der Essecke im Wohnzimmer war der Tisch mit Silberbesteck gedeckt. In einer Vase stand ein üppiger Strauß weißer Lilien. Persy gab ihrem Mann einen Kuss, als er eine Minute nach Lachlan und Zack hereinkam. Oliver Abercromby war fast zwei Meter lang, mit Kleiderbügelschultern und Beinen, die in kein Auto passten. Er trug ein weißes Hemd, und obwohl sie ganze fünf Jahre lang zusammengewohnt hatten, begrüßte er Zack nur mit einem förmlichen Händeschütteln. Zacks blaue Wange erwähnte er nicht.

Beim Essen erzählte Persy mehr von dem Deal mit dem Finnen, was auch deshalb ganz gut war, weil sie die halbe Stunde sonst mit unangenehmem Schweigen verbracht hätten. So war es immer: Persy redete über das Geschäft, Oliver schwieg (er sprach nie über seine Arbeit als Softwareentwickler), Lachlan antwortete seiner Mutter mit höflichem Interesse. Nur heute stocherte er lustlos in seinem Fisch herum und starrte gedankenversunken vor sich hin. Auch Zack entwickelte keinen rechten Appetit, obwohl er großen Hunger hatte. Er fragte sich, ob es nicht besser wäre, Persy von seiner Beobachtung zu erzählen. Aber zuerst wollte er sie mit Lachlan besprechen. Während sie aßen, beobachtete er Persys Gesten, lebhaft, aber stets vornehm, und Olivers Körperhaltung, aufrecht und beweglich wie ein Bügelbrett. Er hätte eine Glasscheibe zwischen die beiden schieben können, es wäre ihnen wohl gar nicht aufgefallen.

»Noch einen Digestif?«, fragte Persy, als sie aufgegessen hatten. Sie öffnete den Vodka und schenkte allen ein Schnapsglas ein. »Auf die Finnen.« Sie stießen an und tranken in einem Zug aus. Danach waren Zack und Lachlan entlassen. Schweigend gingen sie nach oben.

»Also«, platzte Lachlan heraus, kaum dass Zack die Tür geschlossen hatte. »Was wollen die?«

Zack setzte sich aufs Sofa, Lachlan warf sich schräg gegenüber in den Sessel. Der Regen prasselte gegen die Fenster.

»Es ist echt erstaunlich. Du nimmst Du-weißt-schon-was auseinander, aber an so einer einfachen Frage scheiterst du.«

»Die wollen mich entführen, oder?«

Zack nickte. »Lösegeld. Worum sollte es sonst gehen?«

»Und was machen wir jetzt?«

»Die Polizei können wir vergessen«, sagte Zack.

»Ja. Wir haben ja gesehen, wie sie mit Mum umgegangen sind. Die handeln erst, wenn was passiert ist. Aber so lange können wir nicht warten.«

»Sagen wir's deiner Mum.«

Lachlans Augen flackerten über Zacks Gesicht. »Kein Wort zu ihr, ich warne dich.«

»Aber wir müssen es jemandem sagen.«

»Sie dreht total durch, Zack. Sie hetzt mir nur einen Bodyguard auf den Hals.«

Zack gab nach. Er wollte keinen Bodyguard an Lachlans Seite sehen. Keinen anderen. Aber wenn er daran dachte, wohin sie Lachlans letzte großartige Idee gebracht hatte … »Und jetzt? Willst du dich für den Rest deines Lebens hier im Haus verstecken?« Er wollte witzig klingen.

»Habe ich nicht vor.«

»Das würde auch gar nichts bringen. Denen ist egal, ob du hier nie wieder rausgehst. Sie warten einfach, bis du allein bist, und dann kommen sie rein.«

»Sehr witzig.« Lachlan rieb sich die Nasenwurzel. »Die Frage ist doch: *Wie* wollen sie mich entführen?«

»Ich schätze mal, das Wie wollen sie gerade herausfinden, indem sie dich observieren.«

»Wir müssen das Wie klären. Und das Wo. Wann werden sie wohl zuschlagen?«

Zack hob die Schultern. Woher sollte er das wissen?

»Ich glaube, die sind nicht so gefährlich, wie wir denken. Du hast gesagt, dass sie rumlaufen wie Clowns. Das sind Stümper, oder? Wenn wir gut vorbereitet sind, werden wir schon allein mit ihnen fertig«, sagte Lachlan.

»Wie meinst du das?«

»Ich muss mich wehren.«

»Und wie willst du das machen?«

»Ich habe heute darüber nachgedacht.« Lachlan überschlug die Beine; sie waren nicht ganz so lang wie die seines Vaters. »Es gibt zwei Möglichkeiten. Erstens: Wir warten, bis es geschieht, und hoffen, dass wir dann schnell genug reagieren. Zweitens: Wir stellen ihnen eine Falle.«

»Und wie?« Zack gefiel das nicht.

»Sie wissen nicht, dass wir Bescheid wissen. Sie werden alles tun, um mich allein zu erwischen, und dann bist du unser Trumpf im Ärmel.«

»Du willst dich mit ihnen anlegen.« Zack fragte sich, ob er es mit zwei fest entschlossenen Kriminellen aufnehmen könnte. Lachlan würde ihm keine große Hilfe sein. »Was, wenn ich nicht mit ihnen fertig werde?«

»Du wirst mit ihnen fertig. Wozu gehst du boxen?« Lachlan lachte. »Den Kerlen zeigst du es mit links.«

Zack fühlte sich geschmeichelt. »Okay, meinetwegen. Und wie sieht diese Falle aus?«

»Wir müssen sie gewissermaßen auf frischer Tat ertappen und ihnen das Handwerk legen.«

»Das ist zu gefährlich.«

»Das hast du über die Sache mit Penny auch gesagt, und dann hast du sie aus der Luft geholt.«

»Das habe ich nur gemacht, weil du daneben geworfen hättest, und dann hätte sich die Kamera auf dich gerichtet und du hättest in der Scheiße gesessen.«

Aber Lachlan hörte ihm gar nicht zu. »Penny!«, flüsterte er, als wäre ihm gerade etwas eingefallen.

»Was ist das?«, fragte Zack; er streckte sich und nahm ein Blatt Papier an sich, das im Drucker lag. Es war mit einem durchgehend in Versalien geschriebenen Text bedruckt. Die Überschrift hob sich in großen fetten Buchstaben vom Rest ab und lautete ›EUROPA HAT KREBS‹.

Lachlan entriss ihm das Blatt, zerknüllte es und warf es in eine Ecke. »Lenk nicht vom Thema ab. Du hast recht, es wäre gefährlich, aber wir haben keine Wahl. Wir müssen die Entführung kontrolliert herbeiführen und dann verhindern. Das ist unsere einzige Chance.«

»Das kannst du vergessen«, sagte Zack.

Lachlan verzog den Mund zu einem humorlosen Grinsen. »Jetzt komm mir nicht schon wieder mit deiner Akademie und der Zuverlässigkeit und dem Kram.«

»Mit der Masche kriegst du mich diesmal nicht. Noch mal mache ich bei so was nicht mit.«

»Musst du auch nicht«, sagte Lachlan achselzuckend. »Ich schaffe das auch alleine.«

»Willst du mich auf den Arm nehmen?«

»Nein. Ich werde es auf jeden Fall tun, ob du mitmachst oder nicht«, erklärte Lachlan.

Zack schüttelte den Kopf. Er fühlte sich erpresst; als nähme Lachlan seine eigene Gesundheit als Geisel, um ihn zu überreden. Lachlan aber schien es ernster als sonst zu meinen, so wie er auch die Drohne angegriffen hätte, wenn er, Zack, nicht eingeschritten wäre. Widerwillig gab er nach, obwohl sich alles in ihm dagegen sträubte. Aber Lachlan hatte auch recht. Was sollten sie sonst tun? Die Alternative wäre, Mrs. Abercromby davon zu erzählen und zu riskieren, dass sie einen Bodyguard für Lachlan anheuerte. Einen Profi, neben dem er wie ein Trottel aussehen würde.

»Okay. Du hast gewonnen, ich mach mit. Wie willst du die Entführung provozieren?«

»Optimale Bedingungen schaffen, damit sie zuschlagen. Wie wäre es hiermit: finstere Nacht, ein menschenleerer Ort, keine Pennys. Wenn sie die Sache ernst meinen, wären sie dumm, in so einem Moment nicht anzugreifen.«

»Aus der Sache kommen wir nie heil wieder raus«, sagte Zack entmutigt und hielt sich den Kopf.

Aber Lachlan ließ sich nicht reinreden. »Also, wenn ich mich entführen wollte, dann würde ich zuschlagen, wenn ich aus dem Club komme.«

»Warum?«

»Weil ich dann betrunken bin.«

So ein Quatsch. »Eher, weil du dann immer durch die War Memorial Gardens gehst. Da sind nachts kaum Leute und Droh…« Zack biss sich so heftig auf die Zunge, dass ihm Tränen in die Augen schossen. Wieso erzählte er Lachlan das? War er bescheuert? Wieso ging er nicht gleich rüber zum Taxi und gab ihnen den Haustürschlüssel?

Lachlan schlug begeistert die Hände zusammen. »Genial, Zack! Das ist perfekt!«

Zack fühlte sich miserabel. Er war so ein Idiot. »Aber was

ist, wenn die mich überwältigen und dich mitnehmen? Keiner wird's gesehen haben.«

Aber er sah Lachlan an, dass es zu spät war: Vermutlich wäre er am liebsten sofort in den Park gerannt, um seinen riskanten Plan in die Tat umzusetzen.

»Keine Sorge«, sagte Lachlan in einem Ton, als wäre alles geklärt, »das lässt sich ganz einfach ändern. Also, wie sieht's aus? Samstag in den Club?«

Zack fuhr am Freitag nach Feierabend zu den War Memorial Gardens. Wenn er schon Unheil angerichtet hatte, wollte er wenigstens gut vorbereitet sein, um eine Katastrophe abzuwenden. Er war zwar schon oft durch die Anlage gegangen, aber nie so bewusst, dass er aus dem Kopf einen Grundriss hätte zeichnen können. Aber genau das wollte er heute tun. Ein guter Personenschützer kannte die Orte, die sein Kunde aufsuchen wollte, stets wie seine Westentasche und war imstande, alle Risiken im Voraus zu erkennen und zu vermeiden. Davon hatte er gelesen.

Mit dem Notizbuch in den Händen schritt er die Wege und Wiesen ab und suchte hinter Denkmälern und Mauern nach Verstecken und Fluchtwegen. Der Park hatte drei Eingänge, einen davon im Süden an der Con Colbert Road. Dort befand sich auch die Bushaltestelle, an der Zack immer einstieg, wenn er vom Wohnsilo aus in die Stadt wollte. Das Wohnsilo war nur fünf Minuten entfernt; das ungewöhnlich breite Hochhaus mit den knapp fünftausend Wohneinheiten ragte im Süden über den Dächern der Reihenhäuser auf.

Vom großen Eingang weg ging es eine breite Steintreppe hinunter, zwischen Bäumen hindurch. Der Weg endete auf der Rückseite eines fast zehn Meter hohen keltischen Steinkreuzes – das Denkmal für die Gefallenen der beiden Weltkriege. Unten dann die weitläufige Wiese mit den Springbrunnen, die einen steinernen Sarg flankierten. Ein Spaziergänger spielte mit seinem Hund an einem der Brunnen; er hob den Jack Russell Terrier hoch ins Wasser (Zack notierte: *Brunnen hochklettern?*) und benutzte eine Plastikkelle, um einen Ball zu werfen. Der Terrier flitzte durch das Wasser und schnappte sich den Ball, um ihn zu apportieren.

Rechts und links der Brunnen ging es durch Steinbögen in die Rosengärten. Vier Öffnungen in hohen grauen Mauern führten auf die moosigen Wege des südlichen Parks. Die beiden anderen Ein- und Ausgänge befanden sich auf Höhe der Liffey, an den zwei Enden einer Promenade. Den Ausgang nach Westen nahm Lachlan, wenn er vom Club nach Hause ging. Eine halbe Stunde lang lief er an der Liffey entlang, dann überquerte er die Chapelizod Bridge und ging ein kurzes Stück zurück zum Eingang des Phoenix Parks. Er tat das angeblich, um den Kopf freizubekommen, sagte er. Vom Bahnhof weg hätte ihn der Bus bis zum Parktor gebracht.

Der Ausgang im Osten führte an einem Parkplatz und einem Hurlingfeld vorbei, dahinter standen Wohnblöcke, weit und breit kein einziger Laden.

Zack hoffte, dass alles nur ein riesiger Irrtum war. Sie würden am Samstag ein bisschen Angst durchstehen, feststellen, dass sie im Park niemand erwartete, und erleichtert nach Hause gehen, wobei sie sich die Geschichte, aufgeregt, wie sie waren, hoch und runter erzählten, als wäre der andere gar nicht dabei gewesen.

»Das mit dem Brunnen ist sinnlos«, sagte Lachlan, als Zack ihm zu Hause von seinen Erkenntnissen berichtete. Er schraubte an seiner Armbanduhr herum, die vor ihm auf dem Tisch lag. Seine Haare waren nass von der Dusche und er duftete nach Deo. Ganz egal, wie viel er zu tun hatte, seine Körperpflege vernachlässigte Lachlan nie, ganz im Gegenteil zu seinem notorisch chaotischen Zimmer. »Warum sollte ich da hochklettern? Das hängt sie nicht ab, ich bin nass, mein Körperwiderstand sinkt und dann können wir hoffen, dass sie keinen Elektroschocker dabei haben.«

Zack schlug das Notizbuch zu und warf es neben sich. »Dann klettere doch meinetwegen 'ne Mauer hoch, Klugscheißer«, sagte er angespannt. Er hätte sich die Stunde in den War Memorial Gardens auch sparen können.

»Physikalisch unmöglich«, sagte Lachlan.

»Wenn du Schiss hast, kletterst du auch die Mauern des Guinness Storehouse hoch«, sagte Zack verärgert. Er setzte sich auf. »Pass auf. Da ist dieser Parkplatz am Ostausgang, weißt du, welchen ich meine?«

»Klar.«

»An der Con Colbert Road gibt es keine Möglichkeit, zu parken, höchstens auf der anderen Straßenseite. Aber dazu müssten sie dich bewusstlos über die Straße schleppen.«

»Zu riskant. Wenn ein Auto kommt …«

»Genau. Und hinter dem Westausgang, das weißt du ja, ist nur der Radweg. Ist also klar, dass sie am Ostausgang parken werden. Und wenn sie dich haben, wollen sie nicht so weit gehen, deshalb werden sie dir sicher nicht am Denkmal auflauern, sondern eher an der Liffey. Was bedeutet, dass wir den Park zwar gemeinsam betreten können –«

»– aber uns dann sofort trennen müssen. Und zwar gerade so weit, dass du mich noch sehen kannst, die Mistkerle aber nicht dich«, sagte Lachlan.

»Genau.«

»Das klingt nach einem Plan. Ich nehme den Weg über die Wiese und du gehst hinter den Mauern außenrum. Da sind genug Bäume, sodass sie dich auch auf dem Hang im Dunkeln nicht sehen werden.«

»Okay.«

»Und du kannst Penny aktivieren, bevor du wieder zu mir stößt«, fügte Lachlan hinzu und lehnte sich zufrieden im Drehsessel zurück, um die Armbanduhr anzulegen, deren Deckel er wieder aufgeschraubt hatte. »Außerdem musst du sie im Gebüsch deponieren.«

Was redete er da? »Penny aktivieren?«

Aus einer Kiste, die auf dem Schreibtisch stand (schief, weil sie Stifte und allerlei Ramsch unter sich hatte), holte Lachlan die gestohlene Drohne. Er hatte sie wieder zusammengebaut und die lädierte Kamera an ihrer Unterseite montiert. Die Kuppel war zwar nach wie vor zerschmettert, aber ansonsten wirkte die Drohne funktionstüchtig.

Zacks Magen zog sich zusammen.

»Du musst Handschuhe tragen, wenn du sie in den Park bringst und einschaltest – Fingerabdrücke. Ich suche noch nach einer Lösung für die Fibrillen …«

»Die was?«

»Fibrillen – mikroskopisch kleine Stofffasern. Ich will ja kein Klugscheißer sein, aber die META sucht nach Penny, schon vergessen?«

Zack tat so, als kramte er in seinem Gedächtnis. »Jaa, ich glaube, da war was ...«

Lachlan drehte die Drohne in den Händen und betrachtete sie, als könnte er die Fibrillen mit bloßem Auge sehen. »Wenn Penny reaktiviert wird, dann leuchten bei der META sofort ein paar rote Lämpchen auf. Die werden sich Penny natürlich holen und untersuchen. Spurenanalyse auf Basis von Nanotechnologie ... Dabei könnte es sein, dass sie auf winzige Fasern unserer Kleidung stoßen, und dann könnte es für uns heiß werden.«

»Und du glaubst ernsthaft, dass ich diese Droh –, dieses Ding auch nur anfasse?«

Lachlan hielt selbstsicher die Armbanduhr hoch. »In dieser Uhr befindet sich jetzt ein Chip, der auf einer Distanz von rund hundert Metern ein Signal aussendet. Penny ist von mir darauf programmiert worden, dem Signal zu folgen. Ich würde es dir ja gerne demonstrieren, aber dazu müsste ich sie einschalten. Wenn du Penny aktiviert hast, wird sie die ganze Sache filmen und die META ist live dabei.«

Zack schüttelte den Kopf. »Ich bringe sie nicht in den Park. Basta.«

»Wenn ich es tue, werden mir diese Arschkrampen folgen und sie entdecken.«

»Aber die Stofffasern, was ist mit denen?«

»Bis morgen habe ich eine Lösung gefunden.«

Aber wie um alles in der Welt sollte diese Lösung aussehen? Selbst das Innere der Drohne musste voll sein mit mikroskopisch kleinen Hinweisen auf Lachlans Identität, Härchen oder Hautschuppen oder diesen komischen Fibrillen.

»Wir sollten deine Mum einweihen.«

»Wenn du ihr was sagst, dann sag ich ihr, wo du wirklich wohnst«, sagte Lachlan kühl.

»Dann sag es ihr eben.«

»Sie wird dich dazu zwingen, wieder zu uns zu ziehen. Und ich verspreche dir, ich vergesse diese ganze Sache sofort, wenn du das tust«, fügte Lachlan rasch hinzu. Zack glaubte ihm jedes Wort, konnte ihm den Wunsch aber nicht erfüllen.

»Das tu ich nicht«, sagte er.

Lachlan sah aus, als schluckte er hinunter, was er wohl für den Anfang einer sinnlosen Diskussion hielt. Er nahm es ihm immer noch übel, dass er ausgezogen war. Für ihn sah es so aus, als lebte Zack lieber in einem Wohnklo, als ihn weiter zum Zimmernachbarn zu haben. Zack hatte ihm erklärt, was ihn zum Auszug veranlasst hatte, aber Lachlan fand seine Gründe unlogisch, und Menschen, die unlogisch handelten, waren nach seinem Verständnis potenziell geisteskrank. Wie unvernünftig er selbst sich gerade verhielt, hätte er allerdings nicht mal im Traum eingesehen.

»Hast du eigentlich gar keine Angst?«, fragte Zack.

»Doch. Ich könnte die Mauer vom Guinness Storehouse hochklettern«, sagte Lachlan trocken.

Lachlan hasste die Abende, an denen Zack sich die Jacke anzog, um ins Wohnsilo zu fahren. Es war einfach nicht richtig, nicht logisch, falsch – wieso zog Zack es vor, in diesem Loch, in diesem Wohnklo zu schlafen, wenn er stattdessen das Zimmer nebenan haben konnte? Doch wie üblich schluckte er seine Einwände hinunter und sagte Zack Gute Nacht, als er ging. Auch diesmal kam ihm das Zimmer danach schmerzlich leer vor.

»Ich habe Neuigkeiten«, schrieb er Griffin in den Chat, wie als Entschuldigung, weil er vergangene Nacht nicht online gewesen war. Verdammte Kopfschmerzen.

»Schieß los«, antwortete Griffin.

»Ich sagte doch, Zack ist auf einem guten Weg. Alles, was er braucht, ist ein Erlebnis, das ihn aufrüttelt.« Er schickte die Nachricht ab, obwohl er wusste, dass er noch nicht fertig war. Griffin ahnte das offenbar, denn er antwortete nicht. »Etwas muss geschehen.« Enter. »Er muss aus seiner Zuckerwattewelt rausgerissen werden und erkennen, wozu er fähig ist. Dann ist er bereit, mit mir mitzukommen.«

»Aha«, schrieb Griffin.

»Das Ereignis steht kurz bevor«, setzte Lachlan nach. »Stunde null. Wirst schon sehen.«

»Was hast du vor?«, fragte Griffin. Lachlan war erleichtert, dass er Interesse zeigte.

»Zack hat zwei Typen bemerkt«, schrieb er hektisch. »Die observieren mich. Die werden mich entführen, und ich –«, er löschte das letzte Wort, »– wir werden ihnen die Gelegenheit geben. Eine Falle. Die Typen überfallen mich, Zack greift an, schlägt sie nieder und rettet mich.«

»Wie eine Prinzessin«, schrieb Griffin.

Lachlan spürte, wie er rot wurde. »Geht's noch?«

»Nur ein Witz.«

»Im Ernst. Das ist eben sein Ding, Leute retten. Das hat nichts mit mir zu tun.« Na ja, vielleicht ein bisschen, dachte er mit flatterndem Magen. »Er will auf die SAP.«

»Ich weiß. Du hast mir alles darüber erzählst, wie du sie abfackeln willst«, schrieb Griffin.

Das wurde Lachlan jetzt auch klar; hätte er nur häufiger die Klappe gehalten, oder eher: die Finger still. Er hätte vielleicht damit leben können, wenn Zack einfach nur im Wohnsilo geblieben wäre – solange sie sich regelmäßig sehen konnten, also fast jeden Abend und an den Wochenenden. So wäre das für Lachlan gerade noch okay gewesen. Aber das schwebte Zack nicht vor; er wollte weiterkommen. Und wenn er es auf die Akademie schaffte, bedeutete das, dass er ins Internat zog. Sein Lebensmittelpunkt würde sich an einen Ort verlagern, zu dem er, Lachlan, keinen Zugang hätte. Ein neues soziales Umfeld, neue Themen, neue Prioritäten. Ihre Schnittmenge würde sich verringern, bis sie einander nichts mehr zu sagen hätten. Allein die Vorstellung tat weh. Wie hätte er das jemals vor Griffin geheim halten können?

»Hat es dir die Sprache verschlagen?«, fragte Griffin.

»Nein«, antwortete Lachlan.

»Bist du in ihn verknallt?«

Zuerst dachte Lachlan, er hätte sich verlesen. Sein Herz begann zu rasen. »Spinnst du?«

»Auch nur ein Witz.« Griffin machte sich über ihn lustig. Lachlan hatte auf einmal keinen Tropfen Feuchtigkeit mehr im Mund, weggekocht, von der Hitze in seinen Wangen.

Eine boshafte Antwort zuckte ihm durch die Finger, doch dann hielt er inne. Es war nicht irgendein Klassenkamerad, mit dem er da schrieb; es war Griffin, mit dem er weit schlimmere Geheimnisse teilte als dieses. Griffin, der ihn in den vergangenen zwei Jahren besser kennengelernt hatte als jeder andere auf der Welt, ja sogar besser als Zack.

»Und wenn schon«, antwortete er.

»Dein Plan ist riskant«, schrieb Griffin. »Ich glaube, dass du Zacks Kräfte überschätzt. Ich habe eine bessere Idee. Lass sie uns besprechen – von Mann zu Mann.«

Lachlan seufzte. »Und lass mich raten – in Cronos?«

»Ich kann dir noch heute Nacht einen Cronos Cube zukommen lassen. Du musst nichts weiter tun, als dich einzuloggen. Ich warte in der Kokonstadt auf dich.«

Was oder wo auch immer das sein sollte.

Lachlan lehnte sich vor; es war an der Zeit, Klartext zu sprechen. »Griffin«, tippte er, »steck dir dein Computerspiel in den Arsch.« Enter; er loggte sich aus und fiel in den Sessel zurück. Erst dann fiel ihm ein, dass er Griffin wenigstens hätte fragen sollen, was für ein Alternativplan ihm durch den Kopf spukte. Doch sich noch einmal einzuloggen, das verbat ihm der Stolz. Was sollte das mit Cronos nur immer? Wieso konnte er ihn damit nicht endlich in Ruhe lassen?

Die ganze Nacht wälzte Zack die Frage, ob er die Sache abblasen sollte. Es lag in seiner Macht, schließlich hing von ihm allein ihr Gelingen ab. Wenn er also jetzt einen Rückzieher machte und Lachlan erklärte, dass sie eine andere Lösung finden mussten, würde Lachlan sich der Entscheidung beugen müssen. Alleine konnte er nichts ausrichten; er konnte die Drohne weder im Park verstecken noch konnte er sich, schmächtig wie er war, gegen die beiden Gauner verteidigen. Aber würde er seine Drohung wirklich wahr machen und alleine in den Park gehen? Zack bezweifelte es. Andererseits hielt er es nicht für ausgeschlossen, dass Lachlan das Wagnis einging, weil er sich durch die Anwesenheit der manipulierten Drohne in Sicherheit wiegte.

Außerdem fiel ihm keine Alternative ein, bis auf die, Mrs. Abercromby einzuweihen. Und dann? Lachlan hatte recht, sie würde bestimmt einen Bodyguard für ihn engagieren. Zacks Eingeweide schrumpelten, wenn er nur daran dachte, welch erbärmliche Figur er neben einem echten Personenschützer machen würde. Wenn er es aber schaffte, die Halunken zu stellen, würde er damit Mrs. Abercromby nicht beweisen, dass er es draufhatte und Lachlan bei ihm in guten Händen war? Nicht nur das, es würde auch seinen Wert steigern. Das Auswahlverfahren der Akademie sollte sehr streng sein, die Prüfungen hart, die Zahl der Bewerber so groß wie die Bevölkerung einer Kleinstadt. Beim Vorstellungsgespräch würde er sich hervortun können, ohne sich aufplustern zu müssen, allein durch den nüchternen Bericht seiner Glanztat. Welcher seiner Konkurrenten konnte schon behaupten, es erfolgreich mit echten Verbrechern aufgenommen zu haben?

Die Sache wäre für ihn klar gewesen, hätte es nicht so viel Aber darin gegeben. Stundenlang irrlichterte er zwischen der Vernunft und seinem Drang, sich zu beweisen, hin und her, während ihn die Geräusche im Wohnsilo nicht schlafen ließen. Nachbar 16.36 hatte einen Film laufen, laut genug, um den ganzen Stadtteil zu unterhalten. Die Lüftung rauschte und heulte wie ein Spukgespenst und von irgendwoher drang das Bellen verlorener Männer, die zu viel Energie hatten und zu wenig Ahnung, wohin damit, und sich deshalb irgendwo die Nasen und Schädel einschlugen. Zack hasste das Wohnsilo, hasste die klaustrophobischen Gefühle, die es in ihm auslöste, hasste es, dass er hier gefangen war, weil er sich keine andere Wohnung leisten konnte. Wenn ihn die Akademie aufnehmen würde, könnte er im Internat wohnen, außerdem hätte er Aussicht auf einen gut bezahlten Job. Aber nur Ausnahmetalente hatten eine Chance … er war eher Durchschnitt, aber wenn er die Kerle schnappen würde …

Die Arme der Nacht umwickelten ihn, zogen ihn in die Tiefe eines unruhigen Dämmerschlafs; Drohnen mit zuckenden Augen flochten sich durch seine Träume; er sah einen blutüberströmten Lachlan, der zwischen die Bäume im Park geschleift wurde und verschwand. Dutzende Paare glitzernder Cowboystiefel traten von allen Seiten auf ihn ein, bis er wimmerte. Aus dem Boden wuchsen Krebsgeschwüre, die aussahen wie kleine, lachende Kinder. Mrs. Abercromby schrie ihn an und gab ihm die Schuld an allem …

Die Freaking Picks rissen ihn aus dem Schlaf. In der Kabine war es so dunkel wie in der tiefsten Nacht. Acht Uhr. Zack schaltete das grelle Neonlicht ein, stand auf und zog sich an, heilfroh, das Wohnsilo verlassen zu können.

Seit zwei, drei Wochen kasteite er sich mit dem Wohnsilo

selbst, ohne zu wissen warum. Was wäre so schlimm daran, ein paar Cent von Persy anzunehmen und dafür anständig zu hausen? Die Abhängigkeit, dachte er mit einem kleinen Schrecken, weil es ihm kurz entfallen war. Die Annehmlichkeiten von Phoenix Manor hatten ihn träge werden lassen, deshalb hatte er sich dazu gezwungen, ihnen zu entsagen. Und von Persy abhängig zu sein, bedeutete, hinter jede eigene Entscheidung ein Fragezeichen zu setzen, bis sie ihr Einverständnis gegeben hätte. Seine ganze Jugend hatte er in diesem Zustand verbracht. Nichts, auch nicht das Wohnsilo, würde ihn zurück nach Phoenix Manor treiben. Nur wer eigene Entscheidungen traf und dafür Verantwortung übernahm, war ein Mensch, fand Zack.

Die Bilder, die ihm die Nacht eingeflößt hatte, verblassten, noch bevor Sweet Dreams endete. Es blieb das Gefühl eines bleischweren Gewichts auf der Brust, das ihn bis zum Mittag begleiten sollte.

Als er die Tür hinter sich schloss, öffnete sich die zur Kabine 16.34 und Eamon glitt heraus. Ein wandelndes Gespenst: Augenringe, Blaubeerlippen.

»Hey«, sagte Eamon leise.

»Hey«, antwortete Zack.

Sie gingen zusammen zum Fahrstuhl, in peinlichem Schweigen gefangen. Zack bildete es sich vielleicht nur ein, aber er hatte den Eindruck, dass der skelettdünne Eamon seit ihrer letzten Begegnung noch mehr abgenommen hatte, falls das überhaupt möglich war. Er verströmte einen säuerlichen Geruch nach Schlaf und Schweiß.

Sie stiegen in den Fahrstuhl ein. »Was machst du so?«,

fragte Zack, um das Schweigen zu brechen. Er drehte den Kopf und atmete flach.

»Nichts Besonderes«, sagte Eamon lahm. »Du?«

Zack war versucht, ihm von seinem Job und seinen Plänen zu erzählen, aber es kam ihm ungerecht vor, als wäre er ein Reicher, der vor einem Habenichts mit seinem Vermögen prahlte. »Nichts Besonderes«, sagte er.

Eamon ging in die Kantine, ohne sich zu verabschieden.

Zack holte sich am Bahnhof einen Kaffee und stieg in den Bus ein. Als die Mauer des Phoenix Parks vor den Fenstern vorbeiflog, dachte er an ein Gespräch zurück, das er mit Persy geführt hatte, als er vierzehn gewesen war. Er hatte in der Schule einen Jungen verprügelt, der kleiner und jünger als er gewesen war. Damals war er gerade erst bei ihnen eingezogen, und Persy, die mit Lachlan nie solche Probleme gehabt hatte, war unheimlich wütend auf ihn. Sie gestand ihm zwar eine gewisse Zeit der Trauer zu, doch die Trauer kristallisierte sich zu einer unbändigen Aggression gegenüber der Welt, von der er sich betrogen und verlassen fühlte, und es verging kaum ein Tag, an dem er in der Schule keinen Ärger machte. Die Prügelei war nur der Gipfel einer ganzen Reihe von Aktionen gewesen, die ihm fast einen Schulverweis eingebracht hätten (ein Bonus, den traumatisierte Kinder bekamen – jeder andere wäre auf jeden Fall rausgeflogen).

Persy war am Abend nach der Prügelei zu ihm ins Zimmer gekommen, um ihm einen Vortrag zu halten, an den er sich bis heute fast Wort für Wort erinnerte. »Wenn du bei uns leben möchtest, musst du lernen, dass wir uns nicht prügeln«, hatte sie gesagt und ihre Hand hergenommen, um an den Fingern abzuzählen: »Wir spucken keine Menschen an, wir schreien nicht herum, wir wälzen uns nicht am Boden, wir werfen keine Stühle oder Steine, wir drücken uns gesittet aus.« (Eine Anspielung auf all die Dinge, die er vor der Prügelei getan hatte.) »Ich will nicht in der Schule auftauchen müssen, weil der Direktor mich einbestellt. Das musste ich bei Lachlan nie tun und ich werde es auch bei dir nicht tun, Zachary. Denn in diesem Haus leben nur zivilisierte Leute.«

Mit einem Mal fühlte er sich wie vor Gericht und das weckte rebellische Gefühle in ihm. Die Angst legte sich wie eine kalte Hand um seinen Nacken, doch gleichzeitig wollte er Persy anbrüllen – erst hatte ihn sein Vater im Stich gelassen, dann seine Mutter, und auch die Abercrombys wollten ihn offenbar nicht haben. War das seine Schuld? Oder waren alle Egoisten, die nicht kapierten, wie er sich fühlte?

»Dann schmeißen Sie mich doch raus, dann geh ich zu Daddy«, rief er, was nicht überzeugend klang, weil Tränen ihm den Hals zuschnürten. Im Nachhinein betrachtet war das sein großes Glück, denn er wollte auf gar keinen Fall zu seinem Vater ziehen, nicht nach Galway, weit weg von seinen Freunden. Persy nahm seine Hand.

»Nein, Zachary. Du bleibst hier. Aber du musst dich unter Kontrolle bringen, hast du mich verstanden? Ich weiß, dass du eine schwere Zeit durchmachst. Sie wird nicht leichter, indem du dich prügelst. Es ist wichtig, dass du deine Gefühle beherrschst und dich nicht von ihnen beherrschen lässt. Du, und nur du allein, bist für deine Gefühle und deine Taten verantwortlich, und zwar dein ganzes Leben lang. Hast du mich verstanden, Zachary?«

Das hatte er, oder glaubte es zumindest; was er auf jeden Fall verstanden hatte, war, dass sie ihn nicht rauswerfen würde. Seine Gefühle (wie um alles in der Welt sollte er sie denn unter Kontrolle bringen, er war doch kein Roboter) wechselten in rascher Folge von Erleichterung zu Schuld und Reue. »Ja, Mrs. Abercromby. Ich mache keinen Ärger mehr, wirklich nicht. Ich versprech's Ihnen.«

Sie küsste ihn auf die Stirn und nahm ihn in den Arm, damit er ein bisschen weinen konnte, in geschützter Atmosphäre und der guten Gewissheit, dass sein bester Freund im Zimmer nebenan nichts davon mitbekam.

Heute war nach seinem Empfinden alles wieder gut, er hatte sich schon seit Jahren nicht mehr geprügelt, außer beim Sparring im Boxclub, falls das zählte. Der Club kooperierte mit der Schule; der Trainer unterrichtete schwer erziehbare Jugendliche im Boxen, um ihnen Werte wie Respekt und Selbstbeherrschung zu vermitteln. Persy war ziemlich schockiert gewesen, als sie gehört hatte, dass die Schule ihn in dieses Programm stecken wollte, doch Zack fand, dass ihm gar nichts Besseres hätte passieren können. Er war viel ruhiger geworden, seine Noten hatten sich verbessert und irgendwann hatte er sogar Billy Whiteheads dumme Sprüche ertragen können, ohne ihm sofort eine aufs Maul hauen zu wollen.

Als er Persy jedenfalls vor ein paar Monaten erzählt hatte, dass er nach der Schule jobben und sich an der Akademie bewerben wollte, hatte sie richtig glücklich gewirkt. Das hing wohl damit zusammen, dass Personenschützer – das hatte sie selbst einmal erwähnt – viel Selbstbeherrschung an den Tag legen mussten. Eine Eigenschaft, die sie ja schließlich sehr zu schätzen wusste. Sie würde unheimlich stolz auf ihn sein, wenn ihn die Akademie aufnahm.

Aber was würde sie davon halten, dass Lachlan seinetwegen eine Drohne im Zimmer liegen hatte? Und – falls der Plan am Ende vielleicht doch schiefging – dank ihm entführt worden sein würde? All seine Anstrengungen wären vergebens; sie würde nie wieder etwas mit ihm zu tun haben wollen. Die Vorstellung bereitete ihm Magenschmerzen.

Als er gegen zehn Uhr bei den Abercrombys aufschloss, steckte Persy den Kopf aus dem Wohnzimmer und sagte: »Zachary, wie schön, dass du da bist. Ich glaube, Lachlan schläft noch. Hast du schon gefrühstückt?«

»Ich hatte einen Kaffee unterwegs«, sagte er.

»Ich habe gerade ein Gespräch. Danach können wir zusammen essen, wenn du magst.«

»Gerne, Mrs. Abercromby.«

Zack zog sich die Schuhe aus und ging nach oben. Er hatte sich heute viel Zeit mit der Herfahrt gelassen, um sich darüber klar zu werden, was er eigentlich wollte. Inzwischen hatte er einen Entschluss gefasst und wappnete sich innerlich für eine hässliche Szene. Er klopfte bei Lachlan und öffnete die Tür: zugezogene Vorhänge und die Luft so dick, man hätte sie schneiden können. »Hi«, sagte Zack laut.

»Morgen«, nuschelte Lachlan ins Kissen.

Zack wollte nicht riskieren, dass er Muffensausen bekam,

deshalb platzte er damit heraus, ohne Luft zu holen. »Sorry, aber ich kann das nicht. Das ist mir zu viel Verantwortung. Es geht hier immerhin um dein Leben.«

Lachlan saß plötzlich aufrecht im Bett. »Äh – was?«

»Ich sag's deiner Mum. Wir müssen uns zusammensetzen und eine andere Lösung finden.«

»Wa – nein, Zack!«

Zack eilte zur Treppe; hinter sich hörte er, wie Lachlan aus dem Bett sprang und ihm nachjagte, ohne sich darum zu scheren, dass er nur in T-Shirt und Boxershorts war. Zack sprang die Stufen hinab, so schnell er konnte, und trotzdem holte ihn Lachlan am unteren Ende der Treppe ein. Er packte ihn am T-Shirt, prallte mit ihm zusammen und schwang sich vor ihn. »Warte, Zack! Du darfst ihr nichts sagen. Wenn du's ihr sagst, dann sag ich ihr, wo du wirklich –«

»Weißt du was? Ich sag ihr einfach selbst, wo ich wohne«, sagte Zack kühl, riss sich los, schob ihn beiseite und schritt entschlossen durch die Eingangshalle.

»Nein, nein, nein!« Lachlan setzte ihm nach, hielt ihn erneut am T-Shirt fest und stellte sich ihm in den Weg. Zack blieb widerwillig stehen. »Was ist mit unserer Selbständigkeit? Wir können ihr beweisen, dass wir allein auf uns aufpassen können, das ist unsere Chance, Zack!«

»Das, was du vorhast, hat nichts mit Selbständigkeit zu tun, du dämlicher Idiot!« Zack drängte sich entschlossen vorbei und ging weiter. Kurz vor der geschlossenen Wohnzimmertür zwängte sich Lachlan wieder vor ihn.

»Zack – jetzt mach doch keine – wenn sie davon erfährt,

legt sie mich an die Leine, das weißt du! Ich will keinen verdammten Bodyguard am Arsch kleben haben!«

»Wir können mit ihr darüber reden, wenn die ganze Sache durchgestanden ist. Sie wird dir vielleicht nicht für immer einen Bodyguard aufhalsen, aber wenigstens solange diese Typen da draußen sind!«, zischte Zack.

»Das schaffst du auch, Zack, hab doch nur ein bisschen Selbstvertrauen!«

»Die sind zu zweit!«

»Aber das sind keine Profis. Das sind zwei Armleuchter, die denken, sie haben leichtes Spiel. Wir können es ihnen zeigen, Zack, und dabei beweisen wir Mum –«

»Vergiss es! Ich habe schon einmal meine Zukunft für dich aufs Spiel gesetzt, als ich dir geholfen habe, Penny zu klauen. Aber das hier geht jetzt zu weit!«

Die Wohnzimmertür ging auf und Lachlan blieb die Antwort im Hals stecken. Persy, die ihr Gezanke gehört hatte, stand vor ihnen und sah sie nacheinander fragend an. »Belauscht ihr uns?«, fragte sie mit einer Mischung aus Erstaunen und amüsiertem Interesse.

»Nein, Mum – wir wollten nur –«

»– mit Ihnen reden«, sagte Zack entschieden.

»Sehr gerne, wenn das noch bis später Zeit hat – ich bin gerade mitten im Gespräch.«

»Du hast Besuch?«, fragte Lachlan.

Persy bedachte seine Boxershorts mit einem tadelnden Blick und trat zögernd einen Schritt beiseite. »Nun gut, vielleicht solltest du ihn auch kennenlernen.« Sie deutete mit der geöffneten Hand auf einen breitschultrigen, dunkelhäutigen Mann, der auf dem wuchtigen Ledersofa saß, ohne in ihm zu versinken. »Hares, das hier ist Lachlan, mein Sohn – und Zachary, so etwas Ähnliches wie mein Sohn. Lachlan, Zachary, das ist Hares Afridis. Er kommt aus Afghanistan und arbeitet für eine Dubliner Sicherheitsfirma.«

»Hi«, sagten Zack und Lachlan im Chor.

»Hallo, wie geht's?«, sagte Afridis. Zacks Innerstes verflüssigte sich, als der Afghane seine Hand packte. Fester Händedruck. Er hatte die Vorzeichen ignoriert, doch jetzt stand der leibhaftige Beweis vor ihm: Persy nahm ihn als Lachlans Beschützer nicht ernst. Sie hatte einen Bodyguard angeheuert, einen echten, professionellen Bodyguard.

»Lachlan, geh dich anziehen, dann können wir zusammen Tee trinken«, sagte Persy.

»Danke, Mum – wir haben noch was vor«, antwortete Lachlan reserviert.

»Meinetwegen, dann stört uns bitte nicht weiter.« Persy schloss die Tür. Sie hörten sie gedämpft sagen: »Möchten Sie noch etwas Tee, Hares?«

Zack merkte, dass er die Hand zur Faust geballt hatte, und öffnete sie langsam, in der Hoffnung, dass niemand es bemerkt hatte. Nach einem Ansturm von Wut, der ihn fast dazu gebracht hätte, gegen den Türstock zu treten, befiel ihn jetzt eine bleierne Angst. Er sah es richtig vor sich: Er würde neben diesem Afghanen eine lächerliche Figur abgeben. Und Persy, die wunderbare Persy, die er so sehr verehrte! Er hätte es wissen müssen. Sie hielt ihn immer noch für den Wildfang, der er früher gewesen war. Für einen, der seine Mitschüler verprügelte. Für einen impulsiven, verantwortungslosen Jungen, der sich nicht unter Kontrolle hatte.

»Die spinnt doch«, sagte Lachlan fassungslos.

»Das glaub ich auch«, sagte Zack.

Lachlan sah ihn herausfordernd an. »Ach? Gerade eben wolltest du ihr noch alles erzählen.«

Zack wusste selbst nicht mehr, was ihn geritten hatte. Und noch weniger wusste er, wie er Lachlan mitteilen sollte, was in ihm vorging. Er wollte verrückt sein, unbedingt und sofort. Wollte etwas Verbotenes tun. Wollte die Kerle vermöbeln, die es auf Lachlan abgesehen hatten. Und Persy beweisen, dass er es draufhatte. Dass er wie eine Mauer war, die Lachlan lückenlos umgab. »Da dachte ich noch, dass sie das mit dem Bodyguard nicht wirklich ernst meint. Aber jetzt zeigen wir ihr, dass wir ganz gut auf uns selbst aufpassen können.«

Lachlan lächelte.

»Okay. Aber dann musst du Penny verstecken.«

»Gut. Aber nur, wenn du eine Lösung für die Spurensicherung gefunden hast.«

»Und wie ich das habe. Komm mit.«

Er führte Zack eine Treppe hinunter in den Weinkeller, wo er hinter ein paar Holzkisten eine rote Plastikwanne versteckt hatte. Die Wanne war mit Wasser gefüllt, und in diesem Wasser schwamm … »Du hast das Ding ins Wasser gelegt?«, fragte Zack, als er das Gerät in der Wanne erkannte. Vielleicht hatte Lachlan beschlossen, die Drohne zu zerstören, um ihm seinen guten Willen zu beweisen. Andererseits hätte er sie dann auch einfach in ihre Einzelteile zerlegen können.

»Das ist Deionat. Wasser, dem die Mineralstoffe entzogen wurden«, sagte Lachlan, wobei er vor der Wanne in die Knie ging und mit den Zähnen eine Packung steriler Gummihandschuhe aufriss.

»Geht das Teil da drin nicht kaputt?«

»Durch die Demineralisierung verliert das Wasser seine elektrische Leitfähigkeit fast vollständig. Einfacher ausgedrückt: Nein, Penny geht nicht kaputt. Ich könnte sie da drin auseinandernehmen und wieder zusammenbauen und es würde rein gar nichts passieren.«

Er zog sich die Handschuhe über.

»Ich bin sicher, dass jetzt keine Spuren mehr von mir auf der Hülle kleben. Moment …« Im Regal lag eine alubeschichtete Kühltasche; Lachlan öffnete sie, schüttelte sie und tauchte sie ins Wasser. Er schob die Drohne in die Alutasche und knotete sie zu, noch während sie fast bis zum Rand mit Wasser gefüllt war. »Jetzt den Rucksack da – mach ihn auf.«

Zack zog am Reißverschluss. Lachlan hob die Tasche aus der Wanne und schob sie vorsichtig in den Rucksack. Dann streifte er sich die Handschuhe ab.

»Wenn du im Park bist, legst du die Tasche so, wie sie ist, ins Gebüsch. Heute Nacht, wenn wir aus dem Club kommen, musst du die Tasche nur noch öffnen.«

»Und das Ding einschalten?«

»Nicht mehr nötig. Penny läuft bereits. Das Wasser verhindert, dass sie mit den Satelliten kommuniziert.«

»Okay.«

Auch wenn Lachlans Erklärung für ihn nach reinster Magie klang, hatte Zack den Eindruck, dass Lachlan sich seine Lösung gut überlegt hatte. Er war erleichtert.

»Wie machen wir's? Soll ich gleich los?«

»Es wäre weniger auffällig, wenn du das heute Abend erledigst. Du fährst heim, um dich für den Club umzuziehen, und gehst dabei durch den Park. Wir treffen uns am Bahnhof.«

Etwa eine Stunde nach dem Abendessen (er konnte Persy nicht in die Augen sehen, als sie ihm die Schale mit dem Shepherd's Pie reichte), brach Zack mit dem Rucksack auf. Nebel lag auf dem Phoenix Park und der Chapelizod Road, so dicht, er konnte kaum bis zur anderen Straßenseite blicken. Das Taxi war fort.

Er fühlte sich wie eine wandelnde Leuchtreklame, auf der stand: »Bitte kontrollieren Sie mich, ich habe eine geklaute Drohne im Rucksack.« Sie stach ihm neben der Wirbelsäule in den Rücken und er musste sich die ganze Zeit vorstellen, wie die Plastiktüte riss, das Wasser auf die Jeans klatschte, die Drohne die Satelliten kontaktierte und die META ihn aufspürte. Es würde bestimmt ziemlich witzig aussehen, wie er mit nasser Hose bei dem Verhör saß und beteuerte, dass er nicht wisse, wie die Drohne in den Rucksack gekommen sei.

Im Bus hielt er den Rucksack auf dem Schoß fest, während sein Magen weiter Saltos schlug. Die Minuten, die er zu den War Memorial Gardens brauchte, kamen ihm erschreckend kurz vor. Der Bus hielt an der Islandbridge, von wo aus er den Osteingang im Handumdrehen erreichte. Auf butterweichen Beinen ging er am Hurlingfeld vorbei, unter den hohen Bäumen hindurch, deren Wipfel im Nebel verschwanden. Rechts sah er nun den Parkplatz, auf dem die Entführer vermutlich warten würden; dann betrat er den Park. Er hielt sich links, eilte über die Wiese, zur Maueröffnung, hinter der die Denkmäler und Rosengärten lagen. Der Nebel war so dicht, dass er das Ende der Wiese nicht sehen konnte. Als liefe er in ein grauweißes Nichts hinein.

Er beeilte sich, rannte nun. Seine Schuhe rutschten auf dem nassen Gras. Die Vögel schwiegen unheimlich, sodass sich seine Schritte unnatürlich laut anhörten. Jetzt hatte er die Wiese überquert. Hinter der Mauer duckte er sich und kroch ins Gebüsch. Äste knackten, streiften seine Wange. Er arbeitete sich ein paar Meter voran, ehe er stehen blieb und in die Hocke ging. Er ließ den Rucksack von den Schultern rutschen und öffnete den Reißverschluss. Halt, nicht die Plastiktüte anfassen. Erst die Handschuhe. Zitternd riss er das Päckchen auf und schlüpfte in die Gummihandschuhe. Sie ziepten auf der Haut. Er atmete durch und fasste langsam in den Rucksack, griff die Drohne in der Plastiktüte und hob sie heraus. Ganz vorsichtig legte er sie auf die Erde.

Wie exponiert sie dalag, als könnte jeder im Park sie auf den ersten Blick sehen. Zack schloss den Rucksack und trat zwei Schritte zurück, um sie zu betrachten. Und wenn sie jemand entdeckte, beim Pinkeln zum Beispiel? Er zwang sich, ruhig zu bleiben; selbst wenn, keiner wäre blöd genug, sie anzufassen. Die Polizei würde auch niemand rufen, denn die würde den Namen des Finders an die META weiterleiten und die würde ihn befragen wollen. Nein, die Drohne würde hier liegen, bis er sie herausholte.

Er drehte ihr den Rücken zu und ging zurück. Es fühlte sich an, wie ein persönliches Kleidungsstück in der Öffentlichkeit liegenzulassen, etwas Privates, auf dem sein Name stand. Als er zwischen den Bäumen hervortrat, zupfte sich Zack die Handschuhe von den Fingern und stopfte sie in die Jackentaschen. Er traute sich erst, sie in den Müll zu werfen, als er das Wohnsilo erreichte. Er zog sich um und war zwanzig Minuten später am Bahnhof. Seine Knie zitterten nicht mehr ganz so stark. Stattdessen begann sich Zuversicht in ihm auszubreiten, vermischt mit einer immer noch leise brodelnden Wut auf Persy. Er hatte sich nicht mehr so hintergangen gefühlt, seit seine Mutter ihn im Stich gelassen hatte.

Lachlan saß im Wartehäuschen der Straßenbahn, in Regenjacke, Schal und schwarzer Mütze. Keiner wäre je auf die Idee gekommen, dass seine Mutter genug Geld auf dem Konto hatte, um aus Spaß an der Freude eine Airline zu kaufen. Er sprang auf, als er Zack bemerkte.

»Und?«

Zack nickte. Lachlan wirkte erleichtert.

»Dann mal los«, sagte er.

[6]

Das Isarn Hall, eine Disco im Stadtteil Fatima, war für Lachlan so eine Art zweites Zuhause. Elektromusik dröhnte aus den Boxen, kaum Melodien, dafür eine synthetische Krachcollage aus harten, sich immer wiederholenden Bassdrums, die sich wie stampfende Maschinen in ihre Köpfe hämmerten. Blitzlicht flackerte über die knallvolle Tanzfläche. Lachlan inhalierte den Mix aus Männerdeo, Schweiß, altem Bier und süßen, synthetischen Aromen, während sie sich am Rand einen freien Tisch suchten. Der Bass wummerte in seiner Brust, ein vertrautes Gefühl – doch sosehr er das Isarn Hall auch mochte, er hatte absolut keinen Schimmer, wie er hier heute zwei oder drei Stunden verbringen sollte, ohne ein einziges Bier oder wenigstens einen Schnaps zu trinken. Sie mussten einen klaren Kopf bewahren, denn später im Park brauchten sie alle fünf Sinne.

Zack ging an die Bar, um ihnen etwas Alkoholfreies zu holen, und Lachlan sah auf die Uhr. Kurz nach zehn. Viel zu früh. Die Entführer sollten glauben, dass er sturzbetrunken nach Hause ging. Er nutzte jede freie Minute, um den Plan noch einmal auf Fehler und Schwachstellen abzuklopfen, und fragte sich unablässig, ob er etwas übersehen oder vergessen hatte. Was, wenn Penny doch nicht mehr funktionierte, auf das Funksignal nicht reagierte oder die beschädigte Kamera kein Bild sendete? Er befingerte nervös die Armbanduhr, als könnte er den Chip darin erfühlen, spüren, ob ihm etwas fehlte, ob er defekt war, ob alles gut gehen würde. Und wenn es nicht gut ging, wo würde er dann morgen früh sein?

Es erstaunte ihn, wie viele Berichte von Entführungen ihm plötzlich wieder ins Gedächtnis ploppten, von denen er irgendwann gelesen oder gehört hatte. Von Opfern, die tagelang zusammengekauert in einer Holzkiste steckten. Die im Keller festgehalten wurden. Oder brutal geschlagen – und vergewaltigt. Er hatte erst heute Nachmittag angefangen zu realisieren, was für ihn auf dem Spiel stand. Wenn auch nur eine winzige Kleinigkeit schieflief, würde er heute Nacht in einem fremden Kofferraum enden. Der Plan war hirnrissig, riskant und kindisch, die Folgen drastisch …

Aber seit er zu Hause den Afghanen gesehen hatte, war ihm klar geworden, wie ernst es seine Mum mit dem Bodyguard meinte. Deshalb blieb ihm gar nichts anderes übrig, als aktiv zu werden. Er hätte es nie laut ausgesprochen, aber er wusste sehr genau, dass sich Zack wie sein Beschützer fühlte – und er wollte nicht, dass das aufhörte. Es gefiel ihm einfach, er mochte es wirklich sehr … und deshalb konnte er diesen Afghanen absolut nicht gebrauchen. Schon gar nicht jetzt, wo er drohte, Zack an die Akademie zu verlieren.

Die Scheißakademie.

Lachlan spürte wieder den heißen Nadelstich der Wut im Magen. Er hatte immer geglaubt, dass Zack nur laberte, dass er nicht wirklich vorhatte, auf die SAP zu kommen, zumal keiner von ihnen je damit gerechnet hätte, dass er einen Absolventen treffen würde, der ihn dann auch noch empfahl. Aber wie es der Zufall wollte, war genau das geschehen. Wie aus dem Nichts hatte er auf einmal diesen Job in der Sicherheitsfirma gehabt und erzählt, dass sein Chef ein Absolvent sei. »So ein Zufall, Lachlan … und er hat mich eingestellt, obwohl ich viel zu jung bin für den Job. Ich hab ihm von meinen Zielen erzählt und er will mich empfehlen, mich …«

So ein Idiot!

Aber er brauchte diesen Idioten.

Wie sollte er Europa verändern, wenn nicht mit ihm gemeinsam? Was Lachlan glasklar vor sich sah, Zack hingegen überhaupt nicht, war die Weggabelung, vor der sie standen: Der eine Weg führte zur Revolution, der andere auf die Akademie. Zack hatte den Tunnelblick auf die SAP, und deshalb war er nicht empfänglich für politische Ideen. Die lagen ihm ohnehin nicht. In zwei Wochen hatte er wahrscheinlich schon wieder vergessen, wer Una Kelly war.

Aber die heutige Nacht … Sie würde alles verändern. Natürlich würde Zack die Kerle überwältigen und die Entführung verhindern – doch er würde dafür durch die Hölle gehen, die schlimmsten Ängste durchstehen, die raue Realität erleben, an seine Grenzen stoßen und sie überwinden – und sich ihm, Lachlan, stärker verbunden fühlen denn je zuvor. Zu stark, um ihn allein zu lassen. Zu stark, um sich auf diese alberne Akademie zu verziehen. Und dann wäre er bereit für ihre gemeinsame Revolution. Und für Griffin.

Lachlan schluckte. Es gab kein Zurück mehr. Außerdem hatte Zack die Drohne ja bereits versteckt. Er wollte Penny nicht umsonst weggegeben haben – nicht diese einmalige

Hyperion. Natürlich hätten sie einfach in den Park gehen und sie zurückholen können, sie lag schließlich immer noch da herum. Aber das kommt nicht in Frage, dachte Lachlan, während er eine Gruppe Mädchen betrachtete, die am Nachbartisch Cocktails tranken. Sie zogen das jetzt durch.

Zack kehrte mit den Getränken zurück. Es war der jahrelangen Übung zu verdanken, dass er in der von hysterischem Blitzlicht durchflammten Dunkelheit zum Tisch fand. Lachlan nahm ein Glas alkoholfreien Biers entgegen; es war kalt und nass vom Kondenswasser. Sie stießen an und tranken gleichzeitig, Lachlan in großen Schlucken gegen die Trockenheit in seinem Mund. Aus den Augenwinkeln betrachtete er Zack, schätzte seine Chancen ein. Zack würde schon mit den beiden Männern fertig werden, oder? Er hatte sich die Muskeln in verhältnismäßig kurzer Zeit antrainiert, bestimmt war seine Ausdauer ein Desaster. Andererseits war ihm das nicht anzusehen, weshalb die Chance bestand, dass die Kerle zumindest Angst vor ihm haben würden. Der Überraschungseffekt war ihr großer Trumpf. Genau genommen ihr einziger.

Lachlan stellte sich vor, wie den beiden Hollywoodclowns die Knie schlotterten, wenn sie Zack auf sich zurennen sahen, und fast hätte er gegrinst. Der Drang verging ihm, als die vertraute Angst zu ihm zurückkehrte, Zack könnte eines Tages von seinen Gedanken und Gefühlen erfahren, etwa weil ihm das Gesicht im falschen Moment entgleiste. Wem zitterten hier wohl die Knie? Ihm natürlich. Sie wurden immer weich, wenn Zack in seiner Nähe war, butterweich.

Lachlan war auf einmal ganz elend zumute.

Das kann nicht so weitergehen, dachte er in einem jähen Anflug von Vernunft. Das ist doch keine Basis für eine funktionierende Freundschaft. Aber war es denn noch eine Freundschaft, zumal eine funktionierende? Oder war ihr Miteinander zur Gewohnheit verkommen, während sie sich auseinanderlebten, jeden Tag ein bisschen mehr? Lachlan dachte an die Texte, die er ins Internet streute, und an die Flugblätter. An Griffin und die Hacks, von denen Zack nichts wusste, weil er es ihm nicht sagen konnte. Das war nicht Zacks Welt. Er wusste nicht mal, dass sie existierte, und hätte er es gewusst, hätte er bestimmt nicht in ihr leben wollen.

Ihm fiel etwas ein; einen Herzschlag lang stand die Zeit still. Jetzt hörte sich die Musik sehr fern an. Was, wenn die beiden Männer Waffen haben, fragte er sich mit feuchten Händen. Was, wenn sie auf Zack schießen?

Zack musterte ihn von der Seite, doch Lachlan sah nicht hin. Verdammt noch mal, dachte er, warum zur Hölle denke ich erst jetzt daran? Er atmete tief durch und sammelte sich. Gegen Schusswaffen wären sie machtlos; ganz egal, wie gut Zack in Form war und ob er die Kerle überraschte – eine Waffe würde ihn besiegen, bevor er zum Schlag ausgeholt hätte. Die Frage lautete deshalb, wie hoch die Wahrscheinlichkeit war, dass sie tatsächlich Waffen dabeihaben würden. Sehr hoch. Da mussten sie sich nichts vormachen.

Zack beobachtete ihn immer noch – er glotzte ihn geradezu an. Lachlan sah irritiert zurück und merkte, dass er sich getäuscht hatte. Zack blickte an ihm vorbei ein Mädchen an, das mit seiner Clique am mit Cocktailgläsern und Schnapsfläschchen überladenen Nachbartisch saß. Sie trug ein glitzerndes Partyshirt, das gerade schwer in Mode war. Wäre der Ausschnitt nur um wenige Millimeter tiefer gewesen, hätte man die Höfe ihrer Brustwarzen sehen können. Das Mädchen hatte sich nach vorne gelehnt. Gerade brüllte sie ihrer Freundin etwas ins Ohr und bemerkte Zack offenbar gar nicht. Doch als sie dem anderen Mädchen das Ohr hindrehte, warf sie Zack mit halb geöffneten Augen einen Blick zu, der wirklich alles sagte. Lachlan sah zu Zack, der dem Mädchen in genau diesem Moment zuzwinkerte. So war das also ... Mit zittrigen Fingern griff er nach seinem Glas und trank es in einem Zug aus. Er hatte die roten Ohren, die Schnappatmung und all das unter Kontrolle gebracht und schaffte es, selbst auf butterweichen Knien noch gerade zu stehen – aber dem stechenden Schmerz in seinem Herzen war er ausgeliefert.

Das Mädchen stand auf und kam zu ihnen an den Tisch. Sie lehnte sich zu Zack hinab, wobei ihr die dunklen Haare über die Schultern fielen, und schrie ihm etwas ins Ohr, mit der Hand in Richtung Tanzfläche deutend. Zack sah zu Lachlan. Dann zuckte er mit den Achseln, stand auf und ließ zu, dass sie seine Hand ergriff. Sie stiegen die Treppe hinunter, mischten sich unter die Leute. Das Mädchen hob die Hände und fing an, ihre Hüften zu schwingen, während Zack, ohne sie aus den Augen zu lassen, auf der Stelle joggte. Er konnte einfach nicht tanzen.

Lachlan hatte diesen Moment schon so oft erlebt, dass er damit umgehen konnte. Er ignorierte das Herzstechen wie einen latenten Kopfschmerz, während er sich weiter mit den Schusswaffen beschäftigte. Davon, dass einer von ihnen sein Leben verlieren könnte, war nie die Rede gewesen. Schließlich waren die Halunken auf das Geld seiner Eltern aus, nicht auf einen Mord. Aber wenn Zack ihnen in die Quere kam, schossen sie vielleicht trotzdem auf ihn …

Womöglich würden sie ihn aber nicht töten.

Sie würden ihn höchstens verletzen.

Sie würden ihm in die Beine schießen, damit er ihnen nicht nachlaufen konnte. Penny würde alles filmen, und die Polizei wäre sofort zur Stelle, um ihm zu helfen, während ein Sondereinsatzkommando ausschwärmen würde, um die Entführer zu schnappen. Noch vor dem Morgengrauen würde er, Lachlan, unversehrt im Krankenhaus sitzen und mit besorgter Miene Zacks Hand halten. Eine Krankenschwester würde Zack mitteilen, dass sie die Kugel zwar entfernt hätten, er aber für immer eine Narbe behalten würde, eine Narbe, die ihn jeden Tag daran erinnern würde, was er für ihn getan hatte … Ein wohliges Gefühl der Zufriedenheit machte sich in Lachlan breit und um ein Haar hätte er gelächelt.

Doch dann sah Lachlan auf die Uhr und sein Magen stürzte ab – kurz nach Mitternacht. Er legte die Hand wieder in den Schoß und spielte den Plan von vorne durch. Aber ganz egal, wie er es drehte und wendete, am Ende landete er immer bei der Narbe. Sie würde wie ein Stempel sein.

Zack und das Mädchen kehrten zurück. Zack ließ sich verschwitzt auf den Stuhl fallen, während sie zum Nachbartisch ging und mit zwei kleinen Schnapsflaschen zurückkehrte. Eine reichte sie Zack, der sofort begann, den Deckel abzuschrauben. Plötzlich, als wäre ihm gerade etwas wieder eingefallen, hielt er inne. Ein flüchtiger Blick in Lachlans Richtung. Er schüttelte den Kopf und reichte ihr den Schnaps.

»Komm schon«, schrie sie, lachte und warf sich die Haare über die Schulter, wobei sie ihr Fläschchen flink aufschraubte und ihm hinhielt, damit sie anstoßen konnten. Ihre Brüste drohten jeden Moment herauszufallen. Zack haderte mit sich, dann öffnete er die Flasche. Glas krachte gegen Glas, er legte den Kopf in den Nacken und leerte sie.

Lachlan schob das Bierglas vom Tisch. Es zerschellte am klebrigen Boden – das Klirren war sogar über die laute Musik hinweg zu hören. Zack und das Mädchen sahen mit erhobenen Schnäpsen zu ihm, und Lachlan ging in die Hocke, wie um die Scherben aufzusammeln. Er hatte gewusst, wie Zack darauf reagieren und dass er ihm helfen würde, und war sehr zufrieden, als er neben ihm auftauchte.

Ganz beiläufig zeigte Lachlan ihm die Uhr.

Sie schoben die Scherben mit den Schuhen unter den Tisch. Zack trank aus und ließ sich die Handynummer des Mädchens geben, und sie tauschten Wangenküsschen aus, als kannten sie sich bereits seit Jahren. In der nächsten Minute schoben sich Lachlan und Zack zum Ausgang, grüßten die beiden Türsteher, alte Bekannte, und eilten mit angehaltenem Atem durch eine Zigarettenrauchwolke. Sie gingen unter einer Mauer voll abgerissener Plakate entlang und entfernten sich vom Club, bis die dumpfen synthetischen Klänge von Straßengeräuschen verdrängt wurden. Etliche Taxis fuhren an ihnen vorbei. »Unseres ist nicht dabei«, murmelte Zack.

»Die warten auf mich.« Lachlans Ohren brausten von der

lauten Musik und wenn er die Augen schloss, sah er das Flackern weißer Lichter, die nicht mehr da waren. Er spürte den Bass noch, als hätten seine Zellen ihn gespeichert. »Wir wollten nichts trinken, weißt du noch?«

»Es war nur ein einziger Schnaps«, sagte Zack. »Es braucht schon mehr, um mich umzuhauen.«

»Wie du meinst.«

»Hast du die gesehen? War die heiß oder was?«

»Ja, ich hab mir fast die Augen verbrannt.«

»Ich ruf sie morgen an.«

Ein boshafter Kommentar lag Lachlan auf der Zunge, doch er verkniff ihn sich. Wie kindisch; diese verdammte Eifersucht. Nach einer Weile sagte Zack mitleidig: »Na ja, sie hatte auch echt scharfe Freundinnen. Ich frag sie, ob sie eine von denen mitbringt, okay?«

»Mitbringt wohin?«

»Na, irgendwohin eben.«

»Ach so. Jaa, das wär echt cool.« Zack machte immer mal wieder Anstalten, ihn zu verkuppeln. Die beste Reaktion darauf war, einfach mitzuspielen.

»Was glaubst du, haben die Knarren dabei?«

Zack dachte darüber nach. Hätte die Chance bestanden, dass er die Sache in den letzten Stunden auch nur eine Minute lang vergessen hatte, wäre dies ein ziemlich krasser Themenwechsel gewesen. »Eher nicht. Bei einem Scan wären sie sofort am Arsch.« Die Drohnen konnten selbst unter der Kleidung versteckte Schusswaffen von weitem erkennen.

»Sie könnten sie in Bleiboxen verstaut haben.«

»Denkst du, die sind so schlau?«

Lachlan zwang sich zu einem müden Lächeln. »Eher nicht.«

Der Bus kam. Sie scannten ihre E-Tickets und setzen sich unten hin. Lachlan stand die ganze Fahrt über furchtbar unter Strom. So musste es sich anfühlen, wenn einem kurz vor dem Sprung aus dem Flugzeug klar wurde, dass man nichts als einen Rucksack auf dem Rücken haben würde, aus dem ein Fallschirm kam, falls die Schnur nicht riss. An der Con Colbert Road stiegen sie aus und überquerten die leere Straße. Keine Menschenseele im Umkreis von Kilometern, bis auf den Bus, dessen Lichter in der Ferne schrumpften. Hinter dem Parktor herrschte eine Schwärze, die Urängste vor scheußlichen Kreaturen weckte. Sie standen Schulter an Schulter vor dem schwarzen Gitter; ihre Handrücken berührten sich fast. Zack sagte: »Bringen wir's hinter uns.«

Sie traten durch die Mauer in die Dunkelheit des Parks. Nachdem sich ihre Augen daran gewöhnt hatten, konnten sie die Bäume vom geteerten Weg unterscheiden. Am oberen Treppenabsatz blieben sie ein letztes Mal stehen. Zack würde den Rundweg nehmen und sich zur Drohne schleichen. Er, Lachlan, würde über die Wiese gehen, am Kreuz und dem Sarg vorbei, auf der anderen Seite durch das Tor und zur Liffey runter, nach Westen orientiert, wie auf dem Heimweg. Zack legte ihm die Hand auf die Schulter, ohne auch nur zu ahnen, was er damit in Lachlan auslöste. Die Berührung durchkribbelte ihn bis in die Zehenspitzen.

»Zeigen wir's denen«, sagte Zack und nahm die Hand wieder weg. Es war das erste Mal, dass Lachlan ungefiltert seine eigene Angst wahrnahm.

»Okay«, sagte er.
»Bis gleich.«
Zack eilte davon und verschmolz mit der Dunkelheit. Lachlan spürte seinen Herzschlag im ganzen Körper; er gab sich widerwillig einen Ruck und setzte sich mit steifen Knien in Bewegung. Er hatte den Eindruck, dass die Treppe wackelte, als er den Fuß auf die erste Stufe setzte. Vor ihm erhob sich das mächtige Kreuz wie ein mahnender Zeigefinger. Die Wolkendecke war aufgerissen, doch es war kurz nach Neumond und die Sterne funkelten nur schwach gegen das Stadtleuchten an. Trotzdem wirkte die Wiese hell, er konnte die Brunnen deutlich ausmachen. Der graue Steinsarg leuchtete geisterhaft.

Ganz lässig, dachte Lachlan, so wie immer. Er verharrte kurz neben dem Kreuz, dann trat er auf die zweite Treppe. Sein Blick schweifte über die Wiese. Rechts und links, wo es zu den Rosengärten ging, war alles dunkel. Vielleicht lauerten sie dort. Er starrte in die Schatten. Panik stieg in ihm hoch und drohte ihn zu überwältigen – er ging schneller. Er musste die Angst vergessen und es hinter sich bringen. Der Rasen: feucht und rutschig. Lachlan war im Nu am Steinsarg, den jemand mit Blumenkränzen geschmückt hatte. Ein leichter Wind strich ihm kühl ums Gesicht, wie kalte Hände. Die quadratische Öffnung klaffte schwarz in der grauen Mauer. Zack wollte dort wieder auf ihn stoßen, unsichtbar. Er dürfte die Drohne jetzt aus der Alutasche befreit haben. Lachlan lauschte, ob er ihn im Gebüsch herumlaufen hörte. Nichts. Zack bewegte sich sehr leise.

Die Mauer kam näher, er konnte jetzt den Weg dahinter sehen, die Bäume, die ihn in eine Allee verwandelten. Am Ende der Allee stand ein kleiner Pavillon, eine grünspanfarbene Kuppel auf sechs Säulen. Dahinter die Wiese entlang der Liffey. Lachlan dachte an eine von Zacks letzten Anweisungen: Wenn es nötig wurde, dass er flüchtete, sollte er in den Fluss springen und wegschwimmen. Lachlan atmete stoßartig. Zu beiden Seiten jetzt wieder offene Wiese, darauf symmetrisch gepflanzte Bäume. Er sah sich um; jemand trat hinter ihm auf den Weg. Lachlan hörte die Schritte auf dem Teer. Sie kamen näher. Er konnte sich nicht daran hindern, erneut einen Blick nach hinten zu werfen. Sofort erkannte er den Hut – der Typ sah genau so aus, wie Zack ihn beschrieben hatte, wie ein Gangster aus Hollywood.

Er war allein. Das war die Gelegenheit.

Zack würde jeden Moment angreifen.

Lachlan ging weiter, als störte er sich nicht an dem Typen im Al-Capone-Outfit. Er wollte mit jeder Zelle seines Körpers flüchten, doch er zwang sich, ruhig zu bleiben. Wenn Penny angeflogen kam und die Szene filmte, wollte er nicht wie ein erbärmlicher Waschlappen aussehen.

Zack tauchte nicht auf. Natürlich nicht, erinnerte sich Lachlan. Er durfte ja nicht angreifen, bevor die Kerle die Initiative ergriffen hatten. Außerdem musste Penny erst einmal herkommen. Es musste aufgezeichnet werden, dass Zack aus Notwehr gehandelt hatte, sonst …

»Hey!«

Al Capone quatschte ihn an. Lachlan ignorierte ihn und ging weiter. Sollte er sich umdrehen? Vielleicht würde er ihm dadurch die Gelegenheit geben, zuzuschlagen. Damit Zack endlich loslegen konnte.

»Hey!«

Diesmal blieb Lachlan stehen. Er drehte sich um. Al näherte sich ihm unangenehm dicht auf Armlänge. Lachlan hielt dem Drang stand, abzuhauen.

»Hey, nicht so schnell. Hast du 'ne Kippe?«, fragte Al.

»Nichtraucher«, sagte Lachlan.

»Oh, schade …« Der Kerl seufzte. Ohne Vorwarnung schlug er Lachlan die Faust in den Magen. Lachlan versagte der Atem; ihm wurde schwarz vor Augen. Mit Schmerzen im Bauch sackte er in die Knie und sperrte den Mund auf, nach Atem ringend, vergeblich, seine Lungen nahmen keine Luft auf. Durch einen Tränenschleier spähte er zwischen die Bäume. Warum tauchte Zack nicht auf?

»Mann, wie einfach«, sagte Al fast schon enttäuscht.

Lachlan bekam immer noch keine Luft, doch irgendwie gelang es ihm, auf die Beine zu kommen. Er stolperte, rannte, zumindest ein paar Meter weit. Dann sah er einen anderen Mann im Nebel, einen abgerissenen Kerl mit langen schwarzen Haaren, einem wilden Vollbart und Cowboystiefeln. Lachlan blieb wie angewurzelt stehen.

»Wie lang habe ich auf diesen Moment gewartet, Loki«, sagte der Mann feierlich.

»Ich heiße nicht Loki«, sagte Lachlan, in der jähen Hoffnung, dass alles nur eine dumme Verwechslung war. »Ich heiße Lachlan, Lachlan Abercromby –«

»Ich weiß. Diesen bescheuerten Namen kann kein normaler Mensch aussprechen.« Der Mann zielte mit einer Pistole auf ihn, einem Taser. »Der Herr hat für alle Menschen einen Plan«, sagte er und drückte ab. Lachlan spürte, wie ihm zwei Nadeln unter die Haut drangen, dann verkrampfte er sich am ganzen Körper, rasende Schmerzen breiteten sich in ihm aus, Schmerzen, die niemals enden wollten, und er konnte sich nicht mehr rühren, nicht mehr atmen, als hielte ihn eine gigantische Faust gepackt. Strom, dachte Lachlan.

Er verlor das Bewusstsein.

Sylwester steckte den Taser in die Jacke und grinste zufrieden vor sich hin. Ja, genau so hatte er sich das vorgestellt. Perfekt. Er warf sich den Jungen über die Schulter. »Gute Arbeit, Partner«, sagte er gut gelaunt zu Szymon.

»Musste der Spruch am Ende sein?«, grummelte der.

»Das gehört zur Show! Nur so hinterlässt du einen bleibenden Eindruck«, sagte Sylwester altklug. »Hast du denn nie ›Der blutige Pfad Gottes‹ gesehen?«

Sie trugen Lachlan zum Parkplatz, wo sie das Taxi abgestellt hatten. Szymon öffnete den Kofferraum und Sylwester legte Lachlan behutsam hinein. Er riss ein Pflasterpäckchen auf; es war mit einem Hautöffner und einem sehr starken Betäubungsmittel bestrichen. Sylwester klatschte Lachlan das Pflaster auf den Nacken. Er hielt inne.

»Möge der Herr mit dir sein«, sagte er.

Szymon stöhnte.

Sylwester knallte den Kofferraum zu. Als er sich ans Steuer setzte, begann er zu pfeifen.

[7]

Zack eilte so leise wie möglich den Hang hinab, auf die Öffnung in der Mauer zu, die den linken Rosengärten am nächsten lag. Es hatte aufgehört zu regnen, aber der Himmel war zum Teil noch von Wolken bedeckt, die das Stadtleuchten schmutzig-rosa reflektierten. Er konnte die Wiese mit dem grauen Steinsarg und den beiden Springbrunnen gut überblicken. Kurz vor dem Durchgang sah er Lachlan am keltischen Kreuz anhalten. Es wurde von grellweißen Strahlern angeleuchtet, die die Schatten auf Zacks Mauerseite tintenschwarz färbten. Es sah so aus, als stünde Lachlan im Scheinwerferlicht. Zack wurde langsamer und beobachtete Lachlan dabei, wie er sich umsah. Überlegte er es sich anders? Zack wusste nicht, ob er sich nicht genau das wünschte.

Aber Lachlan sammelte sich nur und setzte den Fuß auf die nächste Stufe, hinab zur Wiese. Zack spürte, dass er es bedauert hätte, wenn Lachlan es sich anders überlegt hätte. Er ging wieder schneller, auf die Öffnung zu, als er einen schmerzhaften Stich im Oberschenkel fühlte. Er streifte sich mit der flachen Hand über die Hose. Etwas Hartes löste sich vom Jeansstoff und fiel zu Boden. Vielleicht ein Insekt. Der Durchgang war jetzt direkt vor ihm. Er konnte über die Mauer hinweg sehen, wie Lachlan den Steinsarg erreichte …

Zacks Muskeln entspannten sich so plötzlich, dass er wie ein Sack in sich zusammenfiel. Er knickte ein und stürzte auf die Wiese, fing sich reflexartig mit den Händen ab, worauf seine Arme nachgaben, er auf den Boden rollte und auf der Seite liegen blieb. Er hatte keine Macht mehr über seine Beine, konnte keinen Finger krümmen, und als er die Lippen öffnen wollte, um nach Lachlan zu rufen, bewegten sie sich nicht. Sein Gesicht fühlte sich geschwollen und pelzig an, so wie sich eine Lippe bei einer lokalen Anästhesie riesig und taub anfühlt.

Der Schatten unter der Mauer begann sich zu bewegen. Zack hörte eine Lederjacke knirschen und einen Zweig knacken. Ein Mann hockte sich neben ihn und steckte etwas in die Jacke, vielleicht eine Pistole, dachte Zack. »Der Vorhang hat sich geöffnet«, sagte das konturlose Gesicht. »Der zweite Akt beginnt mit einer Peripetie, einer donnerschlagartigen Wendung im Schicksal des Helden – wobei die Rolle des Helden natürlich immer eine Frage der Perspektive ist. Heute Nacht trifft die Peripetie uns beide, in meinem Fall wendet sich das Blatt zum Guten, in deinem Fall hingegen …« Ein leises Lachen. »Nun, deine Geschichte ist noch nicht auserzählt, du kannst das Steuer noch herumreißen, wenn du dich anstrengst und tust, was ich dir sage. Denn ich bin derjenige, der gerade deinen besten Freund entführen lässt, und du, Zachary, bist der Einzige, der ihn retten kann.«

Er kennt meinen Namen, realisierte Zack benommen. Er war sich sicher, dass es sich nicht um den Penner mit den Cowboystiefeln handelte, denn die Stimme des Mannes mit den schwarzen Zottelhaaren stellte er sich kratzig und hell vor. Dieser hier aber hatte eine ruhige Stimme mit einem dunklen Timbre, die Zack unter anderen Umständen wohl als angenehm empfunden hätte.

»Die Nadel, die dich gestochen hat, enthält ein synthetisches Morphinderivat namens Nemonyl. Es ist schwierig zu dosieren, aber eine kleine Überdosis wird ein Muskelprotz wie du schon wegstecken. Wenn du aufwachst, setzen wir die Inszenierung fort – ob es eine Tragödie oder eine Komödie wird, liegt ganz an dir und daran, ob du dich an die Regeln hältst.«

Der Mann drehte ihn mit dem Fuß auf den Rücken und setzte seinen schwulstigen Monolog fort.

»Es sind nur drei Regeln, die selbst ein Spatzenhirn wie du sich merken können wird – streng dich an, denn ich sage sie dir nur ein einziges Mal. Hältst du dich an die Regeln, überlebt Lachlan womöglich. Brichst du eine Regel, fällt der Vorhang nach Lachlans tragischem und schmerzvollem Tod. Die erste Regel: Du wirst niemandem ein Sterbenswort davon erzählen, dass du mich getroffen hast.«

Er stellte Zacks rechtes Bein auf und kippte ihn so auf die Seite, dass sein Kopf in eine Haltung geriet, in der ihm die Zunge unmöglich in den Hals rutschen konnte.

»Die zweite Regel ist mindestens genauso einfach: Du wirst tun, was ich dir auftrage. Dein Smartphone, das du zu diesem Zweck jederzeit eingeschaltet lässt, wird für mich zu einem dritten Ohr und Auge werden – so kann ich jederzeit hören, was du sagst, und sehen, wo du bist. Die META wird meine Anrufe nicht mitbekommen. Lass dein Handy immer in deiner Nähe. Wenn du den Akku herausnimmst, es in den Kühlschrank legst oder dich davon entfernst, muss ich davon ausgehen, dass du mich verarschen willst.«

Zack spürte, wie ihn das Betäubungsmittel überwältigte. Die Stimme des Mannes wurde leise, unstet, als hörte er sie unter Wasser. Er kämpfte dagegen an ... ich darf nicht bewusstlos werden, dachte er, ich muss wach bleiben ...

»Das wäre auch schon die dritte Regel«, sagte der Mann immer noch mit dieser verwirrend ruhigen Stimme, »du wirst mich nicht verarschen. Keine Tricks. Lachlans Leben liegt in deinen Händen, wenn du also vom Skript abweichst, weißt du, was geschieht. Lass Persephone Abercromby die Polizei rufen. Erzähl ihnen deine Version der Geschichte ... mach alles richtig und du hörst heute von mir ...«

Das nächste, was Zack wusste, war, dass er sehr, sehr langsam zu sich kam. Er erinnerte sich noch an eine schwere, tunnelartige Dunkelheit, in der er versank, ohne sich dagegen wehren zu können; jetzt klopften ihn Kopfschmerzen wach, und eine schmetterlingsleichte Berührung auf der Wange, an die sich sein Geist sehnsüchtig klammerte.

»Er wacht auf«, sagte eine Mädchenstimme und das zärtliche Gefühl auf der Wange verschwand.

Zack konnte nur verschwommen sehen. Ein schwarzer Fleck vor grauem Himmel. Der Fleck bewegte sich zur Seite. Ein silberweißes Mondgesicht inmitten schwarzer Haare, mit bleistiftdünnen Augenbrauen und einem schnurgeraden Pony, wie bei einer chinesischen Puppe.

»Soll ich gehen? ... Okay.«

Geh nicht, dachte Zack. Doch er glaubte, Minuten für

diesen Gedanken zu brauchen, und als er ihn endlich beendet hatte, war der Fleck wie weggewischt. Der Wolkenhimmel und die Baumwipfel drehten sich über ihm wie ein Kaleidoskop. In seinem Kopf saß ein Specht, der mit seinem Schnabel von innen gegen die Schädeldecke hämmerte. Er lag im feuchten Gras unter einem Baum, wie zugedeckt vom Nebel, der im Morgengrauen aus der Liffey stieg. Er hatte kein Zeitgefühl und konnte nicht abschätzen, wie lange es dauerte, bis die Bäume aufhörten, sich zu drehen, ob fünf Minuten oder fünf Tage. Benommen versuchte er sich zu erinnern, wo er war, doch sein Gedächtnis kehrte nur sehr zögerlich und bruchstückhaft zurück. Er sah den Park vor sich … Lachlan … den Mann in der Lederjacke …

Er richtete sich auf, ächzend unter einem gemeinen Muskelkater, wie er ihn seit dem Beginn seines Krafttrainings nicht mehr erlebt hatte. Desorientiert und schwankend stolperte er den Hang hinunter und lief auf die Wiese. Die Sonne ging gerade auf, erkennbar nur als weiße Münze im Dunst. Die Schatten von Möwen kreisten schweigend. Er sah auf die Uhr. Schon fünf. »Scheiße«, flüsterte er.

Der Nebel filterte ein gräulich-kaltes Licht auf den vom Moos grün angehauchten Weg, den Lachlan vergangene Nacht genommen haben musste. Zack sah sich um. An der Liffey ging ein Mann mit einem Terrier spazieren, der ungeduldig an der Leine zerrte. Als der Mann Zack sah, zwinkerte er ihm durch seine Bifokalbrille verschmitzt zu.

»War wohl ’ne lange Nacht, was?«

Der Hund kläffte Zack an.

Zack hatte die absurde Idee, es könnte einen Kampf gegeben haben. Wundersamerweise gelang es Lachlan, sich den Männern zu entwinden … er sprang in die Liffey … er brachte sich in Sicherheit und rief die Polizei, die sofort da war und die Kerle festnahm … Zack lief zum Fluss, während er Lachlans Nummer anwählte. Freizeichen. Nach einigen endlosen Augenblicken, in denen Zack den Atem anhielt, meldete sich die Mailbox. Ein unkontrollierbares Zittern stieg in Zack hoch. Er probierte es noch einmal. Wieder die Mailbox.

Endlich erwachte er.

Er verließ den Park und rannte wie der Teufel nach Chapelizod. Er nahm die anderthalb Kilometer in wenigen Minuten und hielt nicht ein einziges Mal an, obwohl es ihm fast die Lunge zerriss. Schwitzend erreichte er das Chapelizod Gate, lief den Hang hinauf. Als er kurz darauf Phoenix Manor betrat, saß Persy im Morgenmantel am E-Piano und spielte. Ihr morgendliches Ritual. Sie benutzte Kopfhörer, um Oliver nicht zu wecken, der immer spät ins Bett ging und einen leichten Schlaf hatte. Als sie den verschwitzten und keuchenden Zack bemerkte, zuckte sie zusammen.

»Zachary – wo ist Lachlan?«

Die Verzweiflung drohte Zack zu überwältigen. Persy, der das nicht entging, stand auf und legte ihm die Hand auf den Arm. »Ganz ruhig. Setz dich hin.«

»Das ist alles meine Schuld«, stieß er hervor.

»Sag mir, was passiert ist.«

»Lachlan ist entführt worden.«

Sie verzog keine Miene. »Wie ist das passiert?«

Er erzählte ihr alles – nur die Drohne ließ er aus. Minutenlang redete er, während sie zuhörte, mit dem Zeigefinger auf die Handyschale tippend. Als sie hörte, dass sie versucht hatten, den Entführern eine Falle zu stellen, schüttelte sie den Kopf, und Zack hätte am liebsten laut geschrien. Er war also genau so impulsiv, so unkontrolliert, wie sie immer von ihm gedacht hatte. Er hatte sich nie gebessert. Das war es, was sie über ihn dachte; er hatte es gewusst.

Die Reue fraß ihn auf, und beinahe hätte er ihr von dem Mann erzählt, der ihn im Park überrascht hatte. Im letzten Moment (»Und wir hatten uns gerade getrennt, als …«) verstummte er. Was durfte er ihr sagen? Er zauderte. Vielleicht war er besser ehrlich. Die Clowns, die er beobachtet hatte, waren schließlich nur Handlanger gewesen, und Persy musste dringend von ihrem Anführer erfahren. Es war bestimmt wichtig für die Ermittlungen. Aber wenn der Kerl mit der Lederjacke das rausbekam, würde er Lachlan etwas antun. Was dann auch seine Schuld wäre. Weil er es nicht verhindert hätte.

»Zachary?«, fragte Persy ernst.

»Ich … ich bin ihm gefolgt. So wie wir's abgemacht hatten. Aber ich konnte mich nicht – die Typen waren einfach stärker als ich, sie hatten Schlagstöcke – wissen Sie, die haben mich festgehalten und dann mit einem Schlag auf den Kopf – ich konnte nichts – ich –«

Persy stand auf. »Ich rufe die Polizei.«

Er nickte. Sie wählte eine Nummer und telefonierte, erstaunlich nüchtern. Zack sank ins wuchtige Ledersofa und fühlte sich wie ein schäbiger Lügner.

Eine halbe Stunde später saß Oliver bei ihm mit auf dem Sofa. Persy hatte Tee gekocht; sie bot ihn auch den Polizeibeamten an, die kurz darauf klingelten, zwei untersetzte Männer, die schlürfend zuhörten, während Zack die ganze Geschichte noch einmal von vorn erzählte. Diesmal kam ihm der gelogene Teil schon leichter über die Lippen.

»Haben Sie ihn auf dem Handy angerufen?«, fragte einer der beiden Beamten, als Zack geendet hatte. Zack nickte, Persy schüttelte den Kopf. Warum hätte sie das nach Zacks Bericht auch tun sollen?

Sie wählte Lachlans Nummer. »Das Handy ist aus«, verkündete sie eine Minute später.

Die beiden Polizisten sahen sich an. Später fragte sich Zack, ob sie anders reagiert hätten, wäre Persy nicht Persy gewesen, sondern eine völlig in Tränen aufgelöste Mutter, die vor Angst kaum noch stehen konnte.

»Was tun Sie jetzt?«, fragte sie.

»Wir schicken jemanden vorbei«, sagte der Polizist, der mitgeschrieben hatte. Zack hatte seinen Namen nicht richtig mitbekommen. Barkley, oder so. »Ich befürchte, Ihnen bleibt nichts anderes übrig, als darauf zu warten, dass die Täter sich melden.«

»Was ist mit den Drohnen? Irgendeine wird sie doch gefilmt haben«, sagte Persy.

»Tut mir leid, Ma'am, aber die War Memorial Gardens werden nachts nicht überwacht. Die Drohnen treiben sich da in der Innenstadt herum.«

»Das ist doch idiotisch«, sagte Persy.

»Die Drohnen sind im Einsatz, wo die Kriminalitätsrate

am höchsten ist. Und das sind die Bezirke am Bahnhof, im Norden der Stadt und das Gebiet rund um Temple Bar. Der Park liegt so abgelegen, da ist nachts tote Hose.«

»Komisch, dass die Kriminalitätsrate da am höchsten ist, wo sich so viele Drohnen herumtreiben«, sagte Persy und schaltete ihr Tablet ein, um ihre E-Mails abzurufen. Zack sah ihr dabei zu und fragte sich, ob sie wirklich begriffen hatte, dass Lachlan entführt worden war.

Um kurz vor sechs läutete es an der Tür. Kühle Morgenluft wehte ins Haus, als Persy dem Detective die Haustür öffnete, einem hellblonden Polizisten in Zivil, der seinen Benz am Rondell geparkt hatte und sich als Cosimo O'Connor vorstellte. Mit ausgreifenden Schritten durchmaß er erst den Vorplatz und dann die Eingangshalle, die eine Hand selbstbewusst ausgestreckt, in der anderen ein gläsernes Handy. Persy bot O'Connor Tee mit Milch an. Während er Zucker in der Tasse umrührte, ließ er sich die Geschichte erneut erzählen; dabei behielt er Zack die ganze Zeit unangenehm im Auge, als wollte er einer Lüge auflauern und sie in dem Moment entlarven, in dem sie auftauchte. Es irritierte Zack, wie jung der Detective aussah, keine einzige Falte in diesem bartlosen Gesicht, allenfalls ein leichter Schatten unter den Augen, der von langen Nächten zeugte. Als Zack zu der Stelle kam, an der Lachlans Entführer ihn angeblich bewusstlos geschlagen hatten, zog O'Connor kurz die Augenbrauen zusammen.

Nachdem Zack geendet hatte, drehte sich O'Connor zu Persy um und sagte, dass ein Team im Park nach Spuren suchen werde. Zack hatte damit gerechnet; trotzdem floss ihm jetzt das letzte bisschen Farbe aus dem Gesicht. Bei seinem Glück würden sie die Drohne binnen einer halben Stunde gefunden haben und wahrscheinlich musste O'Connor nur einen Blick darauf werfen, um zu erkennen, dass er etwas damit zu tun hatte. Er würde es abstreiten müssen. Ob O'Connor ihm die Lüge von der Nase ablesen würde?

»Wir würden gern Ihr Handy überwachen lassen, um Anrufe der Entführer zurückverfolgen zu können«, sagte O'Connor. Eine seltsame Bitte, wie Zack fand, schließlich wurden doch alle Handys von der META überwacht.

»Es ist völlig unmöglich, dass sich die Entführer auf meinem Handy melden«, entgegnete Persy. »Glauben Sie vielleicht, meine Nummer steht im Internet?«

»Vielleicht nicht im Internet, aber mit Sicherheit im Handy Ihres Sohns«, erwiderte O'Connor. »Und falls nicht dort, dann werden sie ihn schon dazu bringen, sie ihnen zu verraten. Ich für meinen Teil gehe jedenfalls nicht davon aus, dass sie ihre Lösegeldforderung per E-Mail schicken.«

Persy spitzte die Lippen.

»Meinetwegen. Aber ich werde das vorher mit meiner Anwältin besprechen – Dr. Caolinn Quinn ist Ihnen vermutlich ein Begriff?«, fragte sie scheinheilig.

»Keine Sorge, Mrs. Abercromby. Ihre Privatsphäre wird unter allen Umständen geschützt.«

»Natürlich«, sagte Persy. »Und ich werde kommende Woche Präsidentin der Republik. Sie werden mir das schriftlich geben, vorher wird die Abhörsperre meines Handys nicht aufgehoben. Entschuldigen Sie mich …« Persy verließ mit gezücktem Handy den Raum.

O'Connor schüttelte hinter ihrem Rücken den Kopf, ohne sich darum zu scheren, dass Zack ihn sehen konnte.

»Entschuldigen Sie, ich verstehe das nicht so ganz – ich dachte immer, dass alle Handys überwacht werden«, sagte Zack, denn das ließ ihn nicht mehr los.

»Ist auch so«, sagte O'Connor, »aber Menschen mit gewissen Privilegien genießen eben bestimmte Vorzüge, Sie verstehen?«

»Privilegien?«

»Kontostände. Und dergleichen.« Er klang nicht gerade, als wäre er damit einverstanden.

So war das also; Persy hatte einen Weg gefunden – oder sich erkauft –, um ihr Handy nicht ans Überwachungsnetz hängen zu müssen.

Nach wenigen Minuten kam Persy zurück. »Eine Kleinigkeit noch, bevor ich es vergesse«, sagte sie und legte O'Connor das Tablet vor die Nase. »Eine Unterschrift bitte« – sie bot ihm den elektrischen Stift an – »auf die Linie.«

O'Connor las etwas, das auf dem Tablet geschrieben stand, und mit jeder Zeile zog er die Brauen fester zusammen. »Soll das vielleicht ein Witz sein?«, fragte er.

»Keinesfalls, Detective. Dies ist eine Verschwiegenheitserklärung, die jeder zu unterschreiben hat, der sich in diesem Haus aufhält. Ihre Unterschrift ist natürlich nur eine Formalität – eine bürokratische Notwendigkeit.« Sie lächelte ihr charmantestes Lächeln, das große Ähnlichkeit mit dem einer Raubkatze hatte. »Tun Sie uns den Gefallen.«

»Und wenn nicht?«, fragte O'Connor herausfordernd.

»Finden Sie's raus«, antwortete Persy freundlich.

O'Connor wirkte störrisch genug, um es drauf ankommen zu lassen, doch dann begnügte er sich doch damit, den Kopf zu schütteln und seine Unterschrift zu leisten. »Sie erinnern sich aber noch daran, warum ich hier bin?«

»Natürlich«, sagte Persy beiläufig und rief ein weiteres Dokument auf, »und dies ist die Erklärung, die mir Dr. Quinn gemailt hat: Für die Dauer der Überwachung meines Handys dürfen von allen ein- und ausgehenden Anrufen lediglich die Metadaten gespeichert werden, darüber hinaus müssen jene, die nichts mit der Entführung zu tun haben, augenblicklich gelöscht werden. Natürlich wird Dr. Quinn einen Prozess anstreben, sobald Lachlan wieder zu Hause ist, um sicherzugehen, dass der Vertrag eingehalten wurde – ich nehme an, Sie sind befugt, dies zu unterschreiben?«

O'Connors Gesicht bekam rote Flecken, als er den Stift auf die virtuelle Linie setzte. »So«, stieß er hervor und gab ihr den Stift zurück, »können wir uns jetzt wieder der Entführung ihres Sohnes widmen, Mrs. Abercromby?«

»Es ging nie um etwas anderes«, sagte Persy. »Und bitte, Cosimo, nennen Sie mich doch Persy.«

Der Detective bekam ziemlich dünne Lippen. »Also gut«, antwortete er gefasst. »Sollten sich die Entführer bei Ihnen melden, dann verhalten Sie sich kooperativ. Verlangen Sie aber auf jeden Fall, Lachlan zu sprechen. Signalisieren Sie den Tätern, dass Sie bereit sind, Lösegeld zu zahlen, solange man Ihnen beweist, dass es Ihrem Sohn gut geht. Sagen Sie ihnen, dass Sie mit Lachlan sprechen wollen. Klar so weit?«

Persy nickte; das musste ihr keiner sagen.

»Gut. Ich gehe kurz raus zum Telefonieren.« Mit steifem Rücken schritt er nach draußen.

Dann saßen sie im Wohnzimmer und hörten dem Ticken einer antiken Wanduhr zu, die Persy einst in einem italienischen Antiquariat erstanden hatte. Oliver wirkte wie ein Teenager, der dazu gezwungen wurde, an einer Familienfeier teilzunehmen. Zack hatte Lachlans Vater immer merkwürdig gefunden, doch dass er sich jetzt so verhielt, als wäre ihnen nur ein gut versichertes Auto gestohlen worden, machte ihn sauer. Noch viel schlimmer fand er aber Persy: Anstatt sich mit der neuen Situation auseinanderzusetzen, hielt sie sich mit dem Tablet beschäftigt; sie organisierte Termine, beantwortete E-Mails und führte Telefonate. Eines davon offenbar mit Hares Afridis, dem afghanischen Bodyguard.

»Ich bin untröstlich, Hares«, flötete sie ins Handy, »aber leider kann ich Sie morgen nicht nach Donegal begleiten. Unser Manager Cilian Lynch erwartet sie in Glenveagh Castle. Er wird Sie an meiner Stelle in Ihre neue Tätigkeit einweisen. Ich werde nachkommen, sobald ich kann. – Danke, Hares, es ist nichts Schlimmes. – Ja, gute Fahrt, Hares.«

Sie stand auf, ging in die Küche und kehrte mit einer Tasse Kaffee zurück. »Ein absoluter Volltreffer«, sagte sie, »Hares wird seinen Job hervorragend machen.«

»Welchen Job, Mrs. Abercromby?«, fragte Zack. Sollte der Afghane nicht auf Lachlan aufpassen?

»Habe ich das neulich nicht erwähnt? Hares ist Gallagher Whiskeys neuer Werkschutzleiter. Ein bisschen paranoid, aber diszipliniert und wach im Verstand. Stell dir vor«, sie stieß ein Lachen hervor, »seit er hier war, versucht er mich davon zu überzeugen, dass es eine unsichtbare Kamera im Haus gebe. Dieser Mann sagt, er könne sie fühlen!«

Zack war überhaupt nicht nach Lachen zumute; er hatte einen bitteren Geschmack im Mund. Er hielt das Herumsitzen nicht mehr aus, murmelte eine Entschuldigung in Persys Richtung und ging aus dem Wohnzimmer. Auf dem Weg zur Toilette hörte er Detective O'Connor im Flur telefonieren: »... den Park sperren und nach Spuren durchsuchen. Einer soll bitte Finbarre anrufen – ja, ich weiß, er ist mit seiner Familie nach Derry gefahren, aber er ist mein Partner ...«

Zack schloss die Tür hinter sich und ging zur Toilette; endlich ein paar Minuten allein. Alles fühlte sich so unecht an, wie in Watte gehüllt, seit er im Park aufgewacht war. Ob er nur träumte? Er öffnete sich die Hose, als plötzlich das Handy in der hinteren Hosentasche vibrierte. Zack stockte und starrte die Klobrille an. Der Typ mit der Lederjacke – war er das jetzt? Zittrig fasste er nach dem Handy und zog es heraus, wobei er es fast gleich wieder fallen gelassen hätte.

Auf dem Display stand *Lachlan*.

Er hob ab. »Hallo?«

»Zachary«, sagte eine Männerstimme, die ihm sofort bekannt vorkam. Zack schloss den Hosenknopf, klappte den Klodeckel herunter und setzte sich langsam hin.

»Du«, flüsterte er. Der Mann von gestern.

»Ja, ich bin es. Emil«, sagte er, als wäre dies der perfekte

Zeitpunkt, um sich vorzustellen. Ich muss jetzt ganz gelassen bleiben, dachte Zack.

»Wo ist er?«, fragte er.

»Er ist hier«, sagte Emil.

»Lass mich mit ihm sprechen!«

»Zuerst das Geschäftliche.« Als wäre Lachlan eine Ware. »Die erste Regel hast du befolgt – du hast niemandem von mir erzählt.« Zack erinnerte sich daran, dass er angekündigt hatte, ihn mit dem Handy zu belauschen. »Die zweite Regel lautet, dass du tun wirst, was ich dir jetzt sage.«

»Und was soll ich tun?«

»Du willst mit Lachlan sprechen, also solltest du nach Hause fahren – falls du die Sardinenbüchse, in der du lebst, tatsächlich dein Zuhause nennst.«

Zack sprang auf. »Er ist im Wohnsilo?«

»Wer weiß?« Emil legte auf.

Zack lief vom Bad direkt in den Eingangsflur, holte seine Jacke und ging zu den Abercrombys ins Wohnzimmer. Detective O'Connor hatte aufgelegt und stand mit verschränkten Armen bei dem Ehepaar. »Mrs. Abercromby«, sagte Zack eilig. »Ich – ich hol ein paar Sachen von zu Hause. Kann ich heute Nacht hier schlafen? Bitte?«

Persy strahlte ihn an.

»Selbstverständlich, Zachary. Sehr gerne.«

Er eilte zur Haustür, trat nach draußen und rannte los, um den Bus zu erwischen.

An den War Memorial Gardens, wo Zack ausstieg, standen Einsatzwagen der Polizei am Straßenrand und überall sah er Männer in Uniformen und gelben Sicherheitswesten. Die Leute im Bus drückten sich an den Fenstern die Nasen platt. Ein Polizist im Mantel, der mit seiner wichtigen Aura Detective O'Connor ähnelte, warf Zack über zwei Fahrbahnen hinweg einen drohenden Blick zu, während er ins Handy sprach. Womöglich telefonierte er sogar mit O'Connor. Zack drehte dem Park den Rücken zu und drang tiefer in den Stadtteil Kilmainham ein. Er rannte die Memorial Road hinunter, bog an der Inchicore Road rechts ab und folgte dem Straßenverlauf zum Grattan Crescent, wo das Wohnsilo breit und wuchtig über den Dächern Kilmainhams aufragte. Müll lag im Eingangsbereich, aufgerissene Plastiktüten, Hamburgerreste, Verpackungen, in denen Tauben herumpickten. Vor dem Gebäude parkte ein Krankenwagen.

Zack lief durch die nach irgendeiner beißenden Chemikalie riechende Eingangshalle zu den Fahrstühlen, drückte den Knopf und ging fiebrig auf und ab. Als sich die Türen öffneten, wollte er sofort hineinspringen. Doch der Aufzug war besetzt: Ein Pulk von Polizisten und Sanitätern kam ihm entgegen, die eine Liege vor sich herrollten. Darauf lag ein schmaler Körper, zugedeckt mit einem weißen Tuch.

Zack trat zurück und wartete schweigend, während die Räder über den Boden quietschten. Erst jetzt fiel ihm auf, dass sich noch mehr Leute in der Halle aufhielten, die dem schweigenden Pulk hinterhergafften; einer seiner Nachbarn war gestorben – womöglich hatte er ihn sogar schon einmal gesehen. Aber konnte man im Wohnsilo wirklich von Nachbarn sprechen? Abgesehen von Eamon und dem

Typen auf der anderen Seite, der den Fernseher immer so laut laufen ließ, hatte er keinen Kontakt zu den Bewohnern des Wohnsilos. Deshalb erfüllte ihn der Körper unter dem weißen Tuch zwar mit Unbehagen, ließ ihn ansonsten aber seltsam kalt. Es konnte ja schließlich nicht Lachlan sein …

Er wünschte, die Sanitäter hätten sich beeilt, doch es dauerte eine halbe Ewigkeit, bis der Fahrstuhl endlich frei war. Er schlug auf die Taste mit der Sechzehn; die Türen schlossen sich in Zeitlupe, und weil der Pulk mit der Leiche fort war, beäugten die Schaulustigen in der Halle jetzt ihn, als könnten sie nicht verstehen, wie er seelenruhig seines Weges gehen konnte.

Zack fuhr nach oben, ungeduldig. Vielleicht erwartete Emil ihn in seiner Kabine. Aber wie wäre er reingekommen? Eingebrochen? Unwahrscheinlich – das wäre doch aufgefallen, hier im Silo. Vielleicht hatte Emil ihm auch Anweisungen geschickt. Einen Brief, ein Päckchen, ein modifiziertes Handy … er hätte in den Briefkasten sehen sollen.

Die Digitalanzeige schaltete auf sechzehn, der Aufzug hielt an, die Türen öffneten sich. In dem tunnelartigen Flur, der jetzt vor ihm lag, war es wie üblich ruhig, hier und da gedämpfte Stimmen, ein Fernseher plärrte, ein Kind (wer würde bloß ein Kind in diesem Loch aufwachsen lassen) schrie nach etwas, weit weg. Zack bog in den Flur mit der Kabine 16.35 ein und blieb stehen: ein Polizist, uniformiert. Er stand vor einer Zelle.

Nicht irgendeiner, sondern seiner.

Zack ging weiter, wie automatisch. Der Flur zog sich in die Länge, so als driftete der Polizist von ihm weg, während er sich ihm näherte. Was hatte das zu bedeuten? Hatten die sein Gespräch mit Emil doch abgehört? Oder hatten sie die Drohne entdeckt? Vielleicht sollte er weglaufen, solange er noch konnte. Und Lachlan im Stich lassen? Der Polizist sah ihm entgegen. Wenn er noch eine Chance gehabt hatte, sich aus dem Staub zu machen, dann hatte er sie jetzt verpasst.

»Guten Tag«, sagte Zack nervös.

Ein Nicken zur Begrüßung. Die Tür zu seiner Kabine stand offen. Zack blieb neben dem Polizisten stehen, einem langen Mann mit angegrautem Prophetenbart, und wartete darauf, dass dieser seine Fragen stellte.

»Kannten Sie den Mann?«

Welchen Mann? »Das … das ist meine Kabine.«

Der Polizist musterte ihn. »Dann wird es Sie interessieren, dass in Ihrer Kabine jemand gestorben ist.«

Alles in Zack sackte abwärts, fiel durch den Boden hindurch, sechzehn Stockwerke tief. Er sah den Polizisten an und dachte an Emil, der gesagt hatte, er werde Lachlan im Wohnsilo finden, und an die quietschend rollende Liege und daran, dass unter dem Tuch ein lebloser, kalter Lachlan gelegen haben musste. Nein, dachte er.

Ein anderer Polizist kam aus der Kabine, ein dicker und aufgequollener Mann. »Wir haben alles«, sagte er und kräuselte die von Mitessern gesprenkelte Knollennase. »Scheiße, in diesem Drecksloch will man doch keinen Hund einsperren.« Er lachte gackernd über diesen tollen Spruch.

»Der hier sagt, das sei seine Kabine«, sagte der bärtige Polizist beiläufig und deutete auf Zack.

Der zweite Polizist taxierte ihn ebenfalls, wobei er sich

so ruckartig umwandte, dass ihm ein paar Brösel Schnupftabak von der Oberlippe fielen. Die braunen Krümel bedeckten auch seine Brust, als hätte er gerade einen Scone gegessen. In der Hand hielt er ein paar durchsichtige Plastiktüten, in denen ein schwarzer Würfel, ein Kabel, eine schwarze Gummikappe und eine weiße Schachtel steckten. Zack starrte verstört die Tüten an. Er kannte diesen schwarzen Würfel.

»Gehört das Ihnen?«

Zack löste den Blick von den Tüten und ließ ihn weiterwandern zum Kartenleser, auf dem deutlich erkennbar die Ziffern 16.34 standen. Eamons Kabine.

»Hey, alles klar?«

»Das ist doch nicht meine Kabine«, sagte er rasch. Die Polizisten tauschten einen Blick. »Ich hatte mich vertan. Das da drüben – sechzehn fünfunddreißig – das ist meine. Die Türen sehen alle gleich aus. Tut mir leid.«

»Dürften wir bitte Ihren Ausweis sehen?«

Zack ließ sich nicht zweimal bitten, doch das Portemonnaie fiel ihm vor Aufregung fast aus den Händen, als er es aus der Hosentasche zog. Er reichte den Beamten die Identitätskarte, die sie scheel beäugten, erneut einen Blick tauschten und ihm dann nickend zu verstehen gaben, dass sie ihm glaubten. Auf der Karte stand auch die Zellennummer, was sie nach Zacks Vermutung überzeugt haben musste.

»Also, was ist, kannten Sie den Typen hier?«

»Nur vom Sehen. Er hieß Eamon. Weiter weiß ich nicht. Spielte offenbar viel Cronos.«

»Ja, bis zum Totumfallen«, gluckste der Schnupftabakpolizist, als wäre Eamons Tod unheimlich witzig. »Manche wissen einfach nicht, wann Schluss ist.«

»Woher wussten Sie, dass er tot ist?«

»Er hatte eine Freundin in Cronos, und die hatte sich um ihn Sorgen gemacht. Hatte ich auch noch nie: eine Vermisstenanzeige aus Dubai.« Er drehte mit dem Zeigefinger Kreise über der Schläfe, und Zack fragte sich, ob der Mann fand, dass Eamon den Tod wegen seiner umfassenden Seltsamkeit (eine Freundin aus Dubai!) verdient hatte.

Die Polizisten zogen die Tür zu und gingen.

Zack blieb noch einen Moment in dem verlassenen Flur stehen, nahm das Schweigen in sich auf und atmete die nach Kühlflüssigkeit riechende Luft ein, in der irrigen Annahme, das könnte ihn beruhigen. Anders als unten, als er auf die Sanitäter und die Polizisten mit der Liege gestoßen war, fühlte er sich in Eamons Tod jetzt persönlich involviert. Ob er das Schlimmste hätte verhindern können, wenn er nicht damit beschäftigt gewesen wäre, Lachlans Entführung abzuwenden? Würde Eamon auf einem verlassenen Friedhof in einem anonymen Grab enden oder würde es eine ordentliche Beerdigung geben? Und wer würde dazu erscheinen? Familie? Freunde? Aus irgendeinem Grund konnte er sich das schwer vorstellen. Eamon war immer allein gewesen, so wie alle Insassen des Wohnsilos allein waren. Mehr noch: einsam.

Aber damit würde er sich später auseinandersetzen. Lachlan! Er hatte schon zu viel Zeit vertrödelt.

Am Lesegerät von 16.35 schob Zack die Chipkarte mit feuchten Fingern durch den Scanner. Die Farbe des Lämpchens sprang auf grün: Er drückte die Tür auf. Es war stockfinster in der Kabine und roch immer noch leicht nach dem Männerparfüm, das er sich gestern Abend auf den Pullover gesprüht hatte, bevor sie zum Isarn Hall aufgebrochen waren. Er hieb die geballte Faust auf den Lichtschalter, bereit, zuzuschlagen – doch die Kabine war leer, kein Emil oder sonst wer, der auf ihn wartete.

Nur ein Päckchen auf dem Bett.

Zack sah es an, als hätten sich seine schlimmsten Befürchtungen bewahrheitet, dabei beschäftigte ihn zunächst nur eine einzige Frage: Wie waren die – und es mussten Emil und seine Männer dahinterstecken – hier reingekommen, ohne am Kartenleser auch nur einen Kratzer zu hinterlassen? Er hatte sich im Wohnsilo nie allzu sicher gefühlt; jetzt würde er hier kein Auge mehr zutun können.

Er sank aufs Bett und griff sich das Päckchen, um es zu öffnen, als er hörte und spürte, wie das Handy vibrierte. Hektisch zog er es aus der Jackentasche. »Ja?«

»Willkommen zu Hause«, sagte Emil.

»Lass mich mit Lachlan sprechen!« Er hätte viel für einen selbstbewussteren Tonfall gegeben.

»Mach das Päckchen auf«, sagte Emil.

Zack fummelte den Knoten auf und zerriss das braune Papier. Ein Karton, zugeklebt. Er öffnete ihn. Schichten aus Knisterpapier. Er zog es mit vollen Händen heraus. Der schwarze Würfel, den er erst vor ein paar Minuten in der Tüte des Polizisten gesehen hatte, kam zum Vorschein, von oben betrachtet nur so groß wie eine Scheibe Toastbrot. Zack nahm ihn heraus. Er fühlte sich an wie mit gebürstetem Stahl verkleidet, wog vielleicht zwei Kilo und besaß an der Seite eine Buchse für ein Stromkabel. In die Oberseite waren zwei silberne Buchstaben geprägt: ›CC‹.

Cronos Cube.

»Was soll das?«, fragte Zack. »Was will ich damit?«

»Du warst noch nie in Cronos«, stellte Emil fest.

»Nein, aber –«

»Dann wirst du mir jetzt vertrauen müssen. Sieh dir an, was noch in dem Karton ist.«

Zack warf den CC beiseite und zog ein zusammengerolltes Stromkabel heraus. Darunter: eine schwarze Gummimütze, die auf der Innenseite mit dutzenden, silbern blinkenden Elektroden gespickt war. Daneben eine weiße Schachtel, beschriftet mit ›Blaue Pille‹.

»Nimm sie heraus«, sagte Emil.

Zack öffnete die Schachtel. In ihr waren drei Blister zu je acht Pillen, alle leuchtend türkisblau wie Toilettenreiniger. Zack dachte an Eamon und seine blauen Lippen.

»Nimm eine.«

Zack zog den Blister aus der Schachtel. »Wozu ist die?«

»Du kannst dich nur in Cronos einloggen, wenn du entspannt bist. Die Blaue Pille hilft dir dabei.«

In Cronos einloggen? »Wozu?«

»Du willst ihn wiedersehen, oder? Also tu, was ich sage.«

Zack schüttelte die anderen Blister heraus. Kein Beipackzettel. Er drückte sich eine Pille in die Handfläche, nahm sie zwischen zwei Finger und hob sie sich vor Augen, wie um sich zu wappnen. In Cronos einloggen. Das Offensichtliche erschien ihm zu skurril: Womöglich würde er Lachlan irgendwie in Cronos treffen. Es fühlte sich an, als müsste er gegen einen Widerstand ankämpfen, als er sich die Pille auf die Zunge legte. Ob es sich um Gift handelte? Unwahrscheinlich; zu viel Aufwand, um ihn zu beseitigen, zumal Emil das auch gestern Nacht im Park hätte erledigen können.

»Du musst sie mit der Zunge am Gaumen zerdrücken. Das erspart uns eine Menge Wartezeit.«

Zack brachte die Pille mit der Zungenspitze zum Platzen. Eine bittere Flüssigkeit trat aus, die abscheulicher schmeckte als alles, was er je im Leben gekostet hatte. Er griff nach der Wasserflasche neben dem Bett, den Würgereiz unterdrückend, und trank so viel und schnell er konnte.

»Schön«, sagte Emil zufrieden. »In fünf Minuten ist dein Gehirn bereit. Beeil dich. Nimm den Cube.«

Zack nahm den schwarzen Kasten zur Hand.

»Das Kabel ist für die Stromversorgung da – die große Buchse rechts außen.«

Sobald Zack das Kabel eingesteckt hatte, leuchtete an der scharfen Außenkante der Konsole ein hellgrünes Licht auf. Eine kühle, klare Frauenstimme aus dem Gerät sagte: »Guten Tag. Der Cronos Cube wird hochgefahren. Bitte setzen Sie die Stimulanzkappe auf.«

»Überziehen«, befahl Emil, als Zack sich der Gummimütze zuwandte. Er dehnte sie vorsichtig und zog sie sich über die Haare. Sie war unerträglich eng, als wollte sie die Silbernieten in seine Kopfhaut prägen. Er dachte, er würde sich die Kappe gleich wieder herunterreißen müssen, als auf einmal die Wirkung der Blauen Pille einsetzte, was ihn die Kappe sofort vergessen ließ. Ihm wurde schwindelig, es kribbelte überall und in seinem Kopf schien es zu regnen.

»Leg dich hin«, sagte Emil.

Zack blieb kaum eine andere Wahl. Es fühlte sich an, als drückte ihn eine unsichtbare Hand mit sanfter Gewalt aufs Kissen. Er streckte sich auf dem Bett aus.

»Beginne mit der Messung der Hirnfrequenz«, sagte die Stimme aus dem Cube. »Sie werden in zwei Minuten starten. Stellen Sie sicher, dass die Stimulanzkappe während der Schlafparalyse nicht herunterrutschen kann.«

Dazu müsste mir schon der Kopf abfallen, dachte Zack.

»Na also, war doch ganz einfach«, sagte Emil. »Ich erwarte dich in Cronos.« Er legte auf.

Zack spürte seine Hände und Füße nicht mehr, konnte keinen Finger mehr rühren. Taubheit kroch ihm die Arme und Beine hoch, arbeitete sich langsam in seine Brust vor. Seine Atmung ging ganz flach. Er war müde, er würde jeden Moment einschlafen.

»Zur Vermeidung nervlicher Überbelastung benötigen Sie ein Safeword, mit dem Sie sich aus dem Spiel ausloggen können, indem Sie es laut aussprechen. Achten Sie darauf, dass das Safeword für Sie gut zu merken ist und Sie bei spielinterner Konversation nicht behindert.« Kurze Pause. »Nennen Sie bitte jetzt Ihr Safeword.«

»Bree«, sagte Zack rasch. Der Name seiner Mutter. Die Taubheit kroch ihm in die Schultern.

»Speichere Safeword: Bree«, sagte die Konsole. In Zacks Kopf kribbelte es heftig … er hatte das Gefühl, über einem Abgrund zu schweben … »Ihre Signatur ist in unserer Datenbank noch nicht registriert. Sie werden jetzt zur Administration weitergeleitet. Genießen Sie Ihren Aufenthalt.«

Zack hatte ein leises, sehr helles Pfeifen im Ohr. Es wurde langsam lauter, wie der alles durchdringende Ton einer Klangschale. Sein Kopf wurde bis an den Rand ausgefüllt von diesem Pfeifen. Dann knackte es.

Auf einmal war sein Körper fort und Zack schwebte in einem luftleeren Raum. Er wusste nicht, wie ihm geschah; Farben flogen irgendwie durch ihn hindurch, Bilder wie aus Träumen, mit Worten nicht zu fassen, Blitzlichtgewitter, Funkenstürme, ein Ring aus Feuer, der auf ihn zuraste – und Zack spürte deutlich, wie er in die Tiefe stürzte.

Knack.

Er wusste nicht, wann der Sturz endete, nur, dass er auf einmal nicht mehr fiel. Sein Körpergefühl kehrte schlagartig zurück; er fühlte seine Finger wieder, konnte sie aber immer noch nicht bewegen. Unter seiner Haut kribbelte es und etwas durchpulste ihn wie eine Serie von Stromschlägen, konzentrisch ausgehend von einer Stelle auf Höhe seines Magens. Vor seinem inneren Auge leuchteten weiße Lichter auf; er verkrampfte sich – und die Anspannung ließ nach. Zack öffnete den Mund und atmete tief ein. Er konnte sich wieder bewegen.

Er öffnete die Augen.

[8]

Das Knattern von Maschinengewehrsalven riss Lachlan aus der Bewusstlosigkeit, so plötzlich, als hätte ihm jemand ins Gesicht geschlagen. RAT-TAT-TAT-TAT-TAT. Mit geöffneten Augen blickte er in die Dunkelheit, fühlte sein Herz nicht, es stand still. Das markerschütternde Knattern hörte auf und wechselte sich ab mit dem verzerrten Geräusch eines Echosonars. Dann wieder das Knattern. Jetzt das Piepsen. Knattern. Piepsen. Jäh unterlegt vom Hämmern eines aggressiven Basses, der einen hektischen Beat vorgab. Lachlan realisierte, dass es sich bei der Geräuschquelle um sein Handy handelte, das ›Digital Terror‹ von [x]-Rx abspielte.

Er atmete durch und drehte den Kopf in die Richtung, aus der das Scheppern kam. Der Nacken tat ihm weh, schlimmer als nach mancher Nacht, die er am Schreibtisch durchgemacht hatte, tief über ein elektronisches Teil gebeugt. Die schlechte Qualität der Lautsprecher ließ den synthetischen Soundteppich aus Gewehrsalven, Sonarpfeifen und stampfenden Bassdrums zu blechernem Lärm verkommen. Obwohl er das Lied zu Hause über Kopfhörer so laut hörte, dass seine Ohren noch tags darauf brausten, hatte er sich schon ewig vorgenommen, den Klingelton zu ändern. Jetzt, da er ihn halb zu Tode erschreckt hatte, bereute er fürchterlich, das nicht längst gemacht zu haben.

Das rechteckige Display glühte grellweiß in der Dunkelheit. Es lag anscheinend auf einem Tisch, vier oder fünf Meter entfernt. Lachlan war klar, dass mit jedem Stampfen des Basses seine Chance sank, das Handy noch rechtzeitig zu erreichen. Das lag in der Natur eines Anrufs – aber diesmal musste er der Mailbox um jeden Preis zuvorkommen.

Er versuchte, die Arme herunterzuziehen und sich aufzurichten, als er etwas Kaltes am Handgelenk spürte und ein Klingen hörte, Metall auf Metall, eigenartig harmonierend mit dem Sound von Digital Terror. Sie hatten ihm Handschellen angelegt und die Kette um das Gitter eines Bettgestells gewunden. Er wuchtete sich auf den Bauch und zog sich am Gitter hoch in eine sitzende Position. Er schloss die Hände um den kalten Metallstab, um ihn zu drehen. Keine Chance. Mit der Schulter stemmte er sich gegen die Querstange, um sie aus den Stäben zu heben. Es klappte nicht, er war zu schwach: Eher würde er sich die Schulter brechen.

Er ließ die Kette am Gitterstab auf- und abgleiten, um herauszufinden, wie weit er kam. Er hatte einen Spielraum von gut dreißig Zentimetern. Das half ihm nicht weiter. Verzweifelt sah er zu dem leuchtenden Rechteck hinüber und wünschte sich nichts sehnlicher, als mit dem Anrufer zu sprechen. War es Zack? Oder seine Mum? Jemand musste wissen, dass er am Leben war, und der Polizei sagen, dass sie das Handy orten sollte. In einem Anflug von Triumph dachte er, dass er von den Clowns, die ihn entführt hatten, nichts anderes erwartet hätte. Sie hatten sich wie Affen angestellt bei seiner Entführung und jetzt stellten sie sich erneut wie Affen an bei dem Versuch, ihn versteckt zu halten.

Ich schaffe es, dachte Lachlan entschlossen.

Er tastete mit den Füßen nach der Bettkante und bemerkte, dass sie ihm die Schuhe ausgezogen hatten. Es gelang ihm, den Boden zu erreichen. Mit einem Ruck zog er am Bettgestell – die Metallfüße kreischten über den Boden, einen kalten, nackten Steinboden. Das Bett war nicht schwer. Er zerrte es gerade weit genug von der Wand weg, dass er sich hinter das Kopfende zwängen konnte. Aufrecht stehend packte er das Gitter und fing an, das Gestell hinter sich herzuziehen, auf das leuchtende Rechteck zu, die stampfenden Beats, das Echosonar. Die kreischenden Metallfüße mussten nebenan zu hören sein; wenn seine Entführer da waren, würden sie aufspringen und nachsehen. Sie würden ihn finden, wie er sich durch den Raum bewegte, auf dem Weg in die Freiheit selbst mit gefesselten Händen. Das würde sie dazu bringen, mit härteren Bandagen ans Werk zu gehen.

Gleich hatte er das Handy erreicht.

Jemand zündete ein Feuerzeug an, direkt neben dem Tisch.

Lachlan blieb wie erfroren stehen.

Im Licht des Feuerzeugs tauchte ein Gesicht auf. Schmale schwarze Augen, die ihn ansahen, und eine Zigarette zwischen halb geöffneten Lippen, deren Spitze aufglomm, als sich der Tabak entzündete. Das Feuerzeug erlosch. Lachlan starrte auf den rot glühenden Punkt, der in der Luft schwebte, aufleuchtete, als an der Zigarette gezogen wurde, und dann herabsank, wie von einer Hand geführt, die sich auf die Armlehne eines Stuhls legte. Das Handy verstummte und in der plötzlich einkehrenden Stille hörte Lachlan jemanden Luft durch die Zähne blasen. Er roch Zigarettenrauch.

Das Handydisplay verdunkelte sich, nur um kurz darauf wieder aufzuleuchten. Digital Terror begann von vorn, das Knattern von Maschinengewehrsalven, dann das verzerrte Pfeifen eines Echosonars, dann wieder die Salven, das Sonar, der Bass, die Beats, und diesmal erkannte Lachlan Zacks Foto auf dem Display. Er rührte sich nicht vom Fleck. Der Beat kam ihm nur halb so schnell vor wie bei Zacks erstem Anruf. Der glimmende Punkt wanderte zu den Lippen und zurück auf die Armlehne, schwebte über den Tisch und verlor im Lichtschein des Handys etwas Asche in einen Alubehälter. Lachlan hatte das Bedürfnis, sich von der fremden Gestalt zu entfernen, aber das Schweigen zwischen ihnen kam ihm wie ein Nichtangriffspakt vor; wenn er das Bett bewegte, würde das Metall kreischen und er würde den Pakt brechen und die Gestalt würde reagieren.

Er wünschte, der Mann mit der Zigarette hätte den Anruf angenommen. Dann hätte er hören können, wie er Zack sagte, dass alles in Ordnung sei und dass es ihm gut gehe, und zum Beweis für diese Behauptung würde er sie miteinander reden lassen. Aber der Mann rührte das Handy nicht an. Er wartete.

Erneut verstummte das Handy, und diesmal hatte es etwas Endgültiges. Lachlan hatte Angst wie noch nie zuvor, während er eine gefühlte Ewigkeit darauf wartete, dass die Maschinengewehrsalven ein drittes Mal einsetzten. Aber Zack, offenbar in der Erkenntnis, dass Lachlan wirklich und wahrhaftig entführt worden war, außer Reichweite, verschwunden, hatte es aufgegeben. Lachlan hielt den Atem an und stellte sich vor, wie er durch Geräuschlosigkeit in der Dunkelheit unsichtbar wurde. Die Stille war erstickend.

Der rote Punkt sank in den Aschenbecher. Lachlan hörte ein Klappern, als der Mann die Zigarette ausdrückte, gefolgt von dem traurigen Ächzen des Stuhls und dem Knirschen einer Lederjacke. Es kam direkt auf ihn zu. Lachlan suchte in der Schwärze nach einem Anhaltspunkt, doch er sah nur das Flimmern vor den eigenen Augen. Sein Atem ging stoßartig. Der Geruch nach Zigaretten wurde schlimmer, und jetzt nahm er auch einen Männerduft wahr, ein scharfes Parfüm.

Eine Hand packte ihn an der Schulter. Eine Daumenkuppe drückte sich tief in eine nachgiebige Stelle knapp oberhalb des Schlüsselbeins. Die Stelle fing an zu kribbeln. Lachlan wollte sich entreißen, sich dem Griff entziehen, doch er war zu fest. Ihm wurde warm im Kopf, ein Tröpfeln unter der Haut. Der Mann drückte ihm die Blutzufuhr zum Gehirn ab … Die Schwärze des Zimmers tauchte in seinen Kopf.

Im nächsten Moment lag er wieder auf dem Bett, ohne zu wissen, wie er dort hingekommen war. Jemand hatte ihm ein Kissen unter den Nacken gestopft. Er trug immer noch die Handschellen, seine Arme fühlten sich taub an von der hochgestreckten Haltung. Vorsichtig drehte er sich auf die Seite und zog die Knie an die Brust, um seine Körperwärme daran zu hindern, sich zu schnell zu verflüchtigen. Er hatte keine Jacke an.

Lachlan presste den Daumen nach innen und streckte die Finger aus, um eine Hand aus der Schelle zu ziehen. Aber das Metall war eng und unnachgiebig; er drehte und wendete die Hand, bemühte sich, Schmerzen in Kauf zu nehmen und sie durch das Loch zu zwängen; vergeblich. Mit tränenden Augen gab er auf. Er würde die Hand nicht einmal dann durch diese Schellen bringen, wenn er sich jeden einzelnen Knochen brach.

Wieder bemerkte er ein leuchtendes Rechteck, diesmal auf der anderen Seite. Dieses hier war deutlich größer als ein Handydisplay und bestand nur aus dünnen, weiß glühenden Außenlinien, mit einer Seitenlänge von mindestens einem Meter. Mit verklebten Augen betrachtete er es eine Weile, ehe er begriff, dass es sich um ein Fenster handelte. Offenbar war es mit einer Holz- oder Metallplatte vernagelt worden, oder jemand hatte Folie auf die Scheibe geklebt, und das Leuchten rührte vom Tageslicht her, das wie Wasser in die Ritzen floss. War das Rechteck schon die ganze Zeit da gewesen? Er meinte sich daran zu erinnern, dass der Raum bis vor einer Minute noch stockfinster gewesen war. Aber vielleicht war eine Minute auch eine Stunde her. Wie lange war er bewusstlos gewesen?

Er robbte ein Stück noch oben und befühlte mit den Fingern die Wand hinterm Kopfende des Betts, das offenbar zurück an seinen vorherigen Platz geschoben worden war. Die Wand hatte eine glatte Oberfläche, auf der Haut fühlte sie sich an wie Papier … eine Tapete. Eine Kellerwand wäre sicher kälter gewesen. Also war er in einer Wohnung, wohl im Obergeschoss. Er hielt den Atem an, die Stille nach verräterischen Geräuschen abtastend. Er hatte den Eindruck, in der Ferne einen Krankenwagen heulen zu hören, ein penetrantes Geräusch, das ein so fester Bestandteil Dublins war wie die gelben Busse oder die Pubs. Aber das Geräusch war so flüchtig wie ein Gedanke, also konnte es auch sein, dass er es sich nur eingebildet hatte, wofür die Tatsache sprach, dass er sonst nichts hörte. Dafür roch er etwas, Frittierfett und Fisch, aufdringlich wie die Sirene der Krankenwagen, nur in keiner Weise flüchtig. Jeder Atemzug erinnerte ihn an Fish and Chips, das er nie sonderlich gemocht hatte.

»Hallo?«, fragte er in die Stille.

Niemand antwortete ihm.

Er wälzte sich auf die andere Seite und entdeckte in der Nähe der Stelle, an der sich der Tisch mit seinem Handy befinden musste, einen Lichtstreifen am Boden. Eine Tür. Licht auf der anderen Seite. Da draußen war jemand. Vermutlich die beiden Clowns.

Wo hatte Zack im Park nur gesteckt? Die beiden Männer mussten ihn bemerkt und ihm eine Falle gestellt haben. Es musste auf dem Weg zur Drohne passiert sein, denn sie war nicht aufgetaucht, also hatte Zack Penny vermutlich nicht befreit. Während Lachlan auf den Lichtstreifen starrte, lebte der Moment im Park von Neuem in ihm auf. Wie er sich umdrehte und die Umrisse des Mannes mit dem Al-Capone-Hut erkannte. Die Faust in seinem Magen. Er bekam keine Luft mehr. Er wollte weglaufen und stieß auf den Mann mit dem Taser. Lachlan verkrampfte sich innerlich, als ihn die Angst wieder einholte. Er drängte sie zurück. Denken, denken war alles, was er jetzt tun konnte, denn Angst würde ihm nicht weiterhelfen, Angst würde ihn nur verrückt machen, und er durfte jetzt nicht irre werden, er musste einen klaren Kopf bewahren, sein Kopf war seine einzige Waffe.

Lachlan sah wieder das vom Feuerschein beleuchtete Gesicht vor sich, das sich eine Zigarette anzündete. Keine schwarzen Zotteln, die sich auf Wangenhöhe in einem krausen Bart verloren. Kein schmales Rattengesicht mit tief liegenden Augen. Ein anderer. Ein Dritter.

Sie waren zu dritt gewesen.

Natürlich! Warum war ihm der Gedanke nicht vorher gekommen? Er hätte es von Anfang an in Betracht ziehen sollen. So wie die Sache mit den Schusswaffen. Dann hätte er anders geplant, besser, genauer. Was hatte der Dritte mit Zack angestellt? Vermutlich nichts Schlimmeres, sonst hätte Zack vorhin nicht angerufen. Er musste wissen, was passiert war, und zwar sofort.

»Hallo?«, rief Lachlan. Er wartete auf eine Reaktion, raffte sich am Gitter hoch und setzte sich auf. Als nichts passierte, fing er an, mit den Handschellen gegen das Metallgestell zu schlagen, die Augen wie gebannt auf den Lichtstreifen unter der Tür gerichtet. KLONG. KLONG.

»HALLO?«

»Ich bin hier.«

Lachlan schrie auf vor Schreck – die Stimme war direkt neben ihm, auf der Fensterseite des Betts. Lachlan fuhr herum. Die Stimme lachte gut gelaunt.

»Wo ist Zack?«, stieß Lachlan hervor, wobei ihm das Herz fast aus dem Hals sprang.

»Nicht hier«, sagte der Mann.

»Was hast du mit ihm gemacht?«

Er antwortete nicht sofort. Lachlan konnte ungefähr sehen, wo der Mann stand, denn er unterbrach das glühende Fensterrechteck mit seiner Silhouette.

»Ich habe ihn zum Spielen eingeladen.«

»Was?«

»Ich treffe ihn in ein paar Minuten«, sagte der Mann überraschend aufgeschlossen. »Er wird eine Kleinigkeit für mich erledigen, und wenn er das getan hat, lasse ich dich vielleicht frei. Ganz einfach. Ich halte dich gern auf dem Laufenden, wenn du keinen Ärger machst.«

»Was soll cr für dich erledigen?«

»Wirst du wieder Ärger machen?«

»Nein!«

»Dann reden wir später weiter.«

»Was soll er für dich tun? Meine Eltern bestehlen?« Und was zum Teufel meinte er mit *vielleicht?*

Der Mann bewegte sich durchs Zimmer; wie vorhin hörte Lachlan seine Lederjacke knirschen.

»Wo triffst du dich mit ihm?«, rief Lachlan ihm hektisch nach. Der Mann öffnete die Tür, und im Licht, das trapezförmig in den Raum fiel, sah Lachlan die Umrisse eines drahtigen Oberkörpers und abstehender Ohren.

»Nicht in dieser Welt«, sagte der Mann und schloss die Tür hinter sich.

[9]

Zack stand in der Mitte einer Halle, die so riesig war, dass er sie auf den ersten Blick gar nicht als Halle wahrnahm, sondern vielleicht als einen Platz in einer Großstadt bei Nacht. Im ersten Moment tat er nichts anderes, als sich ungläubig umzusehen: Vielleicht war etwas beim Einloggen schiefgelaufen und er war gar nicht in Cronos, sondern eingeschlafen, und hierbei handelte es sich um einen Traum.

Er erkannte dunkle Wände in der Ferne, leicht gewölbt, denn die Halle hatte einen runden Grundriss; um sie zu erreichen, hätte er in jede Richtung minutenlang gehen müssen. Der Boden war mit vernieteten Holzlatten verkleidet, die Decke ein ungewisses Dunkel, in dem – auch das sah er erst auf den zweiten Blick – ein komplexes Gefüge aus Zahnrädern hing, Zahnräder aus schwarzem Eisen und roter Bronze, klein wie Untertassen und groß wie Kirchen, die sich knirschend drehten.

Auf mittlerer Höhe klaffte ein Loch in der Wand, durch das mühelos ein Flugzeug hätte fliegen können. Dahinter sah Zack in einem Kranz aus Blättern und Geäst einen blauen Himmel. Er fühlte sich wie ein Hobbit in einer Zwergenmine, fast erdrückt von so viel Raum. Doch ein Traum? Nein, das war es ganz sicher nicht; das meinte er in erster Linie an seinem Körper zu erkennen. Er ballte die Fäuste und spannte die Muskeln in den Unterarmen. Als er an sich heruntersah, bemerkte er eine knielange Country-Hose, dazu ein knallbuntes T-Shirt und Sandalen. Er hatte rotblonde Härchen auf den Schienbeinen und fror an den Zehen.

»Lachlan?«, rief er. Auch seine Stimme hörte sich völlig normal an.

»Bist du verabredet?«, sagte jemand hinter ihm. Zack fuhr erschrocken herum. Es war ein Mann; er war offenbar aus dem Nichts erschienen, jedenfalls gab es in der Nähe keine Tür oder etwas Vergleichbares.

»Hallo«, sagte Zack misstrauisch.

Der Mann – Zack schätzte ihn auf Anfang dreißig – hatte nicht das Pech, sich in Sandalen und Hawaii-T-Shirt zeigen zu müssen; er sah nach Zacks Empfinden ziemlich cool aus. Schwarze gegelte Haare, ein weißes Hemd mit hochgekrempelten Ärmeln, eine geknöpfte schwarze Seidenweste mit purpurroter Krawatte, Jeans und Reiterstiefel. Er hatte einen dreieckigen Körperbau: eine schmale Taille und breite Schultern.

»Hi, ich bin Octavian, ein Administrator. Schön, dich kennenzulernen, und willkommen in Cronos.« Der Mann schlug die erste Seite eines roten Heftchens auf, wobei er einen kurzen Blick hineinwarf. Zack fragte sich einen Moment lang, ob dieser Mann etwas mit Emil zu tun hatte, ob er nicht vielleicht sogar selbst Emil war, aber eigentlich wirkte er recht harmlos.

»Ich bin tatsächlich verabredet«, sagte Zack.

»Kein Problem, nach dem Intro kannst du tun und lassen, was du willst.«

»Intro?«

»Ich bin hier, um dich ins Spiel einzuführen. Cronos ist anders als alles, was du kennst – du hast keinen Controller in der Hand oder eine VR-Brille auf – du bist die Spielfigur, aber das ist nicht so einfach, wie es sich anhört.«

»Ich will das Spiel nicht spielen«, sagte Zack, der ganz und gar nicht fand, dass sich das einfach anhörte. »Ich suche nur meinen Kumpel.«

Octavian lachte. »Du bist nicht zum Spielen hier?«

»Nein.«

»Tja … Ich würde dich ja durchwinken, aber ich darf dich nicht ohne Einführung nach Cronos lassen.«

»Warum nicht?«

»Bist du schon mal gestorben?«

Zack starrte ihn an. Was sollte das jetzt?

»Du wirst in Cronos herausfinden, wie es ist, zu sterben – jeder tut das irgendwann.«

»Wie meinst du das?«

Octavian seufzte. »Du bist also zum ersten Mal hier, wie unschwer zu erkennen ist. Dein Name ist …« – er sah wieder in das rote Heft – »… Zachary Murray.«

»Steht das da drin?«

»Richtig. Daran müsstest du dich gewöhnen, wenn du vorhättest, öfter in Cronos unterwegs zu sein. Du kannst dir ein Pseudonym geben, aber wenn du mit anderen Spielern interagierst, können die leicht herausfinden, wie du heißt.«

»Aber wie?«, fragte Zack verdutzt.

»*Du* weißt, wie du heißt – das genügt.« Octavian deutete

auf seinen Kopf. »Das Spiel, also der CC, greift auf dein Gedächtnis zu. Hier.«

Octavian drehte sein rechtes Handgelenk und zauberte aus dem Nichts einen Tennisball hervor. Er warf ihn Zack zu, der ihn geschickt auffing.

»Spürst du den Ball in deinen Händen?«

»Ja«, sagte Zack.

»Fühlt er sich so an, wie er sollte?«

»Ich denke schon.«

»Mit Sicherheit hattest du schon mal einen Tennisball in der Hand?«

»Klar.«

»Das heißt, du erinnerst dich daran, wie es sich anfühlt, einen Tennisball in der Hand zu halten. Der CC konsultiert dein Gedächtnis und rekonstruiert die Erfahrung, sodass du das Gefühl hast, sie erneut zu machen. – Den Ball kannst du wegwerfen.«

Zack warf den Ball auf den Boden. Noch bevor er unten ankam, löste er sich in Luft auf.

»Und weißt du auch, was das hier ist?« Octavian präsentierte Zack auf seiner langen Handfläche einen granatroten Würfel.

»Keine Ahnung.«

»Das ist eine japanische Süßigkeit namens Yokan. Greif zu, keine Scheu.«

Zack nahm den Würfel und warf ihn sich in den Mund. Auf seiner Zunge entfaltete sich fast sofort ein samtiger, leicht süßer Geschmack, der mit nichts vergleichbar war, was er je gegessen hatte.

»Schmeckt gut, nicht wahr?«, fragte Octavian. »Aber du kennst Yokan nicht. Also dürftest du im Grunde gar nichts schmecken, denn der CC kann darüber keine Informationen in deinem Gedächtnis finden.«

»Aber ich schmecke etwas«, sagte Zack.

»Genau. Denn wenn der CC in deinem Gedächtnis nichts findet, woraus er diese Erfahrung rekonstruieren könnte, dann konsultiert er ein anderes Gedächtnis. Er sucht so lange in den Gedächtnissen aller eingeloggten Spieler, bis er jemanden gefunden hat, der Yokan kennt. Der CC nimmt diese Erfahrung und rekonstruiert sie für dich neu.«

Zack fand die Geschichte ziemlich unglaubwürdig, wie etwas, das Neueinsteigern erzählt wurde, um sie für Cronos zu begeistern.

»Alles klar«, sagte er, um die Sache abzukürzen.

»In Cronos sind alle Spieler vernetzt, natürlich ohne es bewusst zu merken. Das heißt: Bei fünfzig Millionen Spielern gibt es so gut wie keine Erfahrung, die du in Cronos nicht machen kannst. Das müssen allerdings nicht immer gute Erfahrungen sein.«

Er drehte das Handgelenk ein drittes Mal und ein Messer aus gemasertem Damaszener Stahl kam zum Vorschein. Octavian warf es in die Luft und fing es an der Klinge auf. Mit dem Griff voraus reichte er es Zack.

»Versuch's damit.«

Zack nahm das Messer an sich. »Und jetzt?«

»Schneide dir in die Hand.« Wieder erwischte sich Zack dabei, wie er Octavian ungläubig ansah. War das sein Ernst? »Wirklich, mach es.«

Zack legte sich die Klinge auf den Zeigefinger. Sie war so scharf, dass sie fast widerstandslos in seine Haut glitt. Zack zog die Hand weg: Blut füllte die Schnittwunde und tropfte rasch auf den Holzboden.

»Und, tut's weh?«, erkundigte sich Octavian.

»Ja. Es brennt.« Der Schmerz verteilte sich in seiner Hand.

»Hier.« Octavian reichte ihm einen mit rosa Zuckerguss überzogenen Muffin in einem Papierförmchen. »Du musst ihn essen. Hau rein.«

Zack pulte den Muffin aus dem Papier und aß ihn mit einem Bissen, wobei er sich fragte, ob Octavian sich über ihn lustig machen wollte – als etwas Merkwürdiges geschah. Gerade noch sprenkelte sein Blut den Holzboden, als das Tropfen ohne erkennbaren Grund aufhörte und der Schnitt sich vor seinen Augen schloss. »Die Wunde ist weg.« Zack sah verblüfft auf. »Der Muffin war ein Heilmittel, oder?«

»Sehr gut«, sagte Octavian und reichte ihm ein Tuch, wobei er ihm das Messer abnahm und es verschwinden ließ.

»Irre«, murmelte Zack, sich das Blut von der Hand wischend.

»Hast du noch Schmerzen?«

»Nein.«

»Gut«, sagte Octavian. »Du hast also gesehen, was dich erwartet: Du kannst dir hier verdammt wehtun. In der Wirklichkeit passiert dir zwar nichts. Aber dein Gehirn und deine Seele unterscheiden nicht zwischen der Realität und dem, was du in Cronos erlebst. Also, jetzt, da das geklärt ist, kommen wir zum Spiel. Du hast gerade ein paar Grundlagen gelernt. Hier ist eine weitere: das Schuldenbuch.«

Diesmal verzichtete Octavian darauf, etwas mit der Hand

aus dem Nichts hervorzuzaubern, und reichte Zack das rote Heft, aus dem er am Anfang seinen Namen vorgelesen hatte. Zack nahm es an sich.

»Es gibt fast nichts in Cronos, das so wichtig ist wie das Schuldenbuch«, sagte Octavian. »Die bedeutsamste Währung hier ist deine Bereitschaft, anderen Gutes zu tun. Eine Hand wäscht die andere. Wenn du mir einen Gefallen tust, tu ich dir auch einen Gefallen. Nach diesem Prinzip funktioniert diese Welt.«

Die Seiten waren so dünn wie die einer Bibel und blass liniert. Es stand fast nichts drin. Auf der ersten Seite waren neben seinem Namen auch sein Alter und seine Herkunft zu lesen. Zachary Murray, 19, Dublin, Irland.

»Du wirst nie etwas in das Schuldenbuch hineinschreiben und trotzdem wird es sich füllen. Tut dir jemand einen Gefallen, wirst du ihn darin nachlesen können.«

»Wozu soll das gut sein?«, fragte Zack.

»Das Schuldenbuch listet nicht nur auf, welche Gefallen dir andere getan haben. Es vermerkt, ob du dich dafür revanchiert hast. Und natürlich weiß es auch ganz genau, welche Dienste du jemandem erwiesen hast und ob er sich dafür erkenntlich gezeigt hat. Du solltest dich immer revanchieren. Sonst können sich Spieler, deren Hilfe du einmal ernsthaft benötigst, nicht darauf verlassen, dass du den Gefallen wieder gutmachst.«

»Ich habe nicht vor, das Spiel zu spielen«, sagte Zack und hielt Octavian das Heft hin.

»Du musst es behalten«, sagte Octavian. »Schnips mal dagegen – ungefähr so.«

Zack, dem allmählich die Geduld ausging, tat widerwillig, was Octavian verlangte; und kaum hatte er gegen das Cover geschnipst *(Pock!)*, flog ihm das Heft aus den Fingern und verpuffte in eine Rauchwolke. Eine Spielkarte segelte zurück in seine Hand, auf der das rote Heft abgebildet war. »Die vielleicht praktischste Erfindung aller Zeiten«, kommentierte Octavian.

»Eine Spielkarte?«

»Du bekommst im Laufe der Zeit so viele Dinge, dass du über diesen Mechanismus froh sein wirst. Du musst einen Gegenstand nur anschnipsen, und schon kannst du ihn ganz einfach verstauen.«

Zack schob die Karte in die hintere Hosentasche. »Sind wir fertig?«

»Fast.« Octavian stemmte die Hände in die Hüften, als hätte er etwas Wichtiges zu verkünden. »Du denkst, du bist vorbereitet, aber die Wahrheit ist, dass dich nichts für das wappnen kann, was dir bevorsteht. Diese Halle hier«, er breitete die Arme aus, »ist der Mittelpunkt einer Stadt, die in der Sprache der Einheimischen Ma'quoia heißt. Wir, die Wanderer, nennen sie Wurzelheim, Holzau oder einfach nur … Kokonstadt.«

Er legte eine dramatische Pause ein und gab Zack Zeit, die Dinge zu bemerken, die in der Halle auftauchten. Sechs gläserne Aufzugröhren, in denen man hoch ins Dunkel der Zahnraddecke getragen wurde. Hinter einer Absperrung aus Zäunen ein Luftschiff, so groß wie ein Dubliner Doppeldeckerbus, in dessen Ballon sich gepolsterte Sessel für Passagiere hintereinanderreihten. Es gab eine Rampe, die am Eingang des Luftschiffs endete, einen Ticketschalter und eine Tafel mit Abflugzeiten.

»Du wirst erkennen, warum sie so heißt, wenn du die Halle verlässt«, sagte Octavian. »Die Kokonstadt – Ma'quoia – ist in einen großen Baum hineingebaut worden. Und wenn ich groß sage, dann meine ich groß. Diese Halle hier befindet sich in seinem hohlen Stamm, und dieser Stamm hat einen Durchmesser von einem Kilometer. Die Bewohner Ma'quoias sind die Laubwichte, die guten Grund haben, ihre Gesichter hinter Masken zu verbergen. Du wirst lernen müssen, dich vor ihnen in Acht zu nehmen, denn die Laubwichte scheuen keine List, um dir das Geld aus der Tasche zu ziehen. – Pyrops«, fügte er hinzu und zeigte Zack eine scharlachrot schimmernde Münze, »sind Granattaler, die du bekommst, wenn du Quests erledigst, Nubbun tötest oder Gegenstände verkaufst, die du gefunden oder hergestellt hast. Es lohnt sich, viele Pyrops zu besitzen – was das angeht, unterscheidet sich Cronos kaum von der Realität, die wir kennen.«

Im Sekundentakt tauchten nun immer mehr Dinge auf: Verkaufsstände wie auf einem Markt; ein Stall, vor dem verschiedene Droschken standen; ein Anschlagbrett; und ein Springbrunnen, in dem eine hoch aufragende Figur stand, eine vollbusige Frau, die nichts trug als einen Mantel aus Vogelfedern und einen Hut aus Blättern und Ästen. Sie hielt wie eine Laterne ein Stundenglas vor sich, durch dessen dünnen Hals eine zähe lavarote Flüssigkeit tropfte, die ein warmes Licht auf das Wasser im Brunnen und Octavians Gesicht warf. Um sie herum standen drei Säulen aus Glas:

Zwei der Säulen waren zur Hälfte mit türkisblau leuchtendem Wasser gefüllt, die mittlere zu drei Vierteln mit einer grünen Substanz.

»Wie finde ich hier meinen Kumpel?«, fragte Zack.

»Ihr habt euch gar nicht verabredet?«

»Ging leider nicht.«

»Frag dich einfach durch. Wir wären dann fertig mit dem Intro. Geh am besten zuerst zur Mystagoge, um dich klassifizieren zu lassen. Hat mich gefreut. Achtung, wenn ich verschwinde, startet das Spiel.«

Warum warnte er ihn davor?

»Ich bin hier öfters privat unterwegs. Vielleicht sehen wir uns wieder.«

»Bis dann«, sagte Zack nervös.

Einmal geblinzelt und Octavian war fort – und die Halle erwachte zum Leben.

Mit einem Schlag war Zack Teil einer bunten lauten Kulisse, und wieder stand er wie zur Salzsäule erstarrt in der Halle, minutenlang mit nichts anderem beschäftigt, als sich umzusehen. Die Aufzüge flitzten in den Glasröhren auf und ab; das Luftschiff erhob sich mit surrenden Propellern und schwebte durch das gewaltige Loch hinaus; ein anderes kam ihm entgegen, landete und öffnete seine Türen, um Menschen auf die Rampe zu spülen. Am Springbrunnen saßen ein Junge mit einem Schwert und ein Mädchen mit sehr, sehr langen zu Zöpfen geflochtenen Haaren, die ins Wasser hingen. Eine Gruppe von Leuten unterhielt sich über die leuchtenden Säulen, die den Brunnen flankierten. Ganz in der Nähe debattierten zwei Jungen miteinander. Der eine hielt eine Phiole in der Hand, die mit einer roten Flüssigkeit gefüllt war.

»Zehntausend, mein letztes Angebot.«

»Das ist Wucher! Ich geb dir fünftausend, okay?«

»Zehn.«

»Du verkaufst das Zeug doch eh nie für den Preis!«

»Tja, dann musst du wohl zu Peter's Potion gehen.«

Ein messinggoldener Roboter lenkte Zacks Aufmerksamkeit auf sich: Er flitzte hinter den streitenden Jungen vorbei, hechtete zum Luftschiff und sprang hinein, wie jemand, der fast den Bus verpasst hätte.

»Wir können das Stück auch laufen. Das geht ins Geld, wenn wir jedes Mal den Luftbus nehmen«, sagte ein Mädchen zu einer anderen Spielerin.

»Aber da sind so viele Rauchlöwen. Gestern bin ich sogar von einem verbrannt worden.«

»Die kriegen wir schon platt. Die sehen nur stark aus, in Wirklichkeit sind sie schwach.«

»Das letzte Mal, ja? Ich habe noch einen Freiflug übrig, den kannst du haben.«

»Du bist ein Feigling. So wirst du nie besser ...«

Die Tür schloss sich hinter den Mädchen, eine Glocke läutete und das Luftschiff hob ab. Eine elektrische Anzeigetafel verkündete, der nächste Wolkenwal zum Hafen werde in fünf Minuten eintreffen.

Zack begann sich durch die Menge zu bewegen, ohne zu wissen wohin. Ständig flog sein Blick nach links oder rechts und blieb nie irgendwo lange hängen, weil wieder etwas Neues seine Aufmerksamkeit forderte. Die Markthändler boten Tonschalen voll Samen und Nüsse feil, Süßigkeiten in allen Formen und Farben, Bücher, die penetrant nach Keller rochen, Pflanzen, die miteinander schnatterten. Vor einem Questbedarfladen (Inhaber: Flavius von den Flüssen) saß in einem Käfig ein Pfau, der komplett aus mit blauer Tinte beschriebenem Papier gefaltet war. Der Pfau klapperte mit dem Schnabel und sagte: »Treten Sie ein – Feenbeeren – Grinnetók-Eier mit Aufzuchtanleitung – Tickets nach Wurzelheim – nur für kurze Zeit: Karminstoffe mit doppelten Statuswerten, sehr selten und begehrt – treten Sie ein!«

Daneben gab es einen Laden für Instrumente, Schildchen verliehen ihnen merkwürdige Namen: Laute des Hypnokaí – Thairién-Trommel – Glás-Geige – Gitarre des Saxen – Lusk-Lugo-Harmonium … Körbe waren vor dem Laden aufgebaut, in die eine kindgroße Gestalt handliche Zylinder einsortierte, die wie Bernstein leuchteten: »Sonderangebot – Harz des Ma'quoia – geeignet für Violinenbögen mit Bezug aus den Federfasern des Götterboten und Atziloths Garuda – zugreifen!« (Den letzten Satz las Zack dreimal, bevor er glaubte, ihn verstanden zu haben.) Die Gestalt stand auf und ging gemächlich in den Laden zurück. Zack sah sie nur kurz, aber lange genug, um zu erkennen, dass sie vor dem Gesicht eine glatte weiße Maske trug, mit großen schwarzen Rehaugen und einem Strichmund. Das musste ein Laubwicht sein.

»Hey, hast du Lust, mit in die Krone zu gehen?«

Ein hochgeschossenes Mädchen sprach ihn an. Sie trug ein schwarz-weißes Kleid, das mit einem Totenkopfmuster verziert war. In ihrem indigoblauen Stirnband steckten schwarze und violette Federn, jede so lang, dass ihre Enden den Boden berührten.

»Was?«, fragte er verwirrt.

»In die Krone«, wiederholte das Mädchen ungeduldig. »Wenn du mitmachst, sind wir vollzählig. Wir sollten uns beeilen, die Hälfte der Zeit ist schon um, aber wir können noch nicht los, weil uns ein Damage-Dealer ausgefallen ist, und du siehst wie einer aus, also –«

»Mann, Zia, das ist ein Anfänger, siehst du schlecht?«

Das war ein Mädchen in einem Kleid, das mit Rüschen überdekoriert war. Sie stand mit einem Jungen im schwarzen Mantel vor einer Tafel mit der Aufschrift »Partnerbörse«. Das Mädchen namens Zia stutzte und sah Zack zum ersten Mal genauer an. Sie seufzte enttäuscht.

»Ach, Mann«, sagte das Mädchen genervt. »Ich hab nicht gesehen, dass er noch Sandalen trägt.«

»Sandalen? Ich spreche mehr von seinem T-Shirt.«

»Hör auf zu meckern und suche jemanden, der mitgeht! – Hey, du da, bist du ein Shooter? Wir brauchen noch einen Damage-Dealer für die Finalquest, jetzt komm schon –« Das Mädchen ließ ihn stehen und rannte zu einem Jungen in schwarzer Armeekleidung, der jedoch jeden Blickkontakt vermied und sich eilig davonstahl.

Zack ging auf das Tor zu, das nach draußen führte. Er bemühte sich, die Nerven zu bewahren, obwohl er keinen Schimmer hatte, wie er in diesem Gewimmel Lachlan oder Emil finden sollte. Er sah noch mehr Laubwichte und war wie gebannt vom Anblick eines Flötenspielers, der tanzende Geister heraufbeschwor, umringt und gefeiert von Zuschauern.

»Hallo, Zachary.«

Ein Mann trat ihm in den Weg, so plötzlich und unmittelbar, dass Zack beinahe mit ihm zusammenstieß. Einen kurzen Augenblick lang standen sie sich dicht gegenüber, Nase an Nase, Auge in Auge. Zack wich zurück. Der Mann war so groß wie er, hatte kurze schwarze Haare, schmale Halbmondaugen und auffallende Segelohren.

Zack spürte, wie ihm das Herz sank. »Du«, sagte er kühl.

»Ich schätze, ich muss mich nicht noch einmal vorstellen – du weißt bereits, wer ich bin.« Der Mann hatte unüberhörbar Emils Stimme. Anders als im Park trug er diesmal keine Lederjacke, sondern einen schwarzen zugeknöpften Mantel, der an eine hüftlange Soutane erinnerte, nur aus dickem, unbiegsamem Stoff. »Schön, dass du es geschafft hast«, sagte Emil, als hätten sie sich auf einen Kaffee verabredet.

»Wo ist er?«, fragte Zack.

»Du hast gedacht, ich bringe ihn mit hierher?«

»Du hast gesagt, ich kann ihn sehen«, sagte Zack.

»Das wirst du auch. Aber vorher müssen wir uns unterhalten.« Er winkte ihn hinter sich her.

Wie in Trance folgte Zack ihm über den Platz. Worüber wollte Emil mit ihm sprechen? Sicher ging es um Lösegeld. Um Bares oder um Schmuck. Er entspannte sich ein wenig. Persy würde ihm alles geben, was Emil haben wollte, er musste sie nur einweihen. Andererseits: Wozu brauchte Emil ihn dann überhaupt? Er hätte auch einfach bei Persy anrufen können, wie ein normaler Entführer.

Während sich die Möglichkeiten in seinen Gedanken verästelten, verließen sie die Halle – den Baumstamm – durch ein Tor. Obwohl Zack durch das Loch für die Flugschiffe blauen Himmel gesehen hatte, war das Licht draußen dämmrig. Das lag daran, dass das Sonnenlicht nicht die geringste Chance hatte, durch die Masse an Laub über ihren Köpfen bis zum Boden vorzudringen; Octavian hatte nicht übertrieben mit seiner Behauptung, der Baum sei groß; er war so gigantisch, dass der Himmel aussah wie ein uferloser Teppich aus Blättern und Zweigen und Ästen. Sie streckten sich endlos in alle Richtungen, sodass Zack nicht sehen konnte, wo die Baumkrone aufhörte; ein beklemmendes Gefühl. Der Boden war mit weißen Steinen gepflastert, vom Tor weg führte eine Straße, die sich verzweigte und gabelte. Die Häuser, welche die Straße begleiteten, standen jedoch nicht auf dem Boden; sie schwebten über ihm. Zack gaffte sie an: Die Häuser waren allesamt eiförmig und drei oder vier Stockwerke hoch. Allmählich kapierte er, woher die Kokonstadt ihren Namen hatte.

Wendeltreppen stellten den Kontakt zwischen den Kokons und dem Boden her. Es gab ganz gewöhnliche Kokons mit leuchtenden Fenstern und bunten Türen mit Hausnummern und prachtvollere Kokons mit Arkaden oder Schaufenstern. Die meisten beherbergten Geschäfte, ein Hotel, Restaurants, kleine Einkaufszentren, Buchläden oder Ausstatter, deren Namen an Nasenschildern vor dem Eingang standen, von der Straße aus gut zu lesen. Sir-Ominous-Accessoires für Okkultisten. Stellas Instrumentezentrum. Gus & Gambler, die weltweit größte Sammlung von Präparaten zur vorübergehenden Verbesserung von Statuswerten. Halafaz – Bar für halluzinogene Drinks. Peter's Potion war eine bunte Bäckerei mit Muffins, Pralinen und neonfarbenen Phiolen in den Auslagen, daneben gab es Pierre & Lyrik, einen Buchladen, auf dessen staubigem Schaufenster stand: »Bibliothek der Steinernen Bücher: Mixturenlexikon, Enzyklopädie der Zeit, Questführer …« Das Geschäft Diamantweg stellte Schmuckstücke aus, Goldringe, prunkvolle Colliers, mit Rubinen besetzte Diademe und schwere Ketten mit eiförmigen, in Silber eingefassten Onyxen.

Zack hatte das Gefühl, keinen einzigen Atemzug zu tun, während sie tiefer ins Innere der Stadt eindrangen. Sie kamen in eine Straße, in der es so voll und laut war wie in der Grafton Street. Droschken rumpelten rücksichtslos an ihnen vorbei, sodass sie aus dem Weg springen mussten. Emil schritt mit einer Gelassenheit durch die Menge, die einiges über ihn und sein Verhältnis zu Cronos verriet. Es beunruhigte Zack, dass Lachlan in die Hände eines Mannes geraten war, der sich offenbar regelmäßig hier aufhielt, denn durch Persy wusste er genug, vielleicht alles über die Schattenseiten des Spiels.

Der Grund, weshalb Persy Cronos so sehr hasste, obwohl sie noch nie eine Stimulanzkappe in die Hand genommen hatte, waren die Terroristen. Persy verabscheute Terroristen leidenschaftlich, fast so, als hätte sie selbst einmal ein Familienmitglied in einem Anschlag verloren (was nicht der Fall war, Zack hätte davon gewusst), und Cronos, so sagte Persy, erleichterte ihnen erheblich die Arbeit. In letzter Zeit war in den Nachrichten oft, fast täglich, darüber berichtet worden, dass diese oder jene Attentäter sich im geschützten Raum der virtuellen Welt auf ihr Verbrechen vorbereitet hätten. In Cronos konnten sie Pläne schmieden, ohne dass eine Wanze es aufzeichnete oder eine Drohne sie verfolgte. Es gab auch keine Hochleistungsrechner, die ihre Bewegungs- und Sozialprofile mit ihrem Verhalten abglichen, um herauszufinden, ob sie verdächtige Freunde hatten oder sich in Lokalen trafen, die als Keimzellen von Terrorvereinigungen galten. Mit anderen Worten: Die Terroristen konnten in Cronos nach Belieben konspirieren, ohne dass die META davon Wind bekam.

Bis jetzt hatte Zack sich darunter nicht viel vorstellen können. Wie oder wo sollten sich die Terroristen in Cronos besprechen können? Gab es dort Zimmer? Im Grunde hatte er sich ganz Cronos nicht vorstellen können. Deshalb fühlte es sich immer noch wie ein Traum an, als er hinter Emil die Wendeltreppe eines Kokons hochstieg und in das warme, geräumige Foyer eines Gasthauses trat, das den Namen Ma'quoias Rast trug. Es roch nach gebratenem Fleisch aus einem Speiseraum zur Rechten; eine Tür weiter ging es in die Küche, dann kam eine Rezeption und ganz hinten noch eine Wendeltreppe, die ins Obergeschoss führte.

Emil hielt eine Kellnerin auf, die mit einer blauen Flasche und zwei Gläsern auf einen Tisch zuhielt, und flüsterte ihr etwas ins Ohr. Sie nickte und servierte den Wein, bevor sie Emil ein Zeichen gab und beide in einen Nebenraum führte, in dem sie unter sich waren. Emil schloss die Tür und bedeutete Zack, sich an den Kachelofen in einen der gemütlichen, geblümten Ohrensessel zu setzen. Zack dachte gar nicht daran; er rührte sich nicht vom Fleck, beobachtete Emil dabei, wie er zu einem Sessel ging und sich hineinfallen ließ. Durch das Fenster sah er einen Platz mit Springbrunnen. Das Blätterdach war an dieser Stelle durchlässiger und der Platz von tanzenden Sonnenflecken gesprenkelt.

Emil spielte weiter sein perfides Spiel, sagte nichts, sah ihn nur erwartungsvoll an, als wäre in Wirklichkeit er, Zack, es gewesen, der ihn herbestellt hätte.

»Wie geht es Lachlan?«, fragte Zack nervös.

Emil gab sich freundlich. »Er ist nicht sonderlich zufrieden mit seiner Situation, hat sich aber damit abgefunden.«

»Hast du ihm wehgetan?«

»Ich nicht.«

»Jemand anderes?«

Emil zuckte mit den Achseln. »Schon mal deine Hände durch ein Paar Handschellen gezwängt?«

Ein unbändiger Hass blähte sich in Zack auf. »Warum hast du ihn entführt?«

»Entführen lassen«, korrigierte Emil. Er nahm die Kanne vom Tisch und goss sich eine hellblaue Flüssigkeit ein, die im Glas eine geleeartige Konsistenz annahm.

»Wenn du Geld willst, dann ruf seine Eltern an. Sie geben dir alles, was du haben willst.«

»Ich will kein Geld.«

»Du entführst den Sohn stinkreicher Menschen, aber du willst kein Geld«, stieß Zack hervor.

»Richtig. Lachlan ist nur ein Argument. Ein Druckmittel. Meine Weise, dich zu überreden.«

»Wozu?«

»Zu einem kleinen, unbedeutenden Diebstahl. Und zwar im Hause Abercromby.«

»Also willst du doch Geld«, erwiderte Zack, ehe ihm klar wurde, dass er Unsinn redete. Das Letzte, was bei den Abercrombys in der Schublade lag, war Geld.

»Es geht um Oliver Abercromby. Etwas, das sich nicht nur in seinem Besitz befindet – sondern das er erschaffen hat. Um eine Software.«

Oliver war Programmierer, fiel es Zack ein.

»Abercromby verbringt seine ganze Freizeit in einem Büro im Keller der Villa. Er hat gewisse Talente.«

»Woher weißt du das so genau?«

»Unwichtig.«

Zack schluckte. »Ich soll also in Mr. Abercrombys Büro gehen und eine Software stehlen.«

»Fast richtig. Du stiehlst den Datenträger. Du wirst da unten irgendetwas finden, das er benutzt. Einen Computer. Ein Notebook. Ein Tablet.« Er nippte wieder an seinem Drink, als wäre dies eine nette Unterhaltung unter Freunden. »Sagen wir, es ist ein Notebook. Das würde zu Abercromby passen, er steht doch auf dieses alte Zeug, nicht wahr? Auf diesem Notebook liegt die Software, die ich haben will. Abercromby hat sie Erion genannt – leicht zu finden. Wenn ich sie bekomme, lasse ich Lachlan frei. Ganz einfach.«

»Oliver hat ein Notebook, aber das ist bestimmt mit einem Passwort gesichert.«

»Du denkst mit«, sagte Emil. »Du wirst das Notebook stehlen und an den Cube anschließen. Das Kabel, das du dazu brauchst, liegt in dem Karton. Wenn du dich einloggst, findest du in deinem Inventar eine Karte, auf der eine Schatztruhe abgebildet ist. Diese Karte, mein Freund, ist der Schlüssel zu Lachlans Freiheit.«

»Lachlans Dad würde dir die Software auch freiwillig geben«, sagte Zack durch zusammengebissene Zähne. »Also warum sollte ich sie stehlen?«

Emil lächelte grimmig. »Würde er?«

»Ich glaube, du unterschätzt Lachlan und seinen Dad.«

»Unterschätzen? Inwiefern?« Er stand auf.

»Sie mögen sich zwar nicht sonderlich, aber Mr. Abercromby würde nie eine Software zurückhalten, wenn er dadurch seinen Sohn retten könnte.«

Doch das Grinsen in Emils Gesicht verunsicherte ihn. Vielleicht war es gar nicht das schlechte Verhältnis zwischen Lachlan und Oliver, weshalb Emil so ein Geheimnis um diese Software machte. Was wusste Emil, was er nicht wusste? Wieso sollte Oliver nicht bereit sein, eine Software gegen seinen einzigen Sohn einzutauschen?

»Er würde also keiner Software höhere Bedeutung beimessen als seinem Sohn?«

»Nein.« Die Vorstellung war absurd.

»Du würdest dich wundern.«

»Er wird mir die Software freiwillig –«

Es geschah ohne Vorwarnung: Emil zerschmetterte das Glas auf dem Boden. Glassplitter flogen in alle Richtungen, breiteten ein glitzerndes Tuch über den Teppich. Das hellblaue Zeug, das er getrunken hatte, bildete feste Kügelchen, die wie Murmeln zwischen die Scherben rollten.

»Er würde dich eher töten«, sagte Emil leise. Auf knirschendem Glas kam er auf ihn zu.

Zacks Puls klopfte.

»Mir ist egal, ob du das kapierst oder nicht. Ein Wort zu ihm oder irgendjemandem über die Sache und ich mache Lachlan kalt.« Er stand so dicht vor ihm, dass Zack jedes Wort als Luftzug auf seinem Gesicht spürte.

Er nickte. Ein Kraftakt.

»Gut«, sagte Emil. »Du hast heute Nacht Zeit. Lass dich nicht erwischen – du hast nur diese eine Chance.«

Zack wich vor ihm zurück. Er hatte noch nie in seinem Leben so viel Hass empfunden.

»Und jetzt sag dein Safeword und verpiss dich«, sagte Emil.

Zack ließ sich nicht zweimal bitten. Er flüsterte den Namen seiner Mutter, worauf sich der Teppichboden auftat, ihm der Magen in die Brust sprang und er in die Tiefe stürzte. Er flog durch Feuerringe, und Blitze durchzuckten die Dunkelheit. Alles ging ganz schnell: In der nächsten Sekunde spürte er die unbequeme Pritsche unter dem Rücken, auf der er im Wohnsilo jeden Tag aufwachte. Sobald er sich wieder rühren konnte, presste er die Hände auf das Gesicht und trug einen stillen Kampf gegen die Tränen aus.

Das Handy zeigte kurz vor acht Uhr an, Persy hatte zweimal angerufen. Er drückte die Rückruftaste, während er den Rucksack öffnete, um den Cronos Cube einzupacken. Er durfte sich ihr gegenüber nichts anmerken lassen, er würde ihr einfach sagen, dass er nur ein bisschen Schlaf nachgeholt hätte.

Persy hob nach dem dritten Freizeichen ab.

»Zachary, wo steckst du denn nur?«

»Entschuldigen Sie, Mrs. Abercromby. Ich bin noch im Wo... – ich – ich bin noch zu Hause.« Fast hätte er Wohnsilo gesagt. Das hätte ihm gerade noch gefehlt: dass sich Persy darüber den Kopf zerbrach, dass er in ein Wohnsilo gezogen war und es ihr verheimlicht hatte.

»Du bist schon ziemlich lange weg. Wir haben angefangen, uns Sorgen zu machen.«

Wir. Der Gedanke an Oliver zwirbelte Zack den Magen. Er hatte es schon immer seltsam gefunden, dass sich Lachlans Vater in den Keller zurückzog, um seinem Hobby nachzugehen, zumal er niemanden in das Büro hineinließ, in dem er fast seine ganze Freizeit verbrachte. Was war das für eine Software, die er angeblich da unten programmierte? Wieso nannte er sie Erion?

»Ich musste ein bisschen schlafen. Ich lag doch die ganze Nacht im Park, wissen Sie noch.«

»Das verstehe ich natürlich.« Aber sie hörte sich an, als wäre es ihr ein Rätsel, wie er schlafen konnte, während sein bester Freund vermisst wurde. Dabei war sie es doch gewesen, die vorhin E-Mails beantwortet und geschäftliche Telefonate geführt hatte, als wäre nichts passiert.

»Ich fahre jetzt zu Ihnen«, antwortete er und bemühte sich, einigermaßen gefasst zu klingen. Seine Zunge fühlte sich immer noch ganz pelzig an, er musste sich jedes Wort von ihr erkämpfen. Vielleicht sollte er froh sein, wenn sie nicht glaubte, dass er Drogen genommen hatte. Aus irgendeinem Grund war er nicht mehr so wütend auf sie wie noch gestern Abend, und er hatte auch den Eindruck, dass sie ihm keine Vorwürfe mehr machte.

»Ich hole dich ab«, sagte Persy unvermittelt. »Du musst mir nur deine Adresse sagen.«

»Nein! Nein, ist schon gut, Mrs. Abercromby. Ich fahre mit dem Bus. Bin schon fast an der Haltestelle.«

»Gut, dann bis gleich.«

Zack nahm wie betäubt seinen Rucksack, in den er den Cube, die Blauen Pillen und ein paar frische Klamotten gestopft hatte. Dazu die gute Hose, das blaue Hemd und die gestreifte Krawatte, obwohl er gar nicht wusste, ob er morgen zur Arbeit gehen würde. Er sollte Mr. Maddox anrufen und ihn über die Lage aufklären ... ihm sagen, dass er morgen nicht arbeiten konnte ... aber nach kurzem Zögern steckte er das Handy wieder ein. Später.

Zack stieg in Chapelizod aus dem Bus und eilte angespannt durch den Park. Drohend ragte Phoenix Manor vor ihm in den Himmel auf, an dem die Wolken unnatürlich schnell vorüberzogen: Zack dachte, dass die Villa nie wieder zu dem werden würde, was er bisher in ihr gesehen hatte – eine Trutzburg. Er betrat den Garten, wo er zwischen den Apfelbäumen eine Polizistin bemerkte, die in ihr Funkgerät sprach. Sie nickte ihm zu und Zack vermutete, dass sie seine Ankunft bei Detective O'Connor angekündigt hatte. Er schloss die Tür auf.

Eine laute Stimme im Wohnzimmer ... Persy. Zack zog sich die Schuhe aus und durchquerte die Eingangshalle, bis er die Tür zum Wohnzimmer erreichte. Persy und Oliver standen sich gegenüber: Persy hatte die Hände in die Hüften gestemmt und schimpfte auf ihn ein. »Wann hast du dich das letzte Mal mit ihm unterhalten? Du hast doch keine Ahnung von seinem Leben, von unser aller Leben nicht! Und warum? Weil du den ganzen Tag in deinem Keller sitzt! Wieso hast du überhaupt Geheimnisse vor uns?«

»Das wurmt dich, nicht wahr?«, sagte Oliver ruhig. »Nicht über alles Bescheid zu wissen, nicht alles unter Kontrolle zu haben. Schreckliches Gefühl ...«

»Was soll das denn heißen? Du glaubst, ich würde ihn benutzen? Unseren Sohn benutzen?«

»Um herauszukriegen, was ich da unten mache? Ja. Ohne mit der Wimper zu zucken«, entgegnete Oliver. »Du meinst, du weißt mehr über sein Leben als ich?«

»Aber natürlich!«, höhnte Persy. »Das ist keine Kunst. Du bist ein jämmerlicher Vater, sieh dich an!«

»Ja ... natürlich.« Er ging aus dem Zimmer, knapp an Zack vorbei, der aus dem Weg sprang.

»Eine hervorragende Idee, geh nur zurück in deinen Keller, um so zu tun, als ginge dich das alles nichts an!«, rief Persy ihm hysterisch hinterher. Sie war viel zu wütend, um sich daran zu stören, dass der peinlich berührte O'Connor und eine dunkelhaarige Frau, die Zack noch nie gesehen hatte, miterlebten, wie sie die Beherrschung verlor. Außerdem bemerkte sie ihn nicht oder tat zumindest so.

»Möchten Sie noch Tee, Mr. O'Connor?«, fragte Persy unvermittelt den Detective, der sichtlich erschrak, weil er so plötzlich von ihr angesprochen wurde.

»Nein, vielen Dank.«

»Jetzt trinken Sie schon Ihren Tee!«, fauchte Persy.

O'Connor zuckte zusammen und nahm hastig die Tasse entgegen, in die Persy mit so viel Schwung Tee eingoss, dass ein paar heiße Spritzer auf seiner Hand landeten. Er lief rot an, sagte aber kein Wort. Erst jetzt bemerkte sie Zack an der Tür.

»Zachary, Schatz«, sagte sie sanft. O'Connor, froh darüber, dass sie ein neues Opfer gefunden hatte, stellte die Tasse ab und stahl sich davon, um zu telefonieren.

»'Tschuldigen Sie, dass das so lange gedauert hat.«

»Ist schon okay. Komm, gehen wir nach oben. Ich mach dir dein Bett«, flötete sie.

»Danke, Mrs. Abercromby, aber ich kann das allein.«

»Keine Widerrede«, sagte sie in einem Ton, der tatsächlich keine Widerrede zuließ.

Sie stiegen die Treppe hoch. Zack musste sich erst wieder darüber klar werden, dass Lachlans Zimmer leer war; wenn er an der Tür klopfte, würde ihm keiner antworten, und wenn er eintrat, würde kein mit Red Rebel vollgepumpter Lachlan am Schreibtisch sitzen. Der Gedanke machte ihm bewusst, wie sehr er Lachlan vermisste. Wie ein Mantel aus Blei legte sich die Einsamkeit auf ihn. Und wenn Lachlan nie wieder nach Phoenix Manor zurückkehrte? Ein leeres Zimmer. Jahr um Jahr würde er vor dieser Tür stehen und sich fragen, wieso er nur zugelassen hatte, dass Lachlan allein in den Park gegangen war. Das würde er nicht verkraften.

Zacks altes Zimmer roch ein wenig muffig, weil es nicht mehr täglich gelüftet wurde, seit er ausgezogen war. Kühle, nach süßem Regen duftende Luft drang ins Zimmer, als

Persy die Vorhänge zur Seite schob und das Fenster aufriss. Zack zog die Decke und das Kissen unter dem Bett hervor, beides hatte Persy ordentlich in eine Plastiktasche mit Reißverschluss gesteckt. Sie holte aus der Wäschekammer Überzüge aus weichem Flanell; Zack wollte ihr zur Hand gehen, aber sie schob ihn energisch beiseite. Mit schlechtem Gewissen sah er ihr dabei zu, wie sie das Bett herrichtete.

»Entschuldigung, dass ich die Poster immer noch nicht abgehängt habe«, sagte Zack mit Blick auf die mit Plakaten zugeklebten Wände. Er hatte sie vor etwa einem Jahr aufgehängt, dunkle Hochglanzposter von den Freaking Picks und Sci-Fi-Filmen, die er sich von seinem Taschengeld gekauft hatte. Er schämte sich dafür, dass er Persys Geld für so einen Unsinn ausgegeben hatte, obwohl einem Teil von ihm natürlich klar war, dass sie das kaum gejuckt hatte.

»Du kannst dir Zeit lassen«, sagte Persy. Sie faltete die Bettdecke und klopfte das Kissen zurecht. »Leg doch deine Klamotten in den Schrank.«

»Ich hab nicht viel dabei.«

Er zog die gute Hose und das blaue Hemd heraus. Hoffentlich bemerkte sie den Cube im Rucksack nicht.

»Oh, die muss ich bügeln«, sagte Persy und entriss ihm die Sachen, bevor er den Mund aufmachen konnte. »Noch etwas?« Sie lehnte sich vor und linste in den Rucksack.

»Nein, Mrs. Abercromby«, sagte Zack hastig und zog den Rucksack von ihr weg.

»Du hast doch da bestimmt noch ein paar T-Shirts.«

»Die sind völlig in Ordnung, wirklich.«

»Aber da, wo du jetzt wohnst, hast du doch keine Möglichkeit, zu bügeln«, sagte sie.

»Nein, aber …«

Er unterbrach sich und sah sie wachsam an. War es ihm nur so vorgekommen, oder hatte sie gerade ganz bewusst eine Anspielung auf das Wohnsilo gemacht? Konnte nicht sein. Sie wusste ja nichts davon – wenn Lachlan ihr nichts erzählt hatte. Möglich wäre es … wenn Lachlan darauf gehofft hatte, dass sie ihn zurückholte …

Zack wartete ab, Persy schien dasselbe zu tun.

»Wieso bist du denn nur da hingezogen?«, fragte Persy.

»Wohin?«, fragte er vorsichtig.

»Na, nach Kilmainham, in eines dieser grässlichen Häuser. Da ist es doch nicht schön, oder?«

Zack wusste nicht, was er sagen sollte. Er fühlte sich an die Wand gestellt.

»Hat Lachlan Ihnen das gepetzt?«

»Nein. Aber mir war klar, dass er es weiß.«

Zack war erleichtert, dass Lachlan dichtgehalten hatte. Aber wer hatte dann geplaudert?

»Als du weg warst, wollte Detective O'Connor, dass dein Handy geortet wird. Er sagte, er müsse ausschließen, dass du etwas mit der Sache zu tun hast. Die haben natürlich deine Adresse, und als sie feststellten, dass du in der Notunterkunft in Kilmainham bist, da war für O'Connor alles in Ordnung. Er sagte, dass du zu Hause wärst.«

»Und dann haben Sie gefragt, wo das ist«, sagte Zack.

»Du kannst mir deswegen wirklich nicht böse sein.«

Sicher wäre es vernünftiger gewesen, ihr die Neugierde

zuzugestehen, aber Zack war viel zu zornig dazu. »Sie hätten mich auch fragen können«, sagte er.

»Das habe ich, immer und immer wieder.«

Das stimmte, und er war ihr immer ausgewichen. Aber das hatte seine Gründe gehabt.

»Warum wolltest du nicht, dass ich es weiß?«

Er schwieg mit zusammengekniffenen Lippen.

»War es dir peinlich?«

»Nein«, sagte er angriffslustig.

»Lass uns nicht auch noch streiten, Zachary.«

»Das ist allein meine Sache, wissen Sie?«, rief Zack.

Sie schüttelte den Kopf. »Nein, Zachary, das ist nicht allein deine Sache.«

»Doch! Das ist mein Leben und mein Geld, und ich hab beschlossen, dass ich da wohne!«

»Nicht in diesem Ton, Zachary«, sagte Persy streng.

»Ich bin erwachsen!«, rief Zack.

»Das sehe ich.«

Sie nahm das Hemd und die Hose, ging aus dem Zimmer und schloss in aller Ruhe die Tür hinter sich. Zack wollte schreien. Er packte seinen Rucksack und schwang ihn sich über die Schulter, ohne ihn zu schließen; er würde nach Hause fahren, war ihm doch egal, was sie –

Er sank aufs Bett und stierte vor sich hin. Natürlich konnte er nicht nach Hause fahren. Was für ein Idiot war er eigentlich? Fing Streit mit Persy an, die sich nur Sorgen um ihn machte. Aber warum begriff sie denn nicht, dass es ihn so sehr belastet hatte, hier wie ein Schmarotzer zu leben? Er hasste sich so für sein Verhalten. Aber sie war doch selbst schuld. Jetzt musste sie sich nicht nur mit der Tatsache auseinandersetzen, dass Lachlan entführt worden war und ihre Ehe seit Jahren erodierte, sondern auch noch mit ihm. Und er hatte sie angeredet, als wäre sie nicht die Frau, die ihn durchgefüttert und ihm diese verdammten Poster gezahlt hatte. Er stellte sich vor, wie er sie von den Wänden riss.

Zack blieb auf dem Bett sitzen, schwer wie Blei, und spürte, wie seine Wut langsam abklang. Was war nur in ihn gefahren? Gut, sie wusste Bescheid. Sie hatte auch das Recht, es zu wissen. Wenn jemand das Recht hatte, dann sie. Das war kein Grund, überhaupt kein Grund, auszurasten und zu vergessen, in was für einer abscheulichen Situation sie alle steckten. Er musste nach unten gehen und sich entschuldigen.

Es war, als hinge ihm ein Sack voll Steine vor der Brust, als er sich vom Bett erhob und zur Tür ging. Kurz vor dem Ziel änderte er seinen Kurs, sammelte den Rucksack auf und versteckte den Cronos Cube unter dem Bett. Persy bekam ihn besser nicht zu sehen. Es würde so wirken, als hätte er sich etwas zum Spielen mitgebracht – ausgerechnet jetzt. Er ging ein paar Schritte rückwärts, um zu testen, ob der Cube unter dem Bett zu sehen war, stellte fest, dass das nicht der Fall war, und ging nach draußen. Er stieg die Treppe hinunter und ging ins Wohnzimmer.

Persy lächelte ahnungsvoll, als sie ihn sah. Zack ging zu ihr, mit einem skeptischen Blick auf die dunkelhaarige Frau, die neben Persy saß. Zack wollte nicht, dass sie dabei war, wenn er sich entschuldigte, aber es war ihm auch peinlich, als die Frau aufstand und sich davonstahl.

»Tut mir leid«, sagte er zu Persy.

»Ist schon gut, Zachary.«

»Ich wollte nur selbständig werden.«

»Wir reden darüber, wenn Lachlan wieder da ist.«

Persy betrachtete ihn wie eine Mutter, die sich darüber wunderte, wie groß ihr Kind geworden war. »Die Entführer haben sich noch nicht gemeldet«, informierte sie ihn.

»Haben sie im Park etwas gefunden?«

Persy zuckte mit den Achseln und sah zu O'Connor, der mit der dunkelhaarigen Frau redete.

»Wer ist das?«, fragte Zack.

»Das ist eine Psychologin«, sagte Persy. »Ich habe O'Connor gesagt, dass ich sie hier nicht haben will, aber sie hat darauf bestanden zu bleiben. Sie nervt mich.« Es war ungewöhnlich für sie, so etwas offen zuzugeben.

»Wie heißt sie?«, fragte Zack.

»Habe ich mir nicht gemerkt.« Sie zeigte ihr Raubkatzengrinsen. »Ihre erste Frage war, wie viel Alkohol in der Familie getrunken wird. Da hab ich mir gleich ein Glas Gallagher geholt.«

O'Connor und die dunkelhaarige Frau kamen zu ihnen.

»Rauchen Sie, Zachary?«, fragte O'Connor.

»Nein.«

»Dann leisten Sie mir doch trotzdem Gesellschaft.« Der Detective machte eine Kopfbewegung in Richtung Terrassentür. Zack hatte nicht die geringste Lust, dachte aber, dass er kaum eine Option hatte.

Hinter sich hörte er die Psychologin fragen: »Persephone, streiten Sie oft mit Ihrem Mann?«

Es war eigentlich zu kühl, um sich lange ohne Jacke auf

der Terrasse aufzuhalten. Detective O'Connor zündete sich eine Zigarette an.

»Denken Sie, ich hab was mit der Entführung zu tun?«, fragte Zack geradeheraus.

»Ich unterstelle Ihnen nichts«, sagte O'Connor. Er ging ein paar Schritte, um ihn nicht mit dem Zigarettenrauch zu belästigen. »Sie haben eine Weile bei den Abercrombys gelebt, richtig?«

»Ja, fünf Jahre.« Das müsste alles in meiner Akte stehen, dachte Zack.

»Wie kam es dazu?«

»Meine Mutter ist abgehauen, als ich vierzehn war.«

»Wow. Das ist hart.«

Zack musterte O'Connor. Der Hemdärmel der Hand, mit der er die Zigarette zum Mund führte, war nach unten gerutscht, sodass Zack ein neongrünes Festivalarmband sehen konnte. Er las die Aufschrift. »Metal?«, fragte er.

O'Connor sah ihn fragend an. Zack zeigte auf das leuchtende Armband. »Oh, ganz vergessen«, sagte O'Connor und fummelte an dem Bändchen herum. Es war offenbar mit Folie verstärkt, denn er bekam es nicht ab.

»Darf ich?«, fragte Zack.

O'Connor wechselte die Zigarette in die andere Hand und hielt sie möglichst weit weg, während Zack einen Schlüsselbund aus der Hosentasche zog, an dem ein Schweizer Taschenmesser hing. Er suchte zwischen dem Messer, einer Säge, einem winzigen Kugelschreiber (den er selten benutzte) und einem Schraubendreher nach einer Schere, mit der er das Band zerschnitt. Er gab es dem Detective.

»Sie sind gut vorbereitet«, sagte O'Connor.

»Man kann nie wissen, oder?« Zack klappte die Schere ein und steckte den Schlüsselbund wieder ein.

»Solche Messer sieht man heute selten.«

»So wie Polizisten, die auf Metalfestivals gehen.«

»Sie unterschätzen meine Zunft«, sagte O'Connor mit gespielter Gekränktheit. »Aber im Großen und Ganzen haben Sie wohl recht. Dabei war es echt ein irres Fest! Ich konnte leider nur von Freitag auf Samstag da sein.« O'Connor stopfte das Bändchen in die Hosentasche. Zack fand ihn auf einmal ziemlich sympathisch. »Was hören Sie so?«

»Ich mag die Freaking Picks. Das ist Industrial«, sagte Zack, »so eine Art elektronische Musik – ziemlich hart, mag nicht jeder.«

»Ich auch nicht – nicht diese Art von hart«, sagte O'Connor. »Hört Lachlan das auch?«

»Ja.« Zack bemerkte den eleganten Bogen, den O'Connor mit dieser Frage geschlagen hatte.

»Schon erstaunlich. Sie sagen, Sie haben fünf Jahre lang bei den Abercrombys gelebt?«

»Das stimmt.«

»Persy sagte mir, Sie seien schon seit der Vorschule mit Lachlan befreundet.«

»Ja. Unsere Eltern haben das auch gefördert. Meine Mum hat mich ein Jahr später eingeschult, obwohl ich eigentlich schon mit sechs bereit gewesen wäre.«

»Wirklich?«

»Aus praktischen Gründen. Mum kam oft spät von der Arbeit. Ich war immer der letzte in der Vorschule, der abgeholt wurde. Das fiel den Abercrombys irgendwann auf, sie redeten mit Mum und fingen an, mich abends hin und wieder mit zu sich nach Hause zu nehmen.«

»Ihre Mutter hatte nichts dagegen?«

»Oh, ganz im Gegenteil. Wir hatten nie viel Geld. Für sie war das wie eine Einladung vom Präsidenten, dass ich Kontakt zu den Abercrombys hatte.«

O'Connor nickte.

»Und deshalb kamen Lachlan und ich in dieselbe Schule, und natürlich in dieselbe Klasse. Sein Dad wollte, dass er eine normale Schule besucht, und eine normale Vorschule. Sie hätten sich was Privates leisten können, aber Mr. Abercromby war dagegen. Keine Ahnung wieso.«

»Erstaunlich«, sagte O'Connor erneut. »Ich meine, Sie kennen sich schon so lange, haben zusammengelebt – geht man sich da nicht irgendwann auf die Nerven?«

Zack wollte einen Witz reißen und behaupten, ein Zusammenleben mit Lachlan sei schlimmer als die Pest. Das unausgesprochene Wort blieb ihm im Hals stecken, als er in letzter Sekunde begriff, dass O'Connor ihm eine Fangfrage gestellt hatte. Es ernüchterte ihn; für einen Moment hatte er gedacht, dass sie sich gut verstanden.

»Überhaupt nicht«, sagte er ernst.

»Sie haben nie gestritten?«

»Natürlich streitet man sich manchmal.«

»Weswegen?«

Zack dachte nach. »Diese Energydrinks sind so ein Thema. Red Rebel. Wissen Sie, er säuft sie den ganzen Tag.«

»Das stört Sie?«

»Ich mache mir Sorgen. Mrs. Abercromby auch«, rechtfertigte er sich. »Das Zeug ist nicht gut für die Gesundheit und das Herz, das weiß doch jeder, oder?«

»Ja, diese Dinger sind die reinste Chemie«, sagte O'Connor. »Ich trinke sie auch manchmal, dabei ist es doch nur Einbildung, dass sie wirken.«

»Ja, das denke ich auch.«

»Wie verdienen Sie Ihren Lebensunterhalt, seit Sie hier ausgezogen sind?«

»Ich jobbe als Türsteher.«

»Keine Ausbildung?«

Zack zögerte, fand aber nichts Verfängliches daran, es ihm zu erzählen. »Ich will auf die SAP.«

»Die Personenschutz-Akademie?«

»Ja.«

»Ehrgeizig. Aber dazu müssen Sie empfohlen werden, und zwar von einem Absolventen.«

»Ich weiß. Mein Chef ist einer.«

»Ihr Chef? Das wussten Sie aber noch nicht, als Sie sich um den Job beworben haben«, sagte O'Connor findig.

»Nein.«

»Also warum haben Sie sich um den Job beworben, anstatt aufs College zu gehen? Durch die Abercrombys hätten Sie sicher einen guten Platz bekommen.«

Zack fragte sich, ob O'Connor ihm wegen seiner miserablen finanziellen Situation die Mitschuld an der Entführung andichten wollte. Dass er Geld gut gebrauchen konnte, war schließlich nicht von der Hand zu weisen.

»Ich wollte hier ausziehen«, sagte er.

»Warum? Hier ging es Ihnen doch gut, oder?«

»Ich wollte Mrs. und Mr. Abercromby nicht mehr auf der Tasche liegen. Ich bin neunzehn und mit der Schule fertig, also warum hätte ich noch hier bleiben sollen?«

»Sie wollten der Milliardärin Persy Abercromby nicht auf der Tasche liegen?« O'Connor musterte ihn von Kopf bis Fuß, offenbar ohne eine Antwort zu erwarten, und nahm einen letzten genüsslichen Zug von der Zigarette, als das Handy in seiner Hosentasche vibrierte. Er hob ab.

»Ja?«

Zack fragte sich, was unhöflicher wäre: das Telefonat zu belauschen oder zurück ins Haus zu gehen, bevor O'Connor das Gespräch offiziell beendet hatte.

»Ein Buch. Was noch?«, fragte O'Connor ins Handy.

Was meinte er? Ein Buch?

»Sonst nichts?«, fragte O'Connor unzufrieden.

Zack begriff und sein Herz begann zu pochen. Das war der Anruf von der Spurensicherung. Hatten sie die Drohne gefunden? Er sah O'Connor forschend ins Gesicht. Der Ermittler drehte sich um. »Scanne es und schick's mir. Danke, Finny. Wie geht es deiner Familie? … Das ist schön. Grüße Jennifer von mir. Tut mir leid wegen Derry.«

O'Connor legte auf und drehte sich wieder zu ihm um. Zack brannte die Frage auf den Lippen, was seine Kollegen gefunden hatten. Die Drohne?

»Sie haben ein Notizbuch entdeckt«, sagte O'Connor.

Zack starrte ihn betroffen an. Ein Notizbuch … seins?

»Wissen Sie was darüber?«

Zack tastete seine hintere Hosentasche ab und atmete auf.

Es war noch da. Er holte das Notizbuch heraus, das er in der Henry Street gekauft hatte.

»Meins ist es offenbar nicht.«

Und selbst wenn, O'Connor wusste ja schon längst, dass er im Park gewesen war. Vielleicht gehörte das Buch auch nur irgendeinem Spaziergänger.

»Darf ich mal sehen?«, fragte O'Connor und hielt die Hand auf. Zack wurde klar, dass er in eine von O'Connors Fallen getappt war. Er hätte einfach nur »Aha« sagen sollen, mehr nicht. Widerstrebend überließ er O'Connor das Notizbuch, während er im Kopf durchging, was er schon hineingeschrieben hatte. Die Notizen zu den War Memorial Gardens … ein paar Beobachtungen … nichts, woraus man ihm einen Strick drehen könnte. Während O'Connor durch die Seiten blätterte und über die Zeilen las, suchte Zack nach einer Möglichkeit, geschickt herauszufinden, ob sie die Drohne entdeckt hatten oder nicht. Dann ließ er es doch bleiben; sicher wäre O'Connor ihm auf die Schliche gekommen.

»Sie besitzen ein Schweizer Taschenmesser und benutzen ein analoges Notizbuch«, sagte O'Connor, »Sie sind wirklich ein ungewöhnlicher Mensch, Zachary.«

Die Terrassentür flog auf.

»Cosimo«, flüsterte die Psychologin hektisch, »schnell, der Entführer hat bei Persy angerufen!«

»Wusste ich es doch«, sagte O'Connor.

Sie eilten zurück ins Wohnzimmer, wo Persy kerzengerade auf dem Sofa saß, fast verschwindend zwischen so viel Leder. Sie presste sich das Handy ans Ohr.

O'Connor nahm lautlos den Kopfhörer vom Tisch und setzte ihn sich auf.

»Wo haben Sie meinen Sohn hingebracht?«, fragte Persy mit bewundernswert ruhiger Stimme. Zack strengte sich an, in der Stille etwas zu verstehen, aber alles, was er hörte, war das Ticken der Wanduhr. »Ich will hören, dass es ihm gut geht. Bitte lassen Sie mich mit ihm sprechen.«

O'Connor nickte ihr zu. Zack starrte Persy an ... War es Emil, den sie da am Ohr hatte? Wieso rief er an?

»Was soll das heißen, ich kann nicht mit ihm –« Persy verstummte und lauschte. »Dann wecken Sie ihn auf«, herrschte sie den Anrufer an. Unruhig ging Zack auf und ab; es wäre ihm lieber gewesen, Persy hätte einen freundlicheren Ton angeschlagen. »Sie bekommen Ihr Lösegeld, wenn Sie mir bewiesen haben, dass es meinem Sohn gut geht.«

O'Connor streifte sich den Kopfhörer vom linken Ohr und hielt sich das Handy dran.

»Verstehe«, flüsterte er kurz darauf. »Fahrt hin.«

»Ja. Schicken Sie mir das Bild«, sagte Persy.

Fast zeitgleich leuchtete das Display ihres Handys auf. Mit ruhiger Hand öffnete sie die eingegangene Nachricht. O'Connor lehnte sich vor und Zack lief zum Sofa, um es auch zu sehen. Das Bild zeigte Lachlan, in der Kleidung, in der er verschwunden war. Er lag auf einem Gitterbett, mit Handschellen ans Kopfende gefesselt und bewusstlos.

Persy zeigte nicht die kleinste Reaktion, nahm das Foto zur Kenntnis wie eine betriebsinterne Mitteilung und hob das Handy ans Ohr. »Sie kriegen das Lösegeld.«

Stille.

Ohne Vorwarnung legte Persy auf. »Er meldet sich wieder«, erklärte sie den anderen.

»Bewahren Sie Ruhe, Persephone, wir sind alle nervös«, sagte die Psychologin, die im Gegensatz zu Persy offenbar am Rande einer Panik war.

»Wie viel wollen sie?«, fragte Zack.

»Fünfzig Millionen«, sagte Persy.

»*Was?*«

O'Connor telefonierte schon wieder.

»Sie sagen, sie orientieren sich an unserem wahrscheinlichen Jahresumsatz.« Persy lachte auf.

O'Connor legte auf. Er wirkte entschlossen.

»Wir haben es geschafft, die Funkzelle zu lokalisieren, von der aus der Täter angerufen hat. Ein Team ist losgefahren, um ihn einzukesseln. Wir haben die Signatur gleich nach dem Anruf verloren. Offenbar hat er das Handy ausgeschaltet. Hoffen wir, dass wir ihn trotzdem finden.«

»Aber laut Zachary sind die doch zu zweit«, sagte Persy abschätzig. »Wenn Sie einen von ihnen schnappen, tut der andere meinem Sohn vielleicht etwas an.«

»Das ist uns klar«, erwiderte O'Connor ungeduldig. »Wir verfolgen ihn, aber da er umsichtig genug war, das Handy nach dem Telefonat auszuschalten, gehe ich davon aus, dass er auch intelligent genug ist, jetzt in eine andere Funkzelle zu fahren. Möglicherweise ist das der Ort, an dem die Ihren Sohn festhalten, Mrs. Abercromby.«

Zack fragte sich, wer von den drei Männern bei Persy angerufen hatte. Der Mann mit den Cowboystiefeln oder der mit dem Al-Capone-Hut? Da Emil das Gehirn der Gruppe war, hatte er die beiden Idioten sicher gut instruiert. Zack glaubte nicht eine Sekunde lang daran, dass O'Connors Leute den Anrufer in die Finger bekamen.

»Außerdem sind wir Zacharys Hinweis nachgegangen, der sagte, er habe einen der Entführer vor Paddy's Pub in Temple Bar gesehen«, sagte O'Connor.

Zack horchte auf. »Und?«

»Ein Volltreffer. Herzlichen Glückwunsch, Zachary. Ich glaube, Sie werden auf der SAP gut aufgehoben sein. Sollten Sie nicht genommen werden, heuern Sie bei uns an.«

Ein unerwartetes Kompliment.

»Danke. Was haben Sie gefunden?«

»Wir wissen, wie die Kerle heißen und wer sie sind. Ein Kinderspiel, bei dem Vorstrafenregister. Der Typ, den Sie im Pub gesehen haben, hat vorher eine halbe Ewigkeit an einer Straßenecke herumgestanden. Hat offenbar das Pub observiert. Da war eine Drohne in der Nähe, die den Chip seiner neuen Stiefel registriert hat. Sie hat ihn eine Weile beobachtet, und als er sich nach einer Stunde immer noch nicht vom Fleck bewegt hatte, ist sie zu ihm hingeflogen, um ihn aufzunehmen. Und ihr werdet es nicht glauben, aber der Kerl hat fröhlich in die Kamera gegrinst.«

Zack wusste nicht, was ihn mehr schockierte: die Funktionsweise der Drohnen oder die Blödheit dieses unsäglichen Mannes.

»Und wer ist der Mann?«, fragte Persy.

»Sylwester Petrovics, ein Einbrecher. In der Szene heißt er Pope, der Papst. Seit dem Attentat auf den echten Papst nennen die ihn aber nur noch Poppy.«

»Warum nennen sie ihn Papst?«, wollte Persy wissen.

»Er ist gläubig, oder?«, warf Zack ein. »Er hat doch diese Kreuze auf den Stiefeln.«

»Gut beobachtet«, entgegnete O'Connor anerkennend. »Petrovics glaubt, dass Gott die Geschicke aller Menschen lenkt, also auch das seine – und so sieht er alles, was er tut, von seinem alten Herrn abgesegnet, könnte man sagen. Er predigt das gern im Knast.«

Persy rümpfte die Nase.

»Und der andere?«, fragte Zack.

»Der andere wurde vor und im Shoppingcenter in der Henry Street gefilmt. Wir hätten ihn allerdings auch ohne diese Aufnahmen identifizieren können. Szymon Nowak, seit Jahr und Tag Petrovics' Partner. Haben sich im Jugendknast kennengelernt. Keine Pointe.«

»Gehört das Notizbuch einem von ihnen?«, fragte Zack. Persy sah ihn überrascht an.

O'Connor klärte sie auf: »Die Spurensicherung hat ein Notizbuch im Park gefunden, das Eintragungen zu Lachlans Alltag enthält.« Zack entging nicht, dass er ihm diese entscheidende Information vorenthalten hatte. Er fühlte sich unter Druck, in O'Connors Nähe ständig auf der Hut sein zu müssen – und hatte den beklemmenden Eindruck, dass ihn das erst recht verdächtig machte.

»Auf dem Einband sind Fingerabdrücke, die mit denen von Petrovics übereinstimmen. Mein Partner hat mich darüber informiert, dass das Stimmmuster des Anrufers mit dem von Petrovics identisch ist. Er fühlt sich seiner Sache offenbar so sicher, dass er noch nicht mal einen Stimmverzerrer benutzt hat. Aber …«, O'Connor rieb sich das Kinn, »… es passt nicht zum Papst, jemanden zu entführen. Ich bin sicher, dass es noch einen Dritten gibt. Einen, der denkt.«

Eine Woge der Sympathie schwappte in Zack hoch, die sogleich wieder verebbte, als ihm klar wurde, dass O'Connor womöglich ihn für den Dritten hielt.

[10]

Die Stunden verstrichen. Lachlan wusste nicht mehr, welche Haltung er noch einnehmen sollte: Wenn er sich hinsetzte, drückte ihm das Gitter des Bettgestells in den Rücken. Wenn er sich hinlegte, hielten die Handschellen seine Hände über dem Kopf, sodass es nicht lange dauerte, bis ihm wieder das träge Kribbeln durch die Arme lief. Und wenn er sich auf die Seite drehte, lag sein Gesicht auf dem klammen Kissen, das so aufdringlich nach Schweißfüßen roch, dass ihm schlecht wurde. Dasselbe Problem hatte er, wenn er sich auf den Bauch rollte.

Er war erschöpft und gleichzeitig aufgedreht. Er probierte sich in den Schlaf zu wiegen, indem er von neunundneunzig rückwärts zählte. Immer, wenn er dösig wurde und sich verzählte, zwang er sich dazu, wieder von vorne anzufangen, was unter normalen Umständen eine zuverlässige Methode war, seinen Geist zur Ruhe zu bringen und ihn rasch in den Schlaf zu überführen. Aber dies waren keine normalen Umstände, und jedes Mal, wenn er kurz davor war, wegzunicken und seinem Gefängnis wenigstens vorübergehend zu entfliehen, katapultierte ihn etwas mit Gewalt zurück ins Wachsein, als wollte es ihn davor bewahren, den letzten Rest Kontrolle abzugeben, der ihm geblieben war.

Das Tageslicht steckte noch in dem fadendünnen Spalt

zwischen Fensterscheibe und Abdeckung, als der Mann zurückkehrte. Diesmal schaltete er das Licht ein, zwei kaltweiße Röhren, die jeden Schatten fraßen und Lachlan an den Operationssaal eines Krankenhauses denken ließen. Der Mann zog den Stuhl von der Wand zum Bett heran, wo er sich niederließ und den Fuß aufs angewinkelte Knie legte.

Lachlan setzte sich auf.

»Dein weißer Ritter ist auf dem Weg.«

»Und das heißt?«

»Er besorgt das, was ich haben will, heute Nacht.«

»Was soll er besorgen?«

Der Mann grinste nur, während er sich auf dem Oberschenkel eine Zigarette drehte. Tabakkrümel fielen auf seine Hose; er klopfte sie ab.

»Warum rufst du nicht meine Eltern an?«

»Aus Gründen.«

»Warum Zack?«

»Weil er es kann.«

»Was kann?«

»Ärger vermeiden.«

Sie haben ihn auch observiert, dachte Lachlan. Aber Zack hatte nichts bemerkt, also mussten sie bei ihm wesentlich professioneller vorgegangen sein. Hatten die Typen am Ende beabsichtigt, dass Zack sie bemerkte?

»Wer bist du?«, fragte Lachlan.

»Emil«, sagte der Mann freimütig.

Er war anders, als Lachlan ihn sich nach ihrer ersten Begegnung vorgestellt hatte. Er hatte die Lederjacke ausgezogen und saß leger im T-Shirt vor ihm, zeigte zum Teil seinen durchtrainierten Körper; er war ähnlich gebaut wie Zack, aber schmaler. Seine Oberarme füllten die Ärmel nicht aus, aber dadurch wirkte er noch lange nicht schwach. Ein Karrieremensch, das sah Lachlan auf den ersten Blick. Durch die Firma seiner Mutter kannte er solche Menschen, war mit ihnen groß geworden. Er war einer dieser Typen, die den Eindruck vermittelten, alles zu können (und die bei Gallagher Whiskey üblicherweise im Management mitarbeiteten). Er trug eine teure Markenhose und ein sportlich geschnittenes T-Shirt aus Baumwolle. Dazu dieses gewinnende Lächeln, das die Ahnung eines Schmunzelns war, ganz bewusst ein wenig schief. Die Finger, mit denen er die Zigarette hielt, waren gepflegt, als müsste er häufig Hände schütteln. Unvorstellbar, dass er keinen Job hatte; jeder würde ihn einstellen, egal, was er gelernt hatte.

Lachlan prägte sich sein Gesicht ein, für den Fall, dass er später ein Phantombild zu Protokoll geben musste. Kein Kunststück: Diese schmalen Halbmondaugen, das ovale Gesicht, die Segelohren und die kurzen schwarzen Haare, jungenhaft geschnitten, hätte sich wohl jeder leicht eingeprägt. »Wo sind die Ärsche, die mich observiert haben?«

Emil lachte und nickte, als säßen sie bei einem Bier zusammen und lästerten über gemeinsame Bekannte.

»Das sind komplette Idioten, oder? Aber keine Sorge, die siehst du nicht wieder. Die haben mit dieser Geschichte ansonsten nichts zu tun. Nichts als Söldner.«

Nach diesem Gespräch verschwand Emil wieder für eine Ewigkeit, die Lachlan mit nichts anderem füllen konnte als mit Sitzen, Liegen und Nachdenken. Sein Kopf schmerzte, sein Rücken tat weh, im Kreuz, zwischen den Schulterblättern und im Nacken; im Mund hatte er einen widerlichen Geschmack, weil er seit Stunden nichts getrunken hatte, und zu allem Überfluss musste er aufs Klo. Er klemmte die Beine zusammen, wütend auf sich; er hatte sich verboten, Emil um Wasser zu bitten, und jetzt war alles umsonst gewesen, weil er sich fast in die Hose pinkelte. Er zögerte es so lange hinaus, wie er konnte, während er abwog, was schlimmer wäre: mit nasser Hose hier zu liegen, neben das Bett auf den Boden zu machen und dann mit dem Geruch zu leben oder Emil darum zu bitten, auf die Toilette gehen zu dürfen, und eine Abfuhr zu riskieren.

Vielleicht aber würde es auch ganz anders kommen, als er befürchtete, und Emil würde ihn tatsächlich auf die Toilette gehen lassen. Er würde ihm die Fesseln abnehmen und ihn hinbringen. Vielleicht würde sich auf dem Weg eine Fluchtmöglichkeit ergeben. Er würde Emil niederschlagen und in die Freiheit laufen. Und wenn Emil ihn stoppte?

Egal; er hielt es nicht mehr aus. Er ließ die Handschellen gegen das Bettgestell knallen und rief nach Emil. Es dauerte nicht lange, bis die Tür aufsprang und Emil die Faust auf den Lichtschalter schlug, als wollte er für Lachlans Nase üben. Er war wie ausgewechselt. Aggressiv.

»WAS IST?«

»Ich muss auf die Toilette«, sagte Lachlan.

Emil rollte mit den Augen, als sei er um eine Gute-Nacht-Geschichte gebeten worden. Er knallte die Tür zu. Lachlan verharrte bewegungslos. Was hatte das zu bedeuten? Wieso war Emil so wütend? Er hatte vorhin ganz beherrscht gewirkt. Plötzlich schwang die Tür wieder auf und Emil marschierte herein, in der rechten Hand eine Pistole mit langem Lauf, in der linken einen Plastikeimer. Er knallte den Eimer neben das Bett und packte Lachlan am T-Shirt.

»Hör zu«, zischte er und schob die Pistole zwischen ihre Gesichter. »Das hier ist eine Betäubungspistole, randvoll mit Nemonyl. Damit habe ich auch die Arschgeige Zachary ausgeschaltet. Drei Sekunden und du kannst keinen Zeh mehr rühren. Also ...«, er packte ihn fester, »... wenn du mich verarschst, dann gnade dir Gott.«

Lachlan nickte.

Emil zog einen Schlüssel aus der Hosentasche und schloss die rechte Handschelle auf. Er stand vom Bett auf, wobei er mit der Pistole auf Lachlan zeigte. Nickend deutete er auf den Eimer.

»Geh wenigstens da hinten hin«, sagte Lachlan.

»Mach hin«, sagte Emil.

»Lass mir ein bisschen Würde!«

Emil aber wartete, bis Lachlan anfing, sich die Hose zu öffnen, ehe er sich hinter das Bett zurückzog, zum Tisch ging und sich auf den Stuhl setzte.

Als seine Blase nicht mehr drückte, konnte Lachlan wieder klarer denken. Er zog sich die Hosen hoch, zu Emil spähend, der vom Stuhl aufstand. Die Vorstellung, sich wieder aufs Bett legen zu müssen, versetzte ihn in Panik. Emil kam auf ihn zu.

»Leg dich hin«, sagte er.

Lachlan hob die Hände. »Bitte«, sagte er, »ich brauche etwas zu essen und zu trinken …«

»Leg dich hin«, wiederholte Emil.

»Ich verspreche, keinen Unsinn zu machen –«

»Hinlegen!«

»Das Liegen tut weh, ich kann wirklich nicht mehr –«

Emil zielte und schoss – und Lachlan ließ sich in die Hocke fallen. Die winzige Spritze mit dem besenartigen Stabilisator zischte über ihn hinweg. Lachlan packte den Eimer und schleuderte seinen Inhalt in Emils Richtung; er wollte sein Gesicht treffen, erwischte aber den falschen Winkel und traf ihn nur an den Beinen.

Wie der Blitz sprang er über das Bett und rannte zur Tür. Er hörte, wie Emil erneut auf ihn schoss, packte den Knauf – und brach zusammen. Er stürzte der Länge nach hin, gerade noch fähig, sich abzufangen. In der nächsten Sekunde konnte er keinen Zeh mehr rühren, ganz wie Emil ihm vorausgesagt hatte. Lachlan hörte ihn mit schnellen Schritten den Raum durchqueren; mit dem Fuß drehte Emil ihn auf den Rücken und packte ihn mit der linken Hand am Hals.

»Wieso hört nie jemand auf das, was ich sage?«, fragte er und schlug mit der Faust zu.

Als Lachlan wieder zu sich kam, fühlte er sich elend. Seine Muskeln schmerzten und alles war wie vorher; die Handschellen, die Dunkelheit, die Matratze. Nur eines hatte sich verändert. Emil hatte sich revanchiert – und Lachlan, der den scharfen Gestank von trocknendem Urin in der Nase hatte und den klammen Stoff seiner Jeans auf den Beinen spürte, hatte eine ziemlich genaue Vorstellung, wie.

»Ich glaube, dass sich heute nichts mehr tun wird, Mrs. Abercromby«, sagte O'Connor.

»Sie sind sicher sehr erschöpft«, sagte die Psychologin. »Sie sollten ein bisschen schlafen. Ich gebe Ihnen ein Mittel, in Ordnung?«

Persy konnte die Psychologin zwar nicht ausstehen, war aber offenbar dankbar für das Angebot. Die Psychologin reichte ihr eine Packung Tabletten, wobei sie ihr Anweisungen zur Einnahme gab. Zwei sollten reichen. Persy nahm drei, obwohl sie nach Zacks Eindruck nicht so wirkte, als hätte sie es wirklich nötig.

»Es bleibt ein Team hier auf dem Grundstück. Wir behalten die nähere Umgebung im Auge, für den Fall, dass sich einer von denen zeigt«, sagte O'Connor.

Persy nickte. »Danke.«

O'Connor steckte Zacks Notizbuch ein. »Ich fahre in die Zentrale und komme dann wieder. Carina, Sie können nach Hause gehen. Danke für Ihre Hilfe.«

»Kommen Sie morgen bitte nicht«, sagte Persy.

»Ist schon gut, Persy«, sagte die Psychologin. »Sie sind nicht in der richtigen Verfassung, um zu verstehen, dass Sie mich brauchen.«

O'Connor und die Psychologin verabschiedeten sich. Es wurde ungemütlich still im Wohnzimmer. Zack, plötzlich allein mit Persy, wusste nicht, was er sagen sollte.

»Wird schon alles gut«, murmelte er.

Sie nahm seine Hand. »Ach, Zachary. Ohne dich wären wir noch lange nicht so weit wie jetzt.«

Es war Zack peinlich, dass sie das sagte. Hätte er sich

nicht von Emil überwältigen lassen, wäre Lachlan nie entführt worden. »Was ist mit Mr. Abercromby? Ist er wieder im Keller?«

»Ja«, sagte Persy.

Zack wollte platzen. Es lag ihm bereits auf der Zunge, er wollte rufen, dass Oliver nicht mehr ganz bei Trost sein konnte, dass er seine Frau allein hier oben sitzen ließ, während sein Sohn entführt worden war – aber es kam ihm nicht richtig vor. Vielleicht sagte er das ja auch nur, weil er nicht wusste, wie er in Olivers Büro kommen sollte.

Persy schien seinen Zwiespalt zu spüren.

»Oliver macht sich auch Sorgen, auf seine Weise«, sagte sie beschwichtigend. »Man sieht es ihm nicht an, aber Oliver hat ein sehr großes Herz.«

Sie streichelte mit dem Daumen seine Hand. Zack wollte sie wegziehen, doch das hätte sie sicher gekränkt.

»Ich glaube, er mochte mich nie«, sagte er, ohne zu wissen, warum er ihr das ausgerechnet jetzt auf die Nase binden musste. Persy lächelte.

»Weißt du, als du vor fünf Jahren zu uns kommen solltest, da war ich dagegen.«

»Wirklich?« Ihr Geständnis traf ihn so hart, dass er sich plötzlich wie ein aufdringlicher Gast vorkam.

»Aber ich wurde davon überzeugt, dass du bei uns besser aufgehoben sein würdest als bei deinem Vater oder deinen Tanten. Rückblickend muss ich sagen, dass das stimmte, und ich bereue es keine Sekunde lang, dass ich damals nachgegeben habe. Lachlan hat natürlich dazu beigetragen. Aber wirklich überzeugt wurde ich von Oliver.«

»Echt?«, rutschte es Zack heraus. Er fühlte sich merkwürdig berührt, schämte sich sogar. Er schuldete Oliver also etwas.

Persy stand auf. »Ich leg mich hin.«

»Schlafen Sie gut.«

Zack ging kurz darauf nach oben in sein Zimmer, schaltete die Nachttischlampe ein und setzte sich auf das Bett. Er hätte müde sein müssen, denn er hatte seit letzter Nacht nicht geschlafen – die paar Stunden, die er bewusstlos im Park gelegen hatte, zählten nicht. In seinem Körper zirkulierte das Adrenalin: Heute Nacht würde er sich in Olivers Kellerbüro schleichen und sein Notebook stehlen wie ein Dieb. Und wenn ihn jemand dabei sah? Draußen hielten Polizisten Wache und O'Connor wollte auch zurückkommen. Wenn er ein verdächtiges Geräusch machte und ihre Aufmerksamkeit auf sich zog, würden die ihn vermutlich festnehmen. Und wenn er ihnen erst dann die Wahrheit auf den Tisch legte, würden sie denken, dass er nur seine Haut retten wollte.

Was sollte das mit dem Lösegeld? Zack hatte eine Theorie. Emil und seine Handlanger fuhren zweigleisig. Emil kümmerte sich um Olivers Software, die anderen beiden um das Lösegeld. Das Lösegeld war daher nur ein Ablenkungsmanöver, oder zumindest kämen die Ermittler nie auf die Idee, dass es noch um etwas anderes gehen könnte. Sicherlich würde auch keine Übergabe stattfinden, bevor Emil besaß, was er haben wollte. Und wenn er scheiterte, würde Emil ihnen womöglich einen toten Lachlan übergeben lassen.

Sollte er O'Connor informieren? Er wüsste dann, dass es

tatsächlich drei Täter waren und dass der Dritte ein Psychopath war. Sicher gab es in so einem Fall spezielle Arbeitsanweisungen für Ermittler. Aber O'Connor würde auf diesem Weg auch von der Software erfahren. War es das, was Emil verhindern wollte? War die Software … illegal? Womöglich gefährlich? Und machte er Oliver Probleme, wenn er O'Connor davon erzählte? Zack dachte an Lachlans Plan, ein Tool zu basteln, mit dem man Drohnen fernsteuern konnte. Wenn er sich nur vorstellte, dass Oliver etwas Ähnliches programmiert haben könnte, und er O'Connor davon erzählte … die META würde sofort vor der Tür stehen und Oliver mitnehmen. Sie würden ihn nie wiedersehen, und Lachlan auch nicht, denn die würden Olivers Notebook beschlagnahmen und niemand würde Emils Forderung dann erfüllen können.

Nein, er konnte die Polizei nicht einweihen.

Zacks Innerstes sackte auf einen Schlag in Richtung Boden, als er den Entschluss fasste, es heute Nacht zu tun. Er würde bei Oliver einbrechen. Aber wie?

Das Zimmer würde abgeschlossen sein – das wusste er, weil Lachlan mehr als einmal versucht hatte hineinzugehen, um herauszufinden, was sein Dad dort unten trieb. Oliver hatte nie auch nur auf sein Klopfen reagiert und hinterher so getan, als wüsste er nichts von Lachlans Bemühungen, mit ihm in Kontakt zu treten. Also benötigte er etwas, um die Tür zu öffnen. Das musste so geschehen, dass er sie hinterher wieder schließen konnte, ohne dass jemand etwas von dem Einbruch bemerkte. Obwohl Oliver ihn früher oder später ohnehin bemerken würde, schließlich lösten sich elektronische Geräte nicht einfach so in Luft auf.

Die Tür unten im Keller war nicht anders als die zu Lachlans oder seinem Zimmer. Türknäufe, leicht zu öffnen. Er brauchte nur etwas Langes und Dünnes, das bei festem Druck nicht nachgab. Er stand langsam auf und ging zur Tür, auf Zehenspitzen, nur für den Fall, dass Persy eine Diele knarren hörte. Vor dem Knauf ging er in die Knie und betrachtete ihn von allen Seiten. Aus einem Draht würde er sich ein Werkzeug biegen können. Ein Zahnstocher würde es auch tun, ein winziger Schraubendreher oder …

Ihm kam eine bessere Idee: Eilig zog er den Schlüsselbund mit dem Schweizer Taschenmesser aus der Hosentasche und fummelte den winzigen Kugelschreiber hervor. Er musste nicht lange herumprobieren, er ließ sich schon nach dem ersten Versuch aufdrehen. Zack fing die Feder auf und zog die dünne Mine aus dem Schaft. Sie ließ sich ohne Mühe in das Schloss des Türknaufs einführen. Damit sollte es klappen.

Er behielt die Mine in der Hand wie einen kraftspendenden Talisman, während er darauf wartete, dass Oliver ins Bett ging. Das konnte die ganze Nacht dauern, wusste er: Manchmal verließ Oliver das Büro erst im Morgengrauen, wenn überhaupt. Ihm blieb nichts anderes übrig, als zu hoffen, dass es heute anders kommen würde.

Er setzte sich mit dem Rücken an die Wand und starrte vor sich hin. Um jeden Preis musste er verhindern, dass er einschlief. Er öffnete den Browser auf seinem Handy, als ihm einfiel, dass er seinem Chef noch nicht gesagt hatte, dass er morgen nicht arbeiten konnte. Jetzt war es zu spät zum Anrufen, außerdem war Lachlan morgen ja vielleicht schon wieder da; er vergaß die Sache wieder. In die Suchmaschine gab er »Cronos« ein und wunderte sich nicht über die riesige Anzahl von Ergebnissen. Er klickte sich durch Webseiten, las in Foren, überflog Texte, ohne etwas im Kopf zu behalten.

Mit halbem Ohr war er immer auf dem Flur. Er erinnerte sich daran, dass Persy und Oliver vorhin gestritten hatten. Warum eigentlich? Am Nachmittag hatte er sich nicht getraut, Lachlans Mum zu fragen. Die Ehe der Abercrombys war ihm nie sehr liebevoll vorgekommen: Jeder zog sein eigenes Ding durch, man traf sich beim Essen, tauschte Belanglosigkeiten aus. Die Beziehung, fand Zack, existierte weniger aus Liebe als aus pragmatischen Gründen. Allerdings schienen Persy und Oliver beide derart kopflastige Menschen zu sein, dass sie offenbar gar nichts vermissten.

Zack lehnte den Kopf an die Wand und dachte an eine nebelgraue Zeit zurück, die ihm mehr als Empfindung denn als klare Erinnerung im Gedächtnis geblieben war. Er roch die Fahne seines Vaters, hörte das Geschrei seiner Mutter und sah sich selbst unter der Decke weinen, mit brennender Wange, schmerzendem Kiefer und zerrissener Brust; seine Mutter zerrte ihn durch eine Straße, sein Handgelenk fest gepackt, er wusste nicht mehr, wohin es ging; dann der Geruch eines schmutzigen Katzenklos, in der Wohnung von Granny Zelenia, wo seine Mutter in eine rote Serviette weinte, während Granny auf den Nichtsnutz Owen schimpfte. War er da schon sechs Jahre alt gewesen?

Mit sieben, das wusste er, hatte er zum ersten Mal das Rathaus von innen gesehen; damals, als sein Vater ausgezogen war und seine Mutter beschlossen hatte, ihn noch ein Jahr in der Vorschule zu lassen, bei »dem süßen Lachlan«, dem Sohn dieser »scheißreichen Familie, Jesus Christ«.

Seine Mutter hatte nie gewusst, wer Persephone Abercromby wirklich war, besser gesagt, dass sie auf zwei verschiedenen Forbes-Listen stand. Schon deshalb, weil Bree Murray mit dem Begriff Forbes-Liste nichts anfangen konnte. Aber als sie Zack das erste Mal bei Lachlan zu Hause abgeholt und das Anwesen gesehen hatte, war ihr natürlich gleich klar gewesen, dass diese Familie Geld hatte, viel Geld.

Wie musste sich Persy gefühlt haben, als sie diesen alleingelassenen Jungen sah und den Brief seiner Mutter las, in dem diese darum bat, ihn bei sich aufzunehmen – als ginge das einfach so, als wäre das so einfach: Man packt seine Taschen und lässt das Kind allein zu Hause sitzen, und am Ende landet es im Haushalt einer »scheißreichen Familie«, weil jemand, der viel Geld hat, natürlich gar kein Problem damit haben dürfte, ein zweites Kind aufzuziehen. So tickte Bree Murray, so klang ihre Logik. Ob ihr auch nur eine Sekunde lang in den Sinn gekommen war, dass der Plan nach hinten losgehen könnte? Er konnte immer noch nicht glauben, dass Persy sich erst gegen seinen Einzug gewehrt hatte, die Persy, bei der er sich so oft ausgeweint hatte, die Persy, die seinetwegen so oft beim Schulleiter hatte antanzen müssen. Das Schuldgefühl steckte wie ein Stachel in seiner Brust.

Ein Geräusch ließ ihn aus dem Halbschlaf schrecken. Einen Moment lang wusste er nicht, wo er war, dann erkannte er das Zimmer wieder. Er fluchte innerlich. Er hatte doch nicht einschlafen wollen. Aber was war das für ein Geräusch gewesen? Er war sich ganz sicher, dass er gehört hatte, wie eine Tür zuging. Das Handy war ihm aus der Hand gerutscht. Er konnte nicht länger als fünfzehn Minuten gedöst haben. Eigentlich zu früh für Oliver. Aber dies waren ja auch keine gewöhnlichen Umstände.

Zack rieb sich durchs Gesicht und stand auf. Jede seiner Bewegungen schien laut genug zu sein, um das Haus aufzuwecken, selbst wenn nur seine Hosenbeine aneinander rieben. Er schlich zur Tür und drückte das Ohr dagegen. Alles ruhig. Okay, dachte er, wenn ich jetzt rausgehe, werden sie es hören, und sie werden denken, dass ich auf die Toilette will. Das würde er für sich nutzen. Zack stahl sich nach draußen. Er ging wie selbstverständlich auf das Bad zu und öffnete die Tür, zog sie wieder zu und lief auf Zehenspitzen zur Treppe. So leise er konnte stieg er nach unten.

In der Eingangshalle leuchtete eine von Persys Glasmosaiklampen. Im Wohnzimmer war alles dunkel. O'Connor war offenbar noch nicht zurück. Persy hatte ihm auf dem Sofa ein paar Decken bereitgelegt; er hatte darauf bestanden, die Nacht in Phoenix Manor zu verbringen.

Zack behielt die Eingangstür im Auge und achtete auf Bewegungen vor den Sprossenfenstern, dann öffnete er die Kellertür. Er betätigte den Lichtschalter: Eine Wendeltreppe führte steil nach unten. Tapezierte Wände, Teppich auf den Stufen. Er zog die Tür hinter sich zu und lief hinunter.

Und wenn Oliver noch nicht ins Bett gegangen war, sondern ihm hier unten entgegenkam? Was sollte er dann sagen – dass er Runden im Pool drehen, in die Sauna gehen oder sich eine Flasche Wein oder Whiskey holen wollte? Krafttraining um diese Uhrzeit?

Er kam in einen ordentlich aufgeräumten Lagerraum, von dem eine Tür und ein Flur abgingen. Die Tür führte zur Garage und zu den Räumen mit dem Server, der Heizungsanlage und dem Solarenergie-Akku. Der andere Flur war gemütlicher und beheizt, es roch nach dem Aufguss der Sauna und nach dem Chlor des Schwimmbads. Daneben war der Raum mit den Trainingsgeräten und einer Dusche.

Er würde sagen, er hätte ein Geräusch gehört. Das würde man ihm glauben. Alle waren mit den Nerven am Ende; da hörte man eben manchmal Geräusche und vermutete zwielichtige Gestalten im Keller.

Zack ließ den Lagerraum hinter sich und ging in den beheizten Flur. Er pirschte an den Türen vorbei, während ihm das Herz bis zum Hals schlug; in der Mitte lag Olivers Büro. Zack blieb stehen und lauschte mit gespitzten Ohren.

Alles ruhig. Er klopfte. Wenn Oliver ihm öffnete oder fragte, wer da sei, würde er die Geschichte erzählen, die er sich ausgedacht hatte. Aber es kam keine Antwort. Nicht einmal der Drehsessel, auf dem Oliver in Zacks Fantasie saß, knarzte.

Er musste es tun – jetzt.

Hektik brach in ihm aus. Er zog die Kugelschreibermine aus der Hosentasche, wobei er sich vorstellte, wie die Kellertür aufging und jemand die Treppe herunterkam. Wie das aussähe – er, vor Olivers Büro kniend, die Mine in der Hand. Schnell. Er schob den provisorischen Schlüssel in das Loch.

Er hörte das Klicken nach wenigen Sekunden.

Die Tür glitt auf. Zack betrat den Raum –

Oliver saß in seinem Sessel.

Das Tageslicht sickerte aus den Ritzen und das Quadrat verblasste, ehe Emil das nächste Mal zurückkehrte. Lachlan, der zwar nicht schlief, jedoch wieder in eine Art Dämmerzustand gerutscht war, bekam nicht mit, wie er das Zimmer betrat. Deshalb erlebte er ein hässliches Déjà-vu, als sich plötzlich neben ihm ein Feuerzeug entzündete.

Lachlan spürte, dass die Matratze eingedrückt war, also saß Emil nicht auf dem Stuhl, sondern dicht neben ihm. So dicht, dass Lachlan das Männerparfüm riechen konnte. Eine teure Marke, er wusste nicht, welche. Ohne das Licht einzuschalten oder einen Ton zu sagen, verweilte Emil auf der Bettkante und rauchte eine Zigarette. Zog er wieder die Kumpeltour ab oder war er immer noch aggressiv? Lachlan hielt es für sicherer, so wenig Lebenszeichen wie möglich von sich zu geben. Doch das nützte nichts. Emil wusste, dass er wach war. Er nahm noch einen festen Zug, ehe er die Zigarette auf Lachlans Gesicht zuführte. Lachlan zuckte; vielleicht wollte Emil ihm mit der Glut wehtun – doch dann stupste er ihm mit dem Filter gegen die Lippen. Besser, er verärgerte Emil nicht, indem er ihn abwies. Lachlan schloss die Lippen um das Papier; er rauchte manchmal im

Club, wenn sie in der Gruppe standen, sodass ihm jetzt die Peinlichkeit eines Hustenanfalls erspart blieb. Emil nahm seine Zigarette wieder an sich.

»Ist unbequem, oder?«

»Was?«, fragte Lachlan. Sein Hals fühlte sich wie Schmirgelpapier an.

»Die Handschellen.«

Was für eine Frage. »Wo ist Zack?«

»Hab noch nichts von ihm gehört«, sagte Emil. »Er tut's heute Nacht.«

»Du willst kein Geld«, sagte Lachlan vorsichtig.

»Nein.«

»Du hast Zack mit irgendwas … beauftragt. Zack hat nicht sonderlich viel Geld, und stehlen kann er auch keins, weil das alles auf den Konten liegt.«

»Es wird also etwas anderes sein, Schlauberger.«

Aber er würde es ihm nicht mitteilen.

»Handschellen sind echt scheiße, weißt du das? Leg sie mir meinetwegen um die Füße. Ich verspreche dir, ich drehe nicht durch. Ich will nur die Arme bewegen können.«

Keine Antwort.

»Ich bin am Verdursten«, setzte Lachlan nach. »Ich habe den ganzen Tag noch nichts getrunken, ich brauche unbedingt was. Wieso gibst du mir nichts?«

Emil nahm einen Zug und reichte ihm die Zigarette. Offenbar ein Friedensangebot; danach würde er ihm etwas zu trinken geben. Lachlan öffnete rasch die spröden Lippen, um ihm den Gefallen zu tun, diese verdammte Zigarette mit ihm zu rauchen. Aber Emil nahm nicht Kurs auf sein

Gesicht: Über Lachlans nacktem Arm drehte er die Zigarette mit der Glut nach unten und drückte sie ihm in die Haut.

Lachlan schrie und bäumte sich auf, doch Emil packte zu, hielt seinen Arm fest. Der Schmerz war überall; gleißend hell stieß er Lachlan ins Gehirn. Als die Zigarette nicht mehr glühte, nahm Emil sie wieder an sich. Die verbrannte Stelle pulsierte.

»Du Arschloch«, keuchte Lachlan, »Gott, du verdammtes Arschloch –«

Emil schob sich vom Bett und ging wortlos nach draußen.

[11]

Zack starrte Oliver an – und Oliver starrte zurück. Seine Gedanken klebten zusammen. Was sollte er jetzt tun? Am besten lief er noch heute Nacht weg, suchte sich eine neue Wohnung in einem anderen Land und …

Langsam drang zu Zack durch, dass er sich irrte. Oliver sah ihn nicht an. Er hatte die Augen geschlossen. Und lag in einem Sessel. Auf dem Kopf hatte er eine Stimulanzkappe und auf einem kleinen Tisch neben dem Liegesessel stand ein Cronos Cube, der leise vor sich hin surrte. Zack sah auch die Schachtel, die mit »Blaue Pillen« beschriftet war, und ein leeres Glas.

Das konnte nicht wahr sein. Zack brauchte einen Moment, um zu verarbeiten, was gerade geschah. Er war nicht entdeckt worden. Und Olivers fast schon enttäuschend harmloses Geheimnis war nichts weiter, als dass er Cronos spielte. Keine fünf Bildschirme an den Wänden, über die mysteriöse Quellcodes und Nachrichtensender liefen. Nur ein Mann auf einer Liege mit einem CC.

Was würde Emil dazu sagen? In erster Linie würde er es vermutlich gar nicht glauben.

Zack behielt Oliver im Auge, während er tiefer in das Zimmer eindrang, um sich nach dem Notebook umzuschauen. Waren die Cubes darauf programmiert, Spieler zu warnen, falls sich ihnen jemand näherte? Oder konnte Oliver die Geräusche der Wirklichkeit in Cronos hören? Vielleicht würde er jeden Moment zurückkehren, um sich anzusehen, wer da um ihn herumschlich.

Zack kehrte Oliver den Rücken zu und sah sich um. Er musste nicht lange suchen, um zu erkennen, dass er hier unten nichts weiter finden würde. Es gab keinen Schreibtisch und keinen Computer, nicht einmal ein einfaches Tablet lag herum. Da stand nur ein Schrank mit Aktenordnern, die mit Monats- und Jahreszahlen beschriftet waren. Und wenn einer von ihnen eine Attrappe war? Zack fand die Idee selbst lächerlich, aber er musste wenigstens nachsehen.

Er näherte sich dem Schrank mit einem letzten prüfenden Blick auf Oliver. Dann nahm er wahllos einen Ordner heraus und schlug ihn auf. Er war schwer und prall mit Papier gefüllt. Zahlen bedeckten weiße Seiten. Er stellte ihn zurück. Durch die Greifringe konnte er in die Ordner linsen … Papier über Papier … einer sah aus wie der andere. Persy hatte wenig Vertrauen in elektronische Speichermedien. Es sah ihr ähnlich, geschäftliche Dokumente in ausgedruckter Form aufzubewahren. Zack suchte weiter, während er sich den Kopf darüber zerbrach, wie er das hier Emil beibrachte. Vielleicht würde Emil denken, er hätte sich nicht angestrengt oder wollte ihn an der Nase herumführen, was Lachlans Todesurteil gleichkäme. Zack fasste hinter die Ordner, doch sie standen so dicht an der Wand, dass sich kaum etwas hinter ihnen verstecken ließ. Er bückte sich und spähte hinter den Schrank. Staub und Spinnweben. Er sah wieder zu Oliver. Vielleicht, dachte er, sollte er ihn einfach wecken und ihm alles erzählen.

Der Cube gab ein seltsam ratterndes Geräusch von sich. Zack überlegte es sich anders – er konnte Oliver nichts sagen, zu riskant. Der Cube piepte und Zack sprang mit einem Satz vom Schrank weg. Oliver würde aufwachen, da war er sich sicher. In diesem Moment sah er es, und sein Herz setzte aus, bevor es zu rasen begann: Das Notebook steckte in einer Laptoptasche, die mit offenem Reißverschluss an der Wand lehnte. Zack zog es heraus, klemmte es sich unter den Arm, lief auf den Flur, zog die Tür in Zeitlupe zu, schnappte sich die Kugelschreibermine und rannte wie der Teufel zur Treppe. Er hatte es geschafft. Er hatte das Notebook! Jetzt musste er nur noch ungesehen ins Zimmer zurückkehren, das Gerät mit dem Cube verbinden und Emil bringen, was er haben wollte. Vielleicht war Lachlan noch vor Morgengrauen zurück zu Hause. Er musste sich beeilen. Zack nahm drei Stufen auf einmal und langte nach dem Knauf –

Dann erstarrte er. Eine Stimme in der Eingangshalle. Zack hielt das Ohr gegen die Tür. Die Stimme hörte sich nach Detective O'Connor an. Geistesgegenwärtig betätigte Zack den Lichtschalter, für den Fall, dass Oliver gleich aus seinem Zimmer kommen oder O'Connor den Lichtschein unter der Tür bemerken würde. Es wurde finster und O'Connors Stimme kam näher. Jetzt war sie direkt hinter der Tür. Zack verstand jedes Wort.

»… ihm die Sache mit den Stiefeln verraten. Wenn Sylwester auf die Idee käme, den Chip zu zerstören, wäre das ein Indiz für seine Schuld … ja, ich weiß. Nein, wir setzen die HF-Drohnen ein. Die Funkzelle? Hab die Nummer nicht im Kopf. – Genau, von da aus starten wir.«

O'Connors Stimme blieb gut vernehmbar, offenbar war er vor der Kellertür stehengeblieben. Zack atmete nicht, hielt das Notebook an seine Brust gepresst. Bitte, dachte er, bitte geh weiter …

»Und schick mir das Profil von Zachary Murray. Hab's vorhin vergessen. Suche in den Aufnahmen der letzten Wochen nach seinen biometrischen Daten. Ich will wissen, wo er wann gewesen ist, und mit wem.«

Die reden über mich, dachte Zack panisch.

Er glaubte, er würde sterben, als plötzlich das Licht wieder ansprang und unten eine Tür zuging. Oliver kam den Flur entlang, er würde jeden Moment an der Wendeltreppe sein. Oben an der Tür horchte Zack schwitzend nach draußen.

»Nichts Konkretes. Will nur sicher sein, dass er … nein, nicht adoptiert, nur aufgenommen«, sagte O'Connor. Zack hätte alles dafür getan, um das ganze Gespräch hören zu können. O'Connor verdächtigte ihn, er hatte es von Anfang an gewusst. Was würde Lachlan dazu sagen? Er sah sich selbst, wie er von O'Connor festgenommen wurde, Emil wartete umsonst auf ihn, am Ende dachte er, dass er die Regeln gebrochen hatte, und …

Oliver war jetzt im Vorratsraum, von Zack nur ein paar Meter Luftlinie entfernt. Dass er Zack nicht sehen konnte, verdankte dieser nur der Wendeltreppe, die einmal um ihre Mittelachse herumlief. Oliver blieb unten stehen und klapperte an einem Schrank herum. O'Connors Stimme entfernte sich jetzt kaum wahrnehmbar. Wieder klapperte unten etwas – eine Schranktür, die zugedrückt wurde. Oliver kam schlurfend die Treppe herauf. Hausschuhe auf dem Teppich.

Zack fühlte sich wie eine Maus zwischen zwei Schlangen, die für einen winzigen Augenblick in unterschiedliche Richtungen blickten. Jetzt war O'Connor kaum noch zu hören – er musste ins Wohnzimmer gegangen sein. Dies war die einzige Chance, die sich ihm bieten würde. Zack drehte den Knauf und schob sich durch den Spalt. Er schloss die Tür und lief los, so leise er konnte. Die Kellertür ging auf, als Zack die ersten Stufen ins Obergeschoss nahm, und Oliver trat in die Halle. Er müsste nur über die Schulter blicken, um ihn zu sehen. Zack schlich an die Wand gepresst weiter. Oliver schob die Kellertür hinter sich zu. Sein Blick ging in Richtung Wohnzimmer, vermutlich wunderte er sich darüber, dass dort noch Licht brannte. Er hatte nicht mitbekommen, wie O'Connor um eine Decke gebeten hatte. Zack erreichte das Obergeschoss und irgendwie gelang es ihm, dabei kein Geräusch zu machen. Er öffnete die Zimmertür. Schloss sie. Hatte Oliver ihn auf der Kellertreppe gesehen? Falls ja, würde er sicher gleich an die Tür klopfen. Zack schob die Kugelschreibermine hastig unter das Kopfkissen und das Notebook unter das Bett, wo es gegen den Cube stieß, löschte das Licht und schlüpfte unter die Bettdecke. Zack hörte Oliver unnatürlich laut, jeder seiner Schritte hallte wie ein Trommelschlag in seinem Kopf wider: Oliver kam die Treppe herauf. Er starrte auf die Stelle, an der sich im Dunkeln die Tür befand, während sich die Sekunden zu Minuten dehnten und die Minuten zu Stunden. Es dauerte unglaublich lange, bis Oliver das Obergeschoss erreichte. Seine Hausschuhe bollerten über den Holzboden, sie kamen auf Zacks Zimmer zu, und der wusste, es war vorbei. Er würde ihm alles sagen müssen. Emil würde es erfahren. Und ehe Oliver begriffen hatte, was auf dem Spiel stand, würde Emils Messer in Lachlans Kehle gleiten.

Doch das Bollern wurde leiser.

Dann ging die Schlafzimmertür zu.

Zack brauchte ein paar Sekunden, bis er sich wieder bewegen konnte. Er hatte es irgendwie geschafft. Oliver hatte ihn nicht bemerkt. Er setzte sich auf und sortierte seine Gedanken. In seinem Kopf drehte sich alles, so sehr hatte er sich verkrampft. Ein Zittern stieg in ihm hoch und erfasste seinen ganzen Körper von den Zehen bis zur Stirn. Er umklammerte seine Knie und atmete tief.

Als sich Zack langsam beruhigte, wurde ihm klar, was er gerade unfreiwillig belauscht hatte. O'Connor hatte seine Akte angefordert und wollte nachvollziehen, wo er sich in den letzten Wochen aufgehalten hatte. Was, wenn er dabei auch auf die Drohne stieß? Am Ende würde er nicht wegen der Entführung Lachlan Abercrombys, sondern wegen des Diebstahls einer Drohne vor Gericht sitzen.

Zack schaltete die Nachttischlampe ein, schloss die Tür ab und holte den CC und das Notebook hervor. Hastig zog er das Kabel aus dem Rucksack, das sich mit dem Cube und der Stimulanzkappe in dem Karton befunden hatte, und suchte am Notebook die passende Buchse. Als das Kabel steckte, schluckte er die Blaue Pille und schloss die Konsole ans Stromnetz an.

»Guten Tag. Der Cronos Cube wird hochgefahren. Es wurde ein verschlüsselter Datenträger gefunden. Wollen Sie in Cronos Zugriff auf diesen Datenträger haben?«

»Ja«, sagte Zack.

»Verstanden. Bitte setzen Sie die Stimulanzkappe auf.«

Er stülpte sich die grauenhaft enge Gummimütze über den Kopf, sank auf das Kissen und betete, dass Persy und Oliver die Stimme aus dem Cube nicht hören konnten. Und vor allem, dass niemand ins Zimmer eindringen wollte, während er weg war. Wie sollte er ihnen erklären, dass er abgeschlossen hatte? Außerdem würde auch O'Connor es mitbekommen, und wer wusste schon, was dem Detective dann in den Sinn kam? Womöglich ließ er die Tür aufbrechen.

»Beginne mit der Messung der Hirnfrequenz. Sie werden in zwei Minuten starten«, sagte die Stimme. »Stellen Sie sicher, dass die Stimulanzkappe während der Schlafparalyse nicht herunterrutschen kann.«

Danach fragte sie ihn nach seinem Safeword. Zack dachte darüber nach, wieder den Namen seiner Mutter zu nehmen, als er es sich anders überlegte.

»Maddox«, sagte er. Der Name seines Chefs.

»Speichere Safeword: Maddox.«

Zack spürte, wie sich Cronos nach ihm ausstreckte. Er schwebte wieder über dem Abgrund.

»Ihr letzter Aufenthalt war in Kokonstadt. Wünschen Sie auch diesmal dort zu starten?«

»Ja«, sagte Zack mit pelziger Zunge.

»Genießen Sie Ihren Aufenthalt.«

Zack fasste den Gedanken, dass er sich niemals an dieses Gefühl gewöhnen würde, als sich sein Körper in Luft auflöste und er gleichzeitig – irgendwie – in die Tiefe stürzte. Er versuchte die Lichter und Bilder zu erkennen, die um ihn herum und durch ihn hindurch flogen, doch genauso hätte er auf voller Fahrt Blätter an Bäumen zählen wollen. Er plumpste auf eine weiche Matratze. Das Prickeln in seinem Kopf ließ rasch nach, und es dauerte nur wenige Sekunden, bis er sich aufsetzen konnte.

Er öffnete die Augen und sah sich um. Das hier war nicht Ma'quoias Stamm, so wie beim letzten Mal. Wo war er diesmal gelandet? Es handelte sich offenbar um ein Hotelzimmer. Die Wand mit dem Fenster wölbte sich leicht, also befand er sich wohl in einem Kokon. Durch das Fenster konnte er hinab auf die überfüllte Marktstraße blicken, die ihn mit all ihren Farben, Künstlern, Menschen und Händlern schon beim ersten Mal an die Grafton Street erinnert hatte, und das bedeutete wohl, dass er wieder im Ma'quoias Rast war, dem Gasthof.

Er fand zwei Karten in seiner hinteren Hosentasche, die mit dem roten Schuldenbuch und eine zweite, die mit einer eisenbeschlagenen Holztruhe bedruckt war. Er schluckte hart. *Das ist sie.*

Er verließ das Zimmer.

Auf dem Flur war ein Laubwicht zugange. Er schlurfte an Zack vorbei und drehte dabei den Kopf, sodass die schwarzäugige Maske zu Zack aufschaute, und sagte: »Sie sollten zur Mystagoge gehen.«

»Zur was?«

»Sie wissen noch nicht, welche Farbe Ihr Aurum hat. Deshalb tragen Sie noch diese grauenhaften Klamotten. Gehen Sie zur Weberin in der Mystagoge.«

Zack sah an sich herab. Er hatte wieder das knallbunte T-Shirt, die Country-Hose und die Sandalen an.

»Okay«, sagte er, obwohl er keinen Schimmer hatte, wovon der Wicht redete. Mystagoge – das klang schon fast aufdringlich mysteriös.

»Ich wünsche Ihnen einen angenehmen Tag.«

»Ebenso.«

Der Laubwicht blieb vor einer Tür stehen, klopfte dreimal und sagte: »Zimmerservice!«

Zack fand eine Wendeltreppe, die nach unten führte. Er kam an zwei weiteren Stockwerken mit Zimmern vorbei, während die Geräusche aus den unteren Geschossen lauter wurden. An der Rezeption saß ein weiterer Laubwicht und blätterte in einer Zeitschrift, wobei er Zack beiläufig begrüßte.

Eine Gruppe von Spielern kam aus der Schenke, alle in Armeestiefeln und schwarzen Cargohosen und mit Pistolen in Holstern und Messern am Gürtel. Ein Mädchen mit sehr langen, geflochtenen Zöpfen sprang ihnen erschrocken aus dem Weg, als sie den Gasthof laut plaudernd verließen, ohne von ihr Notiz zu nehmen. Sie sah Zack an und sagte errötend: »Du warst noch nicht in der Mystagoge. W-Wenn du möchtest, bringe ich dich hin.«

Zack tat es leid, dass er ihr eine Abfuhr erteilen musste, denn das Mädchen war ziemlich süß. »Sorry, keine Zeit«, sagte er mit einem entschuldigenden Grinsen und trat in das Lokal. Es war zum Platzen voll. Menschen saßen in seltsamer Kleidung an allen Tischen, als wäre er in eine Halloweenparty geraten. Sie trugen nicht einfach nur T-Shirt und Hose; ihre Kleidung war viel … komplizierter. Er sah aufwendig bestickte Seidenkleider und bodenlange Mäntel und Lederkombinationen, alle in irgendeiner Form mit funkelndem Geschmeide verziert. Manche Gewänder bestanden komplett aus Metall, wie die gewagt geschnittene Rüstung einer Frau, die im Notfall keinen Schutz geboten hätte, weil sie viel zu viel Haut zeigte. Ein Mann, der wegen seiner mächtigen Rüstung zwei Stühle brauchte, spielte mit einem chromfarbenen Roboter Karten. Zack merkte, dass er Probleme damit hatte, alles so in sich aufzusaugen, wie er es in einem Pub in Dublin getan hätte. Er war es gewohnt, sich an Jeanshosen und Pullover und Pumps oder Turnschuhe zu erinnern, aber nicht an das hier. Er fühlte sich wieder wie vor ein paar Wochen, als er mit dem Gedächtnistraining angefangen und ihn selbst ein kleiner Coffeeshop mit vier Gästen heillos überfordert hatte.

Er wollte in das Zimmer, in dem er sich zuletzt mit Emil unterhalten hatte, und zwängte sich durch die Bar. Er wurde angestarrt, vermutlich wegen seines quietschbunten T-Shirts, und deshalb fiel ihm erst auf halber Strecke auf, dass er einen Beobachter hatte. Emil stand an den Türstock gelehnt dort, wo Zack hinwollte, und sah ihm mit einem finsteren Lächeln entgegen. Als sich ihre Blicke trafen, drehte sich Emil zur Tür und ging in das Zimmer.

Emil saß wieder mit überschlagenen Beinen in dem geblümten Ohrensessel, als Zack hinterherkam. Er schloss die

Tür und die Geräuschkulisse des Gasthauses wurde dumpf und leise.

»Die Karte«, sagte Emil ohne Einleitung.

»Woher weiß ich, dass du Lachlan dann freilässt?«

»Das weißt du nicht. Du musst davon ausgehen.« Emil wedelte ungeduldig mit den Fingern. Mit zusammengepressten Lippen zog Zack die Karte aus der Hosentasche und händigte sie ihm aus. Emil schnipste gegen die Karte, worauf sie ihm aus der Hand flitzte und in eine Rauchwolke verpuffte. *Rumms.* Eine wuchtige Holztruhe fiel auf den Boden; das Schloss schepperte und Rost rieselte vom Eisenbeschlag. Emil kniete sich vor die Truhe, um sie zu öffnen, was nicht funktionierte.

»Sie ist verschlossen«, sagte Zack nervös.

»Natürlich ist sie verschlossen«, sagte Emil gedehnt. »Das Notebook ist mit einem Passwort gesichert, oder?«

»Und jetzt?«

»Tjaa, wir könnten sie in die Luft jagen ... oder mit deinem Schädel auf sie einschlagen ... aber das würde nichts bringen. Nichts und niemand kann diese Truhe öffnen, bis auf Abercromby, denn der hat den Schlüssel.« Emil stutzte und hob den Zeigefinger. »Halt, warte!« Er zog eine Karte hervor. »Ich habe ja auch einen Schlüssel!« Und er schnipste dagegen, worauf sich die Karte in einen antiken Schlüssel verwandelte, der ihm in die Hand fiel. Emil schob ihn in das Schloss, drehte ihn – *klick!* – und öffnete den Deckel.

Die Kiste war randvoll mit Karten.

Woher um alles in der Welt hatte er diesen Schlüssel? Zack wagte nicht, Emil zu fragen.

»Beachtenswert«, sagte dieser, »wie viel nutzloses Zeug Abercromby auf seinem Notebook hat.«

Er dachte eine Weile nach, wobei er eine Karte nach der anderen herausnahm, ansah und neben sich auf den Boden warf. Während dort ein kleiner Hügel entstand, schien die Menge in der Kiste keinen Deut abzunehmen. Emil seufzte und ließ sich wieder in den Sessel fallen, wobei er mit dem Kinn in Richtung Zack nickte. »Du wirst das machen«, sagte er.

»Ich?«

Emil äffte ihn nach. »Ich? Ich? Ja, du, oder siehst du hier sonst noch jemanden?«

Zack setzte sich vor die Kiste, um mit dem Sortieren zu beginnen. Auf den ersten Karten, die er herausnahm, waren Notenschlüssel abgebildet, darunter stand: Frédéric Chopin – Nocturne; Vivaldi – Die vier Jahreszeiten; Ludovico Einaudi – Ziemlich beste Freunde Soundtrack … Wenn auf der Karte ein Dokument gespeichert war, zeigte sie ein handbeschriebenes Blatt Papier, und wenn es sich um einen Film handelte, eine Synchronklappe. Emil nahm sich eine Karte mit so einer Klappe und verwandelte sie in einen schwebenden Bildschirm, der sich hinter dem Tisch ausdehnte und ›Aurel Aspen‹ abzuspielen begann. Zack kannte den Film bereits: Er handelte von einem Jungen, der in eine Art Vorhölle geriet; sein Herz wurde gewogen und für eine Rückkehr ins normale Leben als zu schwer befunden, und er bekam ein wenig Zeit, um herauszufinden, was sein Herz belastete. Dazu setzten ihm die Kreaturen der Unterwelt eine tickende Uhr in die Brust, die den ganzen Film über *tick, tack, tick, tack* machte. Nur wenn er vor Ablauf der Zeit herausfand, warum sein Herz so schwer war, durfte er in Frieden weiterleben, und wenn nicht, wurde sein Herz gefressen.

Zack fühlte sich selbst auch wie ein Aurel Aspen, als er sich durch die Truhe grub.

»Such nach einer Karte, auf der ein Zahnrad abgedruckt ist«, sagte Emil.

Es gab in der Kiste unendlich viele Karten, auf denen Zahnräder abgedruckt waren, und jedes Mal, wenn Zack Emil wieder eine reichte, blickte er eine Sekunde lang drauf und warf sie hinter den Sessel. Vermutlich las er den Namen, der unter dem Zahnrad stand – und solange er nicht Erion lautete, maß er der Karte keine Bedeutung bei.

Als Aurel in die U-Bahn gezwungen wurde, die ihn in die Vorhölle bringen sollte, stieß Zack auf Pornos, Abbildungen von nackten Körpern, die als Vorschau über der Synchronklappe abgebildet waren, und da wurde ihm peinlich bewusst, dass er sich gerade durch Olivers Privatsphäre wühlte. Er hatte nicht das Gefühl, dass er vorankam; für jede Karte, die er herausnahm, schien eine weitere aufzutauchen, und während der Berg neben ihm wuchs und wuchs, war die Kiste immer noch randvoll. Ganz ruhig, dachte er, ich arbeite zu langsam. Er begann, immer zwei Karten auf einmal herauszunehmen und sie sofort wegzuwerfen, wenn er gesehen hatte, dass kein Zahnrad auf ihnen abgebildet war. Unterdessen redete Aurel auf ein Mädchen ein, das zu Lebzeiten aus Neugierde einen völlig belanglosen Brief gestohlen hatte. Er wollte sie davon abhalten, sich in ihrer Reue zu verlieren, versagte aber. Die Herzensuhr des Mädchens blieb stehen und sie erstarrte zu Stein, ehe er sie retten konnte. Die Seelenfresser kamen und Kassandra zwang Aurel zur Flucht … »Ich kapier diesen Film nicht«, sagte Emil unzufrieden. »Warum ist sie jetzt tot?«

Zack reichte ihm eine Zahnradkarte.

Emil warf sie hinter sich.

So ging es weiter; Zack hatte keine Uhr, doch es fühlte sich wie eine Ewigkeit an. Emil quittierte das Ende von Aurels Unterweltabenteuer mit einem spöttischen Grunzen. Zack hatte endlich den Boden der Kiste erreicht; Emil warf die Karte mit dem Film auf den Haufen und stellte sich mit verschränkten Armen neben Zack, der Karte um Karte begutachtete und wegwarf. Seine Finger zitterten. Hätte er die Karte, die Emil suchte, nicht längst finden müssen? Emil begann unruhig auf und ab zu gehen, während Zack die letzten Karten aus der Kiste fischte. Musik. Ein Film. Musik, Musik – niemand hatte so viele Musikdateien auf seinem Computer wie Oliver. E-Books, Fotos, noch ein paar Dokumente.

Die letzte Karte bildete ein Zahnrad ab.

Zack reichte sie Emil mit enger Brust. Das musste sie sein; er hatte jede verdammte Karte umgedreht, und das hier war die letzte mit einem Zahnrad. Emil streifte die Karte mit schmalen Augen, dann schleuderte er sie zu Boden – oder versuchte es, denn die Karte war zu leicht und segelte wie eine Feder herab. Er funkelte Zack an. »Das ist sie auch nicht. Du hast nicht gründlich genug gesucht.«

»Ich war sehr gründlich, ich habe dir alle Zahnräder gegeben«, erwiderte Zack heftig.

»Wie kann es dann sein, dass ich Erion immer noch nicht habe?«

Zacks Herz begann zu hämmern. Das konnte nicht sein, es konnte nicht alles umsonst gewesen sein. Er sprang zu dem Haufen mit den Zahnrädern. »Vielleicht hast du nicht genau genug hingesehen – sie muss doch hier sein, ich – was ist mit dieser hier?«

»Nein, nein, nein!«, rief Emil. Er packte Zack am Kragen und zog ihn zu sich heran. »Du wirst jede einzelne dieser Scheißkarten noch einmal ansehen.«

»Ich habe sie schon –«

»MACH ES!«

Diesmal stand Emil die ganze Zeit über daneben und überwachte, wie Zack wuterfüllt und mit rotem Gesicht jede einzelne Karte noch einmal in die Hand nahm, sie in die Kiste schmiss, die nächste nahm, sie in die Kiste schmiss, die nächste, in die Kiste, und so weiter, bis ihm die Arme wehtaten und er heulen wollte vor lauter Zorn und Hass und Angst.

Als die letzte Karte in der Kiste landete und ihm recht gab in seiner Behauptung, gründlich genug gewesen zu sein, und die Software immer noch nicht aufgetaucht war, sah Emil mordlustig aus. Er öffnete und schloss die Fäuste, seine Augen glänzten wie die eines Irren und er marschierte ziellos im Raum auf und ab.

»Das ist – ich hätte mich nicht auf dich verlassen dürfen, das war der Fehler – du bist unfähig – ich hätte dich entführen und Lachlan die Software suchen lassen sollen«, giftete Emil, immer noch mit großen Schritten auf und ab laufend,

»das ist es, ich werde euch austauschen! Du kriegst es nicht auf die Reihe – du bist zu nichts zu gebrauchen –«

»Ja, das ist eine gute Idee«, entfuhr es Zack. »Tausche uns aus, Lachlan könnte –«

»NEIN!«, brüllte Emil. »Das wahre Problem ist, dass DU mir das falsche Notebook gebracht hast.«

»Da war nur dieses eine –«

»Du wirst zurückgehen und ein anderes suchen.«

»Aber –«

»Es ist Nacht, alle schlafen, GEH SUCHEN!«

»V-Vielleicht gibt es diese Software nicht«, rief Zack.

Emil blieb stehen und stierte ihn an. Gleich würde er fragen, ob er ihn für dumm hielte, und irgendetwas zerbrechen, vielleicht ein Glas, vielleicht Lachlans Genick.

Emil öffnete den Mund.

»Vielleicht hast du das, was Oliver im Keller macht, falsch eingeschätzt«, kam Zack ihm hastig zuvor. »Was glaubst du, was er da unten tut? – Er programmiert da nichts, es ist viel banaler, er – er hält es geheim, weil er weiß, dass Mrs. Abercromby es so sehr hasst, er hat einfach Angst, ihr davon zu erzählen –«

»Was redest du da?«, fauchte Emil.

»Er loggt sich in Cronos ein. Er liegt da unten in einem Sessel und hat diese Kappe auf und da ist eine Schachtel mit Blauen Pillen und ich glaube, dass er das jeden Tag macht, und dass er es wegen Lachlans Mum geheim hält und dass es in Wirklichkeit gar keine Software gibt –«

Emil hob die Hand, um ihn zum Schweigen zu bringen, und Zack verstummte. Wieder ging Emil auf und ab, doch diesmal war es mehr ein Schleichen, ein leises Tigern, er starrte vor sich hin und dachte nach, den Finger auf den Lippen und in Gedanken ganz weit weg. »Ah«, sagte er, was ihm so federleicht entwich wie ein Ausatmen. Zack betete, dass es etwas Gutes zu bedeuten hatte.

»Das klingt logisch«, sagte Emil.

»Logisch?«

Emil trat gegen den Deckel der Truhe, worauf dieser mit einem markerschütternden Donnern zuflog. »Wieso hast du das nicht gleich gesagt? Das hätte dir die ganze Arbeit erspart«, sagte Emil feixend.

»Wie meinst du das?«

»In Cronos kann man hervorragend programmieren. Und nirgends ist es so einfach, eine Datei zu verschlüsseln. Du kannst sie einfach in etwas verwandeln, zum Beispiel ein Glas Wasser oder einen Stuhl – oder in ein ganzes Zimmer – alles, eben! Weißt du, was das heißt?«

Zack, immer noch in dem festen Glauben, dass Emil ihn für einen Lügner hielt, konnte ihm nicht folgen. Emil winkte mit der Hand ab.

»Erion ist in Cronos«, sagte er.

Das konnte nicht sein Ernst sein.

»Es gibt keinen besseren Ort auf der Welt, um eine Software zu verstecken, die niemand in die Finger bekommen soll. Cronos ist wie eine riesige Cloud ohne Suchfunktion.«

In Zacks Kopf rastete etwas ein. »Das heißt, wenn ich die Software in Cronos aufspüren kann, lässt du Lachlan gehen?«, fragte er vorsichtig.

Emil rieb sich das Kinn. »Ja, das ist ein Deal.«

Er hätte ihm auch auftragen können, eine komplizierte mathematische Formel zu lösen. »Ich kenne mich nicht aus in Cronos. Vielleicht finde ich die Software nie.«

»Du wirst dich mit Cronos vertraut machen müssen. Das Schöne an ausweglosen Situationen ist, dass sie unerwartete Fähigkeiten im Menschen hervorbringen.«

»Aber –«

»Je länger du hier stehst, desto länger wird Lachlan auf dich warten müssen.« Damit deutete Emil auf die Tür, als wollte er sagen: Geh da raus und fang an.

Zack, in Ermangelung einer sinnvollen Alternative, drehte ihm den Rücken zu und ging zur Tür, doch während er äußerlich noch recht gefasst wirkte, tobte in seinem Kopf ein regelrechter Orkan. Er konnte nicht Stunden in Cronos verbringen. Irgendwann würde Persy aufstehen und sich fragen, was er da hinter verschlossener Tür trieb. Außerdem hatte er Mr. Maddox nicht angerufen, um ihm zu sagen, dass er nicht in der Lage sein würde, zur Arbeit zu kommen. Er wusste ja nicht einmal, wo er anfangen sollte – wie Cronos funktionierte – welche Möglichkeiten er hier hatte. Lachlan war derjenige, der zu solchen Dingen leichten Zugang hatte, aber er, er würde sich wie ein Idiot anstellen.

»Worauf wartest du?«, fragte Emil, denn Zack war vor der Tür stehen geblieben und drehte sich langsam um.

»Nein«, sagte er, eine vage Idee im Kopf.

»Nein was?«

»Ich suche die Software nicht allein.«

Emil stieß ein ungläubiges Schnauben aus. »Was wird

das, Zachary? Du weißt genau, was passiert, wenn du nicht machst, was ich von dir verlange.«

»Nein«, sagte Zack fahrig.

»Ich bringe ihn um.«

»Tust du nicht. Du hast so viel riskiert – du hast zwei Kidnapper bezahlt – du bist bei mir eingebrochen, um mir einen Cronos Cube aufs Bett zu legen. Wie viele Monate hast du die Entführung vorbereitet? Du willst die Software, um jeden Preis. Ich könnte mich jetzt sofort ausloggen und Mr. Abercromby alles erzählen. Dann würdest du Lachlan etwas antun, Mr. Abercromby würde die Software aus Cronos entfernen und niemand hätte, was er wollte.« Die Worte sprudelten aus Zack heraus, ehe er sie zurückhalten konnte.

»Du bewegst dich auf dünnem Eis«, sagte Emil mit geweiteten Augen. Er grinste jetzt nicht mehr.

Zack nahm noch einmal seinen ganzen Mut zusammen. »Ich mache dir einen Vorschlag. Du holst Lachlan nach Cronos. Wir suchen die Software zusammen.«

Emils Lippen bewegten sich langsam, als müsste er wiederholen, was Zack gesagt hatte, um es zu begreifen.

»Ich mein's ernst«, sagte Zack mit Nachdruck. Sein Herzschlag musste im ganzen Raum zu hören sein. »Wenn du ihn nicht nach Cronos holst, logge ich mich aus und erzähle Mr. Abercromby von deinen Plänen.«

Etwa eine Sekunde, bevor er zum Punkt kam, spürte Zack, dass er zu weit gegangen war. Emils Augen wirkten klein in so viel Weiß, und Zack bereute, dass er nicht einfach gegangen war und mit der Suche begonnen hatte. Lachlan würde seine Dummheit ausbaden müssen. Er wollte mit einer Entschuldigung herausbrechen, doch gerade als er die Lippen öffnete, schlug Emil die Hände zusammen und rieb sie sich, wie jemand, der einen großen Gewinn witterte.

»Gar keine üble Idee«, sagte er. »Warum nicht? Der Vorschlag ist durchaus vernünftig. Du bist kein Denker. Du brauchst jemanden, der denkt.«

Zack traute seinen Ohren nicht. »Wirklich?«

»Ihr wisst ja, was passiert, wenn ihr mich verarscht«, sagte Emil mit einem dünnen Lächeln. »Geht davon aus, dass ich jederzeit weiß, wo ihr seid und was ihr tut. Es gibt allerdings eine weitere Regel.« Ich wusste es, dachte Zack wie paralysiert. »Bis ihr Erion gefunden und erobert habt, muss Lachlan in Cronos bleiben. Wenn er sich vorher ausloggt, gibt es keine Rückkehr.«

»Okay«, sagte Zack rasch. Das sollte zu schaffen sein. Sie würden hoffentlich nicht Tage brauchen.

Emil rieb sich immer noch die Hände und Zack fragte sich, was ihm durch den Kopf ging. »Fein. Du triffst ihn in einer halben Stunde am Stamm der Kokonstadt. Du solltest die Zeit nutzen und das Notebook zurückbringen – wir wollen doch unangenehme Fragen vermeiden, nicht wahr?«

Zu keiner anderen Tageszeit wirkte Phoenix Manor so still und leer wie nachts um vier; es fühlte sich wie etwas Verbotenes an, durch seine Flure zu laufen.

Zack, die Kugelschreibermine wieder in der Hosentasche, stieg die Treppe hinunter in die Eingangshalle, schlich zur Kellertür und lauschte vorsichtig ins Wohnzimmer. Er sah einen Lichtschein unter der Tür und hörte den Detective telefonieren.

Er klemmte das Notebook unter den linken Arm und öffnete die Kellertür. Das Licht knipste er erst an, nachdem er sie wieder geschlossen hatte, in der Hoffnung, O'Connor würde nicht aus dem Wohnzimmer kommen und den Lichtstreifen bemerken. Er sank vor der Bürotür in die Knie, legte das Notebook neben sich und fing an, mit der Kugelschreibermine im Schloss herumzustochern.

Klick. Er schob die Tür auf und legte den Lichtschalter um. Einen Herzschlag lang dachte er, Oliver würde im Büro auf ihn warten, im Sessel sitzend, die Fingerspitzen aufeinander gelegt, ein grimmiges Lächeln im Gesicht: »Auf frischer Tat ertappt!« – Aber der Sessel war leer und der Cronos Cube verschwunden. Zack schaltete das Licht im Flur aus, falls O'Connor das Wohnzimmer verließ, schob das Notebook in die Tasche, schloss die Tür, die Mine wieder in der Hand, und tastete sich im Dunkel die Treppe hoch. Er horchte. Alles ruhig. Geräuschlos schlich er nach draußen – zur Treppe – hoch ins Obergeschoss – hinein ins Zimmer. Er drehte den Schlüssel und atmete auf.

Zack nahm die Blaue Pille, die dritte an diesem Tag, legte sich hin und ließ sich nach Cronos saugen, wo er wieder in einem Zimmer in Ma'quoias Rast aufwachte. Er verließ den Kokon, stieg die Wendeltreppe hinab und eilte durch die Straßen. Es war nicht schwer, zum Stamm zurückzufinden: einfach immer der grauen Wand entgegen.

[12]

Das leuchtende Rechteck verblasste endgültig und es kehrte jene undurchdringliche Schwärze ein, an die sich kein Auge gewöhnen konnte. Mit einem Krachen sprang die Tür auf, eine Faust knallte auf den Lichtschalter und Emil flog wie ein Unglücksrabe auf das Bett zu. Er warf einen Haufen schwarzer Elektronik auf die Matratze und boxte Lachlan gegen das Bein.

»Setz dich auf!«, bellte er.

Lachlan raffte sich am Gitter hoch, während Emil eine Pille aus einem Blister drückte. Er hatte ein Kabel mitgebracht und etwas, das wie eine schwarze Qualle aussah, gespickt mit silbernen Nieten. Emil schraubte eine Wasserflasche auf und hielt sie Lachlan mit der Pille unter die Nase. Die Pille leuchtete in einem giftigen Türkisblau. »Die Dinge haben sich geändert. Du wirst sehnsüchtig in Cronos erwartet. Schluck das hier«, raunzte Emil ihn an.

Jetzt erkannte Lachlan den Würfel neben der schwarzen Gummiqualle und die silberne Prägung auf dem gebürsteten Stahl: ›CC‹. Lachlan erinnerte sich daran, wie Emil am Morgen zu ihm gesagt hatte, er habe Zack zum Spielen eingeladen, und dass er ihn in wenigen Minuten treffen werde: *Nicht in dieser Welt.* Jetzt war ihm alles klar: Er würde Zack wiedersehen – sein Herz beschleunigte fast unmittelbar. Er hatte sich bemüht, nicht daran zu denken, doch jetzt wurde ihm wieder klar, wie sehr Zack ihm fehlte. Er öffnete die Hände, damit Emil ihm die Blaue Pille geben konnte.

»Am Gaumen zerdrücken. Geht schneller.«

»Was soll das?«, fragte Lachlan.

»Ich bin sicher, Zachary wird so frei sein, dir alles zu erzählen. Bis dahin solltest du dir zwei einfache Regeln einprägen. Regel Nummer eins: Du wirst da drüben die Klappe halten.« Er kam Lachlans Gesicht so nah, dass kein Finger mehr zwischen ihre Nasenspitzen gepasst hätte. »Wenn jemand in Cronos erfährt, was hier läuft, bringe ich dich um.«

Lachlan hatte nicht den geringsten Zweifel daran, dass Emil es ernst meinte. Als sich der blasse Mann wieder dem Cube zuwandte, ließ Lachlan die Pille mit der Zunge am Gaumen zerplatzen, trank den bitteren Geschmack mit gierigen Schlucken aus der Wasserflasche weg und setzte die Flasche erst wieder ab, als er sie bis auf den letzten Tropfen geleert hatte. Emil entrollte das Kabel, schloss den CC an das Stromnetz an (»Guten Tag. Der Cronos Cube wird hochgefahren. Bitte setzen Sie die Stimulanzkappe auf.«) und ließ die Gummimütze wie Pizzateig über den Zeigefinger wirbeln, ehe er Lachlans Schädel unsanft in sie hineinzwängte. Lachlan, der an Kathy gesehen hatte, dass die Kappe nach einiger Zeit sichtbare Druckstellen auf Stirn und Schläfen hinterließ, fragte sich jetzt nicht mehr, warum das so war. Er sah doppelt; der Raum schien sich zu drehen.

»Hinlegen«, sagte Emil und Lachlan sank auf den Rücken. Er fühlte sich so schwer, wie begraben unter einem Sack Reis, der ihn von Kopf bis Fuß bedeckte.

Die Stimme aus dem CC sagte: »Beginne mit der Messung der Hirnfrequenz. Sie werden in zwei Minuten starten. Stellen Sie sicher, dass die Stimulanzkappe während der Schlafparalyse nicht herunterrutschen kann.«

»Regel Nummer zwei«, sagte Emil, »wenn du dich ausloggst, bevor ihr gefunden habt, was ich will, dann darfst du nicht mehr nach Cronos zurückkehren.«

»Was sollen wir finden?«, fragte Lachlan.

»Eine Software namens Erion«, sagte Emil.

Der Cube plapperte dazwischen: »Zur Vermeidung nervlicher Überbelastung benötigen Sie ein Safeword, mit dem Sie sich aus dem Spiel ausloggen können, indem Sie es laut aussprechen. Achten Sie darauf, dass das Safeword für Sie gut zu merken ist und Sie bei spielinterner Konversation nicht behindert.« Pause. »Nennen Sie bitte jetzt Ihr Safeword.«

»Sag etwas«, befahl Emil.

»Digital Terror«, sagte Lachlan spontan.

Emil grunzte spöttisch. »Was für ein Zeug?«

»Speichere Safeword: Digital Terror«, sagte die Frauenstimme. Lachlan hatte kein Gefühl mehr für seinen Körper. Emils Konturen verschwammen, als Lachlan die Sicht schwand. Die zentnerschweren Augenlider glitten ihm zu, und dann schwebte er in der Finsternis, körperlos.

»Ihre Signatur ist in unserer Datenbank noch nicht registriert. Sie werden jetzt zur Administration weitergeleitet. Genießen Sie Ihren Aufenthalt«, sagte der Cube.

Und Lachlan fiel in die Tiefe.

»Lachlan Abercromby?«

Er stand in einer kreisrunden Halle, die dieser Bezeichnung ob ihrer unwirklichen Größe nicht mehr gerecht wurde. Die Frau, die aus dem Nichts neben ihm erschienen war, trug ein Stirnband auf dem Kopf, in dem dutzende schwarze und violette Federn steckten, jede so lang wie zwei ausgebreitete Arme. Sie hatte ein rotes Heft aufgeschlagen und seinen Namen daraus vorgelesen, und jetzt sah sie ihn erwartungsvoll an. Er verstand das alles nicht.

Er hatte gedacht, Cronos wäre eine verbesserte Ausführung einer gewöhnlichen VR-Brille. Er hatte gedacht, wer sich in Cronos aufhielt, sei immer noch bei Bewusstsein, könnte seinen liegenden Körper fühlen und sich jederzeit die Stimulanzkappe abnehmen. Er hatte gedacht, der Körper, den man in Cronos steuerte, wäre nur ein virtueller Avatar, eine gefühllose Projektion …

Aber er konnte jeden Finger spüren. Konnte sich kneifen. Konnte mit den Füßen auftreten. Dafür spürte er seinen realen Körper überhaupt nicht mehr, nicht seine Hände, nicht seine Zunge, nicht seine Füße. Was er jetzt erlebte, bereitete ihm mehr Angst als alles, was er durchgestanden hatte, seit der Taser ihm die Lichter ausgeknipst hatte und er in Emils Gegenwart aufgewacht war. Als hätte er sich aufs Glatteis begeben und nach einigen Metern ein lautes Knacken gehört. Er begriff das einfach nicht. Es war nicht möglich.

»Was ist jetzt?«, fragte die Frau ungeduldig. »Bist du Lachlan Abercromby oder nicht?«

»Ich bin Lachlan Abercromby«, sagte Lachlan.

»Schön. Ich bin Adele, eine Administratorin. Ich soll dich

ins Spiel einführen. Weil du das erste Mal hier bist und keinen Plan hast, was dich erwartet.«

»Okay.« Nichts war okay. Aber er erinnerte sich an Emils Warnung: Er durfte sich nichts anmerken lassen, sonst ging es ihm an den Kragen.

Sie sah ihn verständnislos an. »Wie wär's mit etwas mehr Begeisterung? Oder hast du Angst?«

»Nein«, sagte Lachlan rasch. Er runzelte die Stirn. »Woher weißt du, wie ich heiße?«

Sie zog ein Gesicht, als wollte sie sagen: Junge, was für ein Trottel. »Hast du dich eigentlich informiert, bevor du den Cube gekauft hast? Dein Name steht hier drin. Der Cube weiß, wie du heißt, weil er auf dein Gehirn zugreifen kann. So funktioniert das Spiel«, sagte sie ungeduldig.

»Auf mein Gehirn? Das glaube ich nicht.«

»Tja, dann pass mal auf.« Sie warf ihm einen Tennisball zu, den sie aus der Luft entstehen ließ. »Wie ist das, fühlt sich das an wie ein Tennisball?«

»Ja.«

»Weil du dich daran erinnerst, wie sich ein Tennisball anfühlt. Der Cube entnimmt deinem Hirn die Erfahrung und gibt dir das Gefühl, sie erneut zu machen«, spulte sie herunter. »Das funktioniert auch mit Erinnerungen, die nicht aus deinem eigenen Gedächtnis kommen.«

Als nächstes reichte sie ihm einen purpurroten Würfel, den sie als japanische Süßigkeit namens Yokan bezeichnete. Er schmeckte süß, aber nicht nach etwas, wonach Lachlan ein zweites Mal gegriffen hätte. Dazu erklärte sie ihm auf die gleiche gelangweilte Art, dass er den Würfel nur deshalb schmecken könne, weil der CC ihm die Erinnerungen eines Menschen einflöße, der sich irgendwann einmal in Cronos aufgehalten hätte. Cronos sei deshalb so eine Art Internet des Geistes. Lachlan hörte kaum zu; er dachte die ganze Zeit, was für einen Humbug sie da redete. Vielmehr wollte er wissen, wie er an diesem seltsamen Ort Zack finden sollte. Er sah sich nach ihm um, aber sie waren so allein, wie es ging: in einem riesigen Saal, kein Mensch weit und breit.

»Hörst du mir überhaupt zu?«, fragte Adele unzufrieden. Befremdet merkte er, dass sie ihm ein langes, gemasertes Damaszener Messer hinhielt.

»Ja«, log Lachlan betont gelassen. Was sollte er mit dem Messer? Als er keine Anstalten machte, es zu nehmen, seufzte Adele und sagte gereizt: »Hör zu, ich war gerade mitten in einem echt wichtigen Dungeon in Florahall, bevor du aufgetaucht bist. Meine Gruppe wartet auf mich, also könnten wir das hier bitte hinter uns bringen?«

»Klar«, sagte Lachlan. »Ich habe es auch eilig. Ich bin hier nur auf der Suche nach jemandem.«

Sie musterte ihn skeptisch. »Du bist nicht zum Spielen hier?«, wiederholte sie langsam.

»Nein.«

Nach kurzem Zögern nahm sie das Messer zurück, warf es hoch in die Luft – und ließ es verschwinden. »Schön. Wenn wir es beide eilig haben, dann können wir die Sache genauso gut abkürzen – wenn du mich nicht verrätst.«

»Verraten?«

»Ich verliere meinen Status als Admin, wenn ich dich

nicht exakt nach den Direktiven einführe. Aber das würde noch gut fünf oder zehn Minuten dauern.«

»Ich schweige wie ein Grab«, versprach Lachlan.

»Du bist super!« Adele grinste, jetzt die Freundlichkeit in Person, und reichte ihm das schmale rote Buch, aus dem sie seinen Namen vorgelesen hatte. »Das hier muss ich dir noch geben. Eine reine Formalität.«

Lachlan schlug das Buch auf und entdeckte seinen Namen auf der ersten der etwa fünfzig hauchdünnen Seiten: Lachlan Abercromby, 18, Dublin, Irland.

»Wozu brauche ich das?«

Sie winkte ab. »Wenn du nicht zum Spielen hier bist, brauchst du es eigentlich gar nicht. Das Schuldenbuch ist nur für Leute interessant, die vorhaben, Quests zu erledigen und solchen Kram. Schnips mal dagegen, dann verwandelt es sich in eine Karte – genau so. Steck sie weg und ignorier sie. Danke, das ist wirklich total lieb von dir«, sagte sie mit zuckersüßer Stimme. »Eins noch: Erschrick nicht, denn wenn ich weg bin, startet das Spiel. – Mach's gut!«

Lachlan konnte gerade noch den Mund öffnen, um ihr Auf Wiedersehen zu sagen, da hatte sie sich bereits in Luft aufgelöst – und mit einem Schlag war um ihn herum alles in Bewegung. Menschen in seltsamer Kleidung, wohin er auch sah; Stimmen, die durcheinanderplärrten; Händler in Holzhütten; eine Steinfigur in einem Springbrunnen, die ein laternengroßes Stundenglas in der Hand hielt. Gläserne Röhren, durch die Aufzüge flitzten, und Luftschiffe, die ein gigantisches Loch in der Wand benutzten, um die Halle zu bereisen und zu verlassen; chromglänzende Roboter, die sich bewegten wie Menschen, und Männchen mit weißen Masken. Lachlan glotzte ihnen hinterher.

Nicht die Nerven verlieren, dachte er.

Er begann durch die Menge zu gehen. Wie sollte er in diesem Getümmel aus Absurditäten Zack finden? Er hielt nach einem karottenroten Haarschopf Ausschau, der alle anderen überragte, als ihm der Gedanke kam, dass Zack in Cronos vielleicht ganz anders aussah als in der Realität. Er warf einen Blick auf seine ausgestreckten Hände: nichts Ungewöhnliches. Als er einige Meter weiter zu einer Bude kam, die Spiegel im Angebot hatte, blieb er stehen. Aus einem ovalen Exemplar, das auf dem Tisch stand, blickte ihm sein eigenes blasses Gesicht entgegen. Er kam näher und betrachtete sich, bemerkte die makellose Haut und die gut durchbluteten Lippen. Als hätte der Cube sein wahres Aussehen nicht einfach nur kopiert, sondern gleichzeitig optimiert. Einem Geistesblitz folgend suchte er seinen Arm nach dem Brandmal ab, das Emil ihm mit seiner Zigarette verpasst hatte. Es war nicht da.

»Kann ich helfen?«, fragte das maskierte Männchen in der Holzbude höflich.

Lachlan schüttelte den Kopf. Er sah wieder in den Spiegel – und verkrampfte sich vor Schreck. Eine rotäugige Kreatur war durch den Spiegel gewischt, ein schwarzer Schatten mit hässlicher Fratze und Fängen so lang wie Säbel, begleitet von einem spitzen Kreischen, das er deutlich gehört hatte, obwohl die Kreatur nur eine Sekunde lang zu sehen gewesen war. Tatsächlich war es das, was ihn so erschreckt hatte: nicht so sehr das Aussehen der Kreatur, sondern ihr plötzliches Auftauchen und Verschwinden, und dieser grelle Schrei.

»Alles in Ordnung?«, fragte der Laubwicht.

Lachlan lief weg, ohne eine Antwort zu geben. Die starre Maske mit den riesigen schwarzen Augen fand er noch unheimlicher als die Erscheinung im Spiegel.

Nur ein paar Meter weiter geriet er fast unter die Hufe eines vierbeinigen Wesens: einer schwarzen Antilope mit unendlich langen, streichholzdünnen Beinen – als stünde er einem von Dalís Elefanten persönlich gegenüber. Die Kreatur zog einen Wagen, den sie durch die Länge ihrer Beine deutlich überragte; und hoch oben wuchsen ihr zwei spiralförmig gewundene Hörner steil aus dem Schädel, leuchtend wie Tabakglut. Alles andere an der Antilope war schwarz, so schwarz wie mit Tusche ausgemalt, wodurch ihr Körper seltsam flach wirkte, zweidimensional, wie ein sich bewegendes Loch. Auf dem schwarzen Wagen, den sie zog, stand in weißen, abblätternden Buchstaben »Leichentransport«.

»Hallo«, sprach ihn ein Mädchen mit langen, geflochtenen Zöpfen an. »Du siehst aus, als könntest du Hilfe gebrauchen, soll ich dich vielleicht –«

Lachlan ließ sie stehen und bugsierte sich durch die Menge, auf den Ausgang zu. Sein Herz schlug schneller (aber wieso spürte er es überhaupt?) und sein Atem ging schwer (musste er überhaupt atmen?). Er wollte raus hier, so schnell wie möglich. Wie konnte es so viele Menschen geben, die sich freiwillig diesen Alptraum antaten? Endlich öffnete sich der Pulk. Er lief ins Freie –

Zumindest dachte er das. Er sah nach oben, wo sich der

Himmel hätte befinden müssen; stattdessen erblickte er ein Blätterdach ohne Anfang und Ende. Zu dicht, um Sonnenlicht hindurchzulassen, sodass darunter schummrige Dämmerung herrschte. Im Halbdunkel leuchteten die Fenster der Häuser, die den Straßenverlauf säumten, in einem rotgoldenen Ton. Auf den zweiten Blick sah er, dass es sich gar nicht um Häuser handelte, sondern um mehrere Stockwerke hohe Wespennester, die Fenster hatten und Türen und Treppen.

»Ich bin in der Hölle«, murmelte er.

[13]

Zack war von dem Moment an, da er den Stamm erreichte, das reinste Nervenbündel. Wie elektrisiert beobachtete er die Menschen, die herauskamen oder hineingingen. Wenn jemand vorbeikam, der Lachlan ähnlich sah, blass war, lang und dünn und dunkelhaarig, stockte ihm das Herz. Es waren aber immer nur fremde Spieler, die von ihm keine Notiz nahmen.

Vor dem Tor setzte er sich auf eine dicke Wurzel, eine von jenen, die sich hie und da aus der Erde wölbten, rundliche, glatte Bänke bildend. Von der Aufregung wurde ihm ganz kalt. Die Sandalen fühlten sich unangenehm an; er hätte viel für geschlossene Schuhe getan, etwa für ein Paar Stiefel, die hier besonders gern getragen wurden.

Zack hatte keine Uhr, aber nach seinem Empfinden war bereits mehr als eine halbe Stunde vergangen. Das Warten machte ihn irre; ein Kribbeln stieg ihm den Nacken hoch. Und wenn Emil am Ende doch geflunkert hatte? Vielleicht wollte er sehen, wie lange es dauerte, bis er kapierte, dass Lachlan nicht aufkreuzen würde. Es war ihm gleich komisch, so scheinheilig vorgekommen ... eine Mischung aus Hilflosigkeit und Zorn brütete in ihm, als sich auf einmal die Wurzelbank unter ihm bewegte. Sie hob sich ein kleines Stück und senkte sich wieder ab, als hätte sie tief durchgeschnauft. Zack sprang wie von der Tarantel gestochen herunter und drehte sich um –

Die Bank existierte nicht mehr.

Die Wurzel hatte sich vor ihm aufgebäumt, ein langer, baumstammdicker Speer mit gekrümmter Spitze, die auf ihn zeigte. Zwei Astlöcher bildeten sich auf der Vorderseite und aus diesen Löchern ploppten zwei weiße Augäpfel, die im Kreis rotierten, bis die schwarzen Pünktchenpupillen auf gleicher Höhe waren und ihn anstarrten. Zack starrte mit offenem Mund zurück.

Die Wurzel peitschte herab. Zack sprang beiseite und sie knallte auf den Boden, genau an der Stelle, wo er bis vor einer Sekunde gestanden hatte. Pflastersteine splitterten, Staub wirbelte auf. Zack drehte um und stürzte davon. Blitzartig wickelte sich etwas um sein Bein, ein Ruck und er verlor den Boden unter den Füßen – die Wurzel riss ihn in die Luft – die Kokons drehten sich auf den Kopf – es ging abwärts.

Rumms.

Ein sengender Schmerz raste durch seinen Rücken, als er flach auf dem Boden aufschlug. Die Wurzel ließ seinen Fuß los und richtete sich über ihm auf, das dolchspitze Ende auf ihn gerichtet. Zack rollte sich zur Seite, als sich die Wurzel dicht neben seinem Kopf in die Erde rammte. Er fuhr herum, packte sie mit den Händen – sie entrutschte ihm, holte aus und schlug ihm seitlich gegen die Brust. Er rollte über den Boden und die Wurzel jagte ihm nach, rauschte über ihn hinweg, länger als zuvor, sie drehte sich, zeigte auf ihn –

In diesem Moment hörte er ihn, ganz leise nur: den hellen Klang einer Violine. Wie konnte da jemand seelenruhig Geige spielen, während er von einer Wurzel verprügelt wurde? Er sprang auf und rannte weg, so schnell er konnte. Ein letzter Blick über die Schulter, nur um die Distanz einzuschätzen – sie war direkt hinter ihm, die Wurzel – nah, pfeilschnell, ein tödliches Wischen in der Luft, ein letztes Blinzeln und sie würde ihn durchbohren. Zack warf sich hin.

Es knallte und zischte, und auf einmal war die Luft um ihn herum ein purpurrotes Blitzlichtgewitter. Knisternd verästelten sich die Funken zu einer Kugel, die ihn umhüllte. Zack hob den Kopf und sah, wie die Wurzel, in dem Licht feststeckend wie ein Schwert in einer Holztür, sich losriss und aufbäumte. Die roten Blitze flogen über die Wurzel hinweg und verbrannten sie, bis sie kohlrabenschwarz war. Sie schlug neben Zack auf, qualmend und stinkend wie ein Haufen angezündeter Streichhölzer. Zack rappelte sich auf und ging auf Abstand; die knisternde Kugel hatte sich aufgelöst.

»Das war knapp«, sagte eine Frau mit langen schwarzen Haaren zu ihm, die dort stand, wo er vorher auf der vermeintlichen Bank gesessen hatte. Sie hatte eine süße Mädchenstimme, die nicht so richtig zu ihrer fülligen, erwachsenen Erscheinung passen wollte. »Ein Wurzelnarr. Die sind hier überall, also setz dich lieber nicht hin.«

Sie war rundum mollig und hatte ein hübsches Mondgesicht mit hellbraunen Augen, aufgeworfenen Lippen und einer kleinen Nase zwischen runden Wangen. Ihre komplizierte Kleidung war übertrieben üppig mit schwarzer Spitze besetzt oder ganz daraus gemacht, wie etwa die Handschuhe. Vielleicht etwas für einen Abendball, dachte Zack, aber doch nicht für eine Stadt, die zu gleichen Teilen aus wilden Sträuchern und zugewachsenen Pfaden bestand.

»Was war das für ein rotes Licht?«, fragte er.

»Ach, das war nur ich«, winkte die Frau ab. In der linken Hand hielt sie einen Bogen, in der rechten eine Violine, die in einem grellen Rotton lackiert war. »Das ist eine Glás-Geige. Ich dachte mir, dass du Hilfe brauchst. Immerhin trägst du noch das T-Shirt – und diese sexy Sandalen.«

Zack hatte es satt, auf sein lächerliches Outfit angesprochen zu werden. »Ich bin auch nicht zum Spielen hier. Ich treffe mich mit einem Freund.«

»Du triffst dich mit ihm?«

In diesem Moment flog sein Blick über ihre runde Schulter und erhaschte ein vertrautes, blasses Gesicht in der Menge. Zack sprang das Herz in den Hals. »Da ist er!«, rief er und lachte ungläubig auf. Er war sich tausendprozentig sicher: Es war Lachlans Gesicht gewesen, das er in der Menge vor dem Tor erspäht hatte. Obwohl er bis zum Angriff der Wurzel auf Lachlan gewartet hatte, konnte er es jetzt nicht fassen: Emil hatte wirklich Wort gehalten, Lachlan war hier, sie würden miteinander sprechen und diese entsetzliche Sache gemeinsam zu Ende bringen können.

»Lachlan!«, rief er, nachdem er die Frau hatte stehen lassen und in die Menge eingetaucht war. Genau in dieser Sekunde lichtete sich das Meer aus Köpfen um Lachlan; dieser drehte sich alarmiert um, suchte in den Gesichtern – und entdeckte ihn.

»Zack!«

Die Lichtung füllte sich wieder, Gedränge schob sich wie eine Wand zwischen die beiden Freunde. Stolpernd, bugsierend, im Slalom Menschen umrundend arbeitete sich Zack voran; sicher kam Lachlan jetzt in seine Richtung, sie würden sich in der Mitte treffen. Mit einem »Sorry!« quetschte sich Zack an zwei jungen Frauen vorbei, die mit empörten Mienen auseinanderwichen. Und da war es wieder, Lachlans ovales Gesicht in der Menge – doch diesmal völlig anders als bei ihrem ersten Blickkontakt. Seine Augen waren jetzt rund und schwarz und sein Mund klappte auf, als wollte er etwas sagen. Er tauchte kerzengerade nach unten ab und verschwand, als hätte ihm jemand in die Knie getreten oder der Boden sich unter ihm aufgetan. Zack schubste jemanden beiseite, dann war er bei ihm; oder bei dem, was von Lachlan übrig war. Er stand auf wackeligen Knien – und aus seiner Brust ragte das zuckende Ende einer baumstammdicken Wurzel, die ihn durchbohrt hatte. Ein Mann in Bronzerüstung zerteilte die Wurzel mit einem Schwerthieb; sie glitt aus Lachlans Rücken, knallte zu Boden, krümmte sich und verschrumpelte, regte sich nicht mehr. Lachlan fiel der Länge nach hin; er war tot.

»Mist! Ich war zu langsam, sorry!« Die Frau mit der Violine war ihm nachgelaufen; keuchend blieb sie neben dem leblosen Lachlan stehen. »Das ist wirklich ärgerlich«, seufzte sie, als hätte er sich nur das Knie aufgeschrammt. »Es kommt manchmal vor, dass Anfänger an Wurzelnarren geraten. Aber dass sie aus dem Hinterhalt töten, ist mir neu.«

Zack verstand die Welt nicht mehr. »Er kann doch jetzt nicht tot sein!«

»Ach, das passiert hier jeden Tag.«

»Wacht er wieder auf?«

»Wenn das so einfach wäre! Ich bin übrigens Melpo.« Sie reichte ihm die Hand. Er stammelte seinen Namen, während sie ihm energisch den ganzen Arm schüttelte. »Aller Anfang ist schwer in Cronos – das war schon immer so. Aber die Entwickler verwenden keine Zeit darauf, es zu ändern. Sie sind zu sehr damit beschäftigt, den Rest der Welt mit Details zu schmücken, die keiner braucht.«

Aus dem Loch in Lachlans Brust sickerte Blut, das nach Zacks Geschmack viel zu realistisch aussah. Dick und dunkelrot breitete es sich über den Boden, während Lachlans Gesicht unter seiner Hand immer blasser und kälter wurde, beinahe bläulich schimmerte. »Was soll ich tun?«

»Warte noch einen Moment«, sagte Melpo gelassen. »Der erste Tod dauert immer eine Weile.«

Was meinte sie damit?

»Wenn du möchtest, bringe ich euch zum Friedhof und dann zur Mystagoge«, bot Melpo an.

»Mystagoge?« Das kam ihm bekannt vor. Er war schon ein paarmal darauf angesprochen worden, zuletzt von der Laubfrau in Ma'quoias Rast.

»Ihr seid noch nicht klassifiziert, so wie ich zum Beispiel und alle anderen hier. Ich bin eine Harmonikerin, das heißt, ich zaubere mit Hilfe der Musik.« Sie lüpfte die Violine, nur für den Fall, dass Zack sie schon vergessen hatte. »Es gibt Shooter, die mit Schusswaffen umgehen, und Okkultisten, die dich hypnotisieren können, und Hexen, die Feuer und Eis beschwören, und Muertos, die mit den Toten sprechen – apropos, da ist dein Freund ja wieder.«

Das stimmte nur zur Hälfte. Richtig war, dass sich Lachlan regte und aufstand – richtig war aber auch, dass er seinen Körper dabei liegen ließ. Der Lachlan, der sich vor Zack aufrichtete, war eine hellgraue Kopie des Lachlans, der weiterhin ungehindert aus einem bowlingkugelgroßen Loch in seinem Körper blutete. Zack konnte durch ihn hindurch verschwommen die Kokons und die Straße sehen.

»Er ist ein Geist?«, fragte Zack.

»Jep«, sagte Melpo.

Lachlan betrachtete fassungslos seine Arme. Er bewegte die Lippen, ohne ein Wort zu sagen.

»Er kann nicht sprechen, solange er ein Geist ist«, klärte Melpo sie beide auf. Lachlan sah sie mit halb offenem Mund an, als wollte er kommentieren: Was zur Hölle ist hier los? Zack berührte ihn an der Schulter, aber seine Finger glitten einfach durch ihn hindurch.

»Schön, dich wiederzusehen«, sagte er betreten.

Lachlan sah zu Boden und tat einen Satz zur Seite, als er bemerkte, dass er in seiner eigenen Leiche stand.

»Ich schätze mal, zu zweit kommt ihr nicht weit«, sagte Melpo seufzend. »Es wäre verantwortungslos, euch alleine zum Friedhof fahren zu lassen. Am Ende geratet ihr an einen Rauchlöwen oder eine Glotzende Gespinstmotte, und dann seid ihr wirklich aufgeschmissen, denn keiner wird Lust haben, gleich zwei Anfänger zum Friedhof zu schleppen.«

»Was meinst du mit Friedhof?«, fragte Zack.

»Wir müssen deinen Freund bestatten, damit er wiederauferstehen kann. Es ist umständlich zu sterben, deshalb bleibt man besser am Leben.«

»Ähm, okay.«

»Ich hole uns einen Leichenwagen. Geht nicht weg, ich bin gleich wieder da.« Sie verschwand in der Menge. Zack und Lachlan sahen sich an, einander ganz nah und doch seltsam voneinander getrennt. »Ich hol dich da wieder raus«, sagte Zack ernst. Lachlan schenkte ihm ein halbes Lächeln.

Sie gaben ein ulkiges Gespann ab auf dem Bock des Wagens: die ganz in Schwarz gekleidete Melpo, Zack mit den karottenroten Haaren und dem quietschbunten T-Shirt und der gänzlich farblose Lachlan, durch dessen halbtransparenten Körper Zack die Kokons vorbeiziehen sah.

»Wie ist es, wenn man stirbt?«, fragte Zack Lachlan, während sie eine ruhige, fast menschenleere Straße entlangruckelten. »Tut es … tut es weh?«

Lachlan schüttelte den Kopf. Dabei deutete er auf den Boden des Kutschbocks.

»Es tut nicht weh, solange du hier sitzt?«

Lachlan schüttelte den Kopf energischer, breitete die Arme aus und zeigte auf die Kokons.

»Es tut in den Kokons nicht weh? – Das ergibt überhaupt keinen Sinn«, sagte Zack.

»Ich glaube, er möchte sagen: Es tut nicht weh, in Cronos zu sterben«, sagte Melpo findig.

Lachlan nickte.

»Ach so.«

»Anfangs tut es auch noch nicht weh. Anfangs bekommst du davon gar nichts mit. Im einen Moment lebst du noch, im anderen Moment bist du bereits ein Geist.«

»Was soll das heißen: anfangs?«

»Alles verändert sich, je länger man sich in Cronos aufhält. Man kann einem Anfänger ja auch nicht zumuten, genau so zu sterben wie ein erfahrener Spieler.«

Zack hätte Lachlan gern noch mehr Fragen gestellt, zu Emil und dem Ort, an dem er festgehalten wurde, aber er hätte sie kaum so formulieren können, dass Melpo ihnen nicht auf die Schliche gekommen wäre. Melpo war ein weiteres Thema, über das er mit Lachlan reden wollte. Sie hatte offensichtlich Erfahrung mit Cronos und konnte ihnen vielleicht helfen. Aber von der Entführung durfte sie keinen Wind bekommen – auch wenn er sich nicht vorstellen konnte, wie Emil davon erfahren sollte. Nein, sicher war sicher.

»Ich habe noch nie davon gehört, dass ein Wurzelnarr einen Anfänger hinterrücks getötet hätte«, sagte Melpo. »Normalerweise muss man sich schon sehr lange in seiner Nähe aufhalten, bis er zum Leben erwacht, und dann ist er auch noch leicht zu besiegen.« Sie warf Zack einen Blick zu. »Vorausgesetzt, man ist schon bewaffnet.«

»Aber warum wurde Lachlan dann von einer Wurzel durchbohrt?«, fragte Zack.

»Das wüsste ich auch gern.« Sie zuckte mit den Achseln. »Wieso fangt ihr jetzt erst an zu spielen?«

»Wie meinst du das?«

»Cronos ist schon seit zwei Jahren auf dem Markt.«

»Wir hatten kein Interesse daran.«

»Hm.« Melpo hakte nicht nach.

Die Schattenantilope – die einer Antilope tatsächlich sehr

ähnlich sah, abgesehen davon, dass sie sehr lange, dürre und mehrfach geknickte Storchenbeine hatte und Zack an ein gruseliges Bild erinnerte, das in Phoenix Manor hing – zog den Leichenwagen in eine unwirtliche Gegend. Sie fuhren schon seit geraumer Zeit nur noch geradeaus, und wenn Zack einen Blick zurückwarf, konnte er den grauen Baumstamm nicht mehr sehen. Stattdessen wurde das Blätterdach immer lichter, Sonnenlicht sprenkelte den Boden. Die Hufe der Antilope und die Räder des Wagens knisterten durch trockenes Laub und knackten über heruntergefallene Zweige. Die Kokonhäuser wirkten mit zunehmender Helligkeit immer schäbiger, sie schrumpften und schließlich sah Zack sogar eine ganze Reihe zertrümmerter oder überwucherter Wendeltreppen. Schließlich wurden es so wenige, dass ihnen nur noch sporadisch ein Kokon begegnete. Der Weg war unter all dem Laub kaum noch zu sehen. Wenn er den Kopf in den Nacken legte, erblickte Zack über sich kein Blätterdach mehr, sondern ein Gewirr aus knochenweißen Ästen und Zweigen, die sich labyrinthisch verästelten. Die Hölzer brachten keine einzige Knospe mehr hervor, sie waren tot.

Einige dieser weißen Äste, die so dick waren wie uralte Eichenstämme, wuchsen aus dem Gewirr in die Tiefe, reichten bis zum Boden und verschwanden in ihm, als handelte es sich bei ihnen in Wirklichkeit um einzelne Bäume, die umgekehrt aus dem Unterholz gewachsen und hoch oben mit Ma'quoias Krone verschmolzen waren. »Das sind Stelzwurzeln«, sagte Melpo. »Sie verhindern, dass die Krone einbricht.«

»Die sehen aber nicht sehr vertrauenerweckend aus«, sagte Zack.

»Bis vor zwei Monaten war hier noch alles grün. Aber Ma'quoia wird von einem rätselhaften Pilz bedroht. Der da drüben – seht ihr ihn?« Sie rumpelten in einiger Entfernung an einer Stelzwurzel vorbei, die über und über bedeckt war mit glitschigen Quallen, die sich an ihr festgesaugt hatten und in einem giftig grünen Farbton pulsierten. »Ihr werdet sehen, die sind hier einfach überall.« Das stimmte. Je weiter sie fuhren, desto mehr Stelzwurzeln tauchten auf, sodass die Gegend bald aussah wie ein Wald aus Streichhölzern, und die meisten davon waren hellgrün gemasert.

Dunkles Wasser begann die Löcher zwischen den Wurzeln zu füllen, Pfützen und Lachen, die zu Teichen anschwollen. Die Teiche verbanden sich zu kleinen Seen, die das Netz schmaler Pfade verschlangen; auch der Weg, auf dem sie fuhren, wurde allmählich immer dünner, bis die Räder knapp am Ufer entlangschrammten. Dazu kam der faulige Geruch eines Sumpfs, nach Schlamm und Gärung. Blasen bildeten sich auf dem Wasser und platzten; grüner Rauch stieg empor, der sich zwischen den Stelzwurzeln verlor. Immer wieder ragten Felder filigraner Blumen aus dem Gewässer, deren nickende, purpurrote Glockenblüten in einem sanften Licht glühten. Eine Wolkendecke dämpfte das Sonnenlicht; sie hatte sich so langsam herangetastet, dass der Wetterumschwung Zack nicht aufgefallen war.

»Da hinten endet Ma'quoia«, sagte Melpo. In einiger Entfernung öffnete sich der Streichholzwald einem stahlgrauen Gewässer. Zack glaubte in der Ferne die Umrisse einer Bergkette zu erkennen.

»Und das hier ist der Friedhof.«

Der Weg beschrieb einen weiten Bogen, wobei er wieder an Breite gewann und sich zu einem kreisrunden Platz ausdehnte, der sich wie eine Insel aus dem Sumpf erhob. Ein Schwarm Glühwürmchen umwölkte den Wagen, als sie durch ein Tor rollten. Zack spitzte die Ohren; zuerst glaubte er, sich verhört zu haben: Leise säuselnde Gesänge schwebten durch die Luft wie ein fernöstliches Mantra. Schattenantilopen trabten in einem Gehege herum, daneben parkten Leichenwagen und in einer kleinen Verkaufsbude langweilte sich ein Laubwicht. Außer ihnen waren noch vier andere Spieler anwesend, ansonsten war der Platz leer.

Ein Laubwicht brachte den Wagen zum Stehen, indem er die Hand nach der Schattenantilope ausstreckte und ihr die Stirn kraulte. »Willkommen«, sagte er.

Melpo raffte ihren Rock und sprang vom Bock. »Guten Tag. Wir haben eine Leiche dabei.«

»Öffnet den Wagen«, sagte der Laubwicht.

Zack folgte Melpo mit Lachlan zur Rückseite des Wagens, wo der Laubwicht ihn anwies, den Riegel beiseitezuziehen und die Türflügel zu öffnen. Im Wageninneren stand der geöffnete Sarg, in den sie den schauderhaft blutenden Lachlan gelegt hatten. Zack fürchtete sich vor dem Anblick, auf den er stoßen würde, wenn er ihn wieder herausholen musste; die Wunde war so groß gewesen und Lachlan von der Wurzel komplett durchstoßen worden, also hatte er bestimmt keinen Tropfen Blut mehr im Körper. Aber Melpo hielt ihn auf, als er in dem Wagen klettern wollte.

»Wir gehen besser beiseite«, flüsterte sie.

Sie traten zurück, während sich der Laubwicht in einem blütenweißen Umhang vor dem Wagen aufstellte. Zack bemerkte, dass sich der Ausdruck auf seiner ovalen Maske verändert hatte: Die Augen, vorher schwarz und walnussförmig, waren geschlossen, der Mund ein kleines O. Zack hatte weder mitbekommen, wie er die Maske gewechselt hatte, noch konnte er die andere entdecken. Der Wicht begann zu singen; ein Lied mit einer einfachen Melodie und Versen aus Worten, die Zack nicht verstand. Er bemerkte, dass Lachlan den Kopf hob, und folgte seinem erstaunten Blick. Glühwürmchen versammelten sich um den Wagen. Der Laubwicht hob die Hände und tanzte mit flatterndem Umhang im Kreis.

Zack stellte sich vor, wie Lachlans Verletzungen im Inneren des Wagens geheilt wurden und er quicklebendig aus dem Sarg stieg, das bunte Hemd mit Blut besudelt … Aber es kam anders. Ein weißer Faden schoss über den Kopf des Männchens hinweg und tauchte in den Wagen, gefolgt von tausenden anderer Fäden, die zu einem dicken, zuckenden Band verschmolzen. Im Wagen rumpelte es, das Gehäuse federte auf den vier Rädern. Dann flog etwas heraus, das aussah wie eine Mumie – Lachlans Körper, eingewickelt in Seidenfäden. Sie zogen ihn in die Höhe, sodass er über dem Boden baumelte, und dort setzte sich das Schauspiel fort. Die Fäden zuckten über die Hülle hinweg und verpuppten ihn so dick, dass die menschliche Form in einem eiförmigen Kissen aufging. Als die Fäden ihr Werk vollendet hatten, brach ein funkelndes Lichtspektakel los: Glühwürmchen umschwärmten den Kokon in konzentrischen Kreisen; ein goldenes Licht platzte aus der Brust des Geister-Lachlans, ihn verschlingend wie Feuer, das ein Blatt Papier auffraß; der Kokon begann zu leuchten und das Glühen sickerte zwischen die Seidenfäden, sich in seinem Inneren zu einem dumpfen Glimmen verdichtend, das pulsierte wie die Pilze im Wald. Schließlich öffnete sich die Unterseite des Kokons wie die Knospe einer Blume und heraus flutschte an einem Stück – Lachlan.

Er landete auf beiden Füßen, schwankend, während der Kokon hoch zwischen die Äste gezogen wurde. Lachlan sah auf seine Hände. »Krank«, sagte er. Es war nicht herauszuhören, ob er entsetzt oder begeistert war.

»Gern geschehen«, sagte Melpo.

»Kannst du uns kurz allein lassen?«, fragte Zack.

»Klar.« Sie stellte keine Fragen, drehte sich um und ging zu dem Laubwicht, der sich anschickte, den Wagen zum Parkplatz zu bringen. Zack wandte sich Lachlan zu.

»Hi«, sagte er, wobei er den Kloß bemerkte, der ihm auf einmal im Hals steckte. Lachlan sah ihn einen Moment lang wie gebannt an.

»Hi«, antwortete er tonlos.

»Bist du's wirklich?«, fragte Zack.

Lachlan nickte. Er öffnete den Mund, wie um etwas zu sagen, schloss ihn aber gleich wieder.

»Hat er dir wehgetan?«

»Nein«, sagte Lachlan.

Zack atmete auf. Ihn überkam das Verlangen, Lachlan fest an sich zu drücken, doch das hätte auf Melpo vermutlich ziemlich merkwürdig gewirkt, weshalb er sich darauf beschränkte, Lachlan auf die Schulter zu klopfen. »Er wusste irgendwie, was wir vorhaben«, sagte er. »Hat mir aufgelauert, noch bevor ich bei Penny war. Du hast bestimmt gedacht, ich wäre davongelaufen wie ein feiger Sack, oder?« Er merkte, wie sehr ihn die Vorstellung belastet hatte.

»Nein«, sagte Lachlan, zu alter Entschlossenheit zurückfindend. »Das habe ich nie gedacht.«

Zack war erleichtert. »Es tut mir leid.«

»Alles meine Schuld«, entgegnete Lachlan. »Es war meine dämliche Idee, ich hab dich überredet.«

»Und ich hab mitgemacht«, sagte Zack.

»Na gut«, sagte Lachlan und verzog die Lippen zu einem dünnen Lächeln. »Wir sind beide schuld.«

»Wo hält er dich fest?«, fragte Zack.

»Ich weiß nur, dass es da bestialisch nach Fisch stinkt. Ich schwöre dir, ich werde nie wieder Fish and Chips essen.«

»Nach Fisch?«

»Ich kann nicht aus dem Fenster sehen, er hat irgendetwas davorgenagelt«, sagte Lachlan. »Wieso bin ich hier? Was hat das zu bedeuten?«

»Wie viel hat er dir erzählt?«

»So gut wie nichts. Er sagte die ganze Zeit, dass du etwas für ihn erledigen würdest, aber nie, was. Plötzlich kam er rein mit dem Cronos Cube und meinte, wir müssten hier eine Software namens Erion finden.«

»Eine Software, die dein Dad programmiert hat«, sagte Zack. Lachlans Augen weiteten sich. »Dad?«

»Sie ist das Lösegeld. Ich sollte bei ihm einbrechen und

sein Notebook stehlen …« Zack erzählte ihm so schnell er konnte alles, was geschehen war. »… aber in der Kiste war nicht, was er suchte, und deshalb denkt er jetzt, dass die Software – Erion – in Cronos ist.«

»Dad spielt Cronos? Wenn Mum das rausbekommt …«

»Lass uns das später erörtern.«

»Wenn Dad hier in Cronos unterwegs ist, könnten wir ihn kontaktieren und ihm die Lage erklären.«

»Nein«, sagte Zack panikartig. »Das geht auf gar keinen Fall. Wenn Emil das rausbekommt –«

»Schon gut.« Mit schmalen Augen sah Lachlan über Zacks Schulter hinweg. »Wer ist diese komische Frau?«

Melpo stand an einer Holzbude und sprach mit dem Laubwicht, der Lachlan wieder zum Leben erweckt hatte. Es sah aus, als verhandelte sie mit ihm.

»Sie heißt Melpo. Ich hab sie zufällig getroffen.«

»Melpo? Ist das überhaupt ein Name?«

»Ist doch völlig unwichtig. Sie hat mich mit ihrer Geige vor einer Wurzel gerettet.«

»Mit ihrer Geige?«

»Sie kann uns bestimmt helfen. Ich glaube, sie ist schon ziemlich lange in Cronos unterwegs.«

»Sie kennt sich also aus.«

»Aber wir dürfen ihr nichts von der Entführung erzählen«, erinnerte ihn Zack. »Und die Software erwähnen wir am besten auch nicht.«

»Wir müssen jemandem erzählen, wonach wir suchen, sonst finden wir das Ding nie.«

»Wenn Emil das mitbekommt, dann –«

»Wir sagen niemandem, was es damit auf sich hat, sondern nur, dass wir es suchen. Wenigstens das muss er uns zugestehen, aus eigenem Interesse.«

»Also fragen wir sie?«

Lachlan rieb sich mit Daumen und Zeigefinger über die Wangen, während er konzentriert zu Melpo hinübersah, die sich vom Laubwicht etwas aushändigen ließ. »Ganz ehrlich: Ich kann mir nicht vorstellen, dass sie nichts mit Emil zu tun hat«, sagte er. »Emil geht ein hohes Risiko ein, indem er uns hier herumlaufen lässt. Er wird nicht so dumm sein, uns auch noch unbeaufsichtigt zu lassen.«

Zack teilte seine Zweifel nicht. »Er geht davon aus, dass du nicht vergisst, dass du dich immer noch in seiner Gewalt befindest. Ich habe ihn gerade erst dazu überredet, dich hierherkommen zu lassen, wie hätte er da auf die Schnelle noch eine Komplizin aktivieren sollen? Wir sollten uns freuen, dass wir sie haben.«

Lachlan sah ihm unschlüssig in die Augen. »Okay, meinetwegen. Dann fragen wir sie eben.«

Zack war erleichtert. »Was sagen wir ihr, wenn sie uns fragt, was es mit Erion auf sich hat?«

»Überlass das mir.«

Lachlan winkte Melpo zu, die in höflichem Abstand zu ihnen stehen geblieben war. Jetzt kam sie herüber und zeigte ihnen, was sie gekauft hatte: eine kleine, goldene Kugel. »Mit dieser Tunnelmurmel kommt ihr im Handumdrehen zurück ins Zentrum. Ich schenke sie euch.«

»Danke«, sagte Zack, als sie ihm die Murmel reichte. Das kleine Ding war aus Metall und entsprechend kühl.

»Wenn du das auf den Boden wirfst, taucht eine Laterne auf, die euch wegbringt«, sagte sie.

»Hast du Lust, mitzukommen?«, fragte Lachlan frei heraus. »Du hast mir sehr geholfen – danke dafür. Vielleicht kann ich mich bei dir revanchieren.«

»Das ist schon okay. Es hat in Cronos eine gewisse Tradition, dass erfahrene Spieler Anfängern unter die Arme greifen«, sagte Melpo gut gelaunt.

»Verstehe«, sagte Lachlan gedehnt. »Tja, um ehrlich zu sein, da wäre noch etwas, wobei wir dringend deine Hilfe gebrauchen könnten.«

»Soll ich euch zur Mystagoge bringen?«

Er fragte gar nicht erst nach der Bedeutung dieses fremden Begriffs.

»Es geht um etwas anderes.« Er senkte die Stimme. »Etwas Geheimes«, sagte er ernst. »Etwas, worüber wir mit niemandem sprechen dürfen.«

»Oh«, machte Melpo interessiert. »Und was?«

Er lehnte sich zu ihr hin. »Wir suchen nach etwas.«

»Aha?« Sie hielt ihm ihr Ohr hin, falls er noch leiser werden wollte. Er tat ihr den Gefallen.

»Eine Software«, flüsterte Lachlan.

»Aha!«

Sie richteten sich wieder auf. Melpo runzelte die Stirn. »Was denn für eine –«

»Shht!«, zischte Lachlan. »Nicht hier.«

Zack rollte mit den Augen. »Die Sache ist uns sehr wichtig«, sagte er eindringlich, denn er fand, dass jemand zur Sache kommen musste. »Die Software muss in Cronos sein, aber wir wissen nicht, wo wir mit der Suche anfangen sollen. Wir kennen uns hier ja gar nicht aus.«

»Ach sooo«, sagte Melpo, offenbar war ihr endlich ein Licht aufgegangen. »Jetzt verstehe ich!«

»Und? Kannst du uns helfen?«

»Natürlich kann ich das. Aber zuerst müsst ihr bei der Mystagoge vorbeischauen.«

»Dafür haben wir keine Zeit«, sagte Lachlan entschieden. »Die Mission hat Vorrang.«

»Tja, dann kann ich euch nicht helfen.«

»Wieso nicht?«, fragte Lachlan perplex.

»Ich habe zwar gesagt, dass ich euch Grünschnäbeln gerne helfe, aber ich habe nicht gesagt, dass ich eure Babysitterin spiele. Wenn ihr weiter so herumlauft wie jetzt, sehen wir uns jede halbe Stunde hier am Friedhof wieder. Und darauf habe ich nicht die geringste Lust.«

»Wir setzen uns einfach auf keine Wurzeln«, sagte Zack. »Dann passiert schon nichts.«

Melpo lächelte ihn zärtlich an. »Du denkst, das ist alles, was dir hier gefährlich werden kann? Süß.«

»Und was ist diese Mystagoge?«, fragte Lachlan.

Sie schürzte die Lippen. »Für jemanden, der Cronos ernst nimmt, ist die Mystagoge der Ort, an dem die Farbe des Aurums bestimmt und der Weg des Schicksals offenbart wird.« Sie legte eine bedeutungsvolle Pause ein, sah abwartend von Lachlan zu Zack und als nichts passierte, setzte sie seufzend nach: »In euren Worten ist es der Ort, an dem ihr etwas anderes zum Anziehen und Waffen bekommt.«

»Klingt doch gut«, sagte Zack, der sich in seinem knallbunten T-Shirt von Anfang an nicht wohlgefühlt hatte. Auch Lachlan sah unzufrieden an sich herab.

»Meinetwegen«, sagte er widerstrebend.

»Sehr vernünftig«, sagte Melpo.

»Wenn wir zu diesem Mystadings gehen, dann sagst du uns, wie wir das Teil finden?«

»Ich helfe euch sogar bei der Suche. Zack, die Tunnelmurmel – wirf sie auf den Boden.«

Sie zeigte auf den goldenen Ball in Zacks Hand. Er ließ ihn zu Boden fallen, wo er mit einem hellen Klingen zersprang: Eine schwarze Stange schoss empor, die oben aufbrach und ein rußiges Glasgehäuse entstehen ließ. Darin befand sich eine Fassung mit schwach leuchtender Glühbirne. Melpo griff nach der Zugschnur, die vom Gehäuse baumelte.

»Haltet die Lampe fest«, sagte sie. Zack legte die Hand um die kalte Metallstange, Lachlan und Melpo taten dasselbe. »Seid ihr bereit? – Nicht loslassen!«

Sie zog an der Schnur – *klick* – und um sie herum wurde es finster. Der knochenbleiche Stelzwurzelwald mit dem dunklen Gewässer, der Stall mit den Schattenantilopen und der Laubwicht, alles versank in Finsternis. Erneut das Klicken der Zugschnur, und mit einem Schlag kehrte der Tag zurück: Doch dies war nicht mehr die Randregion des Baums: Sie standen vor Ma'quoias Rast in der belebten Marktstraße ganz in der Nähe des Stamms. Als Zack, Lachlan und Melpo die Laterne losließen, zerpulverte sie zu Sand, der zu Boden rieselte und sich auflöste. »Hier entlang«, sagte Melpo und ging ihnen mit wippendem Rocksaum voraus.

[14]

Die Mystagoge verbarg sich in einem Haus aus sich zwiebelförmig auftürmenden Wurzeln. Über dem Eingang hing ein Zahnrad, das sich langsam drehte. Weil das Blätterdach darüber noch dichter war als über Ma'quoias Rast, lag ein düsterer Schatten auf dem Haus, und die Dunkelheit ließ die vielen Glühwürmchen, die den Wurzelpalast umschwirrten, einen Tick heller leuchten, sodass es aussah, als versinke er in einem grünen Sternenmeer.

»Das sind Glimelin«, sagte Melpo unaufgefordert. »Sie entsteigen den Blüten des Jungfernsterns, der nur ein paar Sekunden lang blüht, nämlich immer dann, wenn jemand gestorben ist. Deshalb treiben sie sich in Gegenden herum, in denen der Tod lauert.«

»Ich dachte, es heißt Mystadingsda und nicht Leichenschauhaus«, sagte Lachlan.

»Mystagoge.« Sie seufzte tief. »Vergesst es. Geht durch das Tor – ich warte hier auf euch.«

Hinter dem Tor, einem schwarzen dreieckigen Spalt, führte eine Treppe nach unten. Die Luft, die mit jeder Stufe kühler wurde, roch nach einem frisch geöffneten Grab. Auch hier unten flogen die giftgrünen Insekten herum, die Melpo Glimelin genannt hatte, die für Zack aber immer noch wie Glühwürmchen aussahen. Sie saßen auf den Haken, an denen schwache Laternen hingen, und sammelten sich in den Lücken zwischen den verschlungenen Wurzeln. Am Ende der Treppe hielten sie vor einer Tür mit eingelassenen Spiegeln, in denen Zack zum ersten Mal, seit er in Cronos war, sein Gesicht betrachten konnte. Er sah haargenau so aus wie in Wirklichkeit, nur mit besserer Haut. Sie war so ungewohnt glatt und perfekt, als wäre er geschminkt. Ein seltsamer Anblick.

Lachlan entfuhr ein Keuchen.

»Was ist?«, fragte Zack. Lachlan war vor dem Spiegel zurückgewichen; er wirkte entsetzt, als hätte er unvorbereitet etwas Schlimmes gesehen.

»Ach … ich dachte, da war was.«

»Vielleicht solltest du öfters in den Spiegel schauen.«

»Sehr witzig.«

Das Erste, was Zack wahrnahm, als er die Tür öffnete, war das nervöse Ticken einer Uhr; das zweite der muffige Geruch alter Teppiche, in deren Fasern jahrzehntealter Staub steckte. Sie betraten einen Saal mit hoher Decke. Sich darin frei zu bewegen, war unmöglich: Abgesehen von einem schmalen Gang, der frei gelassen worden war, füllten Webstühle und lange Tische mit Stoffballen und geknüpften Teppichen den Raum. Etwas weiter hinten entdeckten sie zwischen den Tischen und Webstühlen hohe, in Silberrahmen gefasste Spiegel, halbkreisförmig angeordnet. Sie erweckten die Illusion endloser Gänge, die in alle Richtungen verliefen. Zack musste zweimal hinsehen: Doch, es handelte sich tatsächlich um Spiegel, denn er konnte sich selbst darin sehen. Die Webstühle und Teppiche hingegen tauchten in den Spiegeln nicht auf – genauso wenig wie Lachlan.

»Cronos enthüllt endlich deine wahre Natur. Du bist ein Vampir«, sagte er, »du hast kein Spiegelbild.«

Lachlan runzelte die Stirn. »Nein … du bist der Vampir«, antwortete er langsam.

»Du kannst mich nicht sehen?«

»Oder du mich nicht.«

Plötzlich wurde er eine Nuance heller im Gesicht. »Heilige Scheiße!«, fluchte Lachlan und stieß Luft durch die halb geöffneten Lippen.

»Was ist los?«

»D-Da ist es wieder!« Er zeigte in die Spiegel.

»Wovon redest du?«

»Du siehst es nicht, oder?«

Nein, im Spiegel war nur er selbst zu sehen.

»Das Ding kommt näher!«, schrie Lachlan auf und sah hektisch hinter sich, wie auf der Suche nach etwas, das nicht da war. »Es kommt direkt auf mich zu!«

»Gehen wir raus hier«, sagte Zack genervt. Melpo musste sich über sie lustig gemacht haben; wahrscheinlich war sie längst weg und erzählte allen von den dämlichen Anfängern, die ihr auf den Leim gegangen waren. Lachlan ließ sich nicht zweimal bitten und rannte voraus.

Doch als sie die Tür fast erreicht hatten, stellte sich ihnen jemand in den Weg; jemand sehr Kleines. Lachlan, der die Gestalt genau wie Zack erst auf den zweiten Blick erkannte, bekam erneut einen fürchterlichen Schrecken, und diesmal konnte Zack das gut verstehen. Die Frau, die ihnen den Weg versperrte, war kaum einen Meter groß und hatte einen irren Blick. Das lag daran, dass ihre Augen kugelrund hervorglubschten, so als könnte man sie mit zwei Fingern nehmen und herausziehen. Sie stampfte mit dem rechten Fuß auf, einem Holzbein, das unter einem Knitterrock hervorlugte.

»RUHE!«, kreischte sie mit einer Stimme, die so schrill war, dass die Spiegel auf der Stelle hätten zerspringen müssen. Lachlan verstummte. Dann warf er einen Blick über die Schulter und flüsterte: »Es ist weg.«

»Was ist weg?«, fragte Zack.

»Guten Tag, meine Kleinen«, sagte die Frau freundlich und rieb sich die Hände. »Ich bin die Weberin und ich heiße euch willkommen in der Mystagoge.« Sie klapperte an ihnen vorbei. Zack bemerkte, dass auch ihr zweites Bein aus Holz war. Ihre Stimme hatte immer noch diesen schrillen Ton, als wollte sie damit ihre knappe Größe kompensieren.

»Jeder Mensch, egal woher er kommt, hat eine Begabung. Wenn ihr hier herausgeht, werdet ihr wissen, welche eure Begabung ist.« Sie drehte sich zu ihnen um und klopfte sich auf den Bauch. »Hier, in einer Kammer zwischen Herz und Magen, tragt ihr das Aurum in euch. Es ist der Quell eurer Begabung. Kennt ihr die Farbe eures Aurums, kennt ihr eure Gabe, und diese Gabe ist der Weg eures Schicksals. Seht her.«

Das ohnehin schwache Licht wurde noch einmal deutlich dämmriger, als der Standspiegel rechts außen blutrot zu leuchten begann. Ein Mann schwebte im roten Licht, mit einem weißen Gesicht ohne Augen. Zack erkannte die Kleidung des Mannes wieder, den schwarzen hüftlangen Mantel, der einer Soutane aus festem Stoff ähnelte.

Die Weberin holte zu einem kleinen Vortrag aus. »Der Okkultist hat einen starken Willen – so stark, dass er Feuer in seine Hände zwingen, seinen eigenen Körper levitieren und Gegenstände kraft seiner Gedanken durch die Luft bewegen kann. Je stärker sein Wille wird, desto gefährlicher wird der Okkultist. Er besitzt die Gabe der Hypnose – Menschen mit schwachem Willen sind ihm ausgeliefert«, fügte die Weberin mit hörbarem Vergnügen in der Stimme hinzu. »Der Okkultist öffnet sich Türen und Tunnel in die Herzen anderer Menschen. Was er will, das geschieht.«

Der Spiegel links des Okkultisten färbte sich königsblau. Eine blasse Gestalt schwebte wie ein Gespenst aus der Dunkelheit hervor, gekleidet in etwas, das eine Schuluniform hätte sein können: schwarze Hose, glänzende Lederschuhe, dunkelblauer, fast schwarzer Pullover, blütenweißer Hemdkragen. Die Weberin setzte ihren Vortrag fort.

»Auch der Alchemist besitzt einen starken Willen, doch anders als der Okkultist hat er eine kühle, verschlossene Art. Der Alchemist ist der größte Gegenspieler des Okkultisten und von diesem schwer zu beherrschen, denn er verlässt sich nur auf seinen Verstand. Er studiert das Aurum anderer Menschen, indem er es ihnen stiehlt, es destilliert, kategorisiert und konsumiert. Dadurch eignet er sich Fähigkeiten an, die nicht seine eigenen sind. Keine zweite Gesellschaft macht sich so viele Feinde wie die der Alchemisten! Doch das Wissen, das sie dadurch erlangen, geht ihnen über alles.«

Wieder gleißte ein Spiegel auf, diesmal goldgelb. Zack blinzelte geblendet, während der Roboter erschien, den er vorhin zum Luftbus hatte rennen sehen.

»Der Purgator hat ein friedliches und freundliches Wesen, das menschlichste vielleicht, obgleich er seine fleischliche Hülle abgelegt und sich dafür eine aus Metall genommen hat. Seine größte Leidenschaft ist die Technik, es gibt nichts, was er nicht bauen kann! Für jemanden, der nicht sein Aurum besitzt, sind Purgatoren schwer zu verstehen. Übrigens soll es eine unheilvolle Verbindung zwischen ihnen und der verschwundenen Stadt der Muertos geben.«

Der nächste Spiegel färbte sich tiefviolett und eine Frau tauchte auf, die ein Stirnband trug, in dem lila und schwarze Federn steckten. Die Weberin verkündete: »Muertos. Sie pilgern zu den Tempelstätten der Atziloth, auf der Suche nach den Geistern ihrer Vorfahren und ihrer im Nichts verschwundenen Heimat. Sie können Schamanen sein, Heiler und Beschwörer, aber auch Häuptlinge, bewaffnete Krieger. Jenen, denen es gelingt, sie sich zum Freund zu machen, sind sie treue Begleiter und Beschützer.«

Sie wandte sich dem links daneben liegenden Spiegel zu. Er wurde schneeweiß – und offenbarte einen schwarz uniformierten, respekteinflößenden Soldaten. Zack erinnerte sich an die kleine Gruppe schwer bewaffneter Männer, die ihm in Ma'quoias Rast begegnet waren. Er hörte jetzt ganz genau zu.

»Der Shooter. Seine Wut treibt ihn an – nichts hasst er so sehr wie Gefühle der Ohnmacht und Abhängigkeit. Er wird sich seine Freiheit mit allen Mitteln erkämpfen. Der Zusammenhalt bedeutet ihm viel, niemals würde er einen geliebten Menschen im Stich lassen. Doch seine Waffen sind Feuer und Stahl, und wie wir wissen, hat ein Gewehr noch nie eine Wunde geheilt. Der Weg der Shooter ist ein schmerzhafter und ein ungerechter, doch jene, die ihn gehen, tun es mit großem Mut und eiserner Entschlossenheit.«

Auf pechschwarzem Grund erschien eine in flatternde weiße Seide gekleidete Frau, die einen Eisenstab in Händen hielt: »Die Hexe ist der Natur verbunden und verabscheut nichts so sehr wie den Shooter mit seinen zerstörerischen Feuerwaffen. Der Kampf zwischen Hexen und Shootern ist alt – doch im Augenblick ist die Lage ganz besonders aussichtslos. Geratet besser nicht zwischen die Fronten.«

Die Farben in den Spiegeln erloschen und mit ihnen die im Licht schwebenden Gestalten.

Die Weberin tippelte zu einem Schreibtisch und kam mit zwei Kakteen zurück. »Fangen wir an. Nehmt das hier, dann sehen wir weiter.«

Sie drückte Lachlan einen Blumentopf in die Hand, kam zu Zack und gab ihm auch einen. Zack hielt ihn keine drei Sekunden lang, da fing er an zu schrumpeln, wurde braun, trocken und kippte um.

»Dachte ich mir. Nur wenige Männer –«

Ein Schrei fiel ihr ins Wort und ließ die beiden herumfahren. Zack erschrak, denn Lachlan steckte bis zum Hals in einer dunkelgrünen, stacheligen Masse: Der Kaktus war gewaltig angeschwollen und hatte Arme ausgebildet, die sich um Lachlans Oberkörper geschlungen hatten.

»Wirst du ihn wohl loslassen!«, kreischte die Weberin und

stampfte wieder heftig mit einem Holzbein auf. Der Kaktus, als hätte er sich erschrocken, ließ sofort von Lachlan ab und schrumpfte in seinen Blumentopf zurück. Die Weberin riss den Topf aus Lachlans zitternden Fingern und musterte ihn grimmig, als hätte er den Kaktus gebeten, ihn zu umarmen. »Auch kein Hexer, offensichtlich.«

»Cronos mag dich nicht sonderlich«, sagte Zack im Mundwinkel, während die Weberin schimpfend zu ihrem Schreibtisch zurückklapperte.

»Das beruht auf Gegenseitigkeit«, entgegnete Lachlan mit schwankender Stimme. »Ich bin gestorben – ein Kaktus hat mich angegriffen – was kommt als nächstes?« Zack streckte die Hand aus und zog ihm einen Stachel aus dem Arm. »Au«, sagte Lachlan niedergeschlagen.

Die Weberin kehrte mit einer grauen Schachtel zurück. Was kam jetzt? Zack wollte definitiv nicht zu den Okkultisten, denn denen gehörte schließlich Emil an, aber die Shooter und die Muertos hatten ziemlich cool ausgesehen. Schade, dass es mit dem Hexer nicht geklappt hatte – wie es sich wohl anfühlte, zaubern zu können?

Die Alte reichte Zack ein graues Etwas, das sich als schweres, kaltes Buch entpuppte – ein Buch aus massivem Stein –, entriss es ihm aber gleich wieder, weil er es nicht öffnen konnte. Sie gab es Lachlan, der es nur widerwillig entgegennahm. Kaum hielt er es in der Hand, sprang der Deckel auf und das Buch begann nach ihm zu schnappen wie ein bissiger Hund. Die Weberin klappte das Buch zu und nahm es ihm weg. »Keine Muertos«, beschied sie ihn. »Nun – sehen wir mal, was als Nächstes passiert …«

Ein Schluchzen störte die Stille des Saals: Am Schreibtisch tauchte ein kleines Mädchen auf, das mit angezogenen Knien auf dem Stuhl kauerte und entsetzlich weinte. »Mach, dass sie aufhört zu heulen«, sagte die Weberin zu Zack. »Halt – du musst es von hier aus tun. Sieh sie an und befiehl es ihr. Los, los, wir haben nicht ewig Zeit!«

Zack befeuchtete sich die Lippen; er hatte begriffen, welcher Test dies war. Vielleicht konnte er ja vermeiden, dass ihn die Weberin zum Okkultisten machte, wenn er sich weniger Mühe gab? Er räusperte sich und sagte halblaut: »Würdest du bitte aufhören zu weinen?«, was kein Befehl, sondern eine halbherzige Bitte war und hoffentlich reichte, um ihn als Okkultisten zu disqualifizieren. Doch da verstummte das Mädchen und im Saal wurde es still. Zack sank das Herz. Die Weberin holte Luft; aber bevor sie etwas sagen konnte, fing das Mädchen erneut an zu schluchzen.

»Sie ist nur erschrocken«, sagte die Weberin. »Ein Okkultist bist du also auch nicht.«

Während Zack erleichtert aufatmete, drehte sich die Weberin mit bedeutungsschwangerer Miene zu Lachlan um. »Jetzt bist du an der Reihe.«

»Ich habe keine Lust mehr auf diesen Unsinn«, sagte Lachlan. »Wohin soll das führen? Verschwinden wir von hier und tun endlich, wozu wir in Cronos sind.«

»Aber dann hilft uns Melpo nicht«, sagte Zack, der auf keinen Fall wieder gehen wollte, ehe er erfahren hatte, ob er ein Purgator, ein Shooter oder ein Alchemist war. »Außerdem, willst du weiter so rumlaufen?«

Lachlan sah flüchtig an sich herab, presste die Lippen zusammen und funkelte Zack an. Er rief dem Mädchen zu: »Hör sofort auf zu weinen!«

Das Mädchen verstummte, so wie bei Zack, und wieder holte die Weberin scharf Luft. Würde sie wieder anfangen zu weinen? Zack hoffte es; würde Lachlan die schwarze Soutane tragen müssen, würde ihn das ständig an Emil erinnern. Komm schon, dachte er fieberhaft, heul weiter! Er hatte den Gedanken gerade beendet, als das Gegenteil geschah. Das Mädchen begann zu kichern. Das Kichern schwoll an zu Gelächter; sie hielt sich den Bauch, japsend, sich schüttelnd vor Lachen, fiel vom Stuhl und hämmerte mit der Faust auf den Boden. Sie lachte so heftig, dass sie zu ersticken drohte, und ihre Augen tränten dabei.

Stampfend befahl die Weberin dem Mädchen, sich zu verziehen, und das Kind verpuffte in eine violette Rauchwolke. »Keine Okkultisten«, urteilte sie.

»Das kann doch nicht so schwer sein, geben Sie uns irgendetwas, damit wir hier rauskommen«, sagte Lachlan. Die Weberin ignorierte ihn, klapperte zum Schreibtisch und kehrte mit einem Revolver zurück.

»Uns bleiben noch zwei Möglichkeiten. Probieren wir es als Nächstes hiermit«, sagte sie.

»Drei«, verbesserte Lachlan.

»Was?«, fragte Zack.

»Sie sagte, zwei Möglichkeiten. Es sind aber sechs Klassen, und wir haben erst drei hinter uns.«

»Ich bezweifle, dass uns noch drei Prüfungen bevorstehen«, erwiderte die Weberin und händigte Zack den Revolver aus. Er fühlte sich echt an, oder zumindest so, wie er sich einen Revolver vorstellte. Der Stahl war kalt, die Waffe schwer und in den Holzgriff ein unleserlicher Schriftzug eingebrannt. Verglichen mit dem Kaktus und dem Buch hatte der Revolver für Zack etwas erfrischend Bodenständiges.

»Was soll ich damit?«, fragte er, obwohl er es bereits ahnte. Diesmal ging es um die Shooter, die schwarz gekleideten Soldaten aus Ma'quoias Rast.

»Ganz einfach. Die Titanmaus eliminieren«, sagte die Weberin gelassen. In diesem Augenblick sprang etwas aus einem der sechs Spiegel; es sah aus wie eine zu Hundegröße mutierte Ratte. Ehe Zack auch nur das Herz sinken konnte, preschte sie schon auf ihn zu, mit rot glühenden Augen, blubberndem Schaum vor dem Mund und langen Krallen, die über den Boden klickerten wie Finger über eine Tastatur. Zack tat das Einzige, wozu er sich imstande sah, und sprang japsend beiseite – doch die Ratte hatte es gar nicht auf ihn abgesehen. Sie ließ ihn geradezu links liegen, flitzte zielstrebig an ihm vorbei und hielt direkt auf Lachlan zu. Lachlan brauchte eine Sekunde, um zu begreifen, was geschah, dann schrie er auf, zurückweichend. Die Ratte holte ihn mühelos ein und setzte zum Sprung an, um sich auf Lachlan zu stürzen. Zack riss den Revolver hoch; er hörte es krachen, ohne bewusst den Abzug gezogen zu haben. Der Kopf der Ratte zerplatzte in ein abscheuliches Gemisch aus Blut, Fell und weißlicher Gehirnmasse: Sie überschlug sich rücklings und zog dabei eine rote Spur hinter sich her, an Lachlan vorbei, der die Arme um den Kopf geschlungen hatte. Langsam ließ er sie sinken, sah zu Zack mit dem erhobenen Revolver und dann zur Ratte.

»Was zum …«

»Hervorragend«, sagte die Weberin. Ihr Applaus klang kläglich in der fassungslosen Stille. »Nur ein Shooter könnte diese Waffe auslösen. Die Farbe deines Aurums ist weiß wie Schnee! Eine schwere Bürde, ja, sehr schwer. Den Revolver kannst du behalten, er sollte für den Anfang reichen. Hier ist deine Munition.« Sie warf Zack eine zerbeulte Blechschatulle zu, die dieser, aus seiner Erstarrung erwachend, auffing. »Deine Waffe lädt sich automatisch, bis dir die Munition ausgeht. Eine Einstiegshilfe. Ab dem achten Level musst du sie selber laden. Schnipsen, mein Junge, schnipsen!«

Die Schatulle verpuffte in eine Rauchwolke und verwandelte sich in eine Spielkarte. Zack fing sie auf: Das Metallkästchen war auf ihr abgebildet, darunter stand eine winzige 29. Als Zack die Karte in die Hosentasche stecken wollte, bemerkte er, dass er nicht mehr das knallbunte T-Shirt und die Sandalen trug. Er sah über die tote Riesenratte hinweg in einen Spiegel: schwarzes T-Shirt, schwarze Cargohose, Stiefel. Ein Holster war am Gürtel befestigt, in das er den Revolver schob. Er fühlte sich stärker; als könnte er es mit jedem aufnehmen, der sich zwischen ihn und Lachlans Befreiung stellte.

Lachlan musterte ihn. »Das Outfit will ich auch«, sagte er und hielt die Hand auf, damit die Weberin ihm einen Revolver reichen konnte. Was sie aber nicht tat.

»Ich denke nicht, dass es darauf hinauslaufen wird«, sagte sie mit einem Blitzen in den Augen. »Die Titanmaus – ist dir aufgefallen, dass sie dich angreifen wollte?«

»Was, echt?«, entgegnete Lachlan.

»Das hätte nicht passieren dürfen. Du warst nicht derjenige, für den diese Prüfung bestimmt war. Die Ratte hätte dich gar nicht sehen dürfen. Mir scheint, ich muss heute eine Ausnahme machen«, sagte die Weberin. »Normalerweise muss ich nur fünf der sechs Talente prüfen, weil nur einer unter Tausenden besitzt, was du offenbar in dir trägst.

Für dich gibt es hier nichts mehr zu tun«, sagte sie zu Zack. »Warte draußen vor dem Haus auf deinen Freund.«

»Was? Wieso?«, protestierte Lachlan.

»Die Prüfung, der ich dich unterziehen muss, ist geheim – in deinem eigenen Interesse.«

»Geheimnisvoll«, sagte Zack spöttisch und klopfte dem bestürzten Lachlan auf den Rücken. »Vielleicht macht sie dich jetzt wirklich zu einem Vampir.«

Unglücklich sah Lachlan Zack hinterher, als er an den Tischen vorbei nach draußen ging. Die Weberin sagte keinen Ton mehr, bis die Tür hinter ihm zugefallen war; Zack drückte das Ohr gegen das Holz, doch die Tür war absolut schalldicht, oder zumindest konnte er überhaupt nichts hören. Er stieg die Treppe hoch und fand Melpo gelassen auf einer Wurzelbank sitzend vor. Mit dem winzigen Hut auf den langen schwarzen Haaren, den elegant angewinkelten Beinen und den Spitzenhandschuhen sah sie aus wie eine Lady des neunzehnten Jahrhunderts, die für ein Gemälde posierte.

»Ooh«, sagte sie gedehnt, als sie ihn sah. »Du bist ein Shooter …« Sie wirkte nicht begeistert.

»Was ist deine Klasse?«, fragte er.

»Hexe«, sagte sie tonlos. »Allerdings bin ich längst aufgestiegen und inzwischen eine Harmonikermeisterin. Das ist wie eine siebte Klasse.«

»Wieso greift sie dich nicht an?«, fragte Zack und deutete auf die Bank, auf der Melpo saß.

Sie tätschelte die Wurzel. »Weil ich ein sehr hohes Level habe. Hier in der Gegend sind die Nubbun viel zu schwach für mich, deshalb ziehe ich keine Aggro.«

»Keine was?«

»Sie greifen mich nicht an. Ich bin zu stark für sie, und das wissen sie.«

»Und was sind Nubbun?«

»Monster. Wie der Wurzelnarr.« Das Frage-Antwort-Spiel begann sie zu langweilen. »Wo ist Lachlan?«

»Er muss irgendeine besondere Prüfung machen, bei der niemand zusehen darf«, sagte Zack, wobei er breit grinste, um der Gefahr vorzubeugen, dass Melpo ihn für komplett bescheuert hielt.

Was sie offensichtlich nicht tat. »Interessant. Davon habe ich noch nie gehört.«

»Da ist diese Frau gewesen, sie hat zwei Holzbeine; und immer, wenn sie uns etwas gegeben hat, ist Lachlan etwas Merkwürdiges passiert.«

»Inwiefern?«

Er erzählte es ihr, und mit jedem Beispiel, das er brachte, wuchs ihre Neugierde. »Du sagst, die Titanmaus hat *ihn* angegriffen?«, fragte sie begeistert.

»Ja, und deshalb wurde ich rausgeschickt.«

»Das kann nicht sein … und wenn doch … das würde erklären, warum der Wurzelnarr …«

»Wovon redest du?«

»Nicht so wichtig – das sehen wir ja gleich. Da fällt mir ein …«

Sie raschelte an der linken Seite ihres Rocks herum und zog eine silberne Taschenuhr hervor, die wunderbar zu ihrem pittoresken Auftritt passte. »Es empfiehlt sich, immer mal wieder auf die Uhr zu sehen, wenn man in Ma'quoia unterwegs ist. Weil die Sonne hier nie untergeht und man so leicht das Zeitgefühl verliert.«

Sie klappte die Taschenuhr auf, wobei ihr die lange Kette auf den Rock fiel, und warf einen Blick auf das filigrane Ziffernblatt. »Halb sechs«, sagte sie.

»Du meinst aber nicht, sechs Uhr morgens, oder?«, fragte Zack entsetzt. Um halb sieben würde sein Wecker losplärren. Der Ausflug zum Friedhof konnte unmöglich so lange gedauert haben …

»Zumindest im Bundesstaat Deutschland. Woher kommt ihr?«, fragte Melpo.

»Bundesstaat Irland«, sagte Zack.

»Also ist es bei euch erst halb fünf.« Sie klappte die Uhr zu und steckte sie in die Tasche. »Du bist auf einmal so blass. Ist alles in Ordnung? – Oh!« Sie stand auf und sah an ihm vorbei, Lachlan entgegen, der die Treppe heraufkam. Das Erste, was Zack von seiner neuen Kleidung sah, war der gestärkte weiße Hemdkragen, der unter einem dunkelblauen Pullover hervorschaute, dann die schwarze Bügelfaltenhose und als Letztes die polierten Halbschuhe.

»Ein Alchemist?«, fragte Zack, der sich die Präsentation der Weberin eingeprägt hatte.

»Die sind superselten«, sagte Melpo angetan.

»Ist das nicht toll?«, fragte Lachlan, der über die Wiese auf sie zukam und feixend auf seine neue Kleidung zeigte. »Noch eine Schuluniform, die ich abfackeln kann.«

»Was meint er?«, wollte Melpo wissen.

»Nichts«, sagte Lachlan. »Okay, das war's, können wir jetzt zum eigentlichen Plan zurückkehren?«

»Kann ich sie mal sehen?«, fragte Melpo begeistert.

»Was?«

»Deine Waffe, den Kondensator!«

»Nein«, sagte Lachlan mit einem unverbindlichen Lächeln. »Ich werde sie sowieso nicht benutzen. Ich bin schließlich nicht zum Spielen hier.«

»Du wirst kaum drum herumkommen, sie zu benutzen«, sagte Melpo. »Als Alchemist klebt dir nämlich alles am Hintern, was hier frei herumläuft. Du wirst sehen.«

»Inwiefern?«, fragte Zack.

»Alchemisten sind stark. Wenn sie ihr Talent richtig nutzen und gut auf sich aufpassen, sind sie fast unbesiegbar. Trotzdem möchte niemand mit ihnen tauschen, denn Alchemisten ziehen so viel Aggro, dass sie keine ruhige Minute haben.«

»Sie ziehen was?«, fragte Lachlan.

»Das heißt, die Nubbun reagieren besonders aggressiv auf dich. Das ist auch der Grund, warum die Wurzel dich getötet hat«, sagte Melpo.

»Das ist der ultimative Beweis dafür, dass man bereits einer Klasse angehört, bevor man in der Mystagoge war. Das muss ich unbedingt weitererzählen!«

»Aber warum reagieren die Monster ausgerechnet auf Alchemisten so aggressiv?«, fragte Zack.

»Na, weil sie stark sind. So wird das Gleichgewicht gehalten. Du wirst also schon bald Gebrauch von deiner Waffe machen müssen, ob du willst oder –«

»Wie ich gesagt habe, ich spiele dieses dumme Spiel nicht«, sagte Lachlan kategorisch. »Zack und ich sind ausschließlich deshalb in Cronos, weil wir die Software suchen. Du hast gesagt, du hilfst uns, wenn wir zur Mystagoge gehen. Voilà – da sind wir. Wie geht's weiter?«

»Noch einen Moment«, sagte Melpo, wobei sie langsam um Zack und Lachlan herumging.

»Sag schon, wie können wir das Ding finden?«, fragte Zack. Erst jetzt fiel ihm auf, dass sie ihre Geige schon eine Weile nicht mehr bei sich hatte.

»Es ist nicht so einfach, versteckte Dinge in Cronos aufzuspüren. Nicht umsonst verstecken die Leute ihre Tagebücher, Filmkopien und Fotos hier; die Welt ist gigantisch und die Möglichkeiten sind fast unbegrenzt.«

»Es ist nach wie vor nur ein Computerspiel«, sagte Lachlan. »Die Möglichkeiten können nicht unbegrenzt sein. Wo willst du hin?«

Melpo, die sie inzwischen halb umrundet hatte, wich einen Schritt vor ihnen zurück.

»Es gibt keine Suchfunktion«, sagte sie. »Alles, was von draußen nach Cronos gelangt, nimmt eine gegenständliche Form an. Sagen wir, eine Musikdatei.« Sie tat einen weiteren Rückwärtsschritt. »Wie wolltest du zum Beispiel eine Musikdatei in Cronos verstecken?«

»Die Datei erscheint hier als Karte«, sagte Zack, der an Emil und die Schatztruhe denken musste. »Die Karte könnte man überall verstecken, zum Beispiel in einem Schrank.«

»Du hast es erfasst«, sagte Melpo.

»Was machst du da?«, fragte Lachlan misstrauisch.

»Was meinst du?«, entgegnete Melpo scheinheilig; sie glaubte anscheinend, dass ihnen ihr seltsames Verhalten nicht auffiel, obwohl sie schon mindestens drei Meter zwischen sie gebracht hatte. Zack bemerkte, dass ihr Blick ganz kurz über Lachlans Schulter hinwegflog, und sah flüchtig hinter sich, um zu sehen, was sie abgelenkt hatte.

Schwarzer Qualm waberte aus dem Gebüsch, wie von einem Feuer. Zack wich zurück und griff intuitiv nach Lachlan, um ihn mitzuziehen. Er hörte Melpo glucksen und in diesem Moment wurde ihm klar, dass dieser Rauch nichts Gutes zu bedeuten hatte – nichts Besseres jedenfalls als die Wurzel, die Lachlan durchbohrt hatte.

»Was ist los?«, fragte Lachlan, der seinem Blick jetzt erst folgte. »Was zur Hölle –«

Der Qualm wurde ständig dichter, zwirbelte sich an seinen Enden zu Spiralen wie der Rauchfaden eines Räucherstäbchens, streckte sich nach ihnen aus und kräuselte sich, als sie vor ihm zurückwichen. Von dem Busch war kaum noch etwas zu sehen, nur die Enden der dünnen Ästchen ragten aus dem Qualm. Zack hörte ein Knistern wie von brennendem Holz, und sah, wie die jungen Blätter an den Zweigen verschrumpelten, schwarz wurden wie Kohle und zerbröselten. Das Knistern und Knacken nahm zu, und ohne Vorwarnung loderte der Busch lichterloh auf. Rote Flammen schossen in die Höhe, rauschend, heulend. Auf dem verkohlten Boden, zwischen glimmenden Glutresten, stand etwas, das einer Katze ähnelte, einem Löwen vielmehr – mit einem Fell aus nichts als wirbelndem Rauch. Die Augen schwebten wie zwei rot leuchtende Münzen im Qualm und starrten sie an.

Das Wesen knurrte; ein Geräusch, das so tief war, dass Zack den Eindruck hatte, es mehr zu fühlen als zu hören. Mit einem lautlosen Satz sprang es nach vorn, was ihnen einen kurzen, ungenauen Blick auf seine Vorderpfoten gestattete, schwarze Pranken, die das Gras knistern ließen, auf dem sie landeten. Lachlan und Zack stolperten rückwärts. »Verdammt noch mal, was –«

»Das ist ein Rauchlöwe«, beantwortete Melpo Lachlans Frage gelassen. »Und wenn Zack nicht endlich seine Waffe zieht, wird er euch beide abfackeln.«

Der Revolver! Den hatte er schon ganz vergessen. Zack fummelte die Waffe aus dem Holster und hielt sie vor sich. Der Rauchlöwe ließ sich davon nur mäßig beeindrucken; sein Interesse galt ohnehin weniger Zack als Lachlan, dem die Angst offen ins Gesicht geschrieben stand. »Verdammt noch mal«, entfuhr es ihm erneut.

Der Rauchlöwe stieß nach vorn, auf Lachlan zu, eine schwarze Wolke mit glühenden Augen, und Zack schoss. Der Rückstoß ging ihm durch Mark und Bein, eine Welle der Angst, das Herz setzte ihm aus – und der Löwe flog hinterrücks zu Boden, wie von einer riesigen unsichtbaren Faust gerammt. Das Projektil hatte ihn durchbohrt, ein Volltreffer, glatt ins Herz, wenn er eins besaß.

»Sehr gut!«, rief Melpo.

Der Rauchlöwe überschlug sich, wurde vom Schwung des Aufpralls in die Luft geschleudert und landete auf allen Vieren. Er wirbelte herum, der Qualm kräuselte sich in alle Richtungen, dann waren die roten Münzen wieder auf sie gerichtet. Zack hörte noch, wie Melpo »Oh« sagte, da öffnete der Rauchlöwe zum ersten Mal sein Maul. Zwei Reihen spitzer Zähne, dahinter ein rotes Glühen, das zu einem Flackern wurde, einem Ball aus Feuer – der auf sie zuschoss.

»Ducken!«, schrie Melpo.

In letzter Sekunde warf Zack sich zur Seite. Die Hitze des Feuerballs streifte sein Gesicht, er fing sich mit den Händen auf, Gras unter den Fingern, als das flackernde Geschoss an dem unsichtbaren Schild zerplatzte, den Melpo fast im selben Moment heraufbeschworen hatte. Zack richtete sich auf und schoss erneut auf den Rauchlöwen, wieder mit dieser unfehlbaren Treffsicherheit, die er sich selbst nie zugetraut hätte. Die Kugel erwischte den Rauchlöwen in der Brust, er wirbelte rückwärts ins Unterholz, krachte gegen einen Holunderbusch, dessen Blätter sich unter der Hitze zu kräuseln begannen. Auch diesmal blieb die Kreatur nicht liegen, sie wischte wie ein Tuch um den Busch herum und kam zurückgeschossen; aggressiver, schneller und entschlossener nahm der Rauchlöwe Lachlan ins Visier, der gerade erst wieder auf die Beine gekommen war. Zack zielte und drückte den Abzug, das Krachen, der Rückstoß – die Kugel verfehlte den Rauchlöwen, stieß nur ein Loch in den

Schleier aus Qualm, das sich sofort wieder schloss. Jetzt sprang er in die Luft, er war über Lachlan, nichts konnte ihn aufhalten –

Was dann geschah, begriff Zack nicht; es geschah viel zu schnell, um es zu begreifen. Nur einen Sekundenbruchteil bevor der Löwe Lachlan gepackt und zu Boden gedrückt hätte, tauchte etwas in dem leeren Raum zwischen ihnen auf. Eine menschliche Gestalt, ein Schatten nur, der irgendwie aus Lachlan herausschlüpfte. Der Schatten war so schwarz und diffus wie der Rauchlöwe und mindestens genauso schnell. Sie prallten aufeinander, schwarzer Qualm vermischte sich mit schwarzem Qualm, und eine Kraft riss sie zur Seite, ins Gras, wo sie wie zwei tobende Hunde zu ringen begannen. Der rauchende Ball rollte über die Lichtung, keiner konnte sagen, wo die eine Kreatur aufhörte und die andere begann. Lachlan sah wie erstarrt zu; Zack lief zu ihm. »Alles in Ordnung?«

Lachlan konnte nur nach Luft schnappen.

»Was ist das?«, fragte Zack blass. »Was ist da – aus dir rausgekommen?«

»Geht beiseite«, herrschte Melpo sie an. Die Geige schon unterm Kinn, trat sie an ihnen vorbei und legte den Bogen auf die Saiten. »Mit diesem Rauchlöwen stimmt irgendetwas nicht – ich glaube, er ist einer von –«

Den Rest hörten sie nicht mehr, denn Melpo zog den Bogen über die Saiten und begann aus dem Stegreif ein hektisches Tanzlied zu spielen. Ihre linke Hand war flink, das Tempo schwindelerregend, ihr Spiel, soweit Zack das beurteilen konnte, trotzdem sauber, doch all das verlor an Wichtigkeit neben dem gleißend weißen Lichtspektakel, das über die kämpfenden Schatten hereinbrach. Silberne Funken, die durch die Luft schwirrten, sich über dem Qualm zu einem dünnen Wirbel verdichteten und schließlich zu etwas verschmolzen, das einer Lanze gar nicht unähnlich sah. Als das Lied eine kurze, effektvolle Pause erreichte, rief Melpo Lachlan zu: »Pfeif deinen Dämon zurück, schnell!«

Zack war sich nicht ganz sicher – hatte sie wirklich *Dämon* gesagt? Lachlan sah nicht so aus, als wüsste er, was er tun sollte, sein Mund öffnete sich, doch was sollte er sagen? Verunsichert rief er: »Komm zurück!«

Der Qualm teilte sich; die menschliche Gestalt, die mehr ein Schatten war als alles andere, wischte in die Höhe wie ein aufgeschüttelter Vorhang. Der Rauchlöwe sprang auf die Beine, sah dem Schatten verwirrt nach – und erblickte die Lanze, die jetzt auf ihn herabfiel. Ihre Spitze durchbohrte ihn und stach unter ihm in die Erde; der Rauchlöwe knurrte basstief, öffnete das Maul, ließ ein letztes, erbärmliches Flämmchen entweichen und brach zusammen. Seine münzrunden Augen schlossen sich; er rührte sich nicht mehr.

Melpo ließ die Geige noch nicht sinken, als wäre sie nicht sicher, ob sie es wirklich geschafft hatte, die Kreatur zu erlegen. Zack behielt den Rauchlöwen im Auge, wartete auf ein Lebenszeichen. Der Qualm waberte in alle Richtungen, sich jetzt nicht mehr zu Spiralen zwirbelnd, sondern zerfasernd, sich auflösend wie Zigarettenrauch. Nichts geschah.

»Ist er tot?«, fragte Lachlan.

»Ja«, sagte Melpo.

Ein grünes Glühen brach aus der Mitte des Rauchlöwen, hüllte ihn ein und begann ihn in Windeseile zu zersetzen. Funken stiegen auf, froschgrün und taumelnd wie die Glühwürmchen, die Melpo Glimelin genannt hatte, und verteilten sich auf der Lichtung.

Auch die Lanze verblasste, wie das Nachbild einer Lichtquelle auf der Netzhaut. Lachlans Schatten indes blieb, wo er war: Seine Augen glimmten genauso rot auf sie herab wie die des Rauchlöwen.

»Da ist eure Belohnung«, sagte Melpo; sie ließ den Bogen über den Saiten schweben, als hielte sie sich bereit zum Spielen.

Dort, wo gerade noch der Rauchlöwe gelegen hatte, schwebten einige Karten, gerade hoch genug, um bequem aus der Luft gepflückt zu werden. Eine von ihnen hatte jedoch nicht vor, sich einfangen zu lassen: Kaum waren die Karten erschienen, zischte sie davon.

»Hiergeblieben!«, schrie Melpo und zog den Bogen so plötzlich über die Geige, dass sie einen lauten, kreischenden Ton von sich gab.

Eine weißglühende Peitsche schoss der Karte hinterher – und erwischte sie, als sie gerade im Gebüsch verschwinden wollte. Sie schlang sich um die Karte wie ein Lasso und ließ sie nicht mehr los. Melpo holte die Peitsche ein und fing die Karte auf, die in ihren Händen zuckte, als wollte sie sich befreien. Melpo hielt sie fest gepackt. Eine Note war auf der Karte abgebildet: Zack dachte an Emils Schatztruhe, an all die Musikdateien, die mit demselben Symbol gekennzeichnet gewesen waren.

»Du gehst nirgendwo hin«, sagte Melpo zu der Karte. »Ich wusste es. Ich habe es gewusst.«

»Du wusstest vor allem, dass so ein Vieh auftauchen würde!«, sagte Zack aufgebracht. »Deshalb bist du weggegangen – du – das war Absicht –«

»Heul nicht rum«, sagte Melpo verächtlich. »Ich wollte Lachlan nur zeigen, was es bedeutet, wenn die Nubbun scharf auf einen sind. Er sollte besser akzeptieren, dass es niemanden interessieren wird, ob er mitspielen will oder nicht. Das ist fast wie im richtigen Leben.«

»Aber diese Dinger sind hier überall, oder? Soll das heißen, ich werde jetzt alle zehn Meter angegriffen?«, sagte Lachlan.

»Genau das heißt es.«

»Dafür haben wir aber keine Zeit!«

Melpo seufzte tief und stopfte sich die widerborstige Karte in den Ausschnitt. »Oh Mann, du Weichei!«, sagte sie. »Aber meinetwegen.« Sie begann erneut zu spielen und beschwor einen zitronengelben Schleier herauf, der Lachlan einhüllte, ihn wie ein Nordlicht umtanzte, sich immer schneller im Kreis drehte und schließlich mit seiner Kleidung verschmolz. Melpo ließ die Geige sinken, worauf sie in einen weißen Funkenregen zerplatzte und verschwand.

»Was hast du gemacht?«, fragte Lachlan.

»Das ist ein Schutzschild, der dir die Nubbun fürs Erste vom Hals hält«, sagte Melpo. »Und nur als kleine Warnung: Wenn du noch einmal sagst, dass Cronos nur ein dummes Spiel ist, werde ich ihn dir schneller wieder wegnehmen, als du *Fuck* sagen kannst.«

»Was ist das für ein Ding?«, fragte Zack. Der rotäugige

Schatten, der wie schwerelos unter dem Blätterdach hing, starrte ihn schon die ganze Zeit an. Jetzt, wo er sich nicht mehr bewegte, stellte Zack fest, dass er tatsächlich menschliche Gestalt hatte – genauer gesagt: Lachlans Gestalt, seinen langen Körper, seine schmalen Schultern, doch ein Gesicht wie eine Alptraumfratze, mit einem Grinsen aus dreieckigen Haifischzähnen, von einem Ohr bis zum anderen. Lachlan sah ebenfalls zu dem Schatten hoch.

»Das ist –« Er verstummte. Vielleicht hatte er selbst keine Begriffe dafür. Zack war sich jetzt ganz sicher, dass er sich vorhin nicht verguckt hatte: Dieses Ding war definitiv aus Lachlan herausgekommen.

»Das ist sein Dämon«, antwortete Melpo für Lachlan. »Jeder Alchemist hat einen.«

Zack hatte Lachlan noch nie so angsterfüllt erlebt, nicht einmal in jener Nacht, in der er entführt worden war. Der Dämon hatte offenbar genug davon, unter dem Blätterdach herumzuhängen; er stürzte auf Lachlan herab, tauchte in seine Brust und warf ihn dabei rückwärts ins Gras. Zack half ihm auf; die schlotternden Knie waren Lachlan bis in die Fingerspitzen anzumerken. Er tat Zack leid.

»Wo ist das Ding hin?«, fragte Lachlan.

»Ich schätze, dorthin zurück, wo es hergekommen ist«, sagte Melpo. »Auf den Grund deiner Seele.«

»Seele«, lachte Lachlan zittrig auf.

»Nenn es, wie du willst. Das Ding gehört zu dir, ob du damit leben kannst oder nicht.«

»Okay. Zurück zum Thema«, sagte Lachlan, um eine feste Stimme bemüht. »Wo finden wir die Software?«

»Ich kenne jemanden, der euch bestimmt helfen kann«, sagte Melpo. »Es gibt nichts, was er in Cronos nicht aufspüren kann. Nun – fast nichts. Vergesst eure Karten nicht, sonst holt sie sich jemand anderes. Es sind wahrscheinlich Pyrops und Muffins? – Tja, wie üblich. Behaltet sie, ihr werdet sie vielleicht brauchen. Bereit? Dann los.«

[15]

Das Leben als Shooter, so viel stand für Zack schnell fest, war in Cronos kein leichtes. Als Anfänger in einem knallbunten Hemd hatte man ihn weitgehend ignoriert oder allenfalls belächelt. Jetzt aber, wo er eine schwarze Armeehose trug, war alles anders: Wer ihm entgegenkam, der streifte ihn mit einem angstvollen Blick, als könnte er jeden Moment um sich schießen.

Es gab nicht viele Shooter in der Gegend, aber deutlich mehr als Alchemisten – nach Zacks Schätzung kam auf alle Spieler in Ma'quoia ein einziger Alchemist, und das war Lachlan. Die Leute drehten sich nach ihm um, stießen sich gegenseitig an, steckten die Köpfe zusammen und zeigten auf ihn, als wäre er ein Prominenter, den sie eigentlich nur aus dem Fernsehen kannten. Ein Prominenter mit Bodyguard, dachte Zack und fand sein neues Outfit plötzlich ganz angemessen. Er hielt sich einen Schritt hinter Lachlan und wachte über ihn mit der Miene eines Profis.

Melpo nutzte die Zeit, die sie für den Weg zurück zum Stamm benötigten, um ihnen mehr über Cronos zu erzählen. »Ma'quoia zählt zu den kleineren Städten«, sagte sie. »Cronos ist in Regionen aufgeteilt und jede Region hat eine eigene Hauptstadt. Diese hier liegt im Süden und heißt Ma'quoia, genau wie der Baum. Die Kokonstadt ist das Zentrum. Na ja, eigentlich ist die Kokonstadt sogar der einzige Ort in dieser Region – rund um den Baum gibt es nämlich nur einen großen schwarzen See. Die anderen Bezirke sind alle wesentlich größer, Ma'quoia ist da eine Ausnahme.«

Lachlan hatte wohl beschlossen, dass es nicht schaden könnte, mehr über Cronos in Erfahrung zu bringen. »Wie viele Städte gibt es?«

»Im Norden von Ma'quoia liegt die Region Limbus mit der Hauptstadt Flüsterheim und im Osten befindet sich die Region Ayahascha mit der Stadt der Pazifisten, Vyllas. Insgesamt sind es dreizehn – nein, zwölf. Die Eisenstadt wird offiziell nicht mitgezählt.«

»Eisenstadt?«

»Eine Stadt im Zentrum von Cronos. Sie liegt in einem verzerrten Raum, der entstanden ist, als … – Ah, hier ist Peter's Potion«, rief sie aus, als sie an einem Kokon vorbeikamen, dessen Schaufenster vor lauter bunten Süßigkeiten und Backwaren überquollen. »Hier gibt es Heilmittel. Ihr solltet noch ein paar weitere Nubbun töten, damit ihr Geld bekommt, und euch hier eindecken.«

Denselben Tipp gab sie ihnen bei Gus & Gambler (»Die Tränke, die sie hier haben, machen euch mutiger oder wendiger – für euch im Moment noch viel zu teuer, aber später unverzichtbar«) und bei Pierre & Lyrik, dem Händler für steinerne Bücher (»Hier gibt es das erste Kapitel aus Octavians Handbuch mit allen wichtigen Informationen für Anfänger – ich habe noch ein paar Exemplare bei Hideki herumliegen«).

»Warum kann man sich nicht selbst aussuchen, welche

Klasse man spielt?«, fragte Lachlan. Zack konnte sich vorstellen, warum er das wissen wollte.

»Das kannst du sehr wohl«, sagte Melpo, während sie durch das Tor ins geräumige Innere des Stamms gingen, in dem wie üblich rege Betriebsamkeit herrschte. »Manchmal musst du das sogar. Aber normalerweise wechselt niemand die Klasse. Irgendwie weiß der CC immer genau, was man will. – So ein Glück, das Taxi da drüben ist frei. Schnell, rein!«

Sie kletterten in eine gläserne Kapsel und ließen sich auf gepolsterten Sitzen nieder. Ein Laubwicht im Frack schloss die Tür hinter ihnen und nahm am Steuer Platz. Mit schnarrender Stimme fragte er nach ihrem Ziel. »Zum Schnappblütenhain«, antwortete Melpo.

»Raue Gegend«, sagte der Laubwicht und betätigte einen Hebel. »Nehmt euch vor den Motten in Acht.«

Die feingliedrigen Libellenflügel, die rechts und links an der Kapsel befestigt waren, begannen sirrend zu schlagen.

Das Taxi erhob sich in die Luft, die Menge aus Menschen und Laubwichten sank in die Tiefe und für ein paar Sekunden hatten sie freien Blick auf den Luftschiffhafen mit dem Wolkenwal, der gerade dort gelandet war, den Stall mit den Schattenantilopen und den Leichentransportwagen, den Markt und die Statue mit den leuchtenden Säulen, die wie Neonlampen aus der wuselnden Menge flammten. Das Taxi flog durch die kreisrunde Öffnung ins Dickicht der Baumkrone. Melpo lehnte sich zurück und schob die Karte, die aus ihrem Ausschnitt zu entkommen versuchte, mit einem triumphierenden Lächeln zurück unter den Stoff.

»Was ist mit der Karte los?«, fragte Zack. Lachlan hatte die Karten eingesteckt, die sie durch den Rauchlöwen bekommen hatten, und bislang hatten sie offenbar noch nicht versucht, sich davonzumachen.

»Eine gute Frage – das wüsste ich auch gern«, sagte Melpo ungenau. »Mit viel Glück: nichts.«

»Und ohne Glück?«, fragte Zack.

Melpo schürzte die Lippen. »Das erzähle ich euch, wenn ich ganz sicher bin, worum es sich handelt.«

Sie hielten sich an den Armlehnen fest, als sich das Taxi in eine Kurve legte. Das Dickicht öffnete sich und sie sausten über eine Lichtung: Tief unten verlief ein Ast, so breit wie eine Autobahn und auf der Oberseite glatt geschliffen, sodass eine Kutsche ohne Probleme darauf hätte fahren können. Eine Gruppe von Spielern spazierte über den Ast, im Verhältnis so klein wie Käfer. Direkt vor ihnen verdichtete sich die Luft zu einem schwarzen Wirbel und ein Rauchlöwe sprang ihnen in den Weg. Eine Frau im weißen Kleid beschoss ihn mit eisblauen Kugeln, die sie aus einem Ring hervorzauberte, der an einem Stab befestigt war. Der Rauchlöwe, von den Kugeln getroffen, zerbarst in grüne Funken.

Als sich der Ast gabelte, folgte das Taxi dem linken Astarm, ließ sich fallen und raste durch Blätterwerk eine Etage tiefer; wieder hatten sie einen dieser gewaltigen Äste unter sich, doch diesmal war er nicht nur glatt geschliffen, sondern mit dunklen Höhleneingängen gesprenkelt. Betriebsamkeit auch hier, Menschen und Laubwichte, die in die Höhlen gingen oder aus ihnen herauskamen, und überall immer wieder das Leuchten eines Zaubers. Zack erhaschte einen Blick auf weitere Tiere, die Nubbun sein mussten, doch anders aussahen als die Rauchlöwen. Er glaubte einen Hirschkäfer von der Größe eines Kleintransporters erkannt zu haben, als das Taxi noch einmal beschleunigte und in einen Tunnel im Geäst sauste. Das Laub war hier so dicht, dass sie ohne die Scheinwerfer des Taxis kaum etwas gesehen hätten.

»Festhalten!«, sagte ihr Fahrer. Zack hatte gerade noch Zeit, den Griff zu umklammern, da neigte sich das Taxi steil nach unten und schoss in einen engen Kanal. Sie stürzten wie im freien Fall, die Flügel klebten an der Kapsel und Zack hörte jemanden kreischen vor Vergnügen, ihren Fahrer: »Yiiiihaaaa!« – Plötzlich endete der Kanal und das Taxi kehrte mit solcher Wucht zurück in die Waagrechte, dass sie rückwärts in ihre Sitze geworfen wurden. Melpo war ein wenig grün im Gesicht.

»Hat das gut getan«, sagte der Laubwicht.

Sie waren wieder in Bodennähe, in einer verlassenen, nahezu ausgestorbenen Gegend. Anders als in der Nähe des Stamms gab es hier keine befestigten Wege im Gelände und die Kokons hingen viel weiter auseinander. Das Taxi landete im Gras; der Laubwicht glitt aus dem Sessel, öffnete ihnen galant die Tür und sagte höflich Auf Wiedersehen.

»Umpf«, machte Melpo und wankte nach draußen. Lachlan folgte ihr munter. »Ich gebe es ungern zu, aber das hat tatsächlich Spaß gemacht«, sagte er.

Als das Taxi wieder aufgestiegen war, begannen sie einem Trampelpfad zu folgen, der sie an einem idyllisch plätschernden, halb im Dickicht verborgenen Bach entlangführte. Die Kokons waren deutlich kleiner als die im Zentrum, auch gab es in ihnen keine Geschäfte. Zack fühlte sich an einen verschlafenen Vorort Dublins erinnert; Chapelizod zum Beispiel, obwohl es dort zumindest noch Verkehr gab. Aber in diese Ecke Ma'quoias verirrte sich offenbar selten ein Spieler, mit Ausnahme Melpos, die ihnen vorausging.

Sie blieb vor einem Kokon stehen, den Zack erst auf den zweiten Blick entdeckte. Drei oder vier riesige Eiben schmiegten sich so fest an die gewölbten Außenwände, dass sie den Kokon um ein Haar komplett verschlungen hätten. Nur der Eingang lag gerade noch frei. Melpo setzte einen Fuß auf die erste Stufe einer steilen Treppe, hielt inne und drehte sich zu ihnen um.

»Also«, begann sie mit gedämpfter Stimme, »ich werde euch jetzt Hideki und Shadiya vorstellen. Die beiden sind Freunde von mir. Hideki wird euch bestimmt helfen können. Was Shadiya betrifft …« Sie zögerte und zog eine mitleidige Miene. »Habt Nachsicht mit ihr.«

Sie erklärte nicht, was sie damit meinte, raffte ihren Rock und begann die Treppe zu erklimmen. Oben angekommen, warf sie ihnen einen aufmunternden Blick zu. »Kommt schon«, sagte sie und griff nach dem eisernen Türklopfer. Sie schlug ihn zweimal schnell und zweimal langsam gegen die Tür, *bu-bumm, bumm, bumm,* und wartete, während sie irgendwo ein Spitzentaschentuch hervorzauberte.

»Ich hoffe, das hier führt zu etwas«, murmelte Lachlan.

»Viele Optionen bleiben uns nicht«, erwiderte Zack und gab Lachlan mit einem Kopfnicken zu verstehen, dass er ihm folgen sollte. Sie stiegen die Steintreppe hinauf, die von Moos und Feuchtigkeit ganz rutschig war. Oben angekommen hörten sie, wie jemand einen Riegel zurückschob: Die Tür glitt einen Spalt auf – und eine dicke Rauchwolke quoll ihnen entgegen. Melpo hielt sich das Spitzentaschentuch vor den Mund, während Zack und Lachlan wild zu husten begannen. Der Rauch hatte einen würzigen Geruch, als hätte jemand einen ganzen Kräutergarten angezündet.

In der Tür stand ein kleiner weißer Roboter aus rundlichen Kunststoffteilen, die zu einer knubbeligen, humanoiden Figur zusammengesteckt waren. Sein quadratischer Kopf bestand zum Großteil aus einer schwarzen Glasverkleidung, hinter der zwei grüne Lichter leuchteten, vermutlich die Augen. Der Roboter reichte Melpo nur bis zur Hüfte; er legte den Kopf in den Nacken, sah zu ihr auf und rief mit der Stimme eines kleinen Mädchens: »Melpo!«

»Hallo Hana. Ist dein Bruder da? Ich habe Gäste dabei«, antwortete Melpo freundlich.

Der Roboter richtete seine Lampenaugen erst auf Zack und dann auf Lachlan, die im Qualm immer noch husteten und keuchten. »Ja, er ist da. Kommt rein.«

»Das ist Hana – sie ist zehn Jahre alt und aus Tokio«, sagte Melpo zu Zack und Lachlan, als sie den Kokon betraten. Das Robotermädchen folgte ihnen mit den Augen und schloss die Tür. Zack fühlte sich in ein traditionelles japanisches Haus hineinversetzt: Reisstrohmatten bedeckten den Boden und von der Decke hing eine rote Laterne. »Hana, das hier sind Zack und Lachlan. Sie haben gerade erst angefangen.«

»Hallo«, presste Lachlan hervor.

»Sehr erfreut«, sagte Hana höflich und verbeugte sich. »Ich hole meinen Bruder. Wartet kurz.«

Sie verschwand durch eine Schiebetür in einen benachbarten Raum, in dem sich offenbar die Quelle des Qualms befand: Zack erhaschte einen kurzen Blick auf ein paar Kerzen, deren Licht von dicken Nebelschwaden gedämpft wurde. Am anderen Ende des Zimmers saß eine gebeugte Gestalt, von Kopf bis Fuß in einen schwarzen Schleier gehüllt. Das Robotermädchen schloss die Tür hinter sich, dann hörten sie, wie es mit kleinen Schritten über die Reisstrohmatten lief.

»Spielt sie einen Purgator?«, fragte Zack krächzend.

»Ja. Ist sie nicht süß?«, antwortete Melpo durch das Taschentuch. »Entschuldigt den ganzen Rauch hier – ich werde Hideki fragen, ob wir ein paar Fenster öffnen können. Obwohl er das bestimmt schon getan hat.«

»Ich versteh das nicht«, hustete Lachlan und wischte sich die Tränen aus den Augen, »wieso … müssen wir husten … wer programmiert so was denn?«

»Schlimmer als der Rauchlöwe«, japste Zack.

Die Tür ging auf und Hana kehrte zurück. »Kommt, Hideki wartet hinten auf euch. Aber leise.«

Sie folgten ihr auf Zehenspitzen; Zack unterdrückte mit aller Macht den Drang, zu husten, als sie in den Raum traten, in dem der Nebel zum Schneiden dick war. Das Zimmer war nicht möbliert, nicht einmal mit einem einzigen Stuhl. Auf den Matten standen hunderte Kerzen, die ihm etwas Sakrales verliehen; sie mussten aufpassen, dass sie auf dem Weg durch den Raum keine umwarfen. Die Gestalt am anderen Ende des Zimmers saß vor einer Art Altar und der Qualm rührte von einem Dutzend glühender Kräuterbündel, die sie vor sich aufgestellt hatte. Es sah aus, als betete sie; auf die Besucher reagierte sie nicht.

»Shadiya«, raunte Melpo ihnen zu, als sie durch die zweite Schiebetür getreten waren. »Sie trauert.«

Sie gingen durch einen schmalen Flur. Die Wände faszinierten Zack: schwarze Holzgitter und milchiges Papier, wie in einem japanischen Martial-Arts-Film. Der Rauch war hier nicht ganz so schlimm, das Brennen in den Augen und das Kratzen im Rachen ließen nach. Am Ende des Flurs stand eine Schiebetür offen, dahinter lag ein kleiner Raum mit rechteckigem Fenster, das den Blick auf eine Lichtung freigab. An einem niedrigen Tisch kniete ein schmaler, dunkelhaariger Mann; als sie eintraten, blickte er über die Schulter.

»Ah. Melpo. Willkommen zurück.« Er stand auf: Offenbar hatte er gerade das lange, gebogene Schwert poliert, das vor ihm auf dem Tisch lag. »Wen hast du dabei?«

»Hideki: Das sind Lachlan und Zack. Lachlan und Zack: Das ist Hideki, Hanas großer Bruder.«

»Es freut mich, euch kennenzulernen.« Hideki verbeugte sich leicht. Sein Lächeln hatte etwas Wächsernes; er wirkte nervös, wie jemand, der sich gestört fühlte, aber nicht unhöflich sein wollte. »Wie kann ich helfen?«

»Sie kommen frisch aus der Mystagoge«, sagte Melpo, »und haben von Cronos keine Ahnung.«

Hideki lachte gekünstelt auf. »Und dann bringst du sie ausgerechnet hierher?«

»Sie könnten bei einer Sache deine Hilfe gebrauchen. Außerdem habe ich da etwas für dich.« Sie schnappte nach der Karte, die sich gerade klammheimlich davonmachen wollte, und reichte sie Hideki, der sie mit seinen langen, knochigen Händen entgegennahm. Ihm stockte der Atem; er sah alarmiert zu Melpo auf.

»Hana«, entfuhr es ihm. »Analysier das.«

»Ist es eine Aufnahme?«, fragte Hana und griff nach der Karte. »Oh! – Ich sehe mir das sofort an.« Und sie eilte mit dem Fundstück nach draußen.

Hideki warf einen schweigsamen Blick aus dem Fenster. Etwas sehr Merkwürdiges geschah: Melpo griff nach seiner Hand und drückte sie.

»Also, was kann ich für euch tun?«, fragte Hideki freundlich, Melpo die Hand entziehend.

»Sie suchen eine Software«, sagte Melpo.

»Es geht um eine Wette«, warf Lachlan ein, ohne rot zu werden. »Ich habe einen Freund, der hier häufiger unterwegs ist. Er behauptet, eine Datei in Cronos zu verstecken sei sicherer als eine 128-Bit-Verschlüsselung.«

»Und du glaubst das nicht?«, fragte Hideki.

»Nein. Natürlich nicht«, sagte Lachlan lakonisch. »Ich habe ihm eine E-Mail geschickt, die entsprechend verschlüsselt ist. Er denkt, er kann sie entschlüsseln, bevor ich hier die Software gefunden habe. Ein Idiot – ich weiß schon genau, was ich mit den fünfhundert Euro anfangen werde, die ich dafür kriege, dass ich mal wieder recht habe.«

»Ziemlich große Töne für jemanden, der keinen Schimmer hat, wo er mit der Suche anfangen soll.«

Lachlan grinste schief. »Stimmt«, gab er zu. »Tja, du hast mich durchschaut. Ich stecke in der Patsche.«

Hideki erwiderte das Grinsen, doch ihm war anzusehen, dass er es genauso wenig ernst meinte wie Lachlan. Eine Weile musterte er ihn schweigend. »Also«, begann er mit einem Seufzen, »lügen kann er schon mal ziemlich gut. Prädestiniert für eine Karriere als Alchemist, was?«

Zack war beeindruckt; er fand, dass Lachlans Geschichte ziemlich gut rübergekommen war.

»Quatsch«, sagte Lachlan mit einem verunsicherten Lachen. »Warum sollte ich dich anlügen?«

»Weil du ein Anfänger bist. Nehmt doch Platz«, sagte er unvermittelt und bot ihnen Stühle an, die rund um den Tisch standen. Sie hatten keine Beine, sondern nur Lehnen; Melpo raffte ihren Rock und ließ sich im Schneidersitz nieder. Zack folgte ihrem Beispiel mit wachsendem Unbehagen. Lachlan war der Einzige, der stehen blieb.

»Ich habe nicht gelogen«, sagte er.

Hideki nahm das Schwert vom Tisch, schob es in eine dunkelblaue Scheide und lehnte es an die Wand. »Ich kann fühlen, dass du es mit der Angst zu tun bekommst.«

»Hideki, jetzt hör doch auf damit«, sagte Melpo.

»Ich dachte, ich soll ihm helfen?«

»Wir sollten besser gehen«, sagte Lachlan. Zack fühlte sich am Tisch auf einmal fehl am Platz.

»Warte«, sagte Hideki zu ihm, als hätte er geahnt, dass er wieder aufstehen wollte. »Ich helfe euch – weil Melpo mich darum bittet. Aber ich kann Menschen nicht ausstehen, die mich anlügen. Da hab ich 'ne Allergie.«

»Vielleicht hat er seine Gründe«, sagte Melpo.

»Aber –« Lachlan verstummte und riss die Arme in die Höhe. Erschrocken schnappte er nach Luft, mit einem Ausdruck im Gesicht, als wüsste er nicht so recht, was los war.

»Hideki!«, sagte Melpo gereizt, während Lachlan einen Blick auf seine hochgestreckten Arme warf.

»Er ist neu hier«, erwiderte Hideki beschwichtigend. »Er muss diese Welt kennenlernen.«

»W-Was ist mit meinen Armen?«, stammelte Lachlan.

»Du bist emotional geworden«, erklärte Hideki ruhig. »Und du bist ein sehr junger Alchemist. Du kannst dich noch nicht so gut beherrschen wie die anderen. Denn wenn du das könntest, hättest du deine Gefühle besser im Griff, und dann hätte ich jetzt keine Kontrolle über dich.«

»Was zum –« Lachlan hatte den Satz noch nicht beendet, da begann er sich im Kreis zu drehen.

»Hideki!«, fauchte Melpo.

»Er ist eingebildet und ein Lügner. Ein Alchemist, wie er im Buche steht. Er versucht sich die Gutgläubigkeit anderer Menschen zum Vorteil zu machen. Ich treibe ihm das lieber jetzt aus, bevor er wie die anderen wird.«

»Das hast du jetzt getan, lass ihn endlich in Ruhe!«

»Ja, was soll das?« Zack stand auf. Er hatte keine Ahnung, was Hideki mit Lachlans merkwürdigem Verhalten zu tun hatte, aber es schien da einen Zusammenhang zu geben, und das weckte seinen Beschützerinstinkt.

Lachlan drehte sich immer noch um die eigene Achse, ständig schneller werdend. »Mach, dass das aufhört! Melpo, sag diesem –« Noch bevor er zum Punkt kam, rollte sich

Zacks Zunge ein, sodass er nur noch ein unverständliches Wimmern hervorbrachte.

»So emotional«, sagte Hideki kühl, »die beiden sind gefundenes Fressen für jeden Okkultisten, der es böse mit ihnen meint. Wieso sollte ich ihnen helfen?«

»Weil es ernst ist, du Idiot«, sagte Melpo verzweifelnd. Zack kämpfte mit seiner Zunge, doch wie sehr er sich auch anstrengte, sie gehorchte ihm einfach nicht mehr. Lachlan drehte sich inzwischen so schnell um die eigene Achse, dass er immer wieder gegen die Schiebewand stieß.

»Sie sind nur nach Cronos gekommen, um diese Software zu finden, Hideki, glaubst du wirklich, sie hätten das auf sich genommen, wenn es nicht ernst wäre? Und dass Lachlan dich anlügt, ist doch auch verständlich, wenn er die Wahrheit vielleicht nicht sagen darf!«, rief Melpo.

Hideki dachte einen Augenblick darüber nach. Anscheinend kam er zu einem Entschluss, denn Zacks Zunge löste sich unverhofft und Lachlan hörte auf, sich zu drehen – so plötzlich, dass er gegen Zack taumelte und mit ihm zu Boden stürzte. Hideki ließ einen Seufzer los.

»Was war das?«, stieß Zack hervor. Lachlan war so schwindelig, dass er, als er versuchte sich aufzurichten, gleich wieder umkippte. Er hielt sich den Kopf.

»Hideki ist ein Okkultist«, sagte Melpo aufgebracht. »Und deshalb konnte er erkennen, dass Lachlan ihn angelogen hat, und darum wollte er ihm eine Lektion verpassen. Das war wirklich nicht witzig, Hideki!«

»Aber wie hat er das gemacht?«, fragte Zack.

»Starke Gefühle«, sagte Hideki sachlich, »eröffnen uns

Okkultisten den Zugang zu anderen Menschen. Als Lachlan unsicher wurde, weil ich seine Lüge durchschaut hatte, bekam er Angst. Durch sie konnte ich in ihn eindringen. Bei dir war es die Wut. Von allen Gefühlen, die ein Mensch empfinden kann, stößt die Wut das Tor am weitesten auf.«

Zack, der nur die Hälfte verstand (wie sollten denn Gefühle ein Tor aufstoßen?), hatte das dringende Verlangen, ihm an die Gurgel zu gehen.

»Wütende Menschen sind besonders leicht zu manipulieren«, sagte Melpo. »Aber wenn ihr im Level aufgestiegen seid, dann bekommt ihr Mittel an die Hand, mit denen ihr euch vor den Okkultisten schützen könnt.«

»Einen hundertprozentigen Schutz gibt es allerdings nicht«, sagte Hideki, der Lachlan zutiefst zufrieden dabei beobachtete, wie er sich schwankend aufrappelte. »Nur bei den Alchemisten wird es irgendwann praktisch unmöglich, Zugang zu bekommen. Sie sind rational bis ins Blut, wenn sie erst gelernt haben, sich zu beherrschen.«

Lachlan war kreideweiß. »Zack – wir gehen.«

»Gute Idee«, sagte Zack kühl.

»Sei kein Dummkopf, Lachlan«, erwiderte Melpo rasch. »Hideki kann euch wirklich helfen. Du wirst ihnen doch helfen, oder, Hideki?« Sie sah ihn böse an.

»Möglicherweise«, wich Hideki aus.

»Okay, du willst die Wahrheit?«, brauste Lachlan auf. »Es geht hier um mein Leben. Ich brauche ein bisschen mehr als dein beklopptes Möglicherweise!«

Hideki blickte in Lachlans blasses Alabastergesicht, das nicht so wütend aussah, wie er sich angehört hatte; Melpo tat dasselbe, doch sie wirkte weit weniger überrascht als Hideki. »Wie meinst du das, um dein Leben?«, fragte er mit einem verunsicherten Grinsen, sein Erschrecken mit Spott kaschierend.

Lachlan, offenbar überrascht von seiner eigenen Courage, starrte sprachlos zurück. Zack hatte Emils warnende Stimme im Ohr: kein Sterbenswort.

»Hideki«, sagte Melpo drängend. »Hilf ihnen doch einfach!«

Hidekis Augen wurden schmal. »Hm«, machte er, Lachlan misstrauisch musternd. Als er endlich wegsah, sich Zack zuwendend, atmete Lachlan auf. Zack merkte, dass er vor Anspannung die Fäuste geballt hatte.

»Ich denke, das kann ich als Geständnis gelten lassen«, sagte Hideki wichtigtuerisch. »Nur wer sich eingesteht, dass er Hilfe braucht, kann auch welche bekommen. Also, eine Software, ja? Wie heißt sie noch mal?«

Hideki deutete mit der offenen Hand auf die Stuhllehnen. Lachlan und Zack tauschten einen Blick. Was jetzt? Zack hatte immer noch das starke Verlangen, einen möglichst großen Abstand zwischen sich und Hideki zu bringen, und er sah Lachlan an, dass er haargenau dasselbe dachte. Doch wohin sollten sie gehen, wenn sie sich jetzt beleidigt davonmachten? Sie hatten mit Melpos Bekanntschaft ein Riesenglück gehabt; das würde ihnen kein zweites Mal passieren. Zack erkannte, dass sie ohne Hideki mit leeren Händen dastünden, und obwohl sich alles in ihm dagegen sträubte, machte er den Anfang, indem er sich setzte. Lachlan kam offenbar zum gleichen Schluss und ließ sich mit steifem Rücken neben ihm nieder.

»Die Software heißt Erion«, sagte Zack angespannt. »Wir wissen nicht, wer sie hat oder wo sie ist.«

»Sonst wärt ihr ja nicht hier.«

»Stimmt«, sagte Lachlan. »Wir wissen auch sonst nichts über Erion. Sie könnte alles Mögliche sein.«

»Ihr kennt also nur den Namen.«

»Ja.«

Hideki schnaubte. »Das ist schlimmer als die Nadel im Heuhaufen. Ihr könntet auch in einen Laden gehen und sagen, dass ihr eine Software braucht, ihr wisst nur nicht, ob Tetris oder einen Anti-Viren-Scanner.«

Aber Lachlan bohrte unbeirrt weiter.

»Ist es möglich, die Server nach einem Schlagwort zu durchsuchen?«, fragte er.

»Nein«, sagte Hideki. »Aber es gibt Mittel und Wege, sie trotzdem zu finden. Die Frage ist nur, wonach genau wir suchen. Ist es eine Software, die mit Cronos kompatibel ist? Dann können wir das vergessen. Unmöglich, sie zu finden. Alles, was wir um uns herum sehen, ist Code. Dieses vortreffliche Schwert hier«, er tätschelte die dunkelblaue Scheide an der Wand, »könnte eure Software sein, auch wenn ich mit Sicherheit sagen kann, dass sie es nicht ist. Einfacher ausgedrückt: Alle Items und Waffen sind Cronos-Code. Dieser Tisch ist Cronos-Code.«

»Und wenn Erion nicht kompatibel ist?«, fragte Lachlan.

»Dann erscheint sie hier als Karte und könnte demnach überall sein, in einem Buch, unter dem Holzboden eines Hauses, auf einem Schrank, an Bord eines Wolkenwals – an allen Orten also, die man sich so vorstellen kann. Trotzdem wäre sie leichter zu finden als irgendein Item, von dem wir nicht wissen, wie es aussieht.«

»Und es gibt noch die Datenträgervariante«, warf Melpo ein.

»Stimmt. Wer will, kann in Cronos programmieren, und zwar an einem echten PC oder Laptop. Er braucht sich bei der Administration nur eine Lizenz zu holen und schon bekommt er ein Gerät mit einem Betriebssystem seiner Wahl. Das kann alles Mögliche sein, von Linux über Android bis Windows. Man kann sogar mit DOS arbeiten, wenn man auf Retro steht, oder seinen eigenen PC zu Hause mit dem virtuellen Gerät verknüpfen«, zählte Hideki auf.

»Und wie bekommt man dann die Software von Cronos auf den Computer?«, fragte Lachlan.

»Du kannst deinen Computer per Kabel mit der Konsole verbinden«, sagte Hideki. »Er taucht dann in Cronos als Schatztruhe auf, und wenn du das virtuelle Gerät, auf dem du hier programmiert hast, in eine Karte verwandelst und die Karte in die Schatztruhe legst, dann –«

»– ist die Datei auf dem Computer.«

»So einfach ist das.«

»Das geht auch mit Anwendungen, die in der Sprache des Cron OS geschrieben wurden«, sagte Melpo. »Nur dass man mit ihnen in der Realität natürlich nichts anfangen kann. Startet man sie aber hier in Cronos –«

»– reagieren diese Dateien«, sagte Hideki. »Und verwandeln sich in Items oder sonst was.«

Lachlan nickte; er hatte offenbar begriffen.

»Okay. Also, wir wissen absolut nichts über die Software. Wir wissen nur, wie sie heißt.«

»Und wer sie programmiert hat«, warf Zack ein.

»Aber das ist geheim«, ergänzte Lachlan. »Wir dürfen es niemandem sagen. Die Wahrheit.«

Hideki hob einen Mundwinkel.

»Das ist wenig, doch ich werde sehen, was ich tun kann. Aber zuerst zeigt ihr mir eure Schuldenbücher.«

»Echt jetzt, Hideki?«, fragte Melpo.

»Klar. Eine Hand wäscht die andere, oder?« Er sah die Jungs erwartungsvoll an, doch Melpo intervenierte.

»Sie sind gerade frisch aus der Mystagoge, Hideki. In ihren Schuldenbüchern steht noch überhaupt nichts drin.«

»Das dachte ich mir.«

»Was meint er?«, fragte Lachlan.

Zack zog die Karte mit dem roten Buch aus der Hosentasche und verwandelte sie mit einem Fingerschnipsen. Das Notizbuch landete auf dem Tisch und er schlug es auf. Was Melpo gesagt hatte, stimmte nicht ganz: Es stand durchaus schon etwas auf den hauchdünnen Linien. »Ich schulde dir drei Gefallen, Melpo«, sagte er verblüfft. »Einen, weil du mir die Tunnelmurmel geschenkt hast, einen weiteren, weil du mich zur Mystagoge gebracht hast, und noch einen«, er stutzte verblüfft, »weil du mich vor dem Rauchlöwen gerettet hast. Ähm – vielen Dank dafür.«

»Mit einem Danke ist es in Cronos nicht getan«, sagte Hideki. Lachlan hatte sein Schuldenbuch inzwischen ebenfalls hervorgekramt und schlug die erste Seite auf.

»Ich schulde Melpo auch drei Gefallen. Von einer Tunnelmurmel steht hier nichts. Dafür hat sie was gut bei mir, weil sie mich zum Friedhof gebracht hat.«

»Beide haben drei Gefallen offen – ich kann also nicht davon ausgehen, dass sie sich revanchieren werden, wenn ich ihnen helfe«, sagte Hideki.

»Gib ihnen doch ein wenig Zeit«, sagte Melpo.

»Das werde ich. Zeit, mir einen Gefallen zu tun, für den ich mich dann revanchieren werde.«

»Welchen Gefallen?«, fragte Zack befremdet. Hatte Lachlan ihm nicht klar gemacht, dass sein Leben auf dem Spiel stand? Zwecklos vermutlich, Hideki daran zu erinnern. Hoffentlich verlangte er wenigstens etwas von ihnen, das schnell ging. Es musste jetzt etwa fünf Uhr morgens sein, und er hatte Maddox immer noch nicht über Lachlans Entführung informiert.

»Tja«, sagte Hideki matt, »da uns ab sofort ein Mann fehlt, wird sich da schon etwas auftun.«

»Wir haben es eilig«, sagte Lachlan. »Wir können nicht warten, bis dir ein Gefallen einfällt.«

Hideki antwortete nicht; abwesend sah er durch das Fenster nach draußen. Plötzlich sagte er angespannt: »Ich hab die Tür gehört. Shadiya ist rausgegangen.« Und ruckartig stand er auf, um den kleinen Raum mit großen Schritten zu verlassen. Melpo sah besorgt aus.

»Hoffentlich streiten sie nicht«, sagte sie.

»Wer?«, fragte Zack.

»Wir gehen besser mal hinterher.«

Die verschleierte Gestalt im Raum mit den vielen Kerzen war verschwunden, die Kräuterbündel glimmten noch. Sie holten Hideki ein, als er gerade die Haustür öffnete und die steile Treppe hinuntersprang.

»Shadiya!«, rief er. Seine Stimme hallte über die ruhige Lichtung und erreichte die junge Frau, die entschlossen davonging. Jetzt blieb sie stehen, zögerte einen Moment und drehte sich zu Hideki um. Zack entfuhr ein überraschtes Seufzen: Die junge Frau trug ein Kopftuch.

»Eine Muslimin?«, fragte Lachlan verdutzt.

»Na, und?«, sagte Melpo. »Sie kommt aus Dubai.«

Shadiya erinnerte mit ihrem schwarzen flatternden Seidengewand an einen Rauchlöwen; als sie Hideki auf sich zukommen sah, wurden ihre rot geschminkten Lippen schmal. »Was willst du?«, fragte sie angriffslustig.

»Du brichst die Regeln. Wir haben gesagt, dass wir von jetzt an nur noch zu zweit rausgehen«, sagte Hideki anklagend. Shadiya hielt den Augenkontakt.

»Du hast das gesagt.«

»Und alle waren einverstanden. Keine Alleingänge mehr. Wir haben gesehen, wohin das führt.«

»Du kannst mich mal, Hideki«, antwortete Shadiya ruhig. Melpo seufzte leise auf und schüttelte den Kopf. »Du willst es vielleicht nicht verstehen. Aber ich sehe mittlerweile klar. Wenn du nicht immer den Boss spielen würdest, wäre er nicht alleine gegangen. Dann wäre er jetzt noch hier. Und deshalb bist du allein daran schuld.«

Hideki rang nach Worten. »Was?«

»Oh – das war nicht fair«, sagte Melpo betroffen.

»Worum geht es überhaupt?«, fragte Zack, doch Melpo machte keine Anstalten, es ihm zu erklären. Als hielte sie es nicht mehr aus, lief sie die Treppe herunter.

»Shadiya«, sagte sie eindringlich.

»Ich habe nachgedacht«, antwortete die junge Frau stur. »Während ihr so getan habt, als wäre nichts passiert, habe ich um ihn getrauert, und dabei habe ich sehr viel nachgedacht. Ich finde raus, wer ihn getötet hat.«

»Es war Kreislaufversagen, Shadiya«, sagte Hideki.

»Ihr wisst, dass das nur die halbe Wahrheit ist«, erwiderte Shadiya. »Er hatte eine Spur. Er ist ihr nachgegangen und hat die Schweine gefunden, und die haben ihn dafür irgendwo eingesperrt, wo er sich nicht ausloggen konnte, und da drin lag er, bis er *richtig* gestorben ist.«

»Das wissen wir nicht genau«, erwiderte Hideki.

»Und warum hast du dann die Regel eingeführt, dass wir von jetzt an nur noch zu zweit rausgehen dürfen?«, fuhr Shadiya ihn aufgebracht an.

»Um ganz sicher zu gehen, bis wir mehr wissen.«

»Das Wissen kommt nicht von allein zu uns, Hideki«, sagte Shadiya laut. »Und ich werde auch nicht mehr darauf warten. Ich werde jetzt danach suchen gehen. Und das kann ich wunderbar alleine! Denn wenn die mich schnappen, dann weckt meine Schwester mich auf. Anders als bei Eamon. Der hatte niemanden, er war ganz allein.«

Eamon. So ein Zufall, dachte Zack; anscheinend hieß der Freund, den Shadiya verloren hatte, genauso wie sein ehemaliger Nachbar. Mit flatterndem Kopftuch wirbelte die junge Frau herum und setzte ihren Weg fort, ohne Hideki noch eines Blickes zu würdigen. Melpo holte Luft, als wollte sie ihr etwas nachrufen, doch dann schwieg sie.

»Diese dumme Nuss«, entfuhr es Hideki. Er wischte an ihnen vorbei und stampfte die Treppe hoch.

»Das ist alles so traurig«, sagte Melpo.

»Was ist passiert?«, fragte Lachlan.

Melpo zögerte, als wüsste sie nicht, ob sie die beiden ins Vertrauen ziehen durfte. »Das ist eine lange Geschichte, und keine einfache.« Sie schürzte die Lippen. »Wir waren bis vor Kurzem zu fünft – Eamon war unser zweiter Muerto, ein Häuptling. Ein ziemlich guter Damage-Dealer. Hana ist unser Tank und Shadiya übernimmt eher Supportaufgaben …« Sie unterbrach sich, als sie merkte, dass Lachlan und Zack ihr nicht folgen konnten. »Eamon war nie sonderlich redselig, aber er war trotzdem ein richtiger Häuptling. Und Hideki … na ja, ihr habt ihn ja jetzt kennengelernt. Ein typischer Okkultist. Beides Alphatiere, wenn man so will. Eamon und Hideki haben sich nie sonderlich gut verstanden. Zwei Anführer in einer Gruppe, ihr versteht, was ich meine?«

Zack musste an das Großmaul Billy Whitehead denken.

»Eamon ist nur alleine gegangen, weil er es Hideki zeigen wollte.«, sagte Melpo. »Leider kam er nicht mehr zurück.« Sie wandte sich ab und wischte sich heimlich eine Träne weg. »Aber Hideki deswegen die Schuld zu geben … das ist irgendwie auch nicht …«

Sie sprach nicht weiter.

Nacheinander stiegen sie die Treppe hoch. Wie immer, wenn er mit trauernden Menschen konfrontiert wurde, wusste Zack nicht, was er sagen sollte, obwohl er gern etwas gesagt hätte. Dass der verstorbene Freund genauso hieß wie sein verstorbener Nachbar, ließ ihn nicht los. Dabei war Eamon gar kein seltener Name, schon gar nicht in Irland. Hatte sie gesagt, er sei nicht redselig gewesen?

»Was soll das heißen, die haben ihn so eingesperrt, dass er sich nicht ausloggen konnte?«, fragte Lachlan.

»Das ist ein verbotener Hack«, sagte Melpo und schloss die Haustür. »Wir nennen ihn Freeze. Ein Spieler, der eingefroren ist, kann sich nicht mehr ausloggen. Und wenn es dann niemanden gibt, der sich irgendwann Sorgen macht und ihm die Kappe vom Kopf nimmt … tja …«

Etwas rastete in Zack ein. »Warte.« Er drehte sich zu Melpo um. »Woher kommt das Mädchen mit dem Kopftuch noch mal?«

»Aus Dubai. Sie ist Araberin. Das Kopftuch trägt sie hier rein freiwillig, und ich rate dir, wenn du sie darauf ansprichst, dann überlege dir gut, was du –«

Zack hörte nicht mehr zu. »Aus Dubai!«, wiederholte er. »Gibt es hier ein Foto von ihm?«

»Shadiya hat eins, glaube ich«, begann Melpo; doch Zack war schon in das Zimmer mit dem Altar geeilt, wo Hideki vor dem Tischchen mit den glimmenden Kräuterbündeln stand. Zack blieb neben ihm stehen und bemerkte, dass Hideki das Foto in den Händen hielt. Es hatte einen schwarzen Holzrahmen und zeigte die ganze Gruppe, wie sie vor einer Kamera posierte: Melpo im schwarzen Gothic-Kleid, Hana auf Hochglanz poliert, Hideki stolz auf das japanische Langschwert gestützt, Shadiya als verhüllte Schönheit mit einem leichten Lächeln – und Eamon, nicht blass oder mit fettigen Haaren, sondern ein gut aussehender Mittzwanziger mit einer knielangen Federpracht auf dem Kopf, wie sie eines Häuptlings würdig war.

»Unmöglich«, murmelte Zack.

»Was ist?« Lachlan tauchte neben ihm auf.

Zack schluckte. »Eamon«, sagte er und deutete auf das Foto. »Ich kenne ihn. Er war mein Nachbar.«

»Was?« Lachlan starrte ihn an. »Kein Mist?«

»Kein Mist.«

Hideki musterte ihn, ohne die Sache zu kommentieren. Erst jetzt bemerkte Zack, dass Hidekis Gesicht auf dem Foto mit einem spitzen Gegenstand ausgekratzt worden war.

»Was redest du da?«, fragte Melpo.

»Sie haben ihn gestern Morgen abgeholt«, sagte Zack, noch immer völlig perplex, »der Polizist sagte, er habe eine Vermisstenanzeige aus Dubai erhalten.«

»Das war Shadiya«, sagte Melpo. »Sie hat gesagt, sie hätte in Irland bei der Polizei angerufen.«

Schweigend standen sie um den Altar herum und versuchten, diese merkwürdige Entdeckung zu verarbeiten. Wie hoch war die Wahrscheinlichkeit, dass er bei seinem ersten Besuch in Cronos ausgerechnet auf Eamons Freunde stieß? Und wenn er das richtig verstanden hatte, dann stand der Verdacht im Raum, dass Eamon gestorben war, weil er sich nicht mehr hatte ausloggen können. Es war niemand da gewesen, der ihm die Kappe vom Kopf hätte nehmen können.

Und er hatte geglaubt, Eamon hätte es einfach übertrieben. Er dachte an die Polizisten im Wohnsilo und ihre herablassenden Kommentare. Er schämte sich. Wenn er ein wenig mehr Interesse gezeigt hätte, wären sie dann Freunde geworden? Hätte er seinen Tod verhindern können? In einer anderen Sache hatte er sich ebenfalls geirrt, und für dieses Vorurteil schämte er sich noch mehr. Eamon war mitnichten so einsam und allein gewesen, wie er gedacht hatte. Er hatte sogar echte Freunde, die um ihn trauerten und die Umstände seines Todes zu ergründen suchten.

»Hideki«, sagte Hana durch die geöffnete Schiebetür. »Wo ist Shadi?«

»Ein bisschen rausgegangen«, antwortete Hideki. »Hast du etwas herausgefunden?«

»Nicht viel«, sagte Hana und verschwand; Hideki ging ihr nach. An der Tür blieb er stehen.

»Nimm die beiden mit«, sagte er zu Melpo und deutete mit einem Kopfnicken auf Lachlan und Zack. »Ich glaube, sie sind vertrauenswürdig.«

Melpo nickte ihnen auffordernd zu und folgte Hideki.

»Ich hoffe, wir hängen hier nicht tagelang rum«, sagte Lachlan zu Zack. »Was glaubst du, wie lange man in Cronos sein kann, ohne zu dehydrieren?«

Zack musste sich unweigerlich vorstellen, wie Lachlan an einem dunklen Ort langsam verdurstete, gefesselt, eine Kappe auf dem Kopf und einen piepsenden Cronos Cube neben sich. Er fühlte sich schäbig, weil ihn selbst zuletzt nur beschäftigt hatte, dass Maddox ihn zur Frühschicht erwartete. »So weit lasse ich es nicht kommen.«

Melpo wartete ein Zimmer weiter auf sie; Hideki und Hana hatten sich in Luft aufgelöst. Über Melpo klaffte ein rundes, etwa kissengroßes Loch in der Decke, direkt darunter leuchtete ein blauer Kreis in der gleichen Größe. Als sie Lachlan und Zack erblickte, trat Melpo einen Schritt nach vorn in den blauen Kreis hinein und eine Sekunde später wurde sie mit einem Ruck durch die Decke gesaugt.

»Beam mich hoch, Scotty«, sagte Lachlan und stellte sich ebenfalls in den Kreis. Er blickte nach oben in das schwarze Loch, dann rauschte auch er als Farbschleier durch die Decke. Zack fragte sich, ob nicht jemand die Kerzen ausblasen sollte, kam aber zu dem Schluss, dass ein virtuelles Haus vermutlich nicht abbrennen konnte, und trat in den blauen Kreis. Er fühlte nichts, konnte aber das blaue Licht sehen, das ihn jetzt wie eine zylinderförmige Säule umgab. Wie Lachlan konnte er nicht widerstehen, nach oben in das Loch zu blicken, das so schwarz war, als hätte es jemand mit Farbe an die Decke gepinselt. Eine Weile passierte nichts; ob er etwas tun musste? Rauf, dachte er und stellte sich vor, wie er nach oben gesaugt wurde. Im nächsten Moment hatte er den Boden unter den Füßen verloren, sauste in die Höhe und stürzte fast im selben Augenblick wieder ab. Der Boden schlug sich ihm mit Wucht unter die Füße, er stolperte und wäre um ein Haar auf die Nase gefallen.

»Beim ersten Mal sehen alle wie Idioten aus«, sagte Melpo. Lachlan verkniff sich das Lachen.

»Sehr lustig«, sagte Zack und richtete sich auf.

Sie hatten eine völlig neue Welt betreten: einen Raum, der große Ähnlichkeit mit dem hatte, was sich Zack unter dem Cockpit eines Raumschiffs vorstellte. Ohne die vielen Bildschirme und beleuchteten Konsolen wäre es stockfinster gewesen, denn es gab keine sichtbaren Lampen: Hier glühte grün die gezackte Linie eines Diagramms, dort standen schwarz auf flammend rotem Grund dramatische Namen wie »Kings of the Dawn« und »Executors«. (Daneben las er etwas, das wie ein Punktestand aussah: Die Kings führten –

bei was auch immer –, aber die Executors waren ihnen dicht auf den Fersen.) Auf einem Display lief eine Art Fernsehkanal; er sah eine Nachrichtensprecherin vor einer langen Mauer, deren Lippen sich bewegten – der Ton war aus –, und las auf der Bauchbinde: »Flüsterheim: Dammreparatur kommt zum Erliegen«. Das Logo rechts oben verriet, dass der Sender CronTV hieß. Auch daneben lief ein Fernsehsender, Zack traute seinen Augen nicht: Es war NHK, ein japanischer Fernsehsender. Es lief offenbar ein Bericht über die Diskussion in der europäischen Kanzlerkammer, ob der Cronos Cube in Europa verboten werden sollte oder nicht.

»Wow«, sagte Lachlan, »sieht aus wie eine Mischung aus der Enterprise und dem Batcave.«

»Willkommen im Hauptquartier der Underminers, Freunde«, sagte Hana bedeutungsvoll.

»Underminers?«, wiederholte Lachlan spöttisch.

»Was ist das? Ma'quoia?«, fragte Zack und zeigte auf den übertrieben großen Monitor in der Mitte, auf dem eine topografische Landkarte zu sehen war. Das Zentrum bildete eine kreisrunde Fläche – offensichtlich der Stamm. In dem Kreis war das Wort ›Temenos‹ zu lesen, daneben: ›Tempel der Atzilotha Ma'quoia‹. Eine breite Straße führte vom Stamm weg und schlängelte sich an Peter's Potion, Ma'quoias Rast und einigen anderen Geschäften vorbei, die Melpo ihnen vorhin vorgestellt hatte. Das innerstädtische Areal wirkte im Vergleich zum Rest winzig klein.

»Das ist die Kokonstadt«, sagte Hana eifrig. »Wir haben Landkarten von allen Städten.«

»Was ist eigentlich mit der Karte, die Melpo euch mitgebracht hat?«, fragte Zack; vielleicht ergab sich daraus etwas, das sie für Hideki tun konnten.

Hana rutschte wieder vom Stuhl und kam herüber, um Zack die Karte zu reichen, die der Rauchlöwe hinterlassen hatte. »Schnips sie an«, trug sie ihm auf.

Als Zack das getan hatte, flitzte ihm die Karte aus der Hand und verwandelte sich in ihrer Mitte zu einer langen weißen Linie. Die Linie schlug wellenförmig aus, als sie auf einmal eine weibliche Stimme vernahmen; es war ganz eindeutig die Melpos. Nur kam sie nicht aus ihrem Mund.

»Ooh … du bist ein Shooter.«

»Was ist deine Klasse?«, antwortete jemand; Zack erkannte mit Verblüffen seine eigene Stimme.

»Hexe«, sagte die unsichtbare Melpo. »Allerdings bin ich längst aufgestiegen und inzwischen eine Harmonikermeisterin. Das ist wie eine siebte Klasse.«

»Wieso greift sie dich nicht an?«

»Weil ich ein sehr hohes Level habe. Hier in der Gegend sind die Nubbun viel zu schwach für mich, deshalb ziehe ich keine Aggro.«

»Keine was?«

»Sie greifen mich nicht an. Ich bin zu stark für sie, und das wissen sie.«

»Und was sind Nubbun?«

»Monster. Wie der Wurzelnarr. Wo ist Lachlan?«

Hideki sagte laut »Stopp« und griff in die Welle; als er die Hand wieder zurückzog, hielt er die Spielkarte mit der aufgedruckten Note in den Fingern. Sie versuchte jetzt nicht mehr zu entkommen.

»Das ist das erste Mal, dass jemand von uns aufgenommen wurde!«, rief Hana. Sie kam Zack sehr aufgedreht vor; als gäbe es nichts, was sie nicht begeistern konnte.

»Was war das denn?«, fragte Lachlan.

»Das waren Melpo und ich, vorhin, als wir vor der Mystagoge auf dich gewartet haben«, sagte Zack.

Lachlan wirkte ziemlich verwirrt.

»Der Rauchlöwe war verwanzt«, sagte Melpo mit ernster Miene. »Und das war nicht das erste Mal.«

»Ich habe den Fundort in unser System eingegeben und die Audiodatei analysiert, jedoch kein Muster feststellen können«, erklärte Hana und betätigte ein paar Tasten auf der leuchtenden Konsole. Die Landkarte auf dem riesigen Monitor in der Mitte begann sich zu bewegen und verwandelte sich in ein dreidimensionales Abbild des Baums, mitsamt dem Wurzelwerk, das genauso umfangreich war wie die Krone. An allen möglichen Stellen pulsierten rote Lichter. »Nicht weniger als neunundzwanzig gefundene Audiodateien allein in den vergangenen fünf Wochen«, sagte Hana.

»Wenn sie in den Nubbun versteckt sind, dann sind diese ungewöhnlich stark«, erklärte Melpo. »So wie der Rauchlöwe vorhin. Ich habe ihn nur mit einer Silberlanze plattgekriegt – eine Level-dreißig-Attacke. Normalerweise haben die Rauchlöwen in Ma'quoia Level sechs.«

»Manchmal sind sie aber auch in Gegenständen versteckt, das haben wir herausgefunden, als bei einer Schlägerei in Ma'quoias Rast ein Stuhl zerbrochen ist.« Hana rief das rotierende Bild eines harmlos wirkenden Holzstuhls auf. »Deshalb können wir unmöglich abschätzen, wie weit die Kontamination bereits fortgeschritten ist.«

Zack lachte auf. »Kontamination.«

Die anderen sahen ihn fragend an. Zack spürte, wie die Stimmung umschlug.

»Findest du das lustig?«, fragte Hideki spitz. Zack wünschte, er hätte die Klappe gehalten.

»Nein, nur … na ja, es ist kein Virus, oder?«

»Ein Virus vielleicht nicht. Aber ein Trojaner«, sagte Hideki. »Und zwar einer, der uns überwacht.«

»Oh«, machte Zack. Darum ging es also.

»Oh«, äffte Hideki ihn nach. »Wie alt bist du?«

»Neunzehn, warum?«, entgegnete Zack mit angespanntem Nacken. Er fühlte sich von Hideki angegriffen.

»Jahrgang 2011?«

»2010«, verbesserte Zack. Was machte das eine Jahr schon für einen Unterschied, fragte er sich.

»Dann bist du in einer Zeit zur Welt gekommen, in der sie gerade fleißig daran arbeiteten, uns das zu nehmen, was eine ganze Generation geprägt hatte«, sagte Hideki, was sich anhörte, als läse er den Satz aus einem Buch vor.

»Und was?«

»Das Internet.«

Zack zuckte mit den Achseln. »Aber das Internet gibt es noch«, erwiderte er.

»Nicht so wie damals«, sagte Lachlan.

»Genau«, pflichtete Hideki bei. Zack warf Lachlan einen beleidigten Blick zu.

»Das Internet bot der Menschheit völlig neue Möglichkeiten«, sagte Lachlan. »Grenzenloses Wissen, nur einen Mausklick entfernt. Plattformen, um sich auszutauschen, sich neue Meinungen zu bilden, sich auszuprobieren. Webseiten, die man nur besuchte, wenn garantiert niemand zusah.«

»Und Chatfreunde«, sagte Melpo, »die man noch nie gesehen hatte, und mit denen man über alles reden konnte, weil man wusste, dass man sie niemals in real treffen würde. Wie ein innerer Monolog oder sogar eine Art Bewusstseinsstrom. Eine Reise ins eigene Unbewusste.«

»Du konntest in den Suchmaschinen nach einem Mittel gegen Geschlechtskrankheiten suchen, ohne dabei bedenken zu müssen, dass diese Suchanfrage in deinem Profil hinterlegt werden würde«, sagte Hideki.

»Und du konntest das politische System in Frage stellen, ohne dass seine Wächter sofort davon erfuhren«, sagte Lachlan. »Das war vor unserer Zeit, Zack.«

Zack verschränkte die Arme. »Aber Hideki ist doch selber nicht älter als – fünfundzwanzig?«

»Das wüsstest du wohl gern«, blockte Hideki ab. »Ich bin alt genug, um zu wissen, wovon ich rede, wenn ich sage, dass wir alles tun müssen, um zu verhindern, dass wir Cronos auch noch verlieren. Denn Cronos ist die neue Freiheit, das neue Internet, versteht ihr das?«

»Ja«, kam es von Lachlan. »Jetzt schon.«

Zack hatte noch Einwände, hielt es aber für besser, nichts mehr zu sagen. Das führte zu nichts, schon gar nicht zu Lachlans Rettung. Unruhig trat er von einem Fuß auf den anderen.

»Es war klar, dass man irgendwann versuchen würde, Cronos zu infiltrieren«, sagte Melpo. Mit ›man‹ meinte sie wohl irgendwelche Geheimdienste.

»Aber wieso zapfen sie nicht einfach die Server an?«, fragte Lachlan.

»Das haben wir der Cron Company zu verdanken«, sagte Hideki, nicht ohne einen gewissen Stolz. »Meine Leute haben noch nicht alle aufgegeben, und Matsuda Watanabe ist einer von den ganz großen Rebellen in Japan. Cronos ist für ihn der Inbegriff von Freiheit, und er tut alles, um diese Welt zu verteidigen. Die Server sind Verschlusssache. Wenn ein Geheimdienst spionieren will, muss er das in Cronos tun. Deshalb bleibt den Schnüfflern nur der altmodische Weg: Lauschangriffe und Observationen. Und sie müssen die Mittel nutzen, die Cronos ihnen bietet.«

»Aber wir wissen nicht, ob wirklich die Geheimdienste hinter den Wanzen stecken«, wiegelte Melpo ab.

»Das liegt doch auf der Hand.«

»Aber selbst wenn, wissen wir nicht, welcher Geheimdienst es ist. Das Einzige, was wir mit Sicherheit sagen können, ist, dass sie derzeit noch experimentieren.«

»Inwiefern?«, fragte Lachlan.

»Ma'quoia«, kam es von Hana, »ist der einzige Ort in Cronos, an dem bisher Wanzen gefunden wurden, an dem bislang überhaupt etwas gefunden wurde, das auf eine Überwachung hindeutet! Die Spur ist ganz frisch.«

»Warum fangen sie in Ma'quoia damit an?«, fragte Lachlan. »Ich dachte, die Welt ist so riesig.«

»Hier in Ma'quoia laufen fast nur Anfänger rum«, sagte Hideki. »Wenn die mit einem Rauchlöwen oder einem Bomberfalter nicht klarkommen, dann sterben sie eben und müssen zum Friedhof geschleppt werden.«

»Und weil sie sich noch nicht an die Karten gewöhnt haben, fällt es ihnen nicht auf, wenn eine verschwindet«, sagte Melpo. »Oder hättet ihr das vorhin gemerkt?«

Zack und Lachlan schüttelten den Kopf. Ohne Melpo hätten sie womöglich selbst die Karten zurückgelassen, die sich nicht von dannen gemacht hatten.

»Aber warum Wanzen?«, fragte Lachlan.

»Damit geht es bestimmt nur los«, sagte Melpo. »Als nächstes versuchen sie es vermutlich mit Kameras. Sie müssten nur ein paar fliegende Kugelfischkameras von CronTV präparieren, das würde überhaupt keiner merken.«

»Momentan sammeln sie also noch blind alles, was sie bekommen können«, fasste Lachlan zusammen. »Und hinterher werten sie es dann aus. Ungefähr so wie die Geheimdienste vor vierzehn, fünfzehn Jahren.«

Melpo nickte. »So läuft es vermutlich.«

»Fehlt nur noch, dass sie lernen, wie man die gesammelten Daten auf die Spieler zurückführt, von denen sie das Material haben«, sagte Hideki. »Dann hätten wir eins zu eins das, was gerade überall auf der Welt gemacht wird: individuelle Überwachung. Das wäre der GAU. Und deshalb müssen wir sie jetzt bekämpfen.«

Zack ergriff die Gelegenheit am Schopf. »Und wir könnten euch dabei helfen«, sagte er, insgeheim hoffend, dass sich die Sache schnell erledigen lassen würde.

»Ja, das dachte ich auch«, sagte Hideki. »Aber –«

»Wir haben keine richtige Spur«, sagte Hana betrübt. »Die Karten tauchen völlig willkürlich in Ma'quoia auf. Es gibt kein Muster. Zum Verrücktwerden!«

»Aber Eamon hatte eine Spur«, sagte Lachlan.

Eine unbequeme Stille legte sich über den dunklen Raum. Zack merkte, dass er den Atem anhielt; er dachte an die junge Frau mit dem Kopftuch.

»Das sagt Shadiya«, sagte Melpo bedrückt.

»Ich glaube, dass sie recht hat«, sagte Hana.

»Und ich glaube, dass er ein verdammter Idiot war«, sagte Hideki. »Fakt ist: Er hat sich vor ein paar Tagen aufgemacht und ist nicht mehr zurückgekommen.«

»Er hat alles gegeben, um die Täter zu finden«, sagte Hana. »Es muss etwas damit zu tun haben!«

»Shadiya sagt, dass Eamon danach zwei Tage ununterbrochen online war, sie ihn aber nicht orten konnte«, sagte Melpo. »Deshalb denkt sie, dass ein Freeze im Spiel war. Er könnte diejenigen, die Ma'quoia verwanzen, gefunden haben. Möglicherweise hat er sie gestellt und –«

Sie hörte mitten im Satz auf zu reden. Weder Hideki noch Hana wollten ihn offenbar beenden.

Zack dachte daran, wie er das letzte Mal im Fahrstuhl mit Eamon gesprochen hatte und wie er den Kopf weggedreht hatte, um den säuerlichen Schweißgeruch nicht einatmen zu müssen, den Eamon verströmt hatte. Ob alles anders gekommen wäre, wenn er Eamon ins Gesicht gesehen hätte?

Lachlan brach das drückende Schweigen. »Nach welchen Mustern suchst du denn?«, fragte er Hana; offenbar begann er sich für das Thema zu erwärmen.

»Ich habe die Fundorte analysiert, so wie in einem Krimi«, sagte Hana und rief eine Tabelle auf, die alle neunundzwanzig Audiodateien auflistete, die ihnen bereits in die Hände gefallen waren. »Ich dachte, vielleicht entdecken wir ein Muster, wie einen Stern oder so.«

Lachlan ließ den Blick über die Tabelle rinnen; vielleicht bildete Zack es sich nur ein, aber er hatte den Eindruck, dass Lachlan es nicht so ganz fassen konnte. »Ist das das Einzige, was ihr ausprobiert habt?«

»Ja. Es war meine Idee«, sagte Hana.

Lachlan sah über die Schulter zu Hideki.

»Ich weiß, es ist nicht viel«, sagte dieser betreten.

»Das ist überhaupt nichts. Das ist lächerlich«, sagte Lachlan und hatte damit Zacks Sympathien sofort wieder auf seiner Seite. »Wonach suchen wir?«

»Nach denen, die die Karten verteilen«, sagte Melpo.

»Wirklich?«, erwiderte Lachlan. »Suchen wir nicht vielmehr nach dem Ort, an den die aufgenommenen Daten geschickt werden? Nach dem Empfänger?«

»Wir konnten noch nie eine Karte verfolgen«, sagte Melpo. »Deshalb wissen wir auch nicht, wohin sie fliegen. Sie sind zu schnell für uns.«

»Das heißt, ihr habt versucht, ihnen – hinterherzulaufen? Habt ihr nicht überprüft, ob die Karten senden?«

»Wie meinst du das?«, fragte Hana.

»Das hier ist doch alles virtuell. Alles ist Code. Hast du doch gesagt, Hideki. Völlig egal, wer dahintersteckt – keiner würde überall Wanzen verteilen und sie dann manuell wieder einsammeln.«

»Davon sind wir aber ausgegangen«, sagte Hideki.

Lachlan schüttelte den Kopf. »Das wäre dämlich. Ich glaube nicht, dass die das so machen. Was spricht dagegen, dass die Karten die Daten aufnehmen und dann weiterleiten? An irgendeinen Server oder – was weiß ich?«

Hideki und Melpo tauschten Blicke.

»Habt ihr denn wenigstens den Quellcode der Karten untersucht?«, fragte Lachlan.

»Ich schätze, auf die Idee sind wir noch nicht gekommen«, sagte Hideki, der versuchte, die Fassung zu bewahren.

Lachlan rollte mit den Augen.

»Gut. Ich mach das für euch. Zeigt mir den Code.«

»Ich erledige das«, sagte Hana und ihre grünen Lampenaugen leuchteten wie kleine Supernoven. »Ich hätte selbst darauf kommen sollen. Hideki, gib mir die Karte!«

»Wirklich, keine üble Idee«, sagte Hideki mit anerkennendem Nicken, während er Hana die Karte reichte. »Wir hätten von Anfang an einen Alchemisten ins Boot holen sollen. Melpo, bring ihm bei, auf seinen Dämon zu verzichten – dann wird vielleicht was aus ihm.«

»Du überlässt das einer Zehnjährigen?«, fragte Lachlan.

»Nein. Ich überlasse es Hana«, entgegnete Hideki.

»Aber wenn du es Lachlan tun lassen würdest, dann wäre das ein Gefallen, oder?«, fragte Zack.

»Nein. Dann würde ich ihm ja den Gefallen tun, mir einen Gefallen tun zu dürfen«, sagte Hideki und setzte ein Grinsen auf. »Tja, was jetzt? Kompliziert, was?«

»Hideki«, sagte Melpo tadelnd.

»Außerdem wäre es aus meiner Sicht gar kein Gefallen,

weil wir eine sehr talentierte Purgatorin in unserer Mitte haben, die die Analyse sehr viel schneller und effizienter durchführen kann als wir alle zusammen.«

»Dann vergessen wir dieses dämliche Schuldenbuch doch wenigstens für einen Moment«, sagte Lachlan. »Es ist wirklich wichtig, dass wir die Software finden.«

»Na gut, ich will nicht pedantisch sein«, sagte Hideki gönnerhaft. »Ich werde sehen, was ich tun kann. Wie war der Name dieser Software, die ihr sucht?«

»Erion«, sagten Lachlan und Zack im Chor.

»Ich kümmere mich darum. Melpo: Geh inzwischen mit ihnen raus und zeig ihnen, wie man in Cronos kämpft. Als Anfänger sind sie mir keine große Hilfe.«

[16]

»Hier – Ma'quoias Monsterglossar. Das erste Kapitel aus dem Handbuch für Anfänger, von dem ich vorhin gesprochen habe«, sagte Melpo und reichte jedem ein dicht bedrucktes Blatt Papier. »Lest es euch später in Ruhe durch und wenn ihr noch Fragen habt …« Sie öffnete die Eingangstür. Zack und Lachlan verwandelten ihre Flyer in Karten, tauschten einen skeptischen Blick und folgten ihr nach draußen.

»Viertel nach sechs«, sagte Melpo, als sie die Treppe hinabstiegen. Sie steckte die Taschenuhr wieder ein und fuhr über die Schulter fort: »Natürlich nur im Bundesstaat Deutschland.«

Also war es in Dublin jetzt Viertel nach fünf, dachte Zack und sein Magen zog sich zusammen. Melpo ging ein Stück voraus, während Lachlan und Zack ihr auf dem Trampelpfad in jene Richtung folgten, die auch die junge Frau aus Dubai nach ihrer Auseinandersetzung mit Hideki eingeschlagen hatte.

»Kämpfen«, murmelte Lachlan, nachdem er genügend Abstand zu Melpo gewonnen hatte, sodass sie ungestört reden konnten. »Warum soll ich lernen, wie man kämpft, ich hab doch gesagt, ich spiele das Spiel nicht!«

»Hauptsache, es macht den Japaner glücklich und er findet uns die Software«, erwiderte Zack gedämpft. »Sobald wir sie haben, können wir uns aus dem Staub machen.«

»Das würdest du tun?«, flüsterte Lachlan.

»Was meinst du?«

»Na ja, er war dein Nachbar, oder?«

Lachlan hatte die Lage offenbar blitzschnell begriffen und Zack durchschaut – seine Schuldgefühle und dass er Melpo, Hideki und Hana am liebsten unterstützt hätte.

»Und was ist mit dir und diesem Überwachungskram?«, erwiderte Zack im Mundwinkel.

»Ich finde gut, dass sie hier dagegen vorgehen«, antwortete Lachlan. »Aber es wäre mir lieber, sie würden etwas gegen reale Überwachung unternehmen.«

»Gleich sind wir da«, sagte Melpo und hielt ihnen den Blättervorhang einer Trauerweide auf. Sie stießen auf eine hölzerne Brücke, die auf die andere Seite eines Bachs führte, und noch ein Stück weiter kamen sie an eine Stelle, an der das von der lockeren Baumkrone gefilterte Sonnenlicht in runden Flecken auf eine weite, idyllische Lichtung fiel. Das Bild, das sich ihnen bot, war atemberaubend: Die Gräser standen ihnen bis zur Hüfte, Spinnennetze mit funkelnden Tautropfen hingen zwischen pastellrosa Ähren und zierliche Blumen mit gelben Laternenköpfen nickten unter dem Gewicht schillernder Insekten. Der Pfad, der durch das Gras auf die Lichtung führte, war nur eine Schuhsole breit und verlor sich nach wenigen Metern unter den stacheligen, schirmartigen Blättern einer riesigen blauen Distel. Bewegungslos standen sie am Rand der Lichtung und betrachteten gebannt das sachte Wiegen des Grases im Wind, die goldenen Lichtfinger in der Luft, das Surren und Zirpen im Grün.

»Irre«, hauchte Zack.

»Eins a Auflösung«, sagte Lachlan.

»Hier können wir uns austoben.« Melpo drehte sich mit feierlicher Miene zu ihnen um. »Lachlan: keine Ausreden mehr. Raus mit dem Kondensator.«

Lachlans Nasenflügel blähten sich; widerstrebend griff er in die Hosentasche und zog eine blaue Murmel heraus. »Wie ging das noch mal ... Sekunde ...« Er schloss die Faust um die Kugel und wartete einen Moment, ehe er sie wieder öffnete. Die Murmel schwoll auf seiner Handfläche an, verformte sich zu einer Pistole mit kerzengeradem Griff und einem kurzen Lauf, aus dessen Mündung eine hauchdünne Nadel lugte. Lachlan hielt die Waffe vor sich, damit Zack und Melpo sie sehen konnten. Weil der Griff aus einem durchsichtigen Material war, konnten sie einen in ihn eingelassenen, fingerdicken Kanal erkennen.

»Da fehlt noch was«, sagte Melpo.

Lachlan fasste in die andere Hosentasche, holte den kleinen Stapel Karten heraus, der sich inzwischen angesammelt hatte, und blätterte sich so lange hindurch, bis er gefunden hatte, was er suchte. Er steckte den Stapel wieder ein, schnipste gegen die Karte und fing aus der glitzernden Wolke eine gläserne Phiole auf. Er drehte die Waffe so, dass er den Griff von unten sah, und schob die Phiole in den Kanal.

»Et voilà«, sagte er.

»Toll«, sagte Melpo angetan.

»Ja, ganz toll. Und weiter?« Lachlan legte den Finger auf

den Abzug. »Die Weberin hat gesagt, das Ding sei nicht zum Schießen gemacht. Sondern zum Saugen.«

»Normalerweise ist es so«, begann Melpo, »dass sich ein Spieler direkt nach der Mystagoge zu der Gesellschaft begibt, der er angehört. Dort gibt es Mentoren, die einem alles erklären. Aber ihr habt Glück – zufällig bin ich schon so lange in Cronos unterwegs, dass ich fast alles weiß, was es über die einzelnen Klassen zu wissen gibt.«

»Super Sache.«

Melpo zog eine Schnute; sie hatte sich Lachlans Anerkennung offenbar anders vorgestellt. »Der Alchemist ist komplizierter zu spielen als zum Beispiel ein Shooter. Bei euch Shootern, Zack, ist die Sache ziemlich klar. Du hast einen Revolver. Da gibt es nicht viel falsch zu machen.«

»Vermutlich nicht«, sagte Zack.

»Der Alchemist aber hat im Grunde zwei Waffen. Seinen Dämon und den Kondensator. Den Dämon habt ihr ja schon kennengelernt. Doch auch wenn er wahnsinnig stark ist und es mit Nubbun aufnehmen kann, die weit über dem Level des Alchemisten liegen, darf er nicht zu oft gerufen werden. Denn das macht ihn gefährlich.«

»Und das ist schlecht?«, fragte Lachlan.

»Gefährlich für dich«, ergänzte Melpo mit Nachdruck. »Man nennt den Dämon auch Seelenschatten. Er ist entstanden, weil … na ja, weil du ein Geheimnis hast.«

Zack sah Lachlan an. »Ach?«

»Ach«, sagte Lachlan betont unbeeindruckt.

»Der Cronos Cube ordnet einen Menschen nach seiner seelischen Verfassung in eine Klasse ein. Hideki zum Beispiel –

er ist ein Kontrollfreak, auch in der Realität. Shadiya lebt in einem fundamentalistischen Staat. Sie hat keine Zukunft. Fliehen kann sie nicht. Ihr Leben steht still. Hier in Cronos ist sie eine Muerto, eine, die mit den Toten kommuniziert.«

Zack schwieg betroffen.

»Aber sprich sie nicht darauf an. Ich hätte das gar nicht erwähnen dürfen.« Sie winkte ab. »Übrigens sagt man über Shooter, dass das Menschen seien, die ungerecht behandelt wurden. Viele sind ziemlich aggressiv.«

Lachlan lachte laut auf. »Zack? Niemals.«

»Vielleicht kann er sich gut beherrschen«, sagte Melpo und bedachte Zack mit einem wissenden Blick, der ihm nicht behagte. »Es ist bei vielen Shootern so, dass sie in der Realität sehr viel ruhiger sind als in Cronos.«

»Dann hätte er ja so eine Art Geheimnis«, sagte Lachlan buttrig, »und wäre ein Alchemist.«

»Guter Versuch, aber so einfach ist das nicht. Natürlich kann jeder Spieler ein Geheimnis haben, aber nicht jeder hat ein Geheimnis, das so groß ist, dass daraus gleich ein Seelenschatten wächst«, antwortete Melpo.

Zack gab sich Mühe, Lachlan nicht erneut fragend anzusehen; wenn er ein Geheimnis hatte, dann würde er schon seine Gründe haben, warum er ihm nichts davon erzählte.

»Und weiter?«

»Je häufiger du zulässt, dass dein Dämon die Initiative ergreift, desto schwieriger wird es mit der Zeit für dich, ihn zu kontrollieren«, führte Melpo aus. »Ich an deiner Stelle würde es lieber nicht drauf ankommen lassen. Du hast nämlich eine viel bessere Waffe als den Dämon.«

Lachlan hielt die Waffe mit der Glasphiole hoch. »Du meinst dieses komische Ding hier?«

»Dieses komische Ding ist der Grund, warum die Nubbun so scharf auf dich sind. Der Grund, warum Alchemisten stärker sind als alle anderen Klassen«, sagte Melpo bedeutungsvoll. »Ich würde sagen, ich demonstriere es dir einfach mal. Da du ja noch ganz am Anfang stehst und ich das höchste Level habe, dürfte mich das kaum jucken.«

Sie hob die Hände. »Ziel mit dem Kondensator auf mich. Hier, auf meinen Magen. Der Lauf sollte nicht weiter als einen Zentimeter entfernt sein. Später bekommst du bessere Kondensatoren ...«

Lachlan hielt die Waffe mit ausgestrecktem Arm vor sich, eine steile Falte zwischen den Augenbrauen. Er setzte Melpo den Lauf auf den Bauch, »Ähm – so?«

»Sehr gut. Und jetzt drück ab.«

Lachlan sah sie an, dann zuckte er mit den Achseln und betätigte den Abzug. Sie hörten ein leises Zischen und Melpo biss sich auf die Unterlippe. »Au«, sagte sie, »das Ding ist auch im Low-Level-Bereich nicht angenehmer.« Zack erinnerte sich an die Nadel, die aus dem Lauf gelugt hatte, und begriff: Lachlan hatte sie damit gestochen. Aber wozu?

Das Zischen wurde immer leiser, bis es schließlich ganz verstummte, und Melpo bekam einen erleichterten Gesichtsausdruck. »Okay, wir sind fertig.«

Lachlan nahm den Kondensator wieder an sich. Etwas Entscheidendes hatte sich verändert: Die Phiole im Griff war mit einer schwarzen Flüssigkeit gefüllt, die hin und her schwappte, als Lachlan die Waffe bewegte.

»Melpos Aurum«, entfuhr es Zack. »Klar, das hat doch die Weberin gesagt: Der Alchemist studiert das Aurum anderer Menschen, indem er es ihnen stiehlt, es destilliert und konsumiert. Und das der Hexen ist pechschwarz, weißt du noch?«

»Richtig«, sagte Melpo, die sich den Bauch rieb.

»Das heißt, ich soll das Zeug trinken?«, fragte Lachlan.

»Wieder richtig«, erwiderte Melpo.

Lachlan drückte gegen den Boden der Phiole; ein klickendes Geräusch und sie rutschte ihm aus dem Kanal in die Hand. Er schraubte das Röhrchen auf. »Trink mich, Alice«, sagte er, setzte sich die Phiole an die Lippen und lehrte sie zu Zacks großem Erstaunen in einem Zug.

»Und, wie schmeckt's?«, fragte Zack.

»Gar nicht übel«, sagte Lachlan und setzte das Röhrchen wieder ab. Es war so sauber wie frisch aus der Spülmaschine. Er betrachtete es verwundert, als etwas Anderes, etwas Unsichtbares seine Aufmerksamkeit auf sich zog. Er hob langsam den Kopf, verzog das Gesicht und erschauderte so heftig, dass er dabei fast die Phiole fallen gelassen hätte.

»Scheiße«, fluchte er, »was ist das?«

»Was denn?«, fragte Zack alarmiert.

»Er fühlt sich gerade, als hätte er sich in einen Ameisenbau verwandelt«, sagte Melpo begeistert. »Daran wirst du dich leider gewöhnen müssen, Lachlan.«

Lachlan rollte den Kopf in den Nacken. »Ist das eklig!«

»Das geht gleich vorüber. Steck die Waffe weg.«

Zack konnte nicht erkennen, wie es geschah, doch Lachlans Kondensator begann auf einmal zu schrumpfen, verformte sich und wurde wieder zu der Murmel, aus der er entstanden war.

Lachlan betrachtete verwundert seine Hände. »Fass mal an«, sagte er zu Zack.

»Wieso?« Zack griff nach seinen Fingern und schreckte zurück. »Alter, bist du erfroren?«

»Die sind schweinekalt«, sagte Lachlan verwundert.

»Sehr gut. Dann hat es geklappt. Da du mein Aurum jetzt in dir trägst, wirst du so lange wie eine Hexe zaubern können, bis die Portion aufgebraucht ist«, sagte Melpo. Sie klatschte in die Hände und beschwor aus einem Lichtfaden, der sich zwischen ihren Fingern bildete, die signalrote Geige hervor. Danach hob sie die rechte Hand und mit einem Peitschenknall erschien der Bogen. »Dann kommen wir zum praktischen Teil. Zack: der Revolver.«

»Was hast du vor?«, fragte Lachlan misstrauisch, während Zack den Revolver aus dem Holster zog.

»Zuerst spiele ich euch das Lied der Courage vor – von mir selbst komponiert«. Sie deutete eine kleine Verbeugung an. »Spitzt die Ohren.«

Und sie begann zu spielen, ein lustiges, schwungvolles Lied, das aus einem alten Disneyfilm hätte stammen können. Melpo spielte anders als alle Geigerinnen, denen Zack je zugehört hatte: Ihn überkam das Gefühl, er könnte Bäume ausreißen. Er dachte an Emil und nichts erschien ihm mehr unmöglich – er würde es ihm zeigen, er hatte keine Angst mehr, er –

»Gut, das sollte reichen«, sagte Melpo und ließ die Violine sinken. Zack merkte, dass er grinste wie ein Idiot, doch es störte ihn nicht: Melpos Lied wirkte noch in ihm nach, als hätte er einen starken Schnaps getrunken.

»Um deine Frage von vorhin zu beantworten«, sagte Lachlan überschwänglich, »ich fühl mich toll.«

»Ich weiß«, sagte Melpo. »Und deshalb wirst du mir auch nicht übel nehmen, was ich jetzt tue.«

Erneut flog der Bogen über die Geigensaiten, nur ganz kurz, doch lang genug, um Lachlan in einen flüchtigen Funkensturm einzuhüllen: Gelbe Lichter stiegen aus seiner Kleidung und stürmten davon. Nach wenigen Sekunden war der Zauber vorbei.

»Was war das?«

»Das war der Schild, der dir die Nubbun vom Hals gehalten hat«, sagte Melpo. »Ich sagte ja: der praktische Teil! Ich mache es mir inzwischen hier gemütlich.«

Zack begann sich umzusehen, zwar nicht ängstlich, denn er hatte noch Melpos Melodie im Ohr, doch seine Beklommenheit wuchs. Womit würden sie es zu tun bekommen? Noch mehr Rauchlöwen? Wurzeln? Mit riesigen Spinnen oder Hirschkäfern, wie er vorhin einen gesehen zu haben glaubte? Auf der Lichtung war es unerträglich ruhig.

Melpo hatte eine rosa Metallschachtel aus einer in ihrem voluminösen Rock verborgenen Tasche genommen; sie durchsuchte die Karten darin, und kurz darauf standen am Bach neben der Brücke ein Tischchen und ein Stuhl aus weiß lackiertem Eisen. Auf dem Tisch lag ein dickes Buch und daneben dampfte eine Teekanne.

Nur eine Karte hatte sie nicht verwandelt. Sie steckte sie in das Buch und sagte: »Dazu später mehr. Also, jetzt, wo die Vorbereitungen abgeschlossen sind, kommen wir zu den Nubbun.« Sie klopfte ihren Rock auf und setzte sich auf das zierliche Stühlchen. »Nubbun sind nicht von Haus aus böse. Eigentlich sind sie wie Tiere in einem Wald – also in Ma'quoia daheim. Die Eindringlinge sind wir Menschen, und deshalb werden wir alles tun, um die Wesen, die hier hausen, nicht zu stören. Töten sollt ihr nur die Nubbun, die Ma'quoia schaden. Erinnert ihr euch an den Pilz, den ich euch vorhin gezeigt habe? Den grünen pulsierenden auf den Stelzwurzeln in der Nähe des Friedhofs?«

»Ja«, sagte Lachlan.

»Es gibt Nubbun, die ihn versehentlich fressen«, sagte Melpo. »Und das bekommt ihnen ganz und gar nicht gut. Sie verfaulen innerlich und werden aggressiv.«

»Also töten wir nur die Zombies?«, fragte Lachlan.

»Das solltet ihr. Denn wenn ihr Nubbun tötet, die kerngesund sind, dann zieht ihr die Aufmerksamkeit des Schutzgeists Ma'quoia auf euch, der sofort zur Verteidigung seiner Kinder schreitet und alles auf euch hetzt, was sich bietet. Ein Kampf, den ihr nicht gewinnen könnt, also passt gut auf. Ein gesundes Nubbun lässt sich nicht immer von einem kranken unterscheiden. Das wär's erstmal. Los geht's.«

Zack sah über die Schulter, in Erwartung eines Nubbuns, das aus dem Nichts auf ihn losging. Nichts passierte: Die Lichtung lag so idyllisch da wie eh und je.

Melpo hob die Teetasse zum Mund, überlegte es sich in letzter Sekunde anders, ließ die Tasse wieder sinken und sah sie fragend an. »Was macht ihr noch hier?«

»Wieso?«, fragte Zack.

»Wenn ihr hier stehen bleibt, werden keine Nubbun auftauchen. Sie haben doch Angst vor mir.«

»Komm«, sagte Lachlan zu Zack und begann, durch das hüfthohe Gras zu pflügen. Zack heftete sich an seine Fersen; hinter sich hörte er das Klirren von Melpos Untertasse.

»Oh, eins noch«, rief sie ihnen nach, als sie gerade die riesige blaue Distel erreicht hatten. »Lachlan, wenn du zaubern willst, dann tu einfach so, als würdest du einen Stein übers Wasser hüpfen lassen, okay?«

»Was meint sie damit?«, fragte Lachlan, der sich unter den palmenartigen Blättern der Distel hindurchduckte.

»Keine Ahnung. Probier's doch einfach mal aus«, sagte Zack. Lachlan betrachtete die rechte Hand, drehte und wendete sie, als suchte er nach etwas. »Fühlt sich komisch an«, sagte er. »Ich verschwende mal lieber nichts von dem Zeug.« Sie hörten das Rascheln von Buchseiten.

»Die hat die Ruhe weg«, murmelte Zack.

»Die macht vermutlich auch den ganzen Tag nichts anderes. Glaubst du, sie hat einen Job?«

Zack konnte sich das nicht vorstellen. Vielleicht war Melpo wie Eamon: Jemand, der von Sozialhilfe lebte, in einem Wohnsilo hauste und komplett aufgegeben hatte.

Sie erreichten die Mitte der Lichtung, ohne dass sich ein Nubbun zeigte. Womöglich lauerten sie im hohen Gras … Zack schob mit der Hand die Halme auseinander, ließ sie aber sofort wieder los, als ihm das Spinnennetz auffiel, das an ihnen hing. »Was für ein Geheimnis hast du eigentlich vor mir?«, fragte er beiläufig und ließ den Blick über das Dickicht aus Büschen und Stelzwurzeln gleiten.

»Gar keins«, sagte Lachlan gedehnt, die Hand öffnend und schließend. »Glaubst du den Müll etwa?«

»Hast du ’ne Freundin?«

»Denkst du immer nur an Titten?«

»Hey, ich sagte was von einer Freundin.«

»Warum würde ich das vor dir geheim halten?«

»Ich dachte immer, wir haben keine Geheimnisse voreinander«, sagte Zack stattdessen, wobei er sich wie ein Zwölfjähriger vorkam.

»Zack«, sagte Lachlan genervt, »das hier ist nur ein blödes Spiel. Irgendein Algorithmus entscheidet, in welche Klasse er dich steckt. Das hat so viel mit uns beiden zu tun wie ein Preis für die zehntausendste Klospülung.«

Zack grinste schief. »Kumpel, ich würde dich vermissen.«

»Wieso vermissen?«

Zack wusste selbst nicht, warum er das gesagt hatte. »Na ja, falls wir das Ganze hier vielleicht nicht … was um alles in der Welt ist das denn?«

Es wälzte sich durch die Wiese direkt auf sie zu: Ein Wurm – oder vielleicht doch ein rollender Stacheldrahtzaun? Knirschend planierte es die Gräser, eine lange Schneise in die Wiese schlagend wie ein Borkenkäfer in die Rinde einer Fichte. Unregelmäßig lange Dornen standen ihm vom knubbeligen Körper ab, schwarze Dornen mit roten Enden, die nichts Gutes bedeuten konnten. Die Dornen drehten sich im Uhrzeigersinn um das Wesen herum, und weil keiner so lang war wie der andere, schwankte die Kreatur hin und her. In Windeseile kam sie näher. Zack setzte ein paar Schritte zurück, riss den Revolver hoch und schoss schräg an Lachlan vorbei. Die Kugel verfehlte das Nubbun und schlug dicht vor seinem Kopf in den Boden. Erde spritzte auf wie eine schmutzige Wasserfontäne.

»Das ist eine Raupe, oder?«, fragte Lachlan. »Ist sie – ist sie krank? Wissen wir sicher, dass sie –«

Zack hörte nicht auf ihn, denn die Raupe bäumte sich vor ihnen auf und die Dornen zeigten in ihre Richtung. Zack drückte den Abzug, weil er an nichts anderes denken konnte, als daran, das Monster zu töten, bevor es ihnen wehtun konnte. Das Krachen der Waffe erschreckte ihn, er wich vor dem Geräusch zurück, wie geschoben vom Rückstoß, und sah mit aufgerissenen Augen, wie das Nubbun rückwärts ins Gras geworfen wurde. Es krümmte sich, und erneut begannen sich die Dornen zu drehen –

»NEIN!«

RUMMS. Diesmal traf die Kugel den Körper mittig, das Monster kreischte wie Metall auf Metall, es wälzte sich herum, bäumte sich auf – RUMMS*!* – und fiel wie von einem Rammbock getroffen ins Gras. Zack blinzelte nicht, bis es sich nicht mehr rührte und die grünen Funken aufstiegen, in die sich auch der Rauchlöwe aufgelöst hatte. Er merkte, dass er keuchte, sein Puls raste, Schweiß lief ihm über die Stirn und er hielt den Revolver mit beiden Händen umklammert – aber er hatte es getötet, und das war alles, was zählte.

»Super«, japste Lachlan. »Oh Mann, das …«

»Da sind Karten«, sagte Zack und sammelte sie aus der Luft: ein Muffin und zehn Pyrops.

»Steck du sie diesmal ein«, sagte Lachlan.

»Okay – VORSICHT!«

Es war ein Schmetterling, doch keiner, der auf die Hand gepasst hätte. Seine Flügel hatten die Spannweite eines Adlers, und er flatterte nicht herum, sondern hatte sich hinter ihnen aufgebaut: Wie schwerelos hing er in der Luft, die Flügel zu voller Größe aufgespannt, sodass die darin eingelassenen Augen sie ungehindert anstarren konnten. Menschliche Augen, die von Lachlan zu Zack und zurück zuckten, als hingen sie jeweils an einem eigenen Gehirn.

»Ist er krank?«, fragte Lachlan wieder.

Zack wusste es nicht: Der Schmetterling war nicht ganz so furchterregend wie die Raupe mit den Dornen. Die Augen fokussierten nun Lachlan; Zack, noch nicht ganz sicher, was er tun sollte, richtete zur Sicherheit den Revolver auf das Wesen. Vielleicht würde es von allein abhauen, wenn es feststellte, dass sie ihm nichts antun wollten.

Lachlan schwankte.

»Was ist?«

»Mein Kopf … mir ist ganz …«

Zack riskierte einen Blick in seine Richtung – Lachlans Augen hingen an den Flügeln des Schmetterlings, seine Lider schoben sich langsam immer tiefer – wurde er hypnotisiert? Zack zögerte nicht mehr, zielte mit dem Revolver auf den schwarzen Körper des Schmetterlings und drückte ab. In der Sekunde des Schusses flitzte die Kreatur nach oben und die Kugel flog unter ihr hindurch. Mit zusammengebissenen Zähnen richtete Zack die Waffe erneut auf das Monster, so schnell würde er nicht aufgeben, er drückte ab – KLICK.

Er zog den Abzug erneut, doch nichts passierte.

Die Trommel war leer.

Etwas geschah mit dem Rüssel des Schmetterlings, ein Vorgang von Sekundenbruchteilen: Der Rüssel rollte sich ein und dann blitzschnell wieder aus und heraus schoss eine silberne Substanz, die auf Lachlan zuflog. Zack stieß Lachlan beiseite und geriet dabei in die Schusslinie. Er spürte, wie die silberne Substanz ihn traf, so schwer wie ein Bleiklotz, sie warf ihn mit dem Rücken ins Gras – »Umpf!«

»Zack?« Lachlan sah sich blinzelnd nach ihm um, entdeckte ihn und erschrak so sehr, dass er einen Luftsprung machte. »Verdammter Mist, was ist passiert?«

Zack konnte sich nicht mehr aufrichten: Die silberne Substanz hatte sich in ein Netz verwandelt und hielt sich irgendwie am Boden fest. Lachlan sah hilflos von Zack zu dem Schmetterling – »Sieh ihm nicht in die Augen!«, rief Zack, worauf Lachlan rasch den Blick abwandte.

»Was jetzt?«, rief er panisch.

»Den Stein – wirf den Stein!«, presste Zack hervor; das Netz zog sich zusammen, es verschnürte ihn wie ein Paket, er schnappte nach Luft, seine Brust, so eng –

Der Falter rollte den Rüssel erneut ein, doch diesmal war Lachlan gewappnet; er wich der silbernen Substanz mit einem Satz zur Seite aus, strauchelte über ein Erdloch, holte mit der Hand aus, die Finger gekrümmt, als hielte er einen Stein – und warf ihn. Ein hellblaues Licht brach ihm aus der Hand und eine leuchtende Kugel flitzte durch die Luft. Sie traf den linken Flügel des Schmetterlings. Ein Klirren wie von zerspringendem Glas – KRRRRACK – und der Schmetterling gefror zu Eis.

Lachlan starrte mit offenem Mund auf seine Hand. Er drehte das Handgelenk und tat so, als werfe er einen weiteren Stein – da war es wieder, das kristallblaue Leuchten, wie eine winzige Sonne. Doch diesmal ließ Lachlan es nicht los, er hielt es fest, öffnete die Hand vorsichtig und betrachtete die Kugel, die ein kaltes Licht auf sein Gesicht warf. Zack, der keinen Finger mehr rühren konnte, sah Lachlans kondensierten Atem im Schein der Kugel.

»Pass auf!«, würgte er hervor, als sein Blick wieder auf den Schmetterling fiel: Er tropfte, das Eis schmolz von seinen Flügeln, die Augen bewegten sich schon wieder und jetzt begann auch der Rüssel zu zucken. Lachlan erschrak und holte mit der leuchtenden Kugel aus. Sie zischte wie eine Sternschnuppe durch die Luft, dann traf sie den Schmetterling, der all seine Augen aufriss. Es krachte und knackte, eine kalte weiße Schicht überzog die Flügel – und der Falter zerbarst in einen glitzernden Splitterregen. Noch bevor die Splitter das Gras berührten, verwandelten sie sich in grüne Funken und flogen davon.

Zack spürte, wie der Widerstand des silbernen Netzes nachließ. Er presste dagegen und war erleichtert, als es sich zerreißen ließ. Er schüttelte es ab und sprang auf.

Lachlan betrachtete wieder seine Hände. »Hast du – hast du das gesehen?«

»Ja, Mann. Das war krank.«

»Abgefahren«, hauchte Lachlan.

Während Lachlan die Karten einsammelte, schwenkte Zack mit dem Daumen die Revolvertrommel aus der Verriegelung. In allen acht Kammern steckten neue Patronen.

Einstiegshilfe hatte die Weberin das genannt. Die Waffe lud sich selbst. Er schob die Trommel zurück an ihren Platz, sah auf – und entdeckte den Hirschkäfer. In einen Truck hätte er nicht gepasst, schon gar nicht mit den gigantischen Mandibeln, die er vor sich herschob. Das Geweih tastete sich durchs hohe Gras, wie auf der Suche nach etwas Essbarem – einem Elefanten vielleicht, falls er davon satt würde. Zack zielte mit dem Revolver, Lachlan hob die rechte Faust, doch bevor sie angreifen konnten, hallte ein lauter Pfiff über die Lichtung. Es war Melpo, die eine Karte in die Höhe hielt.

»Waffen runter!«, rief sie, holte aus und warf die Karte. Wie ein Pfeil schoss sie durch die Luft und hielt genau zwischen ihnen an. Zack, der verunsichert die Waffe sinken ließ, sah zu, wie Lachlan die Karte an sich nahm und betrachtete. Es war ein Eisentopf darauf abgebildet, der mit einer roten Flüssigkeit gefüllt war. Zack erkannte die Karte wieder: Melpo hatte sie vorhin aus dem Stapel genommen.

»Verwandel sie doch mal«, schlug Zack vor.

Lachlan schnipste die Karte an – und trat einen Schritt zurück, als ihm der Eisentopf vor die Füße fiel. »Ist das eine neue Waffe?«, fragte er und beugte sich über den Topf: »Sieht aus wie … Moment … ja, es ist Marmelade.«

»Marmelade?«

»Erdbeere.« Er steckte sich den Finger in den Mund. Der Hirschkäfer bewegte sich noch immer unaufhaltsam auf sie zu, wenn er dabei auch ein wenig ziellos wirkte.

»Mach wieder eine Karte draus«, sagte Melpo, die hinter ihnen erschienen war.

Lachlan ließ den Finger gegen den Topf schnellen und schnappte sich die Karte aus der Luft. Melpo nahm sie an sich und knickte sie in der Mitte. »Ein Crassulaschröter«, sagte sie und strich die Kante glatt. »Die infizierten Schröter sehen genauso aus wie die gesunden.« Sie hielt die Karte wie einen Papierflieger in die Luft, zielte auf den Hirschkäfer und warf. Die Karte flitzte durch die Luft; nur wenige Meter vor dem Kopf des Käfers hielt sie an und verpuffte in eine Rauchwolke. Der Marmeladentopf fiel ins Gras.

»Der Crassulaschröter ist so friedfertig, dass nicht einmal ein infizierter von sich aus angreifen würde«, erklärte Melpo. »Ein Kampf ist auch ungeheuer anstrengend – es dauert eine halbe Ewigkeit, ihn zu bezwingen, wegen des Panzers. Aber die Belohnung kann sich sehen lassen, und deshalb sollte man immer herausfinden, ob man es mit einem kranken oder mit einem gesunden Schröter zu tun hat.«

»Und das findet man mit Erdbeermarmelade heraus?«, fragte Lachlan spöttisch.

»Sie lieben Marmelade! Wenn er sie isst, dann haben wir es mit einem gesunden zu tun.«

»Und wenn nicht?«, fragte Zack.

»Dann mache ich ihn platt«, sagte Melpo selbstbewusst. »Ihr würdet eine halbe Stunde mit ihm beschäftigt sein. Aber ich brauche für ihn keine Minute.«

Lachlan rieb sich die Hände, als machte er sich bereit für eine weitere Eissalve – vielleicht war ihm aber auch einfach nur kalt. »Wie lange kann ich zaubern?«

»Bis mein Aurum aufgebraucht ist.«

»Und das ist wann?«

»Das wirst du schon merken.«

Der Crassulaschröter – der in Zacks Augen eindeutig ein Hirschkäfer war – bewegte sich sehr gemächlich auf den Marmeladentopf zu.

»Und fast hättest du auf ihn geschossen«, sagte Lachlan.

Zack fragte sich, ob die Kugeln überhaupt durch den Panzer des Crassulaschröters hätten dringen können, als er plötzlich eine Bewegung auf seinem Rücken bemerkte. Etwas Kleines sprang in Windeseile über den fressenden Käfer, hüpfte auf sein Geweih und jagte auf sie zu. Je näher es kam, desto mehr konnte Zack erkennen: Es sah aus wie ein zerrupfter Hamster und hatte große Ähnlichkeit mit der Titanmaus, die ihm in der Kammer der Weberin begegnet war.

»Kein gesundes Nubbun«, sagte Melpo.

Zack und Lachlan feuerten gleichzeitig, doch ihre Geschosse erwischten das Wesen nicht – schnell wie der Blitz flitzte es zum äußersten Ende des linken Geweihs, sprang in die Luft und landete im Gras, im Rücken den Schröters.

»Warte!«, rief Lachlan, als Zack mit dem Revolver zu zielen versuchte. »Du erwischst noch den Käfer –« Und er warf eine Eiskugel knapp über die borstigen Ohren des Tiers, dem Schaum aus dem spitzen Maul quoll. Das Eis traf das Gras und ließ es gefrieren; die Kreatur hetzte auf sie zu – jetzt konnten sie ihre Wunden sehen, aus denen winzige schwarze Käfer krabbelten, in ihrem rechten Auge hing ein Regenwurm – Lachlan feuerte erneut, daneben, und das Monster sprang hoch in die Luft – »Aah!« Lachlan hechtete zur Seite, die Kreatur flog an ihm vorbei, landete im Gras, wirbelte herum und nahm erneut Anlauf. Zack zielte.

Das Wesen erstarrte, bevor er den Abzug gedrückt hatte. Es schwankte, keuchte und krächzte. Ein Fiepen – es kippte zur Seite, mit den Füßen strampelnd. Das Wesen quiekte, ein Geräusch, das Zack die Brust zusammenschnürte. Zweifelnd sah er zu Melpo. »Was ist los?«

»Es bekommt keine Luft mehr«, sagte sie.

Das zerzauste Wesen trat kraftlos mit den kurzen Beinen, und sein Fiepen war bohrend, sein Todeskampf entsetzlich.

Endlich verstummte das Nubbun und rührte sich nicht mehr, und dann kamen die erlösenden grünen Funken. Zack spürte eine seltsame Schwere im Magen. Auch Lachlan war blass; nur Melpo wirkte teilnahmslos. Sie sammelte die Karten auf, reichte sie Lachlan und blickte über die Wiese.

»Hideki«, sagte sie leise und machte sie auf die Gestalt aufmerksam, die neben dem Tisch stand, den sie dort hingezaubert hatte. Hideki ruckte mit dem Kopf, was wohl bedeutete, dass sie zu ihm kommen sollten. »Er hat das Nubbun getötet, indem er ihm befahl zu ersticken.«

Sie schritten über die Wiese, nachdem Melpo Lachlan wieder mit dem Schild belegt hatte, der ihm die Nubbun vom Hals hielt. An der Brücke packte sie Tisch, Stuhl und Buch ein, ohne ein Wort mit Hideki zu wechseln, der mit verschränkten Armen auf sie wartete. »Wir haben was.«

»Die Software?«, fragte Zack.

Hideki sah ihn an. »Ich habe jemanden kontaktiert, der sich um die Sache kümmert. Aber gerade meinte ich etwas anderes. Hana hat den Quellcode analysiert.«

»Und?«, fragte Melpo.

Hideki nickte Lachlan zu. »Der Alchemist hatte recht. Die verdammten Karten senden.«

Im Altarraum hatte jemand die Kerzen gelöscht. Der Nebel hatte sich verzogen, dabei jedoch einen schweren, süßen Duft zurückgelassen. Nacheinander traten sie in die blaue Säule und ließen sich durch die Decke saugen. Im Hauptquartier der Underminers erwartete sie eine aufgedrehte Hana.

»Es ist wirklich so, wie Lachlan gesagt hat. Ich habe mir die Quellcodes aller Karten angesehen und eindeutige Hinweise darauf gefunden, dass sie die Daten nicht nur speichern, sondern auch weiterleiten, leider konnte ich das Ziel nicht genau lokalisieren, aber dafür habe ich den Datenstrom aufspüren können, nämlich« – sie nahm eine Art altmodisches Handy von der Armatur – »mit diesem Gerät hier, das ich eigens dafür gebaut habe, ich habe es Spurensucher genannt, denn es schlägt aus, wenn es das Signal des Datenstroms auffängt, ihr müsst also nur dem Signal nachlaufen und schon seid ihr an dem Ort, an den die Daten geschickt werden!«

Sie drückte den großen, pinkfarbenen Knopf auf der Vorderseite des Geräts, worauf das Display ansprang und ein Fadenkreuz anzeigte. Es piepte wie ein Echosonar und zeigte einen Pfeil an, der in eine Ecke des Raums deutete. »Das wird uns hinführen«, sagte Hana mit aufflammenden Lampenaugen, »ich habe alle Karten in eine Kiste gesteckt, die so konstruiert ist, dass sie das Signal verstärkt.«

»Und die hattest du gerade in der Schublade«, warf Lachlan ein. Hana war immer noch nur zehn Jahre alt; auch Zack hatte das nicht vergessen.

»Nein, ich habe sie eigens dafür gebaut«, sagte Hana.

»In der letzten halben Stunde?«

»Sie ist eine Purgatorin«, sagte Hideki. »Melpo, erklär diesen Anfängern die Welt.«

»Purgatoren können alles bauen«, sagte Melpo. »Alles, was sich der Mensch so vorstellen kann.«

»Außer Massenvernichtungswaffen«, sagte Hana. »Aber solche Kleinigkeiten wie den Signalverstärker und den Spurensucher baue ich in ein paar Minuten.«

»Mich wundert gar nichts mehr«, murmelte Lachlan.

»Gut. Wie schlagen sich die beiden?«, fragte Hideki mit einem Kopfnicken in Lachlans und Zacks Richtung.

»Tja«, sagte Melpo. »Sie sind und bleiben Anfänger, aber das Nötigste haben sie drauf.«

»Gut. Ich, Hana und du sollten genug sein, um die Arschlöcher dranzukriegen. Die Jungs nehmen wir als Back-up mit. Sie können meinetwegen mit Muffins werfen.«

»Was ist mit Shadi?«, fragte Hana.

»Sie ist nicht da, oder? Wir warten nicht auf sie. Wer weiß, wann die merken, dass wir ihnen auf der Spur sind, und die Karten abschalten – oder so was in der Art.« Ohne große Vorbereitung machten sie sich auf den Weg: Hana ging mit dem piepsenden Spurensucher voran, die anderen folgten ihr, Zack äußerst widerstrebend. Sie hatten jetzt Wichtigeres zu tun, ihnen lief die Zeit davon. Lachlans Leben stand auf dem Spiel. Gab es denn wirklich keinen anderen Weg?

Sie bewegten sich in Richtung Lichtung. Als sie die Trauerweide und die Brücke erreichten, blieb Hana unvermittelt stehen: »Hm«, machte sie und klopfte gegen den Spurensucher, der jetzt nicht mehr piepste.

»Was ist?« Hideki sah ihr über die Schulter.

Hana sagte nichts und ging ein paar Schritte zurück, bis das Gerät wieder reagierte. Sie kehrte um und kam mit langsamen Schritten zu ihnen; ohne Vorwarnung verstummte der Sucher. Betrübt drückte sie auf den pinkfarbenen Knopf. »Tut mir leid. Das Signal ist zu schwach.«

Kurz darauf saßen sie wieder im Kokon; Hana brütete im Hauptquartier über dem Spurensucher und den Karten, während Hideki unruhig auf und ab ging. Melpo bearbeitete den Geigenbogen mit einem Stück Kolophonium, und blickte nachdenklich aus dem Fenster. Mr. Maddox fiel Zack wieder ein wie der lähmende Gedanke an eine Rechnung, die er noch nicht bezahlt hatte. Er dachte darüber nach, Melpo zu fragen, ob sie für ihn auf die Uhr sah, fürchtete sich aber vor der Antwort. Bestimmt war es schon nach sechs Uhr morgens. Was würde Lachlan sagen, wenn er erfuhr, dass er darüber nachdachte, heute arbeiten zu gehen? Er fühlte sich schuldig. Lachlan war immerhin entführt worden, wie konnte es da etwas Wichtigeres für ihn geben?

Er stand auf und ließ Lachlan mit Melpo in dem kleinen Zimmer zurück, um zu Hideki zu gehen, der im Flur auf und ab tigerte. »Was ist mit der Software?«, fragte er. »Wie lange dauert das noch?«

»Mach dir keine zu großen Hoffnungen, dass das so schnell was wird«, sagte Hideki geradeheraus.

»Du hast gesagt, du hättest was in die Wege geleitet.«

»Denkst du, ich hab dich angelogen?«

»Nein. Ich frage mich nur, was du gemacht hast.«

Hideki atmete hörbar aus, wie jemand, der gerade größere Sorgen hatte. »Sagen wir es so: Ich habe den Auftrag auf den Weg gebracht. Ich kenne Leute, die Leute kennen. Einer fragt den anderen.«

Zack schluckte. Wie viele Leute hatten in diesem Moment bereits von Erion erfahren? Hoffentlich würde Emil nicht dahinterkommen, dass sie diesen Weg gewählt hatten. In seinen Augen hatten sie die Regel, niemanden ins Vertrauen zu ziehen, vermutlich längst gebrochen.

»Und wie zuverlässig ist das?«

»Zuverlässig genug. Ich halte mein Wort.« Hideki wandte ihm den Rücken zu, ein eindeutiges Zeichen.

Zack kehrte zu Lachlan zurück, der das tatenlose Herumsitzen nicht mehr ausgehalten hatte und nervös auf und ab ging.

»Wie spät ist es?«, fragte er Melpo, die das Kolophonium sofort auf den Tisch legte und die Taschenuhr hervorzog.

»In Irland: Viertel nach sechs«, sagte sie.

Zack wurde schwindelig vor Schreck. In wenigen Minuten würde sein Wecker losgehen. Persy würde den Song durch die abgesperrte Zimmertür hören und klopfen, falls er nicht aufstand.

»Der Arsch wird schon nicht auf die Uhr sehen«, raunte Lachlan ihm zu, als sich Melpo wieder seelenruhig ihrer Geige widmete.

»Das ist es nicht …« Zack unterbrach sich, überlegte und gab sich einen Ruck. »Komm mal mit.«

Er sah sich nach einem Raum um, in dem sie in Ruhe reden konnten, und fand ein verlassenes Zimmer, das mit deckenhohen Bücherregalen und Sesseln eingerichtet war.

»Mum weiß nicht, was du machst, oder?«, fragte Lachlan, während Zack die Tür zuschob.

»Natürlich nicht. Aber sie wird wahrscheinlich gleich darauf kommen, wenn es schon nach sechs Uhr ist.«

»Hast du die Tür abgesperrt?«

»Ja. Und die Polizei ist im Haus.«

Lachlan sagte nichts. Vermutlich gefiel ihm der Gedanke, dass er eine Zeit lang ohne ihn in Cronos würde verbringen müssen, genauso wenig wie Zack. Dem wurde klar, dass er Lachlan nicht die ganze Wahrheit gesagt hatte: dass er sich in erster Linie ausloggen wollte, um arbeiten zu gehen. Zack traute sich nicht, das Thema direkt anzusprechen. »Meinst du, das hier wird was?«, fragte er stattdessen.

»Was denn? Das mit Hideki?«

»Ja. Der lügt doch wie gedruckt, oder?«

Lachlan zog die Schultern hoch; er hatte keine Ahnung. »Was sollen wir denn sonst tun?«

»Was weiß ich?« Zack hörte die plötzliche Schärfe in seinem Ton. Was sollte er tun? Er konnte sich kaum erlauben, noch eine einzige Minute hierzubleiben.

»Ich finde, wir sollten hierbleiben«, sagte Lachlan.

»Und warum?«

»Weil Hideki die einzige Chance ist, die wir haben. Wir kennen uns hier nicht aus und Melpo ist zu beschäftigt wegen dieser Überwachungsgeschichte.«

»Ah«, machte Zack. »Deswegen also.«

»Weswegen was?«

»Dieser Überwachungskram – ganz schön spannend, was? Fast wie im echten Leben, nicht wahr?«

Lachlan schien nicht zu verstehen. »Natürlich interessiert mich das, aber was hat das mit –«

»Deswegen willst du hierbleiben«, griff Zack ihn an. »Weißt du noch, warum wir hier sind? Weil du entführt wurdest, von einem kranken Irren?«

»Du glaubst, ich hab das vergessen?«

»Keine Ahnung, was in deinem Kopf vor sich geht! Hideki wird uns nicht helfen, das weißt du, aber sie jagen diese Wanzenleger und deshalb willst du hierbleiben.«

»So ein Schwachsinn«, sagte Lachlan. Er verschränkte die Arme. »Was ist eigentlich in dich gefahren?«

»Was, weil ich zur Abwechslung mal den Mund aufmache?«, sagte Zack mit rotem Kopf. Er ballte die Fäuste, während etwas mit ihm durchging, etwas, das sich gut anfühlte. Er hätte das schon viel früher tun sollen. »Bist du nicht gewohnt, was? Du kennst das ja anders. Du verschwendest nie einen Gedanken daran, was ich auf mich nehme, du bist nie auf die Idee gekommen, dass ich eventuell heute arbeiten gehen muss, dass ich meinem Chef nichts gesagt habe von deiner Entführung, auf solche Gedanken kommst du nicht!«

»Du musst arbeiten gehen?« Unbeeindruckt, wie üblich.

»Ja. Es ist Montag, schon vergessen?«

»Zugegeben, die Wochentage sind momentan nicht mein größtes Problem.«

»Ich kenne unsere personelle Situation, so kurzfristig wird mein Boss niemanden finden –«

»Du willst also arbeiten gehen?«

»Ich muss!«

Lachlan lachte auf, doch seine Augen lachten nicht mit. »Jetzt kapier ich. Du willst deinen Boss nicht enttäuschen, weil du ihn noch brauchst.«

»Das stimmt nicht –«

»Dann ruf ihn an. Sag ihm, was los ist. Dann bleibst du eine Weile bei Mum und irgendwann erfindest du eine Ausrede, um wieder herzukommen. Klingt das nach einem Plan?«

Das war ein naheliegender Plan, fand Zack, aber alles in ihm sträubte sich dagegen, ihn in die Tat umzusetzen. Maddox würde nicht begeistert sein, weil die Entführung schon einen Tag her war und Zack ihn schon viel früher hätte in Kenntnis setzen müssen. »Dazu ist es jetzt zu spät.«

»Na, klar.«

»Versteh doch, Lachlan, für mich hängt so viel an diesem Job! Wenn er mich nicht empfiehlt –«

»Wusste ich es doch«, sagte Lachlan schneidend. »Die Akademie. Es ist wieder einmal die Akademie.«

»Na und?«, rief Zack. »Sie ist mein großer Traum, ob du das wahrhaben willst oder nicht!«

»Darum geht's hier nicht, Zack.«

»Doch, genau darum geht's. Du hast ein Problem damit, dass ich auf die Akademie will, hast du schon seit Wochen, gib es endlich zu! Und du weißt ganz genau, dass das für mich nicht einfach nur ein Job ist!«

Lachlan schnaubte. »Ja, vielleicht habe ich ein kleines Problem mit der Akademie. Vielleicht habe ich dieses Problem, weil ich nicht verstehe, warum du da hinwillst.«

»Weil ich Personenschützer werden will. Im Gegensatz zu dir weiß ich, was ich werden will!«

»Ich weiß auch, was ich werden will«, sagte Lachlan kühl. »Aber das wird man eben nicht durch ein Studium.«

»Und was?«

Lachlan blieb kurz die Luft weg. »Ha«, machte er leise. »Tja, wenn du nicht nur die Akademie im Kopf hättest, dann hättest du das vielleicht inzwischen kapiert.«

»Weißt du was, mir reicht's jetzt«, sagte Zack aufgebracht. »Ich logge mich jetzt aus und gehe arbeiten. Und du – keine Ahnung, wie wär's, wenn du dir einen Mitgliedsausweis von den Underminers ausstellen lässt?«

Lachlan öffnete den Mund, doch Zack ließ ihm keine Gelegenheit für eine Antwort.

»Maddox«, sagte er finster. Der Boden tat sich unter ihm auf und er stürzte durch die Dunkelheit, durch Blitzlichtgewitter und Feuerringe, immer tiefer, bis er mit einem Ruck auf dem Bett landete. Der Wechsel zwischen virtueller und physischer Realität kam so plötzlich, dass ihm übel wurde. Er blieb auf dem Rücken liegen und schluckte ein paarmal, um den bitteren Geschmack im Mund loszuwerden.

»Zachary?«

Jemand klopfte an die Tür.

[17]

Lachlan schlug das Herz vor Schreck bis zum Hals. Er sah sich in dem leeren Zimmer um, als erwartete er, Zack in einer Ecke zu entdecken, mit den Achseln zuckend und einem Lächeln auf den Lippen: »Sorry, ich wollte dir nur ein bisschen Angst machen!« – Aber er war nicht mehr da – Zack hatte tatsächlich sein Safeword gesagt (ausgerechnet den Namen seines Chefs!) – er hatte ihn wirklich im Stich gelassen.

»Was ist los?«, fragte eine Stimme hinter ihm; Melpo steckte den Kopf durch die Schiebetür, und als sie sah, dass er allein war, kam sie herein. »Wo ist Zack hin?«

»Du hast uns belauscht, oder?«, fuhr er sie an.

»Wer weiß?«, gab sie schnippisch zurück. »Sag schon, wo steckt er? Hat er sich ausgeloggt?«

»Er … ich …«

»Sehr gut«, antwortete Melpo, als hätte sie ihm gar nicht zugehört, und zückte ihren Kartenstapel. »Ich hab schon gedacht, er haut niemals ab.«

Was redete sie da?

»Die Kurzfassung«, fuhr sie fort, den Kartenstapel geschickt durchpflügend, »ich weiß, wer du bist – Lachlan Abercromby, Sohn von Persephone Abercromby, der Nummer acht auf der Forbes-Liste der mächtigsten Frauen der

Welt – oder war es Nummer vier? Egal, jedenfalls steckst du gerade in ziemlichen Schwierigkeiten, und ich kenne jemanden, der dir helfen kann. Um nicht zu sagen …«, sie hielt eine Karte in die Höhe, »… wir kennen ihn beide.«

Perplex sah er zu, wie sie den Stapel wieder einsteckte und die Karte, die sie gesucht hatte, in ein Stück Kreide verwandelte. »Wen kennen wir?«, fragte er. Schlagartig wurde es ihm klar: »Du meinst doch nicht –«

»Ich bin sicher, dass ich ihn meine«, fiel sie ihm ins Wort, packte den Rahmen der Schiebetür und zog sie zu. »Statten wir ihm doch einfach einen Besuch ab.« Sie malte mit der Kreide ein winziges Symbol auf das Holzgitter, das aussah wie ein Kreis mit einem Haken. Dann beugte sie sich nach vorn, holte tief Luft und pustete das Symbol an, sodass der Kreidestaub nach allen Richtungen davonflog. Lachlan spürte einen warmen Lufthauch auf den Wangen und meinte zu sehen, wie die Schiebetür Wellen schlug, als handelte es sich bei ihr um eine Spiegelung auf einem See, in den ein kleiner Stein gefallen war. Die Verzerrung verschwand sogleich wieder und die Tür wirkte so solide wie zuvor.

»Also dann, hereinspaziert«, sagte Melpo, legte die Hand auf den Rahmen und zog die Tür auf.

Lachlan erwartete den Flur dahinter, doch stattdessen blickte er über eine bunt getupfte Wiese, sah eine Mauer schwarzer Tannen und Fichten, die mit ihren Wipfeln den pfirsichfarbenen Horizont zackten, purpurne Trauerweiden an einem runden See und ein kleines Häuschen mit flachem, dunklem Dach, das mitten auf dem Wasser stand, ohne eine Verbindung zum Festland. Eine im Gras flüsternde und den

See kräuselnde Brise wehte den Duft feuchter Erde auf ihre Seite, und irgendwo im Schilf quakten Frösche.

Melpo trat über die Türschwelle ins Gras und Lachlan folgte ihr verunsichert. Das Klima veränderte sich fast augenblicklich; erst jetzt fiel ihm auf, wie warm und stickig es in Ma'quoia war, denn hier wehte ein frischer, angenehmer Wind, der ihn sogar ein wenig frösteln ließ. Als Lachlan den Türrahmen losließ, hörte er ein Geräusch wie von einem Sektkorken, der aus einer Flasche gezogen wurde – und als er zurückblickte, war die Tür verschwunden.

»Komm schon«, rief Melpo ihm zu.

Anders als in Ma'quoia, wo ihm die Grashalme bis zur Hüfte oder noch höher reichten, waren es hier Blüten, die seine Handrücken streiften; Goldmohn, Butter- und Kornblumen, um die sich Prunkwinden rankten, die im nachlassenden Tageslicht ihre Blüten einrollten. Lachlan fiel auf, dass es in der Kokonstadt nie Anzeichen eines verstreichenden Tages gegeben hatte, während es über dieser Blumenwiese gerade offensichtlich Nacht wurde.

Als er am Ufer des Sees auf Melpo stieß, lächelte sie ihm zu wie eine Künstlerin, die ihr Werk vorführte.

»Schön, nicht?«

»Wohnst du hier?«, fragte er halb ironisch.

»Natürlich nicht. Wir befinden uns in einem instanziierten Raum, also in einem Bereich von Cronos, der vom Rest der Welt abgekoppelt ist. Er hat ihn geschaffen. Ohne das Passwort kannst du diesen Ort nicht betreten.«

»Kein sehr sicheres Passwort, oder?« Diesen Kringel mit dem Haken hatte er sich sofort eingeprägt.

»Das Passwort wechselt täglich, nach einem System, das nicht jedem bekannt ist«, erwiderte Melpo. »Und sollte es doch jemand in diesen Raum schaffen, wartet eine unangenehme Falle auf ihn. Ich zeige sie dir.«

Sie pflückte eine große Goldmohnblüte mitsamt ihrem langen Stiel. Zurück am Ufer drehte sie die Blume auf den Kopf und hielt sie mit spitzen Fingern am äußersten Ende des Stängels fest. »Sieh genau hin«, sagte sie, streckte den Arm aus und ließ die Blüte über dem Wasser baumeln. »Gleich ...« Die Blüte kam ihrem Spiegelbild auf dem Wasser immer näher: Plötzlich spritzte das Wasser auf und zehn oder zwanzig kleine Fische sprangen heraus, stürzten sich auf die Blume und rissen sie Melpo aus der Hand. Sie setzte hastig einen Schritt zurück und kam an Lachlans Seite, der mit stockendem Atem beobachtete, wie die Fische die Blume in Windeseile auffraßen, ohne auch nur einen Staubbeutel übrig zu lassen. Nach wenigen Sekunden war der Spuk vorüber und die Fische zogen sich in die dunkle Tiefe zurück, aus der sie aufgestiegen waren.

»Tja«, sagte Melpo gut gelaunt, »schwimmen fällt flach.«

Sie klatschte in die Hände und zauberte die signalrote Geige hervor, während Lachlan versuchte, sich nicht vorzustellen, wie die Fische ihm das Fleisch von den Knochen knabberten. Ein zittriger Ton entstieg ihrem Instrument, schwebte empor und legte sich zerbrechlich leicht über die Wiese und den See. Melpo zog den Bogen bis zur Spitze herunter und dann wieder hinauf bis zum Daumenleder; und kurz bevor die Saiten an den Frosch stoßen konnten, entsprang ihnen ein silberner Funke. Wie eine blinkende

Münze hüpfte er von den Saiten auf den Geigensteg und hinab in den See – genauer: auf den See; er prallte von der Wasseroberfläche ab, sprang einen Satz nach vorn, stieß erneut auf den See und hüpfte weiter wie ein Wasserläufer. Lachlan wollte gerade fragen, was das zu bedeuten hatte, als er einen flachen Stein sah, der sich genau dort aus dem See erhob, wo die leuchtende Münze als Erstes das Wasser berührt hatte. Einen Schritt weiter tauchte ein zweiter Stein auf, und so ging es weiter, immer der Spur der Münze nach.

Melpo sah ihn an. »Du hast gesehen, was passiert, wenn du ausrutschst. Also sei vorsichtig!«

Sie ließ die Geige verschwinden, raffte ihren Rock und setzte den Fuß auf den ersten Stein. Die Schuhe, die sie trug, hatten hohe Absätze, nicht schwindelerregend, aber gefährlich genug für ein solches Unterfangen. Doch Melpo schritt über die Steine, als täte sie es jeden Tag – was, wie Lachlan bewusst wurde, sogar stimmen mochte.

Er stellte sich dichter ans Ufer und tastete mit dem rechten Fuß nach dem ersten Stein. Der war kaum so lang wie seine Schuhsohle und von dem Wasser, aus dem er kam, ganz feucht und rutschig.

»Das ist Wahnsinn!«, rief er Melpo hinterher. Sie drehte sich nicht zu ihm um, offenbar zu konzentriert auf den Weg. Lachlan befeuchtete sich die Lippen mit der Zunge und nahm all seinen Mut zusammen.

Er verlagerte sein Gewicht auf den rechten Fuß, bis er das Gefühl hatte, sicher stehen zu können, und stieß sich vom Ufer ab, um den nächsten Stein zu erreichen. Er glaubte das Gleichgewicht zu verlieren und streckte rasch die Arme aus; nachdem er sich wieder gefangen hatte und sich sicher genug fühlte, um auf den dritten Stein zu steigen, fiel ihm der Weg mit jedem Schritt leichter.

Lachlan ging die Ironie seiner Lage auf: Monatelang hatte Griffin versucht, ihn nach Cronos zu holen, und jetzt hatte ihm ausgerechnet Emil diesen Wunsch erfüllt. Allzu überrascht war Lachlan nicht über Melpos Enthüllung, eher verärgert; er hätte wissen müssen, dass Griffin versuchen würde, Kontakt zu ihm aufzunehmen. Er selbst hätte auch auf die Idee kommen müssen, denn etwas Besseres konnte ihm gerade gar nicht passieren. Griffin konnte ihm viel besser helfen als Zack, besser als die Polizei, immerhin hatte er seine Augen und Ohren überall.

Lachlan hatte nun etwa die halbe Strecke überwunden und warf einen Blick zurück zum Ufer, woraufhin ihm schwindelig wurde. Als kletterte er in Wirklichkeit eine steile Wand hinauf … Er atmete tief durch und konzentrierte sich auf die Steine und die Veranda des Häuschens, vor dem der Weg endete. Melpo stieg bereits die kleine Treppe hinauf, zog sich die Schuhe aus und klopfte an eine Tür, die genauso aussah wie die Wände im Versteck der Underminers. Jetzt schob sie die Tür auf und trat ein.

Warum hatte Griffin erst jetzt Kontakt aufgenommen? War es ihm so wichtig gewesen, dass Zack ihn nicht zu Gesicht bekam? Einerseits hätte Lachlan ihm dankbar sein können, denn er wollte selbst entscheiden, wann er Zack sein Geheimnis anvertraute. Andererseits war dies eine echte Notlage und da musste man eben Kompromisse eingehen. Aber Griffin hatte es anscheinend nicht eilig gehabt.

Wie er wohl aussah? Lachlan spürte seine Nervosität wachsen. All die Dinge, die er Griffin im Verlauf der vergangenen zwei Jahre erzählt hatte, stiegen wie Seifenblasen in ihm auf. Sogar seine Gefühle für Zack hatte Griffin durchschaut, so gut kannte er ihn inzwischen, obwohl er nur Text auf schwarzem Grund gewesen war. Die Vorstellung, ihm gegenüberzustehen, hatte etwas Peinliches.

Es wurde immer dunkler; der Himmel hinter den Fichtenwipfeln färbte sich violett und Lachlan bemerkte die vielen Laternen, die wie kleine Vollmonde um das Häuschen herumtrieben. Die Steine hinter ihm kehrten nacheinander in den See zurück; der letzte verschwand, als er den Fuß auf die kurze Treppe setzte, die ihn hoch auf die Veranda brachte. Er glaubte, gerade noch Stimmen gehört zu haben, Melpos und die eines Mannes; doch als er auf die offene Schiebetür zuging, verstummten sie. Er blickte in das kleine, quadratische Zimmer: Melpo saß mit aufgebauschtem Rock an einem niedrigen Tisch und ihr gegenüber ein großer, breitschultriger Mann mit einem Vogelkopf.

Lachlan war so baff, dass er kein Wort herausbrachte.

»Da bist du ja«, sagte Melpo. »Zieh dir die Schuhe aus.«

»Was? – Oh.« Lachlan hörte auf, den Mann mit dem Vogelkopf anzustarren, und streifte sich die Schuhe ab – oder versuchte es zumindest. Er schlüpfte mit der Ferse heraus, doch der Schuh kam ihm sofort hinterher und stülpte sich ihm wieder über. Lachlan spürte, wie er rot wurde; wie peinlich – das also war der erste Eindruck, den Griffin von ihm bekommen sollte: ein Typ, der zu doof war, sich die Schuhe auszuziehen. Nervös ging er in die Hocke und versuchte es mit den Händen. Es klappte nicht – als hätte man ihm den Schuh an den Fuß getackert. »Oh!«, machte Melpo. »Entschuldige, Lachlan, mein Fehler! Du hast ja die Kleider-Quest noch nicht gemacht. Himmel, ist das lange her …«

»Kleider-was?«, fragte Lachlan.

»Du kannst dich nicht aus- oder umziehen, bevor du nicht eine Quest gemacht hast, die es nur in Flüsterheim gibt. Komm, lass die Schuhe an und setz dich zu uns.«

Lachlan ließ von seinen Schuhen ab und betrat das Häuschen, eine Reihe feuchter Fußabdrücke auf den hellen Reisstrohmatten hinterlassend. Er nahm am Tisch Platz; Griffins starre Adleraugen gruselten ihn.

»Ähm – hi.«

»Das ist Griffin«, sagte Melpo.

Lachlan reichte ihm die Hand. »Du siehst ein bisschen anders aus, als ich gedacht hatte«, sagte er.

»Wie ich aussehe, tut nichts zur Sache«, erwiderte Griffin, nahm eine gusseiserne flache Kanne zur Hand und goss Lachlan Tee in einen steinernen Becher. »Ich bitte um dein Verständnis, Lachlan – ich ziehe es vor, in Cronos diese Gestalt anzunehmen; eine Frage des Komforts.«

Es fühlte sich seltsam an, seinen Namen aus Griffins Mund zu hören. Oder Schnabel. »Aber ich dachte, in Cronos sehen alle so aus, wie sie wirklich aussehen.«

»Es ist ein Avatar-Hack«, sagte Melpo. »Wenn man weiß, wie, kann man damit sein Aussehen manipulieren. Das ist nicht erlaubt, aber gang und gäbe.«

»Ehrlich gesagt habe ich dafür nicht wirklich Verständnis«, sagte Lachlan, allmählich Mut fassend. »Die ganze Zeit wolltest du dich hier mit mir treffen. Hier bin ich – wieso versteckst du dich jetzt hinter einer Maske?«

Ein leises Lachen drang aus dem Schnabel. »Wie genau soll ich das interpretieren, Lachlan? Ich dachte, ich kann mir das Computerspiel in den Arsch schieben. Da kann es dir doch egal sein, wie ich mich dir zeige. Tee?« Er schob ihm die Tasse hin, ohne eine Antwort abzuwarten.

Lachlan presste die Lippen zusammen; dass ihm die Ohren heiß wurden, störte ihn ungeheuer. »Tut mir leid, was ich damals gesagt habe«, entgegnete er. »Ich hatte keine Vorstellung davon, was mich hier erwartet.«

»Ich weiß. Ich hab's dir gesagt.«

Lachlan hasste diesen Spruch. Aber er passte zu dem Griffin, den er aus dem Chat kannte.

»Der Plan mit deinem weißen Ritter ist wohl nicht aufgegangen«, sagte Griffin süffisant. »Ich hab dir gesagt, dass das schiefgehen wird, wenn du dich erinnerst.«

»Ja, es war eine blöde Idee«, sagte Lachlan, »hast du Melpo aufgetragen, uns zu verfolgen, um mir das unter die Nase zu reiben? Oder hast du noch mehr zu sagen?«

»Lachlan!«, flüsterte Melpo, als hätte er den Papst persönlich beleidigt. Er ignorierte sie.

»Ich habe noch eine Menge zu sagen«, entgegnete Griffin im Ton gelassener Überlegenheit. »Ich hatte mir, wie bereits erwähnt, schon gedacht, dass es euch nicht gelingen würde, die Entführung abzuwenden. Ich kenne den Mann, der dich entführt hat, und die Software, die er so unbedingt haben will. Ich wollte mit dir darüber reden.«

»Kannst du mich da rausholen?«, fragte Lachlan, denn die Frage quälte ihn mehr als alles andere.

»Das kann ich. Vielleicht. Das kommt ganz auf dich und deine Kooperationsbereitschaft an. Die Sache ist komplizierter, als du glaubst. Es wird nicht reichen, das Lösegeld zu beschaffen und eine Übergabe zu initiieren. Zum einen, weil Emil nicht vorhat, dich am Leben zu lassen. Zum anderen, weil er Erion um gar keinen Preis in die Hände bekommen darf.«

»Wie meinst du das: Er wird mich nicht am Leben lassen?« Lachlans Herz schlug langsam und schwer.

»Trink deinen Tee«, antwortete Griffin.

Erst jetzt fiel Lachlan auf, dass er der Einzige war, der eine Tasse vor sich stehen hatte. »Und dann?«

»Dann werde ich dir Antworten geben.«

Ausgerechnet Tee; ein Red Rebel wäre ihm jetzt deutlich lieber gewesen. Er leerte rasch die Tasse, damit Griffin zufrieden war, stellte sie wieder ab und sah ihn erwartungsvoll an. Fast gleichzeitig wurde ihm schwindelig.

»Alles klar?«, fragte Griffin.

»Was war das für ein Zeug?« Lachlan würgte; er hatte das Bedürfnis, sich auf der Stelle zu übergeben.

»Mach die Augen zu.«

Lachlan schloss die Augen, erleichtert, dass die Übelkeit bereits wieder nachließ.

»Ich werde dir jetzt etwas über Emil erzählen«, begann Griffin. »Halte die Augen geschlossen.«

»Über Emil?«

»Sein wahrer Name ist Edward Cromwell.«

Es war, als öffnete Lachlan die Augen, obwohl er die Lider weiter fest zusammengepresst hielt: Ein junger Mann mit erschreckend blassem Gesicht saß vor ihm, mit zerzaustem schwarzem Haar und Ohren, die ihm weit vom Kopf abstanden. Er musste fünfzehn oder sechzehn Jahre alt sein.

»Was du jetzt siehst, sind Emils Erinnerungen. Da er gerade eingeloggt ist, kann ich auf sein Gedächtnis zugreifen – keine Sorge, er bekommt davon nichts mit.«

»Warum kann ich das sehen?«, fragte Lachlan verwirrt.

»Die Frage lautet eher: Warum sollst du es sehen«, entgegnete Griffin. »Der Emil, den du gerade vor Augen hast, ist sechzehn Jahre alt. Ein wichtiges Alter im System der Freemind-Sekte. Ihm steht seine Initiation bevor.«

Lachlan versuchte, nicht allzu erstaunt zu wirken.

»Siehst du den Mann, der hinter ihm steht?«

Das tat Lachlan: Offenbar stand oder saß der junge Emil vor einer Art Spiegel. Eine massige, schwitzige Hand lag auf seiner schmächtigen Schulter, so groß und schwer, dass sie Emil ein wenig nach unten drückte, wodurch er nicht ganz aufrecht sitzen konnte. Viel mehr sah Lachlan nicht von dem Mann; nur noch einen kleinen Ausschnitt seines mit goldenen und silbernen Perlen bestickten Gewands.

»Wer ist das?«

»Edward Cromwell senior«, sagte Griffin. »Sein Vater.«

Die Hand schüttelte den schlaksigen Emil, als wollte sie ihn zu etwas bringen. »Mach schon!«

Emils Gesicht zuckte, die Mundwinkel, das Kinn, die Stirn; er sah aus, als würde er jeden Moment anfangen zu weinen. »Ich … ich bin Edward Cromwell junior«, begann er mit zitternder Stimme, »und – und als Nachfahre der Cromwell-Dynastie gelobe ich feierlich … feierlich …«

Er verstummte plötzlich: Sein Blick glitt ein wenig zur Seite und fiel auf die Spiegelung einer etwa mannshohen Säule, auf der ein niedriges Feuer brannte. Lachlan meinte ein steinernes Gewölbe zu erkennen, wie in einem mittelalterlichen Weinkeller. Da waren noch andere Menschen, halb verborgen im undurchdringlichen Schatten, angeordnet in einem losen Halbkreis. An der Säule stand jemand, der einen langen, schmucklosen Stab in Händen hielt – ein Stab, dessen Ende in einem gefährlichen Rotton glühte.

Lachlan war sich nicht sicher, was er da gesehen hatte, doch Emil wusste es offenbar sehr genau.

»Daddy, bitte –«

»Bring keine Schande über mich!«, knurrte der Mann und schüttelte Emil erneut an der Schulter.

Emil musste sich zwingen, wieder in den Spiegel zu blicken, sich selbst in die Augen, sodass Lachlan das unbequeme Gefühl hatte, von ihm angesehen zu werden.

»Ich gelobe feierlich«, diktierte ihm sein Vater.

»I-Ich gelobe feierlich, das hundertjährige Werk der Familie Cromwell zu schützen und zu achten und ohne Rücksicht auf mein eigenes Wohl sowie unter Aufbietung all meiner K-Kräfte zu v-vollenden. Das … das …«

»Das Zeichen –«

»Das Zeichen werde ich mit Stolz tragen – es befreit mich von der Last des freien Willens und macht mich zum Werkzeug einer höheren Sache. Vom heutigen Tag an werde ich in jeder Minute meines Daseins in der mir vorherbestimmten Rolle aufgehen. Sobald das Zeichen meine Haut – meine Haut –« Er schluckte. »S-Sobald das Zeichen meine Haut ziert, werde ich entflammt sein für das Werk.«

»So ist es«, sagte sein Vater inbrünstig und packte nun auch Emils andere Schulter. »Für das Werk!«

Er zog ihn auf die Beine und drehte ihn um. Lachlan verlor Emils Spiegelbild aus den Augen, der Raum drehte sich um ihn, er sah steinerne Säulen, die durch Torbögen miteinander verbunden waren und sich in der Dunkelheit nach allen Richtungen verloren. Zwei Dutzend Menschen in bunt bestickten Gewändern standen zwischen den Torbögen und starrten Emil ausdruckslos an. Zwischen ihnen, neben der niedrigen Säule, die das Feuer trug, und der maskierten Gestalt mit dem glühenden Eisenstab, stand ein schwarzer Steinquader, der Lachlan sofort an den Sarg in den War Memorial Gardens denken ließ.

»Ein Opfertisch«, entfuhr es ihm.

»Etwas in der Art«, sagte Griffin.

»Wer sind diese Leute?«

»Anhänger der Freemind-Sekte.«

Lachlan sah den schwarzen Opfertisch näherkommen, als sich Emil, vermutlich angeschoben durch seinen Vater, auf ihn zubewegte. »Was haben die mit ihm vor?«

»Wie gesagt, es ist eine Art Initiationsritual«, sagte Griffin. »Das Geburtstagsgeschenk seiner Familie an den jetzt sechzehnjährigen Edward Cromwell junior. Du hast gehört, was er gesagt hat: Von diesem Tag an wird er sich voll und ganz dem Werk der Freemind-Sekte widmen.«

»Welchem Werk?«

»Warte«, brach es aus Emil heraus; er stand jetzt direkt vor dem Opfertisch und wehrte sich gegen den Griff seines Vaters. Vier Männer waren aus dem Halbkreis getreten und hatten sich um den Quader gruppiert.

»Was ist mit dem Trank?«, rief Emil.

Die Männer tauschten Blicke.

»Welchem Trank?«, fragte Emils Vater.

»Alucius hat gesagt, es gibt einen Trank, der mich betäubt – stimmt doch, Alucius, nicht wahr?« Er sah einen der vier Männer an, doch weil er sich dabei wand, bemüht, die Hand seines Vaters abzuschütteln, konnte Lachlan das Gesicht nicht erkennen.

»Es gibt einen Trank«, sagte der Mann mit dem seltsamen Namen amüsiert. »Aber nicht für dich, Ed.«

»Was? Wieso?«, schrie Emil auf.

Lachlan hatte Mühe, nachzuvollziehen, was geschah; offenbar packte eine Hand Emil an den Haaren, denn der Blick wurde plötzlich nach oben gerissen. Ein ungleicher Kampf begann; Emil schrie und schlug um sich, doch einige der Männer um den Opfertisch kamen seinem Vater zu Hilfe. Emil musste einen Schlag auf den Kopf bekommen haben, denn einen Moment lang wurde es dunkel um ihn herum und seine Bewegungen verlangsamten sich. Sie zerrten ihn auf den Quader und streckten ihn aus; zwei hielten seine Beine fest, zwei seine Arme; Emils Blick fiel auf das junge, ovale Gesicht des Mannes namens Alucius, der mit zahnpastaweißen Zähnen auf ihn herabgrinste, und dann auf das eines massigen Manns mit schwarzem Schnurrbart, der an ihn herantrat, ein langes, schlangenartig geformtes

Messer in der stark behaarten Hand, die noch vor einer Minute Emils Schulter festgehalten hatte.

»Dad!«, würgte Emil hervor. »Mum! MUM!«

Niemand reagierte; wieder Alucius' teuflisches Grinsen; ein Blick auf das Messer, als es ihm unter den roten Pullunder fuhr und den Stoff zerschnitt. Das Bild verschwamm, verwässert von den Tränen, die Emil in die Augen stiegen. Wieder schrie er nach seiner Mutter, doch sie kam nicht; sein Vater schlug die Hälften seines Pullunders auseinander; die lange Gestalt mit dem glühenden Eisenstab trat neben Emil; das rote Ende senkte sich auf Emils nackte Haut –

»Gott!« Lachlan riss die Augen auf. Wieder hatte Übelkeit ihn im Griff, doch diesmal aus anderen Gründen.

»Ja, die Freemind-Sekte ist ein kranker Haufen«, sagte Griffin. Melpo tätschelte Lachlan die Schulter.

»Warum zeigst du mir diesen kranken –«

»Weil du drauf und dran bist, ein Teil davon zu werden«, unterbrach ihn Griffin. »Denn dieser bemitleidenswerte junge Mann, den ich dir gezeigt habe, ist derselbe wie jener, der dich in dieser Sekunde in seiner Gewalt hat. Und wenn du das, was du gerade gesehen hast, krank fandest, dann willst du nicht wissen, wie es in seinem Kopf aussieht.«

»Was ist das für eine Sekte?«

»Unwichtig. Alles, was du wissen musst, ist, dass sie einen Plan verfolgen – einen Plan, von dem wir heute nicht sprechen wollen – und dass du ein Teil dieses Plans bist.«

»Was soll das –«

»Sie wollen *dich,* Lachlan Abercromby.«

Lachlans Herz übersprang einen Schlag. »Aber – was habe ich denn mit denen zu tun? Ich kannte sie bis vor fünf Minuten noch nicht einmal, oder?«, sagte er.

»Halten wir uns nicht mit der Frage auf, was sie von dir wollen. Das Einzige, was uns hier und heute interessiert, ist, dass Emil die Sekte bis aufs Blut hasst. Er tut alles, um die Vollendung ihres Werks zu verhindern.«

»Super«, sagte Lachlan fieberhaft, »dann logge mich jetzt aus und biete ihm meine Hilfe an.«

»Darauf wird er sich nicht einlassen. Aus Gründen«, setzte Griffin nach, als Lachlan den Mund öffnete, »die du jetzt noch nicht begreifen kannst. Aber um zum Punkt zu kommen: Wir können dich retten.«

»Und wie?«

»Dazu kommen wir gleich«, sagte Griffin. »Bevor wir dich retten, müssen wir Erion in Sicherheit bringen. Denn Emil darf die Waffe auf keinen Fall bekommen.«

»Was für eine verdammte Waffe?«

»Du willst wissen, was Erion ist?«

»Ja!« So wie vieles andere, dachte Lachlan.

»Erion«, sagte Griffin feierlich, »ist die gefährlichste Waffe, die die Welt je gesehen hat. Ich rede von der echten Welt! Wer sie besitzt, hat die Möglichkeit, die größte Schwachstelle des Systems zu hacken. Du weißt, welche das ist.«

»Nein, erklär's mir.«

»Also gut. Hör zu«, sagte Griffin und begann zu erzählen. Lachlan hatte das Gefühl, zwei oder drei Minuten lang nicht zu atmen, denn dies war die unglaublichste Geschichte, die ihm je zu Ohren gekommen war.

»Das ist totaler Bullshit«, sagte Lachlan, nachdem Griffin geendet hatte. »Und mein Dad soll –«

»Er hat Erion erschaffen.«

Lachlan schüttelte den Kopf. »Aber – so was geht doch nicht. Das kann überhaupt nicht funktionieren.«

Aber andererseits: Hatte er nicht gerade einen Ausflug in Emils Gedächtnis unternommen? Wie hätte Griffin ihm diese Bilder sonst einflößen sollen – und wieso? »Warum sollte Dad so etwas programmieren? Ich kapier gar nichts mehr.«

»Ich glaube, du weißt sehr genau, dass es funktionieren kann«, entgegnete Griffin. »Und ich kann dir versichern, dass es klappt – dein Vater hat es ausprobiert.«

»Dad hat mit dir darüber gesprochen?« Die Vorstellung, dass sein Vater mit Griffin Kontakt gehabt haben könnte, stellte Lachlans Welt endgültig auf den Kopf.

»Ja«, sagte Griffin, »so kann man das sagen.«

»Du hast mir nie gesagt, dass du meinen Vater kennst«, sagte er. »Du wusstest die ganze Zeit, was er da im Keller macht, nicht wahr? Und wusstest du auch, dass Emil versuchen würde, mich zu entführen?«

Griffin schwieg, und hätte er keinen Schnabel gehabt, so hätte er vermutlich gegrinst, oder zumindest tat er das jetzt in Lachlans Vorstellung. Es machte ihn wütend. »Wieso hast du mir das alles nie erzählt? Und warum hast du mich nicht gewarnt? Wir haben doch jeden Tag –«

»Du warst noch nicht bereit«, sagte Griffin. »Und wie hätte ich dir jemals erklären sollen, was Erion ist, wenn du doch keinen Fuß nach Cronos setzen wolltest?«

»Du hättest mir erklären können, warum du wolltest, dass ich mich hier einlogge!«

»Lass uns das bereden«, fiel Griffin ihm ins Wort, »wenn wir dich gerettet haben.«

Lachlan zitterte. Er wollte Griffin für seine Geheimnistuerei bitterböse beleidigen, doch in diesem Moment verließ ihn der Mut. Vielleicht würde Griffin ihn nicht retten, wenn er zu frech wurde, und wie sollte er Emil dann entkommen? Er zog die Schultern nach vorne, niedergedrückt von all den ungeklärten Fragen.

»Da du nun also verstanden hast, was Erion so gefährlich macht«, sagte Griffin, »ist dir auch klar, warum Emil Erion nicht bekommen darf.« Lachlan rang sich ein Nicken ab.

»Kein Leben der Welt ist es wert, diesen Tausch einzugehen. Auch deines nicht. Und hier ist der Deal: Ich helfe dir freizukommen. Doch dafür bekomme ich Erion.«

»Aber ich habe Erion nicht«, sagte Lachlan dünn.

»Noch nicht«, erwiderte Griffin. »Ich werde dafür sorgen, dass du sie bekommst. Sobald wir uns einig sind.« Er hörte sich so selbstsicher an wie immer.

»Und wenn du sie bekommst, was hast du dann damit vor?« Lachlan ahnte es schon.

»Na, was wohl? Ich werde das tun, wozu dir der Mumm fehlt: unsere Revolution lostreten.«

Unsere Revolution, dachte Lachlan.

Er legte im Schoß die Handflächen aufeinander, Fingerkuppe auf Fingerkuppe, und senkte den Blick. Er hatte ja nur zwei Optionen: Griffin eine Absage erteilen und von Emil ermordet werden, oder in Griffins Deal einwilligen und mit seiner Hilfe entkommen. Ganz abgesehen davon, dass er keinen Schimmer hatte, wie er an Erion herankommen sollte, stellte sich die Frage: Was dann? Was würde nach seiner Rettung, nach seiner Heimkehr passieren? Alles wäre wieder wie vor der Entführung – nur ohne die Aussicht, dass er jemals mit Griffin untertauchen würde. Denn seine Mutter würde ihn an die Leine eines überambitionierten Bodyguards legen, und Griffin, das hatte Lachlan verstanden, war in diesem Moment dabei, ihn abzuschreiben. Wie sollte er unter solchen Bedingungen die Welt verändern, die Revolution herbeiführen, der META das Handwerk legen? Auch wenn sich Griffin eigenartig verhielt, so hatte Lachlan ihre nächtelangen Chats nicht vergessen. Neben Griffin kannte er keinen Menschen, der ihn in seinen Ansichten und Wünschen so voll und ganz verstand, der mit ihm am selben Strang zog, der so sehr dasselbe wollte wie er.

Lachlan erkannte, dass dies die einzige Chance war, die er jemals bekommen würde. Entweder er schloss sich Griffin jetzt an – oder er verabschiedete sich für immer. Untertauchen – das war es doch, was er ursprünglich vorgehabt hatte. Zusammen mit Zack, dachte er. Zack, der ihn in Cronos im Stich gelassen hatte. Zack, für den die Akademie die Welt bedeutete. Zack, der ihm so schrecklich nah und so entsetzlich fern war. Lachlan, der schon eine ganze Weile schwieg, biss in einem Anflug von Wut die Zähne zusammen. Er beruhigte sich rasch wieder, sammelte sich, atmete langsam aus.

»Tut mir leid«, sagte er entschieden. »Aber ich glaube, da habe ich eine bessere Idee.«

[18]

Zack starrte an die dunkelgraue Decke. Tageslicht durchwob die Vorhänge; vom Grad der Helligkeit ließ sich nicht auf die Uhrzeit schließen, es mochte Morgen sein oder auch später Nachmittag. Wieder klopfte es an der Tür.

»Warum hast du denn abgeschlossen, Zachary?«

»Ich komme«, sagte er hastig, riss sich die Kappe vom Kopf und stopfte den Cronos Cube unter das Bett, bevor er zur Tür stürzte und den Schlüssel drehte. Er fing an zu reden, bevor die Tür offen war. »Tut mir leid, ich konnte gestern nicht einschlafen, also habe ich abgeschlossen, ich ...«

»Ist doch kein Problem, Zachary. Wir machen eine schwierige Zeit durch«, sagte Persy sanftmütig und reichte ihm einen schmalen Stapel Klamotten. »Hier, ich habe deine Hose, dein Hemd und deine Krawatte gebügelt.«

Er nahm die Kleider entgegen und stammelte ein »Danke sehr«. Wie lange klopfte sie schon an die Tür? In diesem Moment plärrte sein Handy los: Die Freaking Picks schepperten durchs Zimmer. Er ging zum Handy und schaltete es aus, wobei er die Uhrzeit ablas.

Halb sieben.

»Zachary, hör zu«, begann Persy vorsichtig. »Ich weiß, was dir durch den Kopf geht. Aber es bringt niemandem etwas, wenn du heute zu Hause bleibst. Ich fände es besser, wenn du zur Arbeit gehen würdest. Du brauchst den Alltag jetzt. Du musst auf andere Gedanken kommen.«

Zack konnte sich nicht daran erinnern, je so erschöpft gewesen zu sein. Er wünschte, er hätte sich einfach ausstrecken und ein paar Stunden schlafen können. Doch er gab sich einen Ruck.

»Kann ich 'nen Kaffee haben?«

Als Persy weg war, schickte er sich an, die gebügelte Hose anzuziehen; am rechten Oberschenkel fiel ihm eine gerötete Stelle auf. Er befühlte sie mit den Fingern. Die Stelle war dick wie ein Wespenstich und tat weh. Hier musste Emils Betäubungspfeil in seine Haut eingedrungen sein. Anscheinend hatte sie sich entzündet.

Zacks Gedanken drehten sich um Lachlan, während er sich hastig anzog, hin- und hergerissen zwischen seiner Wut und einem schlechten Gewissen, das ihm Magenschmerzen bereitete. Er hätte einfach nicht die Beherrschung verlieren dürfen. Andererseits hatte Lachlan dazu beigetragen, oder? Es geschah ihm recht. Der Schreck darüber, dass er wirklich gegangen war und sich seinem Willen nicht wie üblich gebeugt hatte, würde Lachlan eine Lehre sein.

Mit weichen Knien stieg er die Treppe hinunter. Im Wohnzimmer herrschte eine merkwürdige Stimmung – nicht nur angespannt, denn das wäre angesichts Lachlans Entführung nicht verwunderlich gewesen. Oliver und Detective O'Connor saßen sich am Tisch gegenüber; Zack hatte den Eindruck, dass sie krampfhaft Blickkontakt vermieden. O'Connors Bewegungen wirkten steif, als er die Kaffeetasse an die Lippen führte, nur einen einzigen Schluck nahm und die Tasse wieder abstellte. Oliver rührte seinen Kaffee nicht an, sondern starrte ins Leere, wobei er Zack ein bisschen an Lachlan erinnerte.

Die Psychologin war noch nicht da, oder Persy war sie endlich losgeworden. Sie kam aus der Küche und reichte Zack ebenfalls eine Tasse, wobei sie sagte: »O'Connor war heute Nacht im Keller, jedenfalls laut Oliver. Er behauptet, er habe ganz deutlich gesehen, wie oben die Tür zuging, als er von unten heraufkam. Aber der Detective besteht darauf, nichts davon zu wissen. – O Schatz, so kannst du doch nicht aus dem Haus gehen.« Und sie begann, an seiner Krawatte herumzuzupfen.

Sobald sie den Keller erwähnt hatte, konzentrierte sich Zack auf sein Gesicht: Er durfte sich weder durch ein Zwinkern noch durch eine erschrockene Miene oder rote Ohren verraten. Keine leichte Aufgabe, denn O'Connor beobachtete ihn genau. »Zachary, waren Sie heute Nacht im Keller?«, fragte er so laut, dass alle im Wohnzimmer es hören konnten. Es war Zack peinlich, dass O'Connor dabei zusehen konnte, wie Persy ihm die Krawatte richtete.

»Cosimo, würden Sie bitte –«

»Ist schon gut, Mrs. Abercromby. Ich war nicht im Keller, Mr. O'Connor«, sagte Zack nachdrücklich. Er konnte nicht verhindern, dass ihm die Ohren rot anliefen.

O'Connor betrachtete ihn schweigend.

»Wir sind alle mit den Nerven am Ende. Da sieht man schon mal Gespenster«, sagte Persy. Sie lächelte ihn an, als sie seine Krawatte mit der Hand glatt strich, als wollte sie ihm sagen, dass er fantastisch aussehe.

»Er müsste doch nur zugeben, dass er einen kurzen Blick in den Keller geworfen hat«, sagte Oliver. »Ich habe ganz genau gesehen, wie die Tür zugegangen ist. Und der Detective war im Zimmer nebenan.«

»Warum sollte ich das geheim halten?«, fragte O'Connor pikiert. »Das ist lächerlich.«

»Vielleicht wollten Sie sich eine Flasche Gallagher holen. Keiner würde sich die Gelegenheit durch die Lappen gehen lassen – wir haben Flaschen im Keller, die älter sind als Sie. Vermutlich waren Sie zu feige, meine Frau zu fragen, und dachten, Sie bedienen sich einfach selbst.«

»Lächerlich!«

»Mrs. Abercromby, ich breche auf«, sagte Zack. O'Connor ließ ihn nicht aus den Augen.

»Ich könnte dich fahren«, schlug Persy vor.

»Nein, Sie müssen hierbleiben. Falls sich die Entführer melden – rufen Sie mich bitte an, ja?«

Sie versprach es ihm, brachte ihn zur Tür, sah zu, wie er sich die guten Schuhe anzog, strich eine Falte seines Regenparkas glatt und küsste ihn auf die Wange.

»Hi, Phil, war alles ruhig?«

»Ich bin fast eingeschlafen, Mann«, sagte sein Kollege von der Nachtschicht, als sie sich im Eingangsbereich trafen. Er stutzte und sagte mit gedämpfter Stimme: »Alter, du siehst echt scheiße aus. Alles klar bei dir?«

Zack war enttäuscht; er hatte gehofft, ihm würde der Stress nicht anzusehen sein. Er hatte sich bei den Abercrombys sehr gründlich gewaschen. »Jaa, keine Sorge.«

Phil wartete an der Treppe, während Zack seinen Parka im Spind verstaute und durch das Restaurant ging, um nachzusehen, ob alles in Ordnung war. Phil war wie immer sehr gewissenhaft gewesen: keine Spur von Junkies, Obdachlosen und eingeschlafenen Gästen. Als er die Toiletten kontrollierte, fiel sein Blick in den Spiegel. Phil hatte kein bisschen übertrieben: Er wirkte übermüdet, hatte Augenringe und sein Haar war zerzaust, obwohl er sich ziemlich viel Mühe gegeben hatte, es zu stylen.

Phil ließ sich schriftlich bestätigen, dass Zack den Laden sauber übernommen hatte. »Ciao, und lass das nicht Maddox sehen.« Er deutete auf Zacks Gesicht.

Zack war heilfroh, dass er Maddox nur dienstags sah, zur Lagebesprechung in der Firma. Er hängte die Daumen in die Hosentaschen, bemühte sich um eine aufmerksame Miene und begann seinen Dienst. Zum Glück war die Frühschicht in der Regel eher ruhig.

Als die ersten Gäste kamen, wischten seine Augen über ihre Gesichter. Normalerweise hätte er angefangen, sie sich einzuprägen, doch heute waren sie wie Phantome, schattenhaft glitten sie durch sein Bewusstsein und lösten sich auf, sobald sie sein Gesichtsfeld verließen. Er erwischte sich dabei, wie er auf einen klebrigen Fleck am Boden glotzte, während seine Gedanken in Cronos waren. Was Lachlan wohl gerade tat? Ob Hideki sich inzwischen doch mit der Software gemeldet hatte? Wie irre war es überhaupt, dass er tatenlos hier herumstand, während Lachlan durch die Hölle ging?

»Entschuldigung«, sprach ihn ein Mann an. Er hatte den

harten, unmelodischen Akzent eines Deutschen. »Hätten Sie einen Hochstuhl für uns?«

Der Mann hielt einen am Daumen lutschenden Jungen auf dem Arm. Er gehörte zu einer Familie mit drei Kindern; zwei Mädchen im Grundschulalter und eine Frau, die vermutlich ihre Mutter war, beluden einen Tisch mit Tabletts voll Burgerschachteln, Bergen von Pommes frites, Jumbobechern mit klebrig-süßen Getränken und in Tüten verpacktem Plastikspielzeug. Zack holte den Hochstuhl aus der Ecke hinter der Treppe und trug ihn zum Tisch. Der Mann hob seinen Sohn hinein, der mit großen Kulleraugen zu Zack aufsah. Mit einem feuchten *Plopp* zog er den Daumen aus dem Mund und sagte etwas auf Deutsch. Die Mädchen warfen einen Blick auf Zacks rote Haare und kicherten los.

»Kann ich noch etwas für Sie tun?«, fragte Zack.

»Danke«, sagte der Mann.

Die Familie veranstaltete einen Heidenlärm. Die Schwestern fingen an, sich zu streiten; sie zogen an zwei Enden eines rosafarbenen Glitzereinhorns, während das andere Einhorn, ein gelbes, mit dem Kopf in einer Ketchuplache lag. Der Junge begann zu plärren, und weil es weder Vater noch Mutter schafften, die Kinder zum Schweigen zu bringen, begannen sie einander zu beschimpfen. Zack hatte schreckliche Kopfschmerzen.

Gegen zehn Uhr rief Persy auf dem Handy an. »Ist alles okay bei dir, Zachary?«

»Ja, machen Sie sich keine Gedanken, Mrs. Abercromby«, sagte Zack. Im Hintergrund begann der kleine Junge hysterisch zu kreischen. Sein rundes, tränenverschmiertes Gesicht war knallrot, sein Mund aufgesperrt.

»O'Connor wollte nicht, dass ich es dir sage, aber wie es aussieht, haben sie einen der Entführer«, flüsterte Persy. Er presste sich das Handy fester ans Ohr. »Er konnte geortet werden, wegen seiner Stiefel –«

»Sorry – sind Sie – hallo?« Ein Mädchen tippte ihn an.

»Ich rufe zurück, Mrs. Abercromby«, sagte er und legte schnell auf. Es interessierte ihn brennend, was Persy zu erzählen hatte, aber er würde seinen Job verlieren, wenn er eine Kundin stehen ließ, um privat zu telefonieren.

»Könnten Sie mal kurz kommen? D-Da liegt jemand auf der Toilette«, sagte das Mädchen.

Der kleine Junge kreischte noch lauter.

Zack sprang zwei Stufen auf einmal nehmend ins Obergeschoss. Eine dünne Menschentraube hatte sich um die Damentoilette gebildet; die Leute wichen auseinander, als er sich näherte. Sein Herz begann zu flattern und die Zeit sich zu dehnen, ohne dass er genau wusste, warum … etwas Furchtbares war passiert, das wusste er. Es lag knisternd in der Luft, wie die ionisierte Atmosphäre kurz vor einem Gewitter. Er betrat die Toilette, ging an den Kabinen vorbei zur letzten Tür, die etwas weiter offen stand als die anderen.

Eine junge Frau lag seltsam verdreht zwischen Klo und Kabinenwand, gelb im Gesicht, offensichtlich bewusstlos. Sie war nur Haut und Knochen. In ihrer linken Armbeuge steckte eine Spritze. Sie ist tot, war Zacks erster Gedanke.

Er ging in die Knie und hob ihr zerbrechlich dünnes

Handgelenk auf. Spürte er da einen Puls unter der Daumenkuppe? Sicher war er nicht. Vielleicht war es auch nur sein eigener. Was sollte er tun? Die Spritze herausziehen? Nein. Am besten rührte er sie nicht weiter an.

»Ich hab die Tür aufgebrochen, weil ihr Fuß rausschaute und sie nicht antwortete«, sagte eine Frau.

»Gut gemacht«, sagte Zack. Wenn er auch nur den Hauch einer Chance hatte, seinen Job zu behalten, dann musste er sie nutzen, indem er jetzt alles richtig machte. Er legte das Handgelenk des Mädchens vorsichtig auf den Boden, fragte, ob unter den Anwesenden ein Arzt sei, und als niemand antwortete, schickte er einen Jungen zu Lynn, der Restaurantleiterin. Doch sie war bereits aufmerksam geworden und tauchte in der Toilette auf.

»Oh mein Gott«, hauchte sie. »Hat schon jemand einen Krankenwagen gerufen? – Worauf wartest du dann noch?«

Zehn Minuten später stand der Rettungswagen vor dem Restaurant. Ein Notarzt und zwei Sanitäter versorgten das Mädchen in der Damentoilette, befreiten es vorsichtig von der Spritze und betteten es auf eine Liege. Als sie an Zack vorbeikamen, der wieder unten an der Treppe stand und darauf achtete, dass niemand hinaufging, fiel sein Blick auf ihr Gesicht, und plötzlich wusste er, dass er sie kannte. Sie war schon einmal hier gewesen, vor ein paar Tagen erst. Hatte sie nicht nach oben gehen wollen und ihn um fünfzig Cent angebettelt? Er hatte sie weggeschickt, seine Pflicht. Hatte sie sich heute an ihm rächen wollen?

Ein Mann in Turnschuhen schlenderte mit Stift und Block auf ihn zu. »Damien Hayes, Irish Independent, könnten Sie mir erklären, was hier passiert ist, Mr. …« – er warf einen Blick auf Zacks Namensschild – »Murray?«

»Ich gebe keine Auskünfte«, sagte Zack, während sich Hayes schon seinen Namen notierte. Zack spürte, wie ihm heiß wurde. Konnte es noch schlimmer kommen? Würde er jetzt auch noch in den News auftauchen?

»Wieso nicht? Hier ist alles voller Menschen, und alle sehen, was gerade passiert, also sagen Sie mir doch, wie es dazu gekommen ist. Es heißt, Sie hätten die Frau gefunden. Auf der Damentoilette. Hatte sie Drogen genommen?«

Das stimmte nicht mal. »Lassen Sie mich –«

»Ist das schon häufiger passiert?«

»Nein, aber –«

»Also erst, seit Sie hier arbeiten?«

»Hören Sie schlecht?«

Es war nicht Zack, der den Reporter so anblaffte, sondern ein schlanker, solariumgebräunter Mann, der wie aus dem Nichts neben Zack auftauchte. »Wenn Sie Auskünfte wollen, wenden Sie sich an die Restaurantleitung. Einen schönen Tag noch, Mr. Hayes«, sagte der Mann mit schneidender Stimme. Zack drehte sich zu der Stimme um. Er brachte nicht einmal ein leises Hallo heraus. Dass Maddox persönlich hier war, hatte nichts Gutes zu bedeuten. Zack wünschte sich, der Reporter wäre bei ihnen geblieben.

Sein Chef war eine breitschultrige, gut gekleidete Erscheinung mit markantem Gesicht und grenzenlosem Selbstvertrauen. Er musterte Zack von Kopf bis Fuß und fragte ruhig: »Hast du schon mit der Polizei gesprochen?«

»Nein.«

»Dann wollen sie auch nichts von dir. Zeit genug hatten sie. Komm, ich fahre dich nach Hause.«

»Nach Hause, Mr. Maddox? Aber meine Schicht ist noch lange nicht zu Ende.«

Maddox winkte ab. »Darüber reden wir im Auto. Paul übernimmt deine Schicht.«

Er deutete mit einem Nicken auf einen strammen Mittvierziger, der behutsam auf Lynn einredete. Paul machte normalerweise die Spätschichten – aus Prinzip, er war ein Nachtmensch wie Phil; ihn bei Tageslicht zu sehen, fühlte sich sonderbar an. Lynn funkelte Zack über die Straße hinweg an, als wollte sie ihm am liebsten den Hals umdrehen. Polizei, Krankenwagen, Journalisten, Drogenskandale – all das waren Fragmente ihres schlimmsten Alptraums. Schlechte Publicity. Die Anspannung ließ Zacks Fantasie Amok laufen: Überall in Dublin würde man das Wort ›Heroin‹ im selben Atemzug mit ›Mister Hero‹ nennen, und jedes Mal, wenn die Leute durch die O'Connell Street kämen, würden sie einander zuraunen: »Sieh mal, da haben sie das Mädchen gefunden.« Vermutlich würde Lynn SecuGuard verklagen und Maddox wiederum würde Schadenersatz von ihm fordern. Noch ein Gedanke, der Zack die Brust zuschnürte.

»Komm mit«, sagte Maddox. Es hätte gepasst, hätte er noch hinzugefügt: »Hier gibt es für dich nichts mehr zu tun.«

Zack schlich ihm hinterher, den Kopf eingezogen. Er sank auf den Beifahrersitz wie auf eine Anklagebank, was ihn an die Nachmittage im Büro des Schulleiters erinnerte, an die Stühle, auf denen er hatte warten müssen, bis Persy ihn abholen kam, an die Stille, das Ticken der Uhr, das vertraute Stühlerücken, das durch die Decke drang, und das Geräusch plappernder Schüler in der Ferne. Und dann Persys Enttäuschung, ihr ins Gesicht geschrieben wie auf ein Blatt Papier. Maddox startete den Motor und ordnete sich in den Verkehr ein. Der Krankenwagen mit dem Mädchen brauste mit jaulenden Sirenen über die O'Connell Bridge davon; Maddox fuhr ihm hinterher, bog dann aber in die Uferstraße ein. Sie kamen an der Gasse vorbei, in der alles begonnen hatte, an der Hausecke sogar, an der sich die jungen Leute geprügelt hatten, woraufhin die Flasche zersprungen und die Drohne aufgetaucht war.

»Könnten Sie mich bitte nach Chapelizod fahren?«

Maddox hatte nichts dagegen. »Du siehst ziemlich mitgenommen aus«, stellte er fest, beiläufig.

Sie folgten dem Verlauf der Liffey nach Westen.

»Es tut mir leid«, sagte Zack.

»Was war heute los mit dir?«

»Ich war nicht ganz bei der Sache. Ich – ich habe das nicht gewollt. Ich war immer total vorsichtig. Mir ist das noch nie passiert, wirklich, ich …«

Er kniff die Lippen zusammen und hielt die Luft an. Nicht einmal nach Lachlans Entführung hatte er sich so hilflos gefühlt. Die Akademie konnte er vergessen – obwohl sich Maddox so freundlich gab, konnte Zack seine Enttäuschung spüren, so wie damals die von Persy.

Er wusste ganz genau, dass Maddox gegen seine Prinzipien gehandelt hatte, als er ihn eingestellt hatte. Er hatte ihn für einen vielversprechenden Mitarbeiter gehalten, obwohl Zack erst neunzehn war, gerade mal im letzten Jahrgang, kurz vor den Abschlussprüfungen, noch nicht ganz, aber fast ein Schulabsolvent, sonst nichts. Im Sicherheitsgewerbe gab es nach unten hin eine Altersgrenze, und die lag bei zweiundzwanzig. Und doch waren die Berufseinsteiger normalerweise deutlich älter und erfahrener, denn die waren vorher Soldaten und Polizisten gewesen, die ihren Dienst quittiert hatten und nun eine vergleichbare, besser bezahlte Anstellung in einem privaten Betrieb suchten. Maddox ging nicht leichtfertig Risiken ein; das gehörte zu seinem Beruf und war Teil seiner Persönlichkeit. Trotzdem hatte er Zack engagiert. Weil er sich absolut sicher gewesen war, dass er brillant sein würde.

»Warum warst du nicht bei der Sache?«, wollte Maddox wissen, als sie an einer Ampel hielten. Zack zögerte: Wenn er die Wahrheit sagte, würde Maddox ihn fragen, warum er sich nicht sofort gemeldet habe, am Sonntagmorgen schon, kurz nachdem es passiert war. Dann jedoch kam ihm ein anderer Gedanke: Was hatte er denn noch zu verlieren?

»Mein bester Freund ist entführt worden«, sagte Zack, ohne sich länger mit Grübeln aufzuhalten.

»Wie bitte?«, fragte Maddox.

»Lachlan. Man hat ihn entführt.«

Die Ampel sprang auf Grün, aber Maddox machte keine Anstalten, den Fuß von der Bremse zu nehmen. Sofort brach ein Hupkonzert hinter ihnen aus.

»Wann?«

»In der Nacht auf Sonntag.«

»Und dann kommst du zur Arbeit, Zachary?«

Ein Kloß, so groß wie eine Faust, steckte in Zacks Kehle; hätte er doch bloß nichts gesagt. Maddox nahm den Fuß von der Bremse und fuhr weiter.

»Wissen sie schon, wo er ist?«, fragte Maddox.

Zack schüttelte den Kopf.

»Ist die Polizei informiert?«

Zack nickte. Maddox atmete durch. »Zachary, wie kannst du nur so unvernünftig sein? Wenn du weißt, dass du nicht fähig sein wirst, auf diesen Laden aufzupassen, dann darfst du doch nicht da auftauchen! Ich habe dich eingestellt, weil du pflichtbewusst bist, weil ich mich auf dich verlassen kann, wieso machst du …«

»Ich wusste nicht mehr, was ich tue«, brach es aus Zack heraus. »Sie verstehen das nicht, Sie –«

»Nein, das tu ich in der Tat nicht.« Maddox schüttelte erneut, diesmal strenger, den Kopf und drückte das Gaspedal durch. »Zachary – du brauchst nicht wiederzukommen.«

Vielleicht hätte er versuchen sollen, Maddox von seiner Verlässlichkeit zu überzeugen, mit »Das war ein einmaliger Fehler«, »Ich versichere Ihnen, das kommt nie wieder vor« oder etwas in der Art. Aber sein Kopf war leer, er wollte nur weg von Maddox und seiner dumpfen Enttäuschung, weg von den Trümmern, in die seine Zukunft zusammengefallen war. Er sagte Maddox nicht Auf Wiedersehen, als er aus dem Wagen stieg.

Eine Polizistin und ihr Kollege folgten ihm aus dem Garten ins Haus, wo ihm O'Connor aus dem Wohnzimmer entgegenkam, als hätte er auf ihn gewartet. Zack dachte an sein Handy und Zorn kochte in ihm hoch. Wie lange spionierte O'Connor ihm schon nach? Persy tauchte direkt hinter ihm auf, aber anders als der Detective sah sie nicht so aus, als hätte sie mit ihm gerechnet. Zack hatte sich noch nicht einmal die Jacke ausgezogen, da standen bereits vier Menschen um ihn herum. Er wollte seine Ruhe.

Sie redeten gleichzeitig.

»Zachary? Warum bist du –«

»Zachary, kommen Sie bitte sofort zu mir ins Wohnzimmer.« Das war Detective O'Connor.

»Ich werde dabei sein!« Persy.

»Tun Sie, was Sie nicht lassen können.«

»Ich habe Ihnen alles gesagt, was ich weiß«, sagte Zack, während er sich die Schuhe abstreifte.

»Das bezweifle ich. Sie werden mir noch ein paar Fragen beantworten«, sagte O'Connor. Zack sah zu den beiden Polizisten, die vor der Tür standen, wie gewappnet für den Fall, dass er fliehen wollte. Persy berührte ihn am Arm. Er wollte sie abschütteln und schreien, einfach schreien, aus voller Kehle, minutenlang, wie ein Verrückter, doch er riss sich zusammen und folgte O'Connor mit steifem Nacken. Was wollte O'Connor noch von ihm? Hatte er ihn über das Handy belauscht und mitgehört, was passiert war? Wollte er ihm jetzt aus der Sache mit dem Mädchen einen Strick drehen? Ihm wurde schwindelig, als ihm ein anderer Gedanke kam. Womöglich war O'Connor in seinem Zimmer gewesen und hatte den Cube gefunden. Er hätte ihn besser verstecken sollen … wenn er ihn gefunden hatte, würde er nicht mehr nach Cronos zurückkehren können; Persy, die Cronos über alles hasste, würde das verhindern …

»Sie haben die beiden«, flüsterte Persy Zack eindringlich zu, »sie haben Lachlans Entführer, Zachary! Szymon Nowak und Sylwester – wie hieß er noch?«

»Petrovics«, sagte O'Connor laut, denn er hatte ihr Flüstern klar und deutlich gehört. »Die HF-Drohnen haben Petrovics' Stiefel geortet, kurz nachdem er sich heute Morgen gemeldet hatte, um die Bedingungen für die Lösegeldübergabe durchzugeben.« O'Connor warf sich aufs Ledersofa und schlug den Fuß aufs linke Knie. Emil ploppte Zack ins Gedächtnis, wie er in dem geblümten Sessel saß, den Fuß genauso aufs Knie gelegt. Er starrte O'Connor an.

»Wollen Sie gar nicht wissen, ob wir auch Lachlan gefunden haben?« Der Detective hörte sich unendlich gelangweilt an.

»Wenn Sie das hätten, wäre er hier, oder?«

»Gut möglich. Ich dachte nur, Sie würden sich vielleicht nach ihm erkundigen.«

»Ich warte auf Ihre offenen Fragen.«

»Sie wussten von dem RFID-Chip in den Sohlen von Petrovics' neuen Stiefeln, Zachary, und da Petrovics nicht gewarnt wurde, habe ich zumindest keine Veranlassung zu der Vermutung, dass Sie in den letzten vierundzwanzig Stunden mit ihm in Kontakt standen«, sagte O'Connor. »Aber Petrovics hat uns etwas Interessantes erzählt …«

Er weiß von Emil, durchzuckte es Zack.

»Ich hatte recht: Es gibt einen Dritten«, sagte O'Connor, und dabei behielt er Zack ganz genau im Auge. »Die beiden Ganoven« – er benutzte dieses altmodische Wort tatsächlich – »behaupten steif und fest, sie hätten ihn noch nie gesehen. Sie sagen, sie hätten ihn nur in Cronos getroffen, wo er eine Maske getragen habe, und nachdem alle Abmachungen getroffen worden seien, habe er ihnen eine stattliche Anzahlung überwiesen. Wir arbeiten gerade daran, den Besitzer des Kontos zu ermitteln.« Er runzelte die Stirn. »Zachary, warum habe ich den Eindruck, dass Sie nicht überrascht sind?«

»Weil Sie ein verrückter Idiot sind?«

»Zachary!«, entfuhr es Persy.

»Wussten Sie davon, Zachary?«, fragte O'Connor jetzt in aller Deutlichkeit.

»Nein.«

»Sie lügen.«

»Tu ich nicht.«

»Sie haben mit ihm telefoniert.« Keine Frage, sondern eine Feststellung.

»Wie kommen Sie darauf?« Zack bemerkte zu spät, dass seine Stimme zitterte.

»Sie haben mit Lachlan telefoniert – oder mit jemandem, der sein Handy hatte. Das war, nachdem er entführt worden war. Können Sie mir das erklären?«

»Ich habe nicht …«

»Wir kennen Ihre Verbindungsdaten, Zachary. Das wissen Sie doch. Wir speichern alles.« Er zog einen bekritzelten Spiralblock hervor und las vor. »Eingehender Anruf, Sonntag, dreiundzwanzigster Juni, morgens um sechs Uhr vierundzwanzig, Lachlan Abercromby. Eingehender Anruf,

Sonntag, immer noch dreiundzwanzigster Juni, morgens um sieben Uhr sieben, Lachlan Abercromby.«

»Ich weiß nicht, wie es dazu gekommen ist.«

»Das erste Gespräch führten Sie auf der Toilette in diesem Haus, es dauerte zweiundvierzig Sekunden. Ich kann mich sogar noch daran erinnern, wie Sie an mir vorbeigegangen sind. Das zweite Gespräch führten Sie im Wohnsilo von Kilmainham, es dauerte fünf Minuten und siebenunddreißig Sekunden. Erklären Sie mir das, Zachary. Wer hat Sie angerufen? Warum waren Sie wirklich im Wohnsilo?«

»Ich weiß nicht, was Sie meinen.«

O'Connor verlor zunehmend die Fassung. Er lehnte sich vor. »Wir haben es Schwarz auf Weiß, rücken Sie endlich mit der Sprache heraus, Murray!«

»Ich weiß es nicht!«, rief Zack.

»Wie ist sein Name?«

»Woher soll ich das wissen?«

O'Connors Wangen bekamen unregelmäßige rote Flecken. »Sie haben mit dem Dritten telefoniert. Sie hatten ihn sogar schon im Park getroffen. Er hat Sie ausgeschaltet.« Der Detective zog ein Foto hervor und schleuderte es auf die Tischplatte, so wie Emil die letzte Karte aus der Truhe zu Boden geschleudert hatte. Das Foto rotierte und schlitterte über das Glas, ehe es genau so liegen blieb, dass Zack sehen konnte, was das Foto abbildete. Eine Spritze mit sehr langer Kanüle in einer Plastiktüte. Wo sich bei gewöhnlichen Spritzen der Kolben befand, hatte sie einen Besen.

»Das hier dürfte Sie interessieren. Wir haben es im Park gefunden. Eine stabilisierte Leichtspritze aus elastischem

Kunststoff, geeignet für Mehrschuss-Betäubungspistolen. Wir haben im Kolben Spuren eines synthetischen Morphinderivats gefunden. Kommt Ihnen das vielleicht bekannt vor, Zachary?«

»Nein«, sagte Zack laut.

»Das ist sehr merkwürdig. Denn unsere Forensiker fanden Spuren Ihres Bluts an der Nadel«, sagte O'Connor. Persy, die davon wohl noch nichts gewusst hatte, öffnete den Mund, ohne etwas zu sagen. Der Detective machte eine auffordernde Handbewegung. »Nun, Zachary?«

Zack schüttelte den Kopf. Er durfte nichts sagen. Emil würde Lachlan umlegen.

»Ich weiß nichts darüber.«

Aber O'Connor gab nicht auf. »Petrovics und Nowak hatten noch eine andere interessante Information für uns. Sie sagten, sie hätten Lachlan im Park angetroffen – aber allein. Sie waren gar nicht da. Es hat keinen Kampf gegeben.«

»Doch, den gab es, er hat mich am Kopf –«

»Wieso haben Sie dann keine Wunde?«

Zack, restlos entwaffnet, konnte ihm die Frage nicht beantworten. Er hatte doch die ganze Zeit geahnt, dass er etwas vergessen hatte, etwas übersehen.

»Ziehen Sie Ihre Hose aus.«

»Mr. O'Connor, lassen Sie ihn doch –«

»Ruhe!«, schnauzte O'Connor Persy an. »Ich weiß, dass er uns etwas verheimlicht, ich will sehen, ob er eine Verletzung hat, der Pfeil hat ihn getroffen, darauf verwette ich meine Dienstmarke! Bei den Beinen fangen wir an.«

Zack dachte an die entzündete Stelle am Oberschenkel,

die er heute Morgen beim Anziehen entdeckt hatte. Wenn O'Connor sie zu sehen bekam, würde es keine Ausrede mehr geben, die er vorbringen konnte, ohne sich lächerlich zu machen. Dann wäre er endgültig geliefert.

»Jetzt mal ganz langsam, Detective«, herrschte Persy O'Connor an, »sehen Sie ihn sich doch an, er ist völlig fertig!« Sie drehte sich zu ihm um. »Zachary, warum bist du schon zu Hause? Du wolltest doch zur Arbeit.«

Aber Zack hörte sie nicht; in seinem Kopf tobte ein Tornado, und genauso sinnlos, wie in einem Tornado auf einem Haus zu sitzen und Dachziegel festzuhalten, war sein Versuch, seine Gedanken zu ordnen. Wenn O'Connor die wespenstichdicke Stelle fand, würde er ihn mit Sicherheit festnehmen und zum Verhör ins Hauptquartier der Polizei bringen.

»Zachary?«

Zack stürzte aus dem Wohnzimmer. O'Connor bellte etwas und die Polizistin, die an der Zimmertür Wache stand, packte ihn am Oberarm, als er an ihr vorbeilaufen wollte. Er schlug nach ihr, was einen lauten, entsetzen Schrei nach sich zog, nicht aus dem Mund der Polizistin, sondern aus Persys Mund, und er wollte sich losreißen, doch die Frau verdrehte ihm den Arm. Sie war stark und der rasende Schmerz in der Schulter brachte Zack wieder zur Besinnung.

»Ich will nur in mein Zimmer!«, rief er.

»Lassen Sie ihn los!«, fauchte Persy.

»FESTHALTEN!«, brüllte O'Connor.

»Bitte – ich will nur in mein Zimmer!«, schrie Zack.

»Ziehen Sie Ihre Hose aus!«

»Nein!«

»Lassen Sie ihn dann in Ruhe?« Persy, die Verräterin.

»ICH WERDE MEINE HOSE NICHT –«

»Ja, wenn wir nichts finden –«

»– LASST MICH –«

Es brachte alles nichts. Zack wehrte sich mit Händen und Füßen, als sie ihn zurück ins Wohnzimmer bugsierten, und riss sich erst zusammen, als O'Connor ihm rechtliche Konsequenzen androhte. Persy sagte, er solle O'Connor doch einfach den Gefallen tun, damit er endlich Ruhe gebe, und dann wurden sie und die an der Lippe blutende Polizistin vor die Tür geschickt, während der Detective und sein Kollege, der Zack jetzt festhielt, zurückblieben.

Halb wahnsinnig vor Angst öffnete Zack Knopf und Reißverschluss, wobei er so sehr zitterte, dass er den Knopf kaum zu fassen bekam, und ließ hastig die Hose herunter. Er streifte sie ab und richtete sich auf. Der Detective ging um ihn herum und strich ihm mit den Augen über die Beine, was Zack körperlich zu spüren meinte, als liefe ihm eine Spinne über die Haut. Wilde Ideen spukten ihm durch den Kopf; wie er dem Polizisten mit der Faust ins Gesicht schlug und über die Terrasse flüchtete; wie er sich über den Tisch warf und mit einem Glas, das dort stand, nach O'Connor warf; wie er O'Connor erzählte, eine Wespe hätte ihn gestochen, und der Detective ihn lauthals auslachte …

O'Connor trat einen Schritt um ihn herum. Gleich würde er die Stelle auf dem rechten Oberschenkel sehen, es war so unvermeidlich, dass Zack ihn auch darauf hätte hinweisen können. Dumm, dass ihm das jetzt erst einfiel; wäre er nur kooperativer gewesen, man hätte ihm das womöglich angerechnet. Er spürte, wie ihm Schweiß auf die Stirn trat, kalt und perlend, er schlotterte, und der Polizist verstärkte seinen Griff zur Sicherheit. O'Connor ging noch einen Schritt weiter. Jetzt sah er die Stelle. Alles in Zack verkrampfte sich. Der Detective sagte kein Wort, nicht einmal »Aha!« oder wenigstens »Oh«. Er kam näher, verharrte mit der Nase vor der entzündeten Stelle, schweigend. Zack fragte sich, ob er mit der Geschichte vom Wespenstich herausbrechen sollte, aber die Angst schnürte ihm den Hals zu.

O'Connor richtete sich langsam wieder auf. Ein paar Sekunden lang sah er Zack einfach nur an.

»Ziehen Sie sich wieder an, Zachary, und schlafen Sie sich aus«, sagte er freundlich, ging hinaus auf die Terrasse und zündete sich eine Zigarette an.

Zack löste sich aus dem Griff des Polizisten und streifte sich in aller Eile die Hose über, wobei er sich einen flüchtigen Blick auf den Oberschenkel nicht verkneifen konnte. Die Einstichstelle war genauso rot und dick wie am Morgen. War es nicht genau das, was der Detective gesucht hatte? Das ergab alles keinen Sinn; aber er würde der Letzte sein, der O'Connor darauf hinwies. Er vermied es, dem Polizisten ins Gesicht zu sehen, und hastete aus dem Wohnzimmer.

Was hatte das zu bedeuten? O'Connor hatte doch angekündigt, er werde ihn nicht in Ruhe lassen, wenn er an seinen Beinen etwas fände. Und jetzt schickte er ihn ins Bett. Damit er sich ausschlafen konnte, bevor es in den Knast ging? Zacks Hände waren von Schweiß überzogen.

Persy begleitete ihn nach oben. Es wäre ihm lieber gewesen, wenn sie das nicht getan hätte. Aber natürlich wollte sie wissen, was passiert war, und natürlich würde sie dann darüber reden wollen, und natürlich konnte sie ihn nicht einfach in Frieden lassen.

»Wieso bist du schon zu Hause, Zachary?«, fragte sie, als sie sein Zimmer betraten.

»Weil ich gefeuert worden bin.«

Aus irgendeinem Grund freute es ihn, dass sie entsetzt war. »Aber was redest du denn da?«

»Ich habe einen Junkie übersehen. Ein Mädchen. Sie hat sich auf dem Klo 'nen Schuss gesetzt.«

»Um Gottes Willen, Zachary –«

»LASSEN SIE MICH!«

Sie zog die Hand zurück, mit der sie ihn hatte berühren wollen. Ihr erschrockenes Gesicht tat Zack überhaupt nicht leid. Er tigerte zwischen dem Bett und der Wand hin und her, die Fäuste öffnend und schließend, während die Schauspieler auf den Filmpostern anklagend auf ihn herabschauten. Er wollte explodieren und etwas zerstören … er hatte seinen Job verloren … seine Chancen auf die Akademie … O'Connor verdächtigte ihn … Lachlan brauchte ihn nur, solange er nach seiner Pfeife tanzte … und Persy war schon wieder von ihm enttäuscht.

Der ganze Frust, die unterdrückte Enttäuschung, die Anstrengung, die es ihn kostete, den Druck der Entführung und der Geheimhaltung auszuhalten, die kreischende Wut in seinem Bauch, alles brach aus ihm heraus. Er sprang auf das Bett und riss das Poster eines Sci-Fi-Films herunter, auf dem das hübsche Gesicht Lili Yokohamas abgebildet war, seiner Lieblingsschauspielerin. Er zerfetzte es in der Luft, zerknüllte es und warf es zu Boden.

»Zachary, hör doch –«

Aber er konnte es nicht mehr aufhalten. Er war wie ein Schnellzug, der mit kaputten Bremsen auf eine Schlucht zuraste. Er hörte sich brüllen.

»DAS HABEN SIE DOCH IMMER ÜBER MICH GEDACHT! DASS ICH EIN VERSAGER BIN!«

»Rede nicht so mit mir, Zachary«, sagte Persy streng.

Er riss noch ein Poster herunter, zerknüllte es, trat dagegen, und als es nicht richtig fliegen wollte, trat er gegen das Kissen, das durchs Zimmer schoss und Persy nur knapp verfehlte.

»SIE HALTEN ÜBERHAUPT NICHTS VON MIR!«

»Doch, das tue ich.«

»SIE NEHMEN MICH NICHT ERNST, SIE HABEN MICH NOCH NIE ERNST GENOMMEN. INSGEHEIM FREUEN SIE SICH DARÜBER, DASS ICH MEINEN JOB VERLOREN HABE, GEBEN SIE ES ZU!«

»Das stimmt nicht, Zachary, hör auf –«

»SIE SIND EINE SCHEINHEILIGE LÜGNERIN!«

»*Zachary, ich* –«

»SIE HABEN IMMER GESAGT, ICH SOLLE MICH UNTER KONTROLLE BRINGEN, ABER ICH HATTE MICH NIE UNTER KONTROLLE, ICH WAR IMMER UNVERNÜNFTIG, ICH BIN EIN VERSAGER, SIE HABEN MICH NUR AUS MITLEID HIER WOHNEN LASSEN, SIE WOLLTEN NUR –«

Sie verpasste ihm eine Ohrfeige, die Zack sofort verstummen ließ. Hochrot stand er vor ihr, beide Hände zu Fäusten geballt. Seine linke Wange brannte.

Was tat er hier?

Die Kräfte verließen ihn schlagartig und fast gleichzeitig kamen die Tränen. Wenn er Persy je einen Grund gegeben hatte, zu denken, dass er ein Versager war, dann spätestens jetzt. Er sank auf die Bettkante und verbarg sein Gesicht, damit sie seine Tränen nicht sah.

»Du bist ein großartiger Mensch, Zachary«, sagte Persy und setzte sich neben ihn. Er wollte nichts davon hören, konnte aber nicht verhindern, dass sie weiterredete, und je länger er ihre Stimme hörte, desto schneller flossen die Tränen. Seine Kehle schmerzte. »Wieso denkst du, dass ich so eine schlechte Meinung von dir habe?«

»Sie haben's gesagt.« Das war nicht seine Stimme, die da aus seinem Mund kam.

»Wann?«

»Als ich hier eingezogen bin. Sie wollten mich rauswerfen. Ich soll mich unter Kontrolle bringen, sonst flieg ich. Das haben Sie damals gesagt.«

»Meine Güte, Zachary, das ist doch ewig her«, sagte Persy und schnalzte mit der Zunge. »Das beschäftigt dich immer noch? Das habe ich doch so nicht gemeint.«

»Wie dann?«

»Du musst die Situation sehen. Du warst außer Rand und Band. Ich wollte, dass du vernünftig wirst. Du hattest dir schon viel zu viel Ärger eingehandelt.«

Er sah es wieder vor sich: das Zimmer des Schulleiters.

Der harte Stuhl, auf dem er stundenlang sitzen musste, während Persy auf sich warten ließ. Vielleicht würde sie nie kommen. Dann: drohende Disziplinarverfahren. Persy, die mit Engelszungen auf den Schulleiter einredete. »Er macht eine schwere Zeit durch, haben Sie Verständnis …«

Er presste die Hände aufs Gesicht. Er schämte sich so; warum konnte er nicht einfach verschwinden?

»Sieh dich an, Zachary«, sagte Persy freundlich, »sieh an, was für ein toller Mensch du geworden bist. Ich wünschte, Lachlan wäre nur halb so vernünftig wie du. Ich habe immer gehofft, dass er sich durch dich ein paar Ziele im Leben setzt. Und das mit diesem Mädchen, das hättest du kaum verhindern können. Wenn sie es nicht bei Mister Hero getan hätte, hätte sie es eben in einem anderen Restaurant getan oder in der Bahnhofstoilette oder in einem Kaufhaus. Wieso musste er dich da gleich rauswerfen?«

Er beruhigte sich langsam, und je weniger Tränen ihm kamen, desto peinlicher war ihm sein Ausbruch. Persys Hand strich ihm durch die Haare, ließ ihn wieder zu dem vierzehnjährigen Jungen werden, der sich einst bei ihr ausgeheult hatte. Er umarmte sie, atmete ihr Parfüm ein.

»Du bist vielleicht auch einfach noch zu jung für den Job. Man sollte einen Neunzehnjährigen nicht mit so viel Verantwortung belasten.« Sie seufzte. »Ich hätte nicht zu dir sagen sollen, dass du auf Lachlan aufpassen sollst. Das war mein Fehler. Ich hätte ja nicht ahnen können, dass du das so ernst nehmen würdest.«

»Sie denken, ich krieg das nicht hin.«

»Doch, Zachary. Aber du bist sein Freund und nicht mein

verlängerter Arm. Es ist nicht deine Aufgabe, ihn zu beschützen, sondern mit ihm Spaß zu haben.«

»Ich war gut in meinem Job.«

»Das glaube ich dir.«

»Ich werde nie auf die Akademie gehen.«

Es in Worte zu fassen, schnürte ihm die Kehle zu, und seine Augen brannten wie Feuer. Vier Jahre lang, wurde es ihm bewusst. Vier Jahre lang will ich schon Personenschützer werden. Und jetzt kann ich's vergessen.

»Dann sieh nach vorne«, sagte Persy, als wäre das so einfach. Er fragte sich, woher sie nur so viel Kraft nahm. Immerhin war ihr Sohn verschwunden, und die geschnappten Täter hatten keinen Schimmer, wo er steckte.

Sie küsste ihn auf die Schläfe. »Du solltest ein bisschen schlafen. Du siehst fertig aus.«

»Es tut mir so leid.«

»Ist schon gut.«

»Wirklich, ich weiß nicht, was in mich …«

»Das ist völlig normal, Zachary. Wieso solltest du der einzige Mensch in diesem Haus sein, der nicht mit den Nerven am Ende ist?« Aber sie selbst wirkte kein bisschen, als wäre sie mit den Nerven am Ende. Er behielt das für sich.

»Kann ich die Tür abschließen, Mrs. Abercromby? Ich möchte nicht – O'Connor –«

»Du solltest unbedingt abschließen. Und nenn mich doch endlich Persy, Zachary.«

»Dann nennen Sie mich endlich Zack«, rutschte es ihm heraus. Sie lächelte ihm zu.

»Zachary stört dich?«

Ja, dachte er. Seit Emil mich so nennt. Und O'Connor. »Na ja, alle nennen mich Zack ...«

»Also gut. Schlaf gut, Zack.«

»Danke, P-Persy.«

Sie ging hinaus. Zack wischte sich über das Gesicht, ging zur Tür und drehte den Schlüssel. Was würde Lachlan sagen, wenn er das mit der SAP hörte? Vermutlich würde er Mitleid heucheln und sich insgeheim freuen. Ich werde ihm nichts davon sagen, dachte Zack traurig. Er wird es schon früher oder später erfahren. Er zog den Cronos Cube unter dem Bett hervor und warf die Blaue Pille ein, wobei ihn Erleichterung überkam. Endlich durfte er dieser unbarmherzigen Realität entfliehen. Und ungefähr so, dachte Zack, musste sich auch Eamon gefühlt haben.

[19]

Zack erinnerte sich noch an den Weg zum Versteck der Underminers: Von Ma'quoias Rast aus in den Stamm, mit dem Taxi in den Schnappblütenhain und von dort aus ungefähr zehn Minuten zu Fuß einen schmalen Pfad entlang. Den Taxipiloten bezahlte Zack mit den Pyrops, die er durch die Kämpfe mit den Nubbun gewonnen hatte, dann entsicherte er den Revolver und machte sich eilig auf den Weg, in der Hoffnung, dass er die Waffe nicht brauchen würde.

Er hatte Glück: Ihm begegnete nur eine Titanmaus, die nicht an ihm interessiert und damit nicht infiziert war, ehe er (deutlich früher als erwartet) die Stufen der Wendeltreppe erreichte, die oben an der Tür zum Versteck endete. Klopfen musste er nicht: Die Tür stand einen Spalt offen. Zack nahm die Einladung an, fühlte sich beim Betreten des Kokons aber trotzdem wie ein Eindringling. In der Luft hing noch immer – wenn auch sehr leicht – der würzige Geruch von Shadiyas Räucherwerk; es war still, kein Mensch zu sehen – ob Lachlan und die anderen noch da waren?

Im Flur auf der anderen Seite des großen Zimmers brannten Lichter hinter mit Papier beklebten Schiebewänden; Zack sah menschliche Schatten, die sich bewegten, und hörte eine vertraute Stimme; er atmete auf, Lachlan war also noch hier, war nicht allein aufgebrochen und nicht von Emil geholt worden.

Zack wurde langsamer, als er den Schiebewänden mit den Schattenspielen nah genug kam, um zu verstehen, was Lachlan sagte. Dann sah er ihn: eine lange Gestalt hinter dem Papier, die auf und ab ging.

»All die Stunden, die Tage, die Wochen – wie lange spielst du dieses Spiel schon? Ihr beide?«

»Zwei Jahre, fast genau. Seit dem ersten Tag«, sagte eine Frauenstimme, definitiv Melpo. »Ich hatte ein Ticket zur Closed Beta, eine von Fünftausend –«

»Ich kam ein halbes Jahr später dazu. Hab mir die Konsole gleich nach dem Release gekauft.« Hideki.

»Zwei verdammte Jahre«, sagte Lachlan fassungslos. »Was ihr in dieser Zeit alles hättet tun können! Die Republik gerade mal drei Jahre alt, die Drohnen ein Jahr, die META erst auf dem Vormarsch – die Zeit, in der alles noch zu verhindern gewesen wäre, und ihr macht was? Spielt Magier und Schwertkämpfer, hier!«

»Da war gar nichts mehr zu verhindern«, erwiderte Hideki.

»Genau«, sagte Melpo. »Das war doch von Anfang an eine abgemachte Sache. Da haben sie nur noch an ein paar Schrauben gedreht und dann kam die Föderation als güldener Lichtbringer in die Dunkelheit geritten.«

»Man kann immer was ändern«, sagte Lachlan. »Wäre nicht das erste Mal, dass die Elite an Laternen geknüpft wird, während sich das Fußvolk zurückholt, was ihm gehört.«

»Den will ich sehen«, sagte Hideki höhnisch. »Den, der die Elite an Laternen knüpft. Du etwa?«

»Das wäre nicht so schwer«, sagte Lachlan unbeeindruckt. »Viele haben solche Gedanken. Was ihnen fehlt, ist jemand, der sie organisiert. Der für sie denkt.«

Hideki lachte jetzt nicht mehr. Er antwortete auch nicht, vielleicht, weil er genauso schockiert war wie Zack, der nicht glauben konnte, dass Lachlan das gerade wirklich gesagt hatte. Für wen hielt er sich?

»Das stimmt«, sagte Melpo.

»Echt jetzt?«, entfuhr es Hideki.

»Ich denke, das ist genau das, was Europa braucht: eine Revolution, und zwar eine blutige.«

»Blutig, weil es ohne Blut nicht gehen wird«, sagte Lachlan. »Du brauchst mich nicht anzusehen, als wäre ich ein Terrorist – Melpo hat doch gerade aufgezählt, was die alles gemacht haben. War das nicht blutig? Die Bürgerkriege zum Beispiel? Der Jahrhundertsturz?«

»Und was willst du jetzt tun? Die Kanzler alle an Laternen knüpfen und die Ämter mit Menschen besetzen, denen *du* vertraust?« Hideki wieherte auf.

»Die Menschen sind nicht das Problem. Oder vielleicht doch: Sie sind käuflich, alle, und ich meine wirklich alle.«

»Du also auch?« Hideki wollte provozieren.

»Nein«, behauptete Lachlan. »Ich bin mit Reichtum aufgewachsen. Das Problem am Reichtum ist, dass es ihn gibt. Denn wenn es ihn nicht gäbe, dann könnte man ihn auch weder besitzen noch erstreben.«

»Aus welchem Buch hast du das?«, spottete Hideki.

»Das sind meine eigenen Gedanken, du Spatzenhirn.«

»Und weiter? Was ist deine Lösung? Das Geld abschaffen? Alle Politiker erhängen, den Kommunismus einführen?«

»Das ist alles, was dir einfällt?«

»Darauf läuft es doch hinaus, oder?«

»Worauf es hinausläuft, ist Folgendes: Da unsere Regierung korrupt ist und wir nicht erwarten können, dass die nächste nicht käuflich ist, müssen wir das jetzige politische System abschaffen und ein neues aufbauen. Ein wahrhaftig demokratisches System, mit einer anderen wirtschaftlichen und gesellschaftlichen Ordnung, die nichts mehr gemein hat mit dem Kapitalismus.«

»Und dann weht die rote Fahne?«, stichelte Hideki.

»Lass ihn ausreden, Hideki«, sagte Melpo.

»Das Problem ist«, sagte Lachlan scharf, »dass das System so viele winzig kleine Zahnräder hat, die alle aneinanderhängen, dass man keine Chance hat, auch nur eines zu verstellen. Es gibt nur einen Weg: Man muss das ganze System radikal zerstören, um ein neues aufzubauen. Ordnung aus dem Chaos. Wie Melpo schon gesagt hat, so ist auch die Europäische Republik entstanden.«

»Und was ist dieses Neue, das du dann aufbauen würdest? Ein kommunistischer Staat, oder nicht?«

»Wieso sollte ich das entscheiden?«, erwiderte Lachlan. »Wenn es so weit ist, dann ist das keine Frage, die einer allein beantworten wird. Die Menschen –«

»Und auch dann wirst du wieder Politik haben, und Politiker, die menschlich sind, also korrupt!«

»Es geht nicht darum, die Politik abzuschaffen! Es geht

darum, die Politik wieder zu dem zu machen, was sie ursprünglich sein sollte: eine gestaltende Kraft.«

»Und du bist der Erste, der das tun will?«, höhnte Hideki. »Da draußen gibt's Millionen, die dasselbe wollen. Auf friedlichem Weg, mit Demonstrationen –«

»Und Flugblättern?«, fiel Lachlan ihm heftig ins Wort. »Mit Bürgerinitiativen? Mit Runden Tischen und Petitionen? Wann hat das jemals funktioniert?«

»Es mag zäh sein, aber wenigstens kann man sich danach noch selbst in die Augen sehen. Deine Methode hingegen ist extrem, du bist fanatisch und idealistisch –«

»Aber wir brauchen Idealismus«, sagte Melpo, die anscheinend voll und ganz auf Lachlans Seite war.

»Aber keine Ideologien!«

»Ich bin kein Ideologe, ich habe Visionen!« Lachlan wurde lauter. »Demonstrationen, Petitionen, Bürgerinitiativen, was ist dieser Kram anderes als eine einzige Beschäftigungstherapie?«

»Was du vorhast, wird auch nicht funktionieren, weil kein Mensch da mitmachen wird.«

»Stimmt«, schäumte Lachlan, »niemand wird aufmucken, solange alles, was er tut, sagt oder denkt, überwacht wird.«

»Bei uns in Japan gibt's die Überwachung genauso und ich bin auch dagegen, aber nicht für deine kranken Revolutionspläne«, sagte Hideki.

»Ich finde sie nicht krank«, konstatierte Melpo.

Zack spürte eine bleierne Angst im Bauch. Wie lange trug Lachlan diese Gedanken schon mit sich herum und hielt sie vor ihm geheim?

»Wichtig ist nicht, dass du mir zustimmst. Es muss nicht so kommen, wie ich es mir ausmale, Hideki – du kannst mich daran hindern, du kannst mich umstimmen, überzeugen, aber das funktioniert nur, wenn du was tust.«

»Ich tu was. Ich tu hier was. In Cronos.«

»Und du glaubst, das reicht? Du weißt doch, dass sie Cronos auf dem Kieker haben – wenn du nicht da draußen aktiv wirst, dann werden die Cronos verbieten.«

»Nicht in Japan«, sagte Hideki inbrünstig.

»Nur eine Frage der Zeit«, sagte Lachlan. »Ihr werdet doch auch auf Schritt und Tritt überwacht, oder? Und was machst du? Spielst Cronos!«

»Und bin ich damit der Einzige? Das interessiert doch keinen, frag Melpo!«

»Das stimmt nicht«, sagte Melpo kleinlaut.

»Nein?«, fragte Hideki.

Keine Antwort, vielleicht, weil Melpo nur den Kopf geschüttelt hatte. Lachlan setzte seine unablässige Wanderschaft durch das Zimmer fort, bei der er immer wieder in den Schatten verschwand, um mit verschränkten Armen oder gestikulierend zurück ins Licht zu treten, auf und ab zu gehen, zu schreiten, zu marschieren, auf und ab, ab und auf.

»Tja, so ist das eben. Hinter Revolutionen stehen fast immer nur ein paar Leute, eine Handvoll Rebellen, und alle anderen verurteilen sie. Aber wenn sie erfolgreich sind, dann werden sie gefeiert. Die Rebellen von 1916, Patrick Pearse, James Connolly und die anderen – viele haben sie für Spinner gehalten, und hätten die Engländer sie nicht hingerichtet, wäre die Stimmung im Land nicht gekippt, und dann hätte es selbst den Unabhängigkeitskrieg nicht gegeben.«

»Ist es das, was du sein willst? Ein Held?«

»Ich muss mal an die frische Luft«, rief Melpo dazwischen. Zack hörte ihren Rock rascheln, sah hektisch über die Schulter und eilte so leise wie möglich zurück in den großen Raum, in dem der Altar gestanden hatte. Das Rattern der Schiebetür; Zack huschte in den Eingangsbereich, griff nach der Haustür, schlüpfte nach draußen und zog sie so leise wie möglich zu. Melpo musste jetzt im großen Raum sein; ob sie das Klicken der Tür gehört hatte? Er ließ ihr keine Gelegenheit, darüber nachzudenken, griff nach dem Klopfer und hämmerte ihn dreimal fest gegen die Tür.

Falls Melpo ihn flüchten gehört hatte, verriet ihr Gesicht nichts darüber; sie schenkte ihm ein erleichtertes Lächeln. »Zack – was bin ich froh, dich zu sehen.«

»Jaa, war ein kurzer Arbeitstag.«

»Arbeiten warst du also? Lachlan hat gesagt …« Sie unterbrach sich und trat beiseite, damit Zack hereinkommen konnte. »Na, Hauptsache, du bist wieder da.«

Zack hätte zu gern gewusst, was Lachlan über ihn gesagt hatte, verkniff sich aber die Frage; Lachlan war vorhin sehr wütend gewesen und es brachte niemandem etwas, wenn sie den Streit fortsetzten. Melpo sagte, Lachlan sei ein Zimmer weiter bei Hideki, und ließ ihn vorangehen. Zack versuchte so zu tun, als wüsste er nicht schon längst, wo er hinmusste, doch viel falsch zu machen gab es ohnehin nicht: Die

Schiebetür stand offen, die einzige im Flur, zudem redeten Lachlan und Hideki immer noch laut miteinander.

»Ich würde sehr vorsichtig sein mit dem Wort Terrorist«, sagte Hideki gerade.

»Ich meine das nicht verharmlosend. Für die Republik spielt es einfach keine Rolle, was du denkst, für die sind alle Terroristen, die –« Lachlan verstummte, als er Zack in der Schiebetür sah, und verlor obendrein noch ein wenig Farbe im Gesicht.

»Hi«, sagte Zack.

Lachlan sah aus, als hätte er nicht damit gerechnet, dass Zack zurückkommen würde; zu einem »Hi« oder einem »Hallo« konnte er sich nicht durchringen. Hideki, der sich von der Überraschung sehr viel schneller erholte, stand von dem niedrigen Tisch an der Wand auf und sagte im Vorbeigehen zu Zack: »Du bist zurückgekommen?«

»Hideki«, sagte Melpo tadelnd und schloss die Schiebetür hinter Zack, sodass sie unter sich waren. Sie befanden sich wieder in dem Raum mit den vielen Büchern und den Sesseln. Zack fiel auf, dass Lachlan die Fäuste geballt hatte. Er öffnete sie jetzt langsam.

»Du bist wieder da«, sagte Lachlan tonlos.

»Was denkst du eigentlich von mir?«, fragte Zack verärgert. »Dass ich dich hier im Stich lasse?«

Lachlan griff sich ohne Grund an die Stirn. »Ich entschuldige mich«, sagte er. »Ich war nicht fair zu dir.«

»Ich auch nicht«, entgegnete Zack. »Ich hätte bei dir bleiben sollen. Sorry.«

»Schon gut.« Lachlan nahm die Hand von der Stirn.

»Willst du immer noch wissen, was ich gegen die Akademie habe?«

»Klar.« Zack war gespannt.

»Die Antwort ist einfach. Du bist mir wichtig.«

Zack grinste verunsichert. »Kumpel, was haben die dir gegeben, während ich weg war?«

»Kannst du dir nicht vorstellen, dass ich ein bisschen an dir hänge? Wir sind zusammen aufgewachsen.«

»Aber ich gehe doch nicht weg. Nur studieren.« Und das stimmte nicht einmal; er würde die Akademie niemals von innen sehen. Aber das würde er Lachlan später immer noch erklären können.

»Die Akademie hat ein Internat, oder?«, fragte Lachlan, lächelte und sah woanders hin.

Das Internat. Zack blieb kurz die Luft weg: Das war sie also, die Antwort auf die Frage, so verblüffend einfach, dass er sich schämte. Erst war er aus Phoenix Manor ausgezogen, was ihm Lachlan bei jeder Gelegenheit unter die Nase rieb – und jetzt wollte er auch noch ins Internat gehen. Und er, ausgerechnet er, der Menschen so viel besser beobachten konnte als Lachlan, ausgerechnet er hatte das nicht kapiert.

»Tja, jetzt sagst du nichts mehr, was?«

»Das … tut mir echt leid, ich wusste nicht …«

»Kein Problem.« Lachlan lachte auf. »Ich hab auch ein paar Pläne. Wird mich vermutlich viel Zeit kosten. Da stehst du mir nur im Weg herum.«

»Was für Pläne?«, fragte Zack alarmiert.

»Nicht so wichtig«, blockte Lachlan ab. Das dünne Lächeln, dieses herablassende Selbstvertrauen, Zack gefiel das alles nicht. Er wusste, er würde Lachlan darauf ansprechen und ihm sagen müssen, dass er die Diskussion mit Hideki belauscht hatte und was er davon hielt. Aber dafür würde er später noch genug Zeit haben. Hoffentlich.

»Jedenfalls – Internat hin oder her – so schnell wirst du mich nicht los, versprochen«, sagte Zack.

»Ich nehm dich beim Wort.«

Eine brüderliche Umarmung, dann öffnete Lachlan die Schiebetür und hielt nach Melpo und Hideki Ausschau. In diesem Moment rief eine Frauenstimme: »Ich weiß es!«

Lachlan und Zack wandten sich um: In der Tür zum Altarraum stand Shadiya, außer Atem und mit aufgelöstem Gesicht. »Ich weiß es jetzt. Ich hab's kapiert.« Und sie wirbelte an ihnen vorbei, zu dem blauen Kreis, der sie nach oben sog.

»Shadiya ist wieder da, so ein Glück«, seufzte Melpo, die neben ihnen auftauchte.

Sie stießen in dem höhlenartigen Hauptquartier auf Shadiya, Hideki und Hana.

»Was hast du rausgefunden?«, fragte Hideki.

Shadiya sah ihn verächtlich an. Ihre Abneigung war fast körperlich zu spüren. »Eamon hatte sich in seinen letzten Tagen sehr seltsam verhalten«, begann sie. »Er hat wenig mit mir gesprochen und sich die meiste Zeit zurückgezogen. Ich dachte, ich hätte ihn verärgert, aber jetzt weiß ich, dass er im Pallaloka war.«

»Wo?«, fragte Lachlan.

»Shht!«, zischte Hideki. »Nicht jetzt. – Gut, und was hat Eamon im Pallaloka gemacht?«

»Ich war in Tides an der Geisterküste und habe mit Quetzalcoatl gesprochen. Er berichtete mir davon, dass Eamon vor Kurzem bei ihm gewesen sei und gefragt habe, wie man Datenströme physisch verfolgen könne.«

»Ah«, machte Melpo.

»Datenströme im Pallaloka?«, fragte Hideki.

Shadiya nickte. Zack bemerkte, dass aus dem Rückenende ihres kunstvoll gewickelten Kopftuchs ein gutes Dutzend schwarzer Federn fiel. Jede Feder war so lang wie zwei ausgebreitete Arme, doch weil sie dunkle, flatternde Tücher als Kleidung trug, hatte er die Federn bisher noch nicht bemerkt. »Man erhält die Fähigkeit, Datenströme sehen zu können, durch eine Dark-Quest, die man nur machen kann, wenn man danach fragt. Sie ist nicht schwer und es ist mir gelungen, sie abzuschließen. Und jetzt habe ich die Fähigkeit auch, so wie Eamon.«

Einen Moment herrschte Schweigen.

»Sekunde, das heißt, du siehst jetzt Datenströme?«, fragte Hideki ungläubig.

Shadiya nickte.

»Juhu!«, schrie Hana auf und Melpo schickte ein Stoßgebet zum Himmel. Hideki zeigte keine Reaktion; aber als er zu sprechen begann, kehrte sofort Ruhe ein.

»Das heißt also, du wusstest bereits, dass die Karten senden«, sagte er. »Und du hast es nicht für nötig gehalten, uns das zu erzählen.«

»Ich habe es nur geahnt«, erwiderte Shadiya.

»Meinetwegen. Wir machen es folgendermaßen«, begann Hideki, »Shadiya geht ins Pallaloka und ortet den Datenstrom. Hana, du bleibst hier und passt auf ihren Körper auf, solange wir weg sind.«

»Jawohl«, sagte Hana.

»Shadiya, du bringst Melpo und mich zum Ende des Datenstroms. Die Grünschnäbel kommen mit. Wenn sie sich ein bisschen nützlich machen, reicht mir das als Gefallen.«

»Gut«, antwortete Melpo.

»Aber –«, hob Zack zum Protest an, doch Lachlan stieß ihn mit dem Ellenbogen an.

»Was sollen wir sonst tun?«, zischte er.

»Wenn wir tatsächlich etwas finden sollten«, fuhr Hideki fort, »dann kehrt Shadiya zu ihrem Körper zurück und kommt mit Hana nach. Sollte es zu einem Kampf kommen, könnte es sein, dass wir Hilfe brauchen. Alles klar so weit?«

»Alles klar«, sagten Hana und Melpo; Shadiya nickte.

»Diesmal folge ich dir noch«, sagte sie ruhig zu Hideki. »Inschallah.«

Er ließ das unkommentiert. »Wo willst du dich hinlegen?«

»Vor den Altar.«

Im Raum mit den ausgeblasenen Kerzen zauberte Melpo eine ausrollbare Matratze und ein Kissen hervor. Shadiya streckte sich auf der Matratze aus und faltete die Hände auf dem Bauch. Hideki befahl Melpo, ihr einen Schild zu verleihen, »nur für den Fall, dass etwas passiert«, und so nahm sie die Geige, um mit einem langsamen Lied eine Art Glassarg heraufzubeschwören, der Shadiya mitsamt der Matratze umhüllte.

»Bitte geht schon mal nach draußen«, sagte Shadiya. »Es ist mir lieber, wenn niemand dabei ist.«

»Ich auch nicht, Shadi?«, fragte Hana traurig.

»Doch, du kannst bleiben.«

»Bis gleich«, sagte Melpo, während Hideki die Schiebetür öffnete und als Erster die Treppe hinabsprang. Melpo folgte ihm, doch Zack zögerte.

»Was ist?«, fragte Lachlan.

Zack fuhr sich mit der Zunge über die Lippen. »Shadiya, ich wollte dir nur sagen: Ich kannte Eamon.«

Im Glassarg hob sie den Kopf vom Kissen.

»Na ja – nicht so richtig. Er war mein Nachbar. Wir hatten eigentlich nicht so viel Kontakt«, setzte er verunsichert nach. »Haben nur ab und zu geredet.«

»Wirklich? Worüber?«

Zack fand die Frage merkwürdig. Er zuckte mit den Achseln. »Wie geht's, was machst du so …«

»Und was machte er?«

Melpos Stimme wehte durch die Tür; sie rief nach ihnen.

»Weiß ich nicht. Ich glaube, er war die ganze Zeit hier.«

»Und wenn er sich ausloggte?« Sie richtete sich ein wenig auf.

»Dann ist er runtergefahren, in die Kantine.«

»In die Kantine«, wiederholte sie, als wäre es etwas Wichtiges, das sie sich merken musste. Eine Weile schwieg sie. Dann: »Er war wirklich dein Nachbar?«

»Ja. Ich hab das Foto auf dem Tisch gesehen.«

»Das Foto.« Es stand noch da.

»Ich hatte ihn ein bisschen anders im Gedächtnis, aber es war eindeutig sein Gesicht.«

Ihre Augen wurden größer. »Wie sah er aus?«

Zack stutzte; hatte er nicht gerade das Foto erwähnt?

Shadiya verstand sein Schweigen und begann sich zu erklären. »Ich wusste nichts über sein Real-Life«, sagte sie leise. »Er hat nie davon erzählt.«

So war das also. »Er war immer ziemlich blass«, sagte Zack. Und er stank, weil er sich selten wusch, und hatte bei jeder ihrer Begegnungen tiefere Augenringe ... Er beschloss, sie nicht mit solchen Details zu belasten. »Ich denke, er war ein netter Kerl, aber er hat nicht viel mit mir geredet. Ich war ihm wohl suspekt.«

Shadiya lachte auf. »Ja, er hat nie viel geredet.«

»Nein, wirklich nicht.«

»Und wo habt ihr gewohnt?«

»In einem Hochhaus in Dublin«, sagte Zack. Das war euphemistisch ausgedrückt, und er sah an Lachlans hochgezogenen Augenbrauen, dass er dasselbe dachte. Aber musste Shadiya denn von Eamons Elend erfahren?

»Da gab es eine Kantine?«

»Ja, im Erdgeschoss. Mit Tagesmenü.«

»Sehr praktisch, wenn man viel arbeitet.«

»Jaa ...«

»Und hatte er Familie?«

Sie meinte wohl eine Freundin. »Nein. Er lebte allein, und Besuch hatte er auch nie, soweit ich weiß.«

Ihr stiegen die Tränen in die Augen, schneller, als sie es verhindern konnte; sie kämpfte sie rasch zurück. »Und ihr beiden – was macht ihr denn hier? Seid ihr wegen Eamon zu uns gekommen?« Hoffnungsvoll.

»Nein, das war ein Zufall«, sagte Zack, der es selbst immer noch nicht glauben konnte. Er erzählte ihr von ihrer

Suche und wie sie Melpo getroffen hatten, die sie schließlich hierher gebracht hatte. »Und jetzt warten wir auf Hideki, in der Hoffnung, dass er uns was sagen kann.«

Melpo rief erneut nach ihnen, doch niemand reagierte.

Bei der Erwähnung von Hidekis Namen verfinsterte sich Shadiyas Miene. »Da könnt ihr lange warten. Wenn Hideki sagt, dass er euch hilft, dann muss das noch lange nichts heißen.«

»Was meinst du damit?«, fragte Lachlan.

»Er ist ein Scheißlügner«, antwortete Shadiya voller Verachtung. »Glaubt ihm nicht alles. Er ist und bleibt ein Okkultist.«

Zack tauschte einen Blick mit Lachlan.

»Wo bleibt ihr denn?« Melpo platzte in den Raum. »Hideki hat eine Nachricht bekommen – anscheinend wurde Erion tatsächlich von jemandem gefunden!«

Zack sah zu Shadiya, die sich zurück aufs Kissen sinken ließ. »Einmal kann man sich ja irren.«

Sie sagten ihr hastig Auf Wiedersehen und sprangen die Treppe hinunter, wo Hideki in ein aufgeschlagenes Notizbuch starrte.

»Ich verstehe das nicht«, hörten sie ihn murmeln. Er zuckte zusammen, als sie neben ihm ankamen.

»Was verstehst du nicht?«, fragte Lachlan.

»Lest schon die Nachricht!«, drängte Melpo. Hideki reichte ihnen das Notizbuch, ein dickes mit vielen zerfledderten Seiten. Die Nachricht, die er offenbar von einem seiner Kontakte erhalten hatte, war wie durch Zauberhand auf den Linien erschienen:

Haben das Gesuchte aufgespürt und es Lachlan Abercromby direkt zugeschickt. Liegt in seinem Briefkasten. – P.

»In meinem Briefkasten?«, fragte Lachlan. Zack hatte es vor Glück und Erleichterung die Sprache verschlagen; wäre der Junkie nicht im Mister Hero aufgetaucht, hätte er diesen Moment glatt verpasst!

»Du kannst unseren benutzen, da an der Treppe«, sagte Melpo. »Es ist egal, zu welchem Briefkasten du gehst. Wichtig ist nur, dass du persönlich ihn öffnest, denn nur du hast Zugriff auf deine Post.«

»Ich öffne also irgendeinen Briefkasten und darin liegt dann – einfach so – Erion?«, fragte Lachlan.

»Genau.«

»Worauf warten wir dann noch?«, fragte Zack. Er drehte sich zur Treppe um – und erschrak. Eine graue, halb durchsichtige Gestalt stand am Fuß der Treppe, ein Geist, so wie Lachlan einer gewesen war. Es war Shadiya.

»Da bin ich«, sagte sie. Aus ihrem Rücken wuchs eine silberne Schnur, die oben im Kokon verschwand, so als hätte sich ein Faden ihres Gewands gelöst.

»Und, kannst du die Spur sehen?«, fragte Hideki.

Shadiya hob den Kopf. »Ja, da oben. Sie kommt aus unserem Hauptquartier.« Ihre Stimme hörte sich sehr fern an, als stünde sie am anderen Ende eines Saals.

»Das müssen die Karten sein«, sagte Melpo. »Was du siehst, sind die Daten, die sie senden, oder?«

»Vermutlich.«

»Dann brechen wir auf«, sagte Hideki.

»Sekunde …« Melpo legte einen Finger ans Kinn und dachte nach. »Mir ist gerade etwas Wichtiges eingefallen. Ich kann euch leider nicht begleiten, Hideki.«

Hidekis Augen quollen aus ihren Höhlen. »Machst du Witze? Wir können nicht ohne dich gehen!«

»Das müsst ihr aber leider«, sagte Melpo. »Und ich fürchte, Lachlan und Zack können auch nicht mitgehen.«

Hideki warf den beiden einen kurzen Blick zu. »Die sind mir egal, außerdem haben sie, was sie wollen, oder? Wir können nicht auf dich verzichten, du bist Support und Damage-Dealer in einem, wenn wir da in einen Kampf –«

»Du hast Shadiya und Hana«, unterbrach Melpo ihn. »Außerdem solltet ihr euch auf den Weg machen, bevor die merken, dass ihr ihnen auf der Spur seid.«

»Melpo hat recht. Tretet zur Seite«, sagte Shadiya, bevor sich Hideki in eine Schimpftirade hineinsteigern konnte. Sie fasste hinter sich und zupfte eine Feder aus dem Kopftuch, schüttelte sie kurz und hielt sie vor sich, wobei sich die Feder kerzengerade aufrichtete wie ein langes Schwert. Shadiya sagte etwas, das Zack nicht verstand, da es vermutlich arabisch war, und die Feder in ihren Händen begann in die Höhe zu wachsen, wurde länger und länger, bis sie selbst den Kokon überragte und beinahe gegen das Blätterdach stieß. Hideki packte Zack am Arm und zog ihn beiseite, so wie Melpo es mit Lachlan tat.

Die Feder erstrahlte in gleißend hellem Licht: Sie dehnte sich an den Seiten aus und nahm die Form eines riesigen senkrecht stehenden Auges an. Wind kam auf, stürmisch und kühl; er schüttelte die Sträucher und wirbelte Blätter auf. Zack, der sich wie die anderen unter den Kokon drängte, traute seinen Augen nicht: Aus dem, was gerade noch eine Feder gewesen war, schob sich das Bein eines Elefanten. Es dehnte sich in die Länge, wuchs aus dem Auge, bis es den Boden erreichte, und stampfte mit einem donnernden Knall auf, der die Erde erzittern ließ. Jetzt tauchte ein zweites Bein auf, das dem ersten langsam hinterherkam, so wie eine Schnecke vorsichtig ihre Fühler ausstreckt, um zu ertasten, ob die Luft rein ist. WUMM – die Erde bebte und von der Treppe rieselten ein paar Steinchen.

Den hinteren Teil seines Körpers zog er mit einem gedehnten Plopp aus dem Schlitz: Ein letztes Mal rumpelte der Boden unter ihren Füßen, als er die elefantendicken Hinterläufe auf die Erde stampfte. Das vertikale Auge schloss sich, schrumpfte und wurde wieder zu der schwarzen Feder. Shadiya steckte sie zurück zu den anderen ins Kopftuch und sah zu dem Elefanten auf.

»Willkommen, Ehecatl.«

»Ich grüße dich, Shadiya«, sagte das Wesen.

Hideki warf Melpo einen letzten Blick zu, doch sie schüttelte den Kopf, worauf er sich wutschnaubend umwandte und auf Ehecatls Rücken zu klettern begann. Sein schlanker Schwanz hatte Stufen wie eine Treppe.

»Ich danke dir, mein Freund, dass du mir von Eamon erzählt hast«, sagte Shadiya zu Zack. »Ich werde mich immer an dich erinnern. Wir sehen uns wieder.«

Damit wandte sie sich ab und stieg mit kerzengeradem Rücken die Elefantenschwanzstufen hinauf. Ehecatl setzte sich schwankend in Bewegung; gemächlich schritt er durch das hohe Gras und war bald zwischen Bäumen und Stelzwurzeln verschwunden.

Zack folgte Lachlan und Melpo mit einem Gefühl der Orientierungslosigkeit zum Briefkasten. Sie würden also einen Briefkasten öffnen, ihm Erion entnehmen, Emil die Karte aushändigen – und das war's dann?

Aber Lachlan wirkte, als gäbe es für ihn nichts Selbstverständlicheres, als sich am Fuß der Treppe dem vogelhausähnlichen Kasten zuzuwenden, der auf einem knorrigen Holzbein stand; er schob eine Efeuranke beiseite, die das Schloss verhängte, nahm einen kleinen, rostigen Schlüssel von Melpo entgegen, steckte ihn in das Loch und drehte ihn; ein Scharnier quietschte, er öffnete langsam das Türchen – und sie blickten in ein dunkles, leeres Fach.

Nicht ganz leer: Eine Karte lag flach auf dem hölzernen Boden. Lachlan nahm sie heraus.

»Das ist sie«, sagte er heiser. Zack erkannte sofort das Zahnrad, darunter las er: ›erion.exe‹.

Unmöglich.

Lachlans Finger schwebte über der Karte, als wollte er sie anschnipsen. Er zögerte. »Was passiert, wenn ich in Cronos eine Anwendung starte?«, fragte er Melpo, die es auf einmal doch nicht mehr eilig hatte.

»Kommt drauf an, ob sie in der Sprache des Cron OS programmiert ist. Falls nicht, passiert überhaupt nichts. Falls doch, könnte im Grunde alles passieren.«

»Alles oder nichts – gefällt mir«, sagte Lachlan und ließ den Zeigefinger gegen die Karte schnellen. Die Karte sprang ihm aus der Hand, überschlug sich rückwärts und kam in der Luft zum Stehen. Das Zahnrad war einem Ladebalken gewichen, der sich rasch füllte. Als er bei einhundert Prozent angekommen war, erschien eine leuchtend blaue Schrift vor der Karte, mit der Frage: »Materialisieren?«

»Es ist eine Cronosanwendung«, sagte Melpo.

Lachlan hatte zwei Möglichkeiten zur Auswahl: ›Abbrechen‹ und ›OK‹; die Worte schwebten körperlos in der Luft, ebenfalls blau leuchtend. Lachlan verschwendete keine Zeit mehr und wählte die zweite Option. Kaum hatte er sie angetippt, begann die Karte blendend hell zu strahlen: Mit zusammengekniffenen Augen sah Zack, wie sich das Leuchten ausdehnte, sich in die Länge zog wie eine Lanze und schon nach wenigen Sekunden erlosch. Zurück blieb – eine Flöte.

Lachlan pflückte sie aus der Luft und drehte sie in seinen Händen. Sie war aus Silber gefertigt, hatte sechs Löcher und ein hölzernes Mundstück. »Eine Tin Whistle«, sagte er, als hätte er mit nichts anderem gerechnet.

»Das ist eine irische Flöte«, sagte Melpo.

»Eine Pfeife, keine Flöte«, verbesserte Zack sie. »Viel wichtiger ist die Frage, warum Erion eine Tin Whistle sein soll – ich meine, das ist ein Scherz, oder?«

»Wer weiß«, sagte Lachlan.

Zack verstand überhaupt nichts mehr. »Soll das heißen – wir haben das alles für eine Pfeife gemacht? Er will – er will eine Scheißpfeife haben?«

»Da wir uns in Cronos befinden, nehme ich an, dass es ein Instrument ist, das Spieler wie Melpo zum Zaubern brauchen. Also hat sie wahrscheinlich besondere Eigenschaften, hohe Angriffswerte oder etwas in der Art –«

»Das kann nicht sein. Emil wusste anfangs ja noch nicht einmal, dass sich das Ding in Cronos befindet, es kann ihm also unmöglich darum gegangen sein!«

»Emil?«, fragte Melpo.

Lachlan warf Zack einen warnenden Blick zu. »Was es damit auf sich hat, kann uns egal sein. Alles, was wir tun mussten, war, sie zu finden.« Er schnippte gegen den silbernen Körper der Pfeife und verwandelte sie zurück in eine Karte. Diesmal zeigte sie kein Zahnrad mehr, sondern eine Miniaturversion der Pfeife. Lachlan blickte zu Zack auf, der nicht wusste, was er sagen sollte.

»Wir haben das Ding«, sagte Lachlan entschieden.

Zack atmete aus. »Ja … wir haben's wirklich geschafft.« Erleichterung überkam ihn; er schlang den Arm um Lachlans Nacken und drückte ihn an sich. Jetzt konnten sie Emil bringen, was er haben wollte, auch wenn es nur eine Pfeife war. Vielleicht würden sie heute Abend auf der Terrasse sitzen und ihre Wiedervereinigung mit einem Bier feiern.

Lachlan klopfte ihm hilflos auf den Rücken.

»Übertreib's nicht«, murmelte er.

»Süß«, seufzte Melpo; sie hatte auf einmal die Geige in der Hand. »Bleibt noch einen Moment so, ja?«

Sie strich den Bogen über die Geige und erzeugte einen kurzen kreischenden Ton, der ihnen durch Mark und Bein ging, wie das Geräusch einer Gabel, die über einen Teller rutschte. Ein weiß glühender Faden peitschte aus dem Boden hervor und wickelte sich blitzschnell um Lachlan und Zack, mit solcher Wucht und Festigkeit, dass sie wieder aneinandergepresst wurden.

»Was zur Hölle –«

»Ich sollte euch in Bäume verwandeln, dann wärt ihr wie Philemon und Baucis«, sagte Melpo.

»Was soll das?«, rief Lachlan mit zusammengebissenen Zähnen. »Mach uns los –«

»Sei ruhig und gib das her.« Melpo pflückte Lachlan die Karte aus der Hand. Er konnte den Arm nicht mehr wegziehen, die Fessel war zu fest; gegen seinen Griff half sie nach, indem sie ihm den Bogen auf den Handrücken knallen ließ. Er schrie auf und ließ die Karte los. Melpo richtete sich auf und sah Zack herausfordernd ins Gesicht.

»Warte! Mach das nicht – es geht um Lachlans Leben, du darfst sie uns nicht wegnehmen, bitte!«

»Sorry, Kleiner.«

»HALT! LASS DIE KARTE –«

Aber Lachlans Brüllen konnte Melpo nicht aufhalten; sie wirbelte herum, rannte mit wippendem Rocksaum durch das Gras davon und verschwand zwischen den Stelzwurzeln. Zack wand sich, doch die magischen Fäden hatten sie verschnürt wie ein Paket und ließen sich nicht zerreißen.

»Ich könnte mich aus- und wieder einloggen«, presste Zack hervor, »dann könntest du dich befreien – und wir treffen uns wieder hier, um sie zu suchen –«

»Nein«, knurrte Lachlan. »Noch ist sie nicht weg.«

»Aber wir kommen hier nicht raus!«

»Oh, doch.«

Als hätte er die ganze Zeit auf seinem Rücken gesessen, sprang der Dämon aus Lachlan heraus, landete leichtfüßig auf zwei Beinen und richtete sich auf.

»Mach uns los!«, befahl Lachlan. Der Dämon schoss in die Luft und flog über ihre Köpfe hinweg. Die Fesseln fielen von ihnen ab, wie von Messern zerschnitten, obwohl nichts und niemand sie berührt hatte. Sie taumelten auseinander. Lachlan wirkte mitgenommen, doch als Zack nach ihm griff, um ihm zu helfen, stieß er seine Hand weg.

»Hol dir die Hexe!«, sagte er zu seinem Dämon.

Der schwarze Geist wischte davon, wirbelte wie Qualm über die Wiese und zwischen die Bäume, wo Melpo verschwunden war. Kurz darauf hörten sie einen gellenden Schrei und rannten los.

»Wieso loggt sie sich nicht aus?«, fragte Zack, die Hand bereits am Griff des Revolvers.

»Was weiß ich? – Da ist sie!«

Am Fuß eines Holunderstrauchs tobte ein Kampf, der nicht ganz so ungleich war, wie sie gehofft hatten. Lachlans Dämon hatte sich zwar auf Melpo gestürzt, doch diese hatte blitzschnell reagiert: Mit flotten Geigenstrichen erzeugte sie eine Druckwelle, die den Dämon rückwärts durch die Luft wirbeln und kopfüber ins Unterholz stürzen ließ.

»Sie ist beschäftigt – greif sie an!«

Zack riss die Pistole aus dem Holster, ohne so recht zu wissen, worauf er zielen sollte. Melpo sah ziemlich real aus. Würde er es fertig bringen, sie zu erschießen? Sie würde nicht wirklich sterben, rief er sich fiebrig ins Gedächtnis. Lachlan aber schon, wenn sie die Karte verlören. Jede Sekunde würde Melpo sich daran erinnern, dass sie sich mit einem Logout in Sicherheit bringen konnte …

»Schieß endlich!«, rief Lachlan.

Melpo erzeugte mit ihrer Geige ein Blitzlichtgewitter, das krachend und zischend über den Dämon kam. Ein Querschläger sauste im hohen Bogen durch die Luft, kam auf sie zu und erwischte Lachlan frontal; er wurde von den Füßen gerissen und flog jaulend ins hohe Gras.

»Lachlan!«

Doch Lachlan ging es gut; er rappelte sich schwankend auf und warf Zack einen wütenden Blick zu. Zack zögerte nicht länger; er legte den Revoler an, zielte auf Melpo und drückte den Abzug. RUMMS. Daneben: Melpo hörte auf zu spielen und sah erschrocken in seine Richtung. Zack fing den Rückstoß mit dem rechten Fuß ab, zielte auf Melpos Oberkörper, hielt die Luft an und drückte ein zweites Mal ab. Diesmal erwischte die Kugel den Unterbügel ihrer Geige, gefährlich nah an der Kinnstütze, an der sich Melpos Gesicht befand: Die knallrote Violine zerbarst zu einem Splitterregen, die Saiten peitschten durch die Luft, der Steg brach entzwei und die Wirbel flogen wie Geschosse ins Gebüsch. Melpo schrie auf und stürzte rücklings gegen eine Stelzwurzel.

Lachlans Dämon erkannte offenbar die Gunst der Stunde; erneut stürzte er sich auf die am Boden liegende Melpo und wickelte sich um sie, ehe sie wusste, wie ihr geschah. Sie leistete nicht mehr lange Widerstand – ein paar Sekunden noch wälzte sie sich fiepend hin und her, dann akzeptierte sie ihre Niederlage und ließ die Arme fallen.

»Warum hat sie die Karte gestohlen?«, fragte Zack.

»Finden wir's raus«, sagte Lachlan, der humpelnd an seine Seite zurückgekehrt war. Zack lief voraus, sprang über ein Erdloch und war als Erster bei Melpo. Der Dämon hatte sich wie ein Tuch um ihr Gesicht gewickelt und verhinderte so, dass sie sich mit ihrem Safeword aus dem Staub machte. Zack fragte sich, warum sie nicht gleich diesen Weg gewählt hatte und zu Fuß geflüchtet war. Egal – alles, was zählte, war Erion. Er zog ihr die Karte aus der Hand und inspizierte sie: Die silberne Pfeife war auf ihr abgebildet.

Das war knapp, dachte er erleichtert.

»Ist das die Karte?«, fragte Lachlan schnaufend.

»Ja.«

Lachlan atmete auf. Melpo regte sich nicht, doch durch den halbdurchsichtigen Körper des Dämons konnte Zack sehen, dass sie die Augen geöffnet hatte. Er vermochte nicht zu sagen, was sie fühlte oder dachte; sie schien ihr Schicksal gleichmütig zu akzeptieren.

»Lass sie frei. Wir haben die Karte«, sagte Zack.

Lachlan nickte. »Verschwinde«, sagte er zu dem Schatten.

Das Wesen schnellte wie eine aufgewirbelte Gardine in die Luft und verharrte schwebend dicht unter dem Blätterdach, ohne Anstalten zu machen, sich aufzulösen. Seine roten Schlitzaugen richteten sich auf Zack.

Alles in ihm sträubte sich.

»Ich hab gesagt, du sollst verschwinden!«, rief Lachlan.

Der Dämon wirbelte kreischend um einen Ast und hielt ein paar Meter weiter inne, ohne sich wesentlich von Zack entfernt zu haben. Wieder richteten sich die furchteinflößenden roten Augen auf ihn, und wie zuvor hatte er das Gefühl, sich in Sicherheit bringen zu müssen. Er packte den Revolver – nur für den Fall, dass er ihn gleich brauchte.

»HAU AB!«, brüllte Lachlan.

Der Dämon kicherte schief und schrill, stieß auf Lachlan herab, tauchte in seine Brust und warf ihn ins Gras. Zack ließ den Revolver wieder los und reichte Lachlan die Hand, um ihm aufzuhelfen.

»Alles in Ordnung?«

»Ich glaube schon.«

»Junge«, keuchte Melpo, die immer noch bei ihnen war. »Du hast es echt nicht leicht mit dem Ding!«

Zack wirbelte herum, riss den Revolver aus den Holster und richtete ihn auf sie. »Du hast keine Ahnung, was du angerichtet hättest!«, fuhr er sie an. »Versuch das nicht noch mal – du kriegst die Karte nicht, verstanden?«

»Du hast meine Geige kaputt gemacht«, erwiderte Melpo beleidigt. »Ich hatte nur eine Glás-Geige!«

Zack fehlten die Worte: Hatte sie denn überhaupt kein Bewusstsein dafür, dass sie gerade einen Diebstahl begangen hatte? Irgendetwas stimmte hier nicht, so viel stand fest; doch bevor er sich weiter darüber den Kopf zerbrechen konnte, trat ein Mann hinter der Stelzwurzel hervor, gegen die Melpo gefallen war. Ein Mann, der einen knielangen schwarzen Mantel trug und ausgeprägte Segelohren hatte.

Als Melpo ihn sah, wich sie zurück – ausgerechnet in Zacks Nähe, so als suchte sie seinen Schutz.

»Was zum – du bist das?«

»Hallo Femke«, sagte Emil feixend. »Lange nicht gesehen.«

»Was?«, rief Zack. »Du kennst ihn?« Und warum nannte er sie Femke?

»Was, du kennst ihn auch?«, kiekste sie.

»Ein Moment gleich der Anagnorisis in der griechischen Tragödie«, sagte Emil andächtig. »Zwei Menschen, die einander wiedererkennen, gefolgt von der Peripetie, dem donnerschlagartigen Eintreten des Glücks – oder auch des Unglücks. Es gibt eben keine Zufälle auf der Welt …«

»Woher wusstest du, wo wir sind?«, fragte Zack.

»Das Lösungswort lautet Tunnel«, eröffnete ihnen Emil, wobei er über eine Wurzel stieg, die sich dick wie eine Python aus dem Boden erhob. »Starke Gefühle eröffnen uns Okkultisten den Zugang zu anderen Menschen. Kommt euch dieser Satz vielleicht irgendwie … bekannt vor?«

Zack erinnerte sich sofort: Hideki hatte ganz genau dieselben Worte gewählt, um ihnen die besondere Fähigkeit der Okkultisten zu erklären. Aber woher wusste Emil davon? Hatte er gelauscht, durchs offene Fenster?

»Hideki – hieß er nicht so? – hat euch haarklein erklärt, wie es läuft. Und doch wart ihr nicht klug genug, um einen Schritt weiterzudenken. Dachtet ihr wirklich, ich lasse euch unbeobachtet hier herumlaufen?«

»Du steckst mit Hideki unter einer Decke«, rief Lachlan.

»Nein, Hideki hat damit nichts zu tun«, sagte Melpo. »Was er mit Tunnel meint, ist eine Verbindung. Wenn ein Okkultist zwischen sich und einer zweiten Person einen Tunnel öffnet, dann kann er alles sehen und hören, was –«

»– die andere Person auch sieht und hört«, brachte Emil den Satz zu Ende. »Und in deinem Fall, Zachary, war es ganz besonders einfach. Dein Hass auf mich …«

»Was?«

»Durch deinen Hass konnte er den Tunnel öffnen«, sagte Melpo. »Ich hätte das wissen müssen.«

Also war er die ganze Zeit über beobachtet worden, dachte Zack.

»Und falls ihr nun den richtigen Schluss gezogen habt«, sagte Emil selbstgefällig, »dann seid ihr ganz von allein darauf gekommen, dass ich weiß, was ihr da habt.« Und er zeigte mit ausgestrecktem Arm auf Zack.

»Erion«, sagte Zack rasch, denn er wollte Emil wohlwollend stimmen. »Wir haben die Karte – hier.« Er hielt sie hoch. »Lass Lachlan frei, dann bekommst du sie.«

Emil verzog das Gesicht. »Mmh«, machte er.

»Du wolltest das Ding doch, oder?«, fragte Zack aufgeregt. »Hier hast du sie. Ich gebe sie dir – nur Lachlan, du musst Lachlan vorher freilassen, verstanden?«

»Du ... bist ja so nervös«, sagte Emil. Im nächsten Moment spürte Zack seine Hand nicht mehr – so als wäre sie nicht mehr da, obwohl er sie doch sehen konnte.

»Meine Hand!«

»Was ist mit deiner Hand?«, fragte Lachlan.

»Ich – ich kann sie nicht mehr bewegen –«

»Schnell, die Karte, Lachlan!«, rief Melpo. Lachlan schnappte nach der Karte in Zacks Hand, doch diese entwich ihm, ohne dass Zack es gewollt hätte.

»Hast du Spatzenhirn es immer noch nicht begriffen? Du solltest deine Gefühle besser im Griff haben.« Emil machte eine Bewegung mit den Fingern, als wollte er Zack zu sich winken. Der konnte nur dabei zusehen, wie sein Arm ausholte: Die Karte flog durch die Luft, direkt in Emils Hand.

Er warf einen kurzen Blick auf das Bild und steckte sie in die Manteltasche. »Danke«, sagte er zufrieden.

Zack sah fassungslos auf seine Hand. Sie gehorchte ihm wieder. »Das – das ist nicht fair!«

»Aber wie du siehst, macht es die Dinge einfacher.« Emil verschränkte die Arme hinter dem Rücken. »Nun, da das erledigt ist, kommen wir zu Lachlan und seinem erbärmlichen Schicksal. Die Peripetie, ihr erinnert euch?«

»Du lässt ihn frei, wie wir es vereinbart hatten«, sagte Zack durch zusammengebissene Zähne.

Emil dachte kurz nach. »Hmm ...« Er legte den Kopf schief. »Tja, tut mir leid, das ist nicht meine Schuld – es ist nur so: Ihr habt alle meine Regeln gebrochen.« Und mit ausgestreckter Hand zeigte er auf Melpo, die sich vor Schreck noch ein wenig gerader aufrichtete. Zack fragte sich, warum sie immer noch hier war – und woher sie Emil kannte.

»Was ist mit ihr?«, fragte er.

»Ich sagte: keine Mitwisser.«

»Sie ist keine Mitwisserin!«, rief Zack. »Sie ist nur eine Spielerin, die uns Cronos gezeigt hat, wir –«

Emil seufzte so laut, dass Zack verstummte. »Nicht auszuhalten, das Gejammer. Sagt euch Lebewohl.« Er flüsterte etwas und löste sich in Luft auf. Wo er vor einer Sekunde gestanden hatte, befand sich jetzt bloß noch der Holunderstrauch. Zack hatte das Gefühl, nicht mehr atmen zu können; Panik schnürte ihm die Kehle zu.

Er drehte sich zu Lachlan um, ohne zu wissen, was er sagen sollte, also sagte er das Erste, was ihm einfiel, eine hohle Phrase. »Ich hol dich da raus, versprochen!«

»Darauf verlasse ich mich«, antwortete Lachlan mit unangemessen fester Stimme. Er blickte zu Melpo. »Es hat geklappt. Er ist voll drauf reingefallen.«

»Wunderbar«, sagte Melpo heiter.

Lachlan sah Zack an, wie in Erwartung einer ganz gewissen Frage. Zack kam sich dumm vor, als er sie stellte. »Was meinst du damit?«

»Melpo ist nicht irgendeine Spielerin. Sie …« Er unterbrach sich und blickte wieder zu Melpo. »Und wir sind ganz sicher, dass Emil sich wirklich ausgeloggt hat?«

»Absolut«, sagte Melpo.

»Was geht hier vor sich?«, fragte Zack.

»Ich versuche, es dir zu erklären«, sagte Lachlan. »Aber wir haben nicht viel Zeit. Sekunden.« Er schluckte. »Melpo und ich – wir kannten uns noch nicht, aber wir haben einen gemeinsamen Freund. Sein Name ist Griffin.«

»Griffin?«

»Er kennt einen Weg, um mich zu retten. Doch er konnte nicht mit mir in Kontakt treten, weil du die ganze Zeit bei mir warst und Emil uns durch dich beobachtet hat. Als du weg warst, haben wir uns mit Griffin getroffen –«

»Beeil dich!«, warf Melpo ein.

»Ich versteh das alles nicht«, stammelte Zack. Was redete Lachlan da? Wer sollte dieser Griffin sein?

»Griffin war klar, dass Emil immer genau wusste, was wir gerade taten. Deshalb hatte er sich diesen Plan ausgedacht, um Erion zu retten. Wir haben Melpos Verrat inszeniert, damit sie die Karte unauffällig gegen eine andere tauschen konnte.«

Lachlan nahm eine Karte entgegen, die Melpo ihm reichte: Es war eindeutig die mit der Pfeife.

»Aber – welche hat dann Emil?«

»Eine Mimikrykarte«, sagte Melpo. »Ein wirkungsloses Duplikat, das das Aussehen der echten Karte kopiert. Hätte Emil die Karte verwandelt, hätte er eine Pfeife in Händen gehalten, aber es wäre nicht Erion gewesen.«

Anscheinend wusste sie wirklich über alles Bescheid. »Aber – wieso – ich kapier das nicht –«

»Melpo gehört zu Griffin – und ich tu das auch«, sagte Lachlan. »Ich wünschte, ich könnte es dir erklären, Zack, aber dafür haben wir jetzt keine Zeit. Emil wird mich gleich aus Cronos holen. Und mich dann töten.«

Er sagte das einfach so. Angst sank Zack in den Magen.

»Ich will ehrlich zu dir sein, Zack«, sagte Lachlan. »Ich war nicht fair zu dir. Ich habe dich in diese Sache mit Penny reingezogen, weil ich dachte, das könnte dich irgendwie auf meine Seite bringen. Ich wollte dir die Akademie vermiesen. Auch mit der Entführung – ich bin ein schrecklicher Egoist.« Lachlan atmete durch. »Aber das ist vorbei, verstehst du? Ich werde dir jetzt die Wahrheit sagen.«

Zack war nicht sicher, ob er Lachlan gerade richtig verstanden hatte. »Aber ich habe den Stein geworfen, Lachlan«, sagte er. »Ich allein bin verantwortlich für meine Entscheidungen.«

»Du bist ein echt feiner Kerl«, sagte Lachlan. »Und ich bin der letzte Mensch, der dich verdient hat.«

»Wie meinst du das?«

»Lachlan, der Plan!«, sagte Melpo hektisch.

Lachlan schüttelte den Kopf, wie um einen Gedanken loszuwerden. Sein Ton war jetzt wieder schärfer. »Griffin ist ein echter Rebell, Zack. Die meisten Menschen würden ihn wohl eher einen Terroristen nennen.«

»Einen Terroristen?«

»Du sollst diesmal vorher wissen, Zack, dass diese Aktion deine Zukunft gefährden könnte. Emil wird mich gleich hier rausholen und es gibt nur eine Möglichkeit, mich zu retten, nämlich Griffin. Er hat mich geortet und weiß, wo Emil mich versteckt hält.« Er redete immer schneller und schneller; Zack lag es auf der Zunge: Lachlan, wollte er sagen, das mit der Akademie ist Geschichte; aber Lachlan ließ ihn nicht zu Wort kommen. »Es könnte also sehr gefährlich für dich werden, deshalb würde ich verstehen, wenn du jetzt einen Rückzieher machst, aber – ich bitte dich darum –«

»Warte doch mal 'ne Sekunde!« Zacks Hals fühlte sich an, als steckte eine ganze Faust darin. Er war völlig durcheinander.

»Wir haben keine Zeit, Zack! Also, wirst du kommen?«

Zack öffnete den Mund, doch es war zu spät: Lachlan verschwand so plötzlich, dass Zack seine Nähe noch ein paar Sekunden länger zu spüren glaubte. Er drehte sich zu Melpo um. »Er ist weg!«

Anstatt etwas zu sagen, öffnete Melpo ein Notizbuch und streckte Zack die leeren Seiten entgegen. Zack wollte sie gerade fragen, was das sollte, als ihm das Wort im Hals stecken blieb: Eine unsichtbare Hand schrieb mit schwarzer Tinte etwas auf die Linien. Eine steile Schrift.

Zack,

hier kommt mein erster Befehl: Logg dich aus und leg alles ab, was du anhast, ausgenommen Unterhose, Hose, Pullover und Schuhe. Keine Mütze, kein Schmuck, kein Gürtel. Du wirst dich später schnell ausziehen müssen, also verzichte auf alles, was Zeit benötigt. Lass dein Handy zu Hause; sie können es orten. Geh durch den Keller in die Garage und mach Lachlans Motorrad startklar. Garagen- und Gartentor werden sich zeitgleich öffnen, du musst nichts tun. Verzichte auf den Helm. Sobald der Weg frei ist, fahr los. Du triffst dich mit Melpo im Phoenix Park, südlich des Quarry Lake. Wenn die Polizei dich einholt oder du nicht mindestens zwei Minuten Vorsprung hast, ist alles verloren. Also gib dein Bestes.

Griffin

Als er fertig war, sah Zack zu Melpo auf. Was um alles in der Welt hatte sie in Irland zu suchen? Sie klappte das Buch zu und kam ihm mit ihrer Frage zuvor.

»Was wirst du tun?«

»Warum verrät Griffin nicht der Polizei, was er weiß?«, fragte Zack aufgewühlt.

Sie verzog keine Miene, war auf einmal gar nicht mehr so zuvorkommend wie im Versteck der Underminers, wo sie allen wie eine große Schwester gewesen war. »Erstens würden sie uns nicht glauben. Zweitens verlören wir dadurch zu viel Zeit. Drittens säßen wir danach im Knast.«

»Warum?«

»Das spielt jetzt keine Rolle. Also, wirst du Lachlan retten oder ihn sterben lassen?«

»Was glaubst du denn? Ich werde diesem Emil den Hals umdrehen!«

»Das wollte ich hören. Bis gleich.«

Sie sagte ein lateinisch klingendes Wort und verschwand spurlos, sodass Zack auf einmal ganz allein zwischen den Stelzwurzeln stand. Er flüsterte sein Safeword und nur Sekunden später, nach einem sehr langen Sturz durch die von Licht durchflimmerte Nacht des Cronos Cube, richtete er sich auf seinem Bett auf.

Er sah auf die Uhr: Viertel nach zwei.

[20]

Zack ließ die Konsole, wo sie war, und riss sich die Dienstkleidung vom Leib, die er sich vorhin nicht ausgezogen hatte. Er warf das Hemd, die Krawatte und die zerknitterte Anzughose auf einen Haufen und zog sich die Jeans und den Sweater über. Er streifte ein Armband ab und zog sich die Turnschuhe an. Dann hielt er mit hämmerndem Herzen inne. Wenn er in die Garage wollte, musste er durch den Keller, und wenn er in den Keller wollte, musste er durch die Eingangshalle, dicht am Wohnzimmer vorbei. Der Detective und Persy waren mit Sicherheit wieder dort. Die Wahrscheinlichkeit, dass in der Eingangshalle noch Polizisten standen, war ebenfalls hoch. Zack stellte sich vor, wie O'Connor sie anwies, ihn im Auge zu behalten, falls er abhauen wollte. Was er ja irgendwie auch vorhatte.

Vielleicht sollte er ihm alles erzählen.

Einfach alles dem Detective anvertrauen, auf dem Sofa sitzen und hoffen, dass die Polizei das Drama zum Guten wendete. Der Gedanke ließ ihn innerlich ganz weich werden. Womöglich gehörte Griffin doch zu Emil, und dies war ein Manöver, um auch den zweiten Zeugen aus dem Weg zu räumen. Vielleicht war Griffin ebenfalls ein Okkultist und hatte Lachlan das Hirn gewaschen. Dann wäre Detective O'Connor tatsächlich die einzige Person, an die er sich jetzt wenden sollte.

Ja, das würde er tun. Scheiß auf Griffin, oder wie er auch immer heißen mochte. Er war schließlich ein Terrorist, oder? Er langte nach dem Schlüssel und hielt erneut inne. Wie sollte er O'Connor erklären, dass er einen Terroristen kannte? Was würde er Lachlan damit aufbürden, sollte er wirklich gerettet werden? Die Polizei, schlimmer noch, die META würde ihn nicht mehr in Ruhe lassen. Sie würden auch die Sache mit Penny herausfinden. Lachlan würde im Handumdrehen wieder in Gefangenschaft landen, diesmal in der des Staats – und er, Zack, würde ihn begleiten müssen.

Er hatte gar keine Wahl.

Zack drehte den Zimmerschlüssel und öffnete so leise wie möglich die Tür. Niemand war auf dem Flur. Er stahl sich zur Treppe und linste in die Eingangshalle.

Verdammt, dachte er.

Zwei schwarz gekleidete Polizisten flankierten die Eingangstür mit hinter dem Rücken verschränkten Armen. Rechts Schusswaffen, links Schlagstöcke. Zack presste sich an die Wand. Komm schon, dachte er und sah sich fiebrig im Flur um. Vielleicht konnte er aus dem Fenster klettern. Und sich beim Runterfallen beide Beine brechen? Keine gute Idee. Er könnte behaupten, sich im Keller etwas zu trinken holen zu wollen. Aber O'Connor würde ihn bestimmt genau dabei beobachten … womöglich gelang es ihm, wenn er die Polizei ablenkte … eine Explosion verursachte, oder … aber womit? Vielleicht sollte er ein Feuer legen … und riskieren, dass Phoenix Manor abbrannte? Bullshit, dachte er fiebrig, denk nach, komm schon, Mann!

Jemand schritt durch die Eingangshalle.

»Sie da! Da draußen ist jemand, auf dem Grundstück, ich habe ihn von der Terrasse aus gesehen.«

Ein hellblonder Haarschopf schob sich in Zacks Gesichtsfeld. Es war Lachlans Vater.

»Wieso schlägt die Alarmanlage dann nicht an?«, fragte die Polizistin, die Zack vorhin den Arm verdreht hatte. »Das Grundstück ist doch gut gesichert, oder?«

»Das wüsste ich auch gern!«, sagte Oliver. Zack wagte nicht zu atmen. Hatte er einfach nur Glück oder wusste Oliver Bescheid? Räumte er ihm den Weg frei?

»Worauf warten Sie noch?« Oliver hob wütend die Stimme. »Wozu sind Sie eigentlich hier? Muss ich Ihnen erklären, wie Sie Ihren Job zu machen haben?«

»Nicht nötig, Mr. Abercromby.« Eine vierte Person betrat die Eingangshalle aus Richtung Wohnzimmer. Zack drückte sich noch fester an die Wand – es war Detective O'Connor. Oliver drehte sich zu ihm um.

»Auf dem Grundstück treibt sich ein Unbefugter herum. Wenn Sie nicht gehen, mache ich es selbst, und ich verspreche Ihnen, dass das ein Nachspiel haben wird!«

»Schon gut. Geht nachsehen«, sagte O'Connor.

Die beiden Uniformierten verließen das Haus. Der Detective sagte zu Oliver: »Bleiben Sie hier drin.«

Und er folgte den anderen beiden nach draußen. Zack dachte, dass irgendetwas passieren müsste, dass O'Connor plötzlich zurückkehrte und sagte, er hätte nur einen Scherz gemacht, oder etwas in der Art – er konnte unmöglich so viel Glück haben. Doch Oliver schloss die Tür hinter O'Connor und die Tür blieb zu. Oliver drehte sich um. Sein Blick flog durch das Treppengeländer hoch ins Obergeschoss, und ehe Zack wusste, wie ihm geschah, sahen sie einander direkt in die Augen. Oliver sah fast sofort wieder weg.

Zack war sich jetzt ganz sicher. Oliver half ihm.

»Was ist denn da los?« Persys Stimme, sie klang vorwurfsvoll. Er sah, wie Oliver die Hand ausstreckte.

»Da treibt sich jemand auf unserem Grundstück herum. Nutzen wir die Gelegenheit, um zu reden.«

»Das sind ja ganz neue Töne.«

Ihre Stimmen wurden leiser … *klick*.

Die Wohnzimmertür war zugegangen.

Zack wartete ein, zwei Sekunden lang und als nichts passierte, schoss er los. Drei, vier Stufen auf einmal nehmend sprang er die Treppe hinunter. Er rutschte, rannte, flog über den glatten Steinboden in der Halle. Jetzt riss er die Kellertür auf – er war auf der anderen Seite. Er stolperte, fiel fast die Wendeltreppe hinab, übersprang die letzten fünf Stufen. Er riss die rechte Tür auf, ein kurzer Flur, dann hatte er die Garage erreicht. Er schlug die Hand auf den Lichtschalter. Persys schwarzer Mercedes – dahinter Lachlans giftgrüne Kawasaki, ein greller Farbklecks vor einer ansonsten farblosen Kulisse aus grauen, weißen und schwarzen Flächen. Zack betätigte den Lichtschalter über dem Werkzeugtisch, bevor er das wesentlich hellere Garagenlicht wieder ausschaltete.

Angespannt lauschte er.

Stille. Weder war ihm jemand gefolgt noch befand sich jemand direkt vor der Garage.

Zack trat den Ständer des Motorrads zurück, betätigte den Stromknopf und presste seinen Daumen auf den Fingerabdruckscanner. Die grünen LED-Streifen auf den Fußrasten, den Hinterradstoßdämpfern und der rundlichen Verkleidung des Elektromotors glühten auf und das ins Cockpit eingelassene Display zeigte an, dass die Maschine das Betriebssystem lud. Zack schwang sich auf die Sitzbank, während der Boardcomputer die Rückspiegel automatisch so einstellte, wie er sie brauchte. Zack schaltete das Licht des Werkzeugtischs aus, bevor er die Hände auf die Griffe legte.

»SETZEN SIE DEN HELM AUF«, stand auf dem Display.

»Ignorieren«, sagte Zack.

»WARNUNG. DIE VERSICHERUNG HAFTET NICHT FÜR UNFÄLLE, DIE –«

»Ignorieren.«

»WILLKOMMEN, MR. MURRAY. SIE SEHEN NUN DIE DERZEITIGE VERKEHRSLAGE IN DUBLIN.«

Er platzierte einen Fuß auf der Raste und wartete. Was gäbe das für einen Anblick, wenn plötzlich die Tür aufginge und O'Connor hereinkäme: »Überraschung! Und erwischt.« Vielleicht würde gar nichts passieren. Wie sollte sich auch das Garagentor ganz von allein öffnen? Und erst das große schmiedeeiserne Tor zum Grundstück? Es fiel ihm fast im selben Moment wie Schuppen von den Augen. Oliver würde natürlich die Tore öffnen. Vorausgesetzt, er schaffte es rechtzeitig, sich von Persy wieder loszureißen.

Da hörte er, wie eine Antwort auf seine Gedanken, ein elektrisches Summen. Tageslicht fiel durch einen Spalt in die Garage ein. Der Spalt wurde langsam breiter; Zack umklammerte die Griffe fester. Ob O'Connor das Summen hören konnte? Er würde seine Leute zurückpfeifen und in sein Auto springen, noch bevor das Motorrad die Garage verlassen hatte.

»SIE SIND STARTBEREIT«, verkündete das Display und bot ihm einen roten Start-Button an. Zack konnte jetzt den Garten und die Garagenauffahrt sehen und weiter hinten, zwischen den Apfelbäumen, das schwarze Haupttor, das langsam aufglitt – lautlos, denn quietschendes Metall gehörte zu den Dingen, die Persy nicht leiden konnte.

Zack nahm all seinen Mut zusammen und ließ den Finger auf den Startknopf fallen. Der Elektromotor sprang an, leiser als ein Rasierapparat. Er neigte sich nach vorn – der Motor vibrierte unter seiner Brust. Er legte die Hand auf den rechten Griff und bewegte ihn nach vorn. Das Drehmoment war augenblicklich da – und das Bike schoss mit solcher Entschiedenheit los, dass Zack hinterrücks vom Sitz gefallen wäre, hätte er nicht damit gerechnet. Wie der Blitz jagte er aus der Garage, die Auffahrt hoch, flog durch das Haupttor hinaus auf die Straße, lehnte sich zur Seite und zog die Maschine um die Kurve. Der Wind biss ihm in die Augen, doch er hatte es geschafft. Sie würden ihn niemals einholen.

Lachlan hatte seine Kawasaki schon am ersten Tag gehackt, hatte alle Geschwindigkeitsblockaden beseitigt und die Maschine bis zum Verrücktwerden gepimpt. Heute würde es ihm das Leben retten. Zack drehte am Tempogriff und kniff die Augen so zusammen, dass er gerade noch etwas sehen konnte. Das digitale Tachometer färbte sich rot – mit mehr als einhundert Stundenkilometern zischte er an der Wiese vorbei, auf der zwei Schulklassen Ball spielten. Autos hupten, als er ihnen den Weg abschnitt; er raste durch das Chapelizod Gate und bog haarscharf nach rechts auf die Chapelizod Road ab. Ein, zwei Kilometer weiter westlich gab es einen weiteren Eingang zum Park – sollte O'Connor gesehen haben, wie er den Park verlassen hatte, würde er annehmen, dass er irgendwo in Dublin untertauchen wollte. Zack gratulierte sich für seinen Scharfsinn und verdrängte die Frage, wie schnell die Satelliten ihn orten würden. Ungebremst raste er über eine orangerote Ampel, an der Grundschule vorbei, hinein in eine schmale Straße zwischen Wohnhäusern. Er ignorierte das Tempo-30-Schild, das Tachometer kletterte hoch auf hundertzwanzig, hundertdreißig –

Etwas rammte sich gegen das Vorderrad. Der Schlag traf die Maschine hart – erst hüpfte sie darüber hinweg, dann stellte sich das Hinterrad auf. Zack wusste nicht, wie ihm geschah, er umklammerte die Griffe fester und presste die Sohlen auf die Fußrasten. Ein Ruck ging durch seinen Unterleib, er fühlte sich wie im freien Fall. Es ging abwärts – die Räder kollidierten heftig mit dem Asphalt – Zack wurde zur Seite gerissen, das Motorrad strauchelte; er sah sich an der Mauer kleben, er würde es nicht schaffen, er war –

Mit dem Fuß auf der Bremse gelang ihm das Unmögliche, er brachte die schlingernde Maschine zum Stehen, kreischend eine schwarze Spur auf den Boden zeichnend. Er stemmte einen Fuß auf den Boden, um nicht umzufallen, und sah hinter sich, vollgepumpt mit Adrenalin.

Es war eine Temposchwelle.

Er wäre fast an einer Temposchwelle verreckt.

»Scheiße.« Panisch sah er zurück zur Kirche. Bestimmt saß O'Connor längst in seinem Wagen, um ihm zu folgen. Zwei Minuten Vorsprung? Das würde er niemals schaffen. Er blickte nach vorn. Da kamen noch mehr Temposchwellen, die ganze Straße war ein einziger Hürdenlauf dieser niedrigen, rot markierten Hügel, die jedem Biker das Genick brechen konnten. Er drehte wieder am Tempogriff und bremste kurz vor der nächsten Schwelle, rollte über sie hinweg und beschleunigte, bis ihm die dritte Schwelle in die Quere kam. Es waren neun oder zehn an der Zahl, zehn elende Hindernisse, die Lachlan das Leben kosten konnten. Hätte er bloß einen anderen Weg genommen, wäre er nur im Phoenix Park geblieben!

Er war über die neunte Schwelle hinweg, danach kam die zehnte, die länger war als die anderen – und endlich hatte er freie Fahrt den Berg hinauf. Der Wind pfiff ihm in den Ohren; oder war es eine Polizeisirene? Er überholte eine Autokolonne, indem er mitten in einer Kurve auf die rechte Fahrbahn fuhr. Ein roter Mini kam ihm entgegen, wich ihm aus und riss sich den Lack an der Mauer auf. Das Hupen der Fahrer verfolgte ihn den Berg hinauf – dann sah er es endlich vor sich: das weiße Gitter neben dem mehreckigen Steinbau, der das Knockmaroon Gate des Phoenix Parks markierte.

Der Park mochte so groß sein wie ein ganzer Stadtteil; er war gewiss auch einer; der größte Stadtpark Europas, und trotzdem komplett von Mauern und Zäunen umschlossen. Wenn die Polizei wollte, konnte sie ihn binnen Minuten hermetisch abriegeln. Doch von O'Connor und seinen Leuten fehlte jede Spur. Zack hielt auf das offene Parktor zu und beschleunigte.

Die Straßen im Phoenix Park waren gut ausgebaut und gepflegt, anders als die meisten Straßen in Dublin – doch es wimmelte von Joggern und Spaziergängern mit Hunden, auch von Wanderern, die nach freilaufenden Rehen Ausschau hielten; die meisten hörten Musik über Kopfhörer oder waren zu sehr mit sich oder Karten beschäftigt, um das leise Motorrad heransausen zu hören. Zack lehnte sich in die Kurve und holte alles aus der Maschine heraus. Die sonst so breite Straße war eng wie ein Nadelöhr, als der Tacho hundertfünfzig Stundenkilometer überschritt. An der Kreuzung raste er geradeaus weiter, schoss wie ein Pfeil durch Wald und Wiese. Vor ihm streckte sich die Straße jetzt schnurgerade aus; Autos zu beiden Seiten, am Ende war Schluss. Eine Sackgasse. Südlich des Quarry Lake … Zack konnte nur raten, wo sich der Treffpunkt genau befand. Wenn Melpo mit einem Auto kam, würde sie irgendwo parken müssen. Er würde es an dieser Stelle versuchen. Zack drehte den Tempogriff auf null, doch die Kawasaki, die keine Motorbremse kannte, flitzte weiter, bis er in die Bremse trat.

Vor den Steinpfosten, die das Ende der Straße markierten, kam Zack zum Stehen. Sein Gesicht schmerzte von der kalten Luft; mit brennenden Augen sah er sich um. Der Wind rauschte in den Birken und dem hohen Gras, an den Holztischen saßen Familien. Er war in dieser Gegend sehr oft joggen gewesen, früher, als er noch bei den Abercrombys gelebt hatte; kein Winkel des Phoenix Parks, in dem er noch nie gewesen war, und doch kam ihm jetzt alles unwirklich und fremd vor.

Ein rostiger dunkelblauer Ford parkte als Letzter in einer Reihe von Autos auf der rechten Seite. Die Tür sprang auf, als Zack den Motor abstellte. Es war Melpo.

Sie trug diesmal kein aufwendiges schwarzes Kleid mit zerbrechlich wirkenden Spitzenhandschuhen, sondern eine unmodische Kombination aus einer ausgewaschenen hellblauen Jeans und einem zitronengelben T-Shirt, das ihr überhaupt nicht stand. Als hätte sie sich verkleidet, weil sie sich außerhalb von Cronos wie ein Alien fühlte.

»Was machst du in Irland?«, überfiel Zack sie, den Ständer des Motorrads heruntertretend. »Was läuft hier eigentlich? Wieso bist du hier? Was bedeutet das?«

»Wir reden unterwegs. Zieh dich aus«, antwortete sie.

»Wozu ausziehen?«, fragte er.

»Stell keine Fragen! Die Polizei ist hinter dir her.«

Das Herz rutschte ihm in die Hose; er öffnete hastig den Knopf und zog sie herunter. Melpo hielt ihm einen Rucksack auf. »Hier rein damit.«

Erst nachdem sich Zack den Sweater vom nackten Oberkörper gezogen hatte, bemerkte er den Jagdhund neben dem Wagen. Jemand hatte ihm ein Geschirr übergezogen, auf dessen Seite das Wort ›Batman‹ stand. Zack stopfte seine Kleidung in den Rucksack. »Die Unterhose auch. Zieh die hier an«, sagte sie und drehte sich um. Er tat, was sie verlangte, froh darüber, dass die neue Unterhose wenigstens passte. Melpo zog den Reißverschluss des Rucksacks zu, pfiff nach dem Hund und als er zu ihr kam, befestigte sie den Rucksack an seinem Geschirr. Er wedelte mit dem Schwanz, als wüsste er ganz genau, dass er eine wichtige Aufgabe zu erfüllen hatte.

»Los«, sagte sie und gab ihm einen Klaps. Der Jagdhund bellte einmal und flitzte los, zwischen die Bäume, die einen dünnen Waldstreifen bildeten. Dahinter lagen die Sixteen Acres, eine Wiese von enormer Weite, mit Gras, in dem ein kleiner Hund wie dieser mühelos verschwinden konnte. Wollte er sich verstecken? Melpo lief ihm ein paar Schritte nach, allerdings nur, um die Kawasaki umzuwerfen. Das Krachen des Aufpralls tat Zack fast körperlich weh.

»Rein da«, sagte sie im Befehlston und zeigte auf das Auto. »Unter die Decke, wir fahren los.«

Vielleicht lag es an ihrer Nervosität, denn sie kam Zack sehr viel unwirscher vor als in Gegenwart von Hideki, Hana und Shadiya.

Zack kroch auf den Rücksitz, zog die langen Beine an und die Decke über den Kopf. Er hörte, wie Melpo erst die Hinter- und dann die Fahrertür zuwarf. Der Wagen sprang an. Er hatte anscheinend keinen Elektromotor, denn das Brummen war geradezu ohrenbetäubend. Sie rollte an und legte den zweiten Gang ein.

Melpo setzte zu einer Erklärung an, und daran erkannte er sie wieder, die Melpo aus Cronos.

»Deine Kleidung ist gechippt, wie praktisch jede Kleidung. Wenn du damit an einer Drohne vorbeifährst, aktiviert sie die Chips aus der Distanz und liest ihre Nummern aus. Wenn du ein Kleidungsstück mit einer Karte gekauft hast oder mal von einer Drohne gescannt wurdest, während du dein Handy dabei hattest, weiß sie automatisch, dass die Nummer zu dir gehört. Somit könnte die Polizei also nicht nur Lachlans Motorrad orten, sondern auch deine Kleidung.

Die Klamotten, die du gleich von mir bekommst, sind nicht gechippt und damit für Drohnen unsichtbar. Bruce, das ist der Hund, wird dein Zeug verschwinden lassen. Die Bullen werden das umgefallene Motorrad sehen und denken, dass du in den Park geflüchtet bist. Dadurch gewinnen wir Zeit. In zwei oder drei Minuten werden sie anfangen, den Park zu sperren, um dich zu suchen. Bevor das passiert, müssen wir hier raus sein. Wenn wir Glück haben, finden sie Bruce überhaupt nicht. Er hat den Auftrag, zu einem seiner Herrchen zu laufen. Uns kann er jedenfalls nicht mehr gefährlich werden. Das kann jetzt höchstens noch die Drohne.«

Sie sprach das Wort so lässig aus, als hätte sie keine Angst vor Abhörgeräten. Ihr Monolog wurde begleitet von hektischem Schalten, Bremsen und Anfahren.

»Hinter dem Fahrersitz liegt die Kleidung, von der ich gesprochen habe. Zieh sie an.«

Die Decke stank entsetzlich nach nassem Hund, weshalb Zack froh darüber war, als er die Nase herausstecken durfte. An der Formation der Bäume erkannte er, dass Melpo die Kreuzung erreicht hatte. Er tastete unter dem Beifahrersitz den Boden ab und fand ein Bündel Stoff.

»Nicht bewegen – versteck dich!«, zischte Melpo über die Schulter. Zack zerrte sich hastig die Decke über den Kopf und konzentrierte sich darauf, nicht einmal mit dem Zeh zu wackeln. Draußen fuhr ein Auto vorbei; er kam sich so exponiert vor, als pressten seine Insassen die Gesichter an die Fensterscheibe von Melpos Kleinwagen, die Decke anstarrend, als erahnten sie unter ihren verdächtigen Wölbungen einen Menschen. Zack kniff die Augen zu und hielt den Atem an. Fahrt vorbei, dachte er, fahrt einfach vorbei …

»Das war unser lieber Freund Cosimo O'Connor«, sagte Melpo. Sie gab Gas und schaltete in den vierten Gang. Der Motor heulte etwas leiser.

Zack wagte wieder zu atmen. »Und woher kennst du ihn?« Er zog sich aus dem Stoffbündel ein Kleidungsstück unter die Decke, erkannte darin ein T-Shirt und begann es sich umständlich über den Kopf zu ziehen. Wie so häufig in den letzten Minuten ignorierte Melpo seine Frage, um stattdessen mit ihren Instruktionen fortzufahren.

»Du wirst unter der Decke bleiben, bis wir im Zentrum sind. Dort beginnen wir mit unserer Suche nach Lachlan.«

Was sollte das heißen: mit unserer Suche?

»Ich dachte, wir wissen, wo er ist!«

»Leider nicht«, erwiderte Melpo. Zack hob die Decke einen Spalt an, als sie langsamer wurde. Draußen zog das weiße Gittertor vorbei. Sie hatten den Phoenix Park verlassen. »Griffin hat alles getan, um seinen Aufenthaltsort festzustellen, aber es ist ihm nicht gelungen. Nur ungefähr.«

»Und was heißt ungefähr?«

»Irgendwo in Flussnähe. Und im Zentrum.«

Sollte das ein Witz sein? »Emil wird ihn niemals mitten in der Stadt gefangen halten!«

»Doch, denn genau das ist Emils Lebenseinstellung. Tu immer das Unerwartete.«

Die dünne Leinenhose, die er unter dem Rücksitz fand, hatte einen Gummizug. Er zog sie sich über die Hüften, während Melpo über die zehn Temposchwellen holpernd nach Chapelizod fuhr. Zack fand außerdem noch ein Paar Baumwollschuhe mit Plastiksohle, die ihm wie angegossen passten. Als er sie überzog, fragte er sich, woher Griffin seine Schuhgröße kannte – und wie viel er noch über ihn wusste. Zack linste unter der Decke hervor und sah das ockerfarbene Schulgebäude vorbeiziehen, dann die Kirche und schließlich das Chapelizod Gate. Er verspürte einen Stich in der Brust bei der Vorstellung, wie Persy im Wohnzimmer saß, sich den Kopf hielt und nicht begreifen konnte, warum er mit Lachlans Motorrad abgehauen war.

»Sobald wir an der Heuston Station vorbei sind, beginnen wir mit der Operation«, sagte Melpo. »Ich denke, wir sind sicher – du kannst dich jetzt hinsetzen. Sieh unter meinem Sitz nach. Dort liegen zwei Päckchen. Nimm das größere in die Hand und wirf einen Blick hinein.«

Zack schob die stinkende Decke von sich und bückte sich, um einen Karton unter dem Fahrersitz hervorzuholen. Die fremde Kleidung fühlte sich kühl und ungewohnt an. Die Laschen des Kartons waren nur lose ineinandergeschoben und ließen sich rasch entfalten. Es lag ein rundliches Objekt darin, eingewickelt in Alufolie.

Unangenehme Erinnerungen stiegen in ihm hoch, während er das Objekt befühlte. Genau so hatte Lachlan Penny verpackt, nachdem sie … Er hielt inne. Es hatte eine Krempe wie eine Frisbeescheibe und darauf saß eine Kuppel. Das Ding sieht nicht nur aus wie eine Drohne, dachte er.

»Es ist nicht irgendeine Drohne«, sagte Melpo über den Motorenlärm hinweg. »Sondern Penny.«

Zack schnappte nach Luft. »Woher hast du das Ding?«

»Aus dem Park, wo du sie zurückgelassen hast. Weißt du noch, wie du am Sonntagmorgen aufgewacht bist? Ich war bei dir«, eröffnete Melpo Zack.

Die Frauenstimme. Ein weißes Oval inmitten schwarzer Haare ... »Du warst das?«

»Ja.«

»Warum warst du im Park?«

»Hätte Griffin zulassen sollen, dass die Polizei Penny bei der Spurensicherung findet? Dazu ist sie zu wertvoll. Sie wird noch sehr nützlich sein.«

Aber wie?, wollte Zack fragen und kam sich schon bei dem Gedanken dumm vor, als wäre er der einzige Mensch auf der Welt, der überhaupt nicht mehr begriff, was Sache war. Doch gerade, als er den Mund öffnete, um nachzuhaken, kam ihm ein Gedanke. »Die Uhr ...«

»Du begreifst schnell«, sagte Melpo anerkennend.

»Lachlan hat Penny so programmiert, dass sie auf ein Signal aus seiner Armbanduhr reagiert«, sagte Zack aufgeregt. »Sobald Penny das Signal der Uhr auffängt, bewegt sie sich auf Lachlan zu. Das ist genial!«

»Genau. Penny reagiert auf einer Distanz von einhundert Metern, zumindest in der Ebene. In der Stadt gibt es Mauern, die das Signal schwächen. Wir fahren also alle Straßen ab.«

»Aber dazu muss ich Penny auspacken.«

»Jetzt noch nicht. Wir müssen den richtigen Moment abpassen«, sagte Melpo streng.

»Und wann ist der?«

»Du weißt, was es mit Penny auf sich hat, oder? Sie ist gestohlen worden, anders könnte sie sich auch gar nicht in unserem Besitz befinden.«

»Ich habe den Stein geworfen, der sie auf den Boden geholt hat«, sagte Zack und fragte sich mit stiller Betroffenheit, warum er darauf plötzlich so stolz war.

»Und seither wird Penny von der META fieberhaft gesucht – genauso wie die Diebe. Sobald du die Alufolie entfernst, sind Gott und der Teufel hinter uns her.«

Jetzt begriff Zack, warum sie behauptet hatte, diese Aktion könne sie hinter Gitter bringen.

»Das Erste, was die schicken, wenn Penny wieder auf ihrem Schirm erscheint, sind andere Drohnen, die uns scannen und identifizieren sollen. Sobald sie uns haben, klebt uns die Polizei am Arsch, die uns festnimmt, und dann werden wir der META übergeben. Was uns dann blüht, willst du dir nicht vorstellen.« Sie hätte auch sagen können, er solle nicht an tote Robbenbabys denken. Zack verscheuchte die Bilder von gewalttätigen Soldaten und stundenlangen Verhören, die ihm ins Bewusstsein drängten.

»Und was machen wir?« Er hoffte, dass ihr Plan nicht lautete, Gas zu geben und sich mit der Polizei eine Verfolgungsjagd zu liefern. In der Dubliner Innenstadt gab es viele Dinge, die man mit einem Auto tun konnte; Gasgeben zählte eher selten dazu.

»Wir packen das Problem an der Wurzel. Solange uns die Drohnen nicht identifizieren, können uns die Bullen nur schwer verfolgen. Das kleine Paket.«

Die Pappschachtel, die Zack unter dem Beifahrersitz hervorzog, enthielt einen klobigen grauen Kasten mit einem schlammgrünen Display, das nicht reagierte, als er es mit dem Finger berührte. Links unter dem Display gab es ein pinkfarbenes Tastenkreuz, rechts zwei dunkelrote Knöpfe mit der Beschriftung A und B.

»Was ist das?«, fragte Zack.

»Ein Gameboy der ersten Generation«, sagte Melpo. »Schalt ihn ein. Da ist ein kleines Schiebeding an der Seite.«

Zack folgte ihrer Anweisung und legte den Schalter um. Mit einem hellen Pling sprang das Gerät an. Schwarze Pixel rieselten über das Display. Die vereinfachte Darstellung eines Satelliten erschien, der sich vor einem schwarzen sternfunkelnden Hintergrund um die eigene Achse drehte. »Ich soll Gameboy spielen?«

»Gleich müsste ein Straßennetz auftauchen.«

Der Satellit verschwand und ein Raster aus weißen und schwarzen Flächen füllte den Bildschirm. Eine schematische Straßenkarte. Das Mosaik bewegte sich: In der Mitte des Displays sah Zack einen pixelgroßen Punkt, der sich durch eine gekrümmte weiße Linie bewegte. Diese Linie musste die Chapelizod Road sein und der Punkt folglich Melpos Wagen. Also handelte es sich bei der großen, leeren Fläche zur Linken des Wurms um den Phoenix Park, an dessen Mauer sie entlangfuhren.

»Der Gameboy ist modifiziert worden. Du wirst gleich sehen, wozu er gut ist. Drück mal die Richtungstasten. Siehst du das Fadenkreuz?«

»Ja.« In der Voreinstellung befand sich das Pixelauto in

der Mitte des Fadenkreuzes. Wenn er die Kreuztasten betätigte, bewegte es sich über den Park oder die Islandbridge, die rechts an ihnen vorbeizog.

In diesem Moment tauchte noch etwas auf: zwei Augen, die körperlos durch die Straßen wanderten. Eines erschien zwischen dem Haupttor des Phoenix Parks und dem rundlichen Gerichtsgebäude, das andere vor dem Busparkplatz auf der anderen Seite. Über beiden Augen standen dreistellige Zahlen, die rasch abnahmen. Der Abstand, der sie noch voneinander trennte, in Metern angegeben, vermutete Zack. Beide Augen waren noch etwa hundert Meter entfernt. Neunzig. Achtzig. Die Distanz nahm rasch ab, weil Melpo recht schnell fuhr. Fünfzig, vierzig, dreißig – Zack sah aus dem Fenster.

Eine Drohne patrouillierte vor dem Haupteingang des Phoenix Parks. Zack wandte rasch das Gesicht vom Fenster ab. Melpo fuhr an der Drohne vorbei und die Zahl über dem digitalen Auge nahm wieder zu.

»Gut«, sagte Melpo und drosselte ihr Tempo, um neben dem Gericht an einer Ampel zu halten. Weitere Augen kamen in Sicht, in der links abzweigenden Straße und aus Richtung eines Hotels, das an der Brücke zur Heuston Station lag. »Drück jetzt B.«

Zack betätigte den Knopf rechts außen. Das Pixelauto stieß einen Kreis ab, der sich konzentrisch nach allen Seiten ausdehnte, wie ein Funksignal oder eine Druckwelle. Er löste sich auf, als er an den Bildschirmrand stieß.

Die Augen, inzwischen fünf an der Zahl, hielten mitten in der Bewegung inne, als die Kreislinie über sie hinwegwischte. Zack spähte aus dem Fenster. Es konnte nur ein Zufall sein – die Drohne am Haupteingang war in der Luft erstarrt; jetzt kehrte sie um und flog in den Phoenix Park zurück. Zack sah wieder auf den Gameboy, auf dem die Flugroute der Drohne eins zu eins abgebildet wurde. Auch die anderen Augen entfernten sich konsequent.

»Unmöglich«, sagte Zack.

»Nicht für Griffin«, entgegnete Melpo. »Dieser Trick mit der Signalwelle klappt aber nur unregelmäßig. Dazwischen musst du die Drohnen manuell abwehren. Wenn du eine übersiehst oder uns eine Drohne zu nah kommt, haben sie uns, also sei gründlich. Solange die Drohnen unsere Gesichter nicht identifizieren, können sie Penny nur per Satellit orten. Sie können aber nicht durch die Decke sehen, wer hier drin sitzt. Also werden sie uns mobil verfolgen. Wir können nur hoffen, dass wir Lachlan vorher finden.«

Sie bemerkte erst jetzt, dass sie immer noch den dritten Gang drin hatte, obwohl sie vor einer roten Ampel stand, schob den Hebel hastig nach links oben und wischte sich die Hand an der Hose ab. Anscheinend schwitzte sie, dabei war es im Auto ziemlich kühl. Außerdem stand sie einen guten Meter von dem gelben Doppeldeckerbus entfernt, der rechts von ihr auf grünes Licht wartete. Zack dachte mit wachsendem Unbehagen an ihren deutschen Akzent.

»Wie oft bist du schon links gefahren?«

»Noch nie«, gab sie geradeheraus zu. »Aber wenn ich wirklich muss, kann ich alles.«

Als die Ampel auf Grün schaltete, soff ihr der Motor ab; hinter ihnen schlug jemand auf die Hupe. Melpo drehte am Schlüssel und jaulte über die Kreuzung, haarscharf am Bordstein vorbeischrammend fuhr sie in Richtung Liffey. »Bist du bereit?«, fragte sie angespannt.

»Ja.«

»Dann pack Penny aus.«

Zack fasste in den Karton und streifte die knisternde Alufolie von der Drohne. Er stopfte sie unter die Krempe, sodass nichts Penny daran hindern würde emporzuschweben, wenn sie Lachlans Signal auffing. Sein Gesicht spiegelte sich in der oberen Kuppel. Er konnte sich genau daran erinnern, wie sie die Drohne in Temple Bar geklaut hatten, und vor allem daran, wie ramponiert sie danach ausgesehen hatte. Und dieses Ding sollte jetzt Lachlans Leben retten.

Noch weniger konnte er sich vorstellen, dass sie Lachlan rechtzeitig fanden. Emil wartete wohl kaum auf ihn; vielleicht hatte er sich längst aus dem Staub gemacht und Lachlans Leiche zurückgelassen. Würde er etwas spüren, wenn Lachlan starb? War es womöglich geschehen, als er an der Temposchwelle fast sein Leben gelassen hätte?

»Drohne!«, rief Melpo.

Zack sah auf den Gameboy und erschrak. Es war nicht nur eine Drohne, die sich ihnen näherte, sondern ein gutes Dutzend. Sie kamen von allen Seiten.

»Sind die schon wegen Penny hier?«

»Beeil dich einfach!«

Er haute auf die Richtungstasten. Das Fadenkreuz bewegte sich nach Norden über das Straßennetz. Sobald er die Drohne im Visier hatte, presste er die A-Taste nach unten. Die Drohne hielt inne, änderte ihren Kurs und entfernte sich wieder wie jemand, der etwas vergessen hatte. »Es klappt«, rief er überrascht.

»Da vorne kommen noch mehr!«

Eine Drohne schwebte über einen Zaun zu ihrer Linken, eine weitere näherte sich aus einer Querstraße, nur zwanzig Meter entfernt, als Zack sie mit dem Fadenkreuz erwischte. Sie kehrten sofort um. Melpo trat auf die Bremse, als der Bus vor ihr plötzlich anhielt, setzte hektisch den Blinker nach rechts, schnitt einem anderen Wagen den Weg ab und raste am Kai entlang, immer tiefer ins Stadtzentrum hinein. Die Autos um sie herum schienen sich zu vervielfältigen. Zack schaltete drei Drohnen aus, die ihnen über eine Brücke entgegenkamen und dann noch zwei weitere, die am Flussufer entlangschwebten. Melpo zog abrupt nach rechts außen und bog schlingernd auf eine vierspurige Brücke ab. Sie hielt das Lenkrad so fest umklammert, als wollte sie es abreißen.

»Alles gut«, sagte sie hell.

»Pass auf den Bordstein auf, du fährst zu dicht –«

»Kümmer dich um die Drohnen!«

Zack hämmerte aufs B – der schwarze Kreis pulste über den Bildschirm und sieben oder acht Drohnen gaben die Verfolgung auf. Melpo folgte der gebogenen Straße an einer Kirche vorbei, während der Verkehr immer unübersichtlicher wurde. Eingekeilt zwischen einem Bus und einem Lastwagen hielt Melpo vor einer Ampel. Sie hatten die Christ Church Cathedral erreicht – dahinter begann das verwinkelte, zugestopfte Stadtzentrum.

»Die Drohne?«

»Keine Reaktion«, sagte Zack.

»Scheiße.« Es war eines der wenigen deutschen Wörter, das Zack kannte.

Sie blinkte links. Kurz darauf überquerten sie die Liffey erneut und fuhren nach Norden. Melpo bekam einen riesigen Schrecken, als sie hinter sich die Tram bemerkte. Zack unterbrach seine Jagd auf die Drohnen für einen Moment und warf einen Blick durch die Heckscheibe. »Halb so wild«, sagte er, »hier hinten tut sich nichts, fahr wieder nach Süden!«

»Wo denn? Dublin ist eine einzige Einbahnstraße!«

»Blink einfach rechts! Jetzt!«

Sie merkte zu spät, dass sie über die rote Ampel fuhr, stieß einen spitzen Schrei aus und zischte an einem langanhaltend hupenden Opel vorbei, der ihretwegen scharf bremsen musste.

Wieder war die Liffey unter ihnen. Vor ihnen am Ende der Straße ragte die von Grünspan überzogene Kuppel der Stadthalle auf. Zack warf einen panischen Blick in die Kiste. Vielleicht war Penny kaputt.

»Links!«

»Ist mir klar!«

»Wir fahren durch die Westmoreland Street rauf zur O'Connell Street. Immer geradeaus.«

»Du sollst dich um die Drohnen kümmern!«

»Und du keinen Unfall bauen!«

Dame Street. College Green. Temple Bar lag jetzt nördlich von ihnen, hinter der Bank of Ireland. Melpo fuhr an der Universität vorbei, sie war ganz panisch angesichts all der Busse und Lastwagen, die sich kreuz und quer über die vierspurige Fahrbahn schoben.

»Das ist doch Wahnsinn – kein gesunder Mensch kann diesen Leuten Führerscheine geben!«

In der Kiste raschelte es. Zack schaltete ein kleines Bataillon Drohnen aus, die aus der College Street auf sie zueilten; dann sah er in die Schachtel. »Sie bewegt sich! Halt sofort an!«

»Ich kann hier nicht anhalten!«

Sie waren schon wieder eingekeilt zwischen Bussen. Die gelben Doppeldeckerkarosserien kamen ihnen immer näher wie die Wände einer Müllpresse.

»Lachlan ist hier irgendwo, also halte sofort an, oder ich springe raus!«, brüllte Zack.

»Bist du lebensmüde? Die quetschen uns ein!«

»Fahr nicht über die Brücke, Lachlan ist hier –« Aber zu spät. Melpo düste auf die O'Connell Bridge, links an der Statue vorbei. Penny regte sich nicht mehr in der Kiste.

Zack war so wütend, dass er Melpo am liebsten aus dem Wagen geworfen hätte. »Westmoreland Street! Dreh um, er ist da hinten irgendwo!«

»Einbahnstraße«, gab Melpo gereizt zurück, »ich drehe um, sobald ich kann. – Oh, was ist denn jetzt –« Und sie trat so jäh auf die Bremse, dass Zack gegen den Fahrersitz geworfen wurde. Die Kiste mit der Drohne rutschte in den Fußraum. Zack fluchte und duckte sich, um sie wieder aufzuheben. Er stellte sie neben sich; sie kam ihm so zerbrechlich vor, als könnte die kleinste Erschütterung ihr endgültiges Aus bedeuten.

»Ein Stau«, stieß Melpo hervor. Sie standen dicht vor der glatten, auspufflosen Rückseite eines Elektroautos, das nicht vorankam, weil vor ihm weitere Wagen stillstanden. Sie erblasste. »Das ist kein normaler Stau – sofort die Drohne einpacken!«

»Aber Lachlan ist da hinten irgendwo!«

»DASINDSOLDATENSOFORTDIEDROHNEEINPACKEN!«, schrie Melpo.

Zack sah an ihr vorbei und erblickte einen schwarz uniformierten Mann, der an der Autoschlange entlangging und forschende Blicke durch die Fenster in die Fahrzeuge warf. Es war nicht die Uniform der Polizei, sondern die des Militärs – vor der Brust trug der Mann eine Maschinenpistole an einem Riemen, darüber prangte ein wichtig wirkendes Abzeichen.

Zack fasste in die Kiste und begann die Drohne in die Folie zu wickeln. Seine Finger zitterten entsetzlich.

»Wir müssen jetzt die Nerven bewahren«, sagte Melpo, wobei sie klang, als hätte sie keinen einzigen Nerv übrig, der noch nicht gerissen war.

»Die haben den Parnell Square gesperrt«, sagte Zack.

»So viel, wie hier los ist, legen sie damit die halbe Stadt lahm. Wir kommen nicht weg.«

»Das hat Griffin wohl nicht berechnet?«

»I-Ich fürchte nicht.«

Unter der Parnell-Säule standen Polizeifahrzeuge und Männer mit Funkgeräten, andere mit weiteren Pistolen. »Sie halten uns für Terroristen«, sagte Zack. »Deshalb das Militär.«

»Ja.«

»Ich steige aus.«

Melpo nickte, wobei sie allmählich aus ihrem Schock erwachte. »Ja … die Leute kommen aus ihren Autos, um zu sehen, was los ist. Du musst dich unter sie mischen. Hier.« Sie zog einen Rucksack aus dem Fußbereich, drehte ihn um und schüttelte seinen Inhalt auf den Beifahrersitz. »Das ist deine letzte Chance, Lachlan zu retten. Nimm den Gameboy mit, du wirst ihn brauchen. Tu Penny hier rein – und mach, dass du wegkommst!«

»Und du?«

»Was soll mit mir sein? Ich bin nur eine Touristin im Urlaub.« Sie lachte nervös.

Zack stopfte die in Alufolie gewickelte Drohne in den Rucksack. Aus dem Augenwinkel sah er, dass der Soldat schon ganz in der Nähe war. Er rutschte zur Tür und legte die Hand auf den Öffner. »Danke für alles«, sagte er.

»Eins noch«, sagte Melpo hektisch, ohne ihn anzusehen. »Ich weiß nicht, ob ich dir das sagen darf, aber ich tu's jetzt einfach – die META überwacht Phoenix Manor.«

Er stutzte. »Wie bitte?«

»Die Kamera hängt in der Eingangshalle, direkt gegenüber den beiden Gemälden von Dalí und dem Rattenfänger von Hameln – ihr müsst ganz genau hinsehen, es ist eine Mikrokamera. Und jetzt geh, Zack, geh endlich!«

[21]

Zack öffnete die Wagentür und sprang auf die Straße. Der Fahrer des Elektrowagens, ein fettleibiger Mann, der fast doppelt so breit war wie Zack, hatte sich aus seinem Fahrzeug gewuchtet und stand hinter der geöffneten Tür. Er war das einzige Hindernis zwischen Zack und dem Soldaten, als dieser den Fahrer anwies, in sein Auto zu steigen. Zack lief zwischen die Zaungäste, die aus den Pubs und Geschäften gekommen waren, um zu sehen, was draußen passierte. Einige sahen ihn verwundert an; war es nicht verdächtig, dass er sich aus dem Staub machen wollte? Aber niemand sagte etwas; der Mann quetschte sich wieder in sein Elektroauto und der Soldat marschierte weiter, ohne ihn bemerkt zu haben. Zack sah nicht mehr, wie er bei Melpos Auto ankam und was dann geschah. Er drehte sich um, schob sich tiefer in die Menschenmenge und arbeitete sich auf die andere Seite vor.

Als er die Einfahrt einer ruhigen Seitenstraße erreichte, hörte er das Knattern eines Hubschraubers. Ein schwarzer flaschenförmiger Schatten flog über den Häuserzug; die Straßensperre hatte anscheinend gerade erst begonnen. Wären sie nur Sekunden vorher da gewesen, wären sie vielleicht ungehindert auf die andere Seite gekommen. Hatten die Satelliten Melpos Wagen bereits erspäht? Wussten sie längst, wo der Zugriff erfolgen musste, und warteten nur auf den richtigen Moment?

Zack bemerkte schräg hinter sich eine Bewegung. Eine Drohne schwebte über der Menschenmenge und obwohl er die Kamera unter der schwarzen Kuppel nicht sehen konnte, fühlte er, dass sie ihn scannte. Nach einem Anflug von Panik beruhigte er sich – keine Drohne konnte Penny wahrnehmen, solange sie in Alufolie eingewickelt war. Trotzdem war ihm nicht wohl dabei, schließlich hatte sie vielleicht auch aufgenommen, wie er aus dem Auto gestiegen war. Er benutzte den Gameboy besser nicht direkt vor der Kamera. Er ging die ruhige Straße entlang, ohne sich zu sehr zu beeilen. Die Drohnen konnten Schrittmuster analysieren, und da die KI sein Gesicht identifiziert hatte, würde sie seine Gangart sicherlich mit seinem gespeicherten Profil vergleichen, um …

Sie hatte sein Gesicht identifiziert.

Zack blieb wie angewurzelt stehen. O'Connor. Der Detective hatte ihn tausendprozentig zur Fahndung ausgeschrieben. Wenn die Drohne ihn gerade identifiziert hatte, dann brannten bei der Polizei jetzt alle Alarmlampen. Er ging rasch weiter, auf wackeligen Beinen. Als er einen flüchtigen Blick hinter sich warf, sah er, dass die Drohne ihm folgte.

Mit feuchten Händen nahm er den Gameboy hoch, wählte die Drohne aus und drückte A.

Die Drohne kehrte um.

Er wartete, bis sie sich ein Stück entfernt hatte, dann rannte er los. Was sollte er jetzt tun? Er musste zurück zur Westmoreland Street, aber der kürzeste Weg führte zu dicht an den Soldaten vorbei. Wegen der Straßensperre wimmelte es dort jetzt sicher von Drohnen. Aber diese Straße hier führte ihn weiter weg von der Stelle, an der die Drohne auf Lachlans Armbanduhr reagiert hatte. Penny schlug ihm gegen das Steißbein. Er würde einen Umweg in Kauf nehmen müssen. Im Geist legte er sich einen ungefähren Plan zurecht. Ein Fußweg von mindestens fünfzehn Minuten. Fünfzehn Minuten, in denen alles passieren konnte.

Eine Drohne kam ihm auf der anderen Straßenseite entgegen. Er hatte noch nie zuvor wahrgenommen, wie viele es im Dubliner Stadtzentrum gab. Zack sprang in den Eingang eines Coffeeshops und ließ einen Puls los, der zwei weitere Drohnen, die in dem Moment in Sichtweite kamen, gleich mitnahm. Er verließ den Laden wieder und rannte weiter, bis ihm die Lunge brannte. Erst als die Bäume in Sicht kamen, die einen Schulhof von einer breiten, unruhigen Straße trennten, fiel ihm ein, wie leichtsinnig er gerade gewesen war: Auch Coffeeshops wurden von Kameras überwacht. Andererseits hatte er nur im Eingangsbereich gestanden … vielleicht hatten sie ihn gar nicht wahrgenommen.

Er bog nach rechts auf die belebte Straße ein. Auf beiden Spuren floss der Verkehr zäh – war das bereits eine Folge der Straßensperre? Er war nicht allzu oft in dieser Ecke; die Imbisse in den Erdgeschossen wirkten schäbig, die Georgianischen Häuser marode. Von den Zäunen blätterte der Lack in Schichten ab. Zack konzentrierte sich darauf, Drohnen auszuschalten – die ganze Straße war gesäumt von Augen, als wäre jeder einzelne Fußgänger ein potenzieller Terrorist.

Eines stand zumindest fest: Sollte die Polizei ihn hier aufgreifen, wäre er im Vorteil. Der Verkehr ließe ein Durchkommen kaum zu.

Eine Sirene heulte los. Zack sah über die Schulter; die Autoschlange bewegte sich träge in Richtung Bordstein. Ein weiß-gelb gestreifter BMW schob sich durch die Straße, auf der Motorhaube prangte der Sternenkranz der Europäischen Republik. Nervöses Blaulicht flimmerte über die Autos hinweg, die ihm widerwillig Platz machten.

Fuck, dachte Zack. Er kehrte dem Wagen den Rücken zu und ging schneller. Die Sirene kam näher. Er wusste mit absoluter Sicherheit, dass sie seinetwegen hier waren. Die Drohne hatte ihn identifiziert, der Computer seinen wahrscheinlichsten Weg errechnet und die Polizei wollte ihn jetzt hier abfangen. Er ließ seine Deckung fahren und raste los. Die Leute, die ihm entgegenkamen, wichen ihm hektisch aus. Hupen. Sirenen, nah. Vor ihm führte die Hochbahn über die Straße, doch sie bot ihm kein Versteck, der Bahnhof war viel zu weit weg. Er schlug einen Haken nach links und sprang zwischen die Autos. Durch die Schneise, die sie gebildet hatten, war er kurzzeitig direkt vor den Augen der Polizei – er hörte Türen knallen, dann hatte er die Straße hinter sich gelassen. Er rannte in eine schmutzige Gasse voller Müll, sprang durch eine Pfütze und stieß vor einem Hostel fast mit einem Rucksacktouristen zusammen. »Sorry!«, keuchte er.

Die verstopfte Straße fiel hinter ihm zurück, die Sirene wurde leiser. Die Gasse war nicht lang und als sie endete, lief er auf einen offenen, hellen, gut gepflegten Platz. Gegenüber der Fernbusbahnhof. Er würde dort kurz untertauchen können, dachte er und hielt auf die Glastür zu, als er es sich anders überlegte und steil an dem Gebäude vorbeipreschte. Kameras. Wenn ein Ort in Dublin von Kameras verseucht war, dann ein Bahnhof. Er hetzte über die Straße und unter einem Zaun entlang, während die Sirenen sich immer weiter entfernten, bis sie mit den Stadtgeräuschen verschmolzen.

Er wurde langsamer, gebeutelt vom Schwindel und einer aggressiven Übelkeit, die seinen Magen knetete, und wischte sich mit der Hand über die nasse Stirn. Wie weit war er schon von der Westmoreland Street entfernt? Zu weit. Viel zu weit. Er stolperte auf die Liffey zu. Am Ende war es doch nur seiner Fantasie entsprungen, dass Penny sich bewegt hatte.

Eine von Dublins vielen Brücken lag vor ihm, weit im Osten gelegen; er roch das Meer und hörte die Möwen kreischen. Er ließ sich von einer Menschentraube bei Rot über die Ampel schwemmen und eilte die Brücke entlang. Mit dem Gameboy lenkte er die Drohnen ab, die auf der anderen Seite Wache schoben.

Er hielt inne und starrte den grauen Kasten unschlüssig an. Wenn sie ihn mit der Drohne erwischten, wäre das schlimm genug. Aber mit diesem Gerät in der Hand würde er für den Rest seines Lebens in den Knast wandern. Schlimmer noch, die META würde wissen wollen, woher er es hatte, und sie würde jedes Mittel anwenden, um die Wahrheit, die er nicht kannte, aus ihm herauszukitzeln. Er würde die Westmoreland Street bald erreicht haben … Kurzentschlossen warf er den Gameboy über das Geländer, hörte, wie er auf der Wasseroberfläche aufschlug, und verließ eilig die Brücke.

Zack bog auf der anderen Flussseite nach rechts in eine Straße ein, wo die Fassaden schmutzig und sanierungsbedürftig waren und kein Mensch mehr lesen konnte, was auf den Aufklebern der Parkautomaten geschrieben stand. Erschöpft trieb Zack sich weiter. Hinter den mit zerrissenen Plakaten beklebten Pfeilern der Hochbahn erhob sich der Glaspalast der Irish Times; eine weibliche Stimme aus dem hoch über der Straße schwebenden Bildschirm berichtete von einem Auto, das in der Dubliner Innenstadt explodiert war. Zack spürte, wie ihm das Blut in die Füße lief, als er die Luftaufnahmen des Staus in der O'Connell Street sah – und den schwarzen qualmenden Krater ungefähr an der Stelle, an der Melpo angehalten hatte.

»Außerdem fahndet die Polizei nach einem …«

Zack sprang über die zugestopfte Straße und ließ die Irish Times hinter sich. Er überquerte eine Kreuzung, auf der sich drei stark befahrene Straßen in einem komplizierten Durcheinander aus abgefahrenen Markierungen, Schildern und Ampeln trafen. Auf der anderen Seite standen Hotels – und zwischen ihnen lag eine schmale, einsame Gasse, das östliche Ende der Fleet Street. Sie war kurz, traf im rechten Winkel auf die mehrspurige Westmoreland Street, auf der die zwei Busse Melpo eingequetscht hatten, und setzte sich auf der anderen Seite schlauchartig als niemals ruhende Pubmeile fort. Die Gebäude in der Gasse standen leicht versetzt; Zack drückte sich in eine Nische und ließ den Rucksack von der Schulter gleiten. Er konnte von seinem

Platz aus bis auf die Westmoreland Street blicken. Die Fahrzeuge stauten sich auf der linken Seite; auf der rechten fuhr nur sporadisch ein Auto vorbei. Vielleicht bildete er es sich nur ein, aber er glaubte, verbranntes Gummi zu riechen.

Er verdrängte den Gedanken an Melpo, stellte den Rucksack auf den Boden und zog den Reißverschluss auf, nachdem er sich ein letztes Mal nach Drohnen umgesehen hatte. Die Luft war rein. Er befreite Penny mit zitternden Händen von der Folie und öffnete den Rucksack so weit, dass sie herausfliegen konnte, wenn sie Lachlans Signal auffing. Penny rührte sich immer noch nicht.

»Komm schon«, flüsterte er, »bitte, bring mich zu Lachlan!«

Nichts passierte. Vielleicht war er noch nicht nah genug an der Stelle, an der sie beim ersten Mal reagiert hatte – wenn sie denn reagiert hatte. Je mehr Zeit verging, desto mehr Zweifel drängten sich ihm auf. Melpo (vielleicht hatte sie sich in die Luft gesprengt) war vorhin gefahren wie eine Verrückte. Was, wenn sie nur über einen Gullydeckel gebrettert war und der Stoß Penny in die Luft geworfen hatte, sodass es ausgesehen hatte, als hätte sie sich von allein bewegt? Er war noch nicht bereit aufzugeben, nahm den Rucksack hoch, ohne ihn zu schließen, und eilte weiter. Was sollte er tun, wenn Penny auch dann nicht reagierte, wenn er mitten auf der Westmoreland Street stand? Die Polizei und die META waren überall in der Innenstadt. Sie hatten Penny jetzt wieder auf ihrem Schirm. Wenn sie nicht bald in Wallung kam, würde er den Rucksack zurücklassen und das Weite suchen müssen.

»Bitte«, flehte er. »Komm schon, Penny!«

Er hatte die halbe Gasse durchquert. Als er einen Blick zurück warf, bemerkte er eine Drohne, die hinter ihm einbog. Es würde nicht die einzige bleiben, das wusste er. Und diesmal hatte er ihnen nichts, absolut gar nichts entgegenzusetzen. Wenn die Drohne ihn zusammen mit Penny identifizierte, war er erledigt … Sie durfte sein Gesicht nicht ins Visier bekommen. Er lief schneller, ohne Penny aus den Augen zu lassen. Mit jedem Schritt schrumpfte seine Hoffnung, Lachlan noch zu finden. Wie viel Zeit war vergangen, seit er Cronos verlassen hatte? Er wusste es nicht und er hatte kein Handy bei sich, um auf die Uhr zu sehen; aber es kam ihm vor wie eine Stunde. Alles in ihm sträubte sich dagegen, doch im Grunde wusste er längst, dass es vorbei war. Er konnte es nicht mehr schaffen.

Es kam ihm wie ein Wunder vor, als Penny piepte. Zack blieb stehen und stellte den Rucksack hastig ab: Ein rotes Lämpchen auf ihrer silbernen Krempe leuchtete auf, dann stieg sie langsam empor. Sie schwankte ein wenig, doch ihr Propellerantrieb funktionierte noch. Sie flog immer höher, bis sie etwa eine Armlänge über ihm in der Luft stehen blieb. Sie spiegelte sich in den Glasfassaden der Hotels. Er wartete darauf, dass sie sich auf den Weg machte, doch sie regte sich nicht. Sein Magen zog sich zusammen, als ihn ein neuer, grauenhafter Gedanke traf. War es möglich, dass die META sie aus der Ferne aktiviert hatte und nicht Lachlans Armbanduhr? Er sah nicht hinter sich, spürte aber, dass die zweite Drohne fast bei ihm war. Sobald sie ihm zu nah kam, musste er rennen. Rennen und sich verstecken.

Er starrte Penny an. Sie konnte ihn jetzt nicht im Stich lassen, nicht nach allem, was er auf sich genommen hatte. Sollte es wirklich so enden? Er hatte Persy belogen und die Polizei. Er hatte Cronos überstanden. Er hatte seinen verdammten Job verloren und sich dann auch noch mit Terroristen zusammengetan. Und alles nur, um am Ende hier zu stehen und wie ein Riesentrottel eine nutzlose Drohne anzustarren.

»Mach schon«, sagte er durch zusammengebissene Zähne. »Bring mich zu Lachlan!«

Mit einem Mal schoss Penny los, in Richtung Westmoreland Street. Sie flog so schnell, dass sie das Ende der Gasse schon fast erreicht hatte, als Zack begriff, was passierte. Er ließ den Rucksack zurück und rannte ihr hinterher. Penny flitzte aus der Gasse hinaus und über die Wagen hinweg, die auf der Westmoreland Street Schlange standen. Alle Spuren waren verstopft; rechts sah er das Flimmern von Blaulichtern vor einer schwarzen Rauchsäule, weniger als einen halben Kilometer entfernt. Zack quetschte sich an Motorhauben und der flachen Front eines Busses vorbei. Keiner beachtete ihn, denn alle blickten wie gebannt auf die Rauchsäule. Jetzt war er auf der anderen Straßenseite. Temple Bar – Penny flog mitten in die Pubmeile. Ein Pfropf von Menschen, die alle in Richtung O'Connell Street glotzten, verstopfte ihren Eingang. Er quetschte sich durch die Menge – dahinter war die Straße fast gespenstisch leer.

Da war die Bar, vor der letzte Woche die rauchende Menge gestanden hatte. Er erinnerte sich an die Drohnen über ihren Köpfen und wie er sich ihretwegen die Kapuze tiefer ins Gesicht gezogen hatte. Lachlan und er waren neben dieser Bar in die Gasse eingebogen, Richtung Aston Quay … und ausgerechnet diesen Weg nahm Penny. Ihre Flugbahn beschrieb einen weiten Bogen, dann hatte die schmale Seitenstraße sie verschluckt. Zack schlug einen Haken und folgte ihr. Wieder hatte er das Gefühl, als fielen die Geräusche der Stadt kilometerweit hinter ihm zurück. Er hörte seinen eigenen Atem seltsam laut. Sah die vergitterten Fenster in den mit Spraydosen beschmierten Mauern. Den Wasserdampf, der aus dem Rohr wölkte. Den feucht glänzenden Boden aus Pflastersteinen. Einer von ihnen hatte Penny getroffen.

Sie wurde langsamer und hielt über der Mülltonne an. Zack erinnerte sich daran, wie sie sich hinter der Tonne versteckt hatten, um Penny zu stehlen. Auch damals war der Abfall nur so hervorgequollen, als hätte die Müllabfuhr sie vergessen. Zack ging auf die Tonne zu. Was sollte das jetzt? Warum hielt Penny hier an? Von Lachlan nichts zu sehen. Oder sollte das bedeuten, dass er in der Tonne war?

Er war zwei Schritte davor, als er etwas bemerkte: ein schwarzes Lederband, das aus einem leeren Joghurtbecher hing, den jemand in die Tonne geworfen hatte. Das Band, das sah Zack sofort, gehörte so wenig in diesen Becher oder überhaupt in den Müll wie ein Goldkettchen; es schimmerte wie neu. Und es kam ihm irgendwie vertraut vor.

Er blieb vor der Tonne stehen und streckte die Hand aus. Das Blut puckerte in seinen Ohren – das konnte nicht sein. Er nahm das Band an sich und starrte es an, während sich die Sekunden zu Ewigkeiten dehnten und das Leben völlig aus seinen Beinen wich.

Lachlans Armbanduhr.

Er hätte sie unter Tausenden erkannt, denn sie hatte ein rechteckiges schwarzes Display, auf dem neun weiße Pünktchen leuchteten: eine binäre Zeitanzeige, die niemand lesen konnte, der ihr Prinzip nicht verstand. Ein Spielzeug ganz nach Lachlans Geschmack. Und sie hing aus einer Mülltonne, halb aus einem Joghurtbecher, so geschickt platziert, dass jeder sie übersehen musste, der nicht sein geschultes Auge besaß. Er starrte auf die Uhr, ohne sich zu rühren, ohne sich rühren zu können. Emil musste gewusst haben, was in ihr versteckt war, und deshalb hatte er Lachlan die Uhr abgenommen und sie außer Reichweite gebracht, damit sie ihm nicht gefährlich werden konnte. Mehr noch, er hatte sie benutzt, um ihm eine Botschaft zu übermitteln: Keine Chance, denn ich bin dir immer einen Schritt voraus. Zack sank gegen die Wand. Was jetzt? Emil bringt Lachlan um, dachte er fiebrig, immer noch die Uhr anstarrend. Ich muss etwas tun. Ich muss – aber was?

Er drehte sich im Kreis. Das konnte nicht das Ende sein. Er musste Emil finden, er musste ihm den Hals umdrehen, er musste es ihm heimzahlen, er –

»Nein!«, rief er verzweifelt, lief ein paar Schritte in Richtung Kai, kehrte abrupt um und eilte zurück, als wüsste er ganz genau, wohin er wollte. Er blieb stehen und sah sich erneut um, doch da war nichts, was ihm helfen konnte, nur die Mauern, die Tonne, die vergitterten Fenster, das Rohr mit dem Wasserdampf. Er ballte die Faust um die Uhr und merkte, wie er in Panik geriet.

Vielleicht, wenn er O'Connor anrief … aber der würde

ihn ja doch nur ins Hauptquartier der Polizei bringen. Vielleicht, wenn er sich in Cronos einloggte … aber Emil war nicht mehr dort … wieso konnte er ihn nicht aufhalten? Wieso, dachte Zack und atmete stoßartig, wieso kann ich ihn nicht aufhalten? Persy – sie musste es erfahren – aber was sollte sie tun? Wie sollte er ihr – was sollte er – wieso konnte er nicht –

Ein Schrei ließ ihn herumfahren. Aus Richtung des Kais tauchte eine Gruppe Jugendlicher auf; zuerst sah er nur ein buntes Gewirr und hörte laute Stimmen, dann erkannte er zwei Mädchen, die sich ankreischten, als gäbe es kein Morgen mehr. Das halbe Dutzend Teenager nahm von Zack keine Notiz – vielleicht weil er halb hinter der Tonne stand. Aus dem hysterischen Schwall wilder Worte, die sich in der Luft vermischten, hörte er immer wieder das Wort ›Schwester‹ heraus. Er wollte auf sie zustürmen und sie anbrüllen, damit sie aufhörten, sich zu beschimpfen. Sie hatten keine Ahnung, was ihm gerade widerfuhr – die ganze Welt hätte stillstehen müssen.

Eine Bierflasche zerbarst klirrend und Zack erlebte ein Déjà-vu. Genau hier hatte er gestanden, als dasselbe schon einmal passiert war.

Emil hatte Lachlan bestimmt noch nicht getötet. Lachlan konnte nicht tot sein.

Doch die gemauerten Wände mit ihren blinden Fenstern starrten ihn stumpf und verschlossen an. Kein einziges Haus in Dublin würde ihm freiwillig verraten, ob es Lachlan in seinem dunklen Bauch versteckt hielt.

Eine der Hintertüren öffnete sich. Eine große, schwarze Frau steckte den Kopf heraus; offenbar die Bedienung des Restaurants, denn sie trug eine Schürze. Sie hielt eine Zigarette in der Hand und in der anderen ein Feuerzeug, bereit, es zu entzünden. Doch als sie die Geräusche in der Nachbargasse hörte, ließ sie beides sinken. Sie sah Zack an, musterte ihn und schien zu dem Schluss zu kommen, dass er nichts mit dem Streit zu tun hatte. »Du solltest hier lieber verschwinden«, sagte sie und deutete mit einem Nicken in Richtung der Mädchen.

Aber Zack rührte sich nicht. Er sog Luft durch die Nase ein. Der Flur, in dem die Kellnerin mit einem Fuß stand, roch intensiv nach frittiertem Fisch.

»Wo arbeitest du da?«, fragte er.

»Wieso willst du das wissen?«

»Einfach so, sag schon«, drängte er.

»Bei Barry's Fish and Chips«, sagte sie. »Wenn du was bestellen willst, musst du aber den Vordereingang benutzen.« Sie zeigte zwei Reihen gepflegter Zähne. »Ich bedien dich sogar persönlich, wenn du darauf bestehst.«

Aber Zack hörte nicht zu. Er legte den Kopf in den Nacken und sein Herz setzte einen Schlag lang aus: Da oben, im ersten Stock, befand sich ein Fenster, das nicht nur dunkel war, wie die anderen, sondern schwarz wie die Nacht. Als hätte es jemand mit Brettern vernagelt oder mit schwarzer Folie beklebt. Er hörte Lachlans Worte so klar, als stünde er neben ihm: »Ich kann nicht aus dem Fenster sehen. Er hat irgendetwas davorgenagelt.«

»Hey, was soll – AAH!«

Zack stieß die Bedienung zur Seite und sprang durch die

offene Hintertür. Die Frau stürzte und schrie auf, aber er ließ sich nicht aufhalten. Mehrere Stufen auf einmal nehmend hetzte er hoch in den ersten Stock. Es gab drei Türen; er dachte an das verdunkelte Fenster, kombinierte, dass es zur linken Wohnung gehören musste, und packte den Türknauf. Verschlossen. Er nahm Anlauf und warf sich mit der Schulter dagegen. Ein Krachen, doch die Tür hielt ihm stand. Schmerzen rasten ihm durch die Schulter. Er ging erneut auf Abstand, rannte los und rammte sich mit ganzem Körpereinsatz gegen das Türblatt. Der Rahmen war alt; er knirschte. Zack lief zur gegenüberliegenden Tür, er atmete scharf ein, stürzte los und schrie – das Holz krachte und die Tür sprang auf.

Er stolperte in einen Wohnungsflur.

Zitternd blieb er stehen. Er war drin … doch außer ihm war niemand hier. Das Licht drang nur schwach durch die halb heruntergelassenen Jalousien. Er öffnete wahllos eine Tür – die Toilette, sie roch stechend nach Urin. Es war so still, dass er nur seinen eigenen Atem hörte … Er sah hinter eine andere Tür. Eine verlassene Küche. Die Wohnung machte nicht den Eindruck, als lebte hier jemand. Nirgends standen Schuhe, es lag keine Post herum, gab keine Möbel.

Hier war niemand. Hatte Emil Lachlan schon weggebracht? Wohl kaum; draußen war helllichter Tag, niemand konnte einen Menschen von diesem Haus in ein anderes bringen, ohne wenigstens von einer Person gesehen zu werden. Zack begriff nur sehr langsam, was das bedeutete. Er hatte sich verrannt. Das hier war gar nicht die Wohnung, in der Lachlan festgehalten wurde.

Er wollte nicht aufgeben, öffnete eine weitere Zimmertür und entdeckte zum ersten Mal Spuren: ein Sofa und einen Fernseher. Auf dem Tisch Bierdosen und eine aufgerissene Chipstüte neben einer Fernbedienung. Zack zog die Tür hinter sich zu. Dann stutzte er und schob sie wieder auf. Da hing ein Kabel vom Sofa … Er tat noch einen Schritt in das Zimmer, um zu sehen, zu welchem Gerät es gehörte.

Es war ein Cronos Cube. Auf dem Sofa lag ein Cube.

»Scheiße, Mann«, flüsterte er.

Ihm wurde heiß. Das konnte kein Zufall sein. Es musste Emils Cube sein … oder?

Er drehte dem Wohnzimmer langsam den Rücken zu und richtete den Blick auf eine Tür am Ende des Flurs. Vielleicht waren sie da drin, und Emil hatte Lachlan geknebelt, sodass er nicht schreien konnte. Wenn er hier war, hatte Emil sicher das Aufbrechen der Tür gehört. Oder er hatte sich schon aus dem Staub gemacht und Lachlan schwer verletzt zurückgelassen. Womöglich war er bewusstlos.

Zack ging auf die Tür zu, drehte den Knauf. Er versetzte ihr einen kleinen Stoß und sie schwang auf. In dem Zimmer war es finster. Dämmriges Tageslicht fiel aus dem Flur in den Raum, zu schwach, um tief zu dringen. Er lauschte mit angehaltenem Atem. Es war still; selbst die Stadt jenseits der Gebäudemauern schien zu schweigen. Zack hob die Fäuste. Dann ließ er die Linke wieder sinken, um in den Raum zu fassen und nach dem Lichtschalter zu tasten –

»ER IST AN DER TÜR!«

Noch ehe Zack begriff, dass er gerade Lachlans Stimme gehört hatte, spürte er etwas Hartes in der Magengrube. Die

Luft wurde ihm aus den Lungen gepresst, er krümmte sich. Jemand packte ihn am T-Shirt und riss ihn in die Dunkelheit des Zimmers. Zack kam ins Straucheln – ein Schlag auf den Rücken – er fiel der Länge nach hin. Er fing sich mit den Händen auf, und in diesem Moment sprang das Licht an, kaltweiße Neonröhren. Er rappelte sich auf – etwas Hartes traf ihn am Kopf. Ein Dröhnen hallte ihm durch den Schädel, plötzliche Übelkeit, flimmernde Sterne vor den Augen – er sackte auf die Knie. Ein Tritt gegen den Hinterkopf und er ging bäuchlings zu Boden. Ein Gewicht senkte sich auf seinen Rücken, als jemand auf ihm Platz nahm, und wieder bekam er keine Luft. Eine Hand packte seine Haare und rammte seine Stirn mit Kraft auf den Fußboden. Weiße Flecken fluteten sein Gesichtsfeld.

»Lass ihn in Ruhe!«

Das war Lachlans Stimme. Brüchig.

»Halt den Mund«, sagte Emil.

Etwas passierte mit Zack; obwohl sich alles um ihn herum drehte, sein Kopf unheilvoll pochte und er nur ein helles Flimmern vor sich sah, gelang es ihm, sich den linken Arm vors Gesicht zu ziehen. Als Emils Hand, die seine Haare gepackt hielt, seinen Kopf nach oben zog und erneut auf den Boden schlug, traf seine Stirn den Unterarm. Zack spannte den Nacken an, um zu verhindern, dass Emil seinen Kopf zurückriss, stellte den rechten Arm auf und drückte gegen das Gewicht auf seinem Rücken. Den winzigen Augenblick, in dem Emil versuchte, den Druck nach rechts auszugleichen, indem er sich einen Zentimeter zur Seite lehnte, nutzte Zack, indem er mit dem linken Arm nachdrückte – und Emil abwarf. Mit einem Rumpeln fiel er zu Boden. Zack, jetzt auf dem Rücken, schnellte ihm mit geballter Faust hinterher. Er schlug zu, doch Emil kam ihm mit seinem Unterarm in die Quere und stieß ihn zurück. Zack hielt sich an ihm fest; sie rollten übereinander, und das nächste, was Zack wusste, war, dass er wie ein Besessener kämpfte. Emil war schneller als er und seine Schläge präzise, er wuchtete sich über Zack, seine Fäuste schienen sich zu vervielfachen, sie hagelten auf ihn herab und Zack wuchs über sich hinaus, er schlug gegen die Fäuste, gegen Emils Arme, steckte einen Hieb gegen seine rechte Wange weg und nutzte die erste Gelegenheit, um Emil mit einem Schrei von sich herunterzuwerfen.

Er sprang ihm auf die Brust und wollte den Spieß umdrehen, doch Emil nutzte seinen Schwung und schleuderte ihn gegen die Beine eines Metallbetts, das in der Mitte des Raums stand. Plötzlich hielt er eine Waffe in der Hand, eine Waffe mit einem seltsam langen Lauf, und richtete sie auf Zack. Er legte den Finger auf den Abzug und drückte ab. Zack trat ihm blitzschnell mit dem Fuß gegen die Hand, nur einen Sekundenbruchteil vor dem Schuss; die Waffe fiel Emil aus den Fingern und schlitterte unter das Bett, und das Projektil schoss dicht über Zack hinweg. Er sprang auf und schlug nach Emil, der ihm seitwärts auswich und ihn mit dem ausgestreckten Arm auffing. Emil schlang ihm beide Arme um den Hals und drückte zu. Zack stieß mit dem Ellenbogen nach ihm, um sich seinem Griff zu entwinden, doch Emil drückte sich mit der Brust gegen seinen Rücken und bot ihm kaum Angriffsfläche. Zack bekam keine Luft mehr – Emils Griff war wie aus Stahl; er zog Zack auf die Beine und presste ihn gegen das Fußgitter des Betts, wodurch Zacks Blick zum ersten Mal auf Lachlan fiel. Und genau das hatte Emil bezweckt.

»Sieh genau hin«, zischte er ihm mit rauer Stimme ins Ohr, »es ist das letzte Mal, dass du ihn siehst.«

Lachlan sah entsetzlich aus. Seine Hände steckten in Handschellen; der Draht, mit dem Emil seine Füße festgebunden hatte, schnitt ihm ins Fleisch. Etwas sehr Heißes hatte abscheuliche Brandspuren auf seiner Brust hinterlassen. Lachlans Augen waren wasserhell, mit dunkelroten Rändern.

»Du bist umzingelt«, sagte Lachlan schwach. »Zack hat eine Drohne verwendet, um mich zu finden. Die Drohne, die darauf programmiert war, der Armbanduhr zu folgen, die du mir abgenommen hattest.«

Das musste er von Griffin wissen. Sie hatten es gemeinsam geplant.

»Du meinst, die Armbanduhr, die ich in den Müll geworfen habe?«, erwiderte Emil voller Genugtuung; Zack hörte sein Grinsen. Er spürte, wie sich das Blut in seinem Kopf staute, und hämmerte vergeblich auf Emils Arme ein. Er zog ihn mit aller Kraft zur Seite, um ihn umzuwerfen, doch Emil war stärker, hielt ihn gegen das Gitter gepresst und ließ sich durch nichts davon ablenken, ihm die Luft abzuschnüren.

»In den Müll geworfen … in den Müll vor dem Haus, nicht wahr?«, entgegnete Lachlan. »Zack hat mich sicher nicht gefunden, weil er mich gerochen hat.«

»Wir werden nie erfahren, wie er dich gefunden hat, weil er gleich tot ist«, sagte Emil.

»Die META sucht die Drohne.«

»Das hätte euch vorher klar sei müssen!«

»Du verstehst es nicht. Vielleicht willst du es nicht verstehen. Sie werden dich auf frischer Tat ertappen. Noch kannst du das verhindern … Du musst einfach nur Zack loslassen und von hier verschwinden.«

Emil stieß ein kaltes, verächtliches Lachen aus. »Das ist das Letzte, was mir gerade einfällt!«

Zack merkte, wie ihm die Sicht schwand. Seine Lunge wollte platzen, seine Kräfte ließen nach. Wie in einem letzten Auflehnen tastete er nach Emils Kopf, bekam sein Ohr zu fassen und packte es, fest entschlossen, es abzureißen. Emil ergriff sein Handgelenk und begann mit ihm zu ringen – nur noch ein Arm lag jetzt um Zacks Hals – Zack krallte die Finger seiner freien Hand in Emils Unterarm und zog ihn nach vorn. Der Druck auf seinen Kehlkopf schwand, doch seine Lungen füllten sich nur zögerlich mit Sauerstoff. Zack hustete und japste. Er ließ Emils Arm los, packte auch sein anderes Ohr und zerrte daran, bis Emil einen lauten Schrei losließ. Er hörte auf, Zack zu würgen, und versetzte ihm zwei Handkantenschläge auf die Unterarme. Mit einem dumpfen Aufheulen ließ Zack Emils Ohren los, erahnte seinen nächsten Schlag, bevor er geschah, ließ sich in die Knie sacken und sprang ums Bett herum, Abstand zwischen sich und Emil bringend. Röchelnd und hustend hob er die Fäuste vor sein Gesicht.

Emil befühlte seine Ohren mit den Fingern und bekam

einen irren Blick, als er das Blut bemerkte, das aus einem Riss hinter der rechten Ohrmuschel austrat. Eine rote Spur lief ihm langsam über den Hals.

»Du bist tot«, flüsterte Emil.

»Es gibt zwei Dinge, die du bedenken solltest, ehe du weiter Zeit daran verschwendest, dich mit Zack zu prügeln«, sagte Lachlan mit brüchiger Stimme. »Du bist nicht im Besitz der Pfeife. Wir haben dich verarscht.«

Emil lachte auf, es klang wie ein Krähen.

»Das ist kein Bluff«, warf Zack hektisch ein. »Melpo hat die Karte nicht wirklich gestohlen, nur getauscht, gegen eine – wie hieß sie noch mal?«

»Mimikrykarte«, sagte Lachlan. »Und Zack wusste nichts davon, deshalb konntest du es auch nicht wissen. Womit wir zu Punkt zwei kämen.«

Emils Blick wanderte zu Lachlan. Er hörte jetzt aufmerksam zu.

»Die denken, Zack hat mich entführen lassen«, sagte Lachlan. »Die Bullen suchen ihn.«

»Das stimmt«, sprudelte es aus Zack heraus. »Lachlans Drohne unten in der Gasse – die Drohne in der Fleet Street – und ich bin gesehen worden – und ich hab auf dem Weg hierher eine Bedienung über den Haufen gerannt – ich wette, sie hat die Polizei gerufen – und das heißt, dass hier in Kürze alles voller Bullen sein wird, wetten?«

»Die Polizei wird dich festnehmen, Emil.«

Zack konnte Emil ansehen, wie es in seinem Kopf arbeitete. Das Blut rann ihm noch immer über den gespenstisch weißen Hals. Er fasste sich an den Gürtel, merkte, dass etwas fehlte, und sah erschrocken zu Boden. Zack folgte seinem Blick: Die Betäubungspistole lag am rechten Bein des Betts, genau zwischen ihnen. Sie stürzten gleichzeitig los, Emil einen Sekundenbruchteil früher als Zack. Dieser sprang nach vorn und trat mit ganzer Kraft zu, erwischte Emil im Gesicht und griff nach der Pistole, als Emil zur Seite fiel. Mit einem Satz war Emil auf den Beinen, wissend, dass Zack jeden Moment auf ihn schießen würde. Zack brachte die Waffe in seine Finger, zielte und drückte den Abzug. Emil riss seine Lederjacke vom Stuhl und schwang sie vor sich wie einen Schild; die Nadel bohrte sich ins Leder und blieb in ihm hängen. Emil floh; er stürzte zur Tür und durch den Flur. Zacks zweiter Schuss ging an ihm vorbei. Jetzt war er im Treppenhaus, Zack hörte Emil die Stufen hinunterspringen. Dann: Stille.

Zack hatte Mühe, sich auf den Beinen zu halten. Er ließ die Betäubungspistole fallen. »Er ist weg«, keuchte er.

Er hörte Lachlan seufzen. »Ja.«

Lachlan kniff die Augen zu. Die Verbrennungen auf seiner Brust glänzten feucht und feuerrot. Emil hatte Lachlan nicht wahllos Brandmale zugefügt; er hatte ihm etwas auf die Haut gemalt – etwas, das aussah wie ein Symbol, ein Galgen auf drei Beinen.

In Zacks Nase vermischte sich der Geruch von frittiertem Fisch mit dem von gebratenem Fleisch. Lachlans verbrannte Haut. Er würde den Geruch nie wieder vergessen.

»Ist die Polizei wirklich hier?«, fragte Lachlan.

»Draußen wimmelt es von denen«, sagte Zack. Das explodierte Auto … Er würde Lachlan später davon erzählen.

»Woher wusste Emil das mit Penny und deiner Armbanduhr?«

»Keine Ahnung.«

Lachlan hielt die Augen geschlossen, als Zack anfing, seine Füße vom Draht zu befreien. Das unnachgiebige Metall hatte ihm die Knöchel wundgescheuert. Zack bemühte sich, vorsichtig zu sein, aber seine Finger zitterten zu sehr. Er fühlte, wie Lachlan sich zusammenriss.

»Ich werde ihn töten«, sagte Lachlan plötzlich.

»Ich helfe dir dabei«, sagte Zack, ohne nachzudenken.

»Nein«, erwiderte Lachlan. »Nein, Zack … Ich meine es ernst. Ich werde ihn umbringen.«

»Wir sagen der Polizei, was passiert ist. Die finden ihn und sperren ihn ein. Ich wette, hier ist alles voller Spuren von ihm – Fieberbrillen, oder wie hießen die?«

Lachlan sagte nichts.

Nachdem Zack seine Füße befreit hatte, machte er sich daran, die Handschellen zu knacken. Als ihm das nicht gelang, klemmte er die Schulter unter den Querbalken des Gitters und stemmte sich dagegen, bis es ein kreischendes Geräusch gab. Die Stäbe rutschten aus den Löchern, sodass Lachlan die Kette der Handschellen hinter dem Gitterstab hervorziehen konnte.

»Die Polizei ist bestimmt gleich hier«, sagte Zack.

»Wir dürfen der Polizei nichts über Emil sagen«, antwortete Lachlan.

»Was? Spinnst du?«

Lachlan verzog das Gesicht. »Ich hasse ihn und ich will es ihm heimzahlen, aber ich weiß auch, dass es nicht seine

Schuld ist. Diese Sekte hat ihn kaputt gemacht. Die steckt hinter allem.«

»Hör auf darüber zu reden«, sagte Zack. »Lass uns das morgen ausdiskutieren.« Oder nie, dachte er.

»Die Sekte lässt uns keine Zeit, Zack«, sagte Lachlan. »Es ist noch nicht vorbei. Die haben irgendetwas mit mir vor. Die kommen wieder.«

»Was für eine Sekte? Hat Griffin dir das eingetrichtert?«

»Er hat mir einiges über die erzählt. Sie nennt sich Freemind und hat –«

»Scheiß auf Griffin!«, rief Zack. »Der Typ hat sie nicht alle! Vergiss ihn einfach, okay?«

»Aber er kann uns helfen, gegen die Freemind-Sekte vorzugehen, Zack.« Zum ersten Mal, seit diese Diskussion begonnen hatte, sah Lachlan ihn direkt an. »Verstehst du nicht? Ich bin bereits ein Teil dieser Geschichte. Wir sind ein Teil von ihr. Lass uns – schließen wir uns Griffin an. Du und ich.«

Zacks Magen verknotete sich; Lachlan schien es wirklich ernst zu meinen. »Reden wir da morgen drüber, ja?«, bat er erneut und sah weg, weil er Lachlans Blick nicht mehr aushielt. Morgen würde er fitter und konzentrierter sein und Lachlan den Kopf waschen können. Lachlan würde schon erkennen, was Griffin mit seinem Verstand angestellt hatte, wenn sie erst mal hier raus waren, wenn erst ein Arzt Lachlan versorgt hatte …

Lachlan rutschte zur Bettkante.

»Ich hole einen Krankenwagen«, sagte Zack schnell. »Vielleicht solltest du noch liegen bleiben.«

»Ich habe lange genug da gelegen«, erwiderte Lachlan scharf. »Ich bleibe keine Minute länger in diesem stinkenden Dreckloch.« Um seinen Worten Nachdruck zu verleihen, stellte er sich auf die Füße. Zack kam eilig um das Bett herum. »Lass mich, ich kann allein –«

Aber er konnte nicht. Er hatte kaum drei Schritte getan, als ihn die Schmerzen zusammenzucken ließen. Er griff sich an den Bauch und sackte wie ohnmächtig zu Boden.

»Lachlan!« Zack ging neben ihm in die Hocke. »Komm schon, Kumpel, du hast echt üble Verletzungen, leg dich hin!«

»Es tut mir leid.«

»Das muss dir nicht leid tun, ich will dir doch nur helfen, leg dich bitte wieder –«

»Ich brauche keine Hilfe.«

»Doch, du brauchst –«

Er verstummte, und alles ging ganz schnell. Im einen Moment sah er, dass Lachlan mit Emils Betäubungspistole auf ihn zielte; im nächsten Moment hatte Lachlan abgedrückt. Zack fühlte ein Ziehen im Bauch, als die feine Nadel des Projektils in ihm versank. »Was zum … Lachlan!«

»Es tut mir wirklich leid, Zack.«

Pelzige Taubheit breitete sich in Zacks Oberkörper aus, kroch ihm über den Hals hoch ins Gesicht und nahm seinen Oberschenkeln die Kraft. Er hatte nicht den Hauch einer Chance gegen das Nemonyl und konnte nicht verhindern, dass er butterweich in sich zusammenfiel. Stumpf starrte er vor sich hin, unfähig, auch nur zu zwinkern. Es fühlte sich an, als stünde seine Atmung still.

Lachlan lehnte sich über ihn.

»Hör mir zu«, sagte er, als hätte Zack eine Wahl. »Ich werde nicht nach Hause zurückkehren. Ich gehe zu Griffin und benutze Dads Waffe, um zu tun, was getan werden muss.«

Was redete er da? Was für eine Waffe?

»Erion ist nicht einfach nur eine Pfeife. Sie ist die gefährlichste Waffe, die die Welt je gesehen hat. Und ich spreche von der Realität, Zack. Cronos ist nur der Ort, an dem sie verwendet wird. Die echte Welt aber ist der Ort, an dem sie ihre Wirkung entfaltet. Griffin wollte, dass ich sie ihm überlasse, aber das kann ich nicht – mein Dad hat Erion erschaffen, und jetzt liegt es in meiner Verantwortung, sie einzusetzen. Es tut mir so leid, Zack …« Lachlan legte die Hand auf seine Wange. »Ich … ich wollte dir was sagen. Ich hab mir geschworen, mit dir darüber zu reden, wenn wir diese Scheiße überstanden haben. Aber jetzt … Ich hab das nicht geplant, okay? Das mit Griffin kam spontan. Als du weg warst, auf Arbeit, da wurde mir klar, dass ich dir nicht länger im Weg stehen darf. Dass ich meinen eigenen Weg gehen muss. Diesen Weg. Und das, was ich dir sagen wollte –« Er schüttelte den Kopf. »Vergiss es.«

Zack sah in seine wasserhellen Augen, doch Lachlan wich ihm aus. »Du willst auf diese Akademie gehen«, sagte Lachlan langsam und leise. »Deshalb lasse ich dich ab sofort in Ruhe. Niemand wird dich mehr dazu bringen, mit Steinen auf Drohnen zu werfen. Niemand wird dich … Du hättest dich in meiner Welt sowieso nicht zurechtgefunden. Selbst wenn wir beide – das wäre nichts für dich.«

War das eine Träne?

»Weißt du – das alles wäre nicht passiert – wenn ich dir von Anfang an alle Karten offen auf den Tisch gelegt hätte«, sagte Lachlan mit erstickter Stimme. »Wenn ich dir von Griffin erzählt hätte, und von der Revolution, und dass ich unbedingt wollte, dass du mitkommst. Ich – ich hab mich nicht getraut, weil ich – irgendwie wusste ich, dass du das nicht verstehen würdest, und ich dachte – ich weiß nicht, was ich dachte, okay? Ich war dir ein mieser Freund. Der, der mit den Geheimnissen angefangen hat, mit der Unehrlichkeit, mit den Plänen und dem ganzen Zeug – das war ich.

Du darfst mich hassen, und alles, du hast alles Recht der Welt dazu. Du – nur eines, ja? Du musst mir nur eines versprechen, okay?«, fuhr Lachlan fort. »Du darfst niemandem von Griffin erzählen. Du darfst auf gar keinen Fall, gegenüber niemandem, jemals Griffins Namen erwähnen, verstanden? Niemand darf wissen, wo ich bin. Niemand darf erfahren, dass ich mit Griffin gemeinsame Sache mache. Wenn ich dir etwas bedeute, Zack, dann versprich mir das. Bitte!«

Seine Stimme begann sich zu entfernen ... Lachlans Gesicht verdoppelte sich. »Die Akademie war schon lange dein Traum. Ich wollte das nie wahrhaben ...«, sagten die beiden Gesichter in verzerrten Tonlagen. »Aber jetzt ... ich, dass du dir deinen Traum erfüllst, okay? Du ... st der wichtigste Mensch in meinem ... will dir nicht im Weg stehen.«

Er legte die Hand auf Zacks Augen und schloss ihm die Lider. Zack spürte die Kette der Handschellen auf der Wange, und dann etwas Feuchtes auf der Haut.

»... mir so unendlich leid, Kumpel«, flüsterte Lachlan. »Du wirst ... fehlen. Du weißt nicht, wie sehr.«

[22]

Das Gefühl begann in Zacks Körper zurückzukriechen, als er im Zimmer eines Krankenhauses erwachte. Man hatte ihn mit der Stille allein gelassen; einer Stille, die einem weißen Blatt Papier glich, das sein Geist mit Gedanken bemalte. Er betete, dass Lachlan noch da sein würde, wenn er sich wieder rühren konnte. Sofern das überhaupt je wieder passieren würde. Schließlich war er seit Sonntagnacht zweimal mit Emils Gift in Berührung gekommen und hatte insgesamt vier Blaue Pillen geschluckt. Womöglich würde er sich nie wieder bewegen können und für den Rest seines Lebens in diesem starren Körper gefangen sein. Und womöglich wäre das nicht mal so übel. Er würde weder Persy noch Oliver noch O'Connor erklären müssen, was passiert war. Er würde sich nie wieder darüber ärgern müssen, dass er sich seine einzige Chance, auf die Akademie zu gehen, vermasselt hatte, und dass Lachlan ihm Lebewohl gesagt hatte in dem Glauben, dass er sich seinen Traum erfüllen würde. Er würde wie tot sein.

Ein Kribbeln begann ihn auszufüllen, zunächst nur ganz schwach in den Fingerspitzen, in den Zehen und im Kopf, als liefen ihm Hunderte kleiner Spinnen über die Haut – oder als hätte sich sein Körper in einen Ameisenbau verwandelt, wie Melpo es in Cronos ausgedrückt hatte. Das

Kribbeln steigerte sich und aus den Spinnenbeinen wurden Nadeln, die seine Haut perforierten. Das Erste, was Zack wieder bewegen konnte, waren die Augenlider: Er öffnete sie langsam und betrachtete die gelben Vorhänge, die Geräte mit den elektrischen Anzeigen, die ihm ans Bett gestellt worden waren, den Tropf und die weiße Decke, die leer und stumm auf ihn herabblickte. Durch einen Spalt in den Vorhängen sah er einen Parkplatz und eine Bushaltestelle. Er befand sich im Erdgeschoss. Ein gelber Doppeldecker kam gerade an. Menschen in den Fenstern, Kinowerbung auf der Karosserie. Man hatte ihn ins St. James's Hospital in Kilmainham gebracht.

Einmal ging die Tür auf, doch niemand kam herein. Sie wurde wieder geschlossen, nervöse Stimmen drangen dumpf durch die Tür. Zack wusste, dass gerade etwas Bedeutsames, ja etwas Schlimmes passiert war. Sie mussten Lachlans Verschwinden entdeckt haben.

Irgendwann, als die Tür sich erneut öffnete, hatte Zack schon wieder genügend Gefühl in den Gliedmaßen, dass er den Kopf zur Seite drehen und seinem Besucher entgegenblicken konnte. Es war einer der letzten Menschen, die er jetzt sehen wollte – wobei ihm niemand einfiel, den er überhaupt sehen wollte, abgesehen von Lachlan. Aber Detective O'Connor stand ganz unten auf der Liste.

»Wo ist er?«, fragte O'Connor ohne Einleitung.

Er hat es getan, dachte Zack wie paralysiert. Er hatte schon mehr gehört, als er hören wollte, sah wieder an die Decke und sagte einfach nichts.

»Lachlan war im Krankenwagen. Ich habe gesehen, wie er

auf der Liege in die Klinik geschoben wurde! Wie kann er jetzt weg sein? Was wissen Sie darüber?«

Lachlan war fort.

Zack schloss die Augen. Eigentlich war er nicht allzu verwundert; er hatte selbst erlebt, wozu Griffin imstande war; es musste eine seiner leichtesten Übungen sein, einen verwundeten Menschen aus einer Klinik verschwinden zu lassen. Die Sanitäter mussten seine Leute gewesen sein, so wie Melpo, Schläfer oder Komplizen. Dennoch hatte er bis zuletzt gehofft, dass Lachlan es sich anders überlegen würde.

»Ich verdächtige Sie nicht mehr, falls Ihnen das hilft«, sagte O'Connor in bemüht freundlichem Ton. Offenbar versuchte er es mit einem Strategiewechsel. »Ich habe Fehler gemacht. Mir hätte von Anfang an klar sein müssen, dass der Dritte sie unter Druck setzt. Ich weiß, das ist eine schwache Ausrede, aber ich bin noch nicht lange dabei.«

Er spielte damit offenbar auf sein Alter an. Das hätte dir früher einfallen können, dachte Zack.

»Leider ist mir erst bewusst geworden, was da läuft, als ich gesehen habe, dass Sie im Park tatsächlich von diesem Pfeil getroffen worden waren. Sie sind bedroht worden, nicht wahr? Von wem, Zachary?«

»Verschwinden Sie«, sagte Zack. Er hatte nicht vor, noch mehr von sich zu geben, aber es tat trotzdem gut zu wissen, dass ihm seine Zunge wieder gehorchte.

»Lachlan ist nicht im Krankenhaus, Zachary«, sagte O'Connor mit Nachdruck. »Und die Sanitäter sind ebenfalls verschwunden. Die Sache war also geplant. Sagen sie mir, was Sie wissen. Ist er wieder entführt worden? Wissen Sie, von wem? Gibt es noch mehr Menschen, die –«

»Er ist nicht entführt worden. Er ist abgehauen. Er hat mich betäubt«, entfuhr es Zack.

O'Connor atmete aus, erleichtert, weil er endlich redete. Er zog einen Stuhl heran und setzte sich. »Stehen Sie noch unter dem Druck des Entführers?«

»Nein.«

»Das heißt, Sie können jetzt frei reden.«

Zack dachte darüber nach und kam zu dem Schluss, dass er das wohl könnte; doch das hatte nichts damit zu tun, dass er das auch wollte. Aber andererseits … wenn er es genau bedachte, wollte er tatsächlich. Er nickte.

O'Connor wollte gerade etwas sagen, als sich die Tür erneut öffnete. »Zachary!« Persy marschierte auf Highheels herein, Oliver schlurfte ihr hinterher. »Und Detective O'Connor – wo ist mein Sohn?«

»Wissen wir nicht«, sagte O'Connor.

»Mir wurde gesagt, er sei gefunden worden!«

»Und er hat es anscheinend vorgezogen, sich aus dem Staub zu machen«, sagte O'Connor.

Persy bekam einen runden Mund. »Was?«

»Sagt Zachary«, fügte O'Connor hinzu. »Er wollte mir gerade erzählen, was das zu bedeuten hat.«

Oliver kratzte sich hinterm Ohr. »Ich will«, schrillte Persy, »dass Sie Ihren Arsch bewegen und ihn suchen!«

»Wir tun alles, was in unserer Macht steht, Mrs. Abercromby.«

Na und, dachte Zack. Gegen Griffin hatten sie keine

Chance. Vielleicht war Lachlan doch entführt worden; entführt im Kopf, von einem Terroristen. Womöglich gehörte Griffin sogar selbst zu dieser Sekte, von der Lachlan gesprochen hatte. Wer wusste das schon mit Sicherheit.

Sollte er O'Connor von Griffin erzählen? Lieber nicht. Die Polizei durfte nicht erfahren, dass Lachlan beschlossen hatte, sich einem Kriminellen anzuschließen. Vielleicht änderte er seine Meinung ja doch noch und kehrte zurück. Dann sollte er keine Polizei am Hals haben. Ganz zu schweigen davon, was Persy dann blühte. Sie hatte so viel Geld … die META würde paranoid werden und ihr unterstellen, dass sie an Extremisten spendete. All die Angestellten von Gallagher Whiskey würden ihren Job verlieren. Und außerdem hatte Lachlan ihm eingeschärft, dass er kein Wort über Griffin verlieren durfte. Gegenüber niemandem.

Zack fing an zu erzählen. Minutenlang redete er, während die anderen zuhörten. Persy bekam immer größere Augen; Oliver sah aus, als hörte er eine langweilige Radiosendung; und O'Connor beobachtete ihn, als rechnete er fest damit, dass er auch diesmal die Hälfte unterschlagen würde.

»Es ging nie um das Lösegeld, sondern um irgend so eine Software«, sagte Zack, als er zum Ende kam.

»Haben Sie in Cronos das Gesicht des Entführers gesehen?«, fragte O'Connor.

»Ja. Dreimal in Cronos und vorhin in Fleisch und Blut.« Er beschrieb O'Connor Emils Aussehen, gab aber nichts darauf, dass dieser sich alles sorgfältig notierte. Emil war fort und niemand würde ihn je wieder mit dieser Entführung in Verbindung bringen.

»Wissen Sie, wie er heißt?«

»Er hat sich Emil genannt.«

»Um was für eine Software ist es ihm gegangen?«

Zack vermied es konzentriert, in Olivers Richtung zu blicken. »Keine Ahnung. Irgendeine Software, die in Cronos versteckt worden war.«

»Und warum hat dieser Emil ausgerechnet Sie auf die Software angesetzt?«

»Weiß ich nicht. Ich hab keinen Schimmer von dem Zeug.«

»Er hat Sie rein zufällig ausgewählt und Lachlan nur entführt, um ein Druckmittel zu haben?«

»Ja.«

»Es ist ihm nie ums Geld gegangen.«

»Nein.«

O'Connor rieb sich mit Daumen und Zeigefinger über die Wangen. »Fahren Sie fort.«

Zack sah auch jetzt nicht zu Oliver hin, der ohnehin keine Reaktion zeigte; als hätte er gar nicht bemerkt, dass Zack gerade – erneut – die Polizei für ihn belogen hatte. »Ich konnte Emil dazu bringen, Lachlan ebenfalls nach Cronos zu holen, damit wir zusammen nach der Software suchen konnten. Lachlan hat einen besseren Zugang zu solchen Dingen, wissen Sie. Trotzdem war alles ziemlich kompliziert. Cronos ist riesig, und es wirkt so real, als wäre alles echt. Aber dort herrschen völlig andere Regeln. Wir haben die ganze Nacht gebraucht, um uns zurechtzufinden. Aber am Ende haben wir die Software dann doch gefunden.«

»Teufelswerk«, murmelte Persy.

»Aber Emil wollte Lachlan trotzdem nicht freilassen.«

»Also sind Sie auf dem Motorrad losgefahren.«

»Ja.«

»Woher haben Sie auf einmal gewusst, wo Lachlan gefangen gehalten wird?«

»Das habe ich nicht gewusst.«

»Aber Sie sind doch dort gewesen.«

Zack schluckte. »Ich … ich hab in Cronos eine Nachricht bekommen. Darin stand, dass Lachlan im Stadtzentrum festgehalten wird.« Er spürte, wie ihm heiß wurde. Wie sollte er erklären, dass er Lachlan in Temple Bar gefunden hatte, ohne O'Connor von Griffin und Melpo zu erzählen?

»Eine Nachricht? Von wem?«

»Keine Ahnung.«

O'Connor ließ einen genervten Seufzer los. »Zachary, fangen Sie nicht wieder so an.«

»Aber es ist wahr. Ich hatte den Absender der Nachricht noch nie gesehen.« Das ist im Grunde gar nicht gelogen, dachte er nervös. »Es war ihm irgendwie gelungen, den Cronos Cube zu orten, mit dem Lachlan eingeloggt war. Ich weiß nicht, was er mit allem zu tun hatte.«

»Warum haben Sie diese Information nicht an mich weitergegeben?«, fragte O'Connor.

»Sie wären zu langsam gewesen.«

»Warum sind Sie zum Knockmaroon Gate gefahren?«

»Ich sollte mich dort mit jemandem treffen.«

»Wir haben Ihre Klamotten auf dem Rücken eines Hundes im Wald gefunden.«

»Ja, das ist auch Teil der Nachricht gewesen. Ich musste mich umziehen«, sagte Zack.

O'Connor schüttelte den Kopf. »Schön. Mit wem haben Sie sich im Park getroffen?«

»Mit einer Frau.«

»Kannten Sie die Frau?«

»Nein.«

»Aber sie wusste Bescheid?«

»Ja.«

»Durch wen? Den ominösen Absender?«

»Vermutlich, ja.«

»Sie sind von dieser Frau also nach Temple Bar gefahren worden, wo Sie die Wohnung aufgesucht haben, in der Lachlan gefangen gehalten wurde. Und dann?«

»Es ist alles sehr schnell gegangen. Wir haben gekämpft, und er hätte uns wahrscheinlich beide umgebracht, aber dann – dann habe ich seine Betäubungspistole zu fassen bekommen und er ist geflohen.« Die Erinnerung daran ließ ihm die Zähne klappern. »Ich – ich habe Lachlan befreit, und er wollte unbedingt aufstehen, verstehen Sie, aber dann ist er zusammengebrochen, er hatte diese schrecklichen Wunden, aber das war nicht der Grund, er hat nur so getan, als tue es ihm weh, das heißt, wahrscheinlich hat es wirklich wehgetan, aber in dem Moment wollte er nur die Pistole aufheben, Emils Betäubungspistole, die ich fallen gelassen hatte, und damit hat er mir in den Bauch geschossen.«

Persy seufzte auf.

»Warum hat er das getan?«, fragte O'Connor.

»Ich glaube, er wollte noch mal mit mir reden, bevor er ging. Aber so, dass ich ihn nicht aufhalten konnte. Er hat gesagt, er kann nicht nach Hause zurück.«

»Warum?«

»Er hat gesagt, er ist da nie wieder sicher.«

Persy legte die Hand auf die Stirn und sah zu Boden.

»Und jetzt ist er weg. Hat er Ihnen auch gesagt, wie er zu verschwinden gedenkt?«, fragte der Detective. Zack schüttelte den Kopf. »Hat das mit den Leuten zu tun, die Ihnen geholfen haben, ihn zu finden?«

»Kann sein.«

»Wo ist die Software jetzt?«

»Emil hat sie.«

O'Connor, der bislang nicht den Eindruck machte, als glaubte er Zack seine verrückte Geschichte, atmete durch. »Wissen Sie, wir haben die Konsole in Ihrem Zimmer gefunden. Aber schon vor Ihnen hat es jemanden in diesem Haus gegeben, der mit seinen Besuchen in Cronos solche gigantische Mengen an Traffic verursacht hat, dass es uns kaum verborgen bleiben konnte.« Er drehte sich zu Oliver um. »Vielleicht können Sie uns etwas mehr darüber sagen?«

»Wie bitte?«, stieß Persy hervor, die erstaunlich schnell begriff, was O'Connor andeutete. »Du? Das machst du also jede Nacht im Keller? Cronos spielen?«

»Ja«, sagte Oliver achselzuckend, als hätte er daraus noch nie ein Geheimnis gemacht.

»Und was machen Sie dort?«, fragte O'Connor, während Persy ihren Mann weiter anstarrte.

»Was man in Cronos eben so macht«, sagte Oliver.

»Programmieren?«

»Das zählt eher nicht zu den Dingen, die man in Cronos so macht«, sagte Oliver süffisant.

O'Connor atmete sehr langsam aus und erhob sich von seinem Stuhl. »Mir ist aufgefallen, dass Sie mir nicht alles erzählt haben, was Sie wissen, Zachary«, sagte er. »Aber wenn ich genau darüber nachdenke, ist das auch kein Wunder. Schließlich haben Sie fünf Jahre lang bei den Abercrombys gelebt. Sie haben das Gefühl, ihnen etwas zu schulden, nicht wahr?«

»Was meinen Sie damit?«, fragte Zack.

»Ich habe vier Theorien.« O'Connor legte eine dieser Pausen ein, mit denen er anderen gerne das Gefühl gab, dass etwas sehr Wichtiges folgen würde. »Erstens: Lachlan hat seine Entführung inszeniert, um an das Geld seiner Eltern zu gelangen. Zweitens: Lachlan ist erneut entführt worden und Zachary steckt tatsächlich mit den Tätern unter einer Decke. Aber ich halte nicht viel von diesen Theorien.«

Zack sagte nichts; ganz egal, was er erwidert hätte, es wäre gar nicht bei O'Connor angekommen.

»Drittens: Es ging um eine Software, die Oliver Abercromby programmiert hat. Sie sind schließlich Softwareentwickler und es erscheint mir schon wie ein großer Zufall, dass ausgerechnet Ihr Sohn entführt wurde«, fuhr O'Connor fort. »Der Mann, der sich Emil genannt haben soll, hat von Ihnen, Zachary, verlangt, dass Sie in der Villa nach einem Datenträger suchen, auf dem die Software gespeichert war. Deshalb sind Sie letzte Nacht im Keller gewesen. Für diese Theorie spricht die Kugelschreibermine, die ich unter Ihrem Kopfkissen gefunden habe. Sie haben sich Zugang zu dem Büro verschafft, haben Mr. Abercromby mit einem Cube gefunden und Emil davon berichtet, der die

Suche daraufhin nach Cronos verlegt hat. Was halten Sie von dieser Theorie?«

Beängstigend präzise, dachte Zack.

»Meine vierte Theorie gefällt Ihnen vielleicht besser«, sagte O'Connor und schob die Hände in die Manteltaschen. »Warum sind ausgerechnet Sie auserwählt worden, um die gewisse Software zu suchen? Und warum hat Emil Lachlan als Druckmittel benutzt? Woher hat er gewusst, wie weit Sie gehen würden, um Ihren besten Freund zu retten? Ich behaupte, dass er davon gewusst hat, weil er mit jemandem zusammengearbeitet hat, der Sie beide von klein auf kennt. Einem unerkannt gebliebenen Vierten. Zum Beispiel Mr. Abercromby.«

Zack riss die Augen auf; Persy schlug die Hand auf den Mund; und Oliver schüttelte teilnahmslos den Kopf, als ginge ihn das alles nichts an. »Völliger Unsinn!«, rief Persy.

»Dann frage ich mich«, entgegnete O'Connor heftig, »warum Lachlan, wie Zachary behauptet hat, angeblich nicht nach Hause zurückkehren will. Warum fühlt er sich in Ihrem Haus nicht mehr sicher, Mrs. Abercromby? Was ist dort, das ihn bedroht?« O'Connor, der angefangen hatte, sich vom Bett auf die Tür zuzubewegen, blieb vor Oliver stehen. Der dürre Zweimetermann, der jeden Menschen überragte, sah uninteressiert auf den Detective herab.

»Sie können nichts beweisen«, sagte er.

»Das werden wir sehen. Dieser Fall ist für mich noch lange nicht abgeschlossen, nur damit Sie es wissen. Wir sehen uns wieder, Abercromby. Und Zachary …« Er wandte sich zu Zack um und blickte ihn enttäuscht an. »Sie hören von mir, ich habe da noch ein paar offene Fragen. Und ich hoffe sehr, dass ich der META zuvorkomme, die Sie in Kürze wegen einer gewissen Drohne sprechen wollen wird.«

Nach diesen Worten nickte er Persy höflich zu und eilte mit wehendem Mantel aus dem Zimmer.

Zack war das Blut in den Adern gefroren, doch ihm blieb keine Zeit, um über O'Connors letzte Worte nachzudenken. Denn kaum war der Detective weg, fing Persy an zu schreien. »IN CRONOS! DIESEM TERRORISTENNEST! SEIT MONATEN! JEDE NACHT – MEIN EIGENER MANN! SIND DENN ALLE VERRÜCKT GEWORDEN?«

Zack hatte Persy noch nie so erlebt: Ihre Augen funkelten, ihr Gesicht sah auf einmal alt aus und ihre Stimme füllte das Krankenzimmer. »Sag mir nicht, dass du auch gelogen hast, Zachary?«

Zack wusste nicht mehr, warum er sie immer so sehr bewundert hatte. War sie nicht einmal die schönste Frau der Welt für ihn gewesen? Er hielt ihre Nähe kaum aus und konnte nicht begreifen, wie sie sich ausgerechnet jetzt über Cronos aufregen konnte, wo ihr Sohn abermals verschwunden war. Machte sie sich denn gar keine Sorgen? Wollte sie ihn nicht zurück in Phoenix Manor wissen? War es jetzt wirklich wichtiger auszudiskutieren, was Oliver nachts im Keller trieb?

Persy, die keine Antwort von ihm erhalten hatte, erschlaffte plötzlich. »Das fasse ich einfach nicht«, hauchte sie, machte auf dem Absatz kehrt und marschierte zur Tür hinaus.

Das war der Moment, auf den Zack die ganze Zeit gewartet hatte: Er war mit Oliver allein. Sobald die Tür zum zweiten Mal zugefallen war, platzte es aus ihm heraus. »Wieso tun Sie so, als wüssten Sie von nichts?«

Oliver zog das Handy heraus, senkte den Blick auf das Display und tippte darauf herum, als schriebe er eine Nachricht. Nur seine Erschöpfung hielt Zack davon ab, ihm an die Gurgel zu gehen.

»Sie müssen ihnen sagen, was Sie wissen, sonst sehen wir Lachlan vielleicht nie wieder!«

»Ich weiß nicht, wovon du sprichst.«

»Aber Sie haben doch …«

»Still!«, zischte Oliver, und Zack verstummte. Oliver steckte das Smartphone in die Gesäßtasche der Jeans und sah Zack finster an. »Hoffen wir mal, dass die uns aus dem, was du eben gesagt hast, keinen Strick drehen.«

»Was meinen Sie?«

»Hast du es immer noch nicht verstanden? Die haben ihre Ohren überall.«

Zack begriff jäh; Oliver meinte vermutlich Wanzen. Hier, im Krankenzimmer.

»Jedenfalls konnte ich uns ein wenig Zeit verschaffen. Die werden natürlich wissen, dass ich es war, der den Störsender aktiviert hat. Aber wichtiger ist, dass sie nicht hören, was ich dir jetzt sage.«

»Sie waren es also wirklich«, flüsterte Zack perplex.

»Was genau meinst du? Derjenige, der dich vom Grundstück gelassen hat? Derjenige, der Erion programmiert hat? Derjenige, der Lachlan die Karte zugeschickt hat? Ja«, sagte Oliver gelassen, »das war alles ich.«

»Also stecken Sie mit Griffin unter einer Decke?«

»Nein. Griffin ist nicht die Sorte Mensch, mit der ich mich verbünden würde. Aber ich kenne ihn. Und du, Zack …«, Oliver stützte sich auf das Geländer am Bettende, »… du hast das Recht, die Hintergründe zu erfahren.«

Zacks Herz schlug schneller. »Welche Hintergründe?«

»Über Erion.«

»Was genau ist Erion?«

»Eine Waffe, die alles, was wir kennen, für immer verändern kann – zum Guten oder zum Schlechten. Kommt ganz darauf an, in wessen Hände sie fällt.«

»Aber warum haben Sie so etwas erschaffen?«

»Ich hab es getan, um die Welt zu einem besseren Ort zu machen. Das war mein großer Traum, seit –« Er unterbrach sich und sah zum Fenster. »Nicht so wichtig.«

»Erzählen Sie es mir«, verlangte Zack.

»Wir haben nicht viel Zeit – und um mich geht es hier nicht. Sondern um Erion. Du willst wissen, was Erion ist? Ich sage es dir: Sie ist mächtig. Sie verleiht demjenigen, der sie besitzt, ungeheure Kräfte. Ich muss verrückt gewesen sein, als ich sie mir ausgedacht habe … Aber jetzt glaube ich fest daran, dass ich das Richtige getan habe.«

»Sie ist schuld daran, dass Lachlan entführt wurde«, hielt Zack dagegen. »Ihretwegen ist er beinahe gestorben – und ihretwegen ist er jetzt nicht mehr da!«

»Das ist meine Schuld. Wenn ich anders an die Sache herangegangen wäre, umsichtiger, dann hätte ich das alles verhindern können. Ich habe Fehler gemacht.«

»Welche Fehler?«

»Ich wusste, dass ich Erion eines Tages in fremde Hände geben musste. Also begann ich, mich in Cronos nach Menschen umzusehen, die ich für fähig und würdig hielt, Erion für die Erschaffung einer besseren Welt einzusetzen. Dabei war ich wählerisch, aber leider nicht vorsichtig genug. Ich habe zu vielen Menschen von Erion erzählt; zu vielen, die sich hinterher als unwürdig erwiesen haben. Die Geschichte von der Waffe hat sich herumgesprochen. Sie hat Interessenten angelockt, die ich nicht selbst ins Auge gefasst hatte – wie Griffin.«

»Aber wieso? Sie haben Erion doch selbst erschaffen – warum wollten Sie sie dann nicht einsetzen?«

Oliver lächelte dünn. »Ich kann das nicht.«

»Aber andere?«

»Sagen wir es so: Es gibt solche und solche Menschen. Ich gehöre zu denen, die gerne nachdenken. Erion aber gehört in die Hände von Menschen, die gerne handeln, die zu ihren Werten stehen und die absolut nicht korrumpierbar sind.« Er schob die Hände in die Hosentaschen. »Als ich mit Erion fertig war, musste ich irgendwie herausfinden, ob sie funktionierte. Also probierte ich sie aus. Und mir war ziemlich schnell klar, dass ich es kein zweites Mal schaffen würde.

Griffin hingegen ist ein Mann der Tat …« Oliver trat ans Fenster, durch das die Bushaltestelle zu sehen war, und schloss den Spalt im Vorhang mit einem energischen Ruck. »Er kam persönlich auf mich zu, um sich mir als den einzig wahren Empfänger Erions vorzustellen. Wie ein Messias, so als hätte unsere Begegnung irgendetwas Schicksalhaftes an sich.« Die Verachtung war ihm deutlich anzuhören. »Griffin war anders als die anderen Rebellen, mit denen ich vorher gesprochen hatte. Er hat sich mit seinen Taten gebrüstet, und damit, zahlreiche Unterstützer zu haben, die jederzeit für ihn durchs Feuer gehen würden. Er hat gesagt, sein Ziel sei es, Europa zu verändern, und daran arbeite er hart – zum Beispiel habe er Brendan Blum erschießen lassen.«

Zack traf es wie ein Schlag. Er erinnerte sich an Lachlans Worte: *Die meisten Menschen würden ihn wohl eher einen Terroristen nennen.*

»Griffin dachte, er könnte mir damit imponieren. Doch ich gab ihm zu verstehen, dass wir nicht auf einer Wellenlänge waren – dass diese Art von Extremismus nicht das war, was ich im Sinn hatte oder gar unterstützen wollte.« Oliver lachte hart auf. »Er wollte es erst nicht glauben!«

»Und Griffin fand sich damit ab?«

»Vorerst, ja, aber ungern«, sagte Oliver. »Er hat schnell gemerkt, dass er es auf dem falschen Weg versucht hatte. Ich für meinen Teil war nach unserer Begegnung drauf und dran, zu akzeptieren, dass ich niemals jemanden finden würde, der Erion verantwortungsvoll einsetzen könnte. Aber leider war die Sache damit längst nicht vorbei. Denn wie ich bereits gesagt habe, war ich bei meiner Suche nach einem Besitzer selbst nicht verantwortungsvoll genug vorgegangen. Durch meine Unvorsichtigkeit haben auch Menschen von Erion erfahren, die sich nach ihrer Macht sehnten. Menschen wie dieser Emil.« Oliver griff sich an die Stirn, als könnte er es nicht begreifen. »Niemals hätte ich damit gerechnet, dass es jemandem gelingen könnte, mich privat aufzuspüren! Und das war dumm von mir. Naiv. Ich hatte mich im virtuellen Raum von Cronos immer zu sicher gefühlt. Ich habe nie daran gedacht, dass ich damit auch meine Familie gefährden könnte.«

»Sie wussten, dass es diesen Typen nicht um Lösegeld ging, oder? Sie hätten mir helfen können!«

Oliver schüttelte den Kopf. »Nein, das wusste ich nicht. Ich habe es nicht für möglich gehalten, dass Lachlans Entführung etwas mit Erion zu tun haben könnte. Das erschien mir absurd – ich dachte, wer von Erion weiß, dem muss auch klar sein, dass er sie nur in Cronos aufspüren würde. Wieso sollte jemand meinen Sohn entführen, um an Erion heranzukommen? Und als dann der Anruf mit der Lösegeldforderung kam – da war die Sache für mich klar. Ich hatte keinen Grund zu zweifeln. Die Wahrheit habe ich erst heute Morgen erfahren, kurz nachdem du aus dem Haus gegangen warst. Ich hatte keine Lust, den ganzen Vormittag mit dieser Pfeife O'Connor an einem Tisch zu sitzen, deshalb bin ich nach unten gegangen und habe mich in Cronos eingeloggt. Das sollte mich von Lachlan ablenken. Doch stattdessen hat es mich indirekt zu ihm geführt.«

Zack dachte daran, dass Oliver die ganze Zeit über gewirkt hatte, als interessierte ihn die Entführung überhaupt nicht. Wahrscheinlich hatte er so lange den Unbeteiligten gespielt, dass er schon gar nicht mehr wusste, wie man sich anders verhielt. »Es war Griffin, oder? Sie haben ihn in Cronos getroffen. Er hat Sie dazu gebracht, Lachlan die Karte zu schicken.«

»Genau so war es. Griffin erzählte mir, wer Lachlan wirklich entführt hatte, und dass dieser Mann namens Emil Erion haben wollte. Ich erfuhr auch, dass man dich damit beauftragt hatte, Erion zu finden – ich hatte keinen Grund, das in Frage zu stellen, denn dadurch erklärte sich mir endlich, was du letzte Nacht im Keller zu suchen hattest.«

»Sie wussten es also doch!«

»Natürlich. Ich hatte dich schließlich gesehen.« Als hätte das nie zur Debatte gestanden.

»Aber der Detective –«

»Warum ich ihm nichts gesagt habe?« Oliver dachte kurz nach. »Ich habe dir einfach vertraut.«

Zack fühlte sich merkwürdig hilflos. Oliver hatte also nur vorgegeben, O'Connor zu verdächtigen – um ihn vor dem Detective zu beschützen.

»Ähm … danke.«

Oliver nickte nur, ganz leicht, fast unsichtbar, als wollte er sagen: Nichts zu danken. »Griffin sagte mir auch, dass du mit der Aufgabe, Erion zu finden, heillos überfordert seist – was kein Wunder war, denn ich hatte Erion natürlich nicht einfach irgendwo in Cronos herumliegen lassen. Schon gar nicht in Ma'quoia. Selbst jemand mit Level siebzig hätte sie nicht aufspüren können; es war ungeheuer naiv von Emil, zu denken, dass es euch beiden gelingen könnte.«

»Emil sagte, dass Sie Erion niemals gegen Lachlans Leben eintauschen würden«, sagte Zack, in der Hoffnung, dass Oliver heftig dagegen protestieren würde.

»Nun ja«, sagte Oliver, »damit hat er leider recht.«

»Aber –«

»Eine Waffe wie Erion darf niemals in die Hände von Menschen wie Emil geraten. Niemals. Ich hätte keine Wahl gehabt – ich hätte Lachlan opfern müssen.« Eine Sekunde lang bebte ihm die Stimme. »Aber das musste nicht sein. Griffin hatte einen Plan, mit dem wir sowohl Lachlan als auch Erion vor Emil retten konnten. Er sagte, er könne Lachlan orten und befreien. Doch dafür müsse ich Lachlan Erion aushändigen – Lachlan, nicht ihm. Ich willigte ein.«

»Die Sache mit dem Kartentausch – das war der Plan, richtig? Griffin hat Ihnen gesagt, dass er vorhat, Melpo diesen Überfall inszenieren zu lassen.«

»Überfall?« Oliver blähte die Nasenflügel. »Nein, derart ins Detail ist er nicht gegangen. Aber ich hatte mir so etwas schon gedacht. Eine Mimikrykarte, nehme ich an? Diese Frau hat euch die Karte gestohlen und gegen eine Kopie eingetauscht, und die war es, die am Ende Emil bekommen hat.«

»Ja. Und Melpo hat Lachlan das Original wieder zurückgegeben.«

»Verstehe.« Ein flüchtiges Grinsen dehnte Olivers Gesicht. »Raffiniert. Ganz nach Griffins Geschmack.«

Zack ballte die Hände zu Fäusten. »Wussten Sie, dass Lachlan vorhatte, uns zu verlassen, um sich Griffin anzuschließen?«

»Ja. Griffin hat mich darüber in Kenntnis gesetzt.«

»Und Sie haben nicht versucht, ihn aufzuhalten?«

»Das hätte nichts gebracht«, erwiderte Oliver. »Die Sache war klar: Damit der Deal funktionierte und Lachlan gerettet werden konnte, musste Lachlan am Ende im Besitz von Erion sein. Doch solange er im Besitz von Erion ist, kann er nicht nach Hause zurückkehren – denn Emil wird irgendwann merken, dass er reingelegt worden ist, und zurückkehren, um sich Erion zu holen. Es gab also nur einen Weg: Lachlan musste sich von uns trennen. – Außerdem …«, ein Schatten legte sich über Olivers Gesicht, »… wie hätte ich meinen Sohn aufhalten können? Wie hätte ich jemanden aufhalten können, der sich freiwillig mit Griffin verbündet hat?«

»Griffin hat ihm das Hirn gewaschen«, sagte Zack, »er hat ihn irgendwie manipuliert, das weiß ich! Das ist nicht der Lachlan, den ich kenne. Er hat so viele seltsame Gedanken, er träumt von einer blutigen Revolution!«

»Griffins Gedankengut«, sagte Oliver finster. »Genau diese verrückten Ideen waren es, die mich davon abgehalten haben, ihm Erion auszuhändigen. Niemand, der sich so eine Lösung wünscht, sollte jemals in den Besitz dieser Waffe gelangen. Das wäre grauenvoll.«

Aber das passte nicht zusammen. »Wieso haben Sie Lachlan Erion dann geschickt? Wenn Sie doch wussten, dass er vorhatte, sich Griffin anzuschließen! Also hat Griffin Erion am Ende doch bekommen – durch Lachlan!«

Da war es wieder: das Grinsen, das Olivers breiten Mund noch ein wenig breiter zog. »Hat er das?«

»Ja! Sie haben …« Zack verstummte. »Moment, was meinen Sie damit? Wollen Sie damit sagen, dass …«

Oliver nickte.

»Lachlan hat Erion nicht«, sagte Zack verblüfft. »Sie … Sie haben ihm auch eine Mimikrykarte geschickt. Eine wertlose Kopie.«

»So ist es.«

»Aber wo ist Erion dann?«

Oliver zog die linke Hand aus der Hosentasche und hielt sie hoch in die Luft. An einer Schnur baumelte ein USB-Stick, der wie ein Pendel hin- und herschwang.

Zack starrte auf den Stick. »Sie haben …«

»Ich hätte sie zerstören können«, sagte Oliver. »Aber ich habe zu lange an ihr gearbeitet und zu große Hoffnung in meine Schöpfung gesteckt, um jetzt zu akzeptieren, dass es keinen einzigen Menschen auf der Welt gibt, der uneigennützig genug ist, um sie für das Gute einzusetzen. Und das Warten hat sich gelohnt. Endlich, nach so langer Zeit, habe ich einen würdigen Menschen gefunden.«

Und er warf Zack den Stick in den Schoß.

»Was?«, krächzte Zack.

»Du hast dein Leben und deine Freiheit für Lachlan riskiert. Niemand außer dir soll Erion haben.«

»Aber ich weiß nicht mal, was sie sein soll. Außer vielleicht mächtig und gefährlich und all das.«

»Erion ist ein Instrument«, antwortete Oliver. »Ein Instrument, das andere Menschen dazu bringt, genau das zu tun, was du von ihnen verlangst. Wer Erions Melodie vernimmt, der verliert sofort den Verstand – und er wird jeden Befehl ausführen, den du ihm dann gibst.«

»In Cronos?«

»In unserer Welt.«

Das also war es, was Lachlan gemeint hatte. »Aber so etwas kann doch nicht funktionieren«, sagte Zack. »Halten Sie mich vielleicht für bescheuert?«

»Es funktioniert«, entgegnete Oliver. »Und sogar ziemlich einfach. Jede Software hat eine Schwachstelle, die man ausnutzen kann. Beim Cronos Cube ist es die Schnittstelle zwischen dem Gehirn und der Konsole. Die Blaue Pille bringt die Hirnwellen auf sechs oder sieben Hertz, die für den Login-Prozess nötig sind. In diesem Zustand ist das Unterbewusstsein empfänglich für alle möglichen Eingebungen oder Befehle – auch solche, die von den Entwicklern nicht vorgesehen worden sind.«

»Und Erion überträgt diese Befehle?«

»Erion ist eine Art Türöffner. Ein Schalter. Es öffnet das Hirn und stellt die Verbindung her zwischen –« Oliver verstummte und betrachtete Zack, wie um abzuschätzen, ob er seine Erläuterungen überhaupt verstand. Doch Zack fand ohnehin, dass er genug gehört hatte.

»Ich will das Ding nicht«, sagte er entschieden. Wie kam Oliver überhaupt auf die Idee, dass Erion zum Guten eingesetzt werden könnte, wenn es dabei den freien Willen unterdrückte?

»Und das ist der Grund, warum du der Einzige bist, dem ich sie geben kann«, erwiderte Oliver. Er trat neben das Bett, lehnte sich vor und flüsterte ihm zu: »Nimm sie, Zack. Nimm sie und hole Lachlan zurück. Du kannst es schaffen. Du bist der Einzige, der es schaffen kann.«

Die Tür ging auf und Persy stöckelte zielstrebig auf sie zu. »Sie wollen dich über Nacht zur Beobachtung hierbehalten, und ich befürworte das.« Zack packte den USB-Stick und schob ihn rasch unter die Bettdecke; gerade noch rechtzeitig, denn Persy stellte ihm einen Becher Tee auf den Nachttisch. Etwas sanfter sagte sie: »Ich hole dich morgen ab und bringe dich zu uns nach Hause. Du beziehst wieder dein altes Zimmer, in Ordnung?«

Kein Wort über Lachlan; sie sah aus, als hätte sie in den vergangenen Tagen nur ein paar Termine zu viel gehabt, nichts, was sich nicht durch ein bisschen Ruhe ausgleichen ließe. Wer war diese Frau nur? Er erkannte sie nicht wieder. Doch was hatte er schon für eine Wahl?

»Okay«, sagte er.

Persy lächelte breit. »Ich freue mich so, Zachary.« Und sie beugte sich über ihn, um einen Kuss auf seiner Stirn abzustreifen. Unter der Bettdecke hielt Zack den USB-Stick fest umklammert. Er murmelte ein »Bis dann«, als Persy mit Oliver im Schlepptau den Raum verließ.

Es wurde eine schlimme Nacht. Zack fand keine Ruhe; unablässig suchte er nach Antworten auf die Frage, wo Lachlan jetzt war. Ob sich jemand um ihn kümmerte – und ob er seine Entscheidung bereute. Wenn Zack wegdämmerte, begegnete er ihm: Er sah, wie Lachlan am Morgen grinsend ins Krankenhaus spaziert kam; wie er am Küchentisch in der Villa saß, als wäre er nie weg gewesen; wie er ihn am Wohnsilo abfing, als er seine Sachen holte. Und jedes Mal hatte er eine ähnliche Erklärung auf den Lippen: »Ich war ein Idiot«, »Ich kann doch nichts ohne dich machen!«, »Mir ist klar geworden, dass mir dieses Revolutionszeug eine Nummer zu groß ist«, »Griffin kann mich mal – gehen wir in den Club?«

Aber jedes Mal, wenn Zack aus einem dieser Halbträume

zurückkehrte, wurde es ihm wieder bewusst: dass Lachlan spurlos verschwunden war. Und dass die META wusste, dass er Penny gestohlen hatte. Dass er vielleicht die letzte Nacht in Freiheit erlebte.

Persy kam ihn früh am Morgen mit ein paar frisch gebügelten Klamotten abholen. Der Arzt stellte fest, dass Zack abgesehen von ein paar Mützen Schlaf und einer großen Mahlzeit nichts fehlte, nahm ihm eine Unterschrift ab und entließ ihn. Zack zog sich um, während Persy draußen wartete. »Ich muss noch mal ins Wohnsilo, meine Sachen holen«, sagte er, was nur die halbe Wahrheit war. Es stimmte, dass er noch einen Blick in den Briefkasten werfen und die Kleidung, die er in der schmalen Schublade unter der Pritsche bunkerte, holen wollte. Aber vor allem wollte er den Moment hinauszögern, in dem er in die Villa zurückkehrte.

Sie stiegen in ihren Wagen und fuhren los. Keinem von beiden war nach einer Unterhaltung, jedenfalls nicht bis Persy sich vorsichtig danach erkundigte, was Lachlan in ihren letzten gemeinsamen Minuten zu ihm gesagt hatte. »Sie haben Lachlans Fingerabdrücke auf der Betäubungspistole gefunden«, sagte sie. »Er hat mit ihr auf dich geschossen, um dir sagen zu können, dass er weggeht, oder?«

Zack nickte. Die Art, wie sie sich nach Lachlan erkundigte, hatte etwas seltsam Distanziertes, als redeten sie nur über einen gemeinsamen Bekannten. Hatte sie sich so schnell damit abgefunden, dass Lachlan fortgegangen war?

»Was genau hat er gesagt?«, fragte sie.

Er wollte sich nicht daran erinnern, fühlte sich aber verpflichtet, ihr zu antworten. Vielleicht war das einfach Persys Art, mit der Situation umzugehen, und er verstand sie nicht, genauso wenig, wie er Lachlan verstand. Oliver hatte er schließlich auch völlig falsch eingeschätzt.

»Er sagte, dass ich mir meinen Traum erfüllen soll.«

»Die Akademie?«, fragte Persy.

»Ja.«

»Du hast es ihm also nicht erzählt?«

»Nein.«

»Hat er dir denn wirklich nicht verraten, wo er hingeht?« Offenbar zweifelte sie keinen Moment lang daran, dass er die Wahrheit sagte und Lachlan tatsächlich freiwillig gegangen war, und auch das trug dazu bei, dass er sich immer unwohler fühlte.

»Nein. Hat er nicht.«

»Ich bin sicher, dass er zurückkommen wird«, sagte Persy. »Ich hoffe nur, dass es ihm gut geht, da, wo er jetzt ist.«

Aber wie konnte sie das glauben? Hatte sie nicht von der Wunde auf Lachlans Brust gehört? Er musste nur die Augen schließen und schon sah er sie wieder vor sich, fleischig glänzend. Und dieser Geruch … Wie hatte Lachlan nur die Flucht überstehen können? Schon dass es ihm gelungen war, vom Bett aufzustehen, war Zack wie ein kleines Wunder vorgekommen. Vermutlich hatte sich Lachlans Schmerzzentrum abgeschaltet, als die Folter zu schlimm geworden war. Oder es lag am Adrenalin. Oder am Schock. Zack glaubte, so etwas schon mal gehört zu haben.

Er würde wohl noch ein paar Tage brauchen, um zu realisieren, was Lachlan getan hatte. Oder Wochen. Monate. Im

Gefängnis würde er bestimmt massig Zeit dazu haben, alles ausgiebig zu bereuen.

»Du wirst mir das Versprechen geben, dass du nie wieder versuchst, dich in Cronos einzuloggen«, sagte Persy, als sie in die Straße einbogen, in der Zack wohnte.

Zack sagte nichts.

Sie hielt vor dem Wohnsilo und schaltete den Elektromotor aus, dann drehte sie sich zu ihm. »Weißt du, warum ich Cronos so sehr verabscheue?«

»Wegen der Terroristen«, sagte Zack.

Sie nickte. »Du siehst es vielleicht nicht, Zachary. Aber es ist inzwischen alles da, was es für einen echten Überwachungsstaat braucht. Von unserer viel gelobten Demokratie ist es zur morgigen Diktatur nur noch ein kleiner Schritt. Das Einzige, was uns davor schützt, ist der Frieden. Wenn irgendwo in Europa noch einmal ein Anschlag passiert, dann kippt die Stimmung. Dann werden wir alle zugunsten der Sicherheit unsere Freiheit aufgeben müssen. Verstehst du, was ich meine?«

Zack war zu betäubt für diese Diskussion, doch er musste an Melpo denken und fragte sich erneut, ob sie die Explosion ihres Autos überlebt hatte, falls es ihres gewesen war.

Plötzlich verstand er. Der Anschlag.

»Von jetzt an wird nichts mehr so sein wie zuvor«, sagte Persy. »Europa wird sich verdunkeln.«

Zack öffnete die Autotür, um dem Gespräch zu entfliehen. Melpo hatte doch keinen Anschlag verübt, oder? Der Gedanke erschien ihm völlig absurd.

»Lass dir Zeit«, sagte Persy.

Die Lüftung des Wohnsilos blies laut und es roch nach billigem Eintopf mit zerkochten Zwiebeln, als Zack die Treppe heraufkam. Im Eingangsbereich prangte eine neue Schmiererei an der Wand: STERBT SCHEISS SCHMAROTZER!

Die Gang aus Inchicore war zurückgekehrt. Ob sie wieder Feuerwerkskörper in die Eingangshalle geworfen hatten? Er bedauerte diese Kids, weil sie offensichtlich keine Ziele im Leben hatten, und dachte dabei automatisch an die Akademie, sein Ziel im Leben. Doch das Gefühl der Sicherheit, die nervöse Vorfreude auf ein besseres Leben, das er sich damit erarbeiten würde, schmolz dahin. Er wurde langsamer, blieb auf dem Vorplatz stehen und stierte ins Leere. Bisher hatte er noch keine Gelegenheit gehabt, ernsthaft darüber nachzudenken, was es für ihn bedeutete, dass Maddox ihn rausgeworfen hatte. Er hatte kein Ziel mehr.

Was sollte er morgen mit seinem Tag anfangen? Und nächste Woche? Vielleicht würde ihn eine andere Sicherheitsfirma engagieren. Doch die Wahrscheinlichkeit, dass er dabei auf einen Absolventen der SAP stieß, war gering. Persy würde ihm das College zahlen, das wusste Zack. Aber wollte er das? Was hatte er für eine Wahl? Wenn er ablehnte, würde er arbeitslos sein. Er würde Jobs machen müssen, für die er am Tag zwanzig Euro erhielt, damit ihm der Staat jeden Monat eine kleine Summe dazuzahlte. Und wenn er nicht mehr konnte, der Gang zur Sozialkasse. Dreihundert Euro im Monat, genug für eine Zelle im Wohnsilo und den Fraß in der Kantine.

Er fragte sich, was für Träume Eamon gehabt hatte, bevor er ins Wohnsilo gezogen war. Hatte er sich auch für einen

Platz an einer renommierten Schule interessiert? Oder hatte er einfach keinen Ausbildungsplatz gefunden?

Wie er sich schämte. Was hatte er doch für einen Unsinn geredet. Als könnte allein der Wunsch ein besseres Leben schaffen. Keiner war im Wohnsilo, weil er hier sein wollte. Vielleicht warteten sie alle nur auf eine Chance, etwas zu verändern – *ihre* Chance. Aber für die Verlierer gab es nur einen Platz im Universum, und der befand sich in einer Zelle im Wohnsilo.

Wut stieg in Zack hoch und er ballte die Fäuste so fest zusammen, dass sich die Fingernägel schmerzhaft in seine Handflächen bohrten. Er hatte sich Lachlan noch nie näher gefühlt als jetzt; als hätte er endlich begriffen, was Lachlan schon lange klar gewesen war. Dass es absolut unmöglich war, diesem Elend weiter tatenlos zuzusehen.

Die Wut legte sich so schnell, wie sie gekommen war, als ihm auffiel, dass er in der Manteltasche die Faust um den USB-Stick geballt hatte. Rasch ließ er ihn los. Was auch geschah: Er würde Erion nicht benutzen. Aber wie stand es um Lachlan? Würde er sich von Dummheiten abhalten lassen, nur weil die Waffe, die er jetzt besaß, nicht echt war?

Ihm wurde klar, dass er sich auch diese Gedanken sparen konnte. Die META wusste von Penny. Wen juckte es, ob er bei Persy blieb oder aufs College ging? Wen juckte es, ob Lachlan Dummheiten machte oder nicht? Vielleicht schon heute Mittag würde die META an Persys Haustür klingeln und ihn sprechen wollen. Wahrscheinlich würden sie ihn sofort mitnehmen.

Er dachte an die Mikrokamera in Phoenix Manor, von der Melpo ihm erzählt hatte. Gegenüber dem Dalí und dem Gemälde, das den Rattenfänger von Hameln zeigte. Wie sollte er Lachlans Familie erklären, woher er von der Kamera wusste, und wie würde die META reagieren, wenn Persy das Ding aufspürte und entfernte? Ihm war ein wenig schwindelig, als er seinen Weg über den Vorplatz fortsetzte.

Im Eingangsbereich lag Müll; eine Glastür war mit Tape verarztet worden, nachdem etwas Hartes ein Netz aus Rissen hineingeschlagen hatte. Die Eingangshalle stank nach aggressiven Reinigungsmitteln. Am Briefkasten war Eamons Namensschild bereits überklebt worden. Zack öffnete seinen Briefkasten mit der Chipkarte, entdeckte einen weißen Umschlag und zog ihn mit einem mulmigen Gefühl heraus. Er suchte nach einem Absender, doch es war nur ein weißer Umschlag, beschriftet mit ›Zachary Murray‹. Keine Briefmarke, kein Adressfeld. Der Absender war persönlich hier gewesen.

Vielleicht war er von Lachlan … Ohne den Briefkasten zu schließen, riss Zack den Umschlag auf. Er zog ein zweifach gefaltetes Blatt Papier heraus, wobei ein loser Zettel herausflatterte. Er bückte sich, hob ihn auf und las ihn als Erstes.

Streng dich an! Grüße, Martin Maddox

Zack war heftig enttäuscht – keine Nachricht von Lachlan. Aber was wollte Maddox von ihm? Sich entschuldigen? Verpiss dich, dachte Zack finster und entfaltete den Brief. Sein Blick fiel auf den Eichenkranz in der rechten, oberen

Ecke, der drei in Versalien geschriebene Buchstaben einrahmte. Er fing an zu lesen.

Sehr geehrter Mr. Murray,

auf Empfehlung von Mr. Martin Maddox laden wir Sie ein, sich uns in einem persönlichen Gespräch vorzustellen. Wir bieten Ihnen als Termin den 11. Juli 2030 an, 9 Uhr, im Hauptgebäude der Schweizer Akademie für Personenschutz, Zweigstelle Dublin.

Wir freuen uns darauf, Sie kennenzulernen, und verbleiben mit freundlichen Grüßen

Liam Lancaster
Direktor der SAP Dublin

Ma'quoias Monsterglossar

aus: Octavians Handbuch für Neueinsteiger
gesammelt und gedruckt für Pierre & Lyrik

Sei gegrüßt, Neuling,

du hast das Tutorium gemeistert, den Weg zur Mystagoge gefunden und die Farbe deines Aurums erfahren? Herzlichen Glückwunsch: Du bist bereit! Damit du nicht völlig kopflos in das Abenteuer deines Lebens stolperst, habe ich hier einige Informationen für dich, die du aufmerksam lesen solltest, bevor du dich in die gefährlicheren Winkel der Kokonstadt wagst.

Die meisten Monster, denen du in der Kokonstadt begegnest, sind Nubbun – keine Monster im eigentlichen Sinn, sondern vielmehr die fantastischen Bewohner Ma'quoias. Wenn du die Randgebiete besuchst, wirst du einem grünen Schimmelpilz begegnen, der sich langsam auf das Zentrum der Kokonstadt zufrisst und dabei kaum eine Pflanze am Leben lässt. Wenn ein Nubbun diesen Pilz verspeist, wird es zu einem bösartigen Untoten mit dem unerschütterlichen Drang, den Laubwichten und Wanderern wie dir Leid zuzufügen.

Hier kommst du ins Spiel! Vernichte so viele kranke Nubbun wie möglich, bevor sie größeres Unheil über die Kokonstadt bringen können. Je stärker ein von dir besiegtes Nubbun, desto schneller steigt dein eigenes Level und du kannst dir immer bessere Ausrüstung kaufen. Aber nimm dich in Acht: Über der Kokonstadt wacht ein Schutzgeist, die Atzilotha Ma'quoia (du kennst ihre Statue aus dem Stamm des Baums). Ma'quoia ist allgegenwärtig, weiß über jeden deiner Schritte Bescheid und wird dich augenblicklich auf den Friedhof schicken, sobald du einem friedlichen Nubbun auch nur ein Haar krümmst. Wenn du aufpasst, wirst du ihr nie persönlich begegnen. Wenn du Mist baust ... Pech gehabt!

Es gibt sechzehn verschiedene Nubbun in der Kokonstadt. Das Höchstlevel liegt bei sechs – später wirst du in Regionen kommen, in denen die Nubbun sehr viel stärker sind, doch darüber musst du dir jetzt noch keine Gedanken machen. Ich habe die Nubbun nach Level geordnet, damit du weißt, worauf du dich im Ernstfall einlässt.

WURZELNARR. LEVEL 1.

Tarnt sich als Sitzbank und schlägt unversehens zu, sobald sich jemand hinsetzt. Vertreibt nur und tötet nicht. Ist auch im gesunden Zustand angriffslustig.

TITANMAUS. LEVEL 1.

Frisst die gewöhnliche Mehlsackmaus den grünen Pilz, mutiert sie zur aggressiven Titanmaus, die trotz ihres zombieartigen Aussehens leicht zu bezwingen ist.

Stachelspinner. Level 2.
Eine riesige Raupe, die mit ihren scharfen Stacheln die Wiesen mäht. Sie taucht meist dort auf, wo die Gärtneraffen zuvor eine Lichtung geschaffen haben.

Glotzende Gespinstmotte. Level 2.
Schmetterling mit zwei Dutzend autonomen Augen auf den Flügeln. Schlüpft aus der Puppe des Stachelspinners. Die gesunde Gespinstmotte sucht nach untoten Nubbun und beschießt sie mit einem Sekret. Dieses wird zu einem Netz, aus dem es kein Entkommen gibt. Vorsicht: Die vergiftete Gespinstmotte macht das auch mit dir!

Bomberfalter. Level 2.
Handtellergroßer Falter, der Düngerkugeln produziert und auf die Bodenpflanzen abwirft. Der grüne Pilz verwandelt den Dünger in ätzendes Sekret.

Mikromenschen. Level 3.
Zwei Millimeter kleine Humanoide, die auf den Rücken von Weilerschildkröten Stadtstaaten bauen. Wenn du Kopfschmerzen bekommst, frisst sich vielleicht gerade ein Mikrozombie durch dein Gehirn. Bei Peter's Potion findest du Hilfe.

Manchinelkröte. Level 3.
Frisst die Äpfelchen des Todes, die überall an Ma'quoia wachsen. Ist deshalb sehr giftig! Der Verzehr ihrer Schenkel gilt bei den Laubwichten als Delikatesse und unter den

Wanderern als Mutprobe. Wer das Gift zu sich nimmt, schrumpft auf die Größe der Mikromenschen. Das Gegenmittel lässt sich nur in einer Weilerschildkrötenstadt auftreiben.

Gärtneraffen. Level 4.

Gäbe es sie nicht, wäre Ma'quoias Krone so dicht, dass am Boden tiefste Nacht herrschte. Gärtneraffen haben vier Arme: Zwei, um sich festzuhalten, und zwei weitere, um Äste und Zweige zu schneiden. Dazu tragen sie scharfe Werkzeuge bei sich.

Faulschweine. Level 4.

Sie folgen den Gärtneraffen und fressen den herabfallenden Baumschnitt. Manchmal sind Schnappblütenblätter darunter; dann werden diese Nubbun für eine Weile zu Fliegenden Faulschweinen. Die Mikromenschen wissen das zu nutzen.

Diebisches Aguti. Level 4.

Sammelt alles, was glänzt und deine Verteidigung aufbessert – und hat keine Hemmungen, dir den Schmuck vom Körper zu stehlen. Das Aguti vergräbt seine Beute und vergisst sie dann. Frag die Laubwichte nach einem Metallsuchgerät!

Eisenvogel. Level 5.

Nicht heimisch. Ist aus der Eisenstadt eingeflogen und verwandelt jeden Ast, auf den er sich setzt, in Metall. Steht nicht unter dem Schutz Ma'quoias und frisst keine grünen Pilze, gilt dafür selbst als Schädling und sollte unbedingt gejagt werden.

Schattenantilope. Level 5.

Ebenfalls nicht heimisch, steht aber unter dem Schutz Ma'quoias, da sie den Laubwichten als Nutztier dient. Sie stammt aus der Wüste um Hellavlei.

Weilerschildkröte. Level 5.

Wandert, frisst und schläft, während Mikromenschen auf ihrem Rücken Städte errichten. Verspeist sie einen grünen Pilz, isst sie danach ihre Bewohner. Die Schildkröte muss vorsichtig eliminiert werden, damit die Mikromenschen keinen Schaden erleiden.

Rauchlöwe. Level 6.

Ein kokelndes Raubtier, das große Mengen Qualm produziert. Schwer zu treffen und unheimlich stark. Wird der Hunger zu groß, frisst der Rauchlöwe auch schon mal ein untotes Nubbun – mit unbequemen Folgen für diejenigen, die ihm danach über den Weg laufen.

Fragilifant. Level 6.

Vergiss es: Der Fragilifant ist nicht totzukriegen. Er zerspringt wie eine Porzellanvase und aus jeder Scherbe wird ein neuer Fragilifant. Diese Phantomfanten verschwinden zwar irgendwann wieder, doch bis dahin hast du ein mächtiges Problem.

Crassulaschröter. Level 6.
Dieser gigantische Hirschkäfer ist immer friedlich, egal ob untot oder nicht. Du wirst ihn trotzdem jagen wollen, denn Crassulaschröter werfen wertvolle Belohnungen ab. Damit du es nicht mit der Atzilotha Ma'quoia zu tun bekommst, hier mein Tipp: Gesunde Crassulaschröter lieben Marmelade – die untoten nicht …

Eine weitere Kreatur liegt irgendwo im Wurzelwerk Ma'quoias verborgen – angeblich einer der dreizehn legendären Höllenhunde, die den Atziloth Cronos erwecken könnten. Doch darüber erfährst du später mehr. Ich wünsche dir viel Spaß in der Kokonstadt!

Danksagung

Jeder Künstler braucht Menschen, die seine Arbeit unterstützen. Ich hatte das Glück, in meinem Leben immer wieder Menschen begegnet zu sein, die genau das taten, und denen möchte ich an dieser Stelle danken. Ich danke Isabella für ihre Detailversessenheit, ihr Sprachgefühl und die nächtelangen Lektoratstelefonate, in denen es um fakultative Kommata und den perfekten Flow ging. Ich danke auch Franziska für die angenehme und produktive Lektoratsvorarbeit und Laura für ihre vielen Ideen, ihr akribisches Korrektorat und ihre unermüdliche Organisationsarbeit. Und ich danke dem Liesmich-Verleger Karsten Möckel, weil er an Cronos Cube geglaubt und es herausgebracht hat.

Bevor ich zum Liesmich Verlag kam, gab es ebenfalls Menschen, die mich förderten, und das werde ich ihnen nie vergessen. Ich danke dem Redaktionsteam der Süddeutschen Zeitung Wolfratshausen, ganz besonders aber meinen Kolleginnen Feli und Stephanie. Durch ihre Liebe zur deutschen Sprache und ihren kritischen Blick auf das geschriebene Wort lernte ich, mich klar auszudrücken, strukturiert zu denken, an meine Fähigkeiten zu glauben und dranzubleiben. Darüber hinaus gaben sie mir zwei starke Frauenvorbilder, zu denen ich aufschauen konnte.

Noch viel länger an meiner Seite sind mein Partner Rainer und meine beste Freundin Inna. Beide haben eine Menge mitgemacht: Sie sind mit mir durch finstere Zeiten gegangen und haben meine Launen ertragen, und sie haben trotzdem immer mitgefiebert und mich unterstützt. Ohne Rainer und Inna wäre Cronos Cube nicht entstanden.